TRILOGÍA FUEGO

CIUDADES DE FUEGO

JOANA MARCÚS

TRILOGÍA FUEGO

CIUDADES DE FUEGO

Obra editada en colaboración con Editorial Planeta – España

Bajo el sello editorial CROSSBOOKS M.R.
Avenida Presidente Masarik núm. 111,
Piso 2, Polanco V Sección, Miguel Hidalgo
C.P. 11560, Ciudad de México
www.planetadelibros.com.mx

Primera edición impresa en España: julio de 2022
ISBN: 978-84-08-25458-4

Primera edición impresa en México: agosto de 2022
Sexta reimpresión en México: febrero de 2024
ISBN: 978-607-07-9050-8

Impreso en los talleres de Litográfica Ingramex, S.A. de C.V.
Centeno núm. 162-1, colonia Granjas Esmeralda, Ciudad de México
Impreso en México –*Printed in Mexico*

Para ti, que has llegado hasta aquí
y que acompañarás a Alice en esta última aventura.
¿Estás listo/a para el final?
¿Estás preparado/a para luchar por tu libertad?

ZONA ANDROIDES
ISLAS ESCUDO
TIERRA SALVAJE
CIUDAD GIRASOL
COSTA AUSTERA

CIUDAD CAPITAL
CIUDAD CENTRAL
CIUDAD GRIS
AS
BOSQUE
CIUDAD DIAMANTE
LA UNIÓN
CIUDAD JARDÍN
?

1
LOS ANDROIDES PERDIDOS

Al romper el alba, habían abandonado los tres vehículos.

Alice sentía que no había parado de huir desde que había salido de su zona por primera vez. Primero había escapado de los guardias grises de la capital, después, de su destino a manos de Charles, también de su antigua ciudad envuelta en llamas y, justo cuando había creído que había encontrado un nuevo hogar, volvía a verse obligada a marcharse. Solo que esa vez el enemigo era la Unión.

Y es que, después de meterse en los ordenadores de la ciudad, dejar escapar a los androides retenidos, tomar a uno de sus soldados como rehén y robar tres coches... ¿qué otra alternativa tenían aparte de escapar?

Sin los vehículos, la única opción era andar. La nieve crujía bajo sus desgastadas botas negras a cada paso que daba. Rhett y Trisha iban a su lado, en completo silencio. Kenneth se encontraba justo detrás de ellos, todavía esposado. Tras él avanzaba el reducido grupo de androides y la pequeña Blaise. Y, por último, Kai y Maya, que cerraban el pelotón.

Alice echaba ojeadas sobre el hombro en busca de coches

blancos o de uniformes con estampado militar, pero sabía que los de la Unión no iban a encontrarlos tan pronto. Nada más bajar de los coches, Kai había tenido la idea de hacer que los tres vehículos retomaran su camino en direcciones distintas. Si los de la ciudad seguían sus localizadores, cosa que era bastante probable, ellos ganarían mucho tiempo.

Aun así, en algún momento se darían cuenta del truco. Entonces, que encontraran su rastro de pisadas en la nieve era inevitable. Su única esperanza era haber encontrado ya a Charles.

Nunca había tenido tanto frío. La mitad de sus piernas quedaba hundida en la nieve a cada paso que daba, empapando sus pantalones. El aire helado le arañaba las mejillas y los labios, y hacía que sus ojos se llenaran de lágrimas. Trató de ignorarlo y seguir andando. Podía aguantarlo.

El problema resultó ser que no todos gozaban de tanta resistencia.

Rhett, al ver el estado del grupo de androides, empezó a negar con la cabeza.

—Deberíamos encontrar un sitio en el que descansar —dijo en voz baja—. Ellos ya no pueden más y está a punto de anochecer.

—Sí. —Trisha estuvo de acuerdo. Temblaba de pies a cabeza—. Y también hay que encender un fuego.

Quien más conocimiento tenía sobre el tema era Rhett, así que dejaron que fuera él quien encontrara un lugar apropiado y medianamente protegido. Dio con una pequeña cueva a los pies de una colina. Era diminuta y, aunque tendrían que pasar la noche pegados unos a otros, era mejor que dormir a la intemperie.

Con la ayuda de Alice, Maya y unos pocos androides encontraron material suficiente para hacer una hoguera. En cuanto la primera llama empezó a formarse, todos se acercaron con desesperación, tratando de entrar en calor. Alice se apartó del grupo y se acercó a Rhett, que revisaba las pocas mochilas que tenían.

—¿Habrá comida suficiente? —preguntó sin rodeos.

—No. —Como de costumbre, fue completamente sincero—. Pero podemos cazar o recolectar alimentos del bosque. Hemos salido de peores situaciones que esta.

Alice no estaba tan segura, pero optó por no contradecirlo.

—¿Qué buscas? —preguntó en su lugar.

—Algo para abrigarnos, pero creo que ya lo hemos sacado todo. Ah..., y esta ridiculez creo que es tuya. —Sacó el gorrito rosa y la chaqueta naranja chillón.

Alice esbozó una gran sonrisa y se quitó el abrigo negro para cambiarse de ropa. Seguían encantándole los colores chillones.

—Gracias por guardármelo —le dijo—. Es todo un detalle, cariño.

A Rhett se le enrojecieron las orejas. En lugar de responder, se limitó a ponerle mala cara.

El grupo que los rodeaba era... curioso. Se las habían apañado para cubrir el suelo con algunas ramas y formar una barrera sobre la nieve, pero aun así habría unos cuantos que no podrían protegerse del todo. Esos tenían preferencia para acercarse al fuego y calentarse un poco. Sacaron una lata de comida y la fueron pasando hasta que todos comieron un poco. A pesar de la buena intención, no fue suficiente para saciar el hambre de ninguno.

Para cuando Alice, que había sido la última en comer, dejó la lata en el suelo, se dio cuenta de que nadie estaba intentando dormir. Sus compañeros parecían tensos, pero los androides estaban aterrorizados. No dejaban de echarse miradas temerosas entre sí, como si no entendieran muy bien cuál era su función en ese lugar, o como si no supieran en qué momento iban a empezar a hacerles daño.

—Creo que no hemos tenido la oportunidad de presentarnos. Me llamo Alice —empezó, señalándose a sí misma. No se le ocurría otra forma de calmarlos.

Lo único que recibió a cambio fue silencio y miradas desconfiadas. Kenneth soltó un resoplido de burla, por lo que se ganó un codazo de Blaise, y Kai se apresuró a intervenir.

—Quizá no nos entiendan.

—Yo soy un androide y os entiendo perfectamente —aclaró Alice.

Aquello sí pareció captar la atención general. Todos los prisioneros liberados la miraron a la vez, sorprendidos, como si el hecho de que uno de ellos estuviera vestido con ropa normal y llevara armas fuese inimaginable.

Lo cierto era que no les faltaba razón; un año y medio atrás, Alice apenas sabía lo que era la violencia. Su vida se basaba en orden y normas hasta que llegó a Ciudad Central, donde aprendió todo lo que sabía en esos momentos. No obstante, tenía que admitir que seguía siendo difícil ver a un androide como algo más que un sirviente, incluso para ella.

—¿Eres... una androide? —preguntó una de las chicas del grupo.

Era muy delgada, tenía una larga mata de pelo castaño suelto y la piel muy pálida, como si no hubiera visto el sol desde hacía mucho tiempo. Alice se había fijado en ella. Se había pasado el viaje entero temblando de pies a cabeza.

—Sí.

—¿Y cómo...? —empezó otro.

—Miente —murmuró una androide de pelo rubio—. Si fuera una de los nuestros, la habrían encerrado.

Se escucharon murmullos de aprobación entre sus compañeros, como si confirmaran que no la creían. Alice intercambió una breve mirada con Rhett, pero enseguida descartó pedirle ayuda. Su solución, muy probablemente, sería exigir que se callaran. Lo que necesitaban era que se relajaran.

—Llevo mucho tiempo fingiendo ser humana —aclaró Alice—. Por eso no me encerraron con vosotros.

—¿Un androide capaz de mentir? —preguntó otro de los chicos, soltando un bufido de incredulidad.

—Bueno, es más complicado...

Pero todos se pusieron a hablar a la vez y la interrumpieron. Alice se pasó una mano por la cara, frustrada, y volvió a levantar la mirada cuando Trisha soltó un «¡Ey!» muy ruidoso.

—Os hemos salvado el culo —espetó—. Lo mínimo que podríais hacer es dar las gracias.

—¿Y quién os ha dicho que quisiéramos que nos salvaran? —preguntó uno de los chicos enfadado.

—¡Quizá solo nos hayáis metido en más problemas!

—Moriremos todos de frío...

Los demás estuvieron de acuerdo, cosa que solo incrementó el enfado de Trisha. Kai, Blaise y Maya observaban en silencio, mientras que Kenneth sonreía ampliamente y Rhett trataba de mantenerse al margen para no empeorar las cosas.

—¡No vais a morir! —exclamó Alice, tratando de calmar la situación de nuevo—. Somos androides, la temperatura no nos puede matar.

—Pero se nos pueden debilitar los sistemas —espetó una chica irritada—. Y ¿qué haremos entonces? Nos volveremos más lentos y nos encontrarán.

—Deberíais habernos dejado allí.

—¡Eso!

—¡Sí, exacto!

—¡Nos han condenado!

Alice se había puesto de pie sin darse cuenta. De pronto,

todos hablaban a la vez. Los observó, confusa, sin saber qué decirles. No esperaba una reacción así. De hecho, no había esperado una reacción en absoluto. Por lo que había visto en las cámaras, sus congéneres eran muy tranquilos. Quizá se les estuviese pasando el efecto de las pastillas azules.

Miró a Rhett, que enarcó una ceja. Con eso le dio a entender que la vía diplomática no iba a servir de nada. Alice se ajustó el gorrito rosa y, cuando vio que uno de los chicos la señalaba con aire furioso, perdió la poca paciencia que le quedaba.

—¿Creéis que os hemos arruinado la vida? —preguntó directamente—. ¡Os hemos dado otra oportunidad!

—¡No la hemos pedido!

—¡Muy bien! ¿Os queréis marchar? Pues adelante. Nadie os detendrá. Nadie os juzgará. De hecho, os dejaremos una mochila y algo de ropa y comida para que no os pase nada por el camino. Pero los demás no tenemos por qué pasarnos todo el camino escuchando quejas de alguien que no quiere venir con nosotros. Así que, ¡venga! ¡Quien quiera irse se puede marchar ahora mismo!

Hubo un instante de silencio en el que los androides parecieron perder la fuerza de voluntad que habían ido acumulando durante la discusión. Retrocedieron un poquito e intercambiaron miradas dubitativas, como si ya no estuvieran tan seguros de sus propios deseos. Quejarse era muy cómodo, pero actuar no tanto.

—Quien quiera quedarse —siguió Alice, aprovechando el silencio— que sepa que lo vamos a tratar como a uno más. Estamos intentando llegar a casa de unos amigos que podrían ayudarnos. No os garantizo que será seguro, igual que nadie puede garantizaros que regresar a la Unión vaya a serlo. Pero lo que sí os aseguro es que allí no os espera nada bueno, mientras que en el lugar al que nos dirigimos nosotros os tratarán como a iguales.

De nuevo, nadie dijo nada. Alice los repasó con la mirada, tensa, preguntándose si se habría pasado. No quería asustarlos, pero tampoco mentirles, y parecía que necesitaban que alguien les diera una dosis de realidad.

Justo cuando pensaba que nadie iba a decir nada, la primera chica que había hablado, la pequeñita y delgada, se adelantó un poco y la miró con los ojos algo tristes.

—Sabemos que allí no nos espera nada bueno—le explicó con voz suave—, pero la última vez que nos dijeron que nos estaban salvando terminamos encerrados en esas celdas. Por eso estamos asustados.

Eso la dejó un poco descolocada. No estaban enfadados, sino asustados.

—¿Quién os dijo eso?

—El Sargento —murmuró una mujer de pelo castaño y piel morena—. Conseguimos escapar de la capital con la ayuda de un guardia y...

—¿Cómo se llamaba? —la detuvo Alice.

—No nos lo dijo —respondió uno de los hombres.

—Tenía la piel y el pelo oscuros —describió la primera chica—. Llevaba una de esas armas grandes para disparar muy lejos y era un poco antipático, pero nos ayudó.

Anuar. Tenía que ser él.

Entonces... ¿Alice no era el primer androide al que ayudaba?

—Después de escapar, no sabíamos qué hacer —continuó la mujer de piel morena—. Nos dio una dirección, pero cuando llegamos a la ciudad que nos había dicho vimos que acababa de ser destruida. No nos quedó más remedio que buscar refugio. Y entonces apareció el Sargento.

—Nos dijo que estaba formando un proyecto de futuro —añadió el hombre—. Que quería crear una ciudad como las de antes, y que estaba dispuesto a aceptar androides en ella.

—En cuanto llegamos allí, nos encerró en las celdas —finalizó la mujer—. Es la primera vez que salimos de ese edificio desde hace dos meses.

Kai, al otro lado del fuego, los miraba con aspecto horrorizado. Llevaba mucho tiempo apoyando al Sargento. No debía de ser sencillo darse cuenta de que todo lo que había visto y oído había sido un engaño.

Alice no supo qué decirles. Se había quedado en blanco. Por suerte, Rhett tomó la palabra.

—Si el problema era vuestra condición de androides, podría haberos matado. Sin embargo, os mantuvo con vida. ¿Por qué?

Pareció ser la pregunta clave, porque todos reaccionaron al instante. Algunos se tensaron, otros apartaron la mirada... y, curiosamente, la única que tuvo el valor de responder fue la chica pequeñita y delgada.

—Porque experimentaban con nosotros.

El recuerdo fugaz de una conversación con Charles hizo que Alice tragara saliva. Había mencionado algo de una ciudad que no le gustaba porque en ella experimentaban con androides. No le había hecho caso, pensó que era una invención para asustarla, pero también recordaba que Kai había recalcado que el Sargento y el líder de las caravanas no se llevaban bien. ¿Sería por eso?

—¿Experimentos? —repitió Maya pasmada.

Kai parecía estar a punto de vomitar. Blaise le dio una palmadita en el brazo a modo de consuelo. Kenneth, mientras tanto, bostezaba como si la conversación le diera absolutamente igual.

—Sí —respondió la mujer de piel morena—. A algunos nos usaban para comprobar la resistencia a ciertos tipos de daño, a medicamentos... En función de nuestros resultados, lo testaban en sus propios soldados. Y luego estaban los otros experimentos.

—¿Como cuáles? —Rhett era el único que ni siquiera había parpadeado durante la explicación.

A veces, a Alice le sorprendía la entereza con la que aguantaba ciertas cosas. O bien conseguía que le dieran igual, o sabía disimular como un profesional. Estaba casi segura de que era la segunda.

—A 27 le... le... —El hombre que había empezado la explicación cerró los ojos un momento—. Intentaron sustituirle las manos por cuchillas, pero no funcionó. No volvimos a saber nada de él.

—A 31 intentaron dejarla embarazada —añadió la mujer—. Tampoco funcionó.

—Los androides no somos fértiles —intervino Alice.

Casi al instante, la mujer de piel morena esbozó una pequeña sonrisa amarga y apartó el enorme abrigo con el que se había cubierto hasta ese momento. Ocultaba una barriga lo suficientemente grande como para que no cupieran dudas de qué significaba. Alice contuvo la respiración mientras la mujer volvía a cubrirse.

—Murieron otras tres antes de que empezaran a intentarlo conmigo. Parece que soy el único sujeto viable que han encontrado.

Los demás empezaron a murmurar lo que habían hecho con ellos. En algunos casos habían tratado de poner a prueba su resistencia al dolor, mientras que otros habían tenido que someter su capacidad cerebral a examen. El ambiente, al principio tenso, se volvió gélido. Alice solo podía escuchar en silencio.

—No sé qué me hicieron —murmuró la chica delgadita—, actuaron cuando estaba inconsciente, pero..., desde entonces, he sido incapaz de pasar mucho tiempo sin un respirador artificial. Me lo daban solo cuando hacía los ejercicios que me pedían que llevara a cabo. Era mi recompensa. E, incluso entonces, solo me permitían utilizarlo durante cinco minutos.

—¿Y qué pasa si pasas mucho tiempo sin la máquina? —preguntó Blaise con su fuerte acento francés.

La chica no respondió, pero no hizo falta que lo dijera en voz alta. Sus pulmones dejarían de funcionar. Por suerte, Alice le encontró una solución enseguida. Pronto se encontrarían con Charles, irían a su antigua zona y allí encontrarían un respirador artificial. Seguro que había alguno.

—Y ¿dónde están los demás? —preguntó—. En las cámaras vi a más androides.

No le gustaron las caras que pusieron. Especialmente porque 42, su amiga, la que había estado con ella al principio de su aventura, se encontraba entre ellos.

—No nos veíamos entre nosotros —explicó un hombre—. Lo único que sabemos es lo que conseguíamos escuchar a los guardias. Al parecer, se llevaron a todos los de la última generación poco antes de que nos rescatarais.

Rhett, al ver que el ánimo de Alice decaía, le tiró de la manga hasta volver a sentarla a su lado. Ella se dejó hacer de forma casi automática.

—Ya es muy tarde —intervino él—. Deberíais descansar, no estáis acostumbrados a moveros y mañana vais a tener que andar durante casi todo el día. Nosotros nos ocuparemos de las guardias.

Lentamente, todo el mundo fue encontrando su hueco junto al fuego. Algunos apartados, otros un poco más juntos, un puñado encogidos... Alice los observó sin ser capaz de moverse, todavía con la imagen de 42 en su retina. Para cuando quiso darse cuenta, todo el mundo se había acomodado y ella seguía mirando fijamente las llamas.

—Alice —escuchó la voz de Rhett junto a ella—, descansa un poco. Yo me encargo del primer turno.

Fue como si activara un botón para reanimarla, porque empezó a negar automáticamente con la cabeza.

—No, yo... Yo hago la primera guardia.

Rhett no pareció muy convencido.

—¿Estás segura?

—Aunque lo intentara, no podría dormirme. Déjamela a mí, por favor.

De nuevo, él no pareció muy disuadido, pero entendió que no iba a ser capaz de hacerle cambiar de opinión. Asintió con la cabeza y se echó hacia atrás para tumbarse en el hueco que les habían dejado. A Alice no se le pasó por alto el detalle de que tenía los labios azulados y no paraba de temblar, por mucho que intentara disimularlo. Sin decir una palabra, se quitó el abrigo naranja y se lo tendió.

—¿Qué haces? —Rhett lo rechazó alarmado—. ¿Es que quieres congelarte?

—Soy una androide. El frío no puede matarme. A ti sí.

Rhett se quejó dos veces más, intentando devolvérselo, pero al final Alice se las apañó para que se lo pusiera por encima.

—Estoy empezando a pensar que esto de ser humano no tiene muchas ventajas —refunfuñó mientras se acomodaba.

Alice esbozó una pequeña sonrisa.

—Si quieres que te conviertan, solo tenemos que hacerle una pequeña visita a mi padre.

—Sí, qué ilusión.

—¿Sarcasmo?

—Sí.

—Menos mal, ya voy pillándolo.

Rhett suspiró, ya tapado con el abrigo, y la miró con cierta preocupación.

—¿Estás segura de que no lo necesitas?

—Totalmente.

—Como me despierte y estés congelada, voy a cabrearme mucho.

—Bueno, como estaré congelada, no me enteraré.

Alice esbozó una pequeña sonrisa y vio cómo Rhett se daba la vuelta para momentos después quedarse dormido. Al observar su alrededor, vio que los demás habían hecho lo mismo. Kai y Blaise estaban bajo el abrigo de este último, roncando al unísono, mientras que los demás se las arreglaban como podían. Alice echó una ojeada a Trisha, que se había tumbado de lado para darle la espalda a los demás. El peso de la tela evidenciaba el hueco de la parte del brazo que había perdido.

Con un suspiro, volvió a girarse hacia delante y contempló el fuego. Quería pensar que estaba haciendo lo correcto. Quería creer que aquella no era una misión suicida. Que llegarían a un lugar donde todos pudieran sentirse seguros.

Y todo pasaba por encontrar a Charles.

2
LA CIUDAD QUE ESTALLÓ EN LLAMAS

Pese a que los sueños habían llegado a su fin y, por consiguiente, Alice disfrutaba de noches tranquilas, la presencia de Alicia seguía latente dentro de ella. En ocasiones, era tan evidente que se sentía como si la tuviera andando a su lado, comentando lo que hacían y observándola con curiosidad. No estaba muy segura de si se trataba de un error en su programa o si, simplemente, estaba perdiendo la cordura, pero no se atrevía a hablarlo con nadie.

—«¿Te da miedo que te tomen por loca?», preguntó Alicia. Acababa de esbozar media sonrisa. «Quizá lo estés. De hecho, tal vez lo estemos las dos».

Alice quiso mandarla callar, pero no se atrevió, ya que la androide embarazada seguía andando junto a ella.

Mantenía una mano sobre su tripa hinchada y, de vez en cuando, resoplaba y necesitaba un descanso. Alice se había retrasado, precisamente, para no dejarla sola.

En ese momento, por ejemplo, le hizo falta detenerse y sentarse sobre una roca para respirar hondo. Alice se mantuvo a su lado sin decir nada. Los demás se habían adelantado bastante, pero seguir sus huellas no era nada complicado. Además, aún tenía el revólver con dos balas.

—Lo que hiciste por nosotros fue una muestra de valor.

Aquello hizo que volviera a centrarse en su acompañante. Alice le sonrió, agradecida y algo incómoda a la vez. Seguía sin acostumbrarse a los cumplidos.

—No lo hice sola.

—Lo sé, pero ya nos han contado que fue idea tuya. Solo quería agradecértelo.

No respondió. Estaba muy pendiente de la forma como intentaba recuperar el aliento. Parecía cansada.

—¿Quieres tumbarte? —sugirió preocupada.

Normalmente, contaba con la ayuda de la chica delgadita. Por sus problemas pulmonares, también necesitaba hacer muchas paradas, pero justo ese día había decidido seguir el ritmo del grupo.

—No, no... —La mujer lo descartó con un gesto de la mano—. No podemos detenernos mucho tiempo.

—Tampoco seremos capaces de seguir si no te encuentras bien.

—Me recuperaré enseguida. Dame unos segundos.

Alice decidió no insistir. Se metió las manos en los bolsillos del abrigo y observó a su alrededor con curiosidad. Pese a que no le resultara demasiado cómoda la temperatura, tenía que admitir que un bosque nevado era una de las estampas más bonitas que había visto en su vida. Los tonos verdes oscuros y los marrones se mezclaban con las manchas blancas, salpicadas entre las ramas y las hojas. Las pocas zonas heladas arrancaban destellos de luz que ella siempre seguía con la mirada. Y lo que más le gustaba, por encima de todo lo demás, era el hecho de que no se hubieran encontrado con nadie. Ni huellas, ni signos de vida. Solo estaban ellos. Era un alivio.

—Te llamas Alice, ¿no es así? —murmuró la mujer, todavía sentada en la roca.

—Sí.

—Y ¿cuál es tu número?

Hablar tan abiertamente del tema era extraño, pero tener que repetir su identificación era casi como envenenarse la lengua. Hizo un esfuerzo para que no se notara lo mucho que la disgustaba y respondió con un escueto:

—43.

La mujer asintió.

—Bonito número. Última generación, por lo que veo. Y de las favoritas. Los terceros suelen ser los mejores prototipos.

—Eso decía mi creador.

—Lo piensan todos —aportó la mujer con una sonrisa—. Pero, al menos, el tuyo lo decía.

A Alice se le contagió la sonrisa, pero no añadió nada. De hecho, prefirió tratar de descubrir más datos sobre ella.

—¿Qué número eras tú?

—El 34.

—Nada de favoritismos.

—Nunca pretendí tenerlos, te lo aseguro. Ser una androide doméstica ya era más que suficiente.

Esos eran los encargados de todas las tareas domésticas de la zona, desde la limpieza hasta, en algunas ocasiones, la cocina y el cuidado de los humanos. Eran también los más numerosos. Los seguían los androides médicos, los ayudantes científicos y, en último lugar, los de información.

—¿Doméstica? —repitió pensativa—. Como una antigua amiga mía.

—¿Amiga? —El término no pareció encajarle demasiado.

—Una androide. Hace mucho que no sé de ella. —Por algún motivo, Alice no quiso nombrar a 42—. Y ¿cuál es tu nombre? ¿Cómo se refieren a ti?

—Bueno, muchos todavía me llaman 34, pero yo prefiero Eve.

—Eve —repitió—. ¿Ese no es...?

—El nombre del primer androide que crearon, sí. El de la historia que siempre nos contaban en las reuniones. —Sonrió un poco—. No tenía mucha imaginación cuando escapamos y me vi forzada a adoptar una identidad humana.

Alice recordaba la historia del primer androide. Había sido mucho antes de la guerra y de que los padres crearan una sociedad en la que poder unir sus ideas y crear prototipos más perfeccionados. Eve había sido un mero robot hecho a base de cables y componentes mecánicos al que se controlaba mediante un ordenador gigantesco.

Durante unas pocas semanas, trabajó como ayudante de laboratorio, pero pronto tuvieron que desconectarlo por problemas de funcionamiento. Aun así, sirvió como base para todos los androides posteriores. Alice siempre se preguntó por qué la estatua del vestíbulo de su zona representaba a un científico en lugar de a Eve.

—No es un mal nombre —admitió.

—Los demás eligieron Nick, Fer, Diana... Supongo que ya los irás conociendo. Tampoco tenemos mucho más que hacer. —Señaló a la chica delgadita—. Esa es Teguise.

—Bonito nombre. Nunca lo había oído.

—Era de información. Lo leyó en un antiguo libro guanche. —Hizo una pequeña pausa—. Todos tenemos un nombre, e incluso llegamos a inventarnos un pasado por si algún día teníamos que fingir ser humanos. Pero ya ves que no ha servido de nada.

Alice esbozó una sonrisa un poco amarga. Ella también se había planteado inventarse una historia humana para protegerse y había decidido usar la de Alicia. Con suerte, nunca necesitaría hacerlo.

Eve consiguió recuperarse al poco tiempo y, mientras reemprendían la marcha para alcanzar a los demás, Alice no pudo evitar señalar su barriga.

—No quiero ser indiscreta, pero ¿cómo...? Es decir...

—Lo sé. Se supone que somos infértiles. No entiendo cómo lo hicieron, pero conmigo funcionó.

—¿Y el bebé será...? Eeeh...

—¿Humano?

Alice asintió, dubitativa. Eve se limitó a exhalar un suspiro.

—No lo sé —admitió en voz baja—. Pero espero que sí. Si nace androide, se quedará con la misma apariencia toda su vida, pero su mente seguirá evolucionando. ¿Te imaginas cómo sería tener cuarenta años y estar atrapado en el cuerpo de un bebé? No le deseo algo así. Espero que sea humano. ¿Te imaginas? No creo que haya muchos bebés hoy en día.

—Nunca he visto uno.

Al menos en persona, porque sí que había visto a Jake en los recuerdos de Alicia.

—Y será mi hijo —afirmó Eve en voz baja. Colocó una mano sobre su barriga como si quisiera confirmarlo—. Tantos meses creyendo que me lo quitarían nada más nacer, que ni siquiera se me permitiría verle el rostro..., y ahora por fin siento que podré ser su madre.

Alice no supo qué decirle. Si tantas androides habían muerto antes en los anteriores intentos, no estaba muy segura de que el proyecto fuera a funcionar. Pero no se atrevió a comentarle sus preocupaciones. No quería arruinarle la ilusión.

—Será el bebé más querido de este mundo —le aseguró.

Eve le sonrió con agradecimiento.

—Será humano —murmuró, y parecía estar convenciéndose a sí misma—. Lo será. Lo sé.

—¿Cómo puedes estar tan segura?

—Lo percibo. Cuando estaba en la Unión y no dejaban de repetirme que solo era un juguete, que no era más que un listado de componentes..., nunca me lo creí. Y ¿sabes por qué? Porque este bebé me daba esperanza. Si los androides somos incapaces de sentir, eso quiere decir que él me transmite sus emociones para que no me rinda. Es humano. Lo sé. Ya lo verás.

Alice, de nuevo, optó por callar.

* * *

Sabían que iba a ser un viaje duro, pero no tenían ni idea de hasta qué punto.

Las temperaturas bajas terminaron pasando factura a todo el grupo, cuya velocidad se ralentizaba cada vez más. En consecuencia, pasaban tanto tiempo en la nieve que apenas recordaban lo que era el calor. El frío no dejaba de torturarlos, los envolvía y hacía que se les nublara la mente y les resultara difícil pensar con claridad. Incluso la propia Alice se quedó varias veces sin resuello. En esas ocasiones, tenía que apoyar las manos en las rodillas y tratar de recuperar la respiración.

No había casas, ni tampoco ciudades abandonadas. Solo bosque y más bosque. Los animales estaban escondidos, se estaban quedando sin comida y tener el estómago vacío solo empeoraba la situación. Más de una vez Alice se preguntó cuántos llegarían al final del trayecto. La respuesta llegó mucho antes de lo que hubiera deseado.

Al tercer día, tras varias horas andando, Alice escuchó que Blaise soltaba un pequeño chillido. Todos se dieron la vuelta y vieron que la chica delgadita, Teguise, se había caído al suelo. Alice se acercó corriendo y se arrodilló a su lado.

Su pecho subía y bajaba rápidamente, pero con debilidad, y un extraño silbido escapaba de su nariz cada vez que intentaba inspirar.

—¿Qué le pasa? —preguntó la niña aterrada.

Alice no supo qué decirle. Por suerte, Trisha apareció en ese momento para apartarla.

—Pero ¿qué le sucede? —insistía mientras se alejaban—. ¿No podemos ayudarla?

—No va a sobrevivir al viaje —sentenció uno de los androides mirando a Alice.

Ella dudó. Sabía lo que le estaba insinuando, pero era incapaz de asumirlo. Empezó a negar con la cabeza. No podía permitir que les pasara nada malo. Solo tenía que aguantar unos días más.

—Es una androide —dijo finalmente. Su voz sonaba segura, pero en el fondo no se sentía así—. Si su núcleo sigue intacto, puede sobrevivir.

—Pero ¿en qué condiciones? —preguntó Eve con un tono de voz casi piadoso—. Vivir así es una agonía. Cada día sufre más. Y somos incapaces de ayudarla.

—En la zona de los androides habrá respiradores de sobra —intervino Kai, que jugueteaba de forma nerviosa con sus manos—. Solo tiene que aguantar un poco más y...

—¿De verdad crees que a estas alturas un respirador podría salvarla?

De nuevo, Alice sabía a qué se refería. Especialmente cuando los presentes miraron el revólver que llevaba en su cinturón. Pero fue incapaz de sacarlo. No podía matarla a sangre fría. Ni siquiera para ahorrarle sufrimiento.

Una mano conocida se posó sobre su hombro. Rhett se había agachado a su lado.

—Deja que lo haga yo —le pidió en voz baja.

Alice se sintió más aliviada de lo que querría admitir. Sabía que era lo mejor, pero se veía incapaz de apretar el gatillo contra otro androide. Se apartó de Teguise, que seguía intentando respirar con los ojos cerrados, y Rhett se llevó la mano al cinturón.

Mientras él, con una rodilla en el suelo, colocaba la punta del cuchillo sobre la zona donde se encontraba su núcleo, Alice contemplaba la cara de la pequeña androide. No poder hacer nada por ella era devastador, y que tan solo fuera una chiquilla lo empeoraba. Estiró la mano sin darse cuenta para tomar la suya y, para su sorpresa, notó que la chica se la apretaba con fuerza, como si la instara a seguir adelante.

Así que Alice asintió una vez a Rhett, que, al instante, golpeó la punta del cuchillo con el puño y lo hundió en su abdomen. Fue un golpe contundente, seco y muy rápido. En cuanto partió el núcleo, la piel de Teguise se volvió pálida y su mano, todavía entre las de Alice, se convirtió en un peso inerte.

Pese a las quejas por el retraso que supondría, decidieron cavarle una pequeña tumba junto al camino. Tras cubrirla con tierra y nieve, Trisha clavó un tablón de madera encima para indicar que ahí reposaba alguien. Maya grabó su número, 21, en la superficie con el cuchillo, y entonces retomaron la marcha.

Sin embargo, mientras los demás avanzaban, Alice retrocedió sobre sus pasos, volvió a la tumba y con su propio cuchillo inscribió el nombre de Teguise justo encima del número.

Fue solo la primera. Durante los siguientes días, cuatro androides más terminaron cayendo. Todos habían tenido que soportar experimentos que les impedían vivir sin ayuda, así que sus muertes, aunque tristes, no fueron ninguna sorpresa. Repitieron el proceso con todos y, para entonces, Alice directamente inscribía su nombre humano.

—¿Crees que esto ha sido un error? —le preguntó una noche a Kai.

Era el único que seguía despierto y, aunque no era la mejor persona del mundo para hablar de temas serios, Alice no tenía a nadie más.

Para su sorpresa, Kai resultó ser una gran opción.

—¿Por qué dices eso?

—Porque están... muriendo —admitió en voz baja, abrazándose las rodillas—. Si se hubieran quedado en la Unión...

—En tal caso, ahora mismo estarían experimentando con sus sistemas. O los habrían descartado y se habrían deshecho de ellos. Aquí tienen una oportunidad, Alice. No todo el mundo puede decir eso. —Al ver su expresión sorprendida, Kai sonrió—. ¿Te esperabas una respuesta peor?

—Pues... la verdad es que sí. Sin ánimo de ofender.

Kai estuvo a punto de responder, pero Blaise dio un manotazo en sueños y le provocó tal brinco que casi hizo que se agarrara a la rama de un árbol. El susto que se llevó le quitó toda la autoridad que había ganado hasta ese momento.

Siguieron andando, la comida continuó menguando y el frío, aumentando. Alice se planteó intentar encontrar una ciudad muerta, pero pronto lo descartó. Ni siquiera los más fuertes del grupo serían capaces de recorrer tanto camino y volver sin terminar exhaustos. Por no hablar del peligro que suponían los salvajes. Además, necesitaban quedarse todos juntos. Los androides —y algunos de los humanos— no sabían defenderse solos.

Casi había dejado que la desesperación se apoderara de ella cuando al sexto día por fin vio la sombra de unos muros que se cernían sobre ellos. Se detuvo por instinto y todo el mundo se dio cuenta enseguida de lo que estaban viendo.

—Ciudad Central —murmuró Trisha, deteniéndose a su lado—. O lo que queda de ella, supongo.

Rhett se detuvo a su otro lado y observó la ciudad con gesto serio. Tenía la mandíbula apretada. De todos ellos, era quien había vivido más tiempo en aquel lugar. Alice sabía que, aunque hubiera pasado malos momentos allí, siempre sería lo más parecido que había tenido a un hogar. No debía de ser fácil ver sus ruinas cubiertas de nieve.

Estuvo a punto de tomarle la mano para tratar de brindarle consuelo, pero Rhett se adelantó y empezó a recorrer el camino hacia la entrada.

—Podemos dormir aquí, todavía no hay salvajes —observó.

Alice, que lo seguía de cerca, lo miró con el ceño fruncido.

—¿Cómo lo sabes?

—Porque limpian las ciudades antes de usarlas.

Ella dudó, intentando recordar las otras ciudades destruidas que había pisado, y se dio cuenta de que tenía razón. Había visto coches apartados y árboles cortados. Incluso las casas estaban vacías. En cambio, Ciudad Central seguía exactamente igual que la última vez que la habían visto: llena de edificios en ruinas.

Recorrieron el camino en silencio, cada uno con una mano en su arma. En cuanto llegaron a la gran barrera de la entrada, comprobaron que, efectivamente, nadie la había tocado. La cadena rota seguía alrededor de las manijas y el candado en el suelo, hecho trizas.

—¿Hay algún edificio entero? —preguntó Maya, que iba tras ellos.

—La zona de lo alto de la colina parece haber sido la menos afectada —murmuró Rhett, revisándola con la mirada.

—Es decir, el hospital, la sala de actos y el comedor —explicó Alice.

Trisha torció el gesto.

—El objetivo no eran los edificios principales, sino las casas.

Como nadie parecía dispuesto a moverse, Alice hizo ademán de entrar, pero se detuvo a medio camino. No podía. Entrar ahí le traía unos recuerdos que en esos momentos no necesitaba. Le recordaba demasiado bien lo que alguna vez había tenido y probablemente nunca recuperaría.

—Vamos, Alice. —Escuchó la voz de Blaise, que la tomó de la mano sin dudarlo—. Solo es una ciudad. Si quieres, puedo ayudarte.

La pobre no entendía qué significaba ese lugar para todos ellos, pero Alice prefirió no decírselo. En cambio, dejó que la niña tirara de ella para cruzar el perímetro de los muros y, a su vez, guiara a todo el grupo.

Nada en aquella ciudad era como lo recordaba. En su memoria, había color, mucho ruido y gente paseando por doquier. Ahora era un lugar triste, cubierto de cenizas y nieve, de tonalidades apagadas, silencioso y completamente desierto. Tragó saliva al ver que algunos de los focos del campo de entrenamiento se habían derrumbado sobre las gradas, destrozándolas por completo, y habían aplastado también la sala de tiro. ¿Cuántas veces había estado allí con Rhett? ¿Cuántas tardes había pasado en ese lugar sin saber que serían las últimas?

Pasaron también por delante del edificio de los alumnos, completamente derrumbado, y vieron el de los guardianes. Ese último se sostenía a duras penas sobre sus cimientos, soportando el peso de un árbol que había caído sobre él. Casi parecía que el único sitio que se conservaba era la casa abandonada, la que Alice había usado aquella noche para ver el cometa con Jake, Trisha, Dean y Saud.

De todos ellos, ya solo le quedaba Trisha.

Mientras ascendían la pendiente que llevaba a la zona alta de la ciudad, Alice se dio cuenta de que, de alguna forma, seguía sintiéndose bien en ese lugar. Su aspecto había cambiado, pero nunca dejaría de ser el sitio donde se había sentido en casa por primera vez en su vida. Y eso no podrían arrebatárselo con un poco de fuego.

Al final, el lugar más seguro resultó ser la sala de actos. La zona de la entrada estaba en ruinas por culpa de un agujero gigantesco en el techo, y las ventanas estaban casi enteramente rotas, pero el pequeño escenario con la mesa y las sillas de los guardianes seguía conservándose bien. Alice sorteó con Blaise los cristales rotos y la gran lámpara caída, esquivó los restos de las sillas del público y finalmente subió el pequeño escalón para llegar al escenario.

—Parece un buen sitio para pasar la noche —comentó Kai.

—Es mejor que la nieve, eso seguro. —Maya dejó la mochila en el suelo y suspiró—. ¿Hacemos una hoguera?

Un rato más tarde, habían encendido una hoguera a la que todos se pegaban como podían. Alice se mantuvo un poco al margen, dolorida por la larga caminata.

—¿No te sientes como en casa? —preguntó Trisha a Rhett a unos metros de distancia.

Él esbozó una sonrisa amarga, pasando una mano por el respaldo de la que había sido su silla.

—Nunca creí que vería este lugar peor de lo que estaba —intentó bromear.

—Y yo nunca pensé que vería este lugar sin Max, pero es lo que hay —respondió Trisha.

El recuerdo de todos los días que había pasado encerrada con el guardián supremo hizo que Alice se tensara; necesitaba sacárselo de la cabeza.

—Deberíamos ir a ver si encontramos algo de comer —propuso.

Rhett asintió con la cabeza.

—Podemos ir al comedor.

—Sí. Pero iré yo sola.

Kai, Kenneth, Maya, Trisha y él eran los únicos humanos. No quería arriesgarse a que se alejaran del fuego. Eran los únicos que corrían peligro de verdad.

—¿Tú sola? —repitió Kai con voz chillona.

—Podría acompañarte —comentó Kenneth levantando sus esposas—. Pero necesitaría un voto de confianza.

—Tú te sientas y te callas —le soltó Trisha.

—¡Quiero ir! —exclamó Blaise entonces.

—Es una ciudad abandonada y está nevando. —Alice los miró—. No habrá nadie, no os preocupéis.

—Voy contigo —insistió Rhett.

—No. Tú asegúrate de que nadie se muere de hipotermia. Ellos te necesitan más que yo.

Y, para sorpresa de todos, Rhett accedió sin protestar.

—¿Puedo ir yo? —insistió Blaise, casi suplicando con los dedos entrelazados delante de ella—. ¡Por favor! A mí no me necesitan. ¡Y puedo ayudarte!

Alice estuvo a punto de negarse, pero al final no pudo evitar esbozar media sonrisa divertida y hacerle un gesto para que se acercara. La niña soltó un chillido de alegría.

Las dos cruzaron la sala de actos y la zona nevada que la separaba del gran comedor, donde encontraron su primer obstáculo; la puerta estaba atascada. Alice intentó empujarla con el hombro, pero fue inútil. Soltó un suspiro de hastío mientras Blaise la observaba, dubitativa.

—¿Quieres que vaya a llamar a Rhett y...?

—No —la cortó al instante—. Podemos hacerlo nosotras solas. Dame un momento.

Dio un paso atrás, recordó lo que había visto que hacía Rhett en las casas abandonadas y dio una patada con el talón de la bota justo al lado de la manija. La puerta soltó un crujido casi doloroso y, al segundo golpe, cedió y se abrió.

—¡Qué pasada! —gritó Blaise—. Tienes que enseñarme a hacer eso.

—Mejor otro día.

Entraron en la cafetería las dos juntas, mirando alrededor. Había agujeros en el techo y las ventanas estaban en su mayor parte rotas, por lo que había montoncitos de nieve en ciertos puntos de la sala. La barra estaba destrozada y había bandejas tiradas por el suelo, unas encima de otras. Lo único que parecía en buenas condiciones era la cocina.

—¿Deberíamos buscar comida? —preguntó Blaise.

Alice estuvo a punto de responder, pero al final sacudió la cabeza y avanzó hasta que sintió que, simplemente, no podía más. Se acercó a la barra, las rodillas cedieron bajo su peso y se deslizó hasta quedarse sentada en el suelo prácticamente congelado.

Mientras se pasaba una mano por la cara, sintió que Blaise se había acercado y la miraba sin saber qué hacer.

—¿Estás bien? —preguntó en francés.

Alice quiso decirle que no, que no estaba bien en absoluto. Que llevaba varios días preguntándose si esos androides habrían sobrevivido si no los hubiese sacado de la ciudad, si Rhett y Trisha estarían mejor en la Unión, si había puesto a todos en peligro por intentar perseguir algo que ni siquiera sabía si sería capaz de encontrar...

Pero no podía decirle eso a una niña. No podía confesarle que necesitaba separarse un poco del grupo para respirar, para dejar de sentirse como si le estuvieran oprimiendo el pecho con una garra de hielo.

—Sí —murmuró también en su idioma—. Necesito descansar un poco, eso es todo.

Alice apoyó los codos en las rodillas, de pronto se sentía agotada, y Blaise apenas tardó unos segundos en darle una palmadita en el hombro.

—Si estás mal, pronto te pondrás mejor —le dijo alegremente—. Vamos a encontrar a ese amigo tuyo y él nos ayudará, ¿verdad?

Ya no lo sabía. ¿Lo lograrían?

—Es cierto —aseguró de todas formas—, pero eso no quiere decir que no tenga miedo, Blaise.

—¿Miedo? ¿Tú?

Lo había preguntado como si fuera lo más disparatado del mundo, cosa que hizo que Alice sonriera un poco.

—Pues claro que tengo miedo. Como todo el mundo.

—No, tú no. Siempre te muestras muy valiente.

Casi sonaba como si acabara de traicionarla. Alice parpadeó, sorprendida, al comprender que toda la confianza que parecía poseer Blaise estaba cimentada en la que percibía de Alice. Si ella dejaba de mostrarse valiente, Blaise se tambaleaba sobre su plataforma de falsa seguridad. Y eso le daba pavor.

Tras unos segundos de silencio, Alice estiró las piernas y se dio una palmadita en los muslos. Blaise se sentó encima de ella y la miró con desconfianza.

—¿Hay algo que no me hayas dicho? —preguntó Alice con la voz más suave que pudo emitir.

La niña negó con la cabeza, pero lo hizo tan bruscamente que fue más que obvio que estaba mintiendo.

—Vale. —Decidió fingir creérselo—. Dices que yo siempre parezco valiente, ¿no?

—Sí...

—Bueno, pues no me siento así. En absoluto.

Blaise siguió mirándola con desconfianza.

—¿Ah, no?

—Claro que no. ¿Sabes cuántas veces he sentido tanto miedo que creía que iba a quedarme sin respiración? Cuando pensé que había perdido a Rhett, cuando me desperté sin saber dónde estaban mis amigos, cuando perdí a mi padre...

Eso último hizo que tuviera que carraspear para poder seguir hablando.

—¿Perdiste a tu padre? —preguntó Blaise, que la miraba con los ojos muy abiertos.

Alice asintió.

—Fue cuanto todavía no sabía nada de... absolutamente nada. Cuando creía que la vida se desarrollaba entre cuatro paredes y una persona, y que todo lo que se sabe en el mundo se puede guardar en un libro.

—¿Y no es así?

—No, Blaise. Hay cosas que, simplemente, no se pueden describir. Que solo entiendes cuando no te queda más remedio que vivirlas. Una de ellas es el miedo. —Hizo una pequeña pausa para observarla—. ¿Crees que estar asustada es malo? En absoluto. Solo se puede ser verdaderamente valiente cuando se tiene miedo.

Alice dudó un momento antes de meter la mano en su bolsillo, bajo la atenta mirada de Blaise, y sacar la pequeña cadena de oro que había guardado desde que habían salido de la cabaña en las montañas. La apretó en su puño y le colocó la otra mano a Blaise en el hombro.

—Sé que tú sabes lo que es tener miedo —añadió en voz baja—. Lo sentiste cuando perdiste a tu madre, y lo entiendo porque pasé por lo mismo. Lo que no quieres contarme es que crees que volverá a buscarte, que sigue viva y que lo que vimos solo fue una pesadilla. No quieres ser valiente porque eso equivale a asumir que no volverá, pero... No va a volver, Blaise. Y tú no eres cobarde, no necesitas inventar excusas para evitar enfrentarte a una realidad que no te gusta. Sé que es duro, sé que es una verdadera tortura y que lo único que deseas ahora mismo es poder seguir ocultándote bajo el escudo de la falsa valentía, pero no puedes permitírtelo. Necesito que seas tú misma.

No esperó una respuesta, pero sí que notó que la niña la miraba fijamente. Alice tragó saliva y por fin abrió la mano, desvelando su pequeño tesoro. A Blaise se le heló el aliento en la garganta en el instante en que observó cómo ella empezaba a ponérselo.

—El día que encontramos a tu madre, vi que estaba apretando esto con mucha fuerza. No sé qué es, pero si lo sostenía en sus últimos momentos, seguro que era importante para ella. Y creo que le habría gustado que lo tuvieras tú.

Blaise observaba la pulsera con los labios entreabiertos y los ojos llenos de lágrimas. Pese a todos los cambios de humor que padecía la niña, Alice no recordaba haberla visto nunca tan vulnerable y expuesta. Solo miraba fijamente la pulsera sin saber qué hacer.

—No tienes que decirle adiós para siempre —añadió Alice—. Ahora llevas una parte de ella contigo, ¿lo ves?

Blaise no dijo nada.

* * *

Alice llevaba un rato revisando estantes en la cocina, pero Blaise no dejaba de mirarse la pulsera. ¿Habría sido muy brusca? ¿Era demasiado pequeña para asumir una realidad como aquella?

Todas las dudas se disiparon cuando la niña, sorbiendo por la nariz, se acercó y le dio un pequeño abrazo que no le dio tiempo a corresponder. Tras eso, respiró hondo, se calmó y empezó a fingir que no había pasado nada. Alice tuvo la deferencia de seguirle el juego.

Pasados unos instantes y tras repasar los armarios por segunda vez, llegaron a la conclusión de que no había nada de provecho.

—Solo he encontrado esto —indicó la niña, levantando

un cuchillo torcido—. Podríamos amenazar al grandullón esposado con él.

Alice sonrió, pero decidió dejar el cuchillo en un armario alto que ella no alcanzara, solo por si acaso.

Cuando regresaron a la sala de actos, descubrieron al grupo alrededor de la hoguera y repartiéndose su última lata de comida. Nadie pudo disimular la decepción cuando Blaise y Alice volvieron con las manos vacías. A partir de ese momento, tendrían que sobrevivir con lo que encontraran por el camino. Por lo menos, tenían agua de sobra.

Blaise fue la primera en quedarse dormida. Estaba recostada con la cabeza apoyada en el regazo de Rhett, que la miraba sin saber qué hacer. Los demás no tardaron en conciliar el sueño, especialmente los androides, y al final Rhett se ofreció a hacer el primer turno de guardia. Nadie protestó.

Sin embargo, justo cuando Alice iba a tumbarse, notó que este la sujetaba del brazo para retenerla.

—Espera —sonrió con ilusión, algo bastante inusual en él—. Mientras estabas en la cocina, he encontrado algo interesante.

Captar su curiosidad era fácil, pero con ese enunciado la tenía en ascuas.

—¿En serio? ¿El qué?

A modo de respuesta, él rebuscó en su bolsillo y sacó una pequeña fotografía con bordes blancos y marcas de pliegues en forma de cruz por haber estado doblada. Alice se inclinó para verla mejor y, por fin, reconoció la entrada de la cafetería, las lucecitas y la pareja que le devolvía la mirada. Una chica algo tímida con los ojos muy abiertos y un chico con media sonrisa despreocupada que le rodeaba los hombros con el brazo. La fotografía de Navidad.

—¿Cómo...?

—Como no fuimos a buscarla, se debió de quedar por aquí.

Alice estiró la mano para cogerla, pero Rhett se la guardó en el bolsillo de la chaqueta. Parecía divertido.

—Es mía, ladrona —recalcó.

—¡Oye!

—El que la encuentra se la queda, ¿no?

Y, tras eso, le guiñó un ojo y empezó su guardia.

3
EL CUCHILLO TORCIDO

Abandonar Ciudad Central resultó más fácil que entrar en ella. Nadie quería permanecer mucho tiempo ahí. Para unos, era otra ciudad muerta. Para otros, una sombra de sus recuerdos.

Estuvieron andando todo el día y, por primera vez desde hacía semanas, pudieron ver el sol asomándose entre las nubes. Quizá fuera una señal de que estaban yendo por buen camino. Alice disfrutó del poco calor que emitía. Incluso le pareció que el humor del grupo mejoraba ligeramente.

Pero cuando estaba a punto de empezar a anochecer, tuvo que escuchar la molesta voz de Kenneth:

—Oye, tú.

Alice fingió que no lo oía.

—Sé que me estás escuchando.

De nuevo, fingió no enterarse de nada.

—¿Vas a seguir ignorándome? Puedo pasarme así todo el día.

Maya acompañaba a Eve, así que Alice se había puesto a la cabeza del grupo con el pesado de Kenneth. Quizá fuera mejor escucharlo para que dejara de hablar y ella pudiera volver a disfrutar del silencio cuanto antes.

—¿Se puede saber qué quieres? —preguntó sin darse la vuelta.

—Me duelen las muñecas... ¿Has visto cómo las tengo? No me habéis quitado las esposas en toda la semana. Tu novio antes lo hacía cada pocos días para que pudiera estirar los brazos, pero ya no.

—Seguro que tiene un buen motivo.

—¿Puedes mirarme un momento, por lo menos?

Alice suspiró y redujo un poco el ritmo para situarse a su lado. El rubio le enseñó las muñecas. Era cierto que las tenía rojas, pero las esposas no estaban tan apretadas como para hacerle herida.

—Eso no es nada —desdeñó Alice.

Kenneth pareció indignado.

—¿Que no es nada? ¡Las tengo en carne viva!

—Vaya, Kenneth... Nunca habría imaginado que fueras de esas personas.

—¿Qué quieres decir?

—Ya sabes, esos exagerados que...

Ni siquiera dejó que terminara.

—¡No estoy exagerando! —exclamó ofendido—. ¡Míralas! ¡Tengo una herida!

Alice les echó un vistazo solo para confirmar que no había nada y..., efectivamente, solo rojez.

—Nada —murmuró—. ¿Lo ves? No es...

Kenneth movió las manos a toda velocidad. Alice intentó apartarse, pero no logró hacerlo a tiempo.

De pronto, sintió la cadena de las esposas alrededor de su cuello y el pecho de Kenneth contra su espalda. En cuanto él empezó a tirar hacia atrás, ella dejó de respirar.

Escuchó gritos que parecieron muy lejanos, pero hasta

que Kenneth no aflojó el agarre no pudo identificar la voz furiosa de Rhett. Alice parpadeó, intentando respirar de nuevo, y vio que este apuntaba a su atacante con una pistola. Blaise también había acudido en su defensa: había rescatado el cuchillo torcido de Ciudad Central y amenazaba a Kenneth con él.

—Dame las llaves —exigió él—. Y quizá tenga clemencia.

—Suéltala —exigió Trisha.

—No estás en posición de darme órdenes, amor mío.

Esas dos últimas palabras parecieron enfurecerla, pero Maya la detuvo antes de que pudiera abalanzarse sobre él. Alice, mientras tanto, buscó los ojos de Rhett con la mirada. No parecía muy alterado, lo que la tranquilizó bastante. Los dos sabían que Kenneth podía ser muchas cosas, pero no un asesino. Alice supuso que, bajo las circunstancias adecuadas, todos podían cambiar, pero... no lo veía capaz de estrangularla.

Cuando Rhett asintió con la cabeza, ella echó el codo hacia atrás para clavárselo en el esternón.

Kenneth se encogió y Alice, al instante, se tiró al suelo para escabullirse del agarre de las esposas, pero no fue tan sencillo, porque Kenneth perdió el equilibrio y, justo antes de caerse por la pendiente de atrás, la agarró del brazo y la arrastró con él.

Por suerte, la pendiente no era muy empinada y su longitud no alcanzaba los cinco metros. Alice aterrizó en el suelo en apenas unos segundos con un fuerte golpe. No se había roto nada, pero unos buenos moretones la acompañarían al día siguiente. Al igual que a Kenneth, que estaba tumbado a su lado.

—¡Alice! —escuchó gritar a Kai en lo alto de la pendiente.

—¡Estamos bien! —gritó ella.

Kenneth estaba intentando incorporarse, pero con las esposas le resultaba complicado. Ella aprovechó para mirar a su alrededor. Estaban junto a un lago que no había visto en su vida, rodeados de árboles y pendientes rocosas. El paisaje sí que le resultó familiar: era el que solía ver por la ventana de su antigua zona, pero no sabía ubicarse demasiado bien.

Cuando Kenneth volvió a caerse al suelo, Alice reaccionó y se apoyó sobre las manos para colocarse en una posición defensiva. No llegó a incorporarse.

En ese momento, escuchó que alguien le quitaba el seguro a su pistola justo detrás de ella.

Se quedó muy quieta, temerosa de moverse, y vio que Kenneth hacía exactamente igual, aunque él veía a los atacantes. Parecía aterrado.

—Qué sorpresa —murmuró una voz que le sonó extrañamente familiar—. No pensé que volvería a verte, robotito.

Alice giró la cabeza, sorprendida. Una chica alta y de piel oscura la miraba con media sonrisa. La mitad de su cabeza estaba rapada, mientras que la otra tenía las puntas teñidas de rosa. La última vez que la había visto había sido cuando la había retado en el campamento de caravanas y Alice ganó los mitones que ella había apostado.

—¡Yin! —dijo sorprendida—. ¿Qué haces aquí?

—Eso debería preguntarte yo. —Enarcó una ceja hacia Kenneth—. ¿Quién es ese y por qué va esposado?

—Es nuestro prisionero.

La idea pareció gustarle. Mientras a ella se le iluminaba la mirada, Kenneth se puso lívido.

—Interesante —sonrió Yin. Tras eso, ofreció una mano a Alice para ayudarla a levantarse—. Charles se alegrará de ver que sigues con vida. Hace mucho que no sabemos nada de ti.

—¿Dónde está Charles?

—En el campamento. —Uno de los hombres señaló un caminito entre los árboles—. A menos de cinco minutos a pie.

Alice apenas pudo contener su entusiasmo. ¡Lo habían logrado! ¡Habían encontrado a Charles! Esbozó una gran sonrisa e hizo ademán de lanzarse sobre Yin para abrazarla, pero ella levantó una mano al instante a modo de barrera.

—Ni se te ocurra —le advirtió—. ¿Este es tu único acompañante o tenemos que buscar a más gente?

Unos minutos más tarde, el grupo entero se acercaba a las caravanas dispuestas en círculo alrededor de la hoguera. El olor a comida, el sonido de voces y risas... Alice sintió que llenaban su cuerpo y hacían que recuperara toda la energía que había ido perdiendo durante aquellas semanas. Con una ojeada por encima del hombro, comprobó que todo el mundo parecía sentirse igual. Incluso a Rhett, que normalmente no se fiaba de los sitios que nunca había visitado, se lo veía mucho más animado.

—Charles es un encanto —le aseguró Alice—. Te va a caer genial.

—Ya lo conozco... Más o menos.

—Pero trataste con él como vendedor, ahora lo conocerás como persona.

Era una forma de hablar, porque Charles no era humano. Un año antes, Alice había descubierto que era el androide fugado, 49, al ver que le faltaba una mano. Ninguno de los miembros de su grupo lo sabía, así que Alice había decidido guardarle el secreto. Especialmente porque le había salvado la vida.

Por fin llegaron al círculo de caravanas. Yin, quien lideraba el grupo, les abrió paso muy fácilmente con su cara de malas pulgas. Los integrantes de las caravanas los observaban con curiosidad, pero no les prestaban demasiada atención, solo echaban rápidas ojeadas antes de volver a sus asuntos. Se mostraban despreocupados incluso en eso.

La caravana de Charles era la que estaba salpicada de todos los colores posibles. Alice la divisó enseguida, pero Yin fue directa a los troncos que rodeaban la hoguera. Su líder estaba sentado en uno de ellos, riendo a carcajadas y sujetando una botella prácticamente vacía de lo que Alice supuso que no sería agua. Una de las mujeres que lo rodeaba estaba contando algo de forma muy dramática, provocando muchas reacciones divertidas, pero se detuvo en cuanto vio a Yin ahí plantada.

Su silencio provocó que todos se giraran hacia ellos.

—¿Qué? —Charles se dio la vuelta torpemente, casi cayéndose del tronco. Tardó unos segundos en enfocar a Alice—. Ah, eres tú.

La verdad era que esperaba un poquito más de alegría.

—Soy yo —afirmó—. Me alegro de verte, Charles.

—Ah.

—No te hagas el duro. —Yin esbozó media sonrisa malvada—. Tú también te alegras de verla.

Charles se limitó a ignorarla mientras trataba de girarse del todo en el tronco. Para cuando lo consiguió, el campamento entero había vuelto a sus quehaceres. La mujer de la hoguera incluso había reanudado su historia.

—¿Qué te trae por aquí, querida? —preguntó él mientras dejaba la botella en el suelo—. Y ¿a qué viene tanta compañía?

—Necesito tu ayuda.

—Mi ayuda —repitió—. Vaya, vaya. Y ¿para qué, si puede saberse? ¿Quieren venderte otra vez?

—No exactamente. ¿Podemos hablarlo en privado?

Estuvo a punto de responder, pero se detuvo de golpe al ver al grupo de androides que la acompañaban. Durante unos segundos, se limitó a observarlos con expresión de horror.

—¿Esa de ahí está embarazada?

—Es una larga historia.

Había demasiadas cosas que explicar y Charles empezó a sospechar.

—¿De quién estáis huyendo? —preguntó en un tono mucho menos amigable.

—¿Estás seguro de que quieres hablar de esto en público?

—Segurísimo. Aquí somos una familia.

Aquello hizo que la gente, que aparentemente no les prestaba atención, exclamara lo de acuerdo que estaba con él. Tras unos segundos de vítores, Charles volvió a centrarse en Alice.

—¿Y bien? ¿Quién os persigue?

—Un grupo muy simpático —respondió Rhett en voz baja— a cuyo sargento no parecían gustarle mucho las caravanas.

El buen humor de Charles —si es que existía— se evaporó en el instante en el que se puso de pie. Parecía hasta sobrio.

—¿La Unión? —Negó con la cabeza furiosamente—. No. De eso nada. Tenéis que marcharos.

Incluso Yin pareció sorprendida. Le lanzó una mirada de advertencia, como si no estuviera de acuerdo, pero Charles no cambió de opinión.

—¿Marcharnos? —repitió Alice sin poder creérselo—. ¡Hemos venido aquí en busca de ayuda!

—Pues muy mal hecho.

—¡Charles!

—Lo siento, querida, pero no quiero problemas con esos locos, porque quien los tiene siempre termina muerto.

Así que era por miedo, ¿no? Alice apretó los labios.

—Yo he tenido problemas con ellos y sigo viva.

—Pero tus amigos no están en muy buenas condiciones, ¿verdad?

—¡Por eso tienes que ayudarnos! —Alice se interpuso en su camino cuando hizo ademán de dirigirse a su caravana—. No sobreviviremos otra noche a la intemperie. Lo sabes.

—Por suerte, ese no es mi problema. Si me disculpas...

Mientras Charles empezaba a alejarse, Alice se sintió como si acabaran de hundirla en el suelo. Había depositado todas sus esperanzas en él. De hecho, se había enfocado tanto en ello que ni siquiera había considerado la posibilidad de que no estuviera dispuesto a ayudarla. ¿Qué harían? No tenían más alternativas. Quizá volver a su antigua zona a pasar unos días y reponer fuerzas, pero... ¿y entonces? ¿Seguirían perdidos? ¿Nunca encontrarían a los demás?

Por suerte, Yin intervino en ese momento:

—Venga ya, líder. ¿Vas a echarlos por cobardía?

—No es eso —replicó Charles sin darse la vuelta—. Es sentido común.

—Si actuaras por sentido común, nos ayudarías a deshacernos de esos lunáticos —espetó Trisha.

—Estoy de acuerdo con ella, jefe. Nunca nos han gustado y apenas hacemos tratos con ellos. Tampoco sería una gran pérdida que nos rechazasen como socios.

Charles dejó de caminar, les dio la espalda un momento más y al final rehízo sus pasos para plantarse delante del grupo. Parecía irritado.

—No es por motivos comerciales, sino por precaución. Todos estos son androides, ¿verdad? —Aquella última frase se la dirigió a Alice, a quien no le quedó más remedio que asentir con la cabeza—. ¿Lo ves? Con lo caros que son, ¿te crees que van a tomarse a la ligera que se hayan escapado cinco, Yin?

—En realidad, eran más —aclaró Kai—. Se han ido..., eh..., quedando por el camino.

—Genial. Entonces, han perdido cinco y un puñado de cadáveres. ¡Todavía peor!

Blaise le pellizcó el brazo a Kai, que aprendió la lección y permaneció calladito.

—Sigo pensando que deberían quedarse —insistió Yin.

—Pues yo no. Los habrán seguido.

—Si nos han seguido —interrumpió Rhett mientras se situaba junto a Alice—, ya saben que estamos aquí. Por mucho que nos eches, ya te consideran un traidor. Lamento ser yo quien te lo diga, Charles, pero estás jodido hagas lo que hagas.

Aquello pareció hacerlo reflexionar, pues en el fondo a Rhett no le faltaba razón. Todas las pruebas apuntaban a Charles. Aunque intentara deshacerse de ellos, sería difícil recuperar la confianza del Sargento.

Y él lo sabía, claro. Por eso, dedicó media sonrisa a Rhett.

—¡Pero si es Caracortada! —anunció—. Me sorprende que sigas por aquí. La última vez que vi a mi querida Alice pensé que te metería una bala entre ceja y ceja.

Eso hizo que Rhett se tensara un poco, de modo que Charles transformó su media sonrisa en una completa.

—No cambies de tema —lo amonestó Alice—. Has escuchado lo que ha dicho Rhett, y ya conoces la opinión de Yin. Solo te pedimos que lo pienses mejor. No tenemos nada que ofrecerte, pero si volvemos a casa, siempre serás bienvenido.

—No es una gran oferta, volaron vuestra ciudad hace unos meses.

—Lo sé. Me refiero a si encontramos a Max.

Charles frunció un poco el ceño.

—¿No sabes dónde está?

—No. —Ella contuvo la respiración—. ¿Tú sí?

—Pues claro. Pensaba que el plan era reuniros con él. —Hizo una pausa—. Están en la antigua zona de androides.

Eso significaba que iban en la dirección correcta.

Alice sonrió a su grupito, que parecía algo más animado. Pronto llegarían con los demás y se terminarían las caminatas y el hambre.

—Si nos ayudaras, le caerías mejor a Max —añadió Rhett, mejorando la oferta—. Conociéndolo, sabrás lo beneficioso que puede ser eso.

Charles lo observó con cierta diversión antes de girarse hacia Yin. Ella no parecía haber cambiado de opinión. Al poco, se volvió hacia ellos de nuevo.

—Está bien —aceptó, soltando un resoplido—. Quedaos si queréis, pero nada de exigencias. Aquí mandamos nosotros. Y, en caso de que aparezcan vuestros amigos de la Unión, no pienso arriesgar una sola vida por vosotros. ¿Está claro?

—Cristalino —aseguró Trisha.

Él se mantuvo en silencio durante unos instantes, como si se preguntara hasta qué punto había tomado una buena decisión, y entonces le hizo un gesto a su compañera.

—Encárgate de que se les proporcione comida y ropa de abrigo. Yo tengo que hablar con estos en mi caravana.

—¿Qué hago con el prisionero?

—¿Prisionero? —Charles se asomó para ver a Kenneth y esbozó una gran sonrisa—. Ah, pues lo que queráis. Echadle imaginación.

Rhett, Trisha, Blaise y Kai acompañaron a Alice hasta la caravana. Su interior era tal como lo recordaba: una gran cama, unos pocos muebles y un extraño olor a alcohol flotando en el aire. Charles apartó las botellas vacías que había sobre la mesa y quitó unas mantas arrugadas del sofá para que todos pudieran sentarse.

—¡Sentíos como si estuvierais en vuestra casa!

A pesar de que era de las caravanas más grandes del campamento, no había espacio para seis personas. Trisha, Kai y Blaise se apretaron en el sofá, mientras que Alice y Rhett se sentaron al otro lado de la mesa. Charles no tuvo tantos problemas; apartó a Alice con la cadera y se acomodó a su lado con una amplia sonrisa.

—¿Dónde está el niño de pelo rizado y voz chillona? —fue lo primero que preguntó. Miró a Blaise—. ¿Lo habéis sustituido por este diablillo?

—Diablillo lo serás tú —masculló la niña en su idioma.

Él se limitó a enarcar una ceja.

—Para ser tan pequeña —le respondió en un perfecto francés—, tienes muy mala leche.

Mientras Blaise enrojecía, Alice se dio cuenta de que nunca le había preguntado a Charles cuál era su especialidad, cosa que descubrió en ese momento. Era, como ella, un androide de información. Se preguntó cuál habría sido su área de estudio.

—Cómo son los niños de hoy en día, ¿eh? —añadió él con media sonrisa—. Cada vez salen más rebeldes.

—No estamos aquí para hablar de eso —le recordó Rhett.

—Ah, claro... ¿No me vais a presentar a vuestros compañeros?

—Ella es Trisha. Ya la habías visto —empezó Alice—. Esta es Blaise, una amiga. Y él es Kai. Trabajaba para la Unión.

Eso último pareció entusiasmarlo.

—¿Un traidor? ¡Me encanta!

—No soy un traidor —replicó él avergonzado.

—Y este es Rhett —añadió Alice—. Mi..., eh..., otro amigo.

El aludido le dedicó una mirada ofendida, pero, por suerte, había temas más importantes sobre la mesa que una discusión de apelativos.

—Tenemos que encontrar a Max y sabemos que la zona de androides no está muy lejos.

Charles se acomodó mejor.

—Bueno, tampoco es que quede cerca, precisamente. En especial si vais andando.

—Pero ya no tenemos que ir a pie —intervino Trisha—. Ahora disponemos de estas maravillosas caravanas.

—Tranquila, rubita, que siguen siendo mías. No te emociones.

—En realidad, solo necesitamos una —comentó Kai—. Con la gasolina suficiente, llegaríamos a la ciudad en menos de un día.

—Y luego ¿cómo me la devolveríais?

—Sería nuestra. —Blaise entrecerró los ojos.

—Pues no lo veo un trato muy justo.

Alice, que se había mantenido en silencio durante unos instantes, se giró hacia él.

—¿Y tú por qué estás aquí? La ciudad más cercana es la Unión, y dudo que te estés dirigiendo a esa zona.

Aquella pareció ser la pregunta adecuada, porque Charles tardó un poco más de lo normal en responder.

—Tengo asuntos que tratar —dijo simplemente.

—¿En la zona de androides?

—Sí.

—Entonces ¡vamos en la misma dirección! ¿Por qué no lo has dicho desde el principio?

—Para poder sacarnos más a cambio. —Rhett puso los ojos en blanco—. Ya se me había olvidado lo agotadores que sois.

—Lo mismo digo, Caracortada.

—¿Podemos retomar el tema? —preguntó Alice.

—Perdona, querida.

Rhett se tensó de nuevo.

—¿Puedes dejar de llamarla así? No es tu querida.

—Si te pones celoso, puedo llamarte querido a ti también.

—¡Dinos de una vez por todas si nos vas a llevar o no! —se impacientó Trisha.

Charles suspiró e hizo una pausa que Alice estaba segura de que era solo para ganar un poco más de atención.

—Lo haré —sentenció al fin—. Mañana por la mañana volveréis a verlos.

Alice no podía creerse que hubieran tenido tanta suerte. Literalmente no era capaz de creérselo. Tenía que haber gato encerrado.

Rhett debió de pensar lo mismo, porque preguntó:

—¿Cómo sabemos que no vas a entregarnos a la Unión en cuanto nos despistemos?

—Qué poca confianza ciega —murmuró Charles.

—Tiene razón —observó Kai—. Vosotros comerciáis con androides.

—Comerciábamos. En pasado.

—¿Ya no? —preguntó Alice confusa.

—Entre la Unión, con sus sistemas de rastreo, y la capital, con su desconfianza, encontrar androides es difícil, pero venderlos resulta prácticamente imposible. Ahora mismo, sobrevivimos gracias a las ciudades. Así que podéis estar tranquilos, porque gano muchísimo más quedándome con Max una temporada que intentando volver al camino principal para venderos. —Hizo una pausa, considerándolo—. Y tampoco tenéis muchas alternativas, ¿no? —añadió—. O confiáis en mí, o volvéis a la nieve. Nadie os obliga a quedaros.

Eso era cierto. Alice intercambió una mirada dubitativa con Rhett mientras Charles seguía hablando.

—Aclarado todo esto..., ¿no os parece que ya va siendo hora de irse a dormir? Tengo una cita pendiente con una botella y me gustaría disfrutarla a solas.

4
EL LUGAR DE LAS MURALLAS BLANCAS

Mientras la caravana seguía avanzando entre los árboles, Alice notó que Rhett se acercaba a ella.

—Debo admitir que pensé que Charles nos traicionaría —murmuró.

—Una parte de mí también lo creía.

Habían salido del campamento de madrugada y, aunque todavía no era mediodía, ya estaban en las inmediaciones de la antigua zona de los androides. Alice apenas reconocía nada —cuando vivía allí apenas había visto más que lo que atisbaba por las ventanas—, pero sus nervios iban en aumento con cada minuto que transcurría.

En la caravana de Charles, la primera, viajaban Trisha, Blaise, Kai, Rhett y ella. Durante la mayor parte del trayecto, la niña se había dedicado a comer todo lo que había podido, Trisha a echarse una siesta y Kai a sentarse al lado de Charles para ver cómo funcionaba el vehículo. Su dueño parecía peligrosamente a punto de lanzarlo por la ventanilla.

Alice levantó la cabeza hacia Rhett. Estaba más tenso de lo habitual.

—¿Crees que los encontraremos a todos? —preguntó ella solo para romper el silencio.

—No lo sé, Alice. Quizá sea mejor no adelantarse a los acontecimientos.

—Claro, claro... —Hizo una pausa de apenas diez segundos—. Pero ¿crees que estarán todos bien?

Rhett, para su sorpresa, se echó a reír.

—Somos nosotros los que hemos escapado de dos ciudades, no ellos.

—Bueno, visto así...

—¡Una casa grande! —gritó Blaise de repente.

Ambos se giraron hacia la ventanilla y Alice, en cuanto vio los altos muros blancos, sintió que su estómago daba un vuelco. Y no en el buen sentido.

Mientras Charles cruzaba la muralla y los jardines delanteros, se dio cuenta de que la antigua zona de los androides seguía tal como la recordaba. Los altos muros blancos, las paredes de cristal, el suelo de grava, los árboles del jardín —altos para que no se pudiera ver el exterior—, la pequeña glorieta que había justo delante de la entrada, el camino hacia el aparcamiento...

Aquello le recordó a 42. De nuevo, se lamentó por no haber sido lo suficientemente rápida como para llevársela con ella y ponerla a salvo.

Kai, que se había acercado para asomarse, resultó ser una buena distracción para no pensar en ella.

—Es inmenso —murmuró fascinado—. Nunca había visto un edificio tan alto, ni siquiera en la Unión.

—Desde dentro, parece todavía más grande —aseguró Alice en voz baja.

—¿Y para qué necesitabais tanto espacio? —preguntó Kenneth, arrugando la nariz—. Solo sois máquinas.

—Menos mal que siempre estás tú para aportar tu magia —murmuró Trisha.

Cuando Charles empezó a frenar, Alice tuvo que tragar saliva con fuerza. La última vez que había atravesado aquellos muros había sido escapando de una escena que seguía torturándola: su padre recibiendo un disparo en la frente. Seguía viendo su cuerpo caer al suelo y, pese a todo lo que había pasado desde entonces, era capaz de recordar a la perfección lo que había sentido. Cerró los ojos con fuerza, tratando de calmarse, y entonces notó una mano enguantada rozando la suya.

—Estoy contigo —le dijo Rhett en voz baja.

Aquello funcionó. Pese a que él no le gustaba mostrarse cariñoso durante mucho rato y retiró la mano enseguida, Alice se sintió mucho mejor. La seguridad de que no volvería a estar sola era más agradable de lo que jamás hubiera imaginado.

Y entonces Charles echó el freno de mano y se asomó para mirar a través del parabrisas. Parecía encantado.

—¡Última parada, señores pasajeros!

La mitad del grupo no lo entendió. La otra mitad empezó a bajar de la caravana. Alice fue la última, y al hacerlo vio que los demás androides también habían salido de sus vehículos y miraban a su alrededor. Parecía apetecerles estar en cualquier lugar menos en aquel, mientras que los humanos se mostraban encantados.

Todos menos Trisha, claro.

—¿Por qué es todo tan blanco? —protestó en voz baja—. Qué aburrimiento.

Maya soltó una risotada y se ganó la mirada de reproche de varios androides. Volvían a estar en zona de sus padres; quisieran o no, eso despertaba su lado más androide.

Charles se adelantó a todos ellos y se acercó a la puerta principal como si no fuera a correr ningún peligro. Solo se detuvo cuando varios guardias armados y vestidos con ropa vieja cruzaron la puerta principal y los contemplaron con desconfianza. Alice estuvo a punto de retroceder, asustada, pero por la forma en la que Rhett se relajó, supo que los había reconocido. Eran de Ciudad Central.

—Hola, chicos —saludó Charles alegremente—. ¿Podríais dejarme hablar con vuestro jefe? Será solo un momentito.

—Max está ocupado —repuso uno de ellos.

Alice empezó a revisar las ventanas frenéticamente, pero no vio ni un solo movimiento tras ellas.

—Creo que le interesará mucho ver esto —aseguró Charles.

—Y yo creo que...

—¿Qué sucede?

Esa voz femenina... Alice notó que Rhett dejaba de respirar. Tina se estaba abriendo paso entre los guardias para ver qué sucedía. Su corta melena rubia estaba atada en una coleta y llevaba puesta, como de costumbre, una bata blanca de hospital. A Alice le dio la sensación de que su rostro parecía mucho más envejecido que la última vez que la había visto. Y no por la edad, sino por el obvio agotamiento.

Al no obtener respuesta, se disponía a volver a preguntar, pero entonces, entre todos los recién llegados, reconoció primero a Trisha, después a Alice y finalmente a Rhett. Se quedó mirándolos medio absorta en su propia cabeza hasta que soltó la libreta que sostenía y se llevó una mano al corazón.

—¡Chicos! —chilló. Su voz se había vuelto muchísimo más aguda—. ¡Estáis... estáis bien! ¡Estáis vivos!

Rhett fue el primero en reaccionar. Esbozó una gran sonrisa y fue directo a ella para darle un gran abrazo que su amiga correspondió enseguida. Alice les dejó unos segundos de intimidad antes de acercarse con el resto del grupo.

Para cuando llegó, Tina hablaba frenéticamente con Rhett, muy seria, y él parecía estar a punto de echarse a reír.

—... porque no sabíamos nada —estaba diciendo ella—. ¡Ni se te ocurra reírte!

—¿Y qué querías que hiciéramos? ¿Mandarte una carta con una lechuza? ¡Ni siquiera sabíamos dónde estabais!

—¿Y dónde os habíais metido vosotros, si puede saberse? ¡Lleváis meses desaparecidos!

—Estábamos en la Unión —murmuró Alice, captando su atención—. No nos quedó más remedio que pasar una temporada con ellos.

—¡Ay, Alice! —Tina pareció olvidarse por completo de las explicaciones para abalanzarse a abrazarla—. Cielo, no sabes cuánto me alegro de que estés bien. ¡Y Trisha! ¡No te quedes ahí parada! ¡Ven aquí!

—Es que a mí todo eso de los abrazos no me gust...

Antes de que pudiera terminar, ya la estaba apretujando. Alice contuvo una sonrisa al verla suspirar.

—¡Todos se van a poner muy contentos al veros! —exclamó, soltándolos por fin. Echó una ojeada al grupo que los acompañaba—. Y a vuestros nuevos amigos también, supongo.

En realidad no fue así. Recorrieron los pasillos de la ciudad acompañados de los guardias, lo que ya hacía que quienes se cruzaban con ellos les dedicaran miradas de desconfianza. A Alice nadie le resultaba familiar. Se sentía como una extraña y le daba la sensación de que a los demás les sucedía exactamente lo mismo.

Justo cuando llegaron al primer tramo de escalera, uno de los guardias se detuvo y señaló el pasillo.

—Ellos tienen que esperar aquí —declaró.

Alice tardó unos instantes en darse cuenta de que hablaba de todos menos de ella y Rhett. Bueno, y Tina, que permanecía a un lado. Aquello no le gustó nada.

—¿Por qué?

—Porque, hasta que el guardián supremo no os acepte, no pueden subir a los pasillos.

Siguió sin parecerle correcto, pero dedicó una última mirada a los demás, que no protestaron, y empezó a subir los escalones detrás de Rhett y Tina.

Jamás habría pensado que volvería a cruzar aquellos pasillos, y mucho menos con esa compañía. Aunque todos parecieran similares, Alice había aprendido a diferenciarlos y supo enseguida que se estaban dirigiendo a los despachos de los padres. Le vino a la mente un desagradable recuerdo de 47 sujetándose la muñeca mutilada y trató de alejarlo enseguida.

Por suerte, llegaron al despacho principal en un abrir y cerrar de ojos. Era la última puerta del primer piso. Uno de los guardias llamó con los nudillos, mirándolos con desconfianza, y esperó impaciente.

—Está abierto —se escuchó la inconfundible voz de Max.

Alice se alegraba de volver a oírlo y, de alguna manera, eso le sorprendió. Pese a que el guardia quería entrar el primero, ella lo adelantó y se metió de un brinco en el despacho.

—¡Oye! —le gritó este alarmado.

Max, alertado por las voces, levantó la mirada de sus papeles y vio a Alice. Al igual que Tina, parecía mucho más cansado que la última vez que lo había visto. Su barba y pelo oscuros estaban salpicados de manchas plateadas y había adelgazado unos cuantos kilos. Pese a todo, seguía imponiendo tanto como antes.

No supo interpretar demasiado bien su expresión. Le pareció ver confusión, sorpresa..., ¿quizá un poco de alegría? Desapareció demasiado rápido como para que pudiera identificarla. Y todo porque el guardia lo distrajo al sacar el arma.

—¡Baja eso ahora mismo! —exigió Tina indignada.

—¡Ha entrado en el despacho del guardián supremo sin permiso!

—Tiene permiso —replicó Max tranquilamente—. Podéis marcharos.

Eso último lo había pronunciado mirando a los guardias, que se quedaron desconcertados, pero abandonaron el despacho y los dejaron solos.

Max observó a Rhett durante unos instantes, pero ni siquiera en una ocasión como aquella fueron capaces de enterrar el hacha de guerra. No tardaron en apartar la mirada a la vez y fingir que no se habían visto.

—Creo que voy a necesitar una explicación —murmuró Max.

Esta resultó ser bastante más larga de lo esperado y, mientras Alice y Rhett relataban todo lo sucedido durante esos meses —o lo que recordaban, al menos—, Max y Tina escuchaban atentamente. El primero, con los dedos entrelazados y la expresión seria. La segunda, con una mueca de incredulidad.

—... y Alice quiso rescatar a los androides —culminó Rhett.

—Si no fuera por Kai, no habríamos llegado hasta aquí. Y por Charles, claro.

—Ese solo interviene cuando puede ganar algo a cambio —replicó Max tras un suspiro—. No creo que tengáis que agradecerle nada.

Alice lo consideró.

—Parece que hace una eternidad que os buscamos —confesó en voz baja—. Parte de mí creía que no lo lograríamos.

—Y, mientras tanto, estabais aquí. —Rhett se recostó en su asiento y esbozó media sonrisa burlona—. Esperar en estas condiciones no parece muy incómodo.

No andaba muy desencaminado. El despacho de Max estaba a la altura de los lujos de la zona: paredes altas, dos columnas blancas, librerías gigantes, ventanales panorámicos, muebles perfectamente conservados y una mesa ovalada para las reuniones. Por no hablar del escritorio. Alice no se había sentado en una silla tan cómoda en mucho tiempo.

—No sois los únicos que lo habéis pasado mal —le dijo Max con cierta frialdad—. Después de separarnos, asumimos que nunca volveríamos a veros. Tuvimos que improvisar. Volví con tu padre, Rhett, y él nos ayudó a encontrar una zona en la que vivir de forma provisional, hasta recuperar las fuerzas. Esta fue la elegida. A los pocos días, empezaron a aparecer refugiados de otras ciudades que no tenían ningún lugar al que ir. Los aceptamos a todos. Habría deseado que viniera más gente de Ciudad Central, pero Deane los tenía atados en corto. Y, para cuando pudieron escapar, sucedió lo de la explosión.

—Algunos son antiguos residentes de Ciudad Central —continuó Tina al ver que él se quedaba en silencio—. No tantos como nos gustaría, pero... supongo que no podemos aspirar a más.

—Así que vinisteis aquí —concluyó Rhett—. No es mal sitio. En caso de emergencia, se puede proteger muy rápidamente.

—Y tiene zonas perfectas para plantar y cosechar —murmuró Max—, que es lo que más necesitamos ahora mismo.

Alice no pudo evitar mostrar sorpresa.

—Entonces ¿ya no hay clases?

—Sí, claro que las hay, aunque no especializadas. Ahora, damos a la gente la opción de entrenar cada día o escoger un empleo. La mayoría se decanta por la segunda.

Alice no se veía a sí misma trabajando de jardinera, así que sopesó convertirse en guardia. Parecía una buena opción.

—En fin —concluyó Max, levantándose—. Tengo que admitir que no esperaba volver a veros, y menos de esta forma tan... abrupta, pero siempre es un alivio reencontrarse con caras conocidas. Estoy seguro de que la ciudad os aceptará con los brazos abiertos.

—Excepto a los androides —murmuró Alice.

Max no dijo nada, aunque estaba claro que pensaba lo mismo.

—Mañana hablaremos de eso. Debéis de estar agotados. Hay habitaciones de sobra, me encargaré de que dispongáis de una para cada uno. ¿Algo más que añadir?

Alice y Rhett intercambiaron una mirada antes de negar con la cabeza.

—Bien. —Max los miró fijamente, invitándolos de forma bastante clara a que se marcharan—. Las bienvenidas son buenas en su justa medida, si se alargan, pierden la gracia.

Pareció que Rhett iba a echarse a reír.

—Si tienes mejores cosas que hacer, solo tienes que decirlo.

—Tengo mejores cosas que hacer.

—¡Max! —Tina dio un brinco.

—¿Qué? Me ha pedido que lo diga.

—No pasa nada. —Alice se levantó, encantada de terminar esa conversación—. La verdad es que yo estoy agotada. No me iría mal dormir un poco. Y a Rhett igual.

—Exacto. —Max les hizo un gesto impaciente hacia la puerta—. Que descanséis bien. Hasta luego.

Mientras subían la escalera, Tina les dirigió una mirada de disculpa.

—Últimamente estamos todos muy estresados. Quizá en otras circunstancias la bienvenida habría sido mejor, pero...

—No pasa nada, Tina —le aseguró Alice—. Lo importante es que ya estamos aquí.

Después de ir a buscar a los androides y de que Tina determinara cuáles debían pasar una temporada en el hospital, Alice pudo ver su habitación por primera vez. No era ni remotamente parecida a la que usaba antiguamente. En lugar de una nave con cinco camas, se trataba de una salita pequeña y rectangular con una ventana, un escritorio vacío, una silla, una cómoda y una cama individual. Ah, y una puerta que daba a un diminuto cuarto de baño. No necesitaba nada más.

Dejó la bolsa con ropa que le habían dado sobre la cómoda y se acercó a la ventana. Podía reconocer las montañas que habían visto por el camino; desde allí parecían tan lejanas que no sabía explicarse cómo habían podido recorrer tanto terreno andando. Y más con veinte centímetros de nieve bajo sus pies. Se apartó suspirando y no quiso esperar ni un segundo más para darse una ducha y tumbarse en la cama.

El agua caliente hizo que suspirara de alivio. Se desenredó el pelo con los dedos, se frotó los músculos doloridos y se envolvió con la delgada toalla que le habían dejado. Solo tenía un espejito diminuto, pero era más que suficiente para ver la herida cerrada de su mejilla. El cuchillo del Sargento, el arma que se la había provocado, estaba en la mesa de su habitación. Los moratones en los brazos y las rodillas, las otras consecuencias de su huida, habían desaparecido por el camino. Esa cicatriz era su mejor recuerdo de la Unión.

Un golpe en la puerta la distrajo. Se sujetó mejor la toalla inconscientemente.

—Soy yo —le dijo Trisha desde el pasillo—. ¿Puedo entrar?

—Sí, claro.

Su amiga no pareció muy alarmada al verla en toalla. De hecho, se limitó a señalar el armario con la cabeza.

—Date prisa. Jake y Kilian están abajo.

Nunca se había vestido tan rápido.

Alice bajó la escalera prácticamente corriendo. Desde allí ya se escuchaba el ruido de voces de la cafetería. Era la hora de comer. Se cruzó con algunos de los androides que habían venido con ella, pero no hizo más que saludarlos. Necesitaba ver a Jake.

Se abrió paso entre la gente como pudo, buscando entre las mesas, y ni siquiera pensó en la cantidad de veces que había comido allí acompañada de otros androides. Estaba demasiado distraída. Especialmente cuando reconoció el perfil de Rhett, que estaba riéndose de algo mientras se llevaba una cucharada de comida a la boca. A su lado, Kai, Maya y Blaise hacían lo mismo. Y Kilian estaba sentado justo enfrente de ellos. Esbozaba una tímida sonrisa.

—¡Kilian! —exclamó Alice entusiasmada—. ¡Cómo me alegro de volver a verte!

El chico salvaje —que ya no lo parecía tanto— se puso de pie para darle un gran abrazo. No había cambiado demasiado, seguía siendo un muchacho de la altura de Alice, bastante fibroso, con el pelo y los ojos de un tono castaño claro y la piel morena. Por suerte, ya habían conseguido que se pusiera ropa normal en vez de esas bermudas viejas y rotas.

—Por fin has bajado —sonrió Maya—. Hemos tenido que mandar a Trisha a buscarte.

—Nadie me ha mandado nada —recalcó la aludida, sentándose a su lado—. He ido porque he querido.

—¿No has traído bandeja? —preguntó Blaise extrañada.

Alice ni siquiera se había acordado de la comida. Vio que la cola era eterna, así que estuvo a punto de rendirse sin luchar, pero entonces Rhett se levantó.

—Ya me encargo yo.

—Romeo al rescate —bromeó Trisha en voz baja.

—Ya te gustaría que te lo hicieran a ti —le dijo Maya.

—A mí sí —admitió Kai con una mueca—. He tenido que esperar casi diez minutos. En la Unión tenía la nevera llena de comida.

—Y las celdas llenas de androides —le recordó Maya con una ceja enarcada.

Él enrojeció un poquito y decidió volver a centrarse en su bandeja.

Justo cuando Alice estaba a punto de sentarse al lado de Kilian, notó que alguien le tocaba el hombro. Supo que era Jake incluso antes de girarse, así que lo hizo con una gran sonrisa... que desapareció al no encontrarse con una cara, sino con un pecho.

Alice levantó la cabeza lentamente hasta toparse con una mata de pelo castaño y rizado mucho más corta de lo que recordaba, una carita redonda y llena de pecas que se había estirado hasta convertirse en ovalada con marcas de granitos y una amplia sonrisa que conocía muy bien.

Tuvo que parpadear cuatro veces hasta asumir por fin de quién se trataba.

—¡Aliiiiiiceeeeee! —exclamó Jake. Su voz sonó extraña, como si estuviera a medio camino de convertirse en adulto pero todavía no lo hubiera conseguido—. ¡Parece que ha pasado una eternidad!

Estaba tan pasmada que lo único que pudo hacer fue darle una palmadita en la espalda.

—Esa es la cara que dije que se le quedaría —escuchó decir a un muy divertido Rhett tras ella.

—¿Cómo has conseguido una bandeja tan rápido? —preguntó Kai perplejo.

—Me he abierto paso a mi manera.

En ese momento, Jake soltó a Alice y, aunque ella seguía un poco pasmada, se obligó a sentarse entre él y Kilian. Rhett empujó la bandeja hacia ella.

—Cuando nos dijeron que estabais aquí, no podíamos

creérnoslo —contaba Jake mientras removía su comida con entusiasmo—. Pero ¡yo ya sabía que volveríais! ¿A que sí, Kilian?

Él asintió con solemnidad.

—¡Ajá! Y todo el mundo me tomaba por loco..., ¡pues mira ahora! Habéis llegado con nuevas incorporaciones y todo.

—Y viejas —murmuró Trisha—. Nos hemos traído a Kenneth, pero no sé qué habrá hecho Max con él.

—Esperemos que lo haya lanzado a un foso —murmuró Rhett.

—¡El caso es que por fin estáis aquí! —Jake retomó el tema, ya con la boca llena—. Esto es genial. Va a ser como cuando estábamos en Ciudad Central, solo que con más tiempo libre.

—Y más gente persiguiéndonos —recalcó Trisha.

—Si nos encuentran —Blaise clavó la cuchara en su puré—, los matamos.

Jake la observó con una pequeña mueca de incredulidad.

—¿Es normal que una niña tan pequeña diga...?

—Este sitio es increíble —lo interrumpió Kai, que estaba observando su tenedor—. Los cubiertos están hechos de plata. ¿Sabéis lo difícil que es encontrarla a día de hoy?

—Por mí, como si son de madera —murmuró Maya—. Mientras sirvan...

Aquello pareció ofenderlo sobremanera.

Alice no dijo gran cosa en todo el almuerzo. Simplemente asentía con la cabeza o soltaba un monosílabo para salir del paso, pero era incapaz de pensar con claridad. Ver a Jake tan crecido había hecho que fuera consciente de todo el tiempo que había transcurrido desde la última vez que había estado con ellos.

¿Por qué no podía disfrutarlo? Había tardado mucho en

conseguir reunirse con él. Tanto ella como los demás habían sufrido para llegar hasta allí. ¿Por qué no era capaz de unirse a la conversación y pretender, aunque fuera solo por un rato, que todo estaba bien?

Nada más terminar el almuerzo, subió al despacho de Max. Los demás, que sí que habían sido capaces de adaptarse enseguida, ni se plantearon acompañarla. No querían más dolores de cabeza, y Alice no podía culparlos.

Lo encontró de pie junto a su escritorio, anotando algo en una hoja de papel. Al escuchar la puerta, no levantó la mirada.

—Cierra la puerta —se limitó a decir.

Alice obedeció y se acercó a él. Tenía algunos nombres apuntados con números al lado. No entendió nada, y no quiso preguntar. Lo que sí le llamó la atención fue lo elegante que era su letra. Por algún motivo, no se lo esperaba.

—Tus amigos científicos no son de mi agrado —murmuró él, todavía escribiendo—, pero hay que admitir que tienen inventos realmente útiles. En el sótano hay una máquina que convierte la madera en hojas de papel en cuestión de minutos. Y las cocinas están repletas de aparatos que sirven para aprovechar cualquier alimento que puedas imaginarte. Si las ciudades tuvieran algo así...

—Ellos nos decían que ofrecían estas cosas a las ciudades pero estas las rechazaban.

Max soltó un bufido despectivo y por fin la miró.

—Con lo desesperados que hemos estado siempre, no se nos ocurriría renunciar a algo así. Ni siquiera viniendo de gente como esa.

Max se dirigió a la mesa ovalada sin decir nada más y Alice hizo lo propio. Solo había diez sillas, así que adivinar a qué había estado destinada no era muy difícil.

—Supongo que aquí se reunían los diez padres.

—Y este era el despacho de John.

—No, tenía otro diferente.

—Ese solo lo usaba cuando estaba contigo; he encontrado notas suyas por todas partes.

Por algún motivo, aquello hizo que se sintiera traicionada. Como si el padre John no la hubiera decepcionado ya lo suficiente.

—Bueno —Max se apoyó en el respaldo de la silla y se cruzó de brazos—, ¿me vas a explicar ya qué te preocupa?

—¿Cómo sabes que me preocupa algo?

—Somos iguales. Incapaces de estar tranquilos hasta tener la certeza absoluta de que todo el mundo está a salvo.

Alice sonrió de medio lado.

—Esa seguridad nunca se tiene.

—Exacto, por eso vivimos tan tensos. ¿Y bien?

Se tomó unos segundos para responder. Ni ella misma tenía claro cuál de todos sus problemas era el que más le preocupaba. O quizá, simplemente, la angustiaran demasiado todos.

—No lo sé. Están pasando muchas cosas —dijo finalmente—. Nos persiguen tanto mi padre como la Unión, he puesto a los androides en peligro, y ahora también a vosotros...

—Ya veo. —Max se quedó pensativo—. ¿Cómo nos encontraste?

—Busqué a Charles. Sabía que él os tendría controlados. Vive de eso.

—Ahora Charles está aquí, así que ellos no pueden encontraros. Al menos no con ese método.

—¿Y si nos rastrean de alguna otra forma?

—Ah, nos terminarán encontrando, eso seguro. La cuestión es que unirte a las caravanas nos ha concedido un tiempo de ventaja que antes no teníamos.

Tenía parte de razón.

—¿Cómo encontraste a Charles? —preguntó el hombre entonces.

—Kai, el chico que ha venido con nosotros, tenía acceso al registro de visitas.

—Es de la Unión, entiendo.

—Sí, pero confío en él. Está de nuestro lado.

—Me fío de tu criterio. —Fue su conclusión tras meditarlo—. Los androides también son de la Unión, ¿no?

—Los tenían encerrados en celdas, experimentaban con ellos... No podía dejarlos allí, Max.

Para su sorpresa, él no replicó. De hecho, pareció entenderlo a la perfección.

—¿El embarazo de esa mujer es un experimento?

—Sí... Eve me contó que lo habían intentado con otras androides, pero que solo funcionó con ella.

—Y el feto...

—No sabemos si será humano o no.

Él tuvo que tomarse unos instantes para reflexionar sobre todo lo que había escuchado.

—Así que tenemos a medio mundo persiguiéndonos, una tropa de androides fugados y a una embarazada que no sabemos qué dará a luz... Muy alentador.

—¿No te he dicho que estoy preocupada? ¡Es precisamente por eso!

Estaba claro que él no sería capaz de consolarla, así que cambió de tema.

—¿Recuerdas algo de la noche del rescate? —preguntó.

—Apenas nada...

—Pues sucedieron muchas cosas. —Max esbozó media sonrisa bastante amarga—. Entre ellas, que el edificio empezó a arder. Todos conseguimos salir a tiempo, menos vosotros tres. La gente gritaba, corría... Creímos que habíais muerto.

Alice recordaba el humo del pasillo, y también la columna que se estrelló contra el suelo, pero no el fuego.

—Quizá usamos otra salida.

—No había ninguna, ya oíste a Anuar.

—Y entonces ¿qué sucedió? ¿Nos quedamos allí dentro y no nos pasó nada?

—No lo sé —admitió él—, pero está claro que algo se nos escapa.

—Pues atrápalo.

Max enarcó una ceja.

—¿Cómo dices?

—Si algo se escapa, solo tienes que atraparlo, ¿no?

Alice tuvo la sensación de que le estaba perdonando la vida con la mirada, pero no entendió por qué.

—Pasara lo que pasase —continuó él—, está claro que no vamos a descubrirlo. Por el amor de Dios, ¿cuánto hace que no duermes más de cuatro horas seguidas?

Eso último lo había dicho al inclinarse hacia delante y ver sus ojeras.

—No lo sé... Bastante.

—¿Y qué haces aquí hablando conmigo en lugar de ir a echarte una siesta?

—¿Una siesta? —Alice arrugó la nariz—. Es una actividad contraproducente.

—Lo que es contraproducente es preocuparse por algo que todavía no sabemos si sucederá.

—¡Has dicho que tú eras igual!

—Por eso puedo aconsejarte, porque lo he vivido.

Max le señaló la puerta.

—Como mañana te vea con ojeras, echaré el pestillo a tu habitación.

Alice decidió dejar de tentar su suerte y, con una sonrisa divertida, se levantó y abandonó el despacho.

5
LA CAJA DE CRISTAL

Permanecer dentro de ese edificio estaba empezando a volverse insoportable.

Alice no se había quejado ni una sola vez, ni siquiera a Rhett, pero estaba empezando a perder los nervios. Ver esas paredes, esos suelos, esas puertas, esa estatua..., todo era un recordatorio de la vida que había tenido y a la que deseaba no volver jamás.

Varias veces se había encontrado a sí misma agachando la cabeza o arreglándose las arrugas de la ropa como si volviera a ser 43 y no Alice, y era un sentimiento insoportable.

—Doña Perfecta —le decía la voz de Alicia con sorna, y acto seguido soltaba una risita.

Terminó volviéndose tan inaguantable que tuvo que salir al patio delantero a dar vueltas a la glorieta nevada para mantenerse activa.

Llevaba ya casi media hora cuando oyó pasos acercándose. Solo por el olor a humo, ya supo quién era.

—Hola, Charles.

Él se detuvo a su lado, mirándola, y le dio una calada al cigarrillo que tenía en la boca. Parecía bastante intrigado.

—¿Se puede saber qué haces dando vueltas? ¿Max te ha castigado o qué?

—No. Quería..., eh..., tomar el aire.

Él soltó lentamente el humo entre los labios. Parecía estar conteniéndose para no echarse a reír.

—Oye, no se miente a los compañeros.

—¿Cómo dices?

—Compañeros androides. Este sitio te trae malos recuerdos, ¿no? A mí también.

Levantó el brazo para enseñar la mano prostética que siempre llevaba puesta y que apenas se notaba que no era real. Alice dejó de andar al llegar a su altura. Aquello la había intrigado.

—¿Qué hiciste para que te cortaran la mano?

—Vaya, ¿estás segura de que tenemos tanta confianza como para que me preguntes esas cosas?

—Somos compañeros androides, ¿no?

Pensó que devolverle la broma podría llegar a ofenderlo, en cambio, Charles pareció encantado. Incluso se echó a reír.

—Ahí me has dado —admitió, y, tras sonreír, finalmente respondió a su pregunta—. Robé una cosita.

—¿Qué cosita?

—Una bastante valiosita.

A Alice no le gustaba tener que admitirlo, pero ya tenía toda su atención. Especialmente cuando esbozó aquella sonrisa traviesa, como si supiera que, al decirlo, iba a sorprenderse.

—Y ¿qué era? —preguntó intrigada.

—A ver si lo adivinas.

Lo observó muy detenidamente, con desconfianza. Charles podía parecer un libro abierto, pero lo cierto era que descubrir lo que estaba pensando le resultaba muy difícil. Esa sonrisa despreocupada ocultaba muchas más cosas de las que podía dar a entender a simple vista.

—Pertenecía a los padres. —Fue su primera conclusión—. Si te cortaron la mano por ello, tenía que ser algo que no quisieran perder bajo ninguna circunstancia.

Él asintió con una sonrisa misteriosa.

—¿Querías escaparte?

—Sí, pero no tiene nada que ver.

—Vale. —Hora de cambiar el rumbo de la investigación—. Eres un androide de información, como yo. ¿Cuál era tu especialización?

—El medievo.

—Interesante.

—Te aseguro que no.

—Pasarías mucho tiempo en la biblioteca.

—Muchísimo.

—Con libros aburridos.

—Aburridísimos.

—¿Robaste uno?

Supo que había dado en el clavo al instante. Y es que Alice, en el fondo, se había planteado hacer lo mismo más de una vez.

¿Cómo podía no sentirse tentada si toda la información que siempre anhelaba estaba a unos metros de ella, anclada a una estantería? Llegó a tomar alguno prestado para leer a escondidas en un rincón de la biblioteca, pero nunca se atrevió a sacarlo de allí. Tenía sus momentos de rebeldía, pero no era una completa inconsciente.

Charles, en cambio...

—Un libro sobre adicciones humanas —sonrió él—. Era muy interesante. Aprendí a crear drogas a partir de casi cualquier tipo de planta. Cuando lo encontraron debajo de mi cama, me costó la mano, pero más tarde me hizo ganarme las caravanas. Yo diría que fue un buen negocio.

Fue el turno de Alice para confesar:

—Creo que sé de cuál hablas. Me leí algún que otro capítulo.

Charles se llevó una mano al corazón para hacerse el sorprendido.

—¿Tú? ¿Rompiendo una norma? ¡Imposible!

—Oye, hago algunas locuras, ¿vale? Pero nunca lo saqué de la biblioteca.

—Cobarde.

—Y lista. —Enarcó una ceja—. Yo sigo teniendo mis dos manos.

Había sido un golpe bajo, pero, de nuevo, Charles lo recibió con una enorme sonrisa.

—Eres más interesante de lo que pareces —le aseguró.

—Gracias.

—Y lo pareces bastante.

—Gracias otra vez.

Charles la miró durante varios segundos con una expresión un poco ambigua que Alice no supo identificar. Y, antes de que pudiera hacerlo, él señaló el edificio con la cabeza.

—Pensaba que habías salido porque estabas enfadada con Max.

—Pero si acabamos de llegar. No me ha dado tiempo.

—Bueno, como me han dicho que reanudará las clases y tú volverás a ser alumna... No sé, pensé que te molestaría.

Tardó unos segundos en reaccionar. Sus brazos, que habían estado apretándose contra su cuerpo en un intento de darse calor, se quedaron tiesos, y sus manos formaron dos puños.

Ya empezaba a notar la ira creciendo poco a poco.

—Es mentira —siseó.

—Yo no miento, querida. Omito algunas verdades, lo admito, pero jamás miento.

Y se lo creyó, claro. ¿Por qué iba a engañarla en algo así?

Alice avanzó hasta quedarse plantada delante de él para mirarlo fijamente.

—¿Cómo te has enterado?

—Me lo ha contado tu amiguito Jake.

Ay, no... ¡Entonces sí que era verdad!

Entró en el edificio sin despedirse y subió el primer tramo de escalera en un suspiro. Algunas cabezas se giraron cuando cruzó el pasillo, pero por lo menos nadie la detuvo. Ni siquiera cuando abrió la puerta del despacho de Max sin molestarse en llamar.

Rhett y él estaban charlando en su escritorio, pero se callaron en cuanto oyeron el estruendo. Ambos la miraron y, aunque pareció que tenían algo que decir, Alice los interrumpió:

—¡¿Voy a volver a ser alumna?!

Rhett dio un brinco por el repentino grito, pero Max ni se inmutó.

—Cierra la puerta.

Alice obedeció, pero luego se arrepintió porque se dio cuenta de que estaba perdiendo poder de intimidación. Estuvo tentada a volver a abrirla, pero decidió que no valía la pena molestarse.

En su lugar, se acercó a ellos señalándolos con un dedo.

—¡No necesito que nadie me enseñe nada! ¿Te crees que sigo siendo un androide que no ha dado un golpe en su vida?

—Por supuesto que no, pero eso no significa que estés preparada para ser guardia.

—¿Cómo sabes que eso es lo que quiero?

—Porque, como te dije, somos muy parecidos.

Aquello la irritó todavía más.

—¡Me da igual! No soy una principiante, Max. He sobrevivido mucho tiempo, y durante varios meses fui la única capaz de moverse, así que cazaba, buscaba y revisaba los caminos yo sola. ¡Incluso disparé a personas con un rifle de francotirador! ¡Y salté de un edificio de varios metros de altura! ¿A que sí, Rhett? ¡Díselo!

Este, que hasta ese momento había parecido bastante abstraído de la conversación, volvió de golpe a la realidad para asentir rápidamente con la cabeza.

—Es todo cierto.

—¡¿Lo ves?!

Max seguía sin parecer impresionado.

—Nadie te está quitando méritos, Alice.

—Entonces ¿por qué pretendes ponerme al mismo nivel que los que no han sujetado un arma en su vida?

—¿Te lo tengo que repetir? No estás preparada.

Ella empezaba a quedarse sin argumentos.

—¿Qué debo hacer para que dejes de considerarme una inútil?

—Nadie te ha llamado inútil.

—No, pero ¡no valoras ninguno de mis logros! ¿Verdad, Rhett?

Él asintió con la cabeza.

—Ya le dije que no me parecía justo.

Ella estuvo a punto de insistir, pero se calló de golpe. Girando la cabeza muy lentamente, vio el momento exacto en el que Rhett se dio cuenta de su error garrafal.

—Es decir... —intentó arreglarlo torpemente.

—¡¿Lo sabías y no me has dicho nada?!

El pobre abrió la boca para responder, pero al final fue lo suficientemente listo como para no hacerlo. Alice soltó un resoplido de frustración.

—Ya hablaré contigo después —le dijo, y se giró hacia Max—. ¡Me merezco algo mejor! ¡No quiero ser una alumna!

El guardián supremo parecía aburrido de la conversación.

—¿Y qué quieres ser? No estás preparada para ser guardia.

—Bueno, hay más alternativas.

—¿Cómo cuáles?

Eso la dejó descolocada. No había planeado llegar a ese punto de la conversación. Tardó lo que pareció una verdadera eternidad, y el silencio tenso del despacho se volvió bastante incómodo. Por suerte, al final se le ocurrió una respuesta.

—Podría ser exploradora.

No esperaba un suspiro hastiado.

—Ese puesto ya no existe. No podemos arriesgarnos a perder a nadie más. Charles se encarga de traernos todo lo que necesitamos del exterior.

—Podría acompañarlo de vez en cuando.

—No estás preparada. Te pasas el día fuera porque no eres capaz de estar en este edificio durante más de una hora seguida, y eres incapaz de pisar el patio trasero. Hasta que no superes lo que te pasó aquí, no puedo poner a nadie bajo tu cargo. No dudo de tu valía, que la tienes de sobra, sino que velo por el bien de todos.

La había dejado sin argumentos. Alice intentó pensar en una buena respuesta, pero no se le ocurrió ninguna.

—Me has vigilado —dijo al final.

—Siempre te he dicho que no pasa nada en la ciudad sin que yo me entere, pero nunca te lo has creído.

Estaba claro que Max no iba a ceder, así que a Alice no le quedó más remedio que cambiar de estrategia.

—Muy bien, supongamos que acepto tomar las clases. ¿Qué haré? ¿Aprender a disparar?

—No. Repasarás tus conocimientos sobre cada disciplina y, por supuesto, intentarás acostumbrarte a la vida en esta zona.

—Eso último no es tan fácil... No conoces los detalles de lo que pasó.

—He visto las marcas de disparos y conozco la mayor parte de tu historia. Puedo hacerme una idea.

Alice quiso responderle mal, pero al final se contuvo y se dio media vuelta para salir del despacho. No había alcanzado la puerta cuando escuchó que Max añadía:

—Y ni se te ocurra faltar a tus clases. Empiezas mañana.

No le respondió, ya que dudaba que sirviese de nada. Por muy envalentonada que estuviera y por mucha confianza que tuviese con Max, no se atrevía a desobedecer una orden directa. Así que cerró la puerta del despacho y esperó varios minutos hasta que, por fin, Rhett salió a reunirse con ella.

Llevaba puesto un atuendo bastante parecido al de Ciudad Central. Los mitones, la camiseta de manga corta, los pantalones con varios bolsillos... Al llegar a su lado, se cruzó de brazos y le dedicó una mirada bastante significativa.

—¿Qué? —preguntó ella.

—Que esas no son formas de pedir las cosas. Y lo sabes.

Alice apartó la mirada.

—Estaba enfadada.

—No es justificación. Y, además, estoy con Max.

Eso ya se lo esperaba. Si no, la habría avisado mucho antes y le habría echado una mano para librarse de ese destino.

—Estás como... ausente —continuó él, con un tono más suave—. No sé muy bien cómo explicarlo, pero lo hemos notado todos.

Solo hace dos días que llegamos.

—Han sido suficientes para verlo. Mira, no voy a preguntarte lo que pasó aquí. Sé que no quieres recordarlo, pero no puedes permitir que te consuma. Tienes que enfrentarte a ello. No de golpe, sino poco a poco. Y un buen paso sería intentar asistir a todas las clases y pasear un poco por la ciudad.

—¿Eso es lo que te ha dicho Max?

—Max se preocupa por ti más de lo que crees.

Alice levantó la cabeza de golpe, sorprendida.

—¿Estás defendiéndolo?

—No. —Rhett se aclaró la garganta, avergonzado—. No exactamente. Es solo que... llevo muchos años trabajando con él. Sé cómo piensa. Y le caes bien.

Cuando le posó una mano en el hombro, Alice intentó ponerle mala cara, pero no lo consiguió.

—Ser alumna no es tan malo —le aseguró—. Será como volver a los viejos tiempos. ¿No es genial?

—Creo que no los recordamos de la misma forma... Los moretones, las cicatrices, las peleas que me obligabas a mantener con Trisha...

—Nunca dejé que te hiciera daño. Al menos no mucho.

Unos pasos los distrajeron. Al girarse, vieron que se trataba de Jake, Blaise y Kilian. El primero no dejaba de parlotear, mientras que el último parecía haber desconectado y estar pensando en sus cosas. Y luego estaba Blaise, que los ignoraba sin ningún tipo de vergüenza.

—¿Qué hacéis aquí arriba? —les preguntó Alice.

—¡Van a hacerle una cosa de esas a Eve! —exclamó la niña señalándose la tripa.

—¿Una qué? —Rhett frunció el ceño.

—Para ver al bebé —aclaró Jake.

—¿Queréis venir?

En realidad, aunque hubieran dicho que no, Blaise ya los estaba arrastrando de la mano. Al parecer, el primer piso estaba repleto de salas con máquinas abandonadas, y entre ellas había un ecógrafo. No era muy grande, así que Jake y Kilian pudieron bajarlo solos hasta la planta baja. La zona médica, que Alice por suerte nunca había tenido que pisar, estaba al final del pasillo más grande del edificio.

No era mucho más amplia que el hospital de Ciudad Central, pero al menos no había goteras, ni cortinas con agujeros. Las camillas estaban separadas por varios metros entre sí, y cada una tenía una mesa y una silla al lado. La mayoría estaban desocupadas, pero aún se encontraban allí ingresados varios de los androides que la habían acompañado.

Tina estaba de pie al fondo de la sala junto a un gran escritorio. Rellenaba un pequeño recipiente plateado con un líquido de un color muy extraño.

—Aquí está —la informó Jake.

—Ah, gracias. —Ella ni siquiera se giró. Estaba muy concentrada—. Déjalo junto a la cama de Eve.

La androide estaba en la camilla más próxima. Había subido el respaldo para quedarse sentada. Los recibió con una gran sonrisa.

—¡Me alegro de volver a veros!

—Lo mismo digo. —Alice se acercó a ella—. ¿Cómo te encuentras?

—Bastante hastiada, la verdad. Pero me alegro de estar aquí.

Tina se acercó en ese momento y empezó a conectar la máquina a los cables de la pared.

—¿Cómo funciona todo eso? —preguntó Jake con curiosidad—. ¿Vamos a poder ver al bebé?

—Sí.

—¿Y sabremos si es chico o chica? —preguntó Blaise entusiasmada.

—Depende de muchas cosas, no solo de la máquina.

Ella pareció algo decepcionada, pero no protestó. Tina empezó a esparcir crema por el vientre hinchado de Eve. Al ver la pequeña multitud que las rodeaba, le preguntó a esta si prefería estar a solas. Ella le aseguró que había pasado tanto tiempo sola que le agradaba tener un poco de compañía.

—Como quieras —murmuró Tina, inclinándose para pulsar un botoncito de la máquina. La pantalla se iluminó al instante—. ¿Preparada?

Eve asintió, aunque era más que obvio que gran parte de su fuerza de voluntad se había esfumado. Alice supuso que lo que le daba miedo era que al bebé le hubiera sucedido algo malo durante el viaje a través de la nieve.

Sin saber muy bien por qué, Alice extendió la mano hacia Eve. Ella, sin mirarla, se la apretó con mucha fuerza.

—Parece que va a explotar —murmuró Jake entonces. Estaba mirando su barriga hinchada con cara de horror—. ¿Estamos seguros de que solo hay un bebé?

—¿Cómo se ha metido ahí dentro? —preguntó Blaise con curiosidad.

—Pues por el mismo sitio por donde saldrá.

—Y ¿cuál es?

Por algún motivo, esa pregunta se la había dirigido expresamente a Rhett.

El pobre no se libraba de ninguna conversación incómoda.

—Eh... —Echó una ojeada a los demás en busca de ayuda—. De...

—Es una larga historia —interrumpió Tina tan tranquila—. Ahora tenemos que ver cómo funciona esto. A ver...

Tras pelearse un poco con unos cables, finalmente cogió lo que parecía un mando y lo pasó por encima de la tripa de Eve, extendiendo la crema transparente por toda su piel.

—No me puedo creer que tenga un equipo de ecografía —murmuraba Tina para sí misma—. Nunca creí que volvería a ver uno.

—¿Lo usabas antes de la Gran Guerra? —preguntó Alice.

—No... Yo era pediatra, mi especialidad eran los niños. Nunca tuve que utilizar un ecógrafo, pero vi a muchos compañeros haciéndolo. Creo que me las puedo arreglar.

—¿Sale algo? —preguntó Eve con voz chillona. Estaba claro que cualquier otro tema, en ese momento, le daba igual.

—Un segundo...

—¿Es chico o chica? —insistió Blaise entusiasmada.

Kilian miraba la pantalla con los ojos muy abiertos, ya que nunca había visto nada parecido. Alice tampoco entendía muy bien lo que veía. Se esperaba una imagen clara y perfecta de un bebé acostado, pero allí solo había manchas blancas y grises muy confusas. ¿Cómo iban a distinguir nada?

—¿Qué te gustaría que fuera? —preguntó Alice, intentando distraer a Eve, que cada vez le apretaba más la mano—. ¿Chico o chica?

—No me importa. Solo quiero que esté sano.

—Ojalá sea un chico —sonrió Jake—. Así puedes llamarlo Jake.

Blaise dio un respingo.

—¡Mejor una niña, y que se llame como yo!

—Eso tendrá que decidirlo ella —recalcó Rhett en tono de regañina—. Después de todo, es su madre.

En ese momento, Tina señaló la máquina y todos se giraron a la vez.

—¡Ajá! Aquí está tu bebé.

Alice seguía sin distinguir absolutamente nada, y los demás estaban igual, porque todos entrecerraban los ojos en busca de alguna forma que tuviera sentido. Nadie parecía encontrarla.

—¿Está bien? —preguntó Eve, también escrutando la pantalla—. ¿Está sano?

—Está perfecto. —Tina le dedicó una sonrisa radiante—. ¿Quieres que te diga si es niño o niña?

—No. —Eve negó con la cabeza—. Prefiero no saberlo.

—Pero ¡yo sí que quiero! —protestó Blaise.

Aquello fue la gota que colmó el vaso, y Tina los echó a todos para que Eve pudiera descansar tranquila.

A la hora de la cena, Alice apenas tenía hambre. Removía su plato de puré —por suerte, mucho más sabroso que el de Ciudad Central— y miraba distraídamente a los demás. Todos comían como si la vida les fuera en ello y, además, mantenían sus discusiones particulares. Al otro lado de la mesa, Rhett y Jake se peleaban por alguna tontería. A uno de sus lados, Blaise molestaba a Kai. Al otro, Trisha comía en silencio.

Al menos, hasta que se giró hacia ella.

—¿Qué te pasa? No has tocado la cena.

Alice se encogió de hombros.

—No tengo hambre.

—Hace dos días que no comes, ¿no crees que ya va siendo hora de alimentarte un poquito?

Tras dudar unos segundos, decidió darle la razón a Trisha y se metió una cucharada de puré en la boca. Sabía bien, pero tenía el estómago cerrado.

—Hoy hemos visto al bebé de Eve —le contó mientras tanto—. Tina le ha hecho una..., eh...

—Una ecografía.

—Sí, exacto.

—¿Y qué pasa? ¿No estaba bien? ¿Eso es lo que te preocupa?

—No, no es eso... Por suerte, está de maravilla. —Alice frunció el ceño a su puré—. Es que nunca me he planteado la posibilidad de..., ya sabes...

—De tener hijos —terminó Trisha por ella.

Asintió con la cabeza. No entendía por qué, de pronto, ese tema la angustiaba tanto. Quizá fuera porque veía a Eve tan ilusionada que no dejaba de preguntarse si ella sería capaz de sentir una emoción como aquella.

—No puedo tener hijos —explicó—. Aunque mantuviera relaciones con un humano, mi cuerpo no está adaptado para ello.

Trisha lo consideró unos instantes, pero no parecía muy afectada.

—Supongo que yo no soy objetiva porque no me gustan los críos, pero..., no sé, Alice. No lo veo una gran pérdida. ¿De verdad querrías traer a un niño inocente a un mundo como este? Nos pasamos la vida huyendo, matando, defendiéndonos..., ¿qué clase de existencia tendría el pobre?

—Visto así...

—Mierda. —Su tono cambió por completo—. Ya viene el pesado...

Alice levantó la cabeza, confusa, pero lo entendió en cuanto vio que Charles se paseaba felizmente entre las mesas de la cafetería. Volvía a llevar puesta su gabardina marrón, pero no estaba fumando ni bebiendo. Probablemente, Max le hubiera prohibido hacerlo en el interior del edificio.

Al sentarse junto a Blaise, se ganó una mirada de desprecio.

—Esta niña es adorable —sonrió bastante despreocupado.

Toda la mesa se había quedado en silencio y lo miraba fijamente, aunque Charles estaba tan ocupado dando cuenta de su comida que tardó unos instantes en notarlo.

—¿Sucede algo? —preguntó Alice en nombre de todos.

—¿Eh? Claro que no.

—Y ¿qué haces aquí? —le soltó Rhett directamente.

—¿Es que no puedo venir a veros? Vaya amigos me he echado. Yo que iba a quedarme en esta zona solo para estar con vosotros...

—Te quedas porque sabes que es lo que más te conviene —replicó Trisha.

—En eso tienes razón, rubita.

—No me llames...

—¿Es que nadie me va a dar la bienvenida? —protestó de repente, mirándolos a todos.

—Eh... —Kai dudó—. ¿Bienvenido?

—¡Gracias! ¡Por fin!

Se giró hacia Kilian, que estaba sentado a su otro lado, en busca de algún cumplido. Tardó un buen rato en darse cuenta de que no hablaba.

—Es que no eres bienvenido, Charles —le dijo Jake—. Estuviste a punto de vender a Alice.

—Pero no lo hice.

—También estuviste a punto de dejarnos tirados —añadió la mencionada.

—¡Y tampoco lo hice! Me debes una, querida.

—¡No te debo nada!

—Además también te ofrecí mis reservas de droga. ¡Y de alcohol!

—¡Y yo te di un beso! Estamos en paz.

Rhett, al otro lado de la mesa, se atragantó con el agua que estaba bebiendo y el vaso se le cayó de la mano. Mientras Jake le daba palmaditas y él tosía frenéticamente, Charles y Alice continuaban con la discusión.

—¿A eso lo llamas un beso? —El chico puso los ojos en blanco—. Por favor... Apenas lo noté.

—Pues haberme pedido otra cosa.

—Es que eso era lo que me interesaba.

—¡Y te lo di! Como he dicho antes, estamos en paz.

Rhett, que ya había terminado de recuperarse, los estaba mirando como si no pudiera creerse nada de lo que decían. Tenía los ojos muy abiertos.

—¿Un beso? —repitió, mirando fijamente a Alice—. ¡¿Y tú accediste?!

—En su momento, no me pareció gran cosa... Fue en la mejilla. Además, creía que me habías traicionado.

—¡Y por eso te besaste con otro un día después!

—¡Para que me dejara irme, no por gusto!

—Vaya —Charles se llevó una mano al corazón—, eso duele, ¿sabes?

Rhett se giró hacia él. La sorpresa estaba empezando a convertirse en enfado.

—¿Y tú para qué querías un beso?

—Me gusta tu novia y me apetecía besarla, ¿cuál es el problema?

—¡¿Que cuál es...?!

—No creo que esta sea la mejor manera de abordar el tema —opinó Kai, que seguía sentado entre ambos y parecía bastante aterrado.

—Estoy de acuerdo —comentó Jake.

Trisha y Blaise se limitaban a mirar la batalla con ganas de más pelea.

—En las caravanas nos conocemos todos —siguió Charles como si no hubiera oído nada—. Siempre somos los mismos y, al final, se vuelve aburrido. No puedo hablar con muchas personas externas, así que tengo que aprovechar cuando viene alguna. ¿Qué tiene de malo buscar un poco de calor humano? Bueno..., humano no, pero ya me entiendes.

Empezó a reírse solo de su propia broma, pero nadie más parecía de humor. Especialmente Rhett, que se había vuelto a girar hacia Alice para fulminarla con la mirada.

—No fue nada —le aseguró ella.

Charles le sonrió.

—Si te pones celoso, puedo besarte a ti también. Así estáis en igualdad de condiciones.

—Como te me acerques, te arrepentirás.

Charles se limitó a levantar las manos en señal de rendición, pero no parecía muy intimidado.

* * *

Ponerse la ropa de entrenamiento le resultó mucho más extraño de lo previsto. Alice se miró en el espejo de su cuarto de baño y se ató el pelo. Su atuendo, un conjunto algo desgastado pero cómodo, hizo que se sintiera un poco mejor. Cuando llevaba un uniforme, aunque fuera como aquel, se sentía parte de algo. Dejaba de estar sola.

Su intención era cruzar el patio delantero para llegar a la nave de entrenamiento, pero, nada más abrir la puerta, se encontró de frente con Trisha y Rhett, que la miraban fijamente.

—¿Qué hacéis aquí?

—Asegurarnos de que no intentas escabullirte —sonrió Trisha.

—Lo siento, Alice. Creo que incluso tú misma sabías que no te presentarías.

Sí que lo había pensado..., pero no iba a admitirlo, claro.

—Muy bien —se resignó.

—¿La esposamos por si acaso? —sugirió Trisha.

Rhett torció el gesto.

—No te pases.

—Perdóname, Romeo.

—¿Quién es Romeo y por qué lo mencionas tanto? —preguntó Alice mientras bajaban la escalera.

—Es de un libro..., creo. Ya no me acuerdo. Romeo y Julieta se enamoran, hacen estupideces y al final se mueren.

—¡¿Los dos?!

—Ajá.

—Qué final más horribl...

Alice se detuvo para no chocar con Rhett. Él también se había parado para no colisionar con otra persona, a la que estaba mirando fijamente. Alice lo reconoció al instante.

—¡Anuar! —exclamó sorprendida. Él le devolvió la mirada con mucho menos entusiasmo—. ¡No sabía que estuvieras por aquí!

—Será porque no te he buscado.

—¿Siempre es así de simpático? —murmuró Trisha.

El chico la ignoró y mantuvo la mirada clavada en Alice. Su piel y ojos oscuros, su expresión desconfiada, su postura desganada... No había cambiado en absoluto. De no ser por su uniforme de guardia, que le quedaba como un guante.

—Tienes que venir conmigo —le dijo a Alice.

La muchacha dudó y paseó la mirada entre él y Rhett. Este no parecía demasiado conforme.

—¿Contigo? —preguntó—. Tiene clase conmigo.

—Solo sigo órdenes de Max.

—Pues deberías seguir las mías.

—Hasta donde sé, tú no eres el guardián supremo.

Alice y Trisha los miraban con cierta precaución, como si esperaran a que uno de los dos estallara y se lanzara sobre el otro. Y Alice estaba segura de que el antiguo Rhett lo habría hecho sin siquiera titubear. Pero aquel había desaparecido hacía mucho tiempo.

—¿Qué quieres hacer tú? —le preguntó a Alice.

Ella dudó, claro. No pretendía que se enfadara, pero si Max la llamaba en su primer día de clases, tenía que ser por algo importante. Le dedicó una mirada de disculpa, Rhett suspiró y siguió bajando la escalera.

—Más te vale presentarte en clase en cuanto termines lo que sea que tengas que hacer —ordenó por el camino—. ¡Y sin excusas, principiante!

Por esa vez le perdonaría el apodito.

En cuanto se quedaron solos, Anuar empezó a subir escalones. Ella lo siguió en silencio, preguntándose dónde la estaría llevando. Solo entonces se dio cuenta de que todavía no había pasado del segundo piso, el de las habitaciones que ocupaban. Había tres más. El penúltimo era el que había usado ella en su época de androide. ¿La estarían llevando allí? No estaba segura de querer volver a pisar aquellas estancias.

—Pero ¿dónde vamos? —Fue incapaz de seguir conteniéndose.

—Eso no te incumbe.

—Teniendo en cuenta que me has impedido ir a clase, yo diría que sí me incumbe.

Anuar suspiró y se giró para seguir subiendo la escalera.

—A las celdas —respondió al fin.

Ella frunció el ceño.

—¿Hay celdas aquí?

—Más de las que parece, te lo aseguro.

Anuar, por suerte, pasó del penúltimo piso y siguió ascendiendo. Alice soltó un suspiro de alivio. Ni siquiera había mirado ese pasillo. Menos mal.

—¿Ahora eres un guardia de Max? —le preguntó—. No te pega nada.

—Pues vale.

—De hecho, jamás habría creído que traicionarías a los tuyos, pero ya ves... Ahora estás con el enemigo.

Alice no supo muy bien de dónde había salido eso, pero tenía la certeza de que eran justo las palabras que necesitaba Anuar para enfadarse. Se detuvo en medio del pasillo, la miró y ella pudo ver lo poco que le había gustado aquel comentario.

—¿Se puede saber qué insinúas? Porque te recuerdo que, gracias a eso, sigues viva.

Ya era muy tarde para echarse atrás.

—Eso es lo que me preocupa. ¿Cómo puedo saber que no harás lo mismo con Max?

Alice sintió la tentación de retroceder, pero se mantuvo en su lugar sin inmutarse. Anuar, en cambio, se inclinó hacia ella, furioso. No obstante, lo que tenía intención de decirle se quedó ahogado por las palabras de Max.

—Sé cuidar de mí mismo, Alice, pero gracias por tu preocupación.

Ella dio un brinco, sobresaltada, al verlo junto a una de las puertas del pasillo. Anuar también se irguió de golpe. Max, en cambio, permanecía de brazos cruzados. Intercambió una mirada con ambos, nada contento.

—Lo que importa no es en qué bando hemos estado, sino cuál apoyamos ahora —argumentó con voz firme—. Anuar lleva más de medio año con nosotros, Alice, y te puedo asegurar que me es fiel.

—¡Te clavó un cuchillo! ¡Te torturó delante de mí!

—Y tú me dijiste que podíamos confiar en él, si no me equivoco.

Alice tenía muy pocos recuerdos de aquel día, pero le sonaba haber abogado por Anuar. Apretó los labios, frustrada, y no protestó.

—Ahora que lo hemos aclarado —añadió Max—, ¿podéis venir? Tenemos asuntos que tratar.

De los cientos de posibilidades que se le pasaron por la cabeza, ninguna era adentrarse en la celda de Kenneth.

Max había decidido mantenerlo a buen recaudo hasta que supieran qué hacer con él.

Un panel de cristal lo separaba del grupo. En la celda solo disponía de una cama y un retrete. Nada más. Estaba sentado en el jergón con los codos apoyados en las rodillas. Por su falta de reacción, Alice supuso que él no podía verlos.

—¿Qué pasa? —preguntó confusa.

Max fue quien respondió.

—Queremos sacarle información sobre la Unión, pero solo ha accedido a ayudar a cambio de hablar contigo.

A Alice se le ocurrían muy pocas combinaciones peores. Sobre todo en esas circunstancias. Tocó el panel de cristal con un dedo, curiosa, y comprobó que, tal como había pensado, era unidireccional.

El chico parecía bastante demacrado. Hablaba solo con mucha intensidad y había adelgazado. No estaba herido y nadie le haría daño, pero cualquiera se volvería loco en una jaula como esa.

—¿Te fías de su palabra? —le preguntó a Max—. Quizá solo quiera volver a intentar estrangularme con las esposas.

—No está esposado —apuntó Anuar.

—Pues peor me lo pones.

—Anuar y yo estaremos a tu lado —le aseguró Max—. No permitiremos que te ponga la mano encima. Le hablarás a través del cristal. —Señaló lo que parecía un panel—. En cuanto estés preparada, pulsaré el botón y podrá vernos y oírnos.

Alice no pudo evitar preguntarse cómo era que nunca había visto aquellas celdas. Seguro que los científicos y los padres les ocultaban el doble de cosas de las que creían.

—Está bien —aceptó—. Solo tengo que escuchar lo que quiera decir, ¿no? Eso no es muy difícil.

Max pulsó el botón gris del panel y, al instante, Kenneth levantó la cabeza para mirarlos. A quienes revisó más concienzudamente fue a Anuar y a Max, pero al final toda su atención se centró en Alice. Parecía bastante nervioso.

—¿Qué quieres? —preguntó ella.

Kenneth se puso de pie y se acercó de forma apresurada al cristal para apoyarse en él con una mano. Estaba claro que habría preferido hablar a solas, pero no tenía derecho a protestar.

—Me debes un favor —le recordó en voz baja.

A ella no se le había olvidado. En la Unión, Trisha, Rhett y ella habían urdido un plan para que Kai les permitiera acceder a los ordenadores de la ciudad. Como Kenneth lo vigilaba, Alice tuvo que distraerlo, para lo que le pidió que le diese clases de lucha, cosa que, al final, le resultó bastante útil. A cambio de esas lecciones, Alice había aceptado deberle un favor. Parecía que el momento de cobrárselo había llegado.

Como ella no respondió, Kenneth prácticamente pegó la nariz al cristal y siguió hablando.

—En eso quedamos, ¿recuerdas? Quiero salir de aquí.

—No te debía un favor tan grande —recalcó Alice.

—¡Nunca hablamos de magnitud! ¡Solo quedamos en que me debías una!

—Aunque así sea —intervino Max—, sacarte o no de aquí no depende de ella. Si eso era lo que pretendías, me temo que vas por muy mal camino.

Kenneth permaneció muy quieto, y de pronto le dio tal puñetazo al cristal que la estructura entera empezó a temblar. Alice retrocedió, asustada, pero Anuar y Max ni siquiera se inmutaron. Probablemente no fuera la primera vez que lo hacía.

—Cálmate —le advirtió el guardián supremo con voz tranquila—. Si lo que quieres es salir, solo tienes que ayudarnos.

Kenneth no dijo nada. Se había vuelto a sentar en la cama con las manos en la cabeza y los codos sobre las rodillas. Parecía desesperado. De no haber sido porque lo conocía de sobra, Alice habría querido liberarlo.

—¿Vas a responder a nuestras preguntas? —insistió Max.

Él negó con la cabeza sin mirarlos.

—Si hablo, me harán cosas mucho peores que encerrarme en una caja de cristal.

—Como quieras.

Sin decirle nada más, volvió a pulsar el botón para dejarlo sumido en la oscuridad.

6
LOS COCHES QUE ATRAVESARON EL BOSQUE

Llegar tarde el primer día resultó ser una mala decisión.

Todos habían terminado sus ejercicios de calentamiento, por lo que le costó coger el ritmo, pero al menos Rhett se quedó con ella un rato más para recuperar el tiempo perdido.

De regreso al edificio principal, Alice sacó el tema.

—¿No me vas a preguntar?

—¿El qué?

—Lo que necesitaba Max.

—Pues no. Él no es, precisamente, mi mayor interés.

Alice esbozó una pequeña sonrisa y lo siguió al interior del edificio. Era tarde y había nevado de nuevo, de modo que agradecía un poco de calor. Incluso aunque tuviese que obtenerlo en un sitio que tenía una estatua gigante de un científico nada más entrar en él.

—Qué horror —opinó Rhett, que también se había detenido a mirarla.

—Siempre pensé que tendría más sentido erigir una estatua de un androide. ¿No se supone que esta es la zona de androides?

—Podrían haberte tomado a ti como modelo —bromeó él—. Esa sí que me gustaría verla.

—No me extrañaría que le gritaras órdenes a ella también.

Mientras Rhett se alejaba, con la sonrisa divertida todavía en los labios, Alice se rezagó un momento para contemplar la estatua y se arrepintió enseguida, porque justo entonces apareció Tina para enredarla.

—¡Alice! —exclamó felizmente—. ¡No sabes lo bien que me vendría una ayudita!

Y ella, que no sabía cómo decirle que no, terminó acompañándola al primer piso junto con Kai. Habían encontrado una sala llena de máquinas de todo tipo y Tina quería ver, junto con los expertos en tecnología de la ciudad, para qué servían y si podía darles uso en el hospital. La sala en cuestión no se encontraba muy lejos del despacho de Max, custodiado por Anuar. Alice lo saludó con la mano y, por supuesto, no obtuvo respuesta.

—Esta es la sala —les dijo Tina, y entró con ellos. Antiguos alumnos de Ciudad Central paseaban entre las máquinas—. Kai, tú que entiendes bastante de la tecnología de la Unión, ¿podrías encontrarle utilidad a alguna de estas?

—Les echaré un vistazo. —Parecía entusiasmado de poder ayudar.

—Y como tú vivías aquí, Alice, he pensado que tal vez recuerdes alguna.

—Puedo intentarlo.

Tina le aseguró que eso ya era más que suficiente y, tras darle un ligero apretón en el brazo, se alejó para hablar con uno de los alumnos.

Alice se paseó por la sala observando todo con curiosidad. No reconocía ninguna máquina, pero verlas era interesante. Toqueteó algunas, ayudó a transportar otras, recibió más de una regañina cuando pulsó varios botones sin querer y observó las restantes, preguntándose para qué servirían.

Y, de pronto, se detuvo sin darse cuenta delante de una de las que estaban al fondo, cubiertas por una manta algo polvorienta. La forma le resultaba muy familiar. Alice se aseguró de que nadie la viera —ni la riñese— y, muy lentamente, retiró la cubierta. La reconoció al instante. La camilla con correas, la máquina para el estómago, la de la cabeza y la pantallita. Era la que habían usado para ver sus recuerdos.

Se agachó junto a ella para revisarla con la mirada. No parecía muy usada, lo que era un alivio. Recordaba lo agotador y doloroso que era estar ahí tumbada y que todo el mundo pudiera ver lo que pasaba por tu cabeza. Alice apretó los labios y se agachó un poco más para mirar debajo de la camilla.

—¿Alice?

Se levantó de golpe, asustada. ¿Iban a regañarla otra vez?

En cuanto se fijó mejor, se dio cuenta de que el chico que le devolvía la mirada era bajito, delgado y llevaba unas gafas de color marrón. Lo reconoció al instante.

—¡Davy! —exclamó entusiasmada. No podía creérselo.

Su antiguo compañero de litera esbozó media sonrisa. No era muy risueño, así que eso constituía todo un logro. De hecho, Alice lo recordaba con cariño, pero, en realidad, lo único que los había unido en Ciudad Central había sido que no tenían otros amigos y se hacían compañía. Eso y los libros. Se preguntó si seguiría leyendo tanto como entonces.

—Me alegra que sigas bien —le dijo muy contenta—. Pensé que no volvería a verte.

—Muchos vinimos aquí poco después de que escaparas con Rhett y Tina. —Davy hizo una mueca de incomodidad—. Cuando se supo que tú..., bueno..., ya sabes.

—¿Que soy un androide?

Davy parecía aliviado, como si tener que decirlo él mismo fuera a ser terrible.

—Exacto. No sabía nada. Espero que nadie te haga sentir incómoda por ello.

—Técnicamente, estamos en la zona de androides. Sois vosotros quienes pisáis mi terreno.

La broma pareció hacerle gracia, pero Tina se acercó antes de que pudieran decir nada más. Ni siquiera los miró, solo tenía ojos para la máquina que Alice acababa de descubrir.

—¿Qué es esto? —preguntó intrigada—. Alice, ¿tú sabes cómo funciona?

—Sí. La usaron una vez conmigo. Sirve para ver recuerdos.

Ambos la miraron al instante, sorprendidos. Kai, que acababa de acercarse, estaba tan ocupado revisando la máquina que apenas los escuchó.

—¿Cómo es eso posible? —se interesó Tina.

—Solo funciona en androides. Te ponen todos esos cachivaches encima y ven tus recuerdos por esa pantallita. No sé mucho más.

Pero ya parecía ser suficiente, porque todos los alumnos de tecnología se acercaron a ver la máquina, embelesados. Alice supuso que sentirían lo mismo que ella si encontrase un fusil completamente nuevo y cargado. Davy empezó a dar instrucciones a sus compañeros sobre cómo transportarla. Era el único que había llegado a avanzado y, por lo tanto, el que mejor entendía el tema. Prácticamente, era su jefe.

—Aunque sea solo para androides —comentó Tina—, ¿cómo es posible que se pueda acceder a los recuerdos?

—No he estudiado demasiado a los androides —respondió Davy—, pero sé que disponen exactamente de las mismas funciones que nosotros, pero muchísimo más simplificadas. Sin ánimo de ofender, Alice.

—Tranquilo.

—El cerebro es una de esas partes más sencillas, así que eso explicaría que puedan acceder al suyo pero no al nuestro. —Davy pasó una mano por el teclado, claramente impresionado—. No obstante, esta máquina es francamente fascinante. Solo un genio podría crearla, a pesar de que no soporto a los científicos que vivían aquí. Aun así, si no me equivoco, para acceder a un recuerdo, especialmente a uno complicado, necesitarías la colaboración del androide. Hay que saber..., ¿cómo decirlo?, por dónde ir. Si quisiera ver un recuerdo de su infancia, necesitaría conocer algún lugar especial, las personas que la marcaron, un suceso importante... Eso me llevaría a los demás recuerdos.

Alice recordaba perfectamente la tarde en la que torturaron a Max a cambio de sacarle información a ella. Todas las preguntas estaban relacionadas con sus recuerdos. Al principio no lo entendió, pero ya no le resultaba muy difícil atar cabos.

—No es una ciencia exacta —siguió Davy—. Después de todo, los recuerdos pueden ser adulterados.

—¿Cómo? —preguntó Kai sorprendido.

En aquella ocasión, fue Tina quien respondió.

—Cuando recuerdas un suceso, no lo haces fotograma por fotograma. La memoria tiene sus limitaciones. De forma inconsciente, los moldeas en función de cómo te sentiste al vivirlos y, sobre todo, al recordarlos. Si pensaras en el día en que tu padre te enseñó a montar en bicicleta, recordarías las risas y el entusiasmo. Si a tu padre le hubiera pasado algo malo poco después, toda esa alegría se vería opacada por la tristeza y el miedo.

—A los androides les sucede lo mismo —comentó Davy—. Cambian los detalles sin darse cuenta. Especialmente si están cimentados sobre sentimientos muy intensos. Odio, tristeza, euforia, miedo...

—Es increíble. —Kai acarició la pantalla con los dedos—. Nunca había visto este tipo de tecnología. No es que sea avanzada, es que está a otro nivel, totalmente por encima del de los demás.

—Sí, los científicos saben lo que hacen —murmuró Davy, asintiendo con la cabeza. Parecía molestarle tener que alabarlos.

Alice suspiró.

—Si tan solo lo usaran para algo bueno...

Davy observó a Kai durante unos segundos hasta que, de pronto, pareció ocurrírsele una idea.

—¿Cuánto sabes de tecnología avanzada?

—¿Yo?

—Sí, tú. ¿O ves a alguien más?

Kai dudó antes de encogerse de hombros.

—Me defiendo bastante bien.

—Genial, ya tengo un nuevo candidato a ayudante. Te concedo un periodo de prueba. —Davy le lanzó una herramienta que Alice no reconoció y el chico la atrapó a duras penas—. Usa esto para encender la máquina y, si lo consigues, te ascenderé.

—P-pero...

—Es esto o ir a las clases de Rhett, tú eliges.

Nadie se había movido tan deprisa como Kai para intentar encender la máquina.

—¿Tienes idea de lo que podríais tardar en hacerla funcionar? —preguntó Tina.

—Quizá días, o semanas... —Davy negó con la cabeza—. En cuanto hagamos algún avance, te lo haré saber.

—Buen trabaj...

Antes de que pudiera terminar la frase, Alice se giró de golpe. Había escuchado pasos apresurados hacia el despacho de Max. Pese a que los demás también los oyeron, nadie más que ella fue corriendo a ver qué estaba sucediendo. Allí se encontró a Trisha discutiendo con Anuar.

—¡Déjame pasar! —exigió ella furiosa. Sonaba fatigada, como si acabara de correr por toda la ciudad.

El chico, en cambio, permanecía imperturbable.

—No tienes permiso.

—¡Es importante! ¡Apártate!

En ocasiones, tratar de razonar con Anuar era como hablar con una pared. Aquella era una de esas veces.

—¿Qué sucede? —preguntó Alice, acercándose.

Trisha se giró hacia ella como si fuera su última esperanza. Nunca la había visto tan alterada, así que empezó a temer que hubiera sucedido algo malo.

—¡Necesito hablar con Max y este cabezota no me deja pasar!

—¿Estás segura de que el tema no puede esperar?

—¡Segurísima, Alice!

Se miraron la una a la otra. Habían pasado tantísimo tiempo juntas que, en algunas ocasiones, no necesitaban abrir la boca para comunicarse. Alice había aprendido a comprenderla, y Trisha había empezado a entender su forma de pensar. Así que, cuando intercambiaron aquella mirada y volvieron a girarse hacia Anuar, ya tenían un plan pactado.

Él, por cierto, se irguió como si temiera una amenaza.

—Lo siento —le aseguró Alice justo antes de lanzarse sobre él.

En realidad, sabía perfectamente que no podría abatirlo. Su estilo de lucha y defensa le recordaban mucho al de Rhett. Ni entrenando cada día de su vida sería capaz de vencer a ninguno de los dos.

Lo que estaba intentando no era vencerlo, sino distraerlo.

Por eso, mientras ella intentaba enganchar el cuello de Anuar con un brazo y él se retorcía para quitársela de encima, Trisha pasó corriendo junto a ellos y entró en el despacho de Max.

Anuar escuchó la puerta abriéndose y se quedó muy quieto. Alice quiso aprovechar el momento para terminar la llave e inmovilizarlo, pero no fue lo suficientemente rápida. La lanzó por los aires como si no pesara nada. La pobre dio unas cuantas vueltas sobre sí misma por la alfombra gris —algunas bastante torpes, por cierto—, y no se detuvo hasta que su espalda chocó con las piernas de Kai, que soltó un chillido asustado y se apartó de un salto.

—¿Se puede saber qué pasa? —preguntó Tina, asomándose.

Alice no pudo responder, porque por fin consiguió escuchar parte de la conversación del despacho:

—¡... con Charles! ¡En el tejado!

Quizá no fuera para tanto. Tenían un tejado y Charles estaba en él. No pasaba nada. Pero el tono sí que la alertó. ¿Qué podía ser tan terrible como para que Trisha, que solía mantener la calma, se asustara de aquella forma?

Alice empezó a subir la escalera antes incluso de formular un plan, y corrió por el pasillo de la última planta. Nunca había salido al tejado, ni siquiera sabía que se pudiera, pero encontrar la puerta no fue demasiado difícil. La empujó con todo el cuerpo y salió al aire frío del anochecer. Una zona despejada de suelo de grava y algunas tuberías blancas coronaba el edificio principal de la zona de los androides. Era una terraza inmensa, con sitio de sobra para que más de cien personas se pasearan por ella sin ningún problema, pero en aquella ocasión solo había unas veinte, y estaban todas en uno de sus extremos, asomándose. Charles entre ellas.

Fue directamente hacia él.

—¿Qué pasa? —le preguntó jadeando.

Él siempre estaba sonriente, incluso cuando las cosas parecían ir mal. Por eso se preocupó tanto cuando le dejó los prismáticos que había usado hasta ese momento. Estaba mortalmente serio.

—Creo que deberías verlo por ti misma.

Alice se llevó los prismáticos a los ojos con cierta urgencia. El sol se había puesto unos segundos atrás, y la claridad era tan escasa que lo único que alcanzaba a distinguir eran las formas de los árboles. Buscó frenéticamente por todos lados, incapaz de entender nada, hasta que por fin divisó una luz parpadeando en la oscuridad. Dejó de moverse, muy tensa, y se concentró para ser capaz de ver qué había detrás.

Y vaya si pudo verlo.

Más de veinte coches se acercaban, uno tras otro, por el camino del bosque que habían usado ellos para llegar. Y no eran unos vehículos cualesquiera. Eran los blancos de la Unión.

Alguien le quitó los prismáticos y ella estuvo a punto de protestar. Optó por callarse cuando vio que era Max. Acababa de llegar acompañado de unos muy irritados Anuar y Trisha.

Él apenas tardó dos segundos en entender la situación y devolverle los prismáticos a Charles. Parecía tenso, pero no asustado. Eso hizo que todo el mundo se calmara un poco.

Max tenía ese poder. Si él se asustaba, todo el mundo entraba en pánico. Si mantenía la calma, deducían que ellos también podían hacerlo.

—Son los de la Unión —le dijo Alice, solo por aclararlo.

—Parece que, al final, nos han encontrado. —De nuevo, él no parecía muy asustado. Se rascó la barba, pensativo, antes de girarse hacia ella—. Voy a comprobar que los androides están protegidos en el hospital y quiero que vengas conmigo.

Alice ni siquiera se lo pensó.

—Está bien.

Mientras, los coches fueron deteniéndose alrededor de la muralla de la ciudad. Sus ocupantes no hicieron ni un solo ademán de querer abrirse paso, simplemente bajaron de los vehículos y miraron a su alrededor. Alice ya no necesitaba prismáticos para verlos bien.

Por eso le sorprendió tanto que sus monos no fueran militares, sino grises.

Sintió que el corazón se le paraba. Literalmente. Había leído que esto sucedía por la impresión, pero nunca creyó que fuera a sentirlo en su propia piel. Y ahí estaba.

Mientras los soldados de su padre se acercaban a la valla, Alice apenas pudo sentir su pulso.

—Me encantan las reuniones familiares —murmuró Charles.

De uno de los veinte coches emergió el padre John.

Estaba tal como lo recordaba, desde el pelo castaño canoso hasta la complexión delgada. Incluso su forma de andar parecía la misma. De alguna forma, ella se lo había esperado muy distinto, como si el hecho de conocer la verdad fuera a provocar que mostrase su verdadera cara al mundo. Sin embargo, estaba claro que aquello no iba a suceder.

Estaba tan ensimismada que no se dio cuenta de que la terraza estaba a rebosar.

—¿Qué es eso? —preguntó Jake, que había aparecido a su lado. Iba acompañado de Kilian y de Blaise.

Max, al verlos, frunció profundamente el ceño.

—¿Se puede saber qué hacéis aquí? ¡Todo el mundo que no sea un guardia a sus habitaciones!

—Pero...

—¡Ahora mismo!

Max podía llegar a ser muy intimidante, pero gritar no era su estilo. De hecho, la parte amenazadora de su forma de ser era que siempre hablaba con tono calmado. Por eso, todos retrocedieron al instante.

—Trisha —siguió, claramente alterado—, llévatelos a todos a sus habitaciones.

—¿Tengo que volver a bajar? ¿En serio?

La mirada que le dedicó fue suficiente para que la rubia diera un respingo y obedeciera al momento.

—¿Dónde está Rhett? —preguntó Tina en voz baja. Nadie le respondió.

Max empezó a vociferar órdenes y, aunque Alice apenas entendió ninguna porque estaba muy ocupada intentando seguirlo, supuso que su función era la que le había dado desde el principio. Estaba muy nerviosa. Que ellos llegaran a la ciudad ya era una muy mala señal, pero que Max hubiera demostrado que su calma del principio era fingida lo empeoraba todo. Además, Rhett no estaba. Él era quien solía saber qué hacer en momentos como ese. Sabría qué decir para que ella se centrara. ¿Dónde estaba?

Los pasillos estaban desiertos y las puertas, cerradas. Apenas se escuchaba nada más que sus propios pasos. Mientras descendían a la planta baja, Alice buscó con la mirada varias veces. Vio a Anuar, a Maya, a Charles, a Yin y a Max, pero no había ni rastro de Rhett.

Por fin, lo encontró en el vestíbulo. Sintió que el aire volvía a su cuerpo al ver cómo lanzaba órdenes a diestro y siniestro, haciendo que todos los guardias de la zona tuvieran asignada una ventana, una puerta o una zona que proteger. Max lo observó en silencio, y cuando se detuvo a su lado se limitó a decir:

—Tenemos que ir a por todas las armas que podamos y asegurarnos de que las salidas estén...

—Ya lo he hecho —replicó Rhett, enarcando una ceja.

Alice estaba segura... no, segurísima, de que Max habría

felicitado a cualquier otra persona. Habría demostrado su admiración e incluso le habría dado una palmadita en el hombro, pero parecía como si no se permitiera sentir nada positivo respecto a Rhett. Como si alabarlo supusiera una traición a sí mismo.

Rhett tampoco le dio mucho tiempo para felicitarlo. Estaba claro que lo que buscaba no era eso. En cambio, pasó por su lado sin mirarlo y se acercó a Alice. Su expresión tensa se había tornado en preocupación.

—¿Lo has visto? —preguntó directamente, y por el tono Alice supo que se refería a su padre.

—Sí.

Rhett asintió y pareció que iba a decir algo más, pero un guardia los interrumpió. Al parecer, una de las mujeres del otro grupo había asomado una bandera blanca entre los barrotes de la entrada. Alice torció el gesto al reconocer a Giulia. Poca gente le desagradaba tanto como ella.

—Quieren parlamentar —murmuró Max.

—¿Qué es eso? —preguntó Maya.

—Antes de un conflicto, uno de los bandos puede solicitar una reunión —explicó Rhett, que acababa de colocarse junto a Alice—. Es una forma de acercar posturas para ver si se llega a un acuerdo y se puede evitar recurrir a la violencia.

—Propongo que alguien se suba al tejado y le pegue un tiro a su líder mientras parlamentamos —dijo Charles, pegando la nariz al cristal.

—Sutil —murmuró Anuar, negando con la cabeza.

—Debemos aceptar —intervino Tina.

Max se giró hacia ella al instante. Parecía no haberse dado cuenta de su presencia hasta ese momento.

—¿Por qué no estás en el hospital? —preguntó alarmado.

—Llevo en esta ciudad tanto tiempo como tú, tengo derecho a...

Max le lanzó una breve mirada a Anuar, que se dirigió hacia ella sin necesidad de decir nada. Seguramente pretendiese llevarla al hospital por la fuerza. Tina parecía furiosa y Alice podía entenderlo. Ella también había detestado tener que permanecer de brazos cruzados mientras el resto hacía todo el trabajo.

Lo que no esperaba era que Rhett se metiese entre Tina y Anuar, mirando a este último muy fijamente.

—Déjala en paz —advirtió.

Anuar dudó y le echó una mirada a Tina. Alice nunca la había visto tan furiosa, aunque realmente su ira era contra Max.

—Solo sigo órdenes —replicó el chico al final.

—Pues te ordeno que la dejes en paz, ¿te ha quedado claro?

—Rhett —advirtió el guardián supremo.

—Cállate de una vez, Max.

Alice se encogió tanto como si lo hubiera dicho ella misma. Pudo ver el momento exacto en el que Max procesó sus palabras. Todo el mundo estaba mirándolo, esperando una respuesta. Había puesto su autoridad en juego y no podía permitirse perderla.

Anuar miró a Max como si esperara que le ordenara que se llevara tanto a Rhett como a Tina, y Alice decidió intervenir antes de que tomasen una decisión que afectara a cualquiera de los dos.

—Lo importante ahora mismo es responder a la bandera blanca —les recordó con cierta urgencia.

Max le dirigió una última mirada cargada de rencor a Rhett, que no se movió un centímetro, y después se volvió hacia la puerta. Tardó unos instantes, pero finalmente tuvo que darle la razón a Alice.

—¿Alguien tiene una chaqueta o una camiseta blanca?

Tuvieron que usar la bata de Tina, que claramente pretendía recalcar que al final había sido útil que se quedara, pero optó por callarse.

Hubo un momento de miradas incómodas cuando tuvieron que decidir quién saldría con ella, exponiéndose a los de Ciudad Capital. Varios de los guardias se la pasaron entre ellos, negándose en redondo, hasta que Yin soltó una palabrota en voz baja, se la arrancó de las manos al último que la había tocado y salió del edificio como si no hubiera más de cuarenta pistolas apuntándola al otro lado del muro.

—Por eso me gusta tanto —dijo Charles con una sonrisilla orgullosa.

Yin levantó la bata con ambas manos y, al instante, Giulia bajó la suya. Cuando volvió a entrar, Max ordenó que abrieran la puerta para que entraran en el recinto. Pese a las caras de horror, nadie se atrevió a cuestionar la orden. Bastante tensa estaba ya la cuerda como para arriesgarse a tirar más de ella.

La puerta se abrió ante el reducido grupo que se había congregado junto a la puerta y, pese a que Alice buscó frenéticamente a su padre, pronto descubrió que no estaba entre ellos. Casi hubiera preferido que fuera el primero, así habría podido controlarlo en todo momento.

Los faros de los coches blancos enmarcaban la delgada silueta de Giulia, que avanzaba hacia ellos sujetando la bandera en una mano. Alice no podía verle la cara, pero estaba segura de que esbozaba una sonrisa triunfal.

—Si ellos solo mandan a una persona, nosotros no podemos enviar a más —escuchó decir a Rhett.

Alice miró a Max al instante, que hizo ademán de avanzar. Apenas había dado un paso cuando Giulia lo detuvo con un gesto de la mano.

—Tú no. —Con la bandera, apuntó hacia Alice—. Quiere hablar con ella.

Todas las cabezas se giraron automáticamente hacia la androide, que se había quedado paralizada. Sabía que su padre querría hablar con ella, pero no esperaba que la escogiera por encima de Max. Todavía un poco confusa, buscó la mirada de los demás. Max no parecía muy convencido, pero asintió con la cabeza. Rhett estaba bastante más tenso. Había sacado la pistola y, aunque no la había levantado, la apretaba con fuerza.

—No pierdas la calma y todo saldrá bien —le aconsejó Max en voz baja—. Nosotros te cubrimos la espalda.

No esperaba unas palabras de consuelo del guardián supremo, así que las agradeció de todo corazón. Alice no iba armada. Ni siquiera llevaba puesto un abrigo. No podía ser un objetivo más vulnerable.

Y, aun así, empezó a avanzar hacia Giulia. Curiosamente, se sintió mucho más segura de lo que debería, como si todo lo malo ya hubiera pasado. La mujer la esperaba jugueteando con la bandera blanca y, cuando se acercó un poco más, Alice pudo comprobar que estaba sonriendo. Y de forma bastante altiva.

Se detuvo justo delante de ella y, durante unos instantes, se miraron en completo silencio. Una estaba completamente seria, y la otra parecía estar a punto de echarse a reír.

—Vaya —dijo Giulia finalmente—, creí que no tendrías valor para salir a recibirnos tú sola.

—Y entonces ¿por qué me has llamado?

—Porque el líder quiere hablar contigo. No soy quién para cuestionarlo.

Alice asintió con la cabeza como si aquello le importara poco.

—Pues que hable conmigo, si tantas ganas tiene.

Giulia volvió a sonreír —casi con aprobación— y se retiró lentamente con su grupo sin perderla de vista. Casi en el instante en el que se perdió entre los suyos, una nueva figura emergió y empezó a avanzar hacia Alice. Solo por su forma de moverse ya lo reconoció.

El padre John iba vestido con un largo abrigo gris, unos zapatos brillantes y unos guantes blancos. Verlo parado junto a Alice era como vislumbrar dos mundos totalmente opuestos. Ella, con su coleta llena de mechones sueltos, su sudadera con agujeros, sus mitones viejos y sus pantalones sucios, se mantenía tan erguida como podía, intentando no sentirse insegura en su presencia. Era difícil.

Alice se dio cuenta de dos cosas: había dejado que su barba entrecana creciera un poco más de lo acostumbrado y en su cuello asomaba una cicatriz que nunca antes había visto. Parecía una línea blanca e irregular que se perdía dentro de su abrigo.

El padre John le dedicó una cordial sonrisa, muy parecida a la que solía esbozar cuando vivían en aquella zona. Alice trató de que no le afectara y, pese a que por fuera consiguió disimularlo, por dentro se sintió como si acabaran de estrujarle el corazón con un puño.

—Nunca pensé que volveríamos a estar juntos en esta zona —comentó él, mirando a su alrededor.

La muchacha no respondió. No porque no quisiera, sino porque su cerebro estaba entumecido, en blanco. No encontraba ni su propia voz.

—Me dijeron que te habías quitado el dispositivo de la cabeza —comentó entonces.

Alice no quería confirmar ni desmentir nada, así que trató de ir por otro camino.

—No pareces muy enfadado.

—¿Por qué iba a estarlo? Yo habría hecho lo mismo.

Alice no estaba de humor para conversaciones triviales, y menos con toda la ciudad tras ella y un ejército entero delante.

—¿Qué haces aquí? —preguntó directamente.

—Creo que es bastante obvio. Necesitaba hablar contigo.

—¿De parte de la Unión?

Su padre se encogió de hombros de forma apenas perceptible.

—Son buenos aliados.

—Te recuerdo que torturaban a androides.

—A veces, las circunstancias hacen que tengas que aliarte con personas con las que no te mezclarías.

Alice no quiso insistir. Le daba miedo que se le escapara algo importante sin darse cuenta.

—¿Cómo me has encontrado tan deprisa?

—Si tuviera que elegir una zona para empezar de cero, sería esta. Max es un tipo listo, sabe lo que se hace. Es una lástima que esté en el bando equivocado.

Alice se contuvo antes de soltar algo de lo que pudiera arrepentirse.

—Fuiste tú, ¿verdad? Volaste Ciudad Central por los aires.

—¿Por qué iba a hacer tal cosa?

—Porque es tu estilo. Cada vez que alguien te desobedece, lo destruyes. Es la única forma de control que conoces.

El padre John tardó unos segundos en responder. A Alice le pareció ver que un reflejo de irritación le cruzaba la mirada, pero fue muy rápido. Enseguida volvió a su papel de afligido.

—Hay muchas personas que me han desobedecido y siguen vivas. Todos los que ocultas detrás de ti, por ejemplo. Tu hermano entre ellos.

Aquello hizo saltar todas sus alarmas. Alice dio un paso hacia él. No se dio cuenta de que todos los del bando contrario la estaban apuntando con las pistolas y, de forma automática, los del suyo también habían desenfundado las armas.

—Cuidado con lo que dices —advirtió enfadada.

—No intentes ocultarlo, sé que Jake está ahí dentro. Pero no te preocupes, no he venido para solucionar nuestros problemas familiares.

—Tú y yo no somos familia.

—Soy tu padre, Alice. Lo he sido en dos vidas.

—Y en ninguna me has tratado como a una hija.

Pese al nudo de su garganta, había hablado con mucha decisión. El padre John apretó los labios, olvidándose por completo de su máscara de cordialidad.

—Como ya te he dicho —replicó en un tono mucho menos calmado—, no tengo interés en hablar de nuestros problemas personales.

—Entonces deberías parlamentar con Max, no conmigo.

—Él no tiene nada que ver con esto. Al menos directamente.

Dio un paso adelante y Alice levantó la barbilla. En el fondo, deseaba haber cogido una pistola antes de envalentonarse, pero ya era muy tarde.

El padre John echó una breve mirada por encima de su cabeza. Pareció divertido.

—Tu humano no parece muy contento. De hecho, da la impresión de querer abalanzarse sobre mí. Max ha tenido que sujetarlo. Interesante.

No le gustó que se refiriera a Rhett como «su humano», pero no caería en el juego de rebatirlo. Él debió de notarlo, porque volvió al tema.

—Ya sabes por qué estoy aquí, Alice.

—Prefiero que me lo expliques.

—Este no es tu sitio y lo sabes. Tu hogar está conmigo y con los demás androides, en la capital. Y no solo porque nos pertenezcas, sino porque podría pasar cualquier cosa que tus amiguitos no sabrían solucionar. ¿Y si tienes un problema de funcionamiento?

—Por ahora, no he sufrido ninguno.

—Por ahora. Tú misma lo has dicho. Pero sabes que ellos no son tu gente. Jamás te considerarán como una igual. Nunca serás una más del grupo, porque no se les olvidará lo que eres.

¿Esa era su estrategia? ¿Intentar aprovecharse de sus inseguridades? Alice ya las había explotado tanto que no había nada que pudiera empeorarlas.

—¿Y cuál es la solución? —preguntó en tono cansado—. ¿Que me vaya con vosotros? ¿Convertir a todos los humanos restantes en androides?

Para su sorpresa, la última propuesta —aunque había sido una broma— hizo que él frunciera el ceño.

—Pese a que me gustaría, no dispongo de los recursos suficientes como para conseguirlo. Además, prefiero la calidad antes que la cantidad. Ya te dije que había tardado bastante tiempo en crearte, pero... mírate. El resultado ha sido óptimo.

Alice tuvo que reírse.

—Aseguras que soy tu mejor diseño y resulta que soy la única que ha decidido no obedecerte en nada. ¿No ves un fallo?

—La inteligencia es poder, Alice. En el momento en que te la di, sabía que conllevaría riesgos. Pero también que te otorgaría el poder de elegir. No todo el mundo tiene ese privilegio.

¿Qué esperaba? ¿Un agradecimiento? Alice se alejó un poco de él, negando con la cabeza.

—Deberías marcharte —replicó.

—No sin ti.

—Tendrá que ser sin mí.

Él fingió que no la había escuchado.

—¿Sabes? Lo que has dicho de transformar a los humanos en androides no es tan disparatado. Sería imposible convertirlos a todos, pero podría elegir a unos cuantos candidatos para trabajar en un nuevo modelo.

—¿Y has venido hasta aquí para decírmelo?

—Por supuesto. —Sonrió—. Necesitaré muchos recipientes en los que depositar la inteligencia de mis creaciones, y creo que ahora mismo vives con casi trescientos.

Alice le sostuvo la mirada durante unos segundos, tensa, hasta que se dio cuenta de lo que estaba insinuando. Quiso decirle algo, pero él la interrumpió.

—Desde mi punto de vista, ahora mismo tenemos dos opciones. Podemos llegar a un trato. Nosotros dos solos. Nadie tiene por qué enterarse y conseguiríamos que nadie saliera herido, que creo que es algo que nos conviene a ambos. O también podemos no llegar a ningún trato y..., bueno, creo que todos sabemos qué sucede cuando me enfado.

Alice ya no se sentía tan segura como para seguir dándole largas. Durante los segundos que tardó en responder, intentó pensar en algo que pudiera sacarlos de ese embrollo sin demasiadas consecuencias. Pero no se le ocurrió nada, así que tuvo que optar por formular la pregunta:

—¿Qué trato, exactamente?

—Necesito un recipiente para mis nuevos androides. Puede ser tu hermano, en cuyo caso me conformaré con un solo modelo, o la ciudad entera. Tú eliges.

Quiso negarse directamente, pero lo cierto era que estaba dudando. No quería entregar a Jake. Preferiría sacrificarse a sí misma. Pero, a la vez... ¿Estaba dispuesta a poner en peligro a trescientas personas solo por conservar a su hermano, que ni siquiera sabía que eran familia?

El padre John aprovechó sus dudas, claro.

—Piensa en ellos, Alice. ¿Cuántos hijos, padres, hermanos..., hay ahí dentro? Muchos, ¿verdad? Los pondrías en peligro si me obligaras a decirle a Giulia que entrara en la ciudad. Y, en ese caso, tú y tu hermano vendríais conmigo de todos modos. —Hizo una pausa mientras Alice agachaba la cabeza—. ¿Qué es la vida de un chico comparada con la de cientos de humanos?

A Alice le seguían temblando las manos. No podrían entrar en la ciudad, ¿cierto? Era imposible. Tenían buenas defensas. Disponían de buenos soldados. Max lo había dicho varias veces. Serían capaces de defenderse.

Pero se enfrentarían a dos ciudades gigantes sin ni siquiera disponer de armas suficientes en caso de que consiguieran entrar. Las barricadas serían su único escudo. Todo dependería de ellas. Si caían, estaban perdidos.

Era un riesgo demasiado grande.

—Te conozco de sobra, Alice. Sé que poner en peligro a alguien sería un gran golpe para ti —siguió su padre. De alguna forma, consiguió que su voz sonara exactamente igual que un año y medio atrás, cuando ella aún confiaba en él—. Si quisieras, podrías entregarme a tu hermano, venir conmigo y dejarme borrar a los demás de tu memoria. Sabes que tengo la tecnología necesaria para hacerlo. No te acordarías de sus nombres, ni de sus caras, ni de nada que hayan hecho por ti. No sufrirías. Y ellos podrían seguir con sus vidas.

Alice, de nuevo, se encontró a sí misma valorando sus posibilidades. No quería someterse voluntariamente a lo que había intentado evitar con tal desesperación unos meses antes. Pero ¿y si era lo mejor? Quizá, aunque el padre John no fuera un hombre sincero, en aquella ocasión tuviese razón. ¿Hasta qué punto valdría la pena arriesgar a todo el mundo solo para protegerse a sí misma y a Jake?

Miró por encima de su hombro, más desesperada de lo que habría querido admitir, y buscó inconscientemente la mirada de Rhett. La encontró enseguida. Tal como había remarcado el padre John, Max le sujetaba el brazo para que no se moviera. Parecía mucho más tenso que ella, como si estuviera dispuesto a lanzarse hacia delante en cualquier momento para protegerla, aunque eso supusiera ponerse en el punto de mira de más de cuarenta fusiles.

Eso hizo que se diera cuenta de que ella estaba a punto de hacer exactamente lo contrario. Rhett estaba dispuesto a arriesgarlo todo para salvarla... ¿y ella estaba considerando vender a Jake a la primera de cambio? Una oleada de vergüenza la recorrió de pies a cabeza y se giró hacia el padre John con expresión de horror, como si no pudiera creerse lo que había estado a punto de aceptar.

—No —dijo en voz baja—. Claro que no.

—Alice, intento ayudar. Puedo...

—¿Ayudar? ¿De qué forma? ¿Igual que tus nuevos aliados cuando torturaban a los androides que encontraban, escudándose detrás de promesas vacías? ¿Como los habitantes de todas las ciudades que prometiste proteger y ahora solo son cenizas?

Su padre apretó un poco los labios, como para contenerse inconscientemente.

—Esas cenizas, Alice, son el recuerdo permanente de lo que sucede cuando tomas una decisión incorrecta.

—¿Y cuál es la correcta? ¿Fiarme de alguien que hizo matar a su propia hija? ¿Que abandonó a su familia? ¿Que está dispuesto a hacer exactamente lo mismo con su hijo?

—Te perfeccioné.

—¡No, me convertiste en una máquina! —Cuando el padre John hizo ademán de tocarla, Alice retrocedió bruscamente y escuchó el revuelo de ambos bandos, pero lo ignoró—. Has sido capaz de hacerte eso incluso a ti mismo. Te... mataste para convertirte en esto. ¿Cómo puedes estar orgulloso?

El padre John sabía que la estaba perdiendo. Alice adoptó

una postura defensiva sin darse cuenta. La tensión estaba escalando a una velocidad vertiginosa.

—No he matado a nadie —se defendió el hombre en voz baja, controlada.

—¡Asesinaste a Alicia! No apretaste el gatillo, pero su muerte fue una consecuencia de todas y cada una de las decisiones incorrectas que has tomado.

Ni siquiera se había percatado de haber levantado la voz de esa forma, pero le dio la sensación de que conseguía meter al padre John de forma mucho más intensa en la conversación. Fue la primera vez que le pareció que se olvidaba de que tenían público.

—¡Tuve que hacer un sacrificio! —exclamó enfadado.

—¿Y qué hay de la madre de Alicia? ¿Te preocupaste por ella?

—El mundo se divide en dos grupos: los que tienen poder y los que siguen al que tiene ese poder porque es la única vida que conocen. Tu madre siempre perteneció al segundo. No era capaz de expandir sus horizontes y ver más allá de lo que conocía. Ni siquiera de percatarse de todo lo que estaba consiguiendo con los demás padres. ¿Qué querías que hiciera? Nunca lo habría entendido. Siempre se opuso a mis ideas.

—¡Porque querías matar a sus hijos!

—¿Estás muerta, Alice? Yo diría que sigues respirando. Y es precisamente porque logré hacerme contigo. ¿Qué hay de ella? Siguió sus ideales, esos que la hacían sentir tan superior a mí..., y ahora no es más que un montón de polvo.

Alice sintió que su pecho ascendía y descendía con dificultad, como si la rabia le impidiera respirar.

—Eres un monstruo —murmuró.

—Si no quieres oír la verdad, no indagues en temas escabrosos. Y ahora, responde de una vez a mi pregunta. ¿Vais a venir voluntariamente o voy a tener que llevaros a rastras?

Fue como si, por primera vez en su vida, pudiera verlo tal como era. La máscara de hombre bueno se había caído. Ya no era el hombre al que había creído conocer, sino el que siempre había escondido.

No retrocedió, pero construyó un muro invisible entre ellos que, a pesar de todo lo que había sucedido, nunca antes había existido.

Alice levantó un poco la vista para mirarlo fijamente y sus palabras salieron de forma tenue y calmada.

—¿Cómo pude dejar que me engañaras tanto tiempo?

John fingió que no había oído nada.

—Te doy una semana para pensarlo —replicó, dándose la vuelta. Estaba muy alterado. Incluso se le había hinchado una vena en el cuello—. Si para entonces no has tomado una decisión, te convenceré de una forma mucho menos civilizada.

Alice comenzó a alejarse en silencio, pero a medio camino no pudo contener las palabras.

—Aquí te estaremos esperando, papá.

7
LA DECISIÓN DE UN GUARDIÁN

Dentro del despacho de Max reinaba el caos más absoluto.

Alice prácticamente había guardado silencio desde la conversación con su padre, pero los demás habían perdido la capacidad de callarse. Estaban todos sentados a la mesa ovalada y parecía que cada uno tuviese algo nuevo que aportar. Rhett, Trisha, Davy, Tina, Charles, Anuar... nadie se callaba. Excepto Max. Él observaba a los presentes como si los analizara. Alice, por su parte, permanecía con la mirada clavada en la mesa.

—¿Podéis hablar de uno en uno? —escuchó protestar a Trisha—. ¡Así no vamos a solucionar nada!

—¿Te digo cómo no solucionaremos nada? —intervino Rhett—. Entregándolos. No son armas, joder. Son personas.

—Bueno, personas... —Charles sonrió—. No sé si es el término más adecuado, al menos en uno de los casos.

Rhett se quedó mirándolo un momento antes de hacerle un gesto impaciente a Max.

—¿Es necesario que esté aquí? ¿Qué utilidad tiene?

Charles pareció todavía más divertido.

—La de decidir si tu novia vive o muere, claramente.

—Ya vale —interrumpió Tina, tratando de calmar los ánimos—. Todos tenemos derecho a exponer nuestra opinión, pero hace falta un poco de calma.

Rhett optó por hacerle caso y se tragó las palabras ofensivas que había estado a punto de soltar.

—Nos han dado una semana para tomar una decisión. —Max por fin decidió intervenir, y lo hizo con suma calma—. No tenemos que decidirlo esta noche. Lo mejor será que descansemos y mañana, ya con la mente despejada...

Trisha, que estaba de pie junto a la ventana y observaba los coches agrupándose para formar un campamento, soltó un bufido y lo interrumpió.

—Aunque les entreguemos a Jake y Alice, entrarán y nos destrozarán a todos. ¿Es que no lo veis?

—Nos ha dado su palabra —recordó Tina.

—Y también nos ha amenazado de muerte. ¿De verdad podemos fiarnos de él?

—Pero ¿de qué estáis hablando? —intervino Rhett pasmado—. ¿Estáis considerando la posibilidad de entregarlos?

Hubo un momento de silencio absoluto. Todo el mundo miró cualquier cosa que no fuera Alice, que sintió que se hundía lentamente en la silla. Habría deseado poder desaparecer.

—Venga ya. —Rhett volvió a romper el silencio. Estaba muy irritado—. Después de todo lo que hemos vivido juntos, ¿vamos a entregarlos a la primera de cambio? ¿En serio?

—No es tan fácil —murmuró Trisha.

—Yo creo que sí.

—Rhett —intervino Max—, esta no es una decisión individual, sino grupal. Tienes que respetar el voto de la mayoría.

—¿Y eso por qué?

—Porque será la decisión de los nuevos guardianes de la ciudad.

Pese al tumulto que se formó cuando todo el mundo se giró para mirarlo, Max apenas parpadeó.

—Yo mantendré mi puesto de guardián supremo —siguió hablando—. Tina representará la sección de medicina. Tú, Rhett, la de armas. Trisha, la de lucha. Y Davy, la de tecnología. —Hizo una pausa al mirar a la última integrante de la mesa—. Alice... Bueno, será el tema que tenemos que tratar.

Ella seguía mirando fijamente la mesa. Max le dedicó una ojeada antes de girarse hacia los demás.

—No es una decisión fácil de tomar —admitió—. Hay muchas vidas en juego. Vidas de personas que todos conocemos.

—Es una decisión muy sencilla, Max —rebatió Trisha—. Lo difícil es llevarla a cabo.

—Y ¿qué sugieres?

—Pues... —Ella miró a Alice, que seguía teniendo la cabeza gacha—. Mira, sé que esto es una mierda, y ojalá no tuviera que ser yo la que lo dijera, pero... son muchas vidas. Muchísimas. Y apenas podemos defendernos.

—¿Y qué nos asegura que no nos atacarán en cuanto tengan a Alice y Jake? —preguntó Tina—. Tú misma lo has puesto en duda.

Davy negó con la cabeza.

—Si quisieran atacarnos, podrían hacerlo ahora mismo.

—Exacto —intervino Rhett, de brazos cruzados—. Podrían atacar en cualquier momento, pero no lo hacen porque Alice y Jake están aquí dentro y eso los pondría en peligro.

—O porque nos están dando un poco de margen.

—¿Tienen cara de haber venido solamente para hablar?

—espetó Rhett—. Nadie fleta veinte coches cargados de soldados para parlamentar. Lo único que quiere es que saquemos a sus hijos de aquí para acabar con nosotros sin preocupaciones.

Tina fue la única que se mostró de acuerdo.

—Así tendría la ciudad para él. Aquí tiene tantas cosas... Dudo mucho que esté dispuesto a perderlas. O, peor aún, a dejárnoslas a nosotros.

De un momento a otro, todos empezaron a hablar a la vez. Tina y Rhett defendían un bando, mientras que Trisha y Davy se empeñaban en mantenerse en el otro. Charles se limitaba a observar con media sonrisa, y Max, al final de la mesa, se pasaba las manos por la cara.

—Ya es suficiente —los interrumpió, harto de escuchar tanta discusión—. Tenemos que tomar una decisión, pero no es el momento.

—Al contrario, es el momento perfecto —le dijo Tina, para sorpresa de todos. Pocas veces le había llevado la contraria a Max—. Por mucho que nos hayan dado una semana, sabemos que no podemos fiarnos de ellos. Deberíamos tomar una determinación, aunque sea provisional.

El guardián supremo la observó durante unos segundos, pensativo, y el resto pareció esperar su respuesta. Todos menos Rhett, por supuesto.

—¿Y qué hay de ellos? ¿No tienen voz ni voto?

—¿Quiénes? —preguntó Davy.

—Jake y Alice. Son los más implicados. Deberían poder opinar.

El grupo se giró hacia Alice. Max negó con la cabeza.

—Informaremos a Jake a su debido tiempo, pero la situación no es fácil. Está en riesgo la ciudad entera, así que somos nosotros quienes debemos decidir.

—¿Y cuál es el plan? —preguntó Trisha—. ¿Votar nosotros solos como si tuviéramos más derechos que los demás?

—Así funcionan los guardianes, rubita —le sonrió Charles.

—¿Y tú qué sabes?

—Oye, yo sé de todo.

—¿No deberíamos informar a los demás de la decisión que tomemos? —preguntó Davy a Max, confuso.

—Para hacerlo, primero debemos tomarla.

Alice notó la presencia de Rhett a su lado, pero no levantó la cabeza. Escuchaba todo, pero era incapaz de reaccionar. Su cerebro seguía procesando cada una de las palabras de su padre en busca de cualquier descuido o debilidad; no obstante, no encontraba ninguno.

—Muy bien. ¿Damos comienzo a la votación? —preguntó Max con una voz más seria de lo habitual.

Nadie dijo absolutamente nada.

—¿Yo tengo voto? —preguntó Charles, levantando una mano.

—Tú estás aquí en representación de los invitados, Charles. Esto no te afecta y, por lo tanto, no tienes derecho a elegir.

—Yo no puedo hacerlo. —Todos miraron a Tina cuando empezó a hablar. Parecía afligida—. Sé que pondría en peligro a mucha gente, pero... no sería capaz de entregarlos así como así. Lo siento. Yo, Tina, digo no.

—Pues... —Davy se aclaró la garganta. Hasta ese momento había parecido muy tranquilo, pero esa aura de calma se acababa de esfumar. Le temblaban las manos—. Alice, te conozco desde hace mucho tiempo y, aunque no somos mejores amigos, nunca me has caído mal. De hecho, eres de las personas que mejor me caen de la ciudad, pero... no puedo jugarme el cuello por esto. Yo, Davy, digo sí.

—Yo no pienso hacerlo —murmuró Rhett—. Ni en un millón de años. No.

Entonces todo el mundo se quedó callado, esperando. Alice levantó la cabeza y miró a Trisha. No encontró sus pupilas. Parecía estar evitándola. Solo con eso ya supo cuál sería la respuesta.

—Hemos perdido demasiado —dijo esta en voz baja—. Somos pocos, apenas tenemos armas o defensas... No podemos arriesgarnos a que nos ataquen otra vez. Si tuviésemos suerte, quizá, solo quizá, las defensas resistirían, pero no quiero que la vida de tanta gente dependa de algo tan frágil. Yo, Trisha..., digo sí.

Todos se giraron hacia Max, que tenía la última palabra. Alice también lo miró, aunque, en el fondo, no necesitaba escucharlo para saber lo que diría. Si algo sabía del él, era que siempre ponía la ciudad ante todo. Era, quizá, lo que más le había repetido durante el tiempo que habían pasado juntos. Y Alice lo comprendía perfectamente. No podía sacrificar una ciudad que tanto le había costado reconstruir solo por proteger a un chico y una androide.

Finalmente, Max se retiró las manos de la cara, bastante tenso, y miró a sus nuevos guardianes. Apenas necesitó pensarlo.

—Yo, Max, digo no.

Aquello sacó a Alice de su ensoñación. Parpadeó como si volviera a la realidad y su mirada se encontró con la de su guardián supremo. No supo interpretar demasiado bien su expresión, pero claramente no estaba arrepentido.

Cuando todos empezaron a hablar a la vez de nuevo, Alice ya no pudo aguantarlo más y se puso de pie para marcharse. Seguramente nadie se diera cuenta, estaban demasiado enfrascados en sus conversaciones, y ella necesitaba salir de aquel edificio, aunque fuera solo durante cinco minutos. Estaba empezando a marearse.

Anuar estaba de pie al otro lado de la puerta. Se apartó para permitir que saliera, pero no la perdió de vista. Parecía curioso. Seguramente hubiese escuchado toda la conversación.

—Parece que se avecina una batalla. —Alice le dedicó una mirada un poco agria, pero no dijo nada—. Yo que tú practicaría lo de luchar cuerpo a cuerpo. Por lo que he oído, lo vas a necesitar.

—¿Qué has oído? —se interesó; fue la primera vez que abría la boca en un buen rato.

—Kenneth se pone muy comunicativo cuando se aburre. Habla un poco de todo el mundo, pero a ti te tiene una tirria muy especial.

—No sé qué significa eso.

—Me da igual. Dice es que eres pésima en lucha y, tal como están las cosas, no te lo puedes permitir.

No estaba de humor para seguirle el jueguecito, así que se limitó a suspirar y contemplar sus opciones. Podía quedarse allí hablando con él o salir del edificio. Al final, decidió hacerle una última pregunta.

—¿Qué harás tú para prepararte?

Anuar lo consideró un momento, pensativo.

—Entrenar, supongo. Y asegurarme de que todas mis armas se encuentran en buen estado.

—Mi única arma es un revólver con dos balas.

—Siempre puedes usarlas y luego golpearlos con la culata.

Estuvo a punto de sonreír, y quizá lo hubiera hecho de no haber estado tan tensa. En cambio, murmuró unas pocas palabras de despedida.

Y, cuando iba a empezar a bajar la escalera, escuchó que la puerta volvía a abrirse. Era Charles.

—Ah, te he pillado a tiempo —dijo alegremente, y luego

echó una mirada de reojo a Anuar—. ¿Te vienes al tejado con nosotros?

—Si lo hago, será para empujaros al vacío.

—Tan encantador como siempre.

Alice terminó subiendo con Charles sin entender muy bien el motivo, aunque lo cierto es que el aire frío le sentó de maravilla. Había algunos grupos allí reunidos, la mayoría de las caravanas, pero nadie les hizo mucho caso. De hecho, cualquiera habría dicho que estaban de celebración, porque bebían y reían como si no hubiese veinte coches blancos aparcados al otro lado de los muros de la ciudad.

—Tu novio se ha quedado en la sala con los demás —le dijo Charles mientras se sentaba al borde del tejado. Dejó las piernas colgando tranquilamente sobre una caída de cinco pisos de altura—. Parecía bastante enfadado con los dos que querían echarte a los leones. He supuesto que la discusión se alargaría bastante.

—¿No te preocupa estar tan cerca del vacío? —preguntó ella, vacilando.

—¿A ti sí?

Quiso admitirlo, pero al ver que todo el mundo lo hacía sin acobardarse decidió hacer de tripas corazón y se acercó para sentarse a su lado. Eso sí, mantuvo su cuerpo tan alejado del borde como le fue posible. Se asomó lo justo y necesario para ver sus botas colgando en el vacío y, acto seguido, volvió a erguirse.

—No es para tanto —se burló Charles. Estaba liándose un cigarrillo de los suyos—. Si te caes, la nieve te protegerá.

—¿De cinco pisos de altura? Lo dudo mucho.

—Pues no te caigas.

Alice no dijo nada. Se asomó de nuevo, esa vez para ver el grupo de coches, y se preguntó en cuál de ellos estaría su padre. Algunos ya se habían marchado.

—Estás muy callada —observó Charles.

—Cualquiera lo estaría.

—Yo no. Ya me habría inventado cuarenta excusas distintas para que no me entregaran.

Lo peor no era que lo dijera, sino que Alice se lo creía. Esbozó una pequeña sonrisa y se encogió de hombros.

—Supongo que somos bastante distintos, entonces.

—Venga ya, no tienes por qué preocuparte tanto. Acaban de decidir por ti y, además, ha sido a tu favor. Si algo sale mal, ¡puedes echarles la culpa a ellos!

Una cosa era lo que dictaminasen ellos y otra muy distinta lo que Alice tuviera pensado hacer. Y todavía no se había decidido.

—Por cierto, ¿sabe el chico que forma parte del trato?

—No.

—Quizá debería. También tiene derecho a decidir.

El problema era que, para que lo entendiera, Alice tendría que contarle la historia completa. Debería revelarle quién había sido su familia, qué había sido de ellos y, lo más importante, su propio papel en todo aquello. Y no se atrevía. ¿Y si la culpaba a ella? ¿Y si su relación nunca volvía a ser la misma?

—Estás siendo egoísta —escuchó la vocecita de Alicia a su lado—. Antepones tu tranquilidad a que él sepa quién es ¿y todavía consideras que eres la buena de este cuento?

Alice la miró de reojo. Volvía a llevar sus pantalones negros rasgados por las rodillas. Escondía las manos dentro del bolsillo de la sudadera y las puntas de sus botas eran todo lo que la mantenía sobre el tejado. Sus talones oscilaban despreocupadamente sobre el vacío mientras ella se balanceaba como si jugara a mantener el equilibrio. Le dedicó una sonrisa de medio lado.

—Va a terminar enterándose —añadió—. ¿Por qué alargarlo?

Porque no era tan sencillo.

—Claro, es más fácil esperar a que se lo diga otra persona, ¿no?

Alice dejó de mirarla con la esperanza de que desapareciera. Por suerte, Charles le echó una mano.

—Tienes unos cuantos días para pensártelo.

—Suponiendo que los de ahí abajo no entren a la fuerza.

—Ya lo has oído... Si todavía no lo han hecho, será por algo.

Estar un rato con Charles la ayudó a tranquilizarse y, sobre todo, a olvidarse de sus problemas. Al contrario de lo que pudiese parecer, era muy buen conversador, y cuando se olvidaba de esa parte de él a la que le encantaba molestar a los demás, también se volvía una muy buena persona.

Cuando descendió del tejado, decidió detenerse de nuevo en el despacho del fondo. Anuar no le puso ninguna pega para acceder.

Todas las sillas estaban vacías y el guardián supremo permanecía de pie junto al ventanal con las manos detrás de la espalda. Estaba observando los coches, igual que el resto de la ciudad.

En cuanto Alice cerró la puerta tras ella, Max se giró para mirarla. Pareció sorprendido.

—No esperaba volver a verte hasta mañana.

—Yo no esperaba ver a mi padre hasta dentro de mucho tiempo, pero aquí está.

Para su gran sorpresa, Max esbozó lo que pareció una sombra de sonrisa y volvió a girarse hacia la ventana. Alice se acercó y observó los dieciocho coches que quedaban. Estaban aparcados a una distancia bastante grande entre sí, como si quisieran abarcar el máximo terreno posible para mantenerlos bien vigilados. Se preguntó si su padre se habría marchado con los dos que faltaban. Era bastante probable. Dudaba que quisiera ensuciarse las manos, se le daba mejor encargarse de que lo hicieran otros.

—Ojalá solo me quisiera a mí —murmuró ella al final—. Todo sería más fácil.

—Te equivocas. Te habrías entregado sin dudarlo.

—Y vosotros estaríais bien. ¿No es ese el objetivo?

—No estaríamos bien, Alice... Para empezar, quizá nos hubieran atacado directamente. Es muy probable que Jake organizara una expedición para ir a buscarte. Contaría con la ayuda del chico salvaje, de la niña nueva y de Trisha. Incluso con la de Charles, quizá. Y mejor no hablamos de Rhett: se habría vuelto loco.

No supo qué decirle, así que permaneció en silencio mientras él la observaba. Su tono se había endurecido un poco.

—Las circunstancias son estas y vamos a hacer lo posible para que todo salga bien. Solo espero que —añadió muy lentamente—, llegado el momento, no hagas ninguna tontería.

—Últimamente esa es mi especialidad...

—Alice, esto no es Ciudad Central. Estás acostumbrada a que tus elecciones no tengan consecuencias, pero aquí, si tomas la decisión incorrecta, no te echan de la ciudad. No te castigan con clases extra. No te encierran. Simplemente, aprietan el gatillo. ¿Lo entiendes?

La muchacha dudó antes de asentir con la cabeza.

—Deberías descansar —le aconsejó Max al final—. Todos estamos agotados. Ha sido un día muy largo.

* * *

Poder estar a solas en su habitación le sentó de maravilla. Tenía demasiadas cosas en la cabeza. Se metió en la ducha y pasó un buen rato bajo el agua caliente con los ojos cerrados. Intentaba dejar la mente en blanco, pero no lo conseguía. Por mucho que luchara contra sus pensamientos, siempre terminaban volviendo.

Al salir de la ducha, se puso la ropa más cómoda que encontró y se quedó sentada en su cama. Miraba por la pequeña ventana cuadrada que había justo encima. Para cuando llamaron a la puerta, ya estaba empezando a quedarse dormida. De hecho, pensó que se lo había imaginado. Pero no. Volvieron a llamar suavemente.

Se acercó, respirando hondo y preparándose para enfrentarse a Rhett..., pero era Jake.

De entre todas las personas de la ciudad, Jake era a quien menos le apetecía enfrentarse. Verlo equivalía a recordar todo lo que había pasado ese día y, lo más importante, que él seguía sin saber nada.

—No podía dormir —confesó, todavía en el pasillo—. Nadie quiere decirme qué pasa, pero está claro que todo el mundo está aterrado. No te haces una idea de lo frustrante que es.

—Jake...

—No te estoy pidiendo que me lo cuentes, ¿vale? Solo quería pasar un ratito con alguien, y he pensado que tú compartirías mi insomnio.

Lo dudó durante tanto rato que, cuando se apartó, la situación ya se había vuelto incómoda. Jake se sentó en su cama y miró el grupo nuevo por la ventana. Alice hizo lo mismo, sentándose delante de él.

—Mira esos coches blancos —murmuró el chico fascinado—. No puedo ni imaginarme cómo serán por dentro. ¿Crees que los habrán hecho los de la capital?

—No. Son de la Unión, pero quienes están dentro sí que son de la capital.

El pobre no pareció entender nada, pero asintió de todos modos.

Alice no podía dejar de mirarlo. Cada vez que posaba los ojos sobre él, le venía la imagen de un niño pequeño jugando en el río, con el mismo pelo rizado, los mismos ojos risueños y la misma expresión de fastidio cada vez que le decía que no podía hacer algo.

Volvió a la realidad cuando Jake se giró hacia ella.

—¿Me vas a decir qué te pasa?

—Nada.

Intentó disimular, pero ya era muy tarde.

—¿Te has peleado con Rhett?

Al escuchar su tonito divertido y jocoso, se sintió todavía peor. Si lo entregaba a la capital, jamás volvería a ver esa mirada divertida y despreocupada. Se convertiría en una expresión vacía más, con un número de serie en lugar de un nombre.

Ella negó, intentando no derrumbarse, pero Jake no estaba satisfecho. No le gustaban los silencios. Siempre intentaba rellenarlos.

—¿Te he contado que vuelvo a tener una baraja de cartas? Perdí la otra en Ciudad Central. Pensé que no volvería a jugar, pero Charles me consiguió una. Aunque están un poco estropeadas, se pueden usar perfectamente. ¿No sería genial echar una partida? Como en los viejos tiempos, je, je...

Él sonrió, pero dejó de hacerlo al no ver en Alice la reacción que esperaba. Lo miraba en silencio, intentando que su expresión se mantuviera neutral, pero con un nudo en la garganta.

—Puedes contarme lo que sea —le aseguró preocupado—. Lo sabes, ¿no?

—Es que... te he echado de menos, Jake.

—Sí, han sido unos meses muy raros. No tenía a nadie que me defendiera de los abusones. Ni a quien enseñar a usar la ironía y el sarcasmo correctamente.

—Pues me he vuelto una experta —aseguró con una pequeña sonrisa.

—Ya lo sé. Soy un buen maestro. ¿Te acuerdas de cuando no sabías ni qué eran unas cartas? Debiste de aburrirte mucho aquí.

—Aunque sea difícil de creer, este lugar me gustaba.

—La verdad, Alice... —Jake se cortó. Necesitaba pensarlo un momento. De hecho, dejó la frase suspendida en el aire durante unos segundos. Después la miró otra vez—. La verdad es que eres la mejor amiga que he tenido nunca.

La confesión la pilló un poco desprevenida. Ni siquiera reaccionó.

—¿Puedo preguntarte algo? —soltó sin pensar.

Jake pareció entusiasmado, como si por fin estuviera abriéndose un poco.

—¡Claro que sí!

—Si tuvieras que elegir entre algo que aprecias mucho y algo que le gustara a todo el mundo, ¿qué harías?

—Quedarme con lo que me gusta, obviamente.

—No, pero... —Alice suspiró—. No es tan fácil. ¿Y si eso hace que todo el mundo tenga que renunciar a lo otro? ¿Qué harías entonces?

Jake lo consideró en silencio. Seguía sin tomárselo muy en serio.

—Elegir lo que te gusta es muy egoísta —añadió ella—. ¿No es mejor ser generoso?

—Bueno..., sí. Algunas veces hay que serlo. Pero no he conocido a mucha gente generosa en este mundo. Casi nadie hace favores sin esperar nada a cambio. —Cuando la miró, por fin parecía estar hablando en serio—. Tú eres una de las personas más generosas que conozco, Alice. Siempre has puesto a los demás por encima de tus necesidades y..., a decir verdad, todo lo que has decidido hasta ahora, fuera mejor o peor, nos ha traído hasta aquí. Vivos y unidos. Si tú crees que ser generosa es lo adecuado, entonces, adelante. Pero, si hay alguien en este mundo que merezca un poco de egoísmo, esa eres tú.

Alice lo miró fijamente unos segundos, muda de la impresión. Jamás habría esperado una respuesta tan seria.

—¿Te ha servido de algo? —preguntó el chico—. Porque, a veces, empiezo a hablar y a hablar y no llego a decir nada coherente. Lo peor es que no me doy cuenta de que...

—Me ha servido —lo interrumpió ella—. Muchísimo.

—Entonces ¿ya estás mejor?

Alice asintió.

—Deberíamos irnos a dormir, Jake —le dijo—. Mañana será un día muy largo, necesitaremos energía.

—Sí, a ver si nos dicen por fin lo que pasa. —Jake se estiró mientras se levantaba. No parecía muy preocupado—. En fin, te dejo descansar. Buenas noches, Alice.

—Buenas noches, Jake —murmuró ella, viendo cómo su hermano desaparecía por la puerta de su habitación.

8
EL SISTEMA DE LA MEMORIA

Al día siguiente, Alice era un manojo de nervios. Se había enterado de que Max iba a dar un discurso, pero no se había atrevido a asistir. Sabía lo que diría. No presentarse había sido un poco cobarde por su parte, pero había preferido quedarse en su habitación pensando, y pensando, y pensando... Parecía que no podía hacer nada más que pensar.

La ciudad seguía con su rutina como si no hubiera pasado nada, como si no hubiera más de cuarenta armas apuntándolos desde los muros. Alice no pudo negarse a ir a clase de Rhett. Por el camino, notó las miradas de reojo, los comentarios en voz baja y las malas caras. Estaba claro que sabían lo suficiente como para sentirse descontentos, y no podía culparlos: se iban a arriesgar por una androide a la que apenas conocían.

Al llegar a la nave de instrucción, vio que los demás ya habían empezado a calentar. El lugar en sí no era muy grande. Se trataba de una estancia rectangular con ventanales en uno de los lados y varias salas vacías en el otro. La zona en la que entrenaban, de paredes blancas y altas y suelo gris, era bastante más pequeña que el gimnasio de la Unión. Rhett, durante el primer día, se había encargado de dibujar unas cuantas líneas en el suelo con la ayuda de Jake. Parecía un campo de fútbol como el de Ciudad Central, y además servía para dividir la clase en grupos.

Calentó con los demás, aunque sin hablar con nadie. No le apetecía charlar ni siquiera con Jake, que se pasó toda la clase a su lado. Kilian también. Alice estaba segura de que Blaise, de haber podido, también lo habría hecho. Pero ella era demasiado pequeña para entrenar, así que se quedaba en el hospital con Tina para ayudarla en todo lo que necesitara.

Al terminar el calentamiento, Rhett dio unas cuantas explicaciones sobre atacar y esquivar: lo de siempre. Alice no le prestó demasiada atención. Le tocó practicar con una chica a la que había visto alguna vez en Ciudad Central y que parecía un poco incómoda con su presencia, pero al menos no protestó.

Para su sorpresa, la clase le gustó. Poder mantenerse ocupada hacía que se olvidara de todo lo demás y, aunque se tratara solo de un rato, era de agradecer. Alice echó una mano a sus compañeros para recoger el material y, justo cuando iba a encaminarse a la salida, escuchó que alguien se aclaraba la garganta junto a ella. Supo quién era al instante.

—¿Podemos hablar un momento? —le preguntó Trisha.

No le apetecía. En absoluto.

Podría haber aceptado una y mil veces que Trisha la entregara, especialmente si era por el bien de todos. Lo entendía. De hecho, ella habría hecho lo mismo. Era una cuestión de supervivencia, y ambas sabían que Alice podría cuidarse solita.

Pero traicionar a Jake...

Él siempre se había portado bien con Trisha y, de hecho, habían sido grandes amigos. De todos sus compañeros de Ciudad Central, era el único que jamás la había juzgado por su tamaño, por su carácter o por su actitud.

¿Cómo podía entregarlo después de todo eso?

—Mira —empezó Trisha—, lo que dije en la reunión...

—No hace falta que me des explicaciones.

Había intentado no sonar enfadada, pero no lo había conseguido del todo.

—Lo siento, ¿vale? Lamento que las cosas tengan que ser así. —Trisha suspiró—. Sé que quieres mucho a Jake, pero...

—¿Yo? —la cortó pasmada—. ¿Y qué pasa contigo? ¿Es que ya no te importa en absoluto?

—No he dicho eso.

—Tampoco lo has negado.

Trisha suspiró y se pasó una mano por la corta melena rubia. Parecía frustrada consigo misma, como si no supiera cómo explicarse.

—Jake es mi amigo, eso ya lo sabes. Lo que digo es que..., a veces, eso no es suficiente. ¿A cuánta gente pondríamos en riesgo a cambio de su seguridad?

—Si tan claro lo tienes, ¿por qué has venido a hablarme?

—Porque...

Se calló. Quizá ni ella misma lo supiera.

—Tengo demasiadas cosas en la cabeza como para intentar hacerte sentir mejor —soltó Alice, dejando el material en el suelo de forma un poco más brusca de la necesaria—. Hiciste lo que consideraste que era correcto. Nadie puede culparte por ello.

—Excepto tú.

—La decisión ya está tomada, da igual lo que piense.

—Entonces ¿qué...?

—Alice —interrumpió la conversación Rhett, que acababa de acercarse a ellas—. Ven, ayúdame a guardar esto.

No necesitaba ayuda. Era tan evidente que lo único que quería era cortar aquella conversación antes de que la cosa fuera a peor que Alice estuvo a punto de reírse. De todos modos, quizá fuese la mejor decisión que podía tomar, porque las chicas intercambiaron una última mirada y, finalmente, la rubia se marchó.

Rhett no dijo nada hasta que todo el mundo hubo abandonado el gimnasio, y entonces se giró hacia Alice con los brazos cruzados.

—No te he visto esta mañana en el discurso de Max.

—Ya...

—¿No me vas a dar una excusa siquiera?

Ella suspiró.

—Si quieres, te ayudo a guardar lo que queda.

El almacén era una de las salas vacías de la nave. Era del tamaño de la caseta donde escondían la munición en su antigua ciudad. Alice dejó una de las bolsas en el suelo y vio que Rhett posaba las dos últimas a su lado. Después, se atrevió por fin a mirarlo. Se arrepintió al instante.

Podía reprimir sus sentimientos cuando estaba rodeada de gente. Eso era fácil. Pero cuando estaba con Rhett, sus defensas se desmoronaban sin que se diera cuenta. Y esa expresión indiferente que había mantenido todo el día se convirtió en un nudo en la garganta que amenazaba con ahogarla.

—¿Has visto cómo me miran? —preguntó en voz baja.

—Te aseguro que si alguien te dice algo...

—No lo harán delante de ti. Es más que obvio. Pero no puedo culparlos por mirarme mal. Y no me extrañaría que molestasen también a Jake.

—Max ha decidido mantener en secreto que también

querían a Jake —aclaró él tras una pequeña pausa—. Pensó que lo preferirías así.

—Tiene razón —masculló un poco más aliviada—. Al menos, él no tiene que soportar ser la persona más odiada de la ciudad.

—Yo no te odio. —Le colocó una mano en la nuca—. Estoy muy muy lejos de odiarte, créeme.

Quizá, en otras circunstancias, ella hubiera sonreído. Pero en esas solo pudo agachar la cabeza.

—¿Cómo puedo seguir aquí, verlos..., ver todo lo que destrozaré y no entregarme?

—No morirá nadie. —Él se inclinó hacia delante—. Tenemos buenas defensas y...

—¿Puedes prometérmelo?

Rhett dudó un momento.

—No.

—No sé por qué decidisteis que me quedara. No debería estar aquí. Ojalá mi padre no hubiera pedido a Jake. Todo sería tan fácil...

—Para mí no. —Rhett apretó los labios.

—Tienes que pensar en los demás...

—Que le den. A todos. Yo te quiero a ti.

Ella lo miró durante unos segundos, sorprendida. Rhett siguió hablando.

—Somos una familia, Alice. Y debemos permanecer unidos siempre. Aunque haya problemas. Y si un miembro está en peligro, los demás lo protegen.

—¿Habrías hecho lo mismo por Trisha?

—Sí. —Ni siquiera titubeó—. A pesar de lo que dijo en la reunión, lo haría.

—Solo quería salvarse. Ha sufrido mucho.

—Y ha llegado aquí gracias a ti. Igual que Kenneth, Kai, Eve, Blaise... y yo. Todos hemos sobrevivido porque tú no paraste hasta encontrar una forma de volver a casa. Te debemos la vida y, ahora que tú necesitas nuestra ayuda, ella te da la espalda.

No sabía qué decirle. No había planeado que esa conversación se desarrollase de aquella forma. De hecho, en su cabeza, ella empezaba a soltar palabrotas y Rhett le decía que se desahogara con un saco de boxeo. Pero no tenían ninguno a mano y ella no se sabía casi ninguna palabrota.

De pronto, notó que él apretaba ligeramente los dedos en su nuca, obligándola a mirarlo.

—Prométeme que no harás ninguna tontería.

—No puedo, Rhett...

—Entonces, júrame que me dejarás ayudarte en tus tonterías.

Aquello la hizo sonreír.

—Eso sí puedo prometértelo.

Vio, de reojo, que Rhett esbozaba una pequeña sonrisa tras un momento de duda. Después, se inclinó hacia ella y la atrajo para besarla en la boca.

* * *

Aquella misma tarde, harta de las miradas hostiles y de los comentarios en voz baja cada vez que cruzaba un pasillo, Alice decidió alejarse un poco de la multitud. Y no se le ocurrió un mejor lugar que el hospital.

Nada más entrar vio que solo había un par de camillas ocupadas. Tina estaba hablando con un paciente androide. Estaba tan centrada en su tarea de darle de beber que ni siquiera se percató de que había entrado alguien.

Blaise, por su parte, daba vueltas de un lado a otro. Colocaba las sábanas de las camillas, empujaba el carrito con las herramientas de Tina y no dejaba de preguntar si alguien necesitaba algo. Parecía encantada de poder ayudar.

—¡Alice! —exclamó nada más verla, y dejó el carrito para correr hacia ella—. ¿Traes comida?

—Eh...

—Eso es un no —dedujo—. ¡Tengo hambre!

—¿Y por qué no vas a la cafetería?

—¡Porque alguien tiene que cuidar a Eve!

Alice miró a la aludida. Estaba tumbada tranquilamente en su camilla y hojeaba un libro, aunque por su velocidad al pasar de página, no parecía estar prestándole demasiada atención.

—Vete a comer algo —dijo Alice—. Yo le haré compañía un rato, ¿qué te parece?

—¿En serio? —Blaise se contuvo, como si no quisiera emocionarse antes de tiempo—. ¿No te importa?

—Claro que no. Anda, vete antes de que le robes el almuerzo a los pacientes.

La niña esbozó una gran sonrisa y se apresuró a marcharse. Alice, por su parte, se acercó a Eve. Esta debió de escucharla, porque bajó el libro y lo apoyó contra su pecho. Estaba incluso más pálida de lo que recordaba, y daba la sensación de que se le habían hundido un poco las mejillas, como si hubiera adelgazado.

—Hola, Alice —le sonrió—. Me alegro de verte.

—Y yo a ti. ¿Cómo estás?

Había tenido algún que otro susto, pero por suerte Tina se había ocupado de que todo marchara bien.

—Mejor de lo que parece —aseguró Eve—. No me he mirado en un espejo, pero por la cara que pone la gente... supongo que no tengo muy buena pinta.

—O eso, o te tienen envidia.

—Quizá sea eso —terció divertida, aunque la alegría

pronto desapareció de su rostro—. Ya me he enterado de lo del padre John... ¿Fue tu creador?

—Sí —masculló Alice. Por algún motivo, Eve le transmitía confianza. Sentía que podía contárselo todo—. ¿Llegaste a conocerlo cuando vivías aquí?

—No personalmente. Siempre parecía tan ocupado... Era como si estuviera por encima de todos los demás padres. Hablar con él habría sido imposible.

Alice se preguntó por qué ella nunca había detectado aquella distinción. Quizá, simplemente, no había sido capaz de verlo de ninguna forma excepto como un padre.

—¿Estabas leyendo? —Optó por cambiar de tema de conversación.

Para su sorpresa, la androide pareció avergonzada.

—Me siento tan inútil, aquí tumbada todo el día... Quería aprovechar para aprender algo interesante. —Le enseñó la portada del libro—. Es de historia humana. Del siglo XX, creo. No sé muy bien qué es, pero suena interesante, ¿no? Así podré contarle alguna que otra anécdota interesante al pequeñín.

No entendió por qué se avergonzaba. A ella le pareció una idea brillante.

—Si necesitas ayuda, yo era una androide de información. Estoy especializada en historia clásica y tengo un amigo que sabe mucho del medievo.

—Te tomo la palabra.

—¿Por qué parte vas? —le preguntó, señalando el libro.

—Bueno, estaba intentando evitar las guerras, pero está repleto de ellas. A mí lo que me gusta es saber cómo vivían las personas de aquel entonces.

—Seguro que en alguna parte lo explica. Incluso puede que tengan imágenes.

—Cuando vivía aquí, mi creador tenía una fotografía de

su antigua casa sobre la mesa. La recuerdo perfectamente. Era un edificio blanco con ventanas grandes y, por algún motivo, una puerta roja. Cientos de veces me imaginé a mí misma siendo humana y viviendo en esa casita. Teniendo la libertad de entrar y salir por la puerta roja siempre que quisiera, cultivar mi propio huerto... Poder hacer lo que me apeteciese.

Sonaba bien, pero Alice no estaba muy segura de que pudiera disfrutar de tanta independencia. Siempre había vivido limitada. Si le concedieran libertad, no sabría qué hacer con ella.

—¿Qué habrías hecho tú de haber vivido en el mundo humano? —le preguntó Eve.

Ni siquiera tuvo que pensárselo.

—Ir al cine.

La mujer pareció un poco confusa, pero ella se limitó a sonreír.

Estuvieron charlando un rato más. A Alice le agradaba su compañía. Pese a que muchas veces se quedaba con la mirada perdida y parecía desconectar de la conversación, sabía escuchar. Y parecía adivinar qué temas le apetecía tocar a la otra persona y cuáles prefería mantener sellados.

Blaise volvió media hora más tarde y les enseñó la comida que se había metido en los bolsillos. Tina apareció en ese momento y remarcó que Eve necesitaba descansar, no estar de cháchara. Alice aprovechó para marcharse.

Por la tarde, decidió visitar la biblioteca; el lugar en el que había pasado más tiempo durante su corta vida de androide. Esta ocupaba un edificio entero, anexo al principal, y consistía en una gran sala blanca con una pared cubierta de cristaleras hasta el techo. Una escalera de caracol permitía ascender por los tres pisos de hileras de estanterías repletas de todo tipo de libros. Los sofás de color blanco, acompañados de sus respectivas mesas, circundaban el espacio.

Era fácil perderse en un lugar como aquel, pero Alice lo conocía bien. Su sección predilecta siempre había sido la 1b; es decir, la segunda estantería del primer piso. Sin embargo, no quería volver a visitarla. Ya se sabía esa zona de memoria. Lo que le apetecía era cambiar un poco, así que se metió en un pasillo al azar de la planta baja.

Los lomos de los volúmenes eran mucho más coloridos de lo que recordaba. Acarició algunos con la punta de un dedo, pero ninguno la convencía del todo. Había libros de cocina, de medicina, de carpintería... Estuvo tentada de coger uno de jardinería solo por curiosidad, pero se detuvo al detectar un movimiento con el rabillo del ojo.

Lo primero que vio fue una mata de pelo castaño y rizado: Jake. Lo que no se esperaba era encontrarlo con la nariz metida en un libro de medicina. Especialmente con esa tensión en los hombros.

¿Estaba leyendo a escondidas? Alice entrecerró los ojos con curiosidad.

Estuvo tentada a acercarse y preguntarle, pero justo en ese momento escuchó una voz justo al lado de su oreja.

—Hola.

La pobre Alice dio tal respingo que estuvo a punto de chocar contra la estantería y derribarla. Por suerte, se recompuso a tiempo y se limitó a girarse con una mano en el corazón. Kai estaba de pie justo detrás de ella, con una mueca en el rostro.

—Ups..., ¿te he asustado?

Alice no quería sonar desagradable, así que se tomó un momento antes de responder.

—No —mintió—. ¿Sucede algo?

—¿Eh? ¡Ah, sí! —Kai le hizo un gesto para que lo siguiera—. ¡Tienes que ver una cosa!

—¿Davy y tú habéis descubierto alguna máquina nueva?

—No, no... En este caso, trabajo solo.

Ya tenía su atención. Alice se olvidó de Jake y siguió a Kai fuera de la biblioteca. No hizo preguntas, pero no pudo evitar sentir un poco de desconfianza cuando el chico empezó a guiarla escalera arriba.

—Me he enterado de lo de los invasores —comentó entonces.

Alice quiso suspirar, pero, de nuevo, no pretendía ser desagradable con su amigo. No tenía la culpa de nada.

—¿Y qué piensas?

Estaba preparada para recibir otra mirada de rencor, pero no. Para su asombro, Kai hizo todo lo contrario.

—Has hecho bien en negarte a ir con ellos. Lo único que los mantiene fuera de esos muros es la posibilidad de hacerte daño.

Alice lo miró de reojo mientras entraban en una de las salas del primer piso. Kai cerró la puerta tras de sí y encendió la luz. Lo primero que vio fue una camilla con la zona de la cabeza cubierta por una especie de máquina redonda. Estaba conectada a un ordenador con una pantalla que mostraba letras ininteligibles. Por lo demás, no había un solo mueble.

—¿Qué haces con una máquina de memoria? —preguntó intrigada.

—Voy a necesitar que me guardes un secreto, ¿serás capaz?

Alice asintió enseguida. Kai acababa de sacar una pequeña llave plateada. No tardó en entender que había abierto la puerta con ella.

—La encontré en la biblioteca —confesó—. Estaba dentro del libro que explicaba el funcionamiento de esta máquina. ¡Es un intercambiador!

Alice no supo muy bien cuál debía ser su reacción, pero por la expresión decepcionada del chico, supuso que no era la que había mostrado.

—Me esperaba más entusiasmo —protestó.

—Es que... no entiendo muy bien qué está pasando.

—A ver, puede que me haya inventado yo el nombre. La cosa es que he descubierto que tiene más cometidos de los que creíamos. Sabes que los androides tienen funciones, ¿no? —Ella asintió—. Pues resulta que, a pesar de que puedes ir ampliándolas mediante la lectura, la práctica... todo eso, la información base está implantada en tu cerebro desde que terminan de crearte.

—Sigo sin entender a dónde quieres llegar —murmuró Alice.

—Verás —Kai se acercó a la máquina y la acarició como si fuera su objeto más preciado—, esta grandullona de aquí se ocupa de todas las funciones cerebrales de los androides: la memoria, las emociones, las placas de información vacías...

—¿Qué placas son esas?

—Cuando os crean, añaden un chip en la parte de vuestro cerebro que controla el conocimiento, que luego rellenan con la información que ellos prefieran.

—En mi caso, añadieron información de la época clásica humana —murmuró Alice, empezando a entenderlo.

—¡Exacto! Y eso quiere decir...

Esperó que siguiera hablando, pero Kai solo la miraba fijamente. Estaba entusiasmado.

—¿Qué? —preguntó impaciente.

—Perdón, quería darle un poco de dramatismo.

—¡Kai!

—¡Vale, vale! La cosa es que, si consigo descubrir cómo funciona, puedo modificar la placa de información de cualquier androide. Incluso la tuya.

Alice asintió lentamente y se dejó caer en la camilla.

—¿Podrías borrar la información que tengo?

—Sí... Es lo que ellos pretendían hacer cuando dijeron que querían quitarte tus recuerdos.

—Así que, técnicamente, habrían podido hacerlo.

Kai asintió con expresión apenada.

—También puedo añadir información nueva. El problema es que no sé cómo se fabrican esas placas, así que tendríamos que usar las mismas que utilizaban ellos. Podría meterte información de otra época, darte conocimientos de jardinería... ¿No es genial?

Lo cierto era que sí le parecía genial, aunque Kai no le dio tiempo para que pudiera responder. De hecho, se acercó a ella y la miró con sumo entusiasmo.

—Y eso no es todo, Alice. Hay algo mejor.

—¿El qué? —preguntó atónita.

—Podría extraer información de otro androide y traspasártela a ti.

—¿En serio? ¿Cómo?

—No lo tengo muy claro, por ahora solo podría hacerlo con la total colaboración del androide en cuestión, pero...

Kai rebuscó en sus bolsillos y sacó lo que parecía una diminuta linterna plateada. No era mucho más grande que su dedo pulgar. Apretó el único botón que tenía y el pequeño aparato emitió una luz blanca que solo fue visible durante un instante.

—Ellos usaban esto —murmuró Kai—. No obstante, tengo que descubrir cómo conectarlo a la máquina. Si lo consiguiera, podrías apuntar con esta linterna a los ojos de cualquier androide del mundo y yo recibiría la información al instante.

Alice aceptó la pequeña linterna plateada y la observó con sumo cuidado. Había visto algo parecido antes, pero tardó un rato en recordarlo.

—Han usado esto conmigo —recordó finalmente—. Lo

utilizaban en las pruebas médicas, creo. Nos decían que era para comprobar la vista. ¿Me estás diciendo que solo se aseguraban de que no aprendiéramos nada que no les interesara?

Kai volvió a guardarse la linternita en el bolsillo con una mueca.

—Siento que te engañaran.

—Kai... —No sabía ni qué decirle—. Esto es increíble.

—Hacía mucho tiempo que no me sentía útil —murmuró él ligeramente avergonzado—. Pero me alegro de que te sirva para algo.

—¿Para algo? —La androide se puso de pie y lo sujetó por los hombros, entusiasmada—. ¿No te das cuenta de lo que has conseguido? Si pudiéramos usar esto para... —Se detuvo. Kai parecía confuso—. ¿Puedo contárselo a Max?

—¿A-ahora?

—¿Conoce la existencia de la máquina?

—No, eres la primera a la que se lo digo. Pensé que tú sabrías en quién podemos confiar y en quién no...

—¡Perfecto, Kai! ¡Eres el mejor!

El pobre enrojeció de pies a cabeza e hizo un gesto con la mano, como si no le diera mucha importancia. Alice se limitó a despedirse para ir al despacho de Max. Esos días, había corrido tantas veces por aquel pasillo que ya se lo sabía de memoria.

Y, claro, Anuar estaba harto de verla.

—¿Otra vez aquí?

—¡Es urgente! —protestó.

—Tus asuntos siempre son urgentes —ironizó, pero al menos se apartó para dejarla pasar—. Max ha dicho que te deje entrar siempre que lo pidas.

Trató de no mostrar lo mucho que eso la había alegrado, pero no lo consiguió, porque Anuar puso los ojos en blanco. Decidió entrar antes de que el silencio incómodo se alargara más.

Max estaba sentado a su mesa con unos papeles delante. Levantó la cabeza y entrecerró los ojos cuando vio que Alice se acercaba jugueteando de forma ansiosa con sus manos.

—Max —se sentó delante de él, embriagada por la emoción—, tengo que decirte algo.

Y él, para su sorpresa, le dedicó una pequeña sonrisa.

—¿Cuál es el plan?

* * *

Hacer que Kai explicara a Max todo lo que había enseñado a Alice resultó un poco más complicado de lo esperado. Principalmente porque el guardián supremo lo intimidaba tanto que no dejaba de tartamudear y de trabarse en cualquier palabra. Max no parecía tenérselo en cuenta, solo escuchaba en silencio.

—Es decir..., puedo intentarlo —concluyó Kai—. P-pero no garantizo nada...

—Lo necesitamos para mañana —le dijo Max.

El chico, como siempre que se ponía nervioso, empezó a gesticular frenéticamente para expresarse.

—Es que van a ser muchas horas de trabajo —murmuró apenado—. Ni siquiera sé si podría dormir...

—Entonces, cuanto antes empieces, mejor. —Ante la expresión desolada de Kai, Max siguió hablando—. Cuando todo esto termine, te recompensaremos con creces.

Al salir de la sala, Alice miró de reojo a su guardián supremo. Parecía bastante más satisfecho de lo que debería, teniendo en cuenta que no habían conseguido asegurar el éxito de su plan.

—¿Y qué pasará si sale mal? —no pudo evitar preguntarle.

—En ese caso, moriremos todos. —Lo dijo tan tranquilo como si hablara del tiempo.

Alice se apresuró a seguirlo por el pasillo. Max siempre caminaba a pasos agigantados y, además, tenía las piernas bastante más largas que ella. Por suerte, no la vio corretear tras él, aunque la chica dudaba que fuera a burlarse por algo así.

—¿No deberíamos avisar a los demás miembros del equipo de tecnología? —preguntó ella, deteniéndose a su lado junto a una de las ventanas—. Si trabajaran todos juntos, quizá conseguirían que la máquina funcionara más rápido.

—Prefiero que nadie más esté al corriente por ahora.

Lo dijo de forma un poco distraída. Tenía la mirada clavada en la ventana, aunque no parecía estar mirando a los invasores, sino las caravanas, que seguían aparcadas alrededor de la glorieta de la entrada.

—La nieve empieza a fundirse —comentó con un tono un poco ambiguo.

—¿Y eso es bueno o malo?

—Si el buen tiempo se mantiene unos días y conseguimos que los invasores se marchen, podríamos reanudar las exploraciones.

Alice asintió sin mucho entusiasmo, pero volvió a centrarse al notar que la estaba mirando.

—¿Estás entrenando con Rhett? —preguntó Max.

—Llevamos solo dos días.

—¿Y has asistido a ambas clases?

—Sí.

—¿Cuántas horas entrenas?

—Unas... tres o cuatro al día.

—Pues que sean el doble.

No protestó, pero tampoco le hizo mucha ilusión.

—¿Crees que podrías defenderte llegado el momento? —continuó él.

—Rhett no hace otra cosa que asegurarse de que sepa defenderme.

—A partir de ahora, céntrate en disparar y correr.

—¿Y por qué no en luchar?

—Porque he visto cómo peleas. Intenta salir viva disparando o corriendo, tendrás más posibilidades.

Eso la ofendió un poco más de lo que debería, especialmente porque tenía toda la razón del mundo.

—¿Dispones de un arma propia? —siguió.

Ella estuvo a punto de reírse.

—Sigo teniendo el revólver.

—Vas a necesitar algo mejor.

—Bueno, puedo ir a la armería a ver si hay algo.

—Sígueme.

Bajaron la escalera, cruzaron el vestíbulo repleto de guardias y Alice no pudo evitar fijarse en que nadie la miraba mal cuando iba con Max. Tampoco cuando estaba con Rhett. La molestó bastante. Lo que quería era que la respetaran por ella misma, no por quien la acompañara.

Mientras cruzaban el patio delantero, vio que Charles fumaba y reía con algunos miembros de las caravanas. Al captar su mirada, le guiñó un ojo y le mandó un beso con la mano. Alice suspiró y volvió a girarse hacia delante, pero Max lo había visto todo. Observaba a Charles con la nariz un poco arrugada.

—No seré yo quien me meta en esos asuntos —le dijo lentamente—, pero confío en que tengas mejor gusto.

—Lo único que me interesa son las armas.

—Bien dicho.

Por suerte, la nave de entrenamiento estaba desierta. Max la cruzó y fue directo a la sala donde Rhett colocaba las armas con sumo cuidado cada día. Las baldas estaban divididas por tipos, desde pistolas pequeñas hasta fusiles pesados. Las cajas de munición, en cambio, eran tantas que estaban apiladas unas encima de otras, desde el suelo hasta lo alto.

—¿Puedo elegir la que quiera? —preguntó Alice entusiasmada.

—No.

Alice vio que Max revisaba las estanterías del fondo. Las que Rhett no había tocado en ningún momento. Allí había armas un poco más sofisticadas. Alice le había echado el ojo a un rifle, pero Max rebuscó entre los objetos que tenía detrás y sacó una caja de cartón que parecía bastante vieja. La destapó con una mano.

Se trataba de una pistola negra con un aspecto bastante moderno, en contraste con su funda. La parte de la empuñadura tenía un diseño sencillo de color plateado que trazaba curvas similares a las de una ola. Alice la recogió, fascinada, y comprobó que pesaba bastante menos que las pistolas a las que estaba acostumbrada, pero se adaptaba a su mano a la perfección.

—Es una maravilla —murmuró sin poder contenerse.

Max no dijo nada. Se limitó a dejar la caja a un lado y a hacerle un gesto para que lo siguiera a la sala principal. Movió uno de los muñecos de prácticas a una distancia prudente y, al colocarse junto a Alice, asintió con la cabeza.

—Cuando quieras.

Miró el cargador y levantó las cejas.

—Diecisiete balas —murmuró sorprendida.

—¿Bastarán para que le des al muñeco?

Fue lo suficientemente lista como para no responder a esa provocación. Además, le daba la sensación de que la había hecho para bromear, no para molestarla de verdad.

Colocó los pies y los hombros correctamente y apuntó al objetivo, intentando equilibrarse. Parecía que hacía años que no se tomaba tantas molestias. Las últimas veces que había usado un arma había sido de forma impulsiva y automática, sin cautela. Aquello era como volver al inicio.

Al apretar el gatillo, comprobó que el arma apenas tenía retroceso. El muñeco se ganó un agujero perfecto entre los ojos.

Cuando se volvió hacia Max, intentó no parecer excesivamente orgullosa de sí misma, pero no lo logró.

—No está mal —admitió él—. Ya puedes dejarlo. No hace falta que vacíes el cargador.

—¿Sueles usar esta pistola? —preguntó, volviendo a ponerle el seguro y sopesándola con ambas manos.

—No. ¿Te gusta?

—¡Me encanta! ¿Es nueva?

—Solo la he usado una vez. Para probarla.

—Entonces ¿es tuya?

—No.

—¿De quién es?

—Iba a ser de mi hija.

Alice, que estaba probando a sujetarla con la mano derecha, se quedó paralizada. Max apenas le había hablado de su hija, y nunca de forma demasiado directa. Pensó en brindarle unas pocas palabras reconfortantes, pero, conociendo a Max, dudaba mucho que fueran a gustarle. Alice tuvo que aclararse la garganta para poder seguir hablando. Se había puesto muy nerviosa.

—¿Estás seguro de que quieres que me la quede?

—Sí.

—Pero... si iba a ser suya...

—Dudo mucho que te la reclame, la verdad.

Alice lo miró, sorprendida. El humor de Max era bastante más oscuro de lo que esperaba.

—Ya te la he dado, así que es tuya. No le des más vueltas. —Max le echó una ojeada, pensativo—. Y ponte una cartuchera para llevarla. Seguro que encuentras alguna ahí dentro.

No esperó una respuesta. Se marchó sin mirar atrás. Alice contempló la pistola de nuevo y, acto seguido, fue directa a por un cinturón.

9
EL BARRIL QUE SE PERDIÓ EN EL MAR

Tener un plan no quitaba que necesitaran asegurarse de que sus defensas estaban preparadas. Por eso, al día siguiente, después de clase, la gran mayoría de los habitantes de la ciudad fueron convocados para crear barricadas y protecciones en cualquier punto de acceso al edificio principal.

Alice se sorprendió un poco al ver que Blaise aparecía con Jake y Kilian; le parecía demasiado joven para esa tarea, pero no protestó. Después de todo, Max no había dicho nada.

No muy lejos de la estatua del científico, vio que Trisha intentaba transportar unos tablones de madera hacia una ventana, pero era incapaz de hacerlo con su único brazo. Maya se acercó con una sonrisa y trató de ayudarla, pero el resultado fue lo contrario a lo que esperaba, porque Trisha se enfadó todavía más y se fue al otro lado de la sala. La pobre Maya se quedó mirándola con una mueca de incredulidad.

Alice, que estaba sujetando un tablón para que Rhett pudiera fijarlo con los clavos, le sonrió con simpatía.

—No se lo tengas en cuenta... —le pidió a Maya—. Todavía se está adaptando a lo del brazo.

La muchacha le dirigió una breve sonrisa de agradecimiento, pero aun así se alejó con los hombros hundidos.

—¿La terapeuta Alice vuelve a la carga? —murmuró Rhett con media sonrisa.

—¿Cómo dices?

—Sí, la Alice que intenta ayudar a tooodo el mundo con tooodos sus problemas.

—¡Yo no hago eso!

Claro que lo hacía.

—¿Ah, no?

—Solo quería rebajar la tensión —protestó. Cada vez estaba más roja—. Si vamos a luchar juntos, es importante que no haya conflictos entre nosotros.

—Alice, eso es inevitable. Tienes que dejar que la gente solucione sus problemas por sí sola.

No estaba de acuerdo, pero no le apetecía discutir, así que se limitó a sujetar otro tablón. Él sostenía un clavo con los labios y aporreaba otro con el martillo. Mientras lo observaba, se dio cuenta de que Rhett se había ido descuidando un poco durante aquellas semanas. Había dejado de afeitarse, por lo que una corta barba le cubría mandíbula —a excepción de la zona que ocupaba la cicatriz—, y el pelo le había crecido unos centímetros. Estaba más delgado, e incluso el tono bronceado de su piel parecía un poco más apagado.

—Me da la sensación de que hace mucho tiempo que no podemos estar solos —comentó ella.

Rhett le dirigió una breve mirada inquisitiva antes de coger el clavo que tenía entre los labios.

—El otro día estuvimos solos.

—Pero no fue muy romántico...

—Es que no estamos en la mejor situación del mundo para tener una cita, ¿sabes? —Hizo una pausa. Había esbozado una sonrisita maliciosa—. Si lo que pretendes es decirme que me echas de menos, no tienes que darle tantas vueltas.

Alice puso los ojos en blanco.

—No he dicho eso.

—No hace falta que lo digas. Lo veo en tus ojos.

Estuvo a punto de llamarle la atención por ser tan creído, pero un carraspeo justo detrás de ellos hizo que ambos se dieran la vuelta y vieran a Blaise, Jake y Kilian. Los tres tenían la misma expresión de inocencia.

—¿Qué queréis? —preguntó Rhett desconfiado.

—Hemos estado hablando —les comunicó Jake, que al parecer era el portavoz oficial—, y hemos llegado a la conclusión de que toda la ayuda que podamos...

—No —cortó Rhett.

Alice paseó la mirada entre ambos, confusa, y Jake aprovechó para intentar convencerla a ella.

—¿A que tú nos das permiso?

—No —repitió Rhett, esa vez con el ceño fruncido.

—¡Se lo pregunto a Alice! Venga, sé que tú nos dirás que sí.

—Es que... no entiendo muy bien de qué habláis.

—¡Queremos luchar con vosotros! —exclamó Blaise.

Alice dio un respingo.

—¡Claro que no! —les dijo alarmada—. ¿Cómo se os ocurre siquiera pensarlo? ¿Os hacéis una idea de lo peligroso que sería?

—¿Lo ves? —murmuró Rhett.

Kilian se lo tomó con tranquilidad, pero sus dos compañeros tuvieron reacciones bastante opuestas a la suya. De hecho, se pusieron furiosos.

—¿Por qué no podemos ir? —preguntó Blaise indignada.

Rhett respondió sin rodeos:

—Porque sois tres críos.

—¡Qué va!

—Claro que sí. Y si os metéis en medio de una pelea, seréis un estorbo. Cuando seáis mayores os cansaréis de pelear, pero ahora mismo la respuesta sigue siendo no.

—No es justo —protestó Jake.

—La vida no es justa.

—¡Tengo derecho a proteger a Alice tanto como tú!

La aludida no pudo evitar sentirse halagada, pero no cambió de opinión. Jake debió de darse cuenta, porque soltó un suspiro bastante frustrado.

—¿Quieres saber qué pasará si alguno de vosotros sale mañana a pelear? —preguntó Rhett, que ya se había olvidado de los tablones.

Alice sabía que responder a esa clase de preguntas no era buena idea. Solían ser verdades de esas de las que nadie quiere hablar pero que todos conocen de sobra.

Blaise entrecerró los ojos.

—¿Qué pasaría?

—En caso de que se produzca un ataque, cosa que no está clara, seréis los primeros en asustarse porque no tenéis ningún tipo de experiencia en estas lides. Por no hablar de que no sabéis usar un arma para defenderos. Intentaréis refugiaros en la cafetería, pero las puertas estarán selladas. Entonces, entraréis en pánico porque os sentiréis atrapados y, claro, Alice será la primera en acudir en vuestro auxilio. El problema es que a quien buscan es a ella y, aunque es perfectamente capaz de defenderse, no puede estar pendiente de otras tres personas. Los de Ciudad Capital lo saben mejor que vosotros y se aprovecharán de ello en cuanto puedan para llevársela a su jefe.

Se detuvo para analizar sus expresiones. Los dos protestones lo miraban con los ojos muy abiertos.

—¿Tengo que repetir que vosotros os quedaréis aquí o ya os ha quedado claro?

Blaise y Jake intercambiaron una mirada antes de asentir. Kilian seguía pareciendo muy tranquilo.

—Bien. —Rhett se giró hacia Alice y volvió a levantar el martillo—. Ahora, ¿podemos seguir con esto?

* * *

Aquella iba a ser una noche muy larga, lo supo antes incluso de meterse en la cama.

Alice siempre había tenido problemas para dormir. Durante mucho tiempo, había sido por los sueños sobre la vida de Alicia. Ahora, era como si su cuerpo se hubiera adaptado a aquella forma intermitente de dormir. Era muy frustrante. Y acababa de sucederle.

Abrió los ojos y se quedó mirando el techo oscuro de su habitación. Tenía las piernas enredadas en las sábanas y el pelo sobre el rostro. Apartó ambas cosas y volvió a tumbarse, pero sabía que no podría volver a conciliar el sueño hasta dentro de un buen rato.

—Podrías pedirle ayuda a Charles —comentó Alicia.

Estaba sentada en la silla que había junto a la mesa. Llevaba puesto su curioso pijama, que consistía tan solo en unas bragas negras y diminutas y una corta camiseta de tirantes. Alice le dedicó una agria mirada a su abdomen liso y sin número.

—¿Qué tiene que ver Charles con esto?

—Cuando a mí me costaba dormir, le pedía ayuda a Gabe y él me daba cosas que relajaban tanto que...

—No voy a tomar estupefacientes —la cortó de golpe.

Alicia sonrió y levantó las manos en señal de rendición. Siempre parecía estar burlándose de ella.

—¿Y cuál es el plan? ¿Volver a dormir solo cuatro horas?

—He estado peor, me las apañaré.

—¿Por qué no me haces caso?

—¿Por qué no te callas?

Alice escuchó su risita cuando le dio la espalda en un intento de dormirse. Ambas sabían que no lo conseguiría y Alicia usó las palabras perfectas para terminar de convencerla de que se levantase.

—También podrías ir a ver a Rhett...

Apenas unos minutos más tarde, Alice cruzaba el pasillo de puntillas para llegar a la puerta de la habitación de Rhett. Tras asegurarse de que nadie la hubiera visto —aunque tampoco es que fueran a recriminárselo—, llamó con los nudillos a la puerta que había frente a la suya. Lo más probable fuera que Rhett estuviera durmiendo, aunque ella albergaba la esperanza de que la oyera.

Por suerte, lo hizo.

Un Rhett bastante adormilado abrió la puerta frotándose los ojos con la mano libre. Estaba despeinado. A Alice le pareció muy tierno.

En cuanto la reconoció, se echó a reír.

—¿Tanto te ha gustado retomar las clases que también quieres rememorar esto?

—Más o menos. —Y pasó por debajo de su brazo.

La habitación de Rhett era una copia exacta de la suya, solo que él tenía ropa colgada en el respaldo de la silla y las cortinas abiertas. La luz del exterior, tanto la natural como la que emitían las hogueras de las caravanas, iluminaba tenuemente la estancia, dando lugar a un ambiente rojizo y relajante a partes iguales.

Mientras Rhett cerraba la puerta, Alice se dejó caer sobre su cama y agitó las piernas para que las viera. No pareció muy impresionado.

—¿Se puede saber qué haces?

—¡Te enseño los calcetines de arcoíris! Tenía unos iguales en la otra ciudad.

Se los había comprado a Yin a cambio de cuatro postres y dos desayunos. Un trato muy injusto, pero necesitaba esos calcetines.

Rhett se acercó a ella y le pasó un dedo por el empeine, divertido. Alice escondió los pies antes de que empezara otra vez con las cosquillas.

Se sentó en la cama con las piernas cruzadas y asomó la nariz por la ventana. Tal como sospechaba, Charles y los suyos estaban riendo y bailando alrededor de la hoguera como si no existiera ningún peligro.

—¿Quieres bajar con ellos? —bromeó Rhett al sentarse a su lado.

—Creo que prefiero quedarme aquí.

—Pues ya somos dos.

Pasaron un rato en silencio. Le gustaba estar así con Rhett, sin decir nada. Era... extrañamente agradable, como si no necesitaran hablar para entenderse a la perfección. No estaba muy segura de en qué momento había alcanzado aquel grado de intimidad con él, pero le encantaba. Al contrario que Alicia, ella no necesitaba calmantes, porque tenía a Rhett.

Pasados unos minutos, Alice decidió romper por fin el silencio.

—Todo el mundo actúa como si nada, pero puede que dentro de unas horas todo esto sea de la capital.

—Max y tú tenéis un plan, ¿no?

No se lo habían contado a nadie, pero los guardianes parecían confiar ciegamente en ellos.

—Sí, aunque... —Alice dudó—. Existe la posibilidad de que salga mal.

—Si aceptas un consejo, no te pongas nerviosa hasta que no sea estrictamente necesario.

—Últimamente, siempre es necesario.

—Ahora no. —Se inclinó hacia ella—. No veo a ningún

científico loco asomándose por la esquina de mi habitación. Yo diría que estamos a salvo.

Alice soltó una risita y también se inclinó.

—Vale, supongamos que ganamos. ¿Qué pasa después?

—No sé... ¿Le robamos el alcohol a Charles y lo celebramos?

—¡No pienso beber!

—Ya lo hago yo. La última vez no me lo pasé nada mal.

—¿Quieres decir el día en que casi nos matan?

—Bueno, me refería a lo que pasó antes.

—¡Estoy hablando en serio! —protestó ella, aunque seguía sonriendo—. Podríamos construir un hogar. Sería nuestro. Podríamos empezar todos de cero.

—¿Aquí?

—Es un sitio como cualquier otro, ¿no?

—Hombre, si te vas a poner a construir, yo veo más útil reformar Ciudad Central.

Pareció que lo decía en broma, pero Alice lo tomó como si le acabara de dar la mejor idea de su vida. Rhett empezó a negar enseguida.

—Oye, que no hablaba en serio.

—¿Y por qué no? ¡No es una idea tan descabellada!

—¿De verdad quieres volver allí?

—¡Sí! Podemos hacer que resurja de sus cenizas, como el ave fénix. —Hizo una pausa, entusiasmada, y le cogió las manos—. Es el único lugar en el mundo en el que me he sentido en casa, y sé que tú también. ¿De verdad ni siquiera te planteas regresar?

Esperó pacientemente su respuesta, pero Rhett tardó unos segundos en poder dársela. Solo por su forma de suspirar, Alice ya supo cuál era. Tuvo que contener su entusiasmo.

—Muy bien. Si mañana ganamos, quedan más de diez

personas vivas y a alguien más que a ti le parece un buen plan..., me lo pensaré.

—Has puesto muchas condiciones.

—Es que no me parece fácil. Lo mío es enseñar a disparar, no restaurar ciudades.

Pero Alice apenas lo escuchaba. En su cabeza, ya se imaginaba cómo reconstruirían la ciudad y volverían a ponerla en funcionamiento.

—¡Podríamos construirnos una casa! —exclamó entusiasmada—. Solo para nosotros, como en la Unión.

—Gran ejemplo. El último recuerdo que tengo de ella es un pasillo lleno de sangre.

—¡Rhett, venga! ¡Imagínatelo un poquito!

Él ladeó la cabeza, pensativo.

—Vale, quizá no estaría mal.

—Y Jake, Kilian, Blaise, Eve y su hijo podrían vivir con nosotros.

—Eso ya está un poco peor.

Alice sonrió.

—Vale, pues ellos tendrían su propia casa.

—Menudo paso para nuestra relación. ¿Estás segura de que quieres que vivamos juntos? ¿No debería invitarte a cenar antes? ¿O pedirle el consentimiento a tu padre?

—¿Te atreves a saltar el muro y pedírselo?

—Pues claro, ¿qué podría salir mal?

Los dos sonrieron, pero la sonrisa de Rhett fue la primera en desaparecer. Ella era capaz de mantenerse más tiempo en sus fantasías, mientras que él pensaba demasiado rápido en la cruda realidad.

—Es muy tarde —le dijo—. ¿Quieres quedarte a dormir?

Lo cierto era que con él descansaba mucho mejor. Había algo relajante en la forma en la que Rhett le pasaba el brazo por encima de la cadera y la atraía hacia sí, de modo que su espalda quedaba pegada a su pecho. Alice sentía los latidos relajados de su corazón contra su piel y conseguía que los suyos siguieran aquel ritmo.

Por eso no tuvo que pensárselo demasiado.

—Claro que sí.

—Genial. Ven aquí.

Rhett se apartó para dejarle sitio y Alice se acurrucó en la almohada todavía cálida. Cuando ambos estuvieron cómodos, ella cerró los ojos y notó cómo su cuerpo iba relajándose lentamente. Apenas unos minutos más tarde, ya se había quedado dormida.

* * *

Los instantes antes de una pelea pueden parecer o muy cortos o demasiado largos.

Era difícil de explicar, especialmente para alguien como ella. En algunos momentos le daba la sensación de que el tiempo estaba transcurriendo muy deprisa, y en otros que pasaba tan despacio que no podía respirar. Los nervios la ahogaban, y lo único que tenía en la cabeza era la posibilidad de que todo saliera mal en algún momento.

El plan había sido darle todo el margen posible a Kai para que pusiera en funcionamiento la máquina de memoria, pero al día siguiente habían detectado movimiento al otro lado del muro. No hacía falta ser un genio para deducir que estaban preparándose para el ataque. Aquello reducía mucho sus posibilidades.

Por lo tanto, el plan empezaba a desmoronarse.

Mientras Alice, en el vestíbulo, se ajustaba el cinturón del que pendía la pistola nueva, solo podía escuchar los latidos de su propio corazón. Eran palpitaciones constantes y frenéticas. Estaba aterrada. De hecho, mientras se aseguraba de que el arma estuviera bien puesta, notó que le temblaban los dedos y cerró la mano en un puño.

Quienes no podían luchar se habían recluido en la cafetería, donde varios guardias y alumnos —entre ellos, Trisha, Maya y Yin— se encargaban de protegerlos. Si las cosas se torcían, escaparían por la única ventana sin tapiar y tratarían de huir de la zona, aunque sus posibilidades serían ínfimas.

Quienes sí podían luchar estaban desplegados en la planta baja del edificio. Los guardias estaban repartidos por las ventanas cubiertas, las entradas cerradas y los puntos críticos, todos con sus armas y su expresión nerviosa.

En ese último aspecto, se parecían mucho a Alice.

—Esto está mal —le dijo alguien.

Apenas reaccionó cuando Rhett se agachó a su lado para colocarle bien el cinturón. Le dio un tirón hacia arriba y le ajustó la cinta del muslo, donde llevaba el cuchillo del Sargento. Cuando Rhett se incorporó de nuevo, Alice se dio cuenta de que él también parecía bastante tenso.

—¿Tienes munición de sobra? ¿Lo has comprobado?

—No eres su niñera —protestó Charles, que paseaba tranquilamente a su alrededor. Era el único que no parecía preocupado—. Además, si lo fueras, serías la peor del mundo.

—Cállate. —Rhett le frunció el ceño.

—Están saliendo —informó uno de los guardias junto a la ventana.

Efectivamente, aquella vez a plena luz del día, Alice vio que el padre John y Giulia esperaban al otro lado de los barrotes de la entrada. Mientras que ella llevaba puesto su uniforme gris, él vestía un atuendo bastante sencillo de camisa y pantalones negros. Esperaron pacientemente al otro lado de la valla hasta que Max permitió que se abriera.

—¿Lista? —le preguntó este a Alice. Ella asintió de forma

casi automática—. Entonces, tienes que elegir a alguien que te acompañe. Igual que él.

Estaba claro que pretendía postularse como candidato, y lo cierto era que tenía sentido. Después de todo, era el guardián supremo, pero fue precisamente eso lo que echó a Alice para atrás. No podía arriesgar su vida. Probablemente, la suya fuera la más valiosa de la ciudad. Sin él, estarían perdidos.

Se giró hacia el resto. Por mucho que los guardias estuvieran sacando pecho para destacar y salir elegidos, no tenía muy claro que quisiera llevarse a alguien a quien no conociera.

Miró a Rhett, que parecía bastante decidido, pero no fue capaz de elegirlo. En cuanto las cosas se pusieran feas, le interesaría más protegerla a ella que a sí mismo, y Alice no quería ni siquiera imaginárselo.

Charles estaba a su lado, y cuando se dio cuenta de que lo observaba, le ofreció una gran sonrisa encantadora. Quizá lo considerase el acompañante perfecto para cualquier actividad divertida, pero no para algo tan serio. No se fiaba de su impulsividad, y menos de sus comentarios provocativos.

Necesitaba a alguien más... neutral.

Así que se giró hacia el último candidato, el que ni siquiera la estaba mirando porque revisaba su arma con el ceño fruncido.

—Tú —le dijo a Anuar, e hizo un gesto hacia la puerta—. Vamos.

Nadie habló durante lo que pareció una eternidad, y el elegido se limitó a devolverle la mirada, perplejo.

—¿Yo?

—¡¿Él?! —protestó Charles indignado.

—¡Es el menos apropiado! —Rhett, por primera vez en su vida, estuvo de acuerdo con el androide.

Alice se giró hacia Max, que parecía reprimir una sonrisa.

—A mí me parece bien.

Una oleada de protestas explotó en ese momento, pero Alice las ignoró. No era el momento de enfadarse. Anuar se acercó con el arma ya en el cinturón y se quedó justo detrás de ella. Para cuando abrieron las puertas, en el vestíbulo reinaba el silencio.

Alice había pensado que, en el momento en el que saliese, le ofrecerían una despedida espectacular en la que diría a todos unas últimas palabras por si sucedía lo peor. Pero estaba tan nerviosa que apenas podía activar las cuerdas vocales, así que echó una última mirada por encima del hombro y empezó a avanzar con las suelas de las botas crujiendo sobre la nieve.

Casi al mismo instante que ellos, su padre y Giulia se pusieron en marcha. La última no perdía de vista a Anuar.

—Será un reencuentro interesante —murmuró él.

—¿Preferirías que no te hubiera elegido? —preguntó Alice en voz baja.

—¿Y perderme el espectáculo? Me gusta estar en primera fila.

Ella esbozó una sonrisa, pero desapareció en cuanto estuvo lo suficientemente cerca del otro grupo. Se detuvieron a medio camino y, al poco, sus dos contrincantes hicieron lo mismo.

El padre John esbozaba una calmada sonrisa. No parecía ni la mitad de tenso que los demás.

—Nos habías concedido una semana —soltó Alice.

—Hola a ti también. —Alice no dijo nada. Quería que le respondiera, y lo consiguió—. Me lo he pensado mejor y no tengo tiempo que perder. Además, tu decisión no iba a cambiar, ¿no?

—Entonces ¿has decidido por mí?

El padre John se limitó a sostenerle la mirada.

—¿Dónde está el chico?

—Protegido.

No quedó muy satisfecho con la respuesta. Pareció que estaba conteniéndose para mantener un tono de voz calmado.

—¿Debo asumir entonces que no quieres tomar la vía diplomática?

—Sí, pero no con tus condiciones.

—Creo que te dejé bastante claro que, sin él, no había trato.

—En efecto.

—¿Y te atreves a venir aquí con...? —Miró a Anuar con desprecio—. ¿Con un traidor?

—Solo protegemos la ciudad —dijo el aludido, bastante más calmado que él.

—Ah, claro, protegéis a Max. —El padre John la miró con una ceja enarcada—. ¿Ya me has encontrado un sustituto?

—No —murmuró Alice sin inmutarse—, porque en realidad nunca te he necesitado.

Un año antes, habría sido incapaz de decir algo así. No se habría atrevido ni a pensarlo. Casi podía ver a Alicia junto a ellos, aplaudiendo y asintiendo con aprobación. ¿Estaba contagiándole su mal genio?

No le venía del todo mal.

El padre John se había quedado mirándola con una mezcla de incredulidad e ira, aunque esta última parecía estar ganando la batalla. Alice nunca había llegado a verlo enfadado, solo irritado; siempre conseguía mantener la calma. Le daba la sensación de que aquella vez no lo lograría.

—Entonces ¿esa es tu elección? —preguntó furioso—. ¿Vas a sacrificarlos a todos solo por el crío? Cuando te hice, intenté concederte un poco de solidaridad; un valor del que carecía quien te precedió. Veo que no ha arraigado muy bien. Quizá, después de todo, no seáis tan diferentes.

—Somos exactamente la misma persona. Solo que con una vida distinta.

Él volvió a dudar. No estaba acostumbrado a que le hablara así.

—Estás cometiendo un error.

—Bueno, no sería el primero.

Anuar y ella intercambiaron una corta mirada y, al instante, Giulia se tensó de pies a cabeza.

Alice hizo un movimiento mucho más rápido de lo que se había esperado al entrenar. Sacó un pequeño objeto de su bolsillo y, en cuestión de segundos, lo sujetaba delante de la cara del padre John. El destello blanco lo cegó momentáneamente. Incluso estuvo a punto de perder el equilibrio.

Anuar y Giulia se apuntaron mutuamente, y se escuchó un revuelo tanto dentro del edificio como al otro lado del muro. Alice retiró la mano con el corazón acelerado y, aunque jamás había estado tan tensa, se mantuvo firme.

—¿Sabes qué es esto? —preguntó, con la linternita plateada entre sus dedos. Él no respondió, pero, por su expresión y por el hecho de que estaba deteniendo a Giulia con la mano, dedujo que sí—. Resulta que hace unos días encontré un libro muy interesante en la biblioteca. Tenía una llave plateada dentro y esta linternita justo al lado. Al principio, pensé que sería una trampa. Era demasiado bonito para ser real. Además, si hubiera sido importante, no lo habríais dejado allí. Pero después me acordé de lo rápido que viniste cuando te enteraste de que estábamos en esta zona.

—Te equivocas, Alice.

—Y, tras pensarlo un poco —continuó, sin hacerle ni caso—, llegué a la conclusión de que debías de creer que la gente que llegó con Max no sabía leer o aplicar su conocimiento a las máquinas del primer piso. Sin embargo, con un androide especializado en la lectura y la ayuda de un trabajador de la Unión... empezaste a tomártelo en serio, ¿no?

Su silencio le dijo todo lo que tenía que saber. Alice se guardó lentamente la linterna en la mano, intentando que no se notara lo mucho que le temblaba.

—Solo querías que Jake y yo saliéramos con vida, pero ibas a atacar la ciudad de todas formas. Tenía que buscarme un seguro. Quizá te la devuelva si te disculpas por lo que le hiciste a nuestra ciudad. —Él no respondió—. Porque tú destruiste Ciudad Central, ¿no?

—Sí. —Ni siquiera parpadeó.

—Y nos abandonaste para que muriésemos allí. Lo que no entiendo es por qué ahora me necesitas con vida. Tampoco sé qué hiciste con nuestra memoria. —Se señaló la cabeza—. Los tres nos quedamos en blanco en el mismo momento. ¿Por qué? —El padre John esbozó una sonrisa un poco amarga, pero seguía sin responder—. Sonríe cuanto quieras, nadie va a entregarte nada.

Durante unos instantes, Alice contuvo la respiración. El padre John la miraba fijamente, pero su expresión no desvelaba lo que estaba pensando. Podría haber estado enfadado, contento o triste.

De pronto, levantó una mano. Alice estuvo a punto de coger la pistola, aterrada, pero se detuvo al ver que simplemente estaba haciendo un gesto a Giulia para que bajara el arma.

Ella pareció tan sorprendida como los demás, pero obedeció. Despegó la mirada de ellos para dirigirla a su líder con incredulidad, como si no estuviera del todo de acuerdo. Alice vio que, al otro lado del muro, los demás guardias bajaban las armas, aunque sospechaba que todos seguían preparados para volver a empuñarlas en cualquier momento.

No se movió, tampoco le pidió a Anuar que bajara su pistola. Y él no lo hizo.

—Creo que hemos empezado con mal pie —comentó el padre John con una sonrisa calmada.

—Ni que lo digas —murmuró Anuar.

—Hagamos un nuevo trato. Uno que nos beneficie a los dos, ¿qué te parece?

Alice entrecerró los ojos.

—Te escucho.

—No os haremos daño. Ni a ti, ni a ningún miembro de la ciudad. Te doy mi palabra.

—¿A cambio de qué?

—Del chico.

Alice frunció el ceño.

—Te perdono a ti —insistió John—. Pero no a él.

Alice lo observó, pasmada. No podía creerse que, después de todo, siguiera sin entenderlo. Pasados unos segundos, su confusión se transformó en enfado.

—¿Crees que intento salvarme a mí misma? —casi le gritó, furiosa. ¿Acaso no la conocía ni en lo más mínimo? ¿Pensaba que era como él?—. ¡¿Crees que todo esto es porque me da miedo irme contigo?!

Alice sintió la mirada de Max clavada sobre ella. Sabía que se enfadaría mucho si se dejaba llevar por sus sentimientos. Ya le había dado las instrucciones: mantener la compostura en todo momento, pasara lo que pasase. Intentó calmarse, pero fue incapaz.

—¿Y qué quieres? —preguntó el padre John sin inmutarse.

—¡Quiero que nos dejes en paz a los dos! ¡Haz lo que te dé la gana, pero lejos de nosotros!

—Alice...

Quizá aquella forma de referirse a ella, con ese tono de

voz, en otro momento le habría parecido paternal. Pero en ese no. Sonaba como si estuviera burlándose de su inocencia.

—Voy a conseguir a ese chico de una forma u otra —le aseguró con tono suave—. Y recuerda que, aunque lo prefiera en buenas condiciones, no necesito que esté vivo para transformarlo.

De nuevo, una oleada de rabia hizo que se le apretaran los puños sin siquiera darse cuenta. Intentó controlarse con todas sus fuerzas.

—Hagamos otro trato —espetó, aunque su intención había sido imitar su tono de voz suave—. Uno que nos beneficie a los dos. Pero esta vez hablo yo.

El padre John suspiró como si la situación ya empezara a aburrirle; aun así, asintió con la cabeza.

—Sorpréndeme.

—Te daré un sujeto para tus experimentos, pero no será Jake.

Le pareció ver un destello de curiosidad en su mirada, aunque con él siempre era difícil saberlo.

—¿Y por qué iba a interesarme cualquier otro?

—Porque dijiste que querías crear una nueva generación de androides, y para ello necesitas voluntarios. ¿Cuántas posibilidades tendrás de conseguir humanos sin un solo rasguño que, además, se entreguen sin ningún tipo de resistencia?

De nuevo, le dio la sensación de que estaba usando las palabras adecuadas, pero convencerlo no sería tan sencillo.

—Si entrara en la ciudad, me podría hacer con cientos de sujetos —opinó—. Estarían dañados, sí, pero los tendría. ¿Por qué iba a seguir tus directrices?

—Porque eres un androide. —Alice señaló su bolsillo—. Acabo de guardar toda la información relativa a la creación de androides que posees en este aparatito. Y, si decido que el trato no me gusta, podría decirles a mis compañeros que la borren. Solo tendrían que pulsar un botón y hasta nunca, plan maestro.

Él abandonó la expresión aburrida. De hecho, borró cualquier tipo de expresión. Se había quedado pálido. Giulia paseó la mirada entre ambos, dudando. Estaba claro que no entendía nada y aquello la molestaba.

—Estás mintiendo —atajó el padre John—. No sois capaces de manejar una máquina de tal calibre.

—¿Quieres ponernos a prueba? Quizá te sorprendamos.

No quería arriesgarse con algo tan delicado. Alice, que por fin llevaba el mando de la conversación, siguió hablando.

—Vas a dejarnos en paz a Jake y a mí —exigió; habría deseado que su voz no temblara por los nervios y sonar más inquebrantable—. Vas a reunir a tus guardias y os vais a marchar de aquí. Si no lo haces, borraré los datos. En cuanto sepa a ciencia cierta que no vas a volver a molestarnos, te haré llegar la información. Te doy mi palabra.

—¿Tú no te fías de la mía, pero yo tengo que creer en la tuya?

—Tú no tienes otra alternativa, yo sí.

El padre John tuvo una reacción un poco curiosa, como si quisiera hacer muchas cosas y, a la vez, no pudiera hacer ninguna. El resultado fue parecer que iba a hablar o moverse, pero quedarse quieto y callado.

—Eso es para que no borremos la información —añadió Alice—. Lo del sujeto es a cambio de otra cosa.

Aquello no formaba parte del plan, lo cual era una de las razones por las que había preferido que Max no saliera a recibirlos con ella. Deseó que todo saliera bien y siguió con su discurso.

—A cambio del sujeto, quiero que me traigas a todos los prisioneros que tengáis tanto en la Unión como en la capital.

Aquello había sido demasiado. Incluso Anuar, que hasta ese momento se había mantenido bastante al margen, le dirigió una mirada de incredulidad. ¿Quién aceptaría tal cosa?

El padre John negó con la cabeza. Estaba furioso.

—Si crees que voy a aceptar, aún tienes mucho que aprender.

—Tú verás, es un sujeto en perfecto estado.

—Eso no vale tanto como crees.

—¿Y cuánto vale, en tu opinión?

Él cerró los ojos un momento, conteniéndose, y al abrirlos intentó volver a centrarse.

—Diez prisioneros —negoció.

¡¿Diez?! ¡Alice no se esperaba más de tres!

Tuvo que hacer un gran esfuerzo para que no se notara su entusiasmo, pero al final consiguió ocultarla y asintió como si aquello no pudiera importarle menos.

—Muy bien. El trato y diez prisioneros. Tanto humanos como androides.

—No haré nada hasta que vea al sujeto.

Alice se giró hacia Anuar, que no pareció muy dispuesto a moverse tras las instrucciones que recibió. Sabía que, si la dejaba sola y le sucedía algo, a quien matarían los de la ciudad sería a él. Por suerte, al final asintió y bajó la pistola para volver con los suyos.

Estar ante ellos la ponía muy nerviosa, y estar sola era todavía peor. Se sentía como un barril lanzado al mar, sin rumbo ni guía. Solo podía permanecer quieta, suplicando que no pasara nada malo.

—Y pensar que yo te creé... —murmuró el padre John—. Si hubiera sabido que pasaría esto...

—Sabías que sucedería tarde o temprano. Lo único que te molesta es que haya sido tan temprano.

De nuevo, lo dejó sin palabras.

Por suerte, no tuvieron que esperar demasiado al sujeto en cuestión. Anuar volvió a aparecer. Un Kenneth bastante irritado lo seguía de cerca. Miraba a su alrededor con una mezcla de confusión y enfado bastante curiosa, pero no parecía asustado.

Cuando Anuar lo detuvo al lado de Alice, Kenneth le dedicó una mirada incrédula. Tenía que ser difícil de creer que todo aquel despliegue de armas y soldados fuese solo por ella.

—Este es el sujeto —indicó Alice.

No era capaz de devolverle la mirada. Estaba vendiéndolo. Kenneth podía ser mejor o peor persona, pero lo que le estaba haciendo era una verdadera crueldad. Iban a borrarle la memoria y las emociones y a convertirlo en un ser totalmente distinto.

Intentó no pensar en ello mientras el padre John lo revisaba de pies a cabeza. Para entonces, Kenneth ya empezaba a parecer asustado.

—No está mal —murmuró John—. Alto, fuerte... Sí, es un buen sujeto.

—Entonces ¿trato hecho?

—¿Qué trato? —repitió Kenneth aterrado—. ¿De qué habláis?

—Trato hecho.

El padre John le ofreció una mano y, pese a que Alice notó que Kenneth la contemplaba, suplicante, la aceptó sin siquiera parpadear.

—¿Qué haces? —insistió el rubio cuando fue Giulia quien lo agarró de las esposas—. ¡Alice! ¡Espera, no puedes...!

—¿Estás segura? —preguntó su padre, enarcando una ceja.

Alice se permitió por fin mirar a Kenneth a la cara. Él prácticamente dejó de respirar. Su mirada era una súplica y, aunque en el pasado hubiera tratado de hacerle daño de tantas formas distintas, sintió que realmente tenía miedo y solo quería quedarse. Ella también habría preferido mil veces una celda a que la despojasen de todo su ser.

Aun así, asintió.

—¡No! —Kenneth intentó apartarse de Giulia, pero ella lo retuvo de un tirón—. ¡No! ¡Alice! ¡No puedes hacerme esto! ¡Por favor!

No fue capaz de volver a mirarlo. Se dio la vuelta, algo mareada, y empezó a avanzar hacia el edificio principal de la ciudad. Así, bajo la mirada horrorizada de los demás y los gritos de Kenneth, Alice cruzó el umbral.

* * *

La victoria tuvo un sabor un poco agridulce.

Todos estaban eufóricos. En cuanto los coches emprendieron la marcha, la gente empezó a vitorear el nombre de Alice como si les hubiera salvado la vida. Incluso la arrastraron entre los guardias para levantarla en el aire, entusiasmados. Y ella, pese a que le gustó sentirse tan apreciada, no pudo dejar de pensar en la mirada que Kenneth le había dedicado justo antes de que se lo llevaran.

Ya en la cafetería, las botellas y la comida volaban por todas partes. Las mesas y los bancos estaban abarrotados, había también gente en la barra y junto a las ventanas. Alice había encontrado un hueco entre Max y Tina.

Justo en ese momento, se escuchó un estrepitoso golpe en una mesa. Charles acababa de aporrearla con una botella de alcohol para atraer la atención de toda la ciudad. Era un milagro que no se hubiera roto.

—¡Por vuestro nuevo hogar! —gritó. Alice vio que, a su alrededor, todo el mundo alzaba sus bebidas a la vez. No lo entendió demasiado bien, pero parecían entusiasmados—. ¡Esos cabrones no volverán a molestaros en mucho tiempo! ¡Y todo gracias a una androide! ¡Ja! ¡Que se jodan! ¡Por Alice!

Alice se encogió cuando todo el mundo empezó a gritar y a beber a la vez. Al notar que era el centro de atención, enrojeció de pies a cabeza y Max le dio una palmadita en la espalda con diversión.

Las botellas de alcohol, los refrescos, la comida basura..., todo lo que normalmente era un lujo en ese momento inundaba el comedor. Era una noche de celebración. Probablemente no tendrían muchas más victorias como aquella. En el fondo, todos sabían que era temporal. Habría que aprovecharla mientras pudieran.

Alice sintió que volvía a respirar cuando por fin pudo mover los brazos sin chocarse con nadie. Entonces, notó que alguien la abrazaba por la cintura. Blaise. Casi cayó al suelo cuando Jake se unió al abrazo, estrujando a la niña entre ellos. Alice sonrió, un poco conmovida, y les puso una mano en la cabeza a ambos.

Habría deseado poder decir algo, pero no tardaron mucho en separarse. Al parecer, alguien había gritado que había barritas de chocolate. Blaise y Jake desaparecieron corriendo y la dejaron allí plantada.

Justo cuando iba a ir a sentarse otra vez, se dio cuenta de que Kilian también se había acercado. Le levantó el pulgar a modo de ánimo.

—Sí, gracias —murmuró ella con media sonrisa.

Kilian asintió felizmente y fue a por su chocolate.

Se había quedado sola.

Max estaba hablando con Tina en un rincón. Charles bebía y se reía, todavía encima de la mesa. Y los demás... ni se molestó en buscarlos. Había demasiada gente. Nunca había visto la cafetería tan llena. Le entraba dolor de cabeza solo de verlos. No estaba de humor para celebraciones, y ya había fingido alegrarse durante mucho tiempo. Solo quería subir a su habitación y descansar un poco.

De pronto, le pareció ver algo con el rabillo del ojo. Dos personas habían chocado y a una de ellas se le había caído la bebida al suelo. Esa última era Trisha, que soltó una palabrota y la gente se apresuró a apartarse para que pudiera agacharse y recoger el vaso, pero nadie la ayudó.

Alice no había vuelto a hablar con ella desde el incidente del gimnasio y decidió acercarse. Trisha acababa de ponerse de pie con el vaso vacío y se encontró con que Alice le estaba ofreciendo el suyo.

—¿Te gusta el alcohol? Yo lo detesto.

La rubia dudó, pero al final aceptó. Le dirigió una miradita incómoda a Alice y olisqueó el líquido disimuladamente. Esta estuvo a punto de reírse.

—No lleva nada raro.

—¿Seguro?

—Venga ya, ¿quieres que me lo beba yo?

—No, me arriesgaré.

Trisha le dio un sorbo y pareció satisfecha.

—No está nada mal, ¿eh? —comentó su amiga, señalando a su alrededor—. Al final, nos has sacado del lío.

—Temporalmente.

—Ya es más de lo que hemos hecho los demás. —Alice dedujo qué iba a decir a continuación—. Oye, respecto a lo que pasó en la reunión...

—No quiero volver a hablar de ello.

—Pero yo sí. —Esa vez, su voz sonó más firme—. Mira, me dejé llevar por el miedo. No voy a decir que me arrepiento, porque te mentiría, pero tampoco me siento orgullosa de lo que dije. Entiendo que te enfadaras.

Alice lo meditó durante unos instantes.

—Y yo comprendo por qué lo hiciste —admitió—. No estoy de acuerdo, obviamente, pero lo entiendo. Mi reacción fue un poco desmesurada.

Se miraron durante unos instantes antes de girarse hacia el frente, incómodas. Pasó casi un minuto entero antes de que una de las dos se atreviera a hablar otra vez.

—Hacía mucho que no bebía —comentó Trisha—. Desde la última Navidad que pasamos en Ciudad Central.

—Aparte de Charles y los suyos, no creo que nadie hubiese probado el alcohol desde entonces.

—Creo que nos hemos equivocado de grupo.

Las dos sonrieron.

Su conversación con Trisha no se alargó mucho más y, aunque no volvieron a mencionar ningún tema importante, Alice se sintió como si se hubiera quitado un peso de encima. Había discutido con ella unas cuantas veces y tenía que reconocer que se encontraba mucho mejor cuando mantenían una buena relación.

La rubia no tardó en marcharse con Maya, que se acercó a decirle que había encontrado más comida en uno de los rincones de la cafetería. Preguntaron a Alice si quería acompañarlas, pero ella tenía el estómago cerrado. Mientras se alejaban, revisó la estancia con la mirada. Parecía que la gente ya se había calmado un poco. Era hora de irse a su habitación.

Pese a que se cruzó con unas cuantas caras conocidas por el camino y algunos intentaron detenerla, Alice no cedió.

El silencio de la escalera fue un alivio. La subió lentamente, sin prisa, y llegó al segundo piso tras lo que le pareció una eternidad. Sin embargo, mientras abría la puerta de su habitación, escuchó que alguien se le acercaba.

—¿Qué tal, gran salvadora de la ciudad?

Antes de darse la vuelta, ya estaba sonriendo. Rhett también mostraba una sonrisa. Uy, y dos vasos. Uno para cada uno. Cuando le tendió el suyo, Alice arrugó la nariz con desconfianza.

—Es agua —aclaró—. Hay que cuidarse.

—Gracias —murmuró, aceptando el vaso.

—¿Ya te marchas de la fiesta?

Alice asintió y abrió la puerta de su habitación. Escuchó que Rhett la seguía y cerraba tras de sí. Cualquier otra persona la habría molestado, excepto él.

—Estaba cansada —murmuró, quitándose la chaqueta.

Pese a que lo había dicho en un tono bastante convincente, Rhett la observó con la cabeza ladeada y, al cabo de unos segundos, dejó el vaso para acercarse a ella. No estaba muy convencido.

—¿Qué es lo que te preocupa? —preguntó.

—Que... no sé si he hecho bien.

—Alice, se han marchado. ¿Qué más quieres? —Él parecía divertido—. Y bastante escocidos, además.

—¿Escocidos?

—Es una expresión.

—Cada vez que creo que entiendo todas vuestras expresiones, aparece una nueva.

La sonrisa de Rhett empezó a desaparecer en cuanto se dio cuenta de que había algo que la atribulaba, y no necesitó mucho tiempo para empezar a deducir el resto.

—Kenneth te ha amenazado más veces de las que puedo recordar. No te sientas mal por él. De haber sido posible, te habría hecho lo mismo.

—Ese es precisamente el problema, Rhett, que he actuado como él.

Alice había cruzado la línea que separaba las acciones moralmente reprobables de las aceptables hacía tiempo. No obstante, lo que la tenía tan preocupada era que ya no sabía dónde se encontraba el límite. La había ido acercando cada vez más a la zona reprobable hasta que se había acabado por difuminar.

Rhett suspiró y se acercó a ella para pasarle un brazo por encima de los hombros.

—Has hecho lo necesario para sobrevivir —le aseguró—. Eso no te hace mejor o peor, Alice. Nos has salvado a todos tú sola. Y, por si todo eso no fuera suficiente, he oído unas cuantas cosas de las que les dijiste a esos dos. ¿Desde cuándo eres tan impresionante?

Ella empezó a reírse, un poco avergonzada. Rhett le sujetó la nuca con una mano.

—Lo has hecho bien —repitió—. No te amargues la victoria.

Pensó que se separaría de ella, como hacía siempre que un momento como aquel se alargaba más de lo necesario, pero Rhett no se movió. De hecho, parecía querer decir algo más. No tardó demasiado en soltarlo.

—¿Por qué no has dejado que te acompañara?

¿Cómo explicarle que no quería ponerlo en peligro? Podía decírselo directamente, pero sabía que no le gustaría. Le soltaría que él no necesitaba que nadie lo defendiera aunque Alice supiera que, en el fondo, no se sentía así.

Así que optó por una versión que no le hiciera sentirse mal.

—Necesitaba una persona menos implicada —respondió suavemente.

—¿Qué quieres decir?

—Que necesitaba a alguien que tuviera como prioridad proteger la ciudad, no a mí.

Rhett echó la cabeza hacia atrás, sorprendido, pero Alice supo que estaba reflexionando sobre sus palabras. Al cabo de unos segundos, pudo ver que había asumido que eran ciertas.

—Se pueden proteger ambas cosas a la vez —replicó.

—No, no se puede. Si me hubiera ofrecido a ir con ellos, ¿no habrías intentado detenerme, incluso si eso pusiera en peligro el resto de la ciudad?

—Alice...

—Si tuvieras que elegir entre detener una bala directa a tu guardián supremo o a directa a mí..., ¿elegirías lo mejor para la ciudad?

Rhett apartó la mirada, confirmándolo. Ella le colocó una mano en la mejilla al instante. Sin darse cuenta, había rozado la cicatriz con el pulgar. Rhett se tensó de golpe y volvió a mirarla, pero no se apartó.

—No te lo digo para que te sientas mal —siguió—. Si te soy sincera, estoy casi segura de que yo tampoco podría elegir la opción correcta.

—Lo correcto está sobrevalorado.

Alice sonrió de medio lado.

—¿Qué diría Max si escuchara a uno de sus guardianes hablar así?

—Nada bueno —le aseguró él divertido—. Aunque nunca tiene nada bueno que decir de mí.

—Entonces, está ciego.

—O la ciega eres tú. —Enarcó una ceja—. ¿Sabes a cuánta gente le caigo bien? A muy poca.

—Pues ellos se lo pierden. ¿Sabes cuánta gente me detesta a mí? Ya sea por lo de mi padre, por mis decisiones o simplemente por ser una androide... Tú eres una de las pocas personas que siempre ha estado de mi parte. Ni siquiera entiendo por qué, pero... siempre has creído en mí. Incluso cuando yo misma no lo hacía.

Rhett agachó la cabeza durante unos segundos y, cuando volvió a alzarla, la miró directamente a los ojos.

—Sí que lo entiendes —le dijo en voz baja—. A estas alturas, lo sabes de sobra.

—Nunca lo has dicho.

—No siempre necesitas verbalizar las cosas para que sean reales.

Alice le sostuvo la mirada durante unos segundos. Lo conocía desde hacía mucho tiempo y habían pasado por muchas cosas juntos, pero nunca lo había notado tan vulnerable. Su mano resbaló hasta su hombro. Tragó con fuerza. Rhett tenía razón. Y los dos lo sabían.

Se acercó para besarlo y se encontraron a mitad del camino. Sintió como si aquel fuera su primer beso. Algunas veces se habían besado en medio de una broma. Otras, después de pelearse. Unas pocas, había sido un beso casual seguido de una conversación sin importancia. Pero nunca se habían sincerado, jamás habían desnudado sus sentimientos de esa forma. Besarlo después de algo como aquello era como superar un nuevo obstáculo que ni siquiera sabía que existiera.

El beso cambió en apenas unos segundos. Rhett, que al principio se había limitado a sujetarle la cadera con una mano, se acercó un poco más y la rodeó con fuerza con los brazos. Alice le sujetó la cabeza para acercarlo un poco más. De pronto, no podía separarse de él. Necesitaba tenerlo lo más cerca posible, con la menor cantidad de obstáculos entre ellos. Por eso, se apartó y se quitó la sudadera de un tirón. Rhett no se sorprendió. De hecho, ambos actuaban como si supieran exactamente lo que estaban haciendo: se quitaban la ropa mutuamente, reanudaban el beso, se acariciaban, se probaban el uno al otro, se miraban, sentían cómo el ritmo de sus corazones se aceleraba para acompañar sus agitadas respiraciones...

Alice se aferró a él y no se soltó. Ya no estaba perdida en el mar. Había encontrado su salvavidas.

10
LAS HISTORIAS DEL PASADO

Cada día, Max revisaba la ciudad en busca de desperfectos, quejas o problemas de cualquier tipo. Alice lo había visto muchas veces, pero nunca había tenido que acompañarlo. Por eso le extrañó tanto que ese día se empeñara en que lo hiciera.

—¿No tengo que ir a clase? —había preguntado confusa.

—No. Andando.

Así que lo siguió por el pasillo de la planta baja en dirección al vestíbulo. Algunos ciudadanos los pararon, pero Max no recibió ninguna queja demasiado grave.

Para cuando salieron del hospital, después de que Tina los hubiera informado de que todo iba de maravilla, Alice ya no pudo seguir aguantándose las ganas de sacar conversación.

—¿No te habría ido mejor con Anuar?

—No.

—Pero ¿no es tu guardia personal?

—Sí.

—¿Y por qué me has elegido a mí, entonces?

—Porque, ahora mismo, no necesito a un guardia personal.

Ella no entendió nada, pero decidió no insistir.

—¿Puedo preguntarte una cosa, Max?

—Sospecho que lo harás de cualquier forma.

—¿Por qué te fías de Anuar? Nos ayudó a escapar de la capital, sí, pero nunca nos ha dicho por qué.

Era una pregunta que había estado rondándole la cabeza desde que había llegado. Especialmente dado que ella también se había fiado de él sin un motivo demasiado sólido. Después de todo, había traicionado a sus antiguos compañeros y había disparado a Alicia. También le había pegado un tiro a ella, pero había fallado. ¿Por qué confiaban en él?

—Supongo que cambió de opinión.

—¿Nunca te ha explicado el motivo?

—Jamás se lo he preguntado.

Con eso parecía querer dar por cerrado el tema, aunque Alice no lo dejaría estar tan fácilmente. En algún momento, continuaría indagando.

Cuando salieron del edificio principal y empezaron a cruzar el patio delantero en dirección al gimnasio, Alice vio el lugar en el que, unos días atrás, había amenazado a su propio padre con un farol: que su máquina estaba arreglada. Lo cierto era que Kai seguía sin saber usarla, pero, por suerte, John eso no lo sabía.

—Te desviaste del plan que pactamos —comentó Max, que estaba pensando en lo mismo.

Alice solamente debía amenazarlo con la máquina. La parte de Kenneth y los prisioneros había sido producto de su impulsividad.

La chica apartó la mirada, algo abochornada.

—Creí que era lo correcto.

Max no dijo nada durante unos instantes.

—Estoy de acuerdo —afirmó—. Una decisión difícil, pero acertada.

—¿En serio?

—Cualquiera puede seguir las normas, pero no todo el mundo sabe cuándo romperlas.

Alice esbozó una pequeña sonrisa orgullosa mientras entraban en el gimnasio, donde los demás alumnos estaban calentando antes de clase. Rhett se paseaba entre ellos con los brazos cruzados y expresión concentrada. Vio entrar a Max y a Alice, pero tardó en acercarse a ellos. Se había detenido para dar unas cuantas instrucciones.

Para cuando se plantó a su lado, su expresión había cambiado bastante. Había dejado de lado la amargura de instructor y parecía mucho más relajado. Dirigió una breve mirada a Alice, que se ruborizó y contuvo una sonrisa, agachando la cabeza.

Max paseó la mirada entre ambos y suspiró antes de empezar a hablar.

—¿Qué tal todo?

—No hay queja —le aseguró Rhett con su habitual tono burlón—. Aunque no me vendría mal un poco de relleno para los sacos de boxeo. Algunos se menean demasiado.

—Puedo pedirle a Charles que vaya a buscar arena.

—Podría ir con él —comentó Alice enseguida—. Irá a la playa, ¿no? Siempre he querido visitar una.

—Ya puedes ir olvidándote —replicó Max, y luego volvió a centrarse en el guardián—. ¿Eso es todo?

Rhett asintió y, de nuevo, su mirada se desvió de forma involuntaria hacia Alice. En cuanto el profesor esbozó una sonrisa divertida, Max soltó un suspiro y decidió que había llegado el momento de irse.

—La juventud de hoy en día... —murmuró, negando con la cabeza.

—No seas aburrido —protestó Alice, arriesgándose un poquito. Tenía que aprovecharse de su buen humor—. ¿Nunca has estado enamorado?

—Si llamas amor a esto, prefiero no experimentarlo nunca.

Alice se echó a reír, pero las carcajadas quedaron ahogadas en sus labios cuando Max se detuvo de golpe y la sujetó del brazo de forma inconsciente. Ella miró la valla de la entrada al instante y un escalofrío de alarma le recorrió la espalda al ver que los guardias les advertían de que se acercaba un coche.

Su padre.

Max y ella intercambiaron una mirada antes de acercarse a toda velocidad a la entrada. Los centinelas parecían nerviosos y los de las caravanas se habían acercado para ver qué sucedía. De hecho, mientras un guardia daba el informe a Max, Alice vio que Charles asomaba la cabeza entre los barrotes para espiar el camino con los ojos entrecerrados.

—¿Ves algo? —le preguntó.

—Árboles. Y nieve.

—¿Y coches?

—Ah, sí. Eso también.

Alice se acercó a él y escudriñó la lejanía.

Efectivamente, un grupo de vehículos se acercaba en una hilera perfecta. La cuestión era que no eran blancos ni ovalados, sino de un tono verde oscuro que le recordaba al militar.

—No son los de la capital —dijo, girándose hacia Max. Él dejó de hablar al instante—. ¡Es Ben!

El guardián supremo se acercó para verlos mejor y, tras darle la razón a Alice, hizo un gesto al guardia del vestíbulo para que abriese la barrera, cosa que hizo justo a tiempo para que el primer vehículo cruzara los muros de la ciudad.

Como las caravanas de Charles y los coches de la propia ciudad se encontraban en medio del camino, tuvieron que guiarlos al antiguo aparcamiento, que se encontraba casi vacío. Estaba peligrosamente cerca del patio trasero, lugar que Alice seguía sin atreverse a pisar, pero intentó no mirar hacia allí y centrarse en sus nuevos huéspedes.

—¿Qué hacen aquí? —preguntó a Max mientras esperaban que los coches terminaran de entrar. Eran muchos más de los que había pensado—. ¿Crees que ha sucedido algo malo?

—No. Los contacté yo mismo.

Alice lo miró, sorprendida, pero se distrajo en cuanto empezó a escuchar puertas que se abrían y cerraban. Personas ataviadas con uniformes de diferentes tonalidades de verde bajaron de los vehículos y miraron alrededor. Algunas iban armadas, otras sacaban cajas de los maleteros, otras buscaban un abrigo que ponerse... Alice se quedó mirando el vehículo más cercano a ella, del que emergió el guardián supremo de Ciudad Gris.

Ben era un hombre de estatura media, robusto e imponente. Tenía rasgos muy similares a Rhett, desde los ojos verdes hasta la mandíbula en permanente tensión. Lo que más destacaba de él era su expresión arisca. Su uniforme era distinto a los demás, tanto por su tono, tan oscuro que casi parecía negro, como por la cantidad de medallas que colgaban de su pecho.

Max se había adelantado y se encontraron a medio camino. Ninguno sonrió; como no eran las personas más expresivas del mundo, un apretón de manos fue más que suficiente para que se dieran por satisfechos.

—Bienvenido a la ciudad.

—Es un placer.

Ben giró la cabeza y encontró enseguida la mirada de Alice. Pareció bastante sorprendido, pero se acercó para saludarla de la misma forma. Quizá incluso con un poco más de calidez.

—Alice —le dijo, y esbozó una media sonrisa casi imperceptible—. Me alegra mucho verte por aquí. ¿Cómo estás?

—Genial —le aseguró ella, aceptando su mano—. Es un placer volver a verte, Ben.

Él asintió con la cabeza y, acto seguido, buscó con la mirada a su alrededor.

—Rhett está dando clase —lo informó.

—Ah. Supongo que no querrá que su padre vaya a darle un abrazo delante de sus alumnos.

—No creo que se lo tomase muy bien —admitió Alice divertida.

—Además, tenemos asuntos que tratar —interrumpió Max.

Al final, mientras los miembros de la ciudad ayudaban a los nuevos inquilinos a instalarse, Alice acompañó a los dos hombres escalera arriba.

Los guardianes fueron apareciendo en el despacho de Max uno a uno. Rhett fue el último, y aunque el saludo con su padre fue más bien frío —un simple apretón de manos y una palmadita en el hombro—, Alice supo que ambos se alegraban de que el otro estuviera bien. Simplemente, eran demasiado testarudos como para admitirlo.

La cuestión era ¿qué pintaba ella en esa reunión? Después de todo, no era una guardiana.

No se atrevió a preguntarlo en voz alta porque no quería que los demás se dieran cuenta y la echaran. Aun así, no dejaba de preguntarse por qué Max se había empeñado en que se sentara a su lado. Intercambió una mirada inquisitiva con Rhett, que se encogió de hombros sin darle mucha importancia.

Decidió volver a centrarse en la conversación cuando Ben apoyó un papel en la mesa y lo empujó hacia Max, que lo atrapó y le dio la vuelta para leerlo.

—No todas han respondido —dijo Ben—. Solo tres, aparte de la mía.

—Y ¿cuál ha sido la respuesta?

—Afirmativa.

Max levantó la cabeza, sorprendido. Alice se asomó para leer el papel. Se trataba de un comunicado de cuatro ciudades distintas en el que aceptaban su petición de reunirse: Ciudad Gris, Ciudad Diamante, Ciudad Jardín e Islas Escudo. Debajo, Ciudad Girasol y Costa Austera tenían un signo de interrogación al lado.

—Recibí las respuestas hace unos días, pero he tenido que esperar a que la nieve se fundiera un poco antes de intentar traer al convoy —explicó Ben—. Calculo que los guardianes supremos y sus tropas llegarán en menos de una semana.

—¿Este será el punto de reunión? —preguntó Rhett escéptico.

Davy tuvo que darle la razón.

—Se me ocurren pocos sitios tan deprimentes...

—Nadie estaba dispuesto a ofrecer su ciudad —les dijo Max, todavía revisando el papel con la mirada—. Han aceptado más de los que habíamos previsto.

—Se debe a los rumores que han empezado a circular —explicó Ben—. Que si los de la capital son científicos, que si trabajan con androides... Ya sabes cómo se pone la gente con ese tema. Por no hablar de que se han aliado con la Unión. ¿Conoces ciudad más odiada que la suya?

—No —admitió Max.

Ben hizo una pausa y le echó una breve ojeada a Alice.

—El rumor de que un androide ha conseguido escapar

de sus garras ha corrido como la pólvora. Nadie lo había logrado jamás. Están bastante impresionados.

Max meditó sobre sus palabras.

—¿Me estás diciendo que vienen solo para conocer a Alice?

La aludida dio un brinco cuando todo el mundo se giró para mirarla. Rhett y Trisha parecían divertidos.

—No exclusivamente, pero creo que es una razón de mucho peso. —Ben volvió a mirarla. Esa vez también parecía alegre—. Después de todo, ha conseguido que dejen de parecer invencibles.

Alice experimentó una extraña mezcla de sentimientos. Por un lado, se alegraba de que Max hubiera conseguido aliados gracias a sus acciones. Eso quería decir que, llegado el momento, dispondrían del apoyo de tres ciudades más. Por otro... no lo había hecho ella sola. ¿No era un poco injusto que se llevara toda la gloria mientras que Rhett y Trisha, que habían estado con ella en todo momento, quedaban en el olvido?

Los miró, algo dubitativa, pero ellos no parecían muy preocupados. De hecho, estaban animados por las buenas noticias. Quizá ella debería hacer lo mismo.

* * *

Los guardianes supremos no eran los únicos que iban a llegar muy pronto a la ciudad, los prisioneros que Alice había solicitado a su padre también estaban de camino. Y supo que estaban llegando unas horas más tarde, cuando los guardias alertaron de que se aproximaban unos coches blancos.

La noticia de que iban a llegar más androides no pareció gustar demasiado. Después de todo, los que ya estaban en la ciudad no podían ayudar en gran cosa. Solo unos pocos se habían animado a apuntarse a clases o a echar una mano. Los otros, en su gran mayoría, seguían demasiado enfermos como para contribuir. Alice temía que los que fueran a llegar estuviesen en las mismas condiciones.

Se detuvo en el patio delantero junto a Max, Ben, Charles y los guardianes, esperando que los tres vehículos rodearan la glorieta que habían despejado para ellos. Otros miembros de la ciudad habían tenido el detalle de salir a saludarlos. Incluso Anuar, que no solía interesarse por esas cosas, se había animado.

Una parte de ella temía que de los coches salieran soldados armados hasta los dientes, pero no. Emergieron un puñado de androides con sus atuendos blancos, claramente desorientados, y unos pocos humanos con ropa vieja y aún esposados. Alice no habría sabido decir cuál de los dos grupos parecía más perdido.

Se detuvieron junto a sus vehículos, dubitativos, y esperaron a que alguien reaccionara. Estaba claro que no iban a dar el primer paso.

De pronto, un grito ahogado hizo que todos se giraran hacia la multitud que se había congregado frente al edificio principal. Una mujer había salido corriendo hacia el grupo y se había lanzado sobre una de las chicas esposadas. Se abrazaron con fuerza, pero Alice no pudo escuchar lo que decían. De pronto, todo el mundo reaccionó y se dispuso a quitarles las esposas e indicarles el camino hacia el hospital. Hubo algunos reencuentros más, pero la mayoría no conocía a los recién llegados, que avanzaban con cierto temor hacia el edificio.

Y fue en ese preciso momento cuando Alice vio pasar por delante de ella a una chica rubia, bajita y con la nariz puntiaguda. Su corazón se aceleró.

¡42! ¡Su compañera!

Se lanzó hacia delante sin pensar y, sobre todo, sin recordar los protocolos habituales de los androides. Rodeó a 42 con los brazos y escuchó que ella soltaba un gritito del susto. Casi parecía horrorizada.

Alice se separó de ella, entusiasmada. No podía dejar de sonreír. ¡Había conseguido poner a su compañera a salvo!

42 la miró a los ojos, aterrada, y su expresión fue cambiando paulatinamente a una de asombro. No parecía creerse lo que estaba viendo.

—¿43? —preguntó con voz temblorosa.

Alice asintió con la cabeza, pero ella tuvo que mirarla de arriba abajo unas cuantas veces más para asegurarse de que era ella. Seguía pareciendo estupefacta.

—Estás viva —susurró la rubia, llevándose una mano al corazón—. Creía que... que...

—Yo también lo creía de ti, pero eso ya no importa.

La androide sonrió y asintió. Por fin parecía que se hacía a la idea.

—Vaya —dijo finalmente—. No pareces la misma. Estás tan... diferente.

—No me siento la misma. Ni siquiera tengo el mismo nombre.

—¿Cómo te llamas ahora?

—Alice.

42 parecía contenta y pasmada a partes iguales. Cuando se quitó la mano del corazón, hizo ademán de acercarse a ella, como si quisiera abrazarla, pero enseguida volvió a apartarse. Seguía teniendo las costumbres androides demasiado presentes, y estas prohibían el contacto a menos que fuera estrictamente necesario.

—Ya no estás con ellos —le aseguró Alice—. Puedes hacer lo que quieras.

—Eso suena muy bien, pero... creo que voy a necesitar un tiempo para adaptarme.

Alice buscó entre los demás androides. Quería encontrar caras conocidas y, aunque ubicó a unos cuantos, ninguno parecía ser de su generación. Frunció un poco el ceño, confusa, y una sola mirada a su compañera le dijo todo lo que necesitaba saber.

—Llevo mucho tiempo sin ver a los demás, no sé qué habrá sido de ellos. En realidad, hasta que te he visto, pensaba que era la última de nuestra generación.

Alice pensó en Charles, que estaba no muy lejos de ellas, pero optó por no decir nada. De hecho, prefirió centrarse en la alegría que había sentido al verla y le hizo un gesto para que la siguiera.

—Vamos, ¡tienes que conocer a mis amigos! Les he hablado un montón de veces de ti, seguro que les encantará saber que estás bien.

42 se asustó nada más ver al grupo.

—¿Esos son tus amigos? Dan un poquito de miedo.

—Ya te acostumbrarás. ¡Vamos, te los presentaré!

Alice se dio la vuelta, encantada, pero se detuvo de golpe cuando se encontró de frente con un pecho masculino. Levantó la cabeza. Max se había acercado a ellas. Su expresión era un poco ambigua, pero su cara había perdido todo el color. Estaba mirando fijamente a 42. Alice también lo hizo. La pobre parecía un poco asustada.

Estuvo a punto de preguntar, pero Max se le adelantó:

—¿Emma?

Alice se giró de golpe a su compañera, pero parecía incluso más perdida que antes.

—¿Yo? —preguntó dubitativa.

Max la miró de arriba abajo, estupefacto. Alice nunca lo había visto así. Como si hubiera visto un fantasma. Tina se había acercado al comprender lo que pasaba y, aunque había intentado que reaccionara, al final solo consiguió que Max se retirara al edificio principal. Parecía algo mareado. Unas cuantas cabezas se giraron para seguirlo, pero no se detuvo para hablar con nadie.

Alice se planteó seguirlo, pero optó por girarse hacia Rhett. Observaba a 42 con cierta perplejidad, como si le resultara difícil creer que fuera real. Su padre le puso una mano en el hombro y le dijo algo que Alice supuso que serían unas palabras de consuelo.

En ese momento, 42 tiró tímidamente de la manga de su chaqueta.

—¿Puedes explicarme qué está pasando, por favor?

—Es una historia muy larga. Tengo que irme —le dijo—. No te preocupes, todo saldrá bien. Mi amiga Tina cuidará de ti, ¿vale? Nos vemos en un rato.

Se dio la vuelta y avanzó rápidamente entre la gente. Le daba igual que Max fuera un cascarrabias, estaba segura de que, en esos momentos, lo último que necesitaba era estar a solas.

Todo el mundo iba tan perdido que chocó con varias personas antes de alcanzar el vestíbulo, que estaba todavía más atestado. Alice esquivó a unos cuantos guardias apresurados y se detuvo cuando alguien impactó contra ella y lo único que sostuvo a la otra persona fue que Alice la sujetó de los hombros.

—¿Estás bien? —le preguntó, olvidándose por un momento de su objetivo.

—Sí, sí..., perdona.

Estuvo a punto de soltarla, pero sus manos se quedaron ancladas en sus hombros.

Esa voz...

Su cabeza empezó a funcionar a toda velocidad. Ese pelo rubio, esa cara perfecta, esos ojos azules..., los conocía.

Los recuerdos de Alicia empezaron a aglomerarse en su mente, uno sobre otro, de forma totalmente caótica y desorganizada. En el instituto le había hecho la vida imposible. La había pillado con Jake. Se había enamorado de ella. Jake había llorado... Alicia había muerto... Ella había huido.

La soltó al instante y dio un paso atrás. Su corazón, de pronto, le aporreaba las costillas a toda velocidad. Y no de alegría.

Charlotte pareció llegar a la misma conclusión que ella, porque su cara pasó de la curiosidad al horror en pocos segundos.

—¡Alicia! —exclamó bastante asustada.

Alice no dijo nada. No podía hablar. Tenía un nudo en la garganta.

Casi podía sentir la decepción, la ira y la tristeza de Alicia sumergiéndose en su piel al verla huir. Le temblaban las manos y no podía controlarlo. Charlotte hizo ademán de acercarse a ella, pero en cuanto tuvo la oportunidad de verla mejor, se detuvo.

—Te convirtieron —murmuró decepcionada.

¿Y qué se había esperado? ¡La había abandonado a su suerte, rodeada de soldados de la capital! ¡Había abandonado a un niño pequeño!

En el momento en el que estiró la mano para tocarla, Alice se apartó bruscamente y se alejó. De pronto, entendía muy bien cómo se sentía Max. La cabeza le daba vueltas. Era incapaz de decir nada. Tenía la respiración agitada. Subió la escalera sin saber ni siquiera dónde estaba, y no se detuvo hasta llegar al despacho del guardián supremo.

Lo encontró sentado en el suelo con la espalda apoyada en la ventana. Tenía los codos sobre las rodillas. La miró, pero no dijo nada. Alice se sentó a su lado con la misma postura y expresión de espanto.

No podía ser ella. ¿Por qué la había mandado su padre? ¿Para desestabilizarla? No le extrañaría. No supo muy bien si lo que sentía eran ganas de vomitar o de llorar. No hizo ninguna de las dos cosas, sino que intentó controlar su respiración y cerró los ojos con fuerza.

—Acabo de ver a mi hija —murmuró Max entonces.

Y Alice por fin encontró su voz.

—Y yo a la persona que abandonó a Alicia y a Jake.

Max la miró de reojo, pero no dijo nada. Ella agradeció el silencio. Sin pensarlo, apoyó la cabeza en su hombro y ambos se quedaron mirando un punto fijo sin realmente ver nada.

* * *

—Es que son igualitas —seguía diciendo Jake a la hora de comer—. ¡Es increíble!

Todos los demás —Rhett, Alice, Kilian, Maya y Trisha— comían en silencio. Parecía que nadie supiera qué decir.

—Bueno —intervino Maya entonces—, no es tan increíble, ¿no? Después de todo, los androides se crean a partir de humanos.

—Pero ¡nunca pensé que serían tan idénticas!

Alice miró de reojo a Rhett. Removía su comida sin prestarles atención. Había estado bastante ausente desde esa mañana y ella podía entender por qué. Después de todo, 42 era la prueba viviente de que Emma había muerto en aquella exploración. Se preguntó cómo habría llegado a manos de los padres, pero decidió no darle muchas vueltas. No era el momento.

—Se parecerán físicamente, pero no en su forma de ser —comentó Alice—. 42 no tiene nada que ver con la descripción que me diste de Emma.

—Y no tiene sus mismos recuerdos —añadió Maya.

—Peeero —intervino Trisha— Alice tampoco se acordaba de nada y terminó por recordarlo todo.

—No todos los androides funcionan de la misma forma —le aseguró la aludida—. En tal caso, todos tendrían la forma de ser de su antiguo propietario.

—¿Y no es posible devolverle la memoria? —preguntó Maya—. ¡Quizá podamos ayudarla!

Alice dudó. Por la cara que pusieron Jake y Rhett, supuso que aquella no era su principal prioridad. Después de todo, Jake le había descrito a una chica caprichosa, altiva e insistente que siempre lo había tratado bastante mal.

—No es tan fácil —le aseguró Alice a Maya—. Yo recuerdo a mi antigua humana por los sueños, no podía acceder a su memoria conscientemente.

—¿Y cómo era la humana con la que soñabas? —preguntó Jake con curiosidad.

Alice estuvo a punto de responder, pero al final se acobardó.

—Antes pensaba que era muy distinta a mí, pero ahora ya no lo tengo tan claro.

Una extraña intranquilidad flotaba en el ambiente, como si todos intentaran fingir que no había pasado nada, que todo iba de maravilla, cuando en realidad nadie estaba relajado. Alice dirigió otra mirada a Rhett, que seguía en la misma posición, y al final optó por unirse al grupo que quería fingir que nada iba mal.

—¿Y si jugamos a las cartas?

Echaron unas cuantas partidas, y al final pasaron casi toda la tarde allí sentados. En algún momento, Blaise se les unió y también Kai, y Rhett también terminó cediendo. Apostaron lo poco que tenían, ya fueran unos guantes, un gorro, una ración de postre... Cualquier cosa valía. Alice incluso estalló en carcajadas por una ocurrencia de Jake.

Supuso que el único motivo por el que les habían permitido no hacer nada productivo en toda la tarde era que Max era consciente de que la situación no era sencilla y prefería darles una tregua. Alice lo agradeció. Fue como recibir un soplo de aire fresco.

Una vez terminada la timba y recogidas las cartas, se centró en Rhett. Se había alejado en dirección a la salida con los hombros un poco hundidos. En otra ocasión, tal vez le hubiese dado un poco de espacio, pero sintió que en ese momento necesitaba a alguien a su lado.

Lo encontró en el patio, paseando por los jardines que Alice había recorrido con su padre más de un año atrás. Pese a que estaban cubiertos de una fina capa de nieve, los arbustos se mantenían verdes y bien cuidados. El hielo se había fundido lo suficiente como para que se viera el camino de gravilla que llevaba al banco cubierto por un arco de piedra blanca. Rhett se había sentado en él.

Se acomodó a su lado sin decir nada. Quería esperar a que él diera el primer paso. No tardó mucho en hacerlo.

—¿Cómo pudo reconocerte Charlotte? Has cambiado bastante. Alicia era rubia y tenía los ojos castaños, ¿no?

Alice se arrastró un poco más cerca de él y le apoyó una mano en el hombro.

—¿Tú no reconociste a Emma?

Él se tensó un poco al oír ese nombre.

—A ella no la cambiaron.

Hubo un momento de silencio. Rhett estaba afligido.

—Una parte de mí seguía creyendo que había sobrevivido, pero ya veo que no.

—Quizá consiguiera escapar. Dudo que los salvajes la entregaran a los científicos.

—Sí, yo también —frunció el ceño—. Ese día fue de los peores de mi vida. Iba a ser una exploración sencilla, por eso acepté que Emma viniera con nosotros. Max no lo sabía. —Hablaba en voz baja y sin mirarla. De hecho, tenía la vista fija en los viejos mitones y jugueteaba con ellos de forma distraída—. Iba a ser una sorpresa. Siempre había soñado con que su hija fuera exploradora, y Emma quería traerle un regalo, pero, en realidad, nunca tuvo madera de luchadora. Ni física ni mentalmente. Le faltaba fuerza, resistencia y agilidad. Y también voluntad y disciplina. Era de esa clase de personas que jamás moverían un dedo si no fuera estrictamente necesario.

»Solo íbamos a hacer un intercambio con las caravanas. En aquel entonces, Charles todavía no estaba, pero hacíamos unos cuatro intercambios mensuales. Parece poco, pero te aseguro que es una barbaridad. Pensé que Emma podría acompañarme, ver con sus propios ojos que eso de explorar no era para ella, y luego dejar por fin el tema.

»Todo iba bien. Fuimos a la zona de intercambios pasando por la mayor cantidad de ciudades muertas que pudimos para que le entrara el miedo. Las cosas sucedieron como de costumbre. Emma no parecía muy asustada, pero tampoco demasiado entusiasmada. Creo que se dio cuenta de que ser un explorador conllevaba mucho más trabajo y constancia de lo que había imaginado. Sabía que, nada más llegar a la ciudad, le diría a su padre que se olvidara de todo aquello porque no tenía ninguna intención de volver a salir.

»Y entonces nos emboscaron.

»Estábamos recorriendo una ciudad muerta cuando, de pronto, reventó una de las ruedas delanteras. El coche dio una sacudida, o eso creo. La verdad es que tengo muchas lagunas, pero sé que terminamos chocando contra una casa. El conductor había ido conmigo a clase y me había acompañado en todas mis exploraciones. El impacto hizo que su cabeza chocara contra el volante. No pudimos hacer nada. Murió al instante.

»Los demás estábamos heridos, algunos más que otros. Recuerdo que el salvaje nos habló en un idioma extraño y gesticulaba como un loco... Ojalá hubiera entendido lo que decía, aunque creo que habría importado poco. Nos llevaron a su campamento, que estaba en las afueras de la ciudad muerta, justo en el límite del bosque. Recuerdo a toda esa gente vestida con harapos mirándonos fijamente y sin mover un dedo mientras nos arrastraban hacia la casa de su líder. Yo me había dado un golpe en la cabeza, estaba perdiendo mucha sangre y mi visión no era perfecta, pero sí que recuerdo a su jefe. Era un tipo alto, bastante musculoso, que llevaba un collar raro, hecho de hojas con un hueso en medio, y le gritaba órdenes a los demás.

Alice desconectó un momento de la historia al recordar que ella había visto ese collar. De hecho, lo llevaba puesto el salvaje que ordenó que mataran a la mujer que la había ayudado. Pero ella recordaba a un hombre menudo y delgado, no alto y musculoso.

—No sé qué hicieron con los demás —continuó Rhett—, yo ya tenía asumido que iba a morir. Uno de los cristales rotos del parabrisas me había seccionado la ceja y la mejilla y la herida no dejaba de sangrar. Apenas era capaz de ver nada. Me rendí incluso antes que mi cuerpo. Pero entonces ellos decidieron que no podía morirme así como así. Lo único que recuerdo fue que me acercaron un hierro al rojo vivo a la herida.

Alice se tensó, horrorizada, y miró sin remedio la cicatriz de la cara de Rhett. Nunca le había parecido normal, era más profunda e irregular que el resto. Ahora lo comprendía: aquella forma rugosa no se la había hecho el cristal, sino el hierro ardiendo.

Apartó la mirada, algo cohibida. Era incapaz de contemplarlo sin imaginarse lo que había sido pasar por aquello, y no era una imagen bonita.

—Todos mis compañeros murieron ese día —añadió él en voz baja—. Vi cómo arrastraban sus cadáveres hasta una hoguera. Excepto el de Emma. Por eso pensé... Ya no importa. Decidieron permitir que me curara, y en cuanto me recuperé empezaron otra vez con sus juegos macabros. Apenas me acuerdo de nada de esos días, solo tengo retazos sueltos de recuerdos que sé que no quiero retener. Cuando me metieron las manos en el cubo con cuchillos, cuando me... —Cerró los ojos—. Da igual, no necesitas saber tantos detalles.

»Tuve la oportunidad de escaparme varias veces, pero nunca lo hice. Tenía la esperanza de encontrar a Emma, aunque estuviera herida. Sin embargo...

Por la pausa que hizo, Alice supo que iba a decirle, precisamente, lo que no se había atrevido a confesarle a nadie.

—Me acobardé —admitió finalmente—. Un día, creyeron que estaba demasiado inconsciente y no se molestaron en atarme. Entonces escapé. Ni siquiera intenté encontrar a Emma. Tenía demasiado miedo. Solo quería ponerme a salvo. Quizá estuviera allí, pero no me molesté en buscarla.

De nuevo, se quedó en silencio, pero Alice no se atrevió a decir nada.

—No sé cómo conseguí regresar a Ciudad Central. Caminé y caminé hasta que por fin vi los muros de la entrada. Me recogieron, me llevaron al hospital y tardé varios días en ser capaz de hablar de nuevo. No obstante, no me atreví a revelarles la historia al completo. Me sentía tan rastrero... Intenté decirles dónde estaba el campamento y cómo eran los salvajes, pero nunca los encontraron. Ahora yo sigo aquí y mis compañeros no.

»Por eso no me importa que Max me eche la culpa de haber perdido a su hija, ni que me haya odiado durante tanto tiempo. En el fondo, lo merezco. Habría podido intentar salvarla, pero escogí no hacerlo. Me prioricé a mí mismo y ahora la pobre chica ni siquiera sabe quién es.

Durante lo que pareció una eternidad, Alice se mantuvo quieta a su lado, con la mano apoyada en su hombro. Intentaba pensar en algo que decir, pero nada le parecía suficiente; si decía lo que no debía, conseguiría que Rhett se sintiera peor, y eso era lo último que quería.

Al final, se acercó un poco más a él, apenada, e inclinó la cabeza en su dirección.

—Hace poco, me dijiste que las elecciones que tomamos solo para sobrevivir no te hacen mejor o peor persona.

—No es lo mismo...

—¿Y qué diferencia hay? Yo también sacrifiqué la posibilidad de salvar a una persona con tal de salvarme a mí misma. No te juzgues más duramente a ti de lo que me juzgarías a mí.

Rhett no dijo nada, pero tampoco se apartó cuando ella lo rodeó con un brazo para apoyar la mejilla en su hombro. Se pasaron un rato en silencio hasta que Rhett preguntó:

—¿Crees que tu amiga no se acuerda de nada?

—Mencionó algo de sus sueños hace tiempo, pero lo dudo mucho.

—¿Tú no recordabas a Jake cuando lo viste?

—No. Me resultaba familiar, fue una sensación muy extraña. No obstante, yo soy un modelo más avanzado que ella, no sé si mi capacidad de ver los recuerdos de mi forma humana es la misma que la suya.

Rhett asintió y, para sorpresa de Alice, pareció contenerse para no sonreír.

—¿Un modelo más avanzado? Serás creída...

Alice enrojeció de pies a cabeza.

—¡No lo he dicho con esa intención!

—Vale, vale. —Por suerte, Rhett cambió de tema, aunque no por ello habló de algo más cómodo—. Entonces ¿te acuerdas de Charlotte?

—Bastante bien, sí.

—Y era... ¿la novia de Alicia?

—Más o menos.

—Así que a Alicia le gustaban las chicas.

—Y los chicos.

—¿Eh?

—Tuvo otro novio —murmuró Alice—. Podía verlo en mis sueños.

—¿Y sentirlo?

—¿Qué clase de pregunta es esa?

—Comprenderás que sienta curiosidad. Si la situación fuera al revés, sería lo primero que me preguntarías.

Tuvo que admitir que no le faltaba razón.

—Así que Alicia empezó con ese chico y luego...

—No, no empezó con él.

—Vale. —Rhett se giró para mirarla con una ceja enarcada—. ¿Cuántas parejas se te han olvidado mencionar, Alice?

—¡No son mis parejas! Eran las de Alicia. Antes de ese chico solo hubo otro, pero no le gustó. Y luego conoció a Gabe, que... él sí que le gustó. Mucho. De hecho...

—Vale, creo que no necesito tantos detalles.

—¡Me has preguntado tú!

—Pues lo retiro, mejor no me los cuentes.

Ella sonrió, sacudiendo la cabeza.

Solo entonces se dio cuenta de que había estado todo ese tiempo en el patio trasero.

11

LA IDENTIDAD DE UNA ANDROIDE

Observar a los miembros de las caravanas era todo un espectáculo, especialmente de madrugada. Mientras los demás desayunaban, Alice se asomó a la ventana del segundo piso para verlos mejor. Algunos corrían, otros reían y la mayoría bebía. Negó con la cabeza con cierto aire burlón.

—Ya podríamos pasarlo así de bien nosotras —comentó Alicia.

—Eso no es para nosotras —replicó Alice—. Ni siquiera para ti.

—¿Y tú qué sabes? ¿Alguna vez lo has probado?

—No necesito probarlo para saber que...

—¿Qué dices?

Alice dio un respingo, muy alarmada. La voz de Anuar había sonado muy cerca de ella, y Alicia, por consiguiente, había desaparecido. Se giró en un intento de simular que no acababa de pillarla hablando sola, pero, por suerte, le pareció que Anuar no le había prestado mucha atención.

—Que saben pasárselo bien —aclaró—. Eso decía.

—Ah, sí. —Anuar se acercó un poco más para asomarse

justo donde había estado Alicia unos segundos atrás—. Si ese es tu concepto de diversión, claro.

—¿Y cuál es el tuyo?

—Algo más tranquilo.

Alice sonrió de medio lado.

—Ya se comportaban así en medio del bosque, así que imagínate aquí, que están protegidos.

—Quizá por eso no se marchan.

Ella dudó un momento antes de preguntar con toda la naturalidad del mundo:

—¿Y tú? ¿Por qué te quedas aquí?

Anuar no dio señas de ponerse muy nervioso por la pregunta. De hecho, se limitó a encogerse de hombros.

—No tengo otro sitio al que ir.

Era muy buen mentiroso, pero Alice lo tenía calado.

—En la capital, me dijiste que lo estabas haciendo por ti, no por mí.

—Y es verdad. Sigo vivo, y la mayoría de los soldados que permanecieron allí están muertos. Creo que tomé la decisión correcta.

—Dudo mucho que ese sea el único motivo.

Él empezó a perder la paciencia y, de ese modo, su mentira empezó a tambalearse.

—Estoy aquí y sigo de vuestra parte, ¿qué más da el resto? No hay dobles intenciones, deja de buscarlas.

Alice entrecerró los ojos, desconfiada, y justo en ese momento apareció Ben. Aunque fuera muy temprano, ya llevaba puesto su traje con condecoraciones y alardeaba de su porte majestuoso. Se detuvo detrás de ellos y paseó la mirada entre ambos.

—¿No deberías estar en clase? —le preguntó a Alice finalmente.

—No empiezo hasta dentro de media hora

—¿Y tú no deberías montar guardia delante del despacho de Max?

—Está dando su paseo mañanero —se justificó Anuar.

—Así que estáis tan desocupados como los de ahí abajo —comentó Ben con tono acusador—. Os aseguro que en mi ciudad no tendríais ese problema.

—Solo tendríamos el problema de estar en esa ciudad —soltó Anuar de sopetón.

Alice le dirigió una mirada de advertencia, pero por suerte Ben se lo tomó con humor.

—Se me ocurren sitios peores —aseguró—. Bueno, tengo una reunión a la que asistir y vosotros debéis llevar a cabo vuestras propias tareas. No os entretengo más.

Alice lo siguió con la mirada, interesada, y descubrió que Anuar hacía exactamente lo mismo.

—¿A qué reunión se refiere? —preguntó él.

—No lo sé, pero seguro que terminamos averiguándolo.

* * *

—Esto de las clases extra te va muy bien —comentó Rhett sin aliento—, pero Max no consideró que el castigo también me salpicaría a mí.

Alice intentó reírse, pero un dolor agudo le atravesó las costillas. Supuso que era por el esfuerzo. A su instructor se le había ocurrido que una buena forma de entrenar la resistencia era corriendo. Ella se había negado en rotundo a hacerlo por la nieve, así que la alternativa había sido el interior del gimnasio. Llevaban más de diez minutos trotando.

—Si tienes quejas, dáselas a Max —jadeó Alice como pudo.

—No te preocupes, ya le llegarán. ¡Aumenta el ritmo!

Cuando lo hacía él, parecía muy fácil. El problema era que ella tenía que imitarlo y eso ya no lo era tanto.

Después de correr, hicieron unos estiramientos y más tarde repasaron los movimientos básicos. Rhett se centró en las posiciones de defensa, porque Max le había advertido que se enfocara en eso y no en el ataque, ya que en ese sentido no había mucho que hacer.

Llegados a cierto punto, Alice dejó de moverse y apoyó las manos en las rodillas, agotada.

—¿No podemos practicar un poco con las armas? —sugirió.

—No. Venga, no hemos trabajado tanto como para que estés tan cansada.

—Vale, vale...

—¡Bloquea!

Eso era lo que gritaba cada vez que le lanzaba un golpe, a pesar de que siempre se quedaba a centímetros de tocarla. Alice conseguía parar unos pocos, pero la mayoría traspasaba sus defensas. Cada vez que Rhett conseguía encajarle —metafóricamente— uno de esos puñetazos, se detenía y la miraba de manera significativa.

—No me mires así, ¡lo estoy intentando! Sé que has visto todos y cada uno de mis fallos, y si me pongo nerviosa, lo hago todavía peor.

—¡Bloquea!

Alice intentó detener el golpe. Iba directo a su abdomen. Conocía esa defensa. Tenía que dirigir las puntas de los pies hacia su rival y girar el tronco hacia un lado para poder bloquear con los brazos.

Sin embargo, perdió el equilibrio y, de una forma bastante torpe, cayó de culo al suelo. No se golpeó muy fuerte, pero alzar la cabeza y encontrarse con la decepción de Rhett fue bastante doloroso.

—Lo siento —murmuró.

Él se relajó un poco, pero seguía pareciendo molesto. Se

acuclilló lentamente y le dirigió una mirada con ceja enarcada incluida.

—¿Puedes explicarme qué te pasa hoy?

—Perdón —repitió avergonzada—. Estoy distraída. Hace mucho que no entreno de forma tan intensa. Me sé los movimientos a la perfección, pero...

—El problema es cuando tienes que llevarlos a cabo, ¿no? —Lo había preguntado con cierta ironía, por lo que ella agachó la cabeza—. Venga, Alice..., eres capaz de hacer esto y mucho más. Si pudiste con Kenneth en la Unión, ¿cómo no vas a poder con estos golpes básicos?

—Kenneth era muy distinto. No amagaba, me golpeaba directamente. Tú nunca me has dado de verdad.

Rhett lo meditó antes de arrugar la nariz.

—¿Me estás recriminando que sea bueno contigo?

—¡No! Aunque tampoco se me olvida que dejabas que Trisha me machacara continuamente, así que no vayas de santo.

—Si crees que eso es malo, da gracias a que nunca tuviste a Max de instructor. —Rhett se incorporó y le ofreció una mano—. Venga, hora de ir a comer algo. Ya seguiremos mañana.

Alice asintió, pero, en lugar de incorporarse, tiró de él con fuerza. Ni siquiera Rhett, que normalmente estaba muy alerta, fue capaz de mantener el equilibrio.

Rodaron los dos por el suelo del gimnasio, una divertida y el otro sorprendido, hasta que Rhett quedó tumbado de espaldas y Alice se apresuró a sentarse encima de él para inmovilizarle los brazos con los pies. Él intentó moverse en cuanto adivinó sus intenciones, pero fue demasiado tarde. Ya lo tenía atrapado.

—¿Qué...? —empezó perplejo.

—¡Toma! —Alice soltó una alegre carcajada—. ¡Es la primera vez que consigo ganarte!

Rhett tuvo que tomarse unos segundos antes de reaccionar y, obviamente, indignarse.

—¡Has hecho trampas!

—Que yo sepa, no había normas.

—Claro que sí. ¡Y una de ellas es que no puedes confundir al rival para derribarlo!

—¿Qué dices? Desde aquí arriba, me cuesta mucho oírte.

Rhett volvió a intentar liberarse, pero al final soltó un suspiro y dejó caer la cabeza al suelo. Alice esbozó una sonrisa triunfal.

—¿Te rindes?

—Creo que esta conversación no terminará hasta que me rinda, así que sí.

—¡Pues cuéntaselo a Max, que se cree que no sé pelear!

Rhett no dijo nada, pero con la mirada que le lanzó a Alice le quedó claro que pensaba exactamente igual que su guardián supremo. Por suerte para ambos, ella no tenía ganas de discutir. Estaba demasiado agotada. Simplemente se apoyó en su pecho con los antebrazos y se inclinó hacia delante, burlona.

—Y, ahora..., ¿qué hago contigo?

Se inclinó un poco más hasta que las puntas de sus narices se rozaron. Para cuando se separó, Rhett la estaba mirando con una ceja enarcada.

—Podrías soltarme —replicó Rhett—. Tengo hambre.

—¿No te puedes esperar un poco? ¡Intentaba crear un momento romántico y tú pensando en comida!

—No sé yo si esto es muy romántico...

—Si no te callas, seguro que no.

Le pareció que él estaba a punto de reírse, pero justo en ese momento ambos se giraron hacia la puerta. Alguien acababa de abrirla.

42, todavía con la mano en la manija, se quedó mirándolos con los ojos muy abiertos, alarmada, antes de hacer un ademán de marcharse a toda velocidad.

—¡Espera! —exclamó Alice, incorporándose rápidamente—. Lo siento, no sabíamos que vendrías.

—No, no pasa nada. —La androide miró a Rhett cuando este se levantó—. Buscaba a Alice para pasar un rato juntas. Pensaba que ya habíais terminado con las clases, pero puedo volver en otro momento.

—Ya hemos terminado —replicó Rhett, mirando a su alumna de reojo con cierto rencor divertido—. Y yo me voy a comer.

Alice le sacó la lengua y él se marchó con una sonrisa. 42 observaba a ambos como si su comportamiento fuera de lo más extraño que había visto.

Solo cuando las dejó solas se atrevió a preguntar en voz muy baja:

—¿Ese es tu profesor?

—Sí.

—¿Y así se comportan todos con sus alumnos? —inquirió alarmada.

—¡No! —Alice no quiso reírse delante de ella para que no se sintiera mal, pero contenerse fue complicado—. Es que Rhett y yo tenemos... una relación especial.

Por la expresión de 42, cualquiera hubiera dicho que acababa de soltarle una barbaridad. Pero Alice la comprendía. Ella, hacía no mucho, habría puesto exactamente la misma cara.

—Ya veo —murmuró la rubia, asintiendo lentamente—. Me alegro por ti, Alice. Veo que te has adaptado muy bien a la vida humana. No sé si los demás seríamos capaces de hacer algo así.

—Seguro que sí, es cuestión de práctica. —Alice quiso restarle importancia—. Acabas de llegar, concédete un poco de tiempo y ya verás como tú también consigues adaptarte a este estilo de vida.

—No lo sé. —42 dudó unos instantes. Esperaba pacientemente junto a la puerta a que su amiga recogiera sus cosas—. Supongo que tienes razón, pero ahora mismo no lo veo.

—¿Quieres que te eche una mano? Podríamos empezar por lo básico.

—Vale...

Alice meditó por dónde empezar mientras se abrochaba la chaqueta. ¿Qué era lo primero que había tenido que considerar al hacerse pasar por humana? Lo de las expresiones y el vocabulario parecía demasiado complicado como para que 42 lo aprendiera de una sentada, pero otros detalles no eran tan difíciles.

—Ya sé —dijo—. ¿Te apetecería elegir un nombre humano?

—¡Vale! —exclamó 42, intentando ocultar su entusiasmo sin mucho éxito—. ¿Se te ocurre alguno?

—No, pero podemos buscarlo en la mayor fuente de nombres de la ciudad.

Un rato más tarde, las dos merodeaban por la biblioteca, revisando libros, hojeándolos y devolviéndolos a las estanterías.

Se habían encontrado con Jake, que había ocultado un libro de forma un poco torpe y las estaba ayudando. Kilian también intentaba echarles una mano, pero como no sabía leer, solo los imitaba para no sentirse excluido.

Alice encontró unos cuantos nombres que le gustaban: Penélope, Jade, Grace, Sara..., pero ninguno parecía convencer del todo a su amiga.

—Si no te encanta, descártalo —recomendó Jake—. Después de todo, es tu nombre, ¿no? Debería enamorarte, vas a escucharlo muchas veces.

Alice estuvo de acuerdo, por lo que siguieron buscando entre páginas y páginas el nombre más adecuado, llegando a acumular más de diez libros en la mesa.

Se ganaron unas cuantas miradas burlonas, pero estaban tan concentrados que apenas se dieron cuenta.

—Otro más —suspiró Jake, dejando el libro en el montón de descartes—. Nunca pensé que odiaría que un libro tuviera tan pocos personajes.

—¿Qué tal Julia? —sugirió Alice, que seguía con la nariz metida en su tomo—. Es bonito.

—Es aburrido —opinó él.

—¡Lo tiene que decidir 42!

—A mí tampoco me convence del todo...

Alice suspiró y cerró el libro para dárselo a Kilian, que esbozó una gran sonrisa y se puso a hojearlo él también.

—Quizá sea mejor dejarlo por hoy —comentó 42 un poco afligida—. No creo que ningún nombre me convenza del todo.

—Vale la pena seguir intentándolo —insistió Jake, que ya había abierto otro libro.

En ese momento, Alice vio que se abría la puerta de la biblioteca. Tuvo que bajar la mirada para ver quién la había empujado. Blaise se acercó a ellos con los ojos entrecerrados. Era como si pudiera oler que tramaban algo y, por lo tanto, tuviera que asegurarse de que ella también estaba involucrada.

—¿Qué hacéis? —preguntó en tono acusatorio.

Alice sonrió y le hizo un gesto para que se sentara en su regazo, cosa que Blaise hizo al instante.

—Estamos eligiendo un nombre para 42 —la informó Jake, muy centrado en su lectura.

Blaise se quedó pensativa.

—A mí me gustan los nombres bonitos. Ojalá hubiera podido elegir el mío.

—Blaise es precioso —opinó Alice.

Eso era cierto, pero la otra cara de la verdad era que no se trataba de su verdadero nombre. Blaise no era humana. O, al menos, eso creía Alice. Unos meses atrás, había descubierto que la única forma de inhibir sus emociones era mediante una pastilla del mismo líquido azul con el que se elaboraban los sedantes de androides.

Nunca se había atrevido a comentarlo con nadie, y mucho menos a preguntarle a ella. Era demasiado pequeña y, además, los androides no envejecían; al menos físicamente. Su interior se desarrollaría como lo haría el de cualquier humano, volviéndose más lento y pesado con el paso de los años, pero su apariencia nunca cambiaría.

Si Blaise realmente era un androide tendría que pasar toda su vida encerrada en un cuerpo de niña pequeña.

Alice vio que Blaise llevaba puesta la pulsera de su madre y, de pronto, consideró la posibilidad de que fuese producto de un experimento parecido al de Eve, aunque lo dudaba mucho.

—Una vez tuve muñecas —comentó ella entonces—. Tenían nombres bonitos.

—¿Como cuál? —preguntó Alice.

—Zala, Anya y Mia. Eran de color rojo las tres, aunque perdí a Zala siendo muy pequeña...

—¿Y qué se supone que eres ahora? ¿Una adulta? —la picó Jake.

—No empecéis —advirtió Alice.

42, que había permanecido en silencio desde que la pequeña había hablado, de pronto dio una pequeña palmadita con las manos. Los cuatro la miraron al instante.

—¡Anya! —exclamó—. ¡Me encanta ese nombre!

Jake y Alice se miraron.

—¿De verdad? —preguntó él—. No tienes que fingir para que la niña no se sienta mal, ¿eh?

—¡Lo digo en serio! Es un nombre precioso. Me gusta mucho.

—Bueno —comentó Alice tras una pausa—, si tan convencida estás, no hay más que hablar. Bienvenida a tu nueva vida, Anya.

Blaise empezó a aplaudir de forma entusiasta, ganándose unas cuantas miradas recriminatorias. Los únicos que no parecieron darse cuenta fueron Jake y la propia niña.

—Por cierto, ¿tú qué haces aquí? —preguntó él—. ¿Has venido a molestar?

—Yo no molesto. —Blaise le frunció el ceño—. El grandullón lleva mucho rato buscando a Alice.

Esta había estado sonriendo, pero dejó de hacerlo al instante para mirarla con los ojos muy abiertos. Se apresuró a dejar a Blaise en la mesa con los demás y salir de la biblioteca. Recorrió el pasillo del hospital, el de la cafetería y cruzó el vestíbulo hasta la escalera, que subió de dos en dos. Para cuando llegó al despacho de Max, estaba sin aliento.

Lo vio de pie junto a su puerta. Hablaba con Anuar en voz baja. En cuanto la vieron aparecer, ambos se callaron y apretaron los labios. Alice enrojeció.

—¿Dónde te habías metido? —preguntó Max.

—Estaba en la biblioteca. No sabía que me buscabas.

El guardián supremo no dijo nada. De hecho, se limitó a señalar su despacho. Alice prácticamente corrió para entrar en él. Ya sentada a la mesa ovalada, escuchó que Max cerraba la puerta y se acercaba a ella.

—¿Qué hacías en la biblioteca? —preguntó con cierta desconfianza.

—Mi..., eh..., mi amiga androide quería buscar un nombre humano. —Hablar con Max de su hija sin mencionarla era un poco extraño. Y muy incómodo—. Al final, se ha decantado por Anya.

No se esperaba esa respuesta, estaba claro. Le sostuvo la mirada durante unos segundos hasta que, por fin, reaccionó y asintió una vez con la cabeza.

Alice supo enseguida que fingiría que no había oído nada, como siempre que le sacaban temas que no sabía manejar. Sin embargo, no se esperaba el rumbo que tomaría la conversación.

—Te he llamado porque Tina y yo vamos a ausentarnos unos días —le dijo sin edulcorarlo demasiado—. Tengo que ir con Ben a buscar a los guardianes supremos al cruce de caminos. No es que me guste mucho la idea, pero forma parte del protocolo.

—Ah, muy bien. Que os vaya genial.

¿Para eso la había llamado? ¿Para avisarla? Habría sido más fácil decírselo directamente a toda la ciudad.

—¿Rhett se va a quedar? —preguntó curiosa.

—Sí, también Davy y Trisha. Solo necesito que me acompañe un guardián, y creo que Tina es la más diplomática de todos.

—Sabia elección.

—Gracias. —Max la observó durante unos instantes—. ¿Y bien?

—¿Qué?

—¿Crees que podrás controlar el cotarro tú sola o no?

Alice, que había mantenido la calma hasta ese momento, sintió cómo esta se evaporaba al instante. Levantó lentamente la cabeza hasta encontrar la mirada de Max y, todavía sin poder creérselo, esperó a que le dijera que era una broma.

—¿Yo? —repitió con voz aguda.

—¿Ves a alguien más?

—P-pero...

—Serán dos días. Tres como mucho.

Ni siquiera se lo estaba proponiendo, sino que se lo comunicaba. Alice seguía sin ser capaz de asumirlo del todo. Al final, solo fue capaz de hacer una pregunta.

—¿Estás seguro?

Pareció que Max iba a reírse de ella, pero al final se conformó con asentir con la cabeza.

—En caso contrario, no lo habría dicho.

—Pero... yo no tengo ni la menor idea de gestionar ciudades. ¡No he estado a cargo de nada en toda mi vida!

—En eso no estoy de acuerdo. ¿No me dijiste que lideraste tu grupo durante varios meses?

—¡Solo cuando Rhett y Trisha estaban demasiado mal como para poder encargarse ellos!

—También me has acompañado durante estos días y has visto todas mis actividades habituales. Deberías ser capaz de reproducirlas sin ningún inconveniente. Después de todo, tu memoria está muy por encima de la nuestra.

Max no lo entendía. Ella no creía tener madera de líder. No se sentía capaz de conseguir que la gente creyera en ella, y mucho menos que siguieran sus órdenes. De hecho, durante la mayor parte de las semanas que llevaba ahí, la mayoría de los habitantes de la ciudad la había odiado. ¿Cómo iba a plantarse delante de ellos y comunicarles que iba a ser la sustituta de Max?

Él pareció adivinar lo que estaba pensando.

—Ya te he dicho que serán unos pocos días y te dejo a tres guardianes para que te ayuden. No debería haber ningún problema. De hecho, para que estés más tranquila, te dejaré una pistola de bengalas. Si hubiera algún inconveniente, solo tendrías que disparar al cielo. Lo veríamos enseguida y acudiríamos en vuestra ayuda.

Aquello la tranquilizaba un poco, pero Alice seguía sin entender por qué, de entre todas las personas de la ciudad, la había elegido a ella, que no solo era una androide, sino que tenía un don natural para meterse en problemas.

Por otro lado, que Max confiara en ella era un gran halago y también un gran honor. Quizá viese algo en ella que ni siquiera la propia Alice podía ver en sí misma.

Con la autoestima un poco más alta, empezó a ceder.

—Si solo son dos días..., supongo que puedo intentarlo.

—Exacto. Y, en caso de emergencia, sigues teniendo la pistola que te di.

—La he limpiado esta mañana —le aseguró, muy orgullosa de su trabajo.

—Tú preocúpate de tener balas de sobra, que para la limpieza siempre hay tiempo.

Alice sonrió. Sin embargo, esa sonrisa se evaporó en cuanto se acordó de un pequeño detalle con el que no había contado hasta ese momento.

—Espera —lo detuvo—. Si Tina se marcha contigo, ¿quién se ocupará de los pacientes del hospital?

Max ni siquiera tuvo que pensárselo.

—Jake.

* * *

El secreto —si es que había llegado a serlo en algún momento— de que Alice iba a ser la sustituta de Max se esparció como la pólvora. En cuestión de horas, todo el mundo lo sabía. Algunos parecían indiferentes, otros la felicitaron y otros pocos la miraron con desconfianza. Alice intentó no darle demasiada importancia. Max nunca parecía dársela. Quizá ella debería adoptar su misma actitud.

A la hora de la cena, era más que obvio que todo el mundo lo sabía. No dejaba de recibir miradas de reojo y murmullos al pasar, aunque, a diferencia de los que había recibido una semana atrás, aquellos parecían ser positivos. Fingió que no se daba cuenta y acercó su bandeja a la barra. Los cocineros se la llenaron enseguida. Justo cuando iba a apartarse, escuchó que alguien suspiraba a su lado.

—¿No tenéis nada menos grasiento? —protestó una voz desgraciadamente muy conocida—. Estoy harta de este tipo de platos.

Alice miró de reojo a su izquierda. Charlotte había apoyado una mano en la barra para empujar la bandeja con la otra. Si las miradas pudieran matar, los cocineros la habrían asesinado allí mismo.

—Lo siento —replicó la mujer, que le sirvió una cucharada de puré—, aquí no tenemos menú del día. Esto es lo que hay.

—Pues ya podríais esforzaros un poquito, que no tenéis nada más que hacer. Los demás arriesgamos nuestras vidas, mientras que vosotros...

—¿Tú arriesgas tu vida? —Alice no pudo mantenerse al margen de la situación y varias cabezas se giraron hacia ella. La de Charlotte y la de la cocinera fueron las primeras—. ¿En qué momento, exactamente? Porque apenas llevas aquí unos días y no te he visto presentarte voluntaria para hacer las guardias del muro. De hecho, ni siquiera te has dejado ver en las clases de defensa, al contrario que todos tus compañeros, que han hecho un esfuerzo. Si tantos problemas tienes con comer lo que te ofrecen, puedes ir tú misma a por otra cosa o simplemente ayunar, así habrá más para quien sepa apreciarlo.

Charlotte se quedó parada y con la cara descompuesta. La cocinera, en cambio, entrecerró los ojos con aire de superioridad. Quizá Alice se hubiera pasado de la raya, pero ya se había contenido demasiado. Como intentara aguantarse más, iba a explotar.

Por suerte, Charlotte no discutió. Se limitó a carraspear y ofrecer su bandeja a la cocinera, que terminó de llenársela sin perder la sonrisita que había esbozado tras el discurso.

Ya en su mesa, comprobó que sus amigos no se habían dado cuenta de nada. Se hizo sitio entre Rhett y Kai, y vio que el segundo se había quedado dormido con la mejilla pegada junto a la bandeja. Roncaba y todo. Alice miró a los demás, sorprendida, y vio que se estaban riendo.

—Lleva así unos días —comentó Trisha—. Lo he despertado cuatro veces, pero empiezo a pensar que es mejor dejarlo estar.

—¿Alguien sabe qué le pasa? —preguntó Maya—. ¿Por qué no descansa bien?

Alice lo sabía perfectamente. Seguía intentando arreglar él solo la máquina de la memoria. Max le había dicho que en cuanto antes estuviera, mucho mejor. Quizá se lo hubiera tomado al pie de la letra, porque prácticamente no dormía ni comía. Se pasaba el día encerrado en esa salita.

—Dejadlo —intervino Rhett, restándole importancia—. Cuando está despierto, no para de parlotear.

—Pues como tu novia —bromeó Trisha con media sonrisa.

—¿Ya estáis discutiendo? —preguntó Jake, que acababa de ocupar su lugar junto con Kilian—. ¡No os hemos dejado solos ni cinco minutos!

Nadie respondió, y él lo aprovechó para esbozar una gran sonrisa y señalarse a sí mismo.

—¿Sabéis quién será el nuevo doctor de la ciudad? ¿Eh?

—Durante dos días —recalcó Trisha.

—¡Exacto, yo!

—Madre mía... —Rhett negó con la cabeza—. Vamos a morir todos.

—¡He estado practicando un montón! —protestó Jake, y le dio un codazo a Kilian en busca de apoyo—. ¿A que sí? ¡Tú lo has visto! He estado leyendo libros de medicina, ayudando a Tina en el hospital... Estoy más que preparado.

Alice no quería ser la que le quitara la ilusión, pero tampoco podía engañarlo.

—Jake... —empezó, dudando—. Sé que tus intenciones son buenas, pero ¿no te daba miedo la sangre?

—No, lo que me da es asco.

—Pues, si trabajas en un hospital, vas a ver bastante sangre —recalcó Rhett.

Si aquello había hecho que dudara, lo disimuló muy bien.

—Ya me las apañaré. Lo importante es que Tina confía en mí.

—Max deja a un niño y a una androide a cargo de la ciudad y del hospital —bromeó Trisha—. ¿Qué podría salir mal?

Alice le lanzó una servilleta y la rubia la paró con su única mano. El proyectil le dio en la cara a Maya, que dio un brinco y se giró hacia ella con expresión enfadada. Trisha se estaba riendo a mandíbula batiente.

—Así que serás mi jefa, ¿eh? —murmuró Rhett entonces. Había bajado la voz para que solo Alice pudiera oírlo—. Esto va a ponerse interesante.

—¿Quieres presentarte voluntario?

—Ni de lejos. Prefiero que otro se encargue de dar la cara. Y, seamos sinceros, a la gente le va a gustar mucho más la tuya que la mía.

Ella rompió a reír.

—Si no fruncieras tanto el ceño y sonrieras más, quizá te apreciarían.

—¿Y quién te ha dicho que quiero que me aprecien?

Alice estuvo a punto de replicar, pero el ambiente de burla desapareció cuando vieron que Charlotte pasaba por delante de ellos para salir de la cafetería. Alice, entonces, le contó a Rhett lo que había pasado. Al terminar, él negó con la cabeza.

—Nunca me ha gustado la gente caprichosa.

—Seguro que ni siquiera se lo ha comido. —La chica removió su caldo con la cuchara, enrabiada—. ¿Sabes cuánta gente daría lo que fuera por comer tres veces al día? ¿Te acuerdas del hambre que pasamos nosotros cuando estábamos por el bosque?

Quizá lo hubiera dicho con demasiado sentimiento, porque Rhett se había quedado mirándola con aire sorprendido.

—Perdón —añadió algo abochornada—. Es que me molesta mucho.

—Sí, ya lo veo. Pero dudo que lo que te altere sea la comida.

—¡Claro que no es eso! Es que... —dudó, asegurándose de que los demás no la escuchaban, y luego se acercó un poco más a Rhett—. Abandonó a Alicia. Y, peor aún, a su hermano. ¿Cómo puede ser capaz de mirarme a la cara y no sentirse el peor ser vivo de este planeta?

Rhett lo consideró durante unos segundos.

—¿Sabe que Jake está aquí?

—Claro que no... Le pedí a Max que sus horarios no coincidieran. Quizá lleguen a verse, pero dudo mucho que lo reconozca. Está tan mayor...

—Comprendo. —De nuevo, lo meditó—. No puedes dejar que te saque de tus casillas de esta forma. Al final, lo único que consigues es que te gane.

—¡Cada vez que abre la boca es para provocar a alguien! Seguro que, un día de estos, termina atacándome a mí.

—Y me encantará defenderte, pero preferiría que supieras hacerlo tú sola. Te he visto enfadada, sabes cerrarle la boca a la gente. A mí me has hecho callar unas cuantas veces. Podrás con esa chica y con otras cincuenta como ella, ya verás.

Agradeció su fe en ella, especialmente porque sabía que no se lo decía solo para consolarla. Si no lo pensara, no lo diría. Se sintió un poco mejor al instante.

12
LAS MEDIAS VERDADES

Una hora después de la marcha de Max, Alice seguía sentada a su escritorio con los dedos entrelazados y los labios apretados.

Estaba al mando. ¿Qué hacía la gente que estaba al mando?

Max no le había dedicado una gran despedida —ella tampoco la esperaba, la verdad—, pero sí que le había dado unos cuantos consejos. Tina, por su parte, le había dado un beso sonoro en cada mejilla y luego le había deseado suerte. Aunque, según ella, tampoco la iba a necesitar porque era muy lista. Anuar, que también se marchaba con ellos, asintió con la cabeza y eso fue todo.

La cuestión era que estaba sola. Tenía una extraña sensación en el estómago, seguramente nervios. Le habían perdonado las clases de esos días y, pese a que había pensado que eso la aliviaría, lo cierto era que solo aumentaba sus temores. ¿Qué haría durante todas aquellas horas? ¿Quedarse allí sentada sin hacer nada?

Por suerte, en ese momento llamaron a la puerta y la

distrajeron. Alice se apresuró a ordenar el papeleo y a adoptar una pose casual antes de anunciar, con voz un poco aguda:

—¡Adelante!

Rhett abrió la puerta con una sonrisa e hizo una reverencia sumamente exagerada.

—¿Me permite pasar, mi querida guardiana suprema?

—¡Déjate de tonterías!

—Ya me hablas como Max.

Cerró la puerta tras él y se acercó para sentarse al otro lado del escritorio.

—¿Qué tal tu primera hora al mando?

—Un poco... confusa. ¿Es cosa mía o no tengo nada que hacer?

—No te preocupes, siempre hay algún problema que tratar. Te aseguro que no te vas a aburrir.

Aquello no era un gran consuelo. Al ver su expresión, Rhett dejó de sonreír.

—Oye, no te desanimes. Estoy aquí para ayudarte.

—Lo sé, es que...

—No te gusta, ¿no?

—Ni siquiera sé qué tengo que hacer. Max no me dio instrucciones concretas.

—Eres nuestra líder, Alice. Limítate a tomar decisiones.

—¿Sobre qué?

—Sobre esto, para empezar. Esta es la lista de todos los alumnos que tenemos ahora mismo. —Rhett deslizó una hoja de papel por encima de la mesa—. Estos días he estado viendo cómo se comportan, qué aptitudes muestran... Están divididos por niveles.

Alice la ojeó rápidamente.

—¿Tengo que decirte si la apruebo?

—No estaría mal. Revisa los nombres, las habilidades...

Si consideras que necesitamos más pruebas, puedo organizar una exhibición.

—Quizá sería mejor esperar a que Max vuelva, ¿no?

—Yo diría que no. Después de todo, quien ha compartido lecciones con ellos durante dos semanas has sido tú. Los conoces mucho mejor que él.

Eso era cierto. Alice volvió a revisar la hoja de papel. Rhett había dividido a los alumnos en avanzados, intermedios y principiantes, como en Ciudad Central, aunque en aquella ocasión los avanzados no estaban separados por especialidades. No había tantos alumnos como para hacer divisiones.

—Vale —murmuró nada más leerlo todo—. ¿Qué hago ahora? ¿Escribir que estoy de acuerdo?

—También puedes decírmelo. —Él sonrió—. Es mucho más rápido.

—Pues estoy de acuerdo.

—Perfecto.

—Pero hay algo que no me encaja. ¿Quién se encargará de impartir clase a los distintos grupos?

—Yo me encargo de los principiantes, Trisha, de los intermedios, y Max de los avanzados. Hasta que él vuelva, lo sustituiré yo mismo.

Rhett podía llegar a ser un poco estricto, pero se le daba bien enseñar desde cero a sus alumnos. Y no podía imaginarse ni a Trisha ni a Max lidiando con los novatos.

—Habla con la gente, Alice —siguió él—. Que te cuenten sus problemas. Tú solo tienes que solucionarlos. Y si ves que algo se escapa de tus capacidades, convocas a los guardianes y tomaremos una decisión conjunta. Puedes empezar por el hospital, por ejemplo. Jake se alegrará de verte.

—Buena idea.

—Tengo clase en cinco minutos —añadió con una mueca—. ¿Puedo irme tranquilo?

—Sí, claro —fingió que nunca había estado tan segura de sí misma.

—Si las cosas se salen de madre, siempre puedes sacar la pistola —bromeó Rhett, poniéndose de pie—. Aunque no es una gran forma de empezar una campaña electoral, claro.

Alice tardó media hora en decidirse y bajar. Saludó a todos con quienes se cruzó; menos mal que Max había decidido marcharse cuando ya no la odiaban. Fingió seguridad hasta que dobló una esquina y se encontró a solas. Entonces, volvió a la expresión de terror.

El hospital estaba tranquilo, como de costumbre. Cuando se asomó por la puerta vio que Jake tenía toda su atención puesta en una mezcla que estaba removiendo. Vestía la bata blanca de Tina.

Kilian paseaba entre las camillas con un carrito de ruedas. Blaise iba a su lado. Él se encargaba de poner la fuerza, y ella de hablar con los pacientes. Algunos necesitaban comida, otros, bebida... y pobre del que se negara a hacerles caso, porque no había persona más insistente que Blaise.

—¿Qué tal todo? —preguntó la nueva guardiana suprema a Jake—. ¿Algún problema?

—Ah, hola, Alice. Ningún problema. Estoy preparándole un calmante a Eve. —Hizo un gesto a su izquierda y, como por arte de magia, Kilian apareció a su lado para darle un frasco con líquido azul—. ¿Quieres verla? Es mejor que hables con ella antes de que se lo dé.

Dirigió una mirada dubitativa a la mezcla que estaba elaborando, pero supuso que sabía lo que estaba haciendo y no quiso cuestionárselo. Prefirió ir a ver a Eve. Estaba tumbada en su cama con los ojos cerrados, pero los abrió en cuanto la escuchó acercarse. Pareció bastante contenta con la compañía. Alice sonrió.

—¿Cómo estás?

—Agotada —dijo Eve sinceramente. Tenía una mano apoyada en su barriga, que cada día crecía más. A esas alturas, Alice se preguntaba si podría andar sin perder el equilibrio—. Es curioso, ¿no? Estoy cansada a pesar de que no me muevo en todo el día. Supongo que es por el aburrimiento.

—Ahora tienes a un enfermero muy simpático para entretenerte.

—Doctor —corrigió Jake, que estaba inyectando algo en la bolsa transparente que estaba conectada al brazo de Eve—. Y excelente, para más señas.

—No se le da mal —admitió Eve.

El chico pareció muy orgulloso de sí mismo.

—Esto ya está. Vamos a dejarte un rato a solas para que puedas descansar, ¿vale? —Eve asintió distraídamente y se acomodó mejor. Mientras él corría las cortinas para darle algo de intimidad, Alice se dio cuenta de que su expresión había cambiado—. Ven un momento conmigo, tengo que enseñarte una cosa.

Aquello despertó su curiosidad. Alice lo siguió al pasillo, donde al menos estaban alejados de la mirada escrutadora de Blaise. Jake saludó con la cabeza a dos personas se cruzaron con ellos y luego se centró en el tema.

—La verdad es que quería contarle esto a Max, pero tú me das más confianza que él. Estoy bastante seguro de que Eve tiene preeclampsia.

—Que tiene... ¿qué?

—Una complicación del embarazo. Es un poco difícil explicarlo, pero la mejor solución es provocar el parto.

—Vale. —Alice dudó durante unos instantes. No estaba preparada para enfrentarse a un problema de tal calibre tan temprano—. Pues entonces hablaremos con Eve, lo prepararemos todo y...

—No es tan fácil. Para que salga bien necesitamos un

equipo profesional, alguien que sepa lo que hace... He leído muchos libros de medicina, pero una cosa es la teoría y otra muy distinta la práctica. Debería dar a luz dentro de poco, podríamos esperar y... suplicar que no le pase nada, ni a ella ni al bebé.

No era la mejor solución y ambos lo sabían, pero Jake no se atrevía a tratar de provocarle el parto y Alice, desde luego, no iba a obligarlo a hacerlo.

—Tina regresará en dos o tres días —le dijo en tono conciliador—. Ella sabrá qué hacer.

—¿No te parece un poco raro que Tina no se diera cuenta? —Jake había bajado el tono de voz, lo que hizo que ella escuchara con más atención.

—Cualquiera puede tener un despiste.

—Alice, los síntomas son muy claros. Llevo una semana leyendo libros de medicina y todos lo definen a la perfección. No hay lugar a dudas, y menos para alguien que supuestamente sabe de este tema. Intenté preguntárselo una vez, pero no quiso dejarme ver a Eve. No quiero decir nada malo de Tina, pero... ¿no te parece un poco sospechoso?

Tuvo que admitir que sonaba muy raro. No tenía sentido que pusiese en peligro tanto a Eve como a su bebé.

—Lo siento —añadió el chico—. Ojalá supiera qué hacer o entendiera más del tema. Debería estudiarlo más y...

—Jake —lo detuvo al instante, poniéndole las manos en los hombros—. Si no creyeran que puedes con esto, no te habrían elegido a ti. No te desanimes, ¿vale?

El chico vaciló, pero al final sonrió con cierta timidez y asintió.

—Perfecto. —Alice se apartó con un suspiro—. Ahora, vuelve al trabajo. Tú tienes pacientes que tratar y yo, órdenes que dar. Meditaré sobre lo que me has contado.

Fue a la cafetería, a las cocinas, a los jardines, a las caravanas... Lo que creyó que sería un día tranquilo se transformó en todo lo contrario. Todo el mundo tenía algo de lo que quejarse y todos creían que su problema era mucho más relevante que los del resto.

Alice hizo un esfuerzo y escuchó a todos por igual, solucionando algunos embrollos al momento y posponiendo otros para más tarde. Esos últimos iban directos a su libreta, que terminó llena de garabatos.

Ni siquiera pudo ir a comer porque durante esa hora tuvo que aguantar que Davy se quejara por la falta de piezas de una de las máquinas del primer piso. Alice no entendió la terminología que usaba, pero lo decía de forma tan furiosa que se apresuró a apuntarlo todo. Ya le preguntaría a Kai, que era más simpático.

Para cuando quiso darse cuenta, había pasado todo un día. Estaba exhausta. ¡Se le habían quejado de cosas que ni siquiera tenían que ver con la ciudad! Revisó la lista con un suspiro, intentando encontrarle solución a cualquiera de los embolados, pero no tuvo mucho éxito.

Además, al llegar agotada al despacho de Max —¿o debería decir a su despacho?—, se encontró con una pequeña distracción. Charles estaba apoyado en la puerta con los brazos cruzados y su sonrisa habitual.

—Su majestad —la saludó en tono burlón—. Por lo que he oído, has tenido un día muy ocupado.

—No me puedo creer que Max haga esto a diario. Es agotador.

—Por algo tiene siempre esa cara de mal humor. —Al instante, se llevó una mano al corazón—. ¡Perdóname! No quería ofender a tu papi.

—¿Has venido hasta aquí solo para burlarte o tienes algo interesante que decir?

—Solo para burlarme.

En otro momento se lo habría tomado con humor, pero después de haberse pasado todo el día escuchando quejas no tenía el horno para bollos. Alice dio un paso hacia él, irritada.

—Sé que te cuesta tomarme en serio, pero ahora mismo soy la autoridad. Tengo el poder, entre otras cosas, de requisarte todas esas cosas tan divertidas que guardas en las caravanas. Seguro que a los cocineros no les vendría nada mal un poco de aderezo para sus guisos, ¿no crees?

Charles borró la sonrisita y se inclinó como si le hiciera una reverencia.

—Discúlpame. ¿Te he dicho ya lo bien que te queda ese peinado?

—Siempre lo llevo así.

—Pero hoy el pelo te brilla con más intensidad.

—Charles...

—¡Vale, vale! No puede uno ponerse romántico, ¿eh? —Suspiró—. En realidad, venía a pedirte un favor. Ya sabes, de líder a líder.

—¿Seguro que hablas en serio?

—Tienes mi palabra.

Alice dudó unos instantes antes de adelantarse para abrir la puerta del despacho. Charles la siguió obedientemente hacia la mesa ovalada. Cuando estuvieron sentados, la muchacha dejó la libreta y el lápiz y lo contempló.

—¿De qué se trata?

—Verás, he oído por ahí que estáis organizando las clases. ¿Me equivoco?

—Limítate a tu petición.

Solo llevaba un día en el cargo y ya había aprendido dos cosas: no dar información si no era absolutamente necesario e ir directamente al grano.

Por suerte, Charles lo captó rápido.

—Quiero que algunos de mis soldados se apunten a vuestras clases.

Eso la pilló por sorpresa. Conociendo a Charles, era de esperar que le pidiese comida o bebida, ayuda para una exploración, habitaciones..., pero no se esperaba que mostrase interés en apuntarse a las clases. Alice debió de expresarlo muy bien con su gesto, porque él se echó a reír.

—Me lo han solicitado ellos mismos —le aseguró—. No lo entiendo, pero según parece la gente disfruta aprendiendo. En fin, humanos. ¿Quién los entiende? Nosotros somos mejores.

—No sé yo si eso es cierto... Pero, volviendo a lo que nos atañe, puedo hablar con Rhett. ¿Cuántos alumnos serían?

—Entre doce y quince.

—Seguramente podamos añadirlos.

—¿Tú crees?

—Claro que sí. Al final, vosotros también formáis parte de la ciudad. Nos interesa que sepáis defendernos.

En cuanto terminó de decirlo, se dio cuenta de que estaba asumiendo que Charles y sus compañeros querían formar parte de la ciudad. Levantó la cabeza, algo preocupada por haberse pasado de la raya, pero él seguía tan tranquilo.

—Genial. —Esbozó una gran sonrisa al ponerse de pie—. Es un placer hablar contigo, guardiana suprema. En las próximas elecciones, tendrás mi voto.

Mientras abría la puerta, Alice soltó un resoplido.

—No te preocupes, dudo que quiera asumir el cargo. Es agotador.

—Y todavía te quedan dos días. ¡Que lo disfrutes!

* * *

—¡No me deja! —estaba gritando Kai muy indignado—. ¡Argumenta que si no le digo para qué son, no me puede prestar nada!

Para terminar los arreglos de la máquina de memoria, requería unas cuantas herramientas a las que solo tenía acceso el guardián de tecnología de la ciudad; es decir, Davy, y a este no le había sentado demasiado bien que un novato se encargase de un proyecto secreto, así que no estaba dispuesto a ayudarlo.

—Hablaré con Davy —le aseguró Alice.

—¡Gracias! Cuanto antes, mejor: quiero tener la máquina lista para la vuelta de Max.

Kai se marchó y, justo cuando Alice creyó que por fin tendría un rato libre, una nueva hoja de papel apareció en su mano. Trisha quería consultarle los cambios de nivel de los alumnos.

Fue un milagro que ese día sí tuviera tiempo para comer en la cafetería, aunque quizá se debió a que salió corriendo antes de que nadie pudiera pedirle nada más. Alice se hizo con una bandeja, saludó a los cocineros y se acercó a su mesa. Trisha y Maya hablaban en voz baja —seguramente estuviesen discutiendo—, mientras que Blaise, Jake y Kilian comían en silencio. Alice se sentó junto a la niña con un suspiro.

—Hola, jefa —la saludó esta—. Porque ahora mandas tú, ¿no?

—Eso no quiere decir que tengas que llamarme jefa, Blaise.

—Es que me gusta.

Alice se resignó a que lo hiciera y pinchó unas cuantas verduras con el tenedor. Mientras masticaba distraídamente, paseó la mirada por la sala. Los androides se habían agenciado una mesa al fondo, muy discreta, en la que poder sentarse todos juntos, Anya entre ellos. No muy lejos de allí estaba la mesa de los exprisioneros humanos, que tampoco se relacionaban demasiado con el resto. Entrenaban, comían y hablaban entre sí. Alice supuso que, simplemente, no sabían integrarse. Quizá les habría echado una mano de no haber sido porque Charlotte se contaba entre sus miembros.

En cuanto sus miradas se cruzaron, la androide la apartó con resentimiento y volvió a centrarse en su comida.

—¿Dónde está Rhett? —preguntó.

Maya fue la única que pareció escucharla.

—Ha salido a hablar con Charles.

—Oye, Alice —intervino Jake—. Tú eres una androide de información, ¿verdad?

Ella asintió con la cabeza, un poco confusa por el cambio de tema.

—¿Cuántos idiomas conoces?

—Unos veinticinco, más o menos.

—Y... ¿podrías aprender uno nuevo?

—Esto se pone interesante —comentó Trisha.

Alice tuvo que considerarlo.

—Se supone que sí, pero nunca lo he intentado.

—¿Cuánto crees que podrías tardar?

—Sin distracciones, menos de un día. ¿Por qué me preguntas todo esto?

—Es que... —Jake bajó la voz—. Últimamente, Kilian se comporta de una forma un poco extraña

Trisha contuvo una risotada.

—¿Más todavía?

—Lo digo en serio —aclaró, y la rubia dejó de sonreír—. Lo noto muy triste y no sé cómo ayudarlo. He intentado jugar a las cartas, hacer una batalla de bolas de nieve, darle mi postre..., pero nada funciona. Ni siquiera nos está escuchando, ¿lo veis?

Todos se giraron hacia él. El muchacho removía su comida con expresión decaída, como si tuviera la mente en otro sitio. Blaise trató de sacudirle el hombro, pero no sirvió de mucho.

—¿Pretendes que aprenda el idioma de los salvajes?

—A Kilian no le gusta esa palabra, Alice.

—Hay algo que no entiendo. —Trisha entrecerró los ojos—. ¿Cómo es que tienen una lengua distinta? No han pasado tantos años desde la Gran Guerra como para haber creado una forma de vida completamente alternativa.

Jake le puso mala cara y volvió a girarse hacia Alice.

—¿Crees que podrías ayudarme?

Lo cierto era que no estaba del todo segura, pero no quería quitarle la esperanza de forma muy brusca. Parecía tan ilusionado...

—Podría intentarlo, pero es muy difícil. Ten en cuenta que la única persona que podría enseñarme ese idioma es Kilian, y no es que sea muy comunicativo.

La única que pareció encontrarle solución fue Blaise, que empezó a sacudirle el hombro otra vez.

—¡Di algo, Kilian! ¡Vamos! ¡¡¡Di algo!!!

El chico siguió con la mirada clavada en el plato. Si la había oído, no dio señales.

—¡Vamos! —insistió Jake—. Así Alice podrá aprender tu lengua.

—No va a hablar —dijo Trisha.

—¡No seas tan pesimista!

—No es pesimismo, es realismo.

Mientras ellos empezaban a discutir —como de costumbre—, Alice empujó su postre hacia Kilian, que por fin reaccionó y le sonrió tímidamente. Tras ver que lo aceptaba, decidió marcharse de la mesa. Le habría gustado quedarse un rato más, pero no disponía de tiempo.

Volvía a tener la libreta bajo el brazo, porque en cuestión

de minutos volverían a alcanzarla para hablar con ella de algún problema.

Lo que no esperaba era que fuese a ser nada más salir de la cafetería.

—¡Alice! —Anya se acercó a ella—. ¿Dónde vas? ¿Puedo ir contigo?

—Quería ir al despacho a intentar resolver algo de todo esto —murmuró, señalando su libreta—. Si te apetece echarme una mano, eres bienvenida.

No era un gran plan, pero Anya no dudó en aceptar. Alice supuso que simplemente quería hacer algo útil por la ciudad y aquello era una buena opción para empezar.

Sin embargo, justo cuando pasaban junto a las ventanas que daban al jardín trasero —ella con la mirada al frente—, vio de reojo que Anya se detenía y se acercaba para apoyarse en una de ellas. Estaba observando el exterior con mucha atención. Alice pensó que el jardín le había llamado la atención, pero lo que estaba observando eran las caravanas. Charles las había movido para que los guardianes supremos y sus soldados no tuvieran problemas para dejar sus vehículos.

—¿Quién es? —preguntó Anya, mirándolos fijamente.

—Son los que intercambian...

—No, no. Me refiero a ese chico de ahí, el de la gabardina marrón que habla con tu amigo.

—Se llama Charles, ¿por qué?

Anya empezó a negar con la cabeza, cosa que la dejó todavía más desconcertada.

—Ese no es su nombre.

—¿Eh?

—Lo he visto alguna vez, y te aseguro que no se llama Charles. No me acuerdo de quién es, pero... ese nombre no me resulta familiar.

Alice cayó en la cuenta. Charles era 49, el androide que, de un día para otro, había desaparecido de la zona. Era de su misma generación, ¿cómo no habían considerado la posibilidad de que Anya lo reconociese?

El problema era que, si se lo contaba a alguien, levantaría la tapadera de Charles y ya no podría seguir liderando las caravanas. Sus compañeros parecían muy simpáticos, pero habían traficado con androides muchas veces. Alice dudaba que les tuvieran demasiada estima.

—Lo habrás visto alguna vez —dijo, intentando restarle importancia.

—Me resulta muy familiar, en serio.

Fue la única vez que Alice agradeció que Anya no fuera una androide de información y, por lo tanto, su memoria no fuese mucho mejor que la de un humano.

—Venga —insistió—, vamos a mi despacho y...

—¡Ya me acuerdo!

Alice tragó saliva, sumamente cautelosa.

—¿Qué recuerdas?

—¡Él fue quien nos vendió a la Unión!

Estuvo a punto de ponerse a negarlo todo, pero se detuvo en seco.

¿Charles no había dicho que sus tratos con esa ciudad eran muy limitados y que no había traficado con androides desde hacía más de un año?

—¿Cuándo fue eso?

—Hace unos meses. Siete u ocho. Fue él, Alice.

—¿Estás segura de lo que dices?

—Segurísima.

Si algo sabía Alice era que los androides como Anya, que estaban empezando a experimentar la libertad humana, eran incapaces de mentir con convicción.

Charles, en cambio, sí que era un mentiroso experimentado.

Súbitamente, recordó lo que le había pasado a ella durante su única noche en las caravanas. Si sus amigos no hubieran mejorado la oferta, ¿la habría vendido? Por desgracia, conocía la respuesta. Y no le gustó lo más mínimo.

Intentó centrarse. Su mente era un revoltijo de emociones. Charles trabajaba con la Unión. Había mentido. Y, si había mentido en eso, ¿quién le aseguraba que lo demás que le había dicho fuera cierto? ¿Habría sido capaz de revelarle al padre John dónde estaban? Sí, claro que sería capaz. Por la suma suficiente, haría cualquier cosa.

Echó a andar antes de ser consciente de que se movía. Anya se apresuró a seguirla, pidiendo que ralentizara el paso, pero Alice apenas podía oírla. Estaba furiosa. Hacía mucho tiempo que no se sentía tan traicionada.

Esa vez fue consciente de estar entrando en el jardín trasero, pero no podía darle más igual. Cruzó el umbral del círculo de caravanas sin saludar y se dirigió hacia Rhett y Charles, que hablaban junto a la caravana de colores del último.

Alice se acercó con el paso acelerado y los puños apretados.

—... por lo tanto, solo han sido dos —estaba diciendo Charles mientras balanceaba una botella de alcohol—. No creo que haya más.

—Necesitaré algo más —replicó Rhett.

—Yo me solidarizo con la causa, pero no...

Se cortó cuando Alice irrumpió bruscamente en medio de su conversación. Antes de darse cuenta de lo que hacía, su puño temblaba porque había impactado en la nariz de Charles.

El pobre estaba tan sorprendido que se cayó de espaldas contra la caravana y resbaló hacia el suelo, derramando el contenido de su botella. Rhett se había apartado de un brinco, pasmado.

—¡Alice! —Anya sonaba horrorizada. Incluso se había llevado las manos a la boca.

Esta los ignoró. Charles parpadeó, mirándose las manos llenas de sangre. No pareció horrorizarle ni la mitad que ver su alcohol derramado por el suelo.

—¿No podías esperar a que me terminara la botella? —preguntó irritado—. ¡Mira qué desperdicio!

Alice no se dio cuenta de que todos los miembros de las caravanas se habían dado la vuelta para mirarlos. Debían de estar acostumbrados a esa clase de escenas, porque lejos de preocuparse se echaron a reír.

Charles señaló la puerta de su caravana despreocupadamente.

—¿Me dejas ir a por otra bot...?

—¡Cállate!

Debió de notar que Alice no estaba bromeando —si es que no le había quedado claro con el puñetazo—, porque empezó a borrar su sonrisita perenne y la sustituyó por una expresión sorprendida.

—¿Qué pasa? ¿Qué he hecho?

—¿Y todavía lo preguntas? —Alice estaba histérica. Estuvo a punto de asestarle un empujón, pero se contuvo y se limitó a apretar los puños—. Voy a hacerte una pregunta, y más te vale ser sincero conmigo. ¿Trabajas para la Unión?

Estaba claro que no se esperaba eso, porque echó la cabeza hacia atrás al instante.

—¿Yo?

—¡Responde!

Quizá Charles no se mereciera que le gritase de esa forma tan furiosa. Tal vez estuviese pagando con él todo el estrés que había acumulado durante ese día y medio. O quizá, simple y llanamente, se sintiera traicionada.

Era una sensación muy desagradable, y no era la primera

vez que la experimentaba. Ya lo había hecho cuando creyó que Rhett la había abandonado, pero en aquel entonces la única que estaba en peligro era ella misma. Ahora estaba en juego la protección de toda su ciudad.

—Estoy de vuestro lado —replicó señalándose a sí mismo—. ¿O no me ves?

—Charles, esto no es una broma. —Su voz había pasado de autoritaria a temblorosa—. Responde.

Él dudó. De hecho, hizo una serie de gestos extraños, como fruncir un poco el ceño, apartar la mirada y negar con la cabeza. Pero no respondió.

—¿Cuántos androides les has vendido durante este año? —añadió furiosa.

—¿Quién te ha dicho eso?

Entonces, por fin la vio. Anya se tapaba la cara con las manos para no ver el hilillo de sangre que brotaba de su nariz. Charles cerró los ojos y soltó un suspiro.

—Mierda... Ya me acuerdo de ti.

—¡Así que es cierto! —Alice intentó adelantarse, pero Rhett la detuvo al instante—. ¡Suéltame!

—Escúchame, no es el momento de...

Alice se liberó de un tirón y volvió a centrarse en Charles.

—¡Nos has traicionado!

—¡Qué va!

—¿Me mentiste cuando te pregunté si habías dejado de tener relación con ellos? ¡Responde de una vez!

No necesitó verbalizarlo. Había expresiones que cualquiera podía entender, como aquella. La culpabilidad estaba perfectamente reflejada en sus rasgos, y Alice se sintió como si acabaran de lanzarle un cubo de agua helada. ¿Cómo podía haberle mentido de esa forma? ¿Cómo había podido mantener la sonrisa durante esas semanas, mirarla a los ojos, habiendo sido capaz de hacer algo así?

—Ya sabes que no estoy a favor de ningún bando —le recordó—. De hecho, te dije que...

—Fuera —espetó Alice en voz baja, y el silencio que los envolvió hizo que la expresión de Charles se volviera estupefacta—. Recoged vuestras cosas. Antes del anochecer os iréis de la ciudad.

Si no hubiera sido porque era Charles, Alice habría jurado que aquello le había dolido, pero no se echó para atrás. De hecho, le mantuvo la mirada durante unos segundos, furiosa, solo para comprobar si se atrevía a burlarse. Sin embargo, el líder de las caravanas no tenía esa intención: parecía haberse quedado completamente en blanco.

Sin nada más que añadir, Alice se dio la vuelta. Quería encerrarse en el despacho de Max y no volver a verle la cara. Observar desde el ventanal cómo desaparecía de sus vidas para siempre.

Sin embargo, se encontró con un par de ojos verdes que la miraban fijamente.

—Agradecería una pequeña explicación, Alice —replicó Rhett en voz baja.

—¡Ha estado trabajando para la Unión todo este tiempo! ¡Les dijo que estábamos aquí!

Charles quiso intervenir.

—Oye, eso no es...

—¡Sabías perfectamente lo que hacían con los androides y seguiste vendiéndoselos!

Se quedó callado. No tenía defensa.

—¡Di la verdad! —le exigió.

—¡No trabajo para ellos!

—¡Les vendes androides, Charles!

—Sí, hasta hace muy poco. No te dije nada porque sabía que no me lo perdonarías. Pero nuestra alianza terminó. No les he contado nada de vosotros, lo juro.

—¿Y por qué debería creerte?

—¡Porque estoy aquí! Y me la estoy jugando por vosotros, joder. Las caravanas nunca han intervenido en los conflictos entre ciudades. Es la primera vez que nos posicionamos. ¿Crees que lo habría hecho si siguiera en contacto con ellos?

Alice dudó un momento más antes de apartarse un paso de él. No se lo creía del todo, pero por lo menos no tenía intención de volver a pegarle. Además, sus sospechas no habían sido tan infundadas. Sí que les había mentido.

—La próxima vez que quieras darme un puñetazo —comentó—, puedes preguntar antes.

—La próxima vez que te haga una pregunta, más te vale no engañarme. No te perdonaré otra, Charles.

Él asintió como si lo entendiese perfectamente.

—Si me dieran chocolate cada vez que alguien me ha dicho eso, ahora mismo tendría una fábrica. —Señaló la botella vacía—. Por cierto, me debes una.

—Charles. —Rhett atrajo su atención. Estaba claro que quería apaciguar los ánimos—. Una buena forma de empezar a redimirte podría ser decirle a Alice lo que me estabas contando a mí hace un momento.

—¿Eh? Ah, sí, sí, es verdad. Mis hombres han avistado a algunos salvajes cerca de aquí. Vigilaban la ciudad.

Alice se sintió como si acabara de darle una patada en el culo para devolverla al mundo real.

—Parece que están ojeando la zona. Todavía no sabemos con qué intención, pero no tiene buena pinta.

—¿Por qué no me has dicho nada hasta ahora?

—¡Porque estaba ocupado sangrando por tu culpa, mi querida guardiana suprema!

Vio que él y Rhett intercambiaban una mirada. Todavía había más.

—¿Qué es lo que no me estáis contando? —preguntó.

—También hemos visto soldados de la Unión —añadió Charles.

Alice lo contempló, atónita. Después, cerró los ojos y tragó saliva. No podía pasarle esto justo cuando Max se acababa de ir. ¿Por qué tenía tan mala suerte?

Miró a Rhett, que, por primera vez desde que lo conocía, pareció un poco intimidado.

—Reunión de guardianes. Ahora.

13
LA IMPORTANCIA DE UN ENEMIGO COMÚN

Alice se pasó las manos por la cara en completo silencio. A su alrededor, todos vociferaban intentando hacerse oír por encima del resto de las voces, y nadie conseguía que lo entendieran.

Trisha gritaba a Davy, este, a Trisha, Rhett les gritaba a los dos, Charles se reía y metía cizaña y Jake los miraba a todos con los ojos desorbitados.

Y Alice solo intentaba no volver a alterarse. Iba a necesitar mucha paciencia.

—¡No podemos dejar que se acerquen ni un metro más! —exclamó Trisha—. Deberíamos organizar un grupo pequeño e ir a por ellos. Así aprenderían la lección.

—¿A por cuál de ellos? —Rhett enarcó una ceja—. Porque tenemos tanto a la Unión como a los salvajes.

—Los de la Unión son el objetivo fácil —observó Charles—. Relativamente hablando, claro. Sabemos cómo funcionan, qué armas tienen, cómo se organizan... Los salvajes, en cambio, son un misterio. Deberíamos centrarnos en los primeros.

—¡Claro que no! —Davy los miró como si se les hubiera ido la cabeza—. ¡Los salvajes son el verdadero enemigo! Los de la Unión no se acercarán, Alice tiene amenazados a sus aliados, ¿no?

—Pero eso no durará para siempre —observó Rhett.

—Quizá solo quieren entrar a robar lo que sea que Alice le quitó —murmuró Jake algo cohibido.

Davy soltó un resoplido.

—Entonces entrarán, lo robarán y nos matarán a todos.

—Eres tan positivo... —Charles sonrió—. Escucharte siempre da esperanzas a mi vida de mierda.

—Lo que está claro es que no podemos quedarnos de brazos cruzados —intervino Trisha—. Tenemos que ir a por ellos.

—¡Somos muy pocos! —exclamó Jake alarmado.

—Pero están a punto de llegar los refuerzos, ¡Max regresará con tres guardianes supremos!

—Si nos atacaran ahora mismo, Max no podrá ayudarnos —apuntó Rhett—. Deberíamos centrarnos en lo que sí tenemos.

—¿Y cuál es tu gran plan? —preguntó la rubia.

—Para empezar, calmarnos.

—¡Cálmate tú, si quieres! Yo no podré estar tranquila hasta que nos dejen en paz.

Entonces, Davy hizo un comentario en voz baja que, muy probablemente, no había pretendido que escucharan todos:

—Si Max estuviera aquí, esto no habría pasado.

Como todo el mundo se había quedado en silencio, la frase se escuchó alta y clara por todo el despacho. Hubo varios intercambios de miradas, especialmente hacia Alice, pero fue Rhett quien habló primero.

—Si te crees que esto tiene algo que ver con la ausencia de Max, es que eres un verdadero idiota.

Davy enrojeció un poco, pero no se retractó.

—Es obvio que ahora mismo no nos ven como una amenaza, ¿no?

—Te recuerdo que ya nos amenazaron cuando Max estaba aquí, y de forma mucho más explícita.

—Pero ¡él sabría qué hacer! ¡No podemos defendernos sin guardián supremo!

—Tienes a la guardiana suprema sentada a tu izquierda, así que cuidado con lo que dices.

—¿Alice? ¡Si no tiene ni idea! ¡Somos cinco idiotas contra dos ejércitos! ¡Estamos perdi...!

—¿Podéis calmaros un minuto? —intervino Alice.

Por fin le hicieron caso. ¿Qué haría Max si alguien cuestionara su autoridad? ¿Se quedaría callado? ¿Se defendería? Alice trató de ponerse en su piel y, acto seguido, se giró hacia el guardián de tecnología.

—¿Te crees que la tarea que me han encomendado es fácil? Si tantas quejas tienes, toma tú el mando y me dices qué tal te van las cosas. Especialmente con un consejo de guardianes en el que solo una persona tiene experiencia.

El líder de las caravanas se inclinó hacia delante para intervenir, pero Alice lo calló sin mirarlo.

—Ahora mismo, Charles, tu opinión no está entre mis prioridades. Hay que centrarse, ¿lo entendéis? Esto no es un juego y discutiendo entre nosotros no vamos a llegar a ningún lado. Hay dos grupos intentando entrar en nuestra ciudad. —Hizo una pausa, mirando a todos y cada uno de ellos. Pocos le sostuvieron la mirada . Y, por si eso fuera poco, Max no está, así que tendremos que apañarnos solos. Ni siquiera puedo lanzarle una bengala porque llamaríamos la atención del enemigo.

»Me da igual que tú no tengas experiencia en combate. O que tú solamente tengas un brazo. O que vayamos a depender de los alumnos y de los pocos guardias que no se han marchado. Lo que me importa ahora mismo es que establezcamos un buen plan de defensa para no morir en las próximas veinticuatro horas. Si tenéis algo que opinar que no esté relacionado con todo esto, cerrad la boca, porque, honestamente, ahora mismo no tiene ningún tipo de relevancia.

»Así que dejaos de discusiones y empezad a pensar en soluciones, que aunque yo sea la líder de la ciudad, todos tenemos el deber de protegerla.

Eso último lo dijo girándose hacia Davy, que parecía un poco abochornado.

—Charles, ¿podrías decirme cuántos vigilantes habéis visto?

—Cuatro miembros de la Unión y dos salvajes.

—¿Hay algo más que deberíamos saber?

—Los salvajes son muy territoriales —replicó pensativo—. No es normal que salgan de su zona sin un buen motivo.

Alice enarcó una ceja.

Una mano temblorosa se levantó entre sus guardianes. Jake parecía aterrado por hablar en público y ser el siguiente en recibir la bronca.

—No hace falta que levantes la mano para hablar, Jake. ¿Qué pasa? ¿Tienes alguna idea?

—La verdad es que sí... Podría hablar con Kilian.

—¿Quién demonios es Kilian? —preguntó Davy.

—Alguien de confianza —le dijo Alice—. Es muy buena idea, Jake.

Pareció orgulloso de sí mismo.

—Daremos un día a Kilian para que intente explicarnos lo que quieren los salvajes... si es que lo sabe, claro —resolvió ella—. Si no funciona, recurriremos a otro plan menos amistoso. ¿Votos a favor?

Poco a poco, todas las manos se levantaron. Alice asintió con la cabeza, un poco más calmada. ¡Lo estaba haciendo bien! Intentó mantener la expresión severa de Max, aunque lo que le apetecía era sonreír.

—Ahora, la Unión. Si os soy sincera, ellos me preocupan mucho más.

—Sí, a mí también —murmuró Rhett.

Que alguien la apoyara era un verdadero alivio. Intercambió una mirada con él y Rhett le dedicó una sonrisa de medio lado.

—Sabemos que su ciudad no está demasiado cerca —continuó Alice—; dudo que hayan recorrido tanto terreno solo para hablar. Además, si quisieran parlamento, ya lo habrían solicitado. Charles, ¿dónde los habéis visto?

—En las cuatro entradas de la ciudad —respondió él.

—Quieren ver cómo nos organizamos —observó Rhett.

—Planear un ataque —añadió Trisha, asintiendo con la cabeza.

—Exacto. —Alice la miró—. Trisha, necesitamos que alguien organice a los guardias. ¿Estás dispuesta a aceptar el cargo?

Quedaba claro que aquello la había ilusionado tanto como a un niño un paquete de chocolatinas, pero trató de disimularlo con todas sus fuerzas.

—Por supuesto. Sin problemas.

—¿Cuáles son los horarios de los centinelas de las puertas?

—Hay un cambio cada tres horas.

—Pues a partir de hoy, variará a diario.

Ella parpadeó, totalmente perdida.

—¿Cómo?

—Si yo quisiera colarme en una ciudad, lo primero que haría sería controlar los cambios de guardia y, acto seguido, encontrar al más débil. Si consiguen entender el tiempo y las condiciones, estamos perdidos. Réstale unos minutos a cada turno y haz que intercambien sus puestos. Eso debería darnos un poco de tiempo. ¿Votos a favor?

Todas las manos se levantaron.

—Además, vamos a tenerlos bien vigilados. Volveremos a aplicar las defensas que organizamos hace unas semanas. No quiero que las coloquéis todavía, pero mantenedlas preparadas para cualquier emergencia. Ahora mismo, ellos no saben que conocemos sus intenciones. Dejemos que continúe así. Para ello, hay que disimular. ¿Han entrado ya los androides en las clases?

—Sí —confirmó Rhett—. Son principiantes.

—¿Hasta qué punto?

—Por ahora, no tienen ni idea, pero aprenden rápido. Pronto podrán empezar a entrenar con las armas.

—Bien. Mañana darás una clase intensiva de tiro, lo más básico y simple que puedas. Que nadie se vaya sin saber cómo cargar, disparar y acertar en el objetivo.

—Eso les va a resultar agotador —observó Charles.

—Por eso se lo pido a él. —Alice dedicó a Rhett una pequeña sonrisa—. Seguro que sabrás apañártelas para que hagan lo que quieres.

—Te garantizo que sí.

—Trisha, como vas a encargarte de los guardias, Davy te sustituirá en tus clases durante estos dos días.

Ella asintió con la cabeza.

—Charles, también necesitaremos a los tuyos. ¿Todos saben disparar?

—De sobra.

—¿Y tienes armas suficientes?

—Una para cada uno. Estamos cubiertos.

—Perfecto, pues tú irás a ayudar a Rhett con su clase.

Hubo un momento de silencio. Trisha y Jake parecieron divertidos, mientras que Rhett y Charles intercambiaron una mirada horrorizada.

—¿Te ha dado mucho el sol hoy, Alice? —preguntó Rhett lentamente.

—¿Tienes un cortocircuito en el sistema o algo así? —Charles arrugó la nariz.

—Confío en tus habilidades, Rhett, pero necesitas ayuda.

—¿Y tiene que ser la suya? ¿En serio?

—Pues sí. Se encargará de que nadie se mate mientras tú haces tu trabajo. ¿Todos a favor?

Tardaron unos segundos, pero parecieron estarlo. Alice miró a Davy, que se puso firme al instante.

—Necesitamos una forma de comunicarnos entre nosotros. ¿Crees que podrías encargarte de ello?

—Sí, claro.

—Genial. Asegúrate de que la señal llega a toda la ciudad y de que funciona. ¿Estás de acuerdo?

—Supongo que sí...

—Jake. —Se giró hacia él, que dio un brinco del susto—. Eres el más carismático de todos. Voy a organizarte una reunión con todos los ciudadanos para que puedas explicarles todo esto. ¿Crees que podrás hacerlo?

Por su expresión de orgullo, cualquiera habría dicho que Alice le había entregado las llaves de la ciudad.

—No te decepcionaré —le aseguró, llevándose una mano al corazón.

—Perfecto. —Alice se puso de pie—. Si nadie tiene nada que objetar...

—Un momento —Trisha la detuvo—, ¿y tú qué harás?

—Encargarme de Kilian y de los salvajes.

—¿Tú sola?

—¿Alguien más tiene la capacidad cerebral de aprender

una lengua completamente desconocida en menos de un día? —En realidad, Charles sí, pero fingió que una mancha de la mesa era muy interesante y no despegó la mirada de ella—. Pues no me queda otra que encargarme yo. ¿Todos tenemos claro lo que debemos hacer?

Asintieron con la cabeza.

Alice dudó un momento antes de hacer un gesto hacia la puerta.

—Podéis marcharos, tenéis mucho trabajo.

* * *

Kilian siempre le había parecido un verdadero misterio. Había muchas cosas sobre él que nunca había entendido del todo: su falta de comunicación, su timidez —que contrastaba con la actitud de los de su estirpe—, que pareciera tener conocimientos de caza y de medicina y, sobre todo, que, a pesar de su origen, Alice siguiera teniéndole cierto cariño.

Estaban ambos sentados a una mesa discreta de la biblioteca. Jake y Blaise habían querido acompañarlos, pero era un trabajo que debían hacer solos.

—¿Cómo estás? —le preguntó un poco inútilmente.

Kilian se limitó a encogerse de hombros.

—Jake me ha dicho que últimamente pareces un poco triste, ¿quieres que hablemos de ello?

Esa vez no obtuvo respuesta. El chico se limitó a mirarse las manos con timidez.

—Si me ayudas, yo también podré echarte una mano. Así Jake dejaría de estar triste. ¿No te gustaría eso?

Él dudó un momento antes de asentir con la cabeza.

—Entonces, necesito que te comuniques conmigo de alguna forma. La que sea.

De nuevo, él vaciló mientras miraba a su alrededor. Casi

parecía temeroso de que alguien pudiera verlos, como si fuera algo malo.

—Una vez vi a unos cuantos de los tuyos —añadió Alice—. Se comunicaban con gestos.

Aquello hizo que Kilian diera un respingo. Empezó a asentir frenéticamente con la cabeza.

—¿Tú sabes hacerlos? ¿Podrías enseñarme? Sé que sabes escribir.

Kilian hizo una mueca dejándole claro que no lo hacía demasiado bien, pero tampoco lo necesitaba, solo tenía que hacerse entender. Alice se apresuró a abrir su libreta de guardiana y a girarla para dejarle una hoja en blanco.

—Cada vez que hagas un gesto, necesito que escribas lo que significa. No hace falta que esté perfecto, simplemente hazlo lo mejor que puedas.

Kilian miró la hoja y asintió con la cabeza. Antes de empezar a escribir, tuvo que respirar hondo.

Así se pasaron toda la tarde. Alice intentaba retener cada uno de sus gestos, pero no era fácil. Eran muchos y algunos se parecían tanto que resultaba difícil distinguirlos. Intentó repetir algunos y no se detuvo hasta que pudo replicar la mayoría de ellos con relativa facilidad.

Ya estaba anocheciendo cuando Kilian intentó comunicarse con ella sin la hoja de papel. Alice lo entendió casi todo.

Sabía que Jake iría a verlos en cualquier momento, lo que la sorprendió fue que apareciera con Rhett y Trisha. Los tres parecían muertos de curiosidad cuando se sentaron con ellos.

—Jake dice que estás enseñando a hablar al rarito —comentó la rubia.

—No es rarito —protestó el aludido—. Es reflexivo. Además, ¡la que está aprendiendo su idioma es Alice!

—¿Y qué tal ha ido? —preguntó Rhett—. ¿Ya puedes hablar con él?

—No he podido hablar con él, pero sí comunicarme. —Alice sonrió, enseñándoles la hoja de papel—. Utiliza una lengua de signos. Cada gesto que hace con las manos es una palabra o una expresión.

Rhett miró la hoja, pasmado.

—¿Te has aprendido todo esto en una tarde?

—Estoy programada para ello.

—Por favor, no digas esas cosas —pidió Trisha con una mueca—. Me da mal rollo.

—Entonces —Jake parecía muy nervioso—, ¿no sabe hablar? ¡Podría enseñarle yo!

Alice miró a Kilian, que empezó a hacer gestos deliberadamente lentos para que lo entendiera. Ella los analizó bien y frunció el ceño.

—Dice que sí sabe.

—¿Y por qué no lo hace?

—Hablas tú por los dos. —Sonrió Rhett—. Y demasiado.

—¿Por qué no nos hablas? —le preguntó Alice ignorándolo.

Kilian agachó la mirada e hizo un gesto.

—Dice que no es agradable.

—Igual es que Jake no le cae bien —lo chinchó Trisha.

—Tendría sentido —añadió Rhett.

—¡Le caigo de maravilla!

Los dos siguieron riéndose de él mientras Alice se centraba en Kilian, que había vuelto a su expresión triste.

—Dinos por qué no puedes hablar —le pidió—. Quizá seamos capaces de ayudarte.

Kilian suspiró y los miró uno a uno. Entonces, abrió la boca y todos lo entendieron a la perfección.

No tenía lengua. Dentro de su boca solo había un pequeño muñón que indicaba que, en algún momento de su vida, se la habían cortado. Jake se echó hacia atrás, anonadado.

Trisha tuvo que sujetarlo para que no se cayera. Ni siquiera Alice pudo contener una mueca de horror.

El único que no parecía sorprendido era Rhett, que ni siquiera había parpadeado.

—¿Quién te hizo esto? —le preguntó.

Kilian miró a Alice y empezó a gesticular con la mirada sombría.

—Dice que su antiguo líder era... malo —fue traduciendo ella—. Se portaba mal con todos los que le llevaban la contraria... y a Kilian no le gustaba eso. Una vez, dos mujeres intentaron escaparse para ir con otra tribu y las mató. Kilian intentó salvarlas y le cortaron la lengua por inmiscuirse.

»Cuando echan a alguien de su grupo —Alice siguió leyendo los gestos, concentrada—, les cortan la lengua para que, si otros salvajes los encuentran, sepan que son unos traidores y no los acepten.

—Así no pueden escaparse nunca —dedujo Rhett.

—Oye —intervino Trisha—, todo esto es muy interesante, pero vayamos al meollo del asunto. ¿Tú sabes por qué tus amiguitos están vigilando nuestra ciudad?

Alice frunció el ceño cuando empezó a gesticular a toda velocidad.

—Dice que es... ¡Más despacio, Kilian! —protestó—. Que tenemos que... ¡Si vas tan rápido, no puedo entenderlo!

Kilian tragó saliva y lo repitió todo más lentamente.

—Dice que los salvajes nunca salen de las ciudades abandonadas a no ser que se queden sin provisiones, y eso suele pasar después de las nevadas.

Kilian asintió con la cabeza.

—¿Quieren robarnos? —preguntó Jake extrañado.

—Es una posibilidad, supongo —murmuró Alice—. Quizá haya estado raro porque le daba miedo pensar que pudieran venir aquí.

—¿Qué podemos hacer para que se vayan a otra parte? —le preguntó Rhett.

Esa vez, no hizo falta traducción. Kilian se limitó a negar con la cabeza.

—¿No hay nada que hacer? —inquirió Trisha.

—Tiene que haber algo —murmuró Alice, sin querer creérselo.

No obstante, no se le ocurría nada que no fuera peligroso. Y no podían arriesgarse. Seguían teniendo a la Unión en su contra.

Kilian la miró e hizo un gesto rápido.

—¿Quieres hablar con ellos? Acabas de decir que no...

La cortó, volviendo a gesticular.

—¿Qué dice? —preguntó Trisha.

—Que podríamos intentar llegar a un acuerdo con ellos. No conoce al nuevo líder. Puede que no sea tan malo como el anterior.

—¿Un acuerdo con los salvajes? —Rhett no parecía muy convencido—. Dudo mucho que les interese.

Kilian negó con la cabeza y volvió a mover las manos.

—¿Qué ha dicho? —preguntó Jake.

—Que no hay nada que una más a dos personas que un enemigo común.

* * *

—¿Estás segura? —preguntó Rhett en voz baja.

Alice respiró hondo, todavía con los ojos clavados en el bosque.

—Ahora mismo no tengo ningún tipo de seguridad en nada, así que necesito que la tengas tú por los dos.

Casi pareció que él iba a reírse.

—Pues tenemos un pequeño problema.

A Alice no le había gustado la idea de abandonar la ciudad, aunque fuera solo un rato, pero si lo que Kilian les había dicho era cierto, tenían que actuar con rapidez. No podían perder más tiempo. Necesitaban hablar con su líder, aunque fuera una medida desesperada. No podían permitirse entrar en otro conflicto.

Kilian le había aconsejado que se mostrara con sus guardianes, ya que era una señal de respeto. Y también que fuera un hombre quien se presentara como el líder, puesto que no se tomarían muy bien que una chica —especialmente una tan joven— fuera quien liderara una ciudad entera.

Alice había accedido a lo primero, pero no a lo segundo.

La acompañaban Rhett, Trisha, Jake y, aunque debería haber ido Davy, Alice se había llevado a Kai. No podía arriesgarse a que la cuestionara delante de los salvajes. Para que no se enfadara, le había dicho que estaría al mando durante esas pocas horas. Había funcionado a la perfección.

No obstante, Alice no se fiaba de dejarlo solo, así que les había pedido a Maya y a Charles que lo vigilasen. Se fiaba del criterio de Maya, y le pareció la oportunidad perfecta para que Charles le demostrara que podía volver a confiar en él.

Kilian estaba delante de ellos. Parecía muy tenso. Se habían alejado con uno de los coches de la ciudad y estaban esperando a que los salvajes se aproximaran desde la entrada del bosque. Según él, no hacía falta ningún tipo de aviso. Si estaban dispuestos a hablar, los verían enseguida.

Alice se ajustó el dispositivo de la oreja. Davy había entregado uno a cada guardián y otro a Kai, de modo que pudiesen hablar entre ellos pasara lo que pasase. Alice albergaba la esperanza de no tener que usarlo.

Lo que más le había preocupado era no tener guardias con ella. Los guardianes eran buenos compañeros y todos iban armados, pero en caso de emergencia podría no ser suficiente como para defenderse. Aquel había sido el mayor gesto de fe hacia Kilian. Esperaba no tener que arrepentirse.

Parecía que habían pasado horas cuando el chico salvaje, de pronto, se tensó y se dio la vuelta para acercarse a ellos. Intercambió una breve mirada con Alice antes de girarse hacia la entrada del bosque.

Tres figuras emergieron de entre los árboles. Iban vestidos de la misma forma que Kilian cuando lo habían encontrado en la ciudad muerta. Poca ropa —especialmente para esa época del año—, rota y sucia. Todos iban armados con lo que a Alice le parecieron cuchillos hechos a mano, aunque los llevaban cuidadosamente guardados en sus fundas.

—No están solos —escuchó decir a Trisha—. No os confiéis.

Alice sabía que tenía razón. Le daba la sensación de que un montón de ojos la observaban entre las ramas de los árboles, pendientes de todos y cada uno de sus movimientos para decidir si intervenían o no.

De las tres figuras que habían dado la cara, la que más destacaba era la del centro. Por lo que había dicho Kilian, Alice esperaba que fuera un hombre quien llevara el collar de líder, pero se trataba de una mujer. Y no muy mayor que ella, además. Tenía los músculos definidos y fibrosos, y llevaba el pelo cortado a la altura de las orejas.

Alice no pudo evitar revisarla de arriba abajo, desconfiada, y pronto se dio cuenta de que ella estaba haciendo exactamente lo mismo.

Las dos personas que la acompañaban eran una mujer mayor con la cara llena de arrugas y el pelo gris y un joven forzudo con el cabello largo hasta los hombros. Ambos estaban pendientes de su líder, pero ninguno hizo ademán de seguir acercándose cuando ella empezó a avanzar.

Curiosamente, el que pareció más sorprendido fue Kilian. Se había quedado helado por la sorpresa. Al final, fue la líder quien se acercó a ellos y lo miró con una ceja enarcada.

Alice no entendió nada de lo que le dijo. Hablaban en un idioma gutural y muy distinto a cualquier otro que hubiera escuchado jamás. De todas formas, Kilian asintió e hizo un breve gesto a su derecha, donde ella permanecía de pie, mirándolos.

Para asombro de todos, la muchacha le preguntó:

—¿Tú, líder?

Tenía un acento extraño, muy marcado y difícil de entender, pero Alice no pudo evitar sentirse fascinada. De hecho, la impresión fue tal que tardó unos segundos en responder.

—Sí —dijo entonces, aclarándose la garganta—.Tú también.

La chica asintió una sola vez con la cabeza. Su expresión era seria, y no había dejado de fruncir ligeramente el ceño, marcando una pequeña arruga entre sus cejas. Parecía enfadada. Alice esperaba que no lo estuviera de verdad.

Como no decía nada más, se obligó a sí misma a volver a intervenir.

—¿Habláis nuestro idioma?

—No. Solo yo. —Se señaló a sí misma—. Zira. ¿Tú?

—Alice. La última vez que os vi, teníais otro líder.

Para su sorpresa, la chica por fin abandonó su expresión seria y soltó una especie de resoplido burlón que hizo que sus compañeros la imitaran. Alice intentó no alarmarse cuando se pasó un dedo por el cuello, dejando bastante claro lo que le había hecho al anterior jefe.

—No más —decretó la chica divertida—. Ahora Zira.

—¿Sabes lo que le hizo a Kilian? —preguntó Alice, señalando al muchacho.

La líder lo miró de reojo, el chico seguía boquiabierto. Asintió, de nuevo, una sola vez.

—Él ha tenido la idea de que habláramos para llegar a un acuerdo.

—¿Acuerdo? —repitió Zira, y ladeó un poco la cabeza—. No acuerdos.

—Sería bueno para ambas —ofreció Alice, gesticulando.

—No necesitar a ti.

—Y ¿por qué vigiláis mi ciudad?

Quizá no debería haberlo dicho de forma tan brusca. Lo pensó cuando notó que, a su lado, Rhett se tensaba un poco. Por suerte, Zira ni se inmutó. Se limitó a seguir mirándola con cierta suspicacia.

—No acuerdos con humanos —declaró al final.

—Entonces estamos de suerte, porque no soy humana.

Pese a que sintió que todos sus guardianes la taladraban con la mirada para decirle que dejara de hacer tonterías, le pareció que Kilian asentía con la cabeza, así que se desabrochó el abrigo y se levantó la camiseta para enseñarle el número.

Por un momento, pensó que quizá Zira no entendería su significado, pero lo comprendió perfectamente. Soltó una palabra en su idioma —supuso que sería «androide»— y sintió que su actitud cambiaba a una mucho menos hostil.

—¿Por qué tú con humanos? Ellos tratar mal. Como a nosotros.

—Algunos sí, pero no todos. —Alice aprovechó el momento para señalar a sus compañeros, que estaban claramente más tensos que ella—. Estos son mis guardianes. Organizan la ciudad conmigo. Son todos humanos, pero nunca me han juzgado por quién soy.

Zira los revisó con la mirada. No les había prestado atención hasta ese momento. Estaba claro que, para ella, la única que tenía algún tipo de importancia era la líder.

—¿Acuerdo? —preguntó al final.

Alice se contuvo para no sonreír. Estaba dispuesta a escucharla. Eso era muy buena señal.

—¿Qué necesitáis de la ciudad? —preguntó directamente.

—Nada. —Zira, de nuevo, pareció burlona y ofendida a partes iguales, como si aquello fuera una absurdidad —. Solo cruzar.

—¿Cruzar?

—Otro lado más ciudades, más comida... Aquí, nada.

—¿Y por qué no la habéis rodeado?

—Soldados. No querer problemas.

Los de la Unión no solo los estaban perjudicando a ellos, sino también a los salvajes. Alice recordó lo que había dicho Kilian. Era cierto que un enemigo común podía unir mucho a dos personas.

—Nosotros también tenemos problemas con los soldados —explicó Alice—. Quieren atacarnos. ¿Conocéis a los científicos que vivían aquí?

Zira asintió, esa vez muy lentamente.

—Están aliados con los soldados que rodean la ciudad. Lo único que queremos es que nos dejen tranquilos.

—¿Tú pedir ayuda, chica androide?

—No, solo ofrezco un trato. Tú nos ayudas a defendernos y nosotros os dejaremos cruzar.

No creyó que fuera a responder de forma inmediata. De hecho, dudó que fuera a responder. Pero la desesperación es muy mala compañera.

—Trato —dijo Zira al instante.

Alice parpadeó, perpleja, y echó una miradita a Kilian, que se encogió de hombros.

—¿No quieres consultarlo con tus guardianes?

Zira miró a sus dos acompañantes y sonrió, divertida.

—Ellos familia. Protectores.

La mujer y el chico no entendían nada, así que no reaccionaron; aun así intercambiaron una mirada con Alice cuando ella los miró.

—Más trato —añadió Zira.

—¿Qué más?

—¿Tú atacar científicos?

Alice dudó.

—Lo haré. No sé cuándo, pero no nos quedará más remedio.

Pareció que había dado la respuesta correcta, porque Zira se llevó una mano al pecho al instante. Lo hizo de forma tan brusca que Alice estuvo a punto de echarse para atrás.

—Cuando tú atacar —replicó lentamente la líder de los salvajes—, nosotros ayudar. Tú prometer.

¿Eso era una condición? ¡Era más bien una bendición! Alice no podía creerse que alguien con un ejército tan numeroso se estuviera ofreciendo voluntariamente a ayudarla. No podía ser todo tan bonito. Entrecerró los ojos, desconfiada.

—¿Y por qué querríais atacar a los científicos?

—Tú prometer.

—No. Primero dime por qué.

Zira habló en su idioma, provocando sonrisas en sus dos compañeros, pero, al final, se acercó a Alice sin titubear. Esta tuvo que hacer un gran esfuerzo para no moverse cuando se le plantó delante, tan alta e imponente. Sin embargo, no hizo ademán de tocarla. Lo único que hizo fue apartarse el pelo para dejar ver la línea de piel que había entre el nacimiento de su cabello y su oreja. Justo ahí se podía leer un código extraño hecho con tinta negra.

Alice lo reconoció al instante. Ella también lo tenía. El 4300067XG. Era su modelo.

Se apartó un paso de ella, atónita, y Zira volvió a mirarla.

—¿Prometer ahora?

—¿Eres... androide?

—Todos ser.

Alice notó que, a sus espaldas, los demás murmuraban entre sí. Miró automáticamente a Kilian, que cerró los ojos aliviado. ¿Por eso había estado tan pegado a Alice al conocerse? ¿Creyó que era la más fiable por ser de su propia especie?

—¿Cómo es posible? —preguntó, todavía sin poder creérselo—. No tenéis número de serie, ni vivíais con nosotros, ni...

—Nosotros fallidos. No servirles. —Había bajado la voz y su expresión se había ensombrecido—. Ellos borrar memoria y capacidades... y abandonar. Pero nosotros mejores que ellos. Nosotros inventar idioma para poder hablar. Nosotros ocupar ciudades vacías. Nosotros sobrevivir.

Alice seguía tan pasmada que no reaccionó cuando Zira se le acercó para señalarle el abdomen.

—Nosotros ser lo mismo, pero tú más suerte.

Alice no quiso contradecirla, así que se limitó a asentir justo como ella lo había hecho durante la conversación.

—Estamos en el mismo bando —declaró.

—Solo en esto, chica androide —replicó Zira con aire divertido—. Después, tú y yo nada.

—De acuerdo.

—Bien.

Y Zira, de pronto, se escupió en la palma de la mano y se la ofreció a Alice, muy seria.

Alice miró a Kilian, horrorizada, y vio que él estaba asintiendo con cierto frenesí. También miró a sus guardianes, que estaban a punto de empujarla contra Zira con tal de no enfadar a los salvajes.

No le quedaba más remedio.

Intentando no pensar en los posibles gérmenes que podrían aferrarse a su piel, se escupió y aceptó la mano de Zira.

Al juntarse las dos palmas, un ruido viscoso y una sensación húmeda hicieron que Alice tuviera que apretar los labios para no hacer una mueca. Muy al contrario que ella, Zira mostraba una gran sonrisa y le sacudía la mano con alegría.

Justo cuando iban a separarse, Alice escuchó un silbido a su espalda. Era lejano, pero el eco de las montañas hizo que pareciera rodearlos. Todos se dieron la vuelta a la vez, confusos, y vieron cómo un destello ascendía al cielo nublado para estallar en una nube de color naranja.

La bengala.

Alice tardó unos segundos en reaccionar. El humo naranja descendía lentamente sobre la ciudad, marcando un camino visible desde una gran distancia, tanto para ellos como para Max.

—¡Alice! —exclamó Jake con cierta urgencia, lo que la hizo volver a la realidad—. ¡Ya han empezado!

Ella se dio la vuelta de golpe hacia Zira, que había perdido su sonrisa.

—Ya hemos hecho el acuerdo, ¿no? Pues es el momento de ayudarnos.

La muchacha ni siquiera dudó. Dijo algo en su idioma y sus dos compañeros desaparecieron en el bosque a toda velocidad.

—Tú ocupar puerta principal, chica androide. Nosotros resto.

14
LOS COLORES DE LAS CIUDADES

En cuanto Zira desapareció, Alice se llevó automáticamente una mano a la oreja. El botón del auricular hizo que el aparato emitiera una suave vibración, señal de que estaba funcionando.

—¿Davy? —preguntó mientras seguía a los demás hacia el coche—. ¿Hola? ¿Me oyes?

No obtuvo respuesta, de modo que siguió intentándolo.

Alice y Rhett, ya dentro del coche, amarraron las armas a la parte trasera de la furgoneta. Necesitaban asegurarse de que estuvieran bien sujetas, porque iban a tener que avanzar a gran velocidad y lo último que necesitaban era perderlas por el camino.

De pronto, el coche dio un acelerón tan brusco que Alice se cayó de culo en la parte de atrás. Rhett corrió la misma suerte, pero él consiguió estirarse a tiempo y cerrar la puerta para que nada —ni nadie— saliera volando.

Kilian iba en el asiento del copiloto, mientras que Trisha

y Kai seguían en los traseros. Una maraña de rizos castaños sobresalía por encima del asiento del piloto.

—¡Oye! —advirtió Rhett furioso—. ¡Para el coche!

El vehículo dio un tumbo y tanto él como Alice rodaron contra la puerta, quedando uno encima del otro. Trisha, Kilian y Kai se aferraban a los asientos como si la vida les fuera en ello.

—¡Jake! —gritó Trisha, que se había quedado pálida—. ¡Como me muera por tu culpa, te mato!

—Pero ¡si ya estarás muerta!

—¡Te juro que volveré a la vida solo para...!

Los interrumpió el chillido agudo y aterrorizado de Kai al ver que iban directos contra un árbol.

Jake soltó una palabrota y dio un volantazo y consiguió volver al camino. Eso hizo que Alice, que había logrado incorporarse, saliera volando y cayera sobre Rhett otra vez. Los dos se quedaron enredados en el suelo, rodando de un lado a otro.

A ella le dio la risa al ver su expresión crispada, pero no era el mejor momento para reírse.

—¡Jake, frena, por favor! —suplicó Alice.

—¡No!

Rhett consiguió clavar una mano en el respaldo del asiento de Trisha. Su grito no fue tan amistoso.

—¡PARA EL PUTO COCHE DE UNA VEZ!

—¡No podemos perder tiempo! ¡Agarraos fuerte!

Dio otro volantazo y volvió a acelerar. Las únicas cajas de munición que no habían conseguido amarrar chocaron contra la pobre Alice, que terminó otra vez pegada a la puerta trasera.

—Qué ironía —lloriqueaba Kai—. En un mundo donde todo el mundo se pelea y dispara, vamos a morir porque un niño de doce años está conduciendo.

—¡Tengo catorce! —gritó Jake indignado.

—¡Mira la carretera! —se desesperó Trisha.

—¡Eso hago! ¡UY!

Consiguió esquivar un árbol de milagro y volvió a acelerar.

—¡Jake! —Rhett sonaba furioso—. ¡Para el coche ahora mismo o...!

—Voy a morir rodeada de idiotas... —Trisha negó con la cabeza.

—¿Alice?

Aquella voz no provenía del coche, sino del auricular. La chica, que intentaba arrastrarse hasta Rhett, se detuvo de golpe y pulsó el dispositivo.

—¡Davy! —exclamó aliviada—. ¡Estamos de camino!

—¡Daos prisa! ¡Hay gente por todas partes! ¡No sé...!

—¡Volveremos con refuerzos! ¡Intenta aguantar un poco! Mantén las defensas y...

—¡Las defensas ya han caído!

Aquello fue como una jarra de agua fría. Los demás, que también llevaban puesto el auricular, intercambiaron miradas aterradas.

—¿Están... dentro? —A Alice solo le salió un hilo de voz.

—¡No sé qué hacer! ¡La gente está muy asustada!

—¡Pide ayuda a Charles!

—¡Está al otro lado de la ciudad y no tiene intercomunicador! ¡Como esto siga así...!

—¡Escúchame! —Alice se exasperó—. ¡Eres el líder en mi ausencia, así que defiende la ciudad! ¡Agarra un arma, la que sea, y dispara a todo el que quiera entrar, porque como vuelva y descubra que te has escondido por miedo, seré yo quien te pegue un tiro a ti!

Hubo un momento de silencio absoluto. Todos miraban a Alice, sorprendidos. Bueno, todos menos Rhett, que, en medio del caos, parecía divertido.

—Vale —murmuró Davy al otro lado de la línea. Parecía un niño pequeño—. Perdón.

—No te disculpes y haz lo que te he dicho. Confío en ti. —Tras eso, soltó el auricular y miró al conductor—. ¡Jake, acelera al máximo!

Todos contuvieron la respiración. Incluso Rhett había perdido la sonrisa.

—¿Te has vuelto completamente loca? —espetó este—. ¡Jake, ni se te ocurra!

—¡Yo soy la líder! —exclamó Alice—. ¡Y te ordeno que aceleres!

—Qué rápido se te ha subido el poder a la cabeza...

—¡Es por una buena causa! ¡Jake, haz lo que te pido!

—¡A sus órdenes!

El pisotón fue incluso más intenso que los anteriores.

—¡Voy a vomitar! —amenazó Kai.

Trisha, que estaba harta de oírlo, lo miró con mala cara.

—¡Como me potes encima, te acuchillo!

—Y tú te preocupabas por los salvajes... —murmuró Rhett mientras se sujetaba donde podía—. El asesino ha estado entre nosotros todo este tiempo.

Justo en ese momento, Kilian empezó a gesticular de forma compulsiva.

—¿Qué le pasa ahora al rarito? —preguntó Trisha, a punto de reírse con desesperación—. ¿Le está dando un ataque o qué? Porque es lo único que nos falta ya...

—¡No, es que estamos llegando! —confirmó Kai.

—Ahora solo tendremos que enfrentarnos al pequeño problema de que nos están invadiendo. —Sonrió ella irónicamente—. ¡Qué alegría!

Rhett había conseguido apoyarse de nuevo en el asiento trasero, y ofreció una mano a Alice, que la aceptó como pudo y se arrastró con él para asomarse. Efectivamente, estaban a punto de cruzar el umbral de la ciudad. El problema era que había un montón de coches blancos desperdigados por todas partes, y se oían disparos en el patio delantero.

Los oyeron todavía mejor cuando los soldados grises los vieron y empezaron a disparar contra ellos.

—No pasa nada, los cristales son a prueba de balas —aseguró Jake con un gesto vago.

Rhett, en cambio, esbozó una mueca de horror.

—¿Quién coño te ha dicho eso? ¡No es verdad!

—¿Eh?

—¡Que te agaches!

Casi al instante, una bala atravesó el parabrisas y se incrustó en la puerta trasera del coche. Kai soltó un chillido y se escondió bajo el asiento. Todos los demás se agacharon. Jake entre ellos. Y no había soltado el acelerador. Estaba conduciendo a ciegas.

De pronto, el coche chocó contra algo, se oyó el chirrido de los neumáticos, y acto seguido el olor a caucho quemado invadió el ambiente. Alice se agarró con todas sus fuerzas, asustada, cuando el vehículo dio un tumbo y otra sacudida. Curiosamente, terminaron al lado de la puerta principal.

—Ah... —Jake apenas podía hablar. El pecho le subía y le bajaba a toda velocidad. Aun así, sonrió un poco—. ¿Habéis visto eso? El aparcamiento perfecto.

Rhett se arrastró para darle una patada con todas sus fuerzas a la puerta trasera del coche. La bala la había atascado, pero al tercer intento consiguió abrirla. Agarró a Alice del brazo y, sin preguntarle, la empujó con fuerza hacia la entrada del edificio.

—Pero ¿qué...?

—¡Ponte a salvo y cállate!

Alice corrió hacia la puerta y vio que sus soldados se la

abrían. Se lanzó casi de cabeza, y tras ella aparecieron Trisha, Kai, Kilian, Jake y Rhett. En ese orden.

Para cuando estuvieron todos, se dio cuenta por fin de que los disparos no provenían solo del patio, sino también del interior del edificio. La gente corría de un lado a otro y había manchas de sangre en el suelo.

Dos personas transportaban a un herido como podían. Alice salió corriendo sin pensar cuando vio que alguien vestido de gris se acercaba a ellos. Fue automático. Sacó el arma del cinturón, apuntó y apretó el gatillo. La bala le hizo una herida perfecta en medio de la frente y lo mandó al suelo.

Entonces se dio cuenta de que una de las personas que transportaba al herido era Anya. Y que la víctima era Charlotte.

Se quedó mirando a la segunda y por un momento se preguntó si habría hecho lo mismo de haber sabido que era ella. Supo la respuesta al instante. Ella no era como Charlotte. Nunca lo sería.

—¡Alice! —gritó Anya. Su expresión era de horror absoluto, y tenía la cara salpicada por gotas de sangre—. ¡Por fin! ¡Pensábamos que...!

—¿Por dónde han entrado? —preguntó esta con urgencia.

—Por la puerta de atrás —masculló Charlotte como pudo.

—Y ¿dónde está todo el mundo?

—En la cafetería...

—Llévala allí —le dijo Alice.

—Pero...

—¡Ahora, Anya!

Cuando se aseguró de que el pasillo estaba vacío, se giró en redondo y volvió con los demás, llevándose una mano a la oreja.

—Estoy en la ciudad. Davy, ¿me oyes?

No hubo respuesta. Alice disparó a una militar, se escondió detrás de una barricada con varios guardias y lo intentó de nuevo.

—¡Davy! ¿Me oyes? ¿Hola? ¡Resp...!

Una nueva oleada de disparos apagó su voz. Alice se encogió contra la barricada y se tapó los oídos. En cuanto terminaron, se asomó y empezó a apretar el gatillo. Tuvo que intentarlo varias veces, pero consiguió deshacerse de dos soldados. Aunque le costó la baja de uno de los suyos.

En cuanto tuvieron el vestíbulo despejado, los disparos fueron sustituidos por gritos de agonía. Alice se asomó, horrorizada, para ver cómo los salvajes saltaban los muros traseros y aterrizaban en el patio trasero. Los soldados intentaron defenderse, pero fue inútil. Saltaban sobre ellos como sombras y los filos de sus armas no dejaban de descender sobre las partes más sensibles de sus cuerpos. El patio pronto se tiñó de rojo, y los pasos aterradoramente rápidos de los salvajes anegaron el edificio.

Zira, con marcas de pintura negra y blanca —mezcladas con salpicaduras de sangre— en los ojos y las mejillas, sonrió a Alice al pasar por delante de ella.

—¿Tú esconder en peleas, chica androide?

Alice se apresuró a ponerse de pie pese a que Zira ya se había marchado. Todos sus soldados la miraban perplejos.

—Nos van a ayudar —aclaró, y luego comenzó a moverse—. ¡No os quedéis ahí parados! ¡Venga!

Pero justo cuando lo dijo, alguien derribó la puerta principal. El estallido, provocado por un arma de gran tamaño, mató al instante a dos soldados de la ciudad. Alice abrió mucho los ojos y apuntó a la puerta. Un hombre con un traje militar sostenía una metralleta gigante. Y la apuntaba directamente a ella.

Alice dudó por una milésima de segundo. Podía darle. Sabía que era capaz. Tenía la cabeza descubierta y sería más rápida que él. Subió la pistola, pero, justo cuando iba a apretar el gatillo, Davy se lanzó sobre ella para apartarla de la línea de fuego.

Había aparecido de la nada con un grupo de guardias, y algunos salvajes acudieron para ayudarlos.

Alice bajó la mirada. Una mancha roja en su abdomen hizo que dejara de respirar, pero no tardó en darse cuenta de que no era su sangre.

Levantó la mirada hacia Davy, que se había puesto una mano sobre el corazón. La sangre no dejaba de brotar entre sus dedos, creando un charco bajo sus cuerpos con el que Alice resbaló al intentar llegar a él.

Davy cayó de espaldas. Sus labios se habían quedado blancos. Miró a Alice, aterrado, y ella intentó presionar la herida con las manos. No sabía qué hacer. De pronto, el corazón le latía en los tímpanos y se había olvidado del caos que la rodeaba.

—¡No! —gritó, desesperada, y buscó a su alrededor—. ¡Que alguien me ayude a llevarlo al hospital!

Bajó la mirada y, con una mano todavía apretada sobre la herida, empezó a quitarse la chaqueta para utilizarla de torniquete, pero entonces se dio cuenta de que Davy había dejado de moverse y sus ojos la miraban, pero ya no la veían. No veía nada.

Alice se quedó clavada en ese lugar, completamente paralizada, durante lo que pareció una eternidad. Le pareció escuchar una voz muy lejana, pero no fue consciente de ella hasta que, de pronto, algo impactó con su costado con la fuerza suficiente como para arrastrarla varios metros por el suelo.

Tumbada boca abajo y con un dolor punzante en las costillas, Alice consiguió girar la cabeza para ver que el Sargento, el líder de la Unión, se detenía junto a Davy para mirarlo con una expresión bastante indiferente.

—Uno menos —murmuró, y se giró hacia Alice—. Ahora solo faltas tú.

Ella dudó. Seguía temblando de arriba abajo y todavía no podía pensar con mucha claridad; aun así, se llevó una mano al cinturón en busca de la pistola, solo para darse cuenta de que se le había caído cuando Davy se había lanzado sobre ella.

Intentando simular que no pasaba nada, movió un poco más la mano y cogió el cuchillo que le había robado al propio Sargento un mes atrás. Con los dedos bien apretados en la empuñadura y notando que la fina cicatriz de su mejilla ardía por el recuerdo, Alice le devolvió la mirada.

—Mi cuchillo —observó él, acercándose como quien pasea por el campo—. Hazte un favor y devuélvemelo.

—Ven a buscarlo.

El Sargento soltó algo parecido a una risa ahogada y, sin siquiera dudarlo, sacó su pistola y le apuntó al abdomen. Alice se incorporó sobre una rodilla. No se atrevió a moverse más, pero su mano libre estaba apoyada en el suelo para poder desplazarse en cuanto fuera necesario. Lo había practicado en los entrenamientos y sería capaz repetirlo ahora que el peligro era real. No dejaba de repetírselo a sí misma. Y, sobre todo, no lo perdía de vista.

—Dime, chica... —El Sargento quitó el seguro con el pulgar—. Cuando te dispare, ¿sangrarás igual que un humano?

—No puedes matarme. John me quiere viva.

—Puedes decirle a tu padre que se vaya al infierno. O, mejor, salúdalo de mi parte cuando lo mande contigo.

Alice apenas tuvo tiempo de reaccionar. El silbido de la bala pasó junto a su oreja justo cuando se impulsó hacia un lado con la mano libre. Rodó sobre su hombro, conteniendo la respiración, y volvió a quedar en la misma postura, solo que unos metros más allá. El Sargento era bastante más rápido que ella y volvió a apretar el gatillo. Que no le diera en la espalda se debió a que volvió a rodar por el suelo, solo que esa vez con el cuchillo en la mano. La hoja le hizo un corte largo y profundo en la pierna al Sargento.

Escuchó el alarido de dolor y se movió a mayor velocidad. Alice giró el cuchillo tal como le había enseñado Rhett, y mientras el Sargento se miraba la pierna, se lo clavó en el sitio más cercano que encontró, que fue el muslo.

Clavarle un cuchillo a alguien le resultó asqueroso. Pudo notar la carne hundiéndose bajo la hoja, y la sangre, caliente y oscura, brotando cuando la retiró de golpe. Aquella vez, los alaridos fueron peores, y el Sargento cayó delante de ella.

Alice trató de alcanzar su propia pistola, pero apenas la había rozado cuando notó que la agarraban con fuerza de la pierna. Intentó liberarse, pero no lo logró. De pronto, el Sargento había girado y se había sentado sobre ella. En ese mismo instante, su mirada se nubló y se convirtió en una explosión de colores. Le había dado un puñetazo. Muy fuerte.

El impacto fue tal que apenas se había recuperado cuando la agarró del cuello y empezó a apretar los dedos sobre su garganta.

Alice vio que movía los labios para decir algo, pero no oyó nada. No sentía la mitad de su cara y apenas podía ver con claridad. Jamás habría creído que un puñetazo pudiera ser tan sumamente doloroso, prácticamente la había dejado inconsciente.

La cabeza empezó a darle vueltas. Sus dientes se apretaron sin que se diera cuenta. Alice notó que sus manos intentaban liberar su cuello, arañando al Sargento y tirando de sus brazos. Sus piernas se movían, desesperadas, pero era inútil. Él no dejaba de aumentar la presión. Le daba la sensación de que la cabeza iba a estallarle en cualquier momento y, poco a poco, sus ojos fueron cerrándose.

Hasta que, de pronto, alguien se lanzó sobre él y lo tiró al suelo justo a su lado.

Alice se dobló sobre sí misma en busca de aire. Su tos fue desesperada, y se llevó las manos al cuello como si necesitara protegerlo. Apenas lo sentía. Abrió por fin los ojos, todavía mareada, y alcanzó a ver que alguien estaba sentado sobre el Sargento justo como él lo había estado sobre ella unos segundos atrás.

Alice parpadeó en el momento perfecto para ver cómo Anuar le clavaba un codazo en la cara al Sargento y lo dejaba inconsciente. Lo agarró del cuello de la camiseta y alcanzó la pistola de Alice. Apuntó a su frente sin siquiera cambiar la expresión.

—No lo mates —ordenó entonces la voz de Max, que pareció llegar desde un lugar muy lejano.

Alice, todavía tratando de respirar, vio que Anuar dudaba, pero entonces soltó a su presa de golpe, se apartó de su cuerpo inconsciente y se acercó a Alice con el ceño un poco fruncido.

—Respira por la nariz —le aconsejó, quitándole su propia mano del cuello.

Alice hizo lo que le decía y, con la cabeza un poco más despejada, cerró los ojos con fuerza. Le palpitaba la mitad del rostro. El dolor era difícil de soportar y cada vez parecía ir a más.

—Venga —le dijo la voz de Max—. Déjame ayudarte.

Abrió los ojos. Le estaba ofreciendo una mano. Con la luz de la entrada a sus espaldas, parecía un ángel venido del cielo. Algún día se lo diría y se reiría de ella, pero a Alice le daría igual. Anuar se puso de pie con ella, echándole una última ojeada al Sargento. Ya lo estaban arrastrando lejos de ellos.

Quienes habían llegado con Max se estaban desperdigando por toda la ciudad. Unos llevaban uniformes azules, otros, marrones y otros, rojos. Todos con tonalidades tan oscuras que muy fácilmente podrían haberse confundido con el negro. Apenas pudo fijarse en ellos, porque su mirada cayó sobre Tina. Se había quedado completamente congelada al ver el espectáculo sangriento.

—Son los de la Unión —informó Alice torpemente, y se giró hacia Max—. Nos han...

—¿Dónde están todos? —la detuvo Max con voz sorprendentemente tranquila.

—En la cafetería. Charles está en la otra entrada y tengo salvajes en las puertas traseras. Son de fiar.

Para su sorpresa, no tuvo que preguntar nada para confiar en ella.

—Tina, vete a la cafetería —le dijo sin mirarla—. Llévate a tantos guardias como necesites. Vosotros —señaló a algunos soldados externos—, conmigo a los tejados. Hay francotiradores. Y tú...

En cuanto vio cómo la estaba mirando, Alice tuvo un arranque de rabia.

—No voy a esconderme.

—No pretenderás defenderte en este estado, ¿no?

—No podemos prescindir de nadie.

—Ni tampoco jugar a las heroínas. Si te desmayas, no...

—Yo le cubriré las espaldas —interrumpió Anuar.

Ambos se giraron hacia él, que dejó la pistola y el cuchillo de Alice en sus correspondientes lugares sin siquiera parpadear. Max parecía contrariado, los miró a ambos con cierta desconfianza, como si algo no encajara. Justo cuando iba a intervenir, el auricular de Alice emitió un pitido molesto. Se llevó una mano hacia él al instante, confusa.

—¿Alguien puede oírme? —Era la voz de Rhett, y su urgencia hizo que Alice se tensara—. ¡¿Hola?!

—¡Te escucho! —exclamó ella, pulsando el botón.

—¡Alice! —Sonó tan aliviado que le entraron ganas de abrazarlo—. Escúchame, tienes que encontrar a Tina. Sé que está en la ciudad. Tiene que venir al hospital.

Todos la miraban, pero ella estaba tan enfrascada en la conversación que fue incapaz de dar explicaciones.

—Tina está en la cafetería, con los heridos y...

—¡Alice, es urgente! ¡Mándala aquí ahora mismo!

—Pero ¿qué es tan...?

—¡Eve se ha puesto de parto!

* * *

Hay momentos que se viven a cámara lenta, como si los vieras desde una perspectiva externa y no formaras parte de la situación, incluso cuando tú eres el protagonista.

Así fue como se sintió Alice cuando empezó a correr hacia la cafetería con Anuar tras ella.

Max había gritado órdenes. Él trataría de entrar en el edificio por la puerta oeste y despejar el pasillo, mientras que ellos tendrían que llevar a Tina hasta el hospital, donde Eve estaba a punto de tener un hijo con la única compañía y ayuda de Jake, Kilian y Rhett.

El pasillo que iban a cruzar era el más largo de la ciudad, y enseguida se dio cuenta de que aquello iba a ser un inconveniente. Estaba lleno de salvajes, de soldados grises y de otros colores que luchaban, disparaban y gritaban. En cuanto se toparon con la primera oleada de balas, Alice agarró a Anuar del brazo y se escondió con él tras una puerta, hombro con hombro. Intercambiaron una breve mirada.

—¿Te arrepientes de haber venido conmigo?

—No. El otro grupo habría sido un aburrimiento.

Ella quiso sonreír, pero el dispositivo de la oreja seguía emitiendo sonidos extraños, como si registrara demasiado ruido a la vez.

—¡Rhett! —exclamó—. ¡Deja el pulsador activado, el chirrido que emite este trasto es inaguantable!

Casi al instante, Alice pudo escuchar tanto a Rhett como a todos los que lo rodeaban.

Alice se distrajo un momento cuando dos soldados abrieron la puerta junto a la que se ocultaban. Anuar y ella actuaron a la vez: él le dio una patada en el estómago a uno y ella le disparó a la cabeza al otro. El que seguía vivo intentó abalanzarse sobre ellos y Alice se agachó enseguida para que Anuar pudiera lanzarle un cuchillo a la garganta.

Mientras el chico lo recogía, ella volvió a pulsar el dispositivo de su oreja.

—¡¿Qué hago?! —gritaba Rhett.

—¡Cálmala! —aconsejó Trisha.

—¡¿Cómo pretendes que calme a alguien si no puedo tranquilizarme ni a mí mismo?!

—¡Sábanas limpias! —gritó Jake entonces.

Anuar se apartó del hueco de la puerta y, con las dos pistolas de los guardias, cubrió el pasillo mientras Alice corría tras él. Ya estaban un poco más cerca de la cafetería. El único hueco que encontraron para esconderse fue el de una ventana que llegaba al suelo, pero el espacio era tan pequeño que Alice tuvo que apoyar la espalda en el cristal mientras que Anuar se pegó a ella y le puso una mano a cada lado de los hombros.

Esa vez, cuando intercambiaron una mirada, la apartaron rápidamente.

—¡Está teniendo contracciones! —gritó Jake por el auricular—. ¡Lo leí... no sé dónde! Pero sé que tienen que ser cada dos minutos para que...

El grito de dolor de Eve lo calló de golpe y Alice aprovechó para asomarse bajo el brazo de Anuar y disparar a un soldado en el pecho. Al volver a colocarse, vio que él asentía con la cabeza.

—Esto no se te da nada mal.

—A no ser que traten de ahogarme, en cuyo caso necesito que alguien venga a socorrerme.

Anuar sonrió un poco —un hecho insólito—, aunque sin mirarla.

—¡Contracción! —gritó Jake entonces—. ¡¿Dónde está el reloj?!

—Solo han pasado tres minutos —intervino Rhett.

—¡Lo sé, pero... el libro...!

—¡Es una androide! —intervino Alice—. ¡Su cuerpo no funciona como el de un humano! ¡No esperéis las mismas reacciones, ni mucho menos el mismo tiempo de parto!

—Entonces... —empezó Rhett dubitativo.

—Está a punto de... —siguió Jake aterrado.

Trisha soltó una palabrota entre dientes.

—Ya estoy llegando, ¿vale? Voy a entrar por la ventana, así que no gritéis.

De todos modos, se escuchó el grito de Jake en cuanto esta se rompió.

Alice se encogió, asustada, cuando Anuar la sujetó con un brazo para apartarla y disparó a otro soldado en la pierna. Antes de que pudiera levantarse, un salvaje ya había saltado sobre él para terminar el trabajo. Ambos aprovecharon la oportunidad para correr hacia la cafetería.

Pero, justo cuando vislumbraron las puertas, Alice descubrió que varios soldados peleaban ante ellas. Empujó a Anuar justo a tiempo para esconderse en el hueco de la escalera. Él trató de asomarse, y Alice lo sujetó con un brazo sobre el pecho para hacerlo ella. Lo escuchó soltar un suspiro un poco irritado, pero al menos no protestó.

—Mírame, Eve. —Aquella era la voz de Trisha, sorprendentemente calmada—. Respira. Relájate. Inspira por la nariz y suéltalo por la boca. Eso es... Vosotros dos también podéis hacerlo, histéricos.

—Tiene que dilatar... —Jake sonaba como si le faltara el aire—. Tenemos que colocarla... eh...

De pronto, el tono de Trisha dejó de sonar tan tranquilo.

—¿Está a punto de parir y lo que os preocupa es verle la vulva? ¡¿De dónde os creéis que salisteis vosotros dos, par de idiotas?!

Alice contuvo la respiración cuando escuchó un disparo justo a su lado. Había impactado contra la pared que los cubría. Se asomó con la pistola en la mano, pero solo consiguió darle en el brazo a su atacante: una mujer con un mono militar. Mientras retrocedía por el impacto, esta volvió a tratar de dispararle, pero calculó mal y la bala terminó haciéndole un corte recto tanto a la camiseta como a la espalda de Anuar.

Alice lo sujetó automáticamente, alarmada, cuando él perdió el equilibrio por la sorpresa.

—¡Kilian, toallas! —gritó Trisha al otro lado del auricular—. Y tú, arremángate la puñetera sudadera.

—¿Yo? —casi gritó Rhett.

—¡Sí, tú! ¿O esperas que se encargue el niño?

Alice levantó la cabeza. Al sujetar a Anuar, sus manos se habían llenado de sangre. No era mucha, pero sí la suficiente como para quedarse parados durante unos segundos.

Solo por su mirada, Anuar ya supo lo que estaba a punto de decirle.

—No vamos a separarnos, y menos ahora.

Alice cerró un momento los ojos, asintió, y él se apartó

para incorporarse de nuevo. Si la herida le dolía, no dio una sola señal de ello.

Eve gritó. Lloraba con desesperación.

—¿Va a salir por ahí? —preguntó Jake con voz aguda.

—¡Jake! —lo riñó Rhett—. ¡No es el momento!

—¡Es que es materialmente imposible!

—Respira hondo —insistía Trisha a Eve con voz tranquila—. ¡Y vosotros centraos de una vez!

—¡Sí, perdón! —gritó Jake—. Eve, cuando te avisemos, tendrás que empujar con fuerza, ¿vale?

—¿Estás seguro de que sabrás cuándo ha llegado el momento? —le preguntó Trisha.

—¡Os digo que lo leí en un libro, maldita sea!

Anuar aprovechó que dos guardias le daban la espalda para lanzarse sobre uno y usar el cuchillo contra él, mientras que Alice prefirió tirar de pistola. Tras su intervención, solo quedó un soldado, y dos guardias se ocuparon de él.

Anuar y Alice fueron directos a las puertas de la cafetería.

—¡Jake! —gritó Rhett en busca de ayuda—. ¡Estaría bien que me dieras alguna indicación!

—¡Todavía falta un poquito!

Alice revisó la cafetería. Había heridos y gente corriendo por todas partes. Era un caos. Buscó con la mirada, desesperada, y pasados unos segundos empezó a perder los nervios.

De pronto, alguien le tocó el tobillo. Charlotte estaba tirada en una manta en el suelo. Aunque su herida ya estaba vendada, parecía grave, y estaba señalando un rincón de la cafetería. Donde estaba Tina.

Alice le habría dado las gracias a cualquier otra persona, pero a ella no. Simplemente le sostuvo la mirada durante unos instantes y después corrió hacia su amiga.

—¡Mierda! —gritó Rhett—. ¡Joder, lo veo!

—¡Tienes que sujetarle la cabeza en todo momento! ¡Es muy importante!

—¡Tina! —Alice por fin consiguió alcanzarla. Se ganó una mirada perpleja, pero no le importó—. ¡Tienes que venir con nosotros!

—Ahora mismo no pu...

—La androide está de parto —la cortó Anuar bruscamente.

Tina ordenó a uno de sus ayudantes que se ocupara del herido y salió corriendo tras ellos. Otro alarido desesperado de dolor de Eve invadió los auriculares.

—¡Haz algo! —gritó Trisha.

—¡¿Y qué coño quieres que haga?! —replicó Rhett.

—¡No sé, tira de él!

—¿De dónde? ¿De la boca? ¡¿De las orejas?!

—¡NO! —terció Jake entonces—. ¡Tiene que empujar ella sola!

Aquel pasillo pareció eterno, Alice sintió que el tiempo transcurría a una velocidad desesperante. Se deshicieron de los pocos soldados que quedaban, empujaron a otros que estaban en su camino y se abrieron paso hacia el pasillo del hospital.

Cuando llegaron, Alice vio que la puerta del hospital estaba despejada, mientras que Max y sus soldados batallaban junto a la de la biblioteca; entonces decidió ir a echarle una mano mientras Anuar acompañaba a Tina a la sala de partos.

—¡Tina! —gritó Jake.

—Déjame a mí, cielo.

Eve seguía llorando cuando Alice disparó a uno de los soldados que apuntaba a Max. Él se giró, pero no pareció muy sorprendido al verla.

—¿Quién hay ahí dentro? —preguntó con urgencia.

Max no quiso responderle.

—¡Vamos, Eve! —gritaban al otro lado del auricular.

—¿Quién hay? —insistió Alice.

—¡Ya casi está! —la animó Tina.

—¡Dímelo, Max!

Casi en el mismo instante en el que un llanto de recién nacido inundó los auriculares, Alice entró en la biblioteca.

—¡Es un niño! —gritaron con alegría.

—¡Alice! —gritó Max.

De pronto, el hospital se quedó en absoluto silencio.

—¿Eve? —preguntaron con voz temblorosa.

Alice, ya dentro de la biblioteca, se encontró con casi todos los androides a los que habían rescatado de la ciudad. Yacían sin vida en el suelo. Un disparo en el abdomen. No habían necesitado más.

—¡Eve! —insistió la voz de Jake—. ¡Vamos, despierta! ¡Tu hijo está bien! ¡Despierta!

Alice avanzó lentamente, con la respiración agolpada en la garganta, y se cayó de rodillas cuando vio lo que más había temido.

Con manos temblorosas, alcanzó la muñeca de una niña oculta entre los cadáveres. La pulsera dorada todavía brillaba contra su piel.

Y la voz de Tina la acompañó con un suave:

—Descansa en paz.

15
LA CONFESIÓN DE UN PRISIONERO

Habían fallecido hacía varias horas, pero el temor y el olor a sangre no los habían abandonado.

Alice seguía sentada en el borde del tejado, con las piernas colgando como si no estuviera a veinte centímetros de precipitarse cinco pisos hacia abajo. Mantenía los codos apoyados en las rodillas y la mirada fija en el bosque, que iba oscureciéndose a cada hora que pasaba. En esos momentos, bañada por la luz del atardecer, la nieve, cada vez más fundida, parecía adoptar un tono anaranjado, y los árboles, que se mecían con el viento, parecían estar bailando.

—Si hubieras llegado antes, esto no habría pasado —comentó Alicia.

Se balanceaba por la cornisa como si nada, manteniendo el equilibrio sobre una de sus botas. Incluso parecía estar pasándoselo bien.

—Davy seguiría vivo —empezó a enumerar—, Blaise también, y Eve...

—¿Te puedes callar de una vez?

Cerró los ojos con fuerza, intentando ignorarla.

—Por mucho que duela, no se puede huir de la verdad, Alice. Siempre termina atrapándote.

—¡Déjame en paz! —espetó, mirándola—. No sé por qué te escucho, ni siquiera eres real.

—Lo fui.

—Pero ya no. Ahora estás muerta.

—Igual que tus amigos.

Alice le sostuvo la mirada, furiosa, y llegó a olvidarse de que Alicia no existía. Durante un instante, lo único que le apeteció fue lanzarse sobre ella, pero en ese momento escuchó pasos acercándose y la rubia se desvaneció.

Max se detuvo junto a Alice, fingió que observaba el bosque durante unos segundos y después se volvió para mirarla.

—¿Qué haces aquí arriba?

Era una buena pregunta, porque no recordaba haber subido. Simplemente se había sentado en ese rincón y se había puesto a mirar el bosque. Ni siquiera estaba muy segura de cuántas horas habían pasado.

—Tomar el aire —respondió finalmente.

—¿Y tienes que hacerlo al borde de un precipicio?

—No, pero lo hace más interesante.

Ni siquiera ella misma estaba de humor para una broma como esa. Soltó un suspiro y volvió a mirar al frente. Max se sentó a su lado, también con las piernas colgando. Tampoco parecía muy preocupado por la posibilidad de caerse.

—Hoy no ha sido un buen día —concluyó.

Alice casi se echó a reír.

—Es una forma de verlo.

—Esto va a sonar muy duro, pero si alguna vez te conviertes en líder, vivirás muchos días como este. La primera vez siempre es la peor. —Hizo una pausa, apoyando también los codos en las rodillas—. Las ciudades están en constante movimiento, siempre hay conflictos y peleas. Y también bajas. En ambos bandos. Lamento que la primera vez haya traído tantas, y que una de ellas fuera de alguien a quien apreciabas. El golpe ha sido duro, pero no puedes dejar que te consuma.

—Max, han pasado solo unas horas. ¿No puedes dejarme sola, aunque sea durante un rato?

—No. —Que su respuesta fuera tan contundente le sorprendió—. No eres la única que ha perdido a un ser querido, pero sí la única que se ha evadido y no está ayudando en nada. Todos los demás están limpiando la ciudad e intentando arreglar los destrozos. Lo que necesitas no es estar aquí sentada pensando en lo que pudo haber sido, sino echar una mano y despejar la mente.

Alice no supo qué decirle. Agachó la cabeza, avergonzada.

—Vamos. —Max cambió a un tono más suave y le puso una mano en el hombro—. Esto es una mierda, lo sé mejor que nadie, pero necesitas mantenerte ocupada. Créeme, es lo mejor.

Ella dudó unos instantes antes de mirarlo con media sonrisa en los labios.

—¿Has dicho «mierda»?

—Sí, yo también suelto palabrotas. ¿O te crees que eso solo puede hacerlo Jake?

Al final, resultó que Max estaba en lo cierto. Ayudar a los demás consiguió hacer que se olvidara durante unas horas de lo que había sucedido. Se esforzaba en pensar solo en su trabajo, en lo que estaba haciendo y en lo que iba a hacer. En nada más. Y fue como quitarse un peso de encima durante un buen rato.

La parte más dura y de la que nadie pudo huir fue la de los cuerpos. Había muchísimos. Transportar al primero hizo que Alice estuviera a punto de vomitar, pero llegados a cierto punto empezó a desconectar, a hacerlo de forma automática y a no pensar en lo que llevaba en las manos.

A Max le resultó un poco complicado tener que confiar en el criterio de Zira, que aconsejó que quemaran los cadáveres en lugar de enterrarlos. Al parecer, según sus creencias, era una forma de mostrar respeto a sus almas. Además, no podían permitirse cavar tantas tumbas, así que al final optaron por hacerle caso.

Y las tres hogueras ardieron. Sus llamas ascendieron hasta el cielo y formaron una espesa capa de humo oscuro que se mezcló con las nubes grises que asomaban en el horizonte. Alice levantó la mirada para verlo y Trisha, a su lado, hizo lo mismo.

—Es raro, ¿verdad?

Se giró hacia ella, confusa. La rubia seguía mirando el cielo. El resplandor de la hoguera hacía que curiosas figuras naranjas pasearan por su rostro. Parecía agotada, como si en lugar de horas hubieran transcurrido años. Y Alice no podía culparla, porque ella misma se sentía exactamente igual.

Justo cuando iba a preguntarle, ella siguió hablando:

—Apenas conocía a la mayoría de los que están ahí y aun así me siento como si hubiera perdido algo irrecuperable.

—Conocías a algunos. Davy, Blaise, Eve... Por poca confianza que tuvieses con ellos, es algo que impacta.

Trisha tardó unos segundos en responder, y Alice tuvo la sensación de que su tono de voz había cambiado a uno mucho más vulnerable. Nunca la había visto de esa forma.

—Cada vez que se llevan a uno, me siento como si una parte de mí se fuera con él.

Alice la contempló sin saber qué decir, hasta que finalmente le pasó un brazo por la cintura y apoyó la mejilla en su hombro. Trisha no se movió, pero tampoco la apartó. Esperaba que, al menos, le ofreciera algo de consuelo.

Pasados unos minutos, Trisha pareció volver en sí.

—¿Te acuerdas de que te dije de que era mejor colaborar con los científicos? ¿Que estar en guerra con ellos solo empeoraría las cosas?

—Sí.

—Pues olvídalo. Vamos a prenderles fuego a esos cabrones.

* * *

Después de darse una ducha y ponerse el pijama, Alice no era capaz de meterse en la cama. Pese a estar agotada, había una persona a la que necesitaba ver y que creía que necesitaba verla a ella, así que fue directa a la habitación de Rhett.

Este, en cuanto la vio, le abrió la puerta sin decir nada y ambos se sentaron en la cama. Rhett parecía tan agotado como Trisha, aunque lo disimulaba mejor. Él siempre disimulaba todo mejor que los demás.

—No sabía que Blaise fuera una androide —dijo entonces.

—Yo lo sospechaba, pero nunca me atreví a decirlo —tuvo que confesar ella.

—¿Por qué?

—Porque la gente no te trata de la misma forma si sabe que eres un androide. No quería que le sucediera eso. Tampoco me apetecía revelarle que su madre no era su madre, que ella no era quien creía ser... Y ahora nunca lo sabrá, supongo.

Rhett no le reprochó no habérselo contado, sino que se quedó unos instantes en silencio.

—Era Blaise —dijo finalmente—. Esa es toda la identidad que necesita. Lo demás son solo etiquetas.

Alice sonrió un poco.

—Me gusta esa reflexión. A Blaise también le habría gustado.

—Era una cría, pero la adoraba. —Rhett asintió distraídamente—. Me habría gustado poder decírselo.

De nuevo, permanecieron callados. Ambos tenían la mirada perdida en algún lugar, y la mente en otro mucho más lejano.

—¿Qué hay del bebé? —preguntó Alice entonces—. Sé que está bien, le he preguntado a Tina, pero... no me he atrevido a ir a verlo.

—Está sano. Por ahora, eso es lo importante.

—¿Y es...?

—Según Tina, es humano.

Aquello la alivió. Al menos, algo era como había querido Eve.

—¿Tiene nombre?

—Todavía no. Su madre no nos dejó ninguno.

Alice apartó la mirada. Él siguió hablando.

—Lo que le pasó a Eve no es culpa de nadie, ni siquiera de los que entraron en la ciudad. Tina ha dicho que no habría sido posible salvarla, y ella solo quería que su hijo viviese, y lo ha conseguido.

—En un mundo donde, si descubren cómo fue engendrado, lo odiarán de por vida.

—El mundo es cruel, Alice.

—El mundo se vuelve cruel cuando suficiente gente buena deja de intentar impedirlo.

Rhett frunció un poco el ceño.

—Esto no es solamente sobre Eve, ¿verdad?

—Puede que no, pero influye. Lo que le hicieron no tiene perdón. Tenía derecho a vivir, y a elegir, pero se lo arrebataron. Y, si pudieran, harían lo mismo con todos nosotros. Para ellos, nunca hemos dejado de ser números de serie. Y jamás dejaremos de serlo.

—Alice, eres real. Lo que sientes, lo que piensas... todo. Que ellos piensen de una forma u otra no determinará cómo eres.

»Lo que han hecho con Eve y los demás androides es injusto. Desearía no tener que decirte esto, pero así ha funcionado siempre el mundo. Quien tiene poder se aprovecha de él y, quien no, hace lo que puede para sobrevivir. No hay más. No hay nada que podamos hacer.

—Te equivocas —objetó Alice—. Siempre hay algo que hacer.

Rhett la observó, analizándola. Después, negó con la cabeza y Alice supo que había adivinado sus intenciones.

—Matarlo no serviría de nada.

—Es el símbolo de su bando. Si el padre John cae, todos lo seguirán.

—Alice, los dos sabemos que no serías capaz de hacerlo. No eres esa clase de persona.

—No soy una persona.

Lo dijo de forma rotunda, y él suspiró.

—Vale, pues te lo diré así: si lo matas, lo convertirás en un mártir. Su gente nunca te apoyará.

—No quiero el apoyo de unos sádicos que son capaces de cualquier cosa con tal de satisfacer su necesidad de creación. Quiero gente buena, gente que quiera ser feliz, no hacer infelices a los demás.

Hizo una pausa.

—Si él cae —repitió lentamente—, todos lo seguirán.

Durante lo que pareció una eternidad, Rhett la miró fijamente. Ya había empezado a creer que no respondería cuando, de pronto, dijo:

—Llegar a él no será fácil.

—Pero tenemos a su mejor aliado con nosotros.

—Ya veo. —Rhett entrecerró los ojos—. Y ¿qué tienes pensado?

—Mandar un mensaje. A partir de ahora, las cosas van a cambiar. Mucho.

* * *

Los siguientes días transcurrieron sin incidentes, como si estuvieran todos dentro de una burbuja. Alice apenas era consciente de quién era ni de dónde estaba, solo se movía, ayudaba y, muy de vez en cuando, asentía con la cabeza para dar a entender que sabía que le hablaban. Poco más.

En cuanto se despistaba, veía que había hecho otra tarea y habían transcurrido horas. Si se perdía en sus pensamientos, de repente se encontraba en una sala completamente distinta a la que ni siquiera sabía cómo había llegado.

—¿Puedes comer sin dificultades? —le preguntó Tina.

Ella parpadeó, confusa, sin saber cuándo había llegado al hospital. Se miró a sí misma. Estaba cubierta de tierra. ¿Había ayudado a los voluntarios del jardín?

—Alice, cielo, ¿estás bien? —insistió la mujer. Ella se obligó a asentir, pero no pareció convencerla—. Si todo esto es demasiado para ti, podría prescribirte unos días de descanso y...

—Tú sabías que Eve moriría.

No tenía claro de dónde había salido aquello, pero era la verdad. Y se lo confirmó la expresión de culpabilidad de Tina.

—¿De qué me hablas?

—Tenía preeclampsia y no hiciste nada para ayudarla.

—Alice...

—Podrías haber adelantado el parto, podrías haber intentado ayudarla, pero no lo hiciste.

—Era una decisión difícil.

—Di la verdad, Tina.

Debió de notar algo en su tono de voz porque, tras lo que parecieron horas, la mujer por fin apartó la mirada.

—Ibas a dejar que el bebé muriera... —murmuró Alice en voz baja.

—Solo pretendía que la naturaleza siguiera su curso. Un bebé androide nunca crecería físicamente, Alice. Sería como vivir encerrado en una cárcel de por vida. ¿No te parece que es mejor cortar el problema de raíz?

—¿Y qué hay de Eve? Ella es quien ha sufrido las consecuencias.

—Alice, era un androide.

No pudo haber elegido peores palabras.

¿Qué quería decir con eso? ¿Que su vida carecía de valor? ¿Que iba a morir de todas formas? Alice se quedó mirándola, sin palabras, hasta que empezó a notar el veneno en la boca.

—¿Cómo sabes tanto de androides, Tina?

La doctora permaneció en silencio, esta vez en una postura más defensiva.

—¿Qué hacías antes de que tiraran las bombas?

—Era pediatra, ya te lo dije.

Alice, sin emitir ni una sola palabra más, se puso de pie y la dejó sola.

* * *

Aquel día fue muy largo. Tenía tantas cosas en la cabeza que apenas fue consciente de que los tres guardianes supremos que habían llegado a la ciudad estaban en la cafetería, siendo presentados ante los ciudadanos antes de la gran reunión. Vio a una sola mujer en un grupo lleno de hombres serios, y a los nuevos soldados ya mezclados con el resto de los habitantes de la ciudad.

—La mayoría ha votado por no hacer nada —le dijo Max,

tras un periodo de tiempo que podría haber sido de un minuto o de tres horas.

—¿En qué? —Iba a necesitar un poco de ayuda.

—Antes de subir, me has propuesto que usásemos al Sargento para atacar a nuestros enemigos, ¿no te acuerdas? —El guardián supremo sonó preocupado.

—Ah, eso...

—Han decidido que lo mejor es que por ahora sigamos con la cabeza agachada.

Aquello hizo que Alice reaccionara.

—Nunca tendremos otra oportunidad como esta.

—Si le hacemos daño, tampoco. Nos invadirán en dos días.

—O no. Hay muchas formas de proceder. No hace falta recurrir a la violencia.

—Como quieras, Alice. Pero la mayoría ha votado que no, y hay que respetarlo.

Sin embargo, ella no pensaba obedecer, puesto que estaba segura de que lo necesario para sobrevivir era la información que pudiera darle el Sargento.

Que Max hubiera asignado a Charles como máxima autoridad para custodiar al prisionero era perfecto.

Yin y otro miembro de las caravanas estaban de pie junto a la puerta de la celda, charlando con toda la tranquilidad del mundo. En cuanto vieron que Alice se acercaba, su expresión cambió a una menos jovial.

—Hola, robotito —le dijo Yin—. ¿Te has perdido?

—No. Antes vivía aquí, conozco bastante bien la zona.

—Vale, déjame reformular la pregunta. ¿Tienes permiso para estar aquí?

—No, pero, si se lo pidiera, Charles no me lo negaría. Lo sabes de sobra.

Yin dudó y al final sacó el *walkie-talkie* de su bolsillo para pedirle a su jefe que viniera. Apareció apenas un minuto más tarde con aspecto soñoliento y el pelo hecho un desastre.

—¿Qué? —preguntó a Yin—. Estaba teniendo un sueño precioso, más te vale no haberme interrumpido por una bobada.

—La robotito ha solicitado hablar contigo.

Charles se giró hacia ella, un poco más interesado.

—¿La heroína de la ciudad quiere hablar conmigo? —Empezó a reírse solo—. Está mal que un drogadicto haga esa broma, ¿no?

—Quiero verlo —le dijo Alice, simplemente.

Charles cambió la risotada por una pequeña sonrisa curiosa.

—¿Órdenes de Max?

—Voluntad propia.

—Se enfadará mucho conmigo si se entera de que te he dejado pasar, querida.

—Pues que no se entere, querido.

Yin y su compañero empezaron a reírse, Charles suspiró e hizo un gesto hacia la puerta.

—Venga, tira. Tienes cinco minutos. Aprovéchalos.

Alice pasó por su lado y cruzó el umbral antes de que cambiase de opinión. En una celda muy similar a la de Kenneth, el Sargento permanecía sentado en su cama con la cara hundida en las palmas de las manos. Si no hubiera sido porque murmuraba para sí mismo, Alice habría creído que era una estatua.

En cuanto la escuchó llegar, levantó la cabeza. No llevaba su uniforme condecorado, sino una camiseta blanca y unos pantalones cómodos. No parecía la misma persona. Ni siquiera su mirada intimidaba tanto.

No se alegró mucho de verla, como era de esperar.

—Puedes irte por donde has venido.

—Hola, Sargento.

Al ver que no respondía, Alice se acercó al cristal y se cruzó de brazos. En el reflejo pudo ver lo que él veía, es decir, su comisura amoratada y las marcas de sus dedos en el cuello. No era una lesión grave. Lo único que la molestaba a Alice era que todo el mundo viera que la habían superado, aunque fuera solo por un momento.

—Puede que me atraparan —comentó el Sargento con media sonrisa—, pero al menos te di bien. Me apuesto lo que sea a que apenas puedes comer.

En efecto, así era, pero tampoco tenía mucha hambre. Ya habían pasado dos días desde el incidente de la ciudad y su cuerpo seguía sin recuperarse del todo. Por no hablar de su corazón.

—He oído que mis hombres consiguieron llegar a los androides —añadió en tono jocoso—. Pobrecita, tu cría... Tu padre me habló de ella, ¿sabes? Una lástima, sí.

Alice ni siquiera parpadeó.

—Necesito hablar contigo.

—Pues tienes suerte de que no pueda salir de aquí, porque lo último que quiero hacer ahora es conversar con un maldito androide.

—Van a juzgarte —le dijo, y siguió hablando al ver que él hacía un ademán de interrumpir—. Dentro de poco, puede que mañana.

—¿Y qué quieres que haga yo?

—No lo sé. ¿Hasta qué punto te interesa conservar tu vida?

Hubo un momento de silencio absoluto. Después, el hombre se echó a reír.

—Vale, eres entretenida, lo admito, pero no...

—Te he hecho una pregunta.

—Me gusta mi vida —replicó mordaz—. De hecho, me encanta. Y no voy a arriesgarla por ayudarte.

—Quizá solo la arriesgarás si no me ayudas.

—No conozco mucho a Max, pero sé qué clase de hombre es. No se atrevería a aplicar la pena de muerte a nadie. Y menos a otro líder.

—Las cosas han cambiado, Sargento. Ahora hay más guardianes supremos en la ciudad, ¿te llevas bien con ellos?, porque lo dudo mucho, y ellos tendrán voz y voto en tu destino. Además, entre los androides que tenías encerrados en tu ciudad se encontraba la hija de Max. ¿Crees que no tiene motivos de sobra para querer deshacerse de ti?

El prisionero no respondió. Estaba dudando.

—Insinuaste que ya no estás aliado con el padre John —continuó Alice—. Si eso es cierto, no le debes nada. Ni lealtad, ni silencio. Y mucho menos tu vida. ¿O quieres arriesgarte por alguien que no ha movido un solo dedo para venir a rescatarte?

»Podrías ayudarnos y, si lo hicieras, quizá te tendríamos en mayor estima. No puedo prometerte nada, pero te aseguro que la decisión no sería la misma.

—¿Qué quieres? ¿Meterte tú sola en una guerra con tu padre? —preguntó el Sargento perplejo—. ¿Tienes la menor idea de lo que estás haciendo? ¿Has visto sus armas? Mira lo que le pasó a tu amiga: un roce de una bala y adiós brazo. ¿Qué crees que podrían haceros en caso de atacaros con todo su arsenal?

—Eso es problema mío, no tuyo. —Alice ladeó la cabeza—. ¿Dónde están asentados los hombres de mi padre, cuántos vehículos tienen y cuál es su próximo movimiento?

El Sargento soltó una risa ahogada, pero, cuando consideró mejor sus posibilidades, pareció cambiar de opinión.

—Quiero que me des tu palabra de que, si te ayudo, no moriré mañana.

—Te lo prometo.

El Sargento suspiró, se pasó las manos por la cara y, finalmente, empezó a hablar.

Si lo que decía era cierto —y lo parecía—, su padre estaba apostado en los alrededores con tiendas de campaña lujosas y más de veinte coches blancos. No conocía el número exacto de soldados, pero por la capacidad de los coches Alice podía imaginarse que serían unos ciento veinte o ciento treinta. Sus armas eran normales, pero su munición estaba envenenada, lo que les aseguraba a sus víctimas una muerte dolorosa y efectiva.

Su plan, con Giulia al mando, era atacar en Navidad. Pretendían aprovecharse de la distracción de las celebraciones, igual que habían hecho en Ciudad Central. Si Alice no calculaba mal, les quedaba una semana. Tenían tiempo suficiente para prepararse para el ataque.

Todo ello, claro, suponiendo que el Sargento estuviera siendo sincero.

—¿Dónde están los campamentos?

—Son tres. En el norte, el este y el oeste de la ciudad.

—¿Y el sur?

—No querían toparse con los salvajes.

Sin decir nada más, sacó un mapa que había dibujado en la biblioteca. Había puesto todas las zonas importantes del bosque, los ríos y los lagos, e incluso los caminos.

—¿Eso lo has hecho tú?

—Señálame la ubicación de los campamentos.

Indicó una zona cercana al río, otra oculta por las rocas y una última próxima al camino principal. Alice le sostuvo la mirada durante unos segundos antes de, por fin, volver a guardar el mapa en su bolsillo.

—Gracias por tu colaboración, Sargento.

Él sonrió un poco, como si estuviera aliviado.

—Espero que mañana mantengas tu palabra.

Alice no dijo nada, solo lo miró fijamente. Cualquier expresión o sentimiento había sido borrado de sus facciones. Permanecía recta, seria.

Al poco, el Sargento empezó a ponerse nervioso.

—Me has dicho que me ayudarías.

—No. Te he prometido que no morirías mañana.

Silencio.

El Sargento empezó a pasear la mirada entre ella y la salida que había a su espalda, como si se hubiera dado cuenta de que su plan no iba a funcionar y fuera necesario buscar una nueva vía de escape.

Pero era muy tarde. Su cuenta atrás había empezado, y ambos lo sabían.

—¿Sabes lo que veo cuando te miro a la cara? —preguntó ella en voz baja—. Te veo hace dos días, cuando llegaste a la ciudad y empezaste a matar a mi gente, y la sonrisa que has esbozado hace un momento, al contarme que habías ordenado masacrar a todos los androides que pudiste.

—¡La guerra funciona así! —espetó él cada vez más nervioso.

—Y veo a mi amiga Blaise entre un montón de cadáveres, cuando ni siquiera sabía que no era humana.

El Sargento trató de decir algo, pero las palabras fallaron cuando Alice se acercó al ordenador, lo encendió y, sin ninguna prisa, empezó a pulsar teclas. Recordaba la secuencia de la que había hablado Davy. Y, en cuanto sonó el pitido, supo que la había seguido a la perfección.

Al volver a acercarse al cristal, vio que el Sargento golpeaba las paredes con los puños, desesperado, tratando de encontrar cualquier abertura. Al ver que la rendija del aire se cerraba y la luz se apagaba, se quedó petrificado.

—¿Qué es eso? ¡¿Qué has hecho?!

Alice no respondió. Mientras la celda se convertía lentamente en una tumba, el Sargento siguió gritando con desesperación, esperando un milagro. Sin embargo, nadie acudió en su ayuda. Solo se quedó tumbado en el suelo con los labios azules y los ojos vacíos. Y Alice, mientras veía cómo moría, sin perderse un solo detalle, no sintió arrepentimiento, ni culpa, ni tristeza ni rabia.

No sintió nada. No había nada.

16
EL SEGUNDO JUICIO

¿Quién le iba a decir que, un año más tarde, volvería a encontrarse en el banquillo de los acusados?

Alice no protestó cuando Anuar, el guardia que le habían asignado, la condujo de las esposas hasta la silla que había delante de la mesa de los guardianes. Habían tenido que apañarse para celebrarlo en el patio trasero y, para su sorpresa, no le había importado estar justo al lado del muro donde habían disparado a su padre.

En cuanto se había descubierto la muerte del Sargento, Charles se había enfadado mucho con ella. Le había recriminado que hubiese traicionado su confianza. Alice le recordó que, unos días atrás, él había hecho exactamente lo mismo. Estaban en paz.

De todos modos, tenía razón. Charles había sido quien se había comido todo el problema ante los guardianes, quienes llegaron a amenazarlo con echarlo de la ciudad por su negligencia. Lo más curioso fue que, aun así, no la delató en ningún momento. Y entonces Alice intervino para contar la verdad y, por lo tanto, pasó la noche en una de las celdas para ser juzgada al día siguiente.

La gente que la rodeaba no parecía tan curiosa ni tan resentida como cuando llegó a la ciudad. Parecían, simplemente, preocupados. ¿Temerían que le pasara algo malo? No lo entendía. Quizá, después de todo, estuviesen de acuerdo con lo que había hecho.

La mesa de los guardianes, que eran dos mesas de cafetería unidas, era bastante extensa. Max ocupaba el centro y estaba muy enfadado. A su derecha se encontraban Tina, Rhett, Trisha y Kai —el nuevo guardián de tecnología—, mientras que su costado izquierdo lo ocupaban los guardianes supremos de las otras ciudades. Ben fue el único que le sonrió.

La guardiana de Ciudad Jardín, que iba vestida con un mono castaño oscuro, era una mujer pequeña y forzuda con manchas en la piel causadas por el sol. Su pelo entrecano estaba cortado por debajo de las orejas y sus ojos oscuros no perdían a Alice de vista.

El guardián de Ciudad Diamante, el de azul, era un hombre bastante joven, con la cara llena de pecas y una pequeña cicatriz en la mandíbula. Parecía mucho más acicalado que el resto, y sus ojos rasgados revisaban cada rincón del patio como si estuviera juzgando a cada persona presente.

El último era el guardián de las Islas Escudo. Un tipo robusto, de brazos gruesos y sonrisa despreocupada que vestía un mono rojo. A Alice le recordó al tono oscuro de la sangre cuando empezaba a brotar, y una serie de imágenes desagradables le vinieron a la mente. Trató de alejarlas como pudo.

—Doy comienzo a este juicio. —Max se había puesto de pie y la miraba fijamente—. Di tu nombre.

No estaba de humor para recordarle que todos la conocían de sobra, así que se limitó a responder.

—Alice.

¿No tenía derecho a que alguien la defendiera? La última vez, se lo habían concedido. Aunque las cosas habían cambiado mucho. Ya no era una androide desorientada y, desde luego, sabía defenderse solita. Además, su crimen había sido suyo, de nadie más.

—Estás aquí porque se te acusa de incumplir una orden directa de cinco guardianes supremos —siguió Max. En su tono de voz se notaba lo decepcionado que se sentía—. ¿Cómo te declaras?

No tenía motivos para mentir. Además, ya había confesado. Aquello era solo para seguir el protocolo.

—Culpable.

Escuchó varios murmullos tras ella y vio que Rhett apartaba la mirada, irritado, como si lo molestara lo que estaba haciendo. ¿No era mejor ser sincera y acabar cuanto antes con todo aquello?

—¿Tienes algún argumento en tu defensa?

—Estaba haciendo lo que creía correcto. Le saqué información y...

—Desobedecer órdenes nunca es lo correcto —saltó la guardiana de Ciudad Jardín—. Es una falta de respeto.

—Venga ya, Gil, todos nos hemos saltado las normas alguna vez. —El guardián de las Islas Escudo hizo un gesto despreocupado con la mano, como para restarle importancia—. Yo voté por aprovecharnos de él, y me alegra que alguien haya sido lo suficientemente valiente como para hacerlo.

La mujer enrojeció un poco.

—Si todos hiciéramos lo que nos viene en gana, Magnus, las normas no tendrían ningún sentido.

—¿Podrías contarnos qué información te proporcionó el Sargento? —preguntó suavemente el guardián de Ciudad Diamante. Alice creía recordar que se llamaba Lev—. Porque imagino que sabía algo importante, ¿no es así?

—En efecto. —Alice tardó unos instantes en seguir hablando—. Conseguí que me revelara dónde estaban escondidos los soldados de mi padre. Se encuentran en tres puntos estratégicos, esperando para...

—Irrelevante —la cortó Gil malhumorada—. El objetivo del juicio no es valorar su información, sino determinar la gravedad de la infracción que cometió.

—Yo diría que la información que le sonsacó a la víctima es bastante relevante —intervino Ben.

—Y bien, chica, ¿qué más te dijo? —preguntó Magnus, enarcando una ceja.

Alice se lo contó todo. No se dejó ni un solo detalle.

—Podéis devolverme a la celda, o echarme de la ciudad —recalcó tras terminar el relato—. Pero os convendría mandar a alguien a esas tres zonas si no queréis volver revivir lo que sucedió hace unos días.

—No estás en posición de dar consejos —le recordó Lev.

—Aun así, no le falta razón —intervino Magnus—. Si lo que dijo el prisionero es cierto, podríamos desmontar su estrategia. Nos daría mucho tiempo para formar la nuestra.

—Nuestra estrategia debería ser mantener la cabeza gacha. —Gil seguía pareciendo muy nerviosa—. Todos sabemos cómo puede llegar a portarse la capital con quien no sigue las normas.

Ben empezó a negar con la cabeza incluso antes de que la guardiana terminara de hablar.

—Lo de mantener la cabeza gacha dejó de ser una opción hace mucho tiempo. Ya nos hemos posicionado en el tablero y no estamos en su lado. No hay vuelta atrás. Y, si lo que dice Alice es cierto, hay que actuar. No podemos permanecer de brazos cruzados a la espera de que vuelvan a atacarnos.

—Cierto —concedió Max, que había estado muy callado hasta ese momento—. Pero no sabemos si dijo la verdad o solo nos estaba tendiendo una trampa. Por lo que ha contado

Alice, seguía albergando la esperanza de que fueran a rescatarlo. Si creía que iba a salir, no sería lógico pensar que tuviese intenciones de ayudarnos.

—Solo hay una forma de comprobarlo. —Magnus sonrió ampliamente—. Dejad que envíe a mis soldados. Sabrán qué hacer.

—¡Protesto! —gritó Gil—. Los míos son mucho más habilidosos.

—Lo que necesitamos es a alguien sigiloso —intervino Lev, entrelazando los dedos—. Y en eso mi ciudad es especialista.

—Lo más justo es que cada uno envíe a algún soldado —comentó Ben—, pero debería liderarlos alguien que sepa guiarse por aquí.

—Yo dibujé un mapa casi exacto de la zona —les recordó Alice.

Durante unos instantes, los cinco la miraron fijamente. Algunos parecían perplejos, otros, contrariados.

—¿Te estás ofreciendo como voluntaria? —preguntó Max.

—Nadie más querrá hacerlo, y todo esto ha sido culpa mía. ¿No sería lo más justo que fuera yo quien se encargara?

—Es una forma de redimirse —le concedió Ben—. Podría demostrarnos que, al menos, lo que hizo fue por una buena causa. Yo no tendría ninguna objeción.

—¿Vamos a confiar en alguien que acaba de incumplir las normas? —preguntó Lev escéptico—. No sé si será demasiado riesgo.

Mientras deliberaban entre ellos, Max levantó una mano para callarlos.

—De todas formas, esta misión no será suficiente para redimirte —recalcó, mirándola—. Propongo que el castigo sea asistir a clase por las mañanas y ayudar en el mantenimiento de la ciudad por las tardes. Cada día. Sin excepciones. Ya sea en el jardín, en las cocinas o en el hospital. Y no quiero oír una sola queja, porque entonces tendremos que tomar medidas más drásticas, ¿lo has entendido?

Ella asintió al instante.

—Y esto solo se aplicará si consigues que tu plan del bosque funcione. Si no funciona, no tendremos tanta clemencia.

Volvió a asentir.

—¿Votos a favor?

Todos estuvieron de acuerdo.

* * *

El golpe fue más sencillo de lo esperado.

Rhett y Trisha habían querido acompañarla, pero ella se había empeñado en hacerlo sola. No quería que se pusiesen en peligro. Así que guio a los soldados a su cargo con el mapa en la mano. En cuanto vio que se acercaban a la zona indicada, esperó a que anocheciera un poco más y finalmente se atrevió a acercarse.

Tuvo que admitir que la sorprendió que el Sargento hubiera sido sincero. Un vasto campamento se extendía ante ellos. Los soldados se paseaban de un lado a otro, tranquilamente, y aunque había algunos guardias vigilando los alrededores, lanzar una emboscada sería bastante sencillo.

—¿Cuál es el plan? —preguntó uno de los soldados azules que la acompañaban.

Alice revisó el campamento con la mirada. Estaban muy igualados en número, pero no podía olvidar que había dos asentamientos más y que, si sucedía algo fuera de lo normal, no tardarían en llegar refuerzos.

—Deberíamos entrar por la retaguardia —sugirió un castaño—. Así, no nos verían.

—No, deberíamos atacar a dos bandas —intervino un rojo—. Para que no puedan huir.

Mientras ellos hablaban, Alice se fijó en los sacos que había no muy lejos de ellos. ¿Era comida? Podía ser una buena idea. Quitarles las provisiones haría que algunos tuvieran que abandonar el campamento y eso les facilitaría el ataque.

Se inclinó un poco más, achinando los ojos, y entonces se dio cuenta de que no era comida. De hecho, podía reconocer el color rojo de las cajas. Un horrible recuerdo de Ciudad Central le vino a la cabeza.

—¿Qué? —preguntó alguien.

—Tienen dinamita —murmuró Alice sin despegar la mirada de las cajas—. Por eso están repartidos en tres puntos. Quieren poner una carga en cada entrada para evitar que podamos salir antes de volar la ciudad.

—Como una ratonera...

Alice miró el mapa de nuevo. La distancia con los otros campamentos no era tan grande como para no plantearse hacer algo al respecto.

—Somos treinta. —Hablaba más para sí misma que para el resto—. Nos separaremos en grupos de diez, y cada uno se encargará de un campamento.

—¿Para qué?

—Para detonar los tres montones de dinamita a la vez y que no puedan escapar.

Lo cierto era que esperaba un poco de resistencia, así que se sorprendió bastante cuando todos parecieron entusiasmados con la idea.

—¿Cómo nos dividimos? —preguntó alguien entonces.

—Quiero miembros de cada ciudad en cada grupo —advirtió ella—. Para el resto, hacedlo como queráis.

Los grupos se formaron en tiempo récord, y ella les ofreció el mapa a los veinte que se marchaban. Esperó pacientemente, contando para sí misma. Su grupo permanecía silencioso, esperando su señal pero sin protestar. Ser la figura de autoridad era extraño, como si todo el mundo esperara que ella supiera qué hacer.

Pasados diez minutos, se levantó y se alejó del campamento. Todos la siguieron en silencio y, en cuanto estuvo a una distancia prudente, se impulsó con la ayuda de dos compañeros para agarrarse a la rama de un árbol. En cuanto estuvo sentada a unos tres metros del suelo, se sujetó con una mano y sacó la pistola con la otra. Apuntó y, tras soltar todo el aire que retenía, apretó el gatillo.

La explosión fue brutal. La onda expansiva la empujó con tanta fuerza que estuvo a punto de caerse del árbol, y algunos de los que se encontraban en el suelo perdieron el equilibrio. El estallido llenó el silencio, y el olor a dinamita y a explosivos envenenó el aire que los rodeaba.

Casi simultáneamente, dos detonaciones más sucedieron tras ellos. La noche se iluminó con tres bolas de fuego que ascendieron al cielo, y la nieve se llenó de cenizas grises.

Mientras el campamento ardía, Alice escuchó a sus compañeros vitoreando.

* * *

En los siguientes dos meses, Alice fue consiguiendo volver en sí y salir del agujero en el que se había metido ella sola.

En realidad, era mucho más fácil vivir recluida que afrontar la realidad. En el agujero podía fingir que solo existía ella y que nada más importaba, mientras que en la realidad tenía que acostumbrarse a no ver a Davy por los pasillos, ni escuchar los chillidos de Blaise en la cafetería o a ver la cama de Eve completamente vacía.

Sus entrenamientos continuaron, y sus tareas en la ciudad, poco a poco, fueron disminuyendo. La nieve también había quedado atrás y en pleno febrero, curiosamente, había vuelto a hacer calor y los días eran insoportables.

Los restos quemados de las explosiones seguían haciéndose evidentes, pero el bosque iba recuperando su color habitual. Las exploraciones ya se habían vuelto a inaugurar y, aunque era Anuar quien las lideraba en lugar de Max, ella no había podido participar en ninguna. Tampoco lo había pedido. Después de todo, seguía sin querer arriesgarse demasiado.

Charles terminó olvidándose de su enfado con ella y, aunque algunas veces bromeaba sobre el tema, lo cierto era que Alice se había acercado alguna noche a las caravanas para pasar un rato divertido con él, Yin y sus compañeros. Eran muy simpáticos y, además, conseguían distraerla.

Jake y Kilian seguían ayudando a Tina en el hospital y, pese a que ya no disponían de tanta libertad como les gustaría, aquello los libraba de varias clases y estaban muy conformes con ello.

Trisha y Maya se turnaban para dar clases a los intermedios y, mientras tanto, se pasaban el rato discutiendo. Aun así, Alice sospechaba que a Trisha debía de gustarle estar con ella, porque por mucho que se pelearan no se despegaban la una de la otra.

Y luego estaba Rhett, su compañía favorita. Quizá a Alice no le gustaran mucho las clases —se agotaba muy deprisa—, pero le encantaba pasar tiempo con él. Mientras paseaba entre los alumnos, Alice observaba su espalda y veía cómo se le tensaban los músculos cuando gesticulaba. Y después él se giraba, la pillaba mirándolo, enarcaba una ceja y ella se apresuraba a volver a darse la vuelta.

Se podía decir que la vida había vuelto a una relativa normalidad en la que Max seguía conviviendo con los demás guardianes, que habían traído a más gente de sus ciudades. Podía parecer todo calmado, sí, pero se avecinaba una guerra. Se notaba en el ambiente.

—¿Se puede saber qué estás haciendo?

Alice levantó la cabeza. Estaba leyendo un libro sobre la fotosíntesis, un tema bastante más interesante de lo que parecía.

Max se encontraba de pie al otro lado de la mesa. Parecía irritado.

—Habíamos quedado a las cinco en mi despacho.

—¿Ya son las cinco?

—Y media. ¿Se puede saber qué haces? ¿Por qué estás tan distraída?

Era una buena pregunta. Alice seguía perdiendo la noción del tiempo, del lugar... y no conseguía centrarse en nada a no ser que hiciera un esfuerzo. Ella tampoco se entendía a sí misma.

—Ya voy —dijo torpemente, y guardó el libro—. Lo siento.

—Ya, ya... Venga, vamos.

No sabía dónde tenían que ir, pero lo siguió de todas formas. Mientras subían los escalones, se fijó en que se había manchado los dedos con la tinta azul del bolígrafo. Escondió las manos tras su espalda al instante, avergonzada. Lo que le faltaba era que Max se enfadara porque ni siquiera estaba presentable. Especialmente si iban a reunirse con los guardianes.

Pero ese no fue el destino. De hecho, subieron hasta la primera planta y entraron en una habitación en la que solamente estaban Kai y Rhett, el primero con una llave inglesa en la mano.

—¡Alice! —exclamó este nada más verla—. ¿Te lo ha contado ya? ¡Tengo la máquina lista!

—¿En serio?

—Sí, ¡mira!

Era cierto. Estaba encendida y emitía el mismo zumbido suave que su predecesora.

—Podrías usarla —comentó Max—, pero solo si quieres y estás dispuesta a ello. No te obligaremos.

—Yo prefiero que no se meta ahí dentro —comentó Rhett en voz baja—. Podríais freírle el cerebro por accidente.

—Es completamente segura —comentó Max, cerrando la puerta—. Y no te he pedido consejo, solo te he traído porque podríamos necesitar ayudar y eres el único que guardará el secreto.

Alice decidió tomar la iniciativa. Mientras se acomodaba en la camilla y Max apartaba las correas, preguntó:

—¿Podremos ver los recuerdos de lo que pasó la noche del asalto a la capital?

Kai hizo una mueca.

—Ya te dije que los recuerdos no son fáciles. Hay que seguir un orden muy específico. Tendremos que pasar por todos los anteriores para llegar a los que tú quieres.

—No habrá muchos, ¿no? —preguntó Rhett.

—Hay unos cuantos. Algunos están bloqueados por ser demasiado dolorosos, otros de forma inconsciente, otros de forma artificial... En fin, depende de muchas cosas. Es probable que necesitemos varias sesiones.

—No pasa nada —murmuró Alice, dejando que le colocara la máquina encima de la cabeza—. Estoy lista.

—Bien. —Por el ruido de fondo, dedujo que Kai había empezado a teclear—. Voy a contar hasta tres y te dormirás antes de que llegue al último, ¿vale? No te asustes. Un momentito..., sí. Vamos allá. Uno, do...

Todo se volvió negro. Sus párpados se quedaron pegados. De pronto, flotaba en la oscuridad.

—¿... puedes?

Abrió los ojos. Todo seguía estando oscuro, pero era capaz de sentir su cuerpo. Y conocía esa voz. Era Kai. Apoyó las manos en el suelo y tanteó a su alrededor. Su mano chocó con algo resistente y áspero. Una pared. Se aferró a ella.

—¿Kai? —preguntó en voz baja.

—Perfecto. —La voz de su amigo retumbaba dentro de su cabeza—. Los recuerdos bloqueados no funcionan como los otros, voy a tener que forzarlos. Voy a inducirte el primer recuerdo, ¿vale?

No aguardó una respuesta. En cuanto ella quiso darse cuenta, la pared en la que estaba apoyaba había cambiado. Ya no era oscura y áspera, sino lisa y de colores pastel. Miró a su alrededor, confusa. Estaba en la cocina de casa de Alicia.

Eran las nueve o las diez. Se despegó de la pared y vio que, a unos metros, una mujer mantenía los brazos cruzados y la mirada clavada en la ventana. Alice se acercó a ella cuando reconoció el pelo castaño y rizado y sintió que se le secaba la boca. Era su madre.

Por puro instinto, estiró la mano y trató de tocarla, pero no pudo. La atravesó como si fuera un fantasma. Miró su propia mano y la apretó en un puño.

—¿No va a venir papá?

Alice se dio la vuelta de golpe, asustada. Había una niña sentada a la mesa. Tendría unos siete años, el pelo rubio y los ojos marrones. Cuando su madre se dio la vuelta y vio su expresión, agachó la cabeza.

—Alicia, ya sabes que está muy ocupado. —La mujer se acercó a ella y le sonrió—. Pero no pasa nada. Tú y yo podemos montar una fiesta de cumpleaños y pasárnoslo genial juntas, ¿a que sí?

La niña no pareció muy contenta. De hecho, su expresión

fue más bien de disgusto. Su madre cerró los ojos durante un momento. Cuando volvió a abrirlos, sonreía cálidamente.

—¿Quieres que te cuente un secreto? Papá sabía que quizá no llegaría a tiempo, así que me dejó un encargo. Ven conmigo.

La niña la siguió totalmente decaída. Su madre sujetaba un regalo rojo y morado. Se lo entregó con una gran sonrisa.

—¿Qué es? —preguntó Alicia con curiosidad. Aceptó el regalo con entusiasmo.

—Es de parte de papá.

—¿En serio? ¿Puedo abrirlo?

—Por supuesto. Es tuyo, cariño.

Era mentira. Estaba segura. Su padre jamás compraría un regalo, y menos para un cumpleaños infantil. Aun así, Alicia se agachó y empezó a desgarrar el papel. Cuando terminó, soltó un chillido de felicidad.

—¡Un iPod! —exclamó—. ¡No me lo puedo creer!

—Es lo que querías, ¿no?

—¡Sí, me encanta!

La mujer sonrió de forma un poco ausente y, de nuevo, perdió la mirada a través de la ventana, a la espera de alguien que no llegaría.

Alice se tensó cuando el recuerdo se fundió ante sus ojos. Volvía a estar en la sala oscura. Ahí dentro, apenas podía respirar. Intentó mantener la compostura, pero le resultaba complicado porque los sentimientos de Alicia se estaban mezclando con los suyos. La felicidad del regalo y la decepción por la ausencia de su padre formaban una combinación muy desagradable.

—Pasemos al siguiente —escuchó decir a Kai, al fin.

—¿Por qué querría bloquear este recuerdo? Al fin y al cabo, recibió un regalo —dijo Rhett.

—No creo que se trate del recuerdo en sí, sino de su padre —explicó Kai—. Prácticamente todos los recuerdos que guarda sobre él están bloqueados. Debe de ser realmente doloro...

Su alrededor volvió a iluminarse. Alice parpadeó varias veces, adaptándose a la débil luz de una lámpara. Estaba en la habitación de Alicia, aunque ella tenía, al menos, dos años más que la última vez que la había visto.

La niña estaba metida en su cama y miraba el techo con los labios apretados, como si quisiera contener las ganas de llorar. Entre sus dedos, unos auriculares sufrían tirones constantes.

Entonces, los gritos de alguien inundaron la casa. Alice sintió la tentación de sacar su pistola, pero se detuvo al acordarse de que todo aquello no era real, al menos en ese momento.

La madre de Alicia gritaba, furiosa, y también parecía estar a punto de llorar. Por la falta de respuesta, supuso que estaba hablando por teléfono. Se acercó a la puerta e intentó abrirla, pero su mano la atravesó. Tras ella, todo era oscuridad. Solo podía ver la perspectiva de Alicia, y ella no había abandonado la habitación.

—¡Dijiste que vendrías a ver a tu hija! —le reprochó su madre—. Se lo prometiste. No, John, no me interesa tu proyecto. ¡No podría importarme menos! ¡Lleva cuatro meses sin saber nada de ti!

Alice se sintió triste y supo que era por Alicia. Tragó saliva cuando notó sus ganas de llorar.

—¿Mañana? Siempre dices lo mismo. —Se detuvo y soltó algo parecido a una risotada irónica—. Mira, John, no voy a seguir discut... Sí, claro. ¿Qué te crees que es esto? ¿Un hotel? ¿Cuántas veces te piensas que consentiré que nos abandones y pretendas regresar como si nada? ¡No! —Otra pausa. Esa vez, lo que soltó fue un suspiro agotado—. No quiero saberlo. Más te vale compensarla. ¿Te crees que solo es hija mía? ¡Eres su padre! ¡Y yo no puedo aguantarla sola todo el día, por el amor de Dios!

Esas últimas palabras fueron como un puñal directo al corazón. Alice se encogió como si realmente la hubiera agredido, y vio que Alicia se había girado para ponerse los auriculares y evadirse de la voz de su madre.

Entonces, el recuerdo se volvió negro.

—Vaya —dijo Kai.

—¿Qué? —preguntó Max.

—El siguiente es de más de cuatro años después.

—Entonces, Alicia tendría trece —murmuró Rhett.

En esa ocasión, Alice supo enseguida dónde estaba porque no se había movido del cuarto, aunque su ocupante era un poco mayor. Ya empezaba a parecerse a la chica que, desgraciadamente, aparecía cada vez que se encontraba mal para terminar de hundirla. Tenía un portátil en el regazo, y no dejaba de apretar las teclas.

Entonces, sintió un pinchazo de nervios en el estómago. Alicia se había quedado mirando la puerta con los ojos muy abiertos.

John, unos años más joven, apareció con una sonrisa. Su cabello castaño oscuro todavía no estaba lleno de canas, ni tenía arrugas. Incluso su forma de moverse parecía más resuelta y risueña. Le recordaba al padre John que había conocido en su antigua zona, el que le había enseñado los nombres de los pájaros y le había sacado una sonrisa siempre que lo había necesitado.

Transportaba un regalo en la mano, y se lo tendió antes incluso de que la puerta se cerrara del todo.

—Hola, cariño. Te he traído un detallito.

Alicia bajó la mirada al paquete, pero no pareció muy complacida. De hecho, cuando él apartó el dispositivo de su regazo y se sentó a su lado, dio la sensación de que quería marcharse cuanto más lejos de él mejor.

—¿Cómo estás? —preguntó su padre de todos modos.

—Bien.

—Me alegro mucho. ¿Y el colegio?

—Ya estoy en el instituto...

—Ah, sí. ¿Y te va bien?

—Sí.

—Genial. —Durante unos instantes, un silencio incómodo los envolvió de una forma muy desagradable—. Hace poco fue tu cumpleaños, ¿verdad?

No obtuvo respuesta.

El regalo, una pequeña caja con envoltorio plateado, fue a parar al regazo de la chica rubia.

—¿No vas a abrirlo? —preguntó él, confuso, al cabo de unos instantes.

Alice podía sentir la rabia y la frustración de Alicia corriendo por sus propias venas. Apretó los puños inconscientemente.

—Hace meses que no sé nada de ti —murmuró sin mirarlo—. No te has molestado en llamar ni una sola vez. Ni siquiera el día de mi cumpleaños. Y, ahora, ¿te crees que puedes volver, regalarme una pulserita de mierda que te habrá elegido el de la tienda y arreglarlo todo?

Por la cara del padre John, Alice supuso que había acertado de lleno.

De hecho, incluso ella se sintió un poco atacada. Bajó la mirada a su muñeca de forma inconsciente y se dio cuenta de que su marca de creador estaba en el lugar exacto donde habría reposado una pulsera.

El padre John se inclinó un poco hacia ella, acariciándole la espalda en un triste intento de parecer cercano.

—Sabes que mi trabajo...

—Tu trabajo, sí. Siempre es tu trabajo. —Ella sonrió sin ganas—. Eso es lo primero.

—Lo primero eres tú.

—¿Y mamá?

—También.

—Sí, ya. —Alicia negó con la cabeza—. Por eso vienes cada cuarenta meses y luego vuelves a desaparecer, ¿no?

—No te permit...

—¿Por qué no te largas de una vez? Los dos sabemos que no te apetece estar aquí.

—Alicia, cariño, escucha...

—No, escúchame tú a mí. Estás obsesionado con tu trabajo, pero ¿qué harás cuando te des cuenta de que has desperdiciado tu vida y te has perdido toda mi infancia?

El hombre tardó bastante en responder.

—Sé que te parece descabellado, pero va a estallar una guerra. No es una suposición, es un hecho.

—¡No lo sabes! ¡Nadie lo sabe! ¡Lo único de lo que puedes estar seguro es que ya no puedes recuperarme con regalos, como cuando era una niña! —Agarró el paquete y se lo devolvió de malas maneras.

—No hay nada que recuperar. Nunca te perdí.

—Sí. —Frunció el ceño—. Sé que le dijiste a mamá que me querías para tus experimentos. ¿Para...? ¿Sobrevivir? Lamento decirte, papá, que ya estoy viva y que tus experimentos y tú no me importáis nada.

Alice aguardó una respuesta. Los segundos pasaron, pero no obtuvo ninguna.

Por algún motivo, había pensado que vería algún tipo de arrepentimiento o dolor en el rostro del padre John. Pero no. Lo que había en su mirada era una idea. Lo supo al instante. Quizá Alicia no se hubiera dado cuenta, pero Alice lo había visto muchas veces y sabía lo que significaba.

—Alice, tienes la tensión disparada —le dijo Kai mientras el recuerdo, muy lentamente, desaparecía—. ¿Te encuentras bien?

—En cuanto quieras parar, haznos una señal —añadió Max.

Pero Alice no hizo ninguna señal, y pasaron al siguiente recuerdo. Necesitaba verlo. De alguna forma, sabía lo que la esperaba.

Estaba en el salón. La decoración era abundante, y rica en colores vivos y luces de colores. Había un arbolito pequeño y lleno de bolas en un rincón, y por la ventana se podía ver la nieve que había cubierto la calle. El ambiente era acogedor. Agradable. Quizá incluso familiar.

Alicia estaba sentada en el único sillón de la sala y sonreía un poco. Sus padres estaban sentados en el sofá, abrazados y hablando en voz baja de forma muy cariñosa.

—Parece que su padre no se marchó después del anterior recuerdo —observó Rhett.

—Pues hay tres años de diferencia —le dijo Kai—. En este, Alicia tiene dieciséis.

—¿Se quedó tres años con ellas?

—Quizá se arrepintió de haberlas abandonado tantos años.

—No. —Alice casi podía visualizar a Max negando con la cabeza—. Tiene que haber algo más.

En ese momento, el padre John se separó de su mujer y ambos miraron a Alicia con una gran sonrisa entusiasta.

—Tenemos que contarte algo, cariño —dijo ella.

—Algo muy importante —continuó él.

—¿Qué pasa? No será malo, ¿no?

—No, no... ¡Es una noticia buenísima! —exclamó su madre entusiasmada.

Pareció que esperaban a que Alicia se alegrara, pero lo

cierto era que ella se limitó a devolverles la mirada con confusión.

Al final, su madre decidió anunciarlo sin más preámbulos.

—¡Vas a tener un hermanito!

Silencio.

Absoluto silencio.

Alice sintió que su propio corazón se detenía por un momento. Su versión rubia, en cambio, se limitó a entreabrir los labios. Se había quedado pálida.

—¿Qué?

—O una hermanita —puntualizó su padre.

Y Alice lo supo. Solo con esa sonrisa, con esas tres palabras, fue más que suficiente.

Iba a abandonarlas al día siguiente.

Al padre John le daba igual su mujer, y también Alicia. Para él, esas dos personas no eran más que dos experimentos añadidos a su vida, no tenían ni corazón, ni sentimientos, y lo que les sucediera le daba igual. No le importaba en lo más mínimo tener una familia, ampliarla o cuidarla.

No. Lo que había hecho era asegurarse de que, en caso de que Alicia se negara a ayudarlo, hubiera un plan alternativo.

La perspectiva de que fuera capaz de hacer algo así, de engendrar un niño inocente solo para poder seguir adelante con su plan, enfermaba a Alice. Sintió que la cabeza le daba vueltas por la rabia, especialmente cuando vio la ilusión de su madre. Nunca había querido salvarla. Ni tampoco a Alicia. En el fondo, siempre había pretendido que murieran y así asegurar su linaje durante el máximo de años posibles.

—¿Alice? —La voz de Kai pareció provenir de una galaxia distinta a la suya.

Estaba mareada, y un pinchazo de dolor en el abdomen hizo que se retorciera sobre sí misma.

—¡... ahora! —escuchó que gritaba Rhett.

—¡No es tan fácil, tenemos que...!

—¡Ahora mismo, Kai! ¡Sácala de ahí!

Por fin consiguió reaccionar. Antes de ser capaz de abrir los ojos y encontrarse con la sala de la máquina, ya había levantado las manos para apartarse el cacharro de la cabeza. Se incorporó, alterada, y trató de respirar con fuerza para recuperar todo el oxígeno que le había faltado.

Rhett había apoyado una mano en su hombro y la miraba fijamente. Parecía asustado y estaba diciendo algo.

—Ya estás aquí —consiguió entender por fin—. Ya ha pasado, respira. Venga.

Le pasó un brazo por debajo del cuerpo y la levantó de la camilla como si no pesara nada. Rhett miró fijamente a sus dos compañeros.

—No volverá a entrar ahí —les espetó.

Kai dio un brinco.

—Pero...

—Búscate a otro conejito de Indias. Ella ya ha sufrido bastante.

No les dejó decir nada más. La guio fuera de la habitación sin soltarla en ningún momento.

17
LOS VIEJOS RECUERDOS

Al día siguiente, Alice tenía ganas de cualquier cosa menos de entrenar. El mareo seguía molestándole y se sentía agotada, pero no le quedó otra que ir a clase.

Parecía que había pasado una eternidad desde la última vez que había escuchado los gritos de Rhett rebotando por las paredes del gimnasio cuando les ordenó, como cada día, que dieran cinco vueltas corriendo.

Qué suerte tenían Kilian, Trisha y Maya, que habían conseguido librarse. Ella, por mucho que practicaba, no acababa de destacar. Otros androides, como 42, por ejemplo, se tomaban las clases tan en serio que pronto la machacarían en un combate. El único que parecía compartir su desgracia era Jake. Había conseguido librarse de algunas cosas por ser el ayudante de Tina, pero no de las clases.

Mientras empezaban a correr los dos juntos, Alice intentó ignorar el dolor constante que sentía en los músculos. Un sudor frío le recorría el cuerpo entero y, por mucho que lo intentara, era incapaz de enfocar la mirada.

—Cómo me pesa el culo... —escuchó decir a Jake.

Hizo un esfuerzo por sonreír, aunque no necesitaba que interaccionase con él para seguir hablando.

—No he nacido para esto, sino para estar sentado doce horas al día y tumbado las doce restantes.

—Menos hablar y más correr —le espetó Rhett desde el centro del gimnasio.

Jake le puso mala cara —disimuladamente, claro—, pero aumentó el ritmo.

El problema era que Alice no podía acelerar.

Jake pronto la adelantó, y el que iba en cabeza del grupo no tardó en doblarla. Alice notó algunas miradas curiosas, como si no pudieran entender que se arriesgara a enfadar a Rhett, pero es que no podía evitarlo. Cada vez se encontraba peor.

—¡Alice! —escuchó que gritaba su profesor—. ¡Despierta de una vez, ya no estás en la cama!

Ella descontaba los minutos en voz baja. Podía soportarlo, claro que sí. Solo un poco más de tortura y no tendría que volver a correr en todo el día. No podía creerse que no fuera capaz ni de aguantar algo tan sencillo. Un mes atrás, lo hacía sin siquiera pensar.

—Alice, vamos —le susurró 42 al pasar por su lado—. Solo quedan tres vueltas, ¡ya casi hemos terminado!

En cuanto su amiga se alejó, a Alice se le nubló la vista por completo y trastabilló hacia delante. Trató de mantener el equilibrio, pero al final tuvo que apoyar una mano en el suelo para no caerse.

—¡Alice! —Rhett sonaba furioso.

Ella trató de incorporarse, pero sabía que, en cuanto le faltase el apoyo, caería de bruces. Otro pinchazo de dolor le recorrió el abdomen, justo donde se encontraba su número.

Rhett se detuvo a su lado con los brazos cruzados. Alice no le vio la cara, pero se la imaginó.

—Si lo que intentas es librarte de la clase, vas por muy mal camino —le aseguró.

—No es eso, Rhett. Estoy muy cansada...

La cabeza le daba vueltas. Cerró los ojos con fuerza. Gotas de sudor frío le perlaban la frente.

—No puedo otorgarte un trato de favor —le dijo él, que seguía pendiente del resto de los alumnos—. Tienes que seguir corriendo.

—Rhett...

—Tómate un minuto si de verdad lo necesitas, pero luego vas a terminar el calentamiento, ¿está claro?

No le respondió. Había intentado impulsarse con las palmas y ponerse de pie, pero el resultado había sido desastroso. Se había derrumbado a causa del mareo. Apenas podía ver nada. ¿Por qué le pesaba tanto el cuerpo?

—¿Alice? Oye, mírame.

Notó que una mano enguantada le levantaba la cara y se obligó a abrir los ojos. Rhett la miraba fijamente. Sus compañeros de clase se habían acercado. Pero... ¿no estaban al otro lado del gimnasio cuando se había despistado? ¿Cuánto tiempo llevaba en el suelo?

Rhett apenas necesitó un momento para tomar una decisión.

—Jake, ocúpate de la clase.

El aludido seguía mirando a Alice cuando Rhett la ayudó a levantarse. Parecía dubitativo, como si quisiera irse con ellos.

—Pero...

—Ahora —lo cortó—. Los demás, empezad con los estiramientos básicos. Más os vale que no me entere de que alguien ha vagueado en mi ausencia.

Por suerte, Rhett no le formuló ninguna pregunta hasta que estuvieron fuera del gimnasio, a solas.

—¿Qué te pasa? ¿No has dormido bien?

Ella negó con la cabeza. Apenas podía pensar. Solo quería tumbarse.

—¿Entonces?

—No... no lo sé...

—Ven, te llevaré a descansar un poco.

—No... espera...

No le hizo caso y agarró uno de sus brazos para ponérselo sobre los hombros, arrastrándola de esa forma hacia el edificio principal. Alice seguía intentando pedirle que parara, pero hablar le resultaba imposible. Quería decirle que no sentía las piernas. No sabía ni cómo había dado tantos pasos.

Al final, notó que sus rodillas cedían bajo su peso. Rhett la sujetó de forma automática.

—¿Alice?

Pero ella ya había cerrado los ojos.

* * *

Al volver a abrirlos, no le parecía que hubiera pasado más de un segundo. Vio el techo, las paredes blancas... Alguien la movía a toda velocidad, y en algún momento cruzó el umbral de una puerta con ella en brazos.

—¡Tina! —Su voz sonaba como si estuviera en el extremo opuesto de un túnel.

Dijo algo más, pero no lo entendió.

La soltaron. De pronto, estaba en un lugar más cómodo. Y quería dormir. Tenía el cuerpo entumecido, la ropa que llevaba puesta le parecía demasiado ajustada y el mareo era insoportable. Muy suavemente, le colocaron la cabeza sobre algo mullido que supuso que sería una almohada.

—... no lo sé, de repente —dijo su acompañante. Tenía un

deje tembloroso por los nervios—. Creía que solo estaba cansada, pero se ha quedado muy pálida...

—Rhett, relájate. Yo me encargo —añadió una nueva voz.

¿Dónde estaba? Reconocía aquel lugar. El hospital. Giró un poco la cabeza para mirar a la mujer que iba a atenderla, pero apenas pudo verla antes de que otro rostro apareciera ante ella. El dueño de la primera voz soltó algo parecido a una carcajada aliviada y le acunó las mejillas con las manos.

—¡Alice! Joder, casi me da un infarto. ¿Se puede saber qué ha pasado?

Ella parpadeó varias veces, tratando de asimilar la situación, y luego por fin fue consciente de que la estaba tocando. Se apartó de golpe, horrorizada, y las manos del chico se quedaron en el aire.

—¿Qué haces? —le preguntó él.

La mujer también parecía un poco perdida.

—¿Alice?

¿Qué hacían allí?

—¡Alice!

¿Le estaba hablando a ella? Se giró hacia el chico, pálida de terror, y ya no pudo aguantarse más.

—No sé quiénes sois; necesito ver al padre John.

La mujer miró al chico con una expresión de perplejidad. Él se había quedado paralizado, mirándola fijamente.

—¿Dónde está el padre John? —repitió 43.

—No. —El chico por fin reaccionó—. Alice, escúchame, te has mareado y te has desmayado. Ahora mismo no sabes lo que pasa, pero dentro de un momento...

—¿Quién es Alice? Y ¿quién eres tú? —preguntó desesperada.

—¡No! No puedes ser la primera persona que me aguanta y la única que me olvida.

»Mírame —insistió el chico—. Sabes quién soy. Sabes quién eres. ¿Vale? Solo tienes que concentrarte y...

—Rhett —lo cortó la mujer, temiendo una reacción negativa.

43 quería salir corriendo, pero consideró que ese chico la atraparía con facilidad.

—Vamos, Alice —murmuró él en voz baja—. Vuelve a ser tú misma. Por favor, no...

43 dejó de escuchar. Un molesto pitido le atravesó el cráneo e hizo que, por un momento, perdiera el sentido de la orientación. Cerró los ojos con fuerza y se llevó una mano a la zona afectada.

* * *

Cuando abrió los ojos de nuevo, la habitación estaba mucho más concurrida.

—¡... que no era una buena idea! —Reconoció la voz de Rhett al instante. Sonaba furioso.

Alice parpadeó para adaptarse a la luz y bajó la mirada. ¿Qué hacía en una camilla de hospital? Y ¿por qué estaba Rhett gritándole a Max?

También vio a Tina, que intentaba mediar entre ellos, y a Charles, que observaba la escena desde una camilla; era la primera vez que no parecía divertido porque dos personas se pelearan.

—¡Gritar no solucionará nada! —dijo Tina.

¡Lo sabía! espetó Rhett . ¡Te advertí que no la dejarais entrar en esa máquina!

—Lo hizo por voluntad propia —argumentó Max pacientemente.

—¡No es cierto! ¡No sabía que podía perder la memoria!

Alice hizo una mueca.

—Estoy bien —les aseguró—. ¿Y si nos calmamos un poco?

Sin embargo, nadie la escuchó.

—¡Tú mismo le dijiste que lo hiciera! ¿Sabías que iba a pasar esto y te dio lo mismo?

—Rhett, relájate —le advirtió Max en voz baja.

—¿O qué? ¿Vas a borrarme la memoria a mí también?

Hubo un momento de silencio. Tina volvió a ponerse en medio cuando se acercaron el uno al otro.

—Si hubiera sabido que las cosas terminarían así, jamás la habría dejado entrar —sentenció Max.

—¡Anda ya! ¡Si siempre pones la ciudad por delante de cualquier persona!

Los cuatro se giraron de golpe cuando una almohada voló por encima de ellos. Alice, que ya no sabía cómo hacerse notar, había optado por esa estrategia. Menos mal que había funcionado.

—¿Podéis dejar de pelearos de una vez? ¿Por qué habláis de mí como si no estuviera? ¿Qué me he perdido?

Pareció que se quedaban todos bloqueados hasta que Rhett, por fin, reaccionó y se señaló a sí mismo.

—¿Sabes quién soy?

Alice parpadeó varias veces. ¿Había entendido bien la pregunta?

—Una cicatriz como esa es difícil de olvidar.

Rhett soltó todo el aire de los pulmones, y la pobre Alice casi se cayó de la camilla cuando le sujetó la cara para plantarle un beso en los labios.

—No hagáis eso, que me pongo celoso. —Charles sonrió ampliamente.

Rhett no le respondió, pero sí que se separó. Max los observaba con una ceja enarcada y Tina parecía aliviada.

—¿No recuerdas nada? —preguntó Rhett.

—¿De la clase? Sé que me mareé, pero...

—No, lo que pasó después —aclaró Max—. Al parecer, durante unos minutos, perdiste la memoria. No reconocías ni a Rhett ni a Tina, y preguntabas por tu padre.

Alice le devolvió la mirada, anonadada.

—No recuerdo nada.

—Pues te aseguro que a mí no se me va a olvidar en una larga temporada —murmuró Rhett.

—Romeo creía que había perdido a su Julieta —canturreó Charles.

Tina debió de cansarse de esas tonterías, porque apartó a Rhett y levantó la cara de Alice para poder examinarla.

—¿Estás bien? —inquirió—. Sigues un poco pálida.

—Estoy agotada.

—La clase apenas había empezado, es imposible que te hayas cansado tanto —intervino Rhett.

Max no decía nada. Estaba analizando la situación. Charles, mientras tanto, jugueteaba con uno de los instrumentos de Tina. Sin querer, se pinchó un dedo y lo soltó de golpe, haciendo que cayera al suelo y rebotara hasta los pies del guardián supremo. Mientras este lo asesinaba con la mirada, el androide se metió el dedo en la boca.

—Ups.

—Apenas siento las piernas —murmuró Alice, acariciándolas.

—¿Sabes lo que le pasa? —preguntó Max a Tina.

Ella lo meditó durante unos segundos.

—No. He analizado su sangre y todo está bien. Tampoco tiene heridas. No hay nada que indique que puede haber un problema.

—Y ¿por qué me he desmayado?

Por la cara que puso Tina, supo que no le gustaría la respuesta.

—Voy a ser muy honesta —le advirtió—. Hacer que un androide pierda el conocimiento es casi imposible. La única forma de conseguirlo es con sedante azul. La única alternativa que podría ocurrírseme es que se te haya desactivado la zona que controla la memoria durante unos segundos.

—¿Cómo es eso posible? —quiso saber Max.

—No lo sé. ¿Quizá se trate de un sistema de autodefensa? Ahora nos recuerda, eso es muy buena señal. No obstante, que se haya desmayado me preocupa.

Alice notó que su corazón se encogía. Miró a Rhett, que no sabía qué decir.

—Entonces... ¿qué me pasa? ¿Estoy defectuosa?

—No podemos conjeturar eso solo por un fallo, Alice. Pero no sé cómo solucionarlo. No conozco la mecánica de los androides hasta tal punto.

—Alice es prácticamente una humana. Su cuerpo funciona casi igual que el nuestro.

—Rhett, cielo, sabes que no es lo mismo. La capacidad de retención del cerebro de un androide es el doble que la de un humano. Es la parte más importante de su organismo después del núcleo, y el resto de su cuerpo depende de él. Eso lo hace brillante, pero también muy vulnerable. En cuanto sucede algo en esa zona, todo el sistema se cae, y estoy casi segura de que eso es lo que ha pasado antes.

Como nadie decía nada, Charles intervino.

—¿Estás diciendo que puede volver a olvidarse de todo?

—No. —Tina miró a Alice—. Estoy diciendo que, si no la tratamos, es cuestión de tiempo que deje de funcionar.

Se hizo el silencio.

Alice no sabía ni cómo sentirse. ¿Acababa de decir que podía morirse?

Levantó la vista y se encontró con la mirada de Max. Tenía la mandíbula apretada y Alice estaba segura de que, pese a que parecía inexpresivo, por su cabeza ya habían pasado más de diez ideas distintas. Sin embargo, no decía nada. Y un Max mudo ante una situación así solo podía significar una cosa: no se le ocurría ninguna solución.

—Entonces... —Charles volvió a tomar la palabra—, ¿cuál es la solución?

—Ojalá lo supiera...

—Podrías examinar mi cerebro y luego meterme en esa máquina para ver si me sucede lo mismo, ¿no? —se ofreció él—. Así sabrás cómo solucionar su problema.

Alice lo miró, sorprendida, pero fue la única. Los demás se mostraban más bien desconfiados.

—Solo funciona con androides —recalcó Rhett.

—¿Y qué te crees que soy yo? ¿Una tostadora?

La revelación hizo que los tres se quedaran con la boca abierta, por lo que fue Alice quien intervino primero.

—No puedo pedirte que te arriesgues de esa forma, Charles.

—Y yo no sabría ver las diferencias —añadió Tina apesadumbrada.

—Pues encontraremos a alguien que sepa más del tema. —Rhett daba vueltas por la estancia. Parecía ansioso—. Kai, por ejemplo. ¡Sabe mucho de tecnología!

—Necesitamos a alguien que sepa de androides, Rhett. Ha sido una mañana muy larga —murmuró ella. Estaba claro que no iban a llegar a ninguna conclusión—. Deberíais explicarles a los demás lo que ha pasado. Decidles que Alice ya está atendida, así no se preocuparán.

—Yo no me muevo de aquí —aseguró Rhett al instante.

—Oye —Alice lo miró—, estoy bien, ¿vale? Vete a comer algo.

Él no pareció estar muy de acuerdo, por lo que Tina acudió en su ayuda.

—Alice necesita descansar un poco. Será mejor que la dejemos dormir un rato, después ya podrás volver.

Eso lo convenció un poco más. Tras meditarlo unos instantes, le dio otro beso, le aseguró que volvería más tarde, se pasó una mano por la cara y abandonó el hospital. Charles aprovechó el momento para incorporarse.

—Supongo que eso quiere decir que a nosotros también nos echas, ¿no?

—Sí —confirmó Tina.

Max hizo exactamente lo mismo que Rhett —menos lo del beso, claro— y se marchó. Por muy mal que se llevaran, habían pasado tanto tiempo juntos que casi parecían padre e hijo.

Charles se marchó tras una graciosa reverencia. Por el pasillo, le preguntó a Max si era el androide más guapo que había visto. Solo recibió un gruñido como respuesta.

En cuanto estuvieron solas, Tina se acercó a Alice y le sonrió débilmente.

—Descansa un poco. Voy a hacer lo posible para que te pongas bien.

Pese a que a Alice le vino a la mente la última conversación que habían tenido, no quería discutir con ella. Estaba cansada y, además, Tina intentaba ayudarla.

Se limitó a asentir y a acomodarse en la cama.

* * *

Al despertarse, no le sorprendió ver que ya se había hecho de noche. Los ventanales del este del edificio estaban cubiertos por cortinas blancas, pero no entraba luz. El hospital permanecía en la penumbra, iluminado solo por las bombillas de la entrada.

Alice se frotó los ojos. Seguía sintiéndose agotada. Hizo

un ademán de incorporarse, pero se detuvo en seco cuando vio a Rhett sentado en la silla que había al lado de su cama. Tenía los ojos cerrados. Su respiración acompasada le hizo saber que llevaba ya un buen rato dormido.

Alice esbozó una pequeña sonrisa que se le borró cuando sintió un pinchazo de dolor en el número. Se incorporó y, muy suavemente, sin hacer ruido, consiguió bajarse de la camilla y sus pies desnudos tuvieron que adaptarse a la gélida sensación del suelo. Necesitaba ir al baño.

Mientras se lavaba las manos, se miró en el espejo. Llevaba puesto un atuendo azul de manga corta que le llegaba por las rodillas. No tenía ningún tipo de adorno. Una bata de hospital.

Salió del cuarto de baño abrazándose a sí misma. ¿Qué le estaba sucediendo? Hacía ya un tiempo que apenas se había recuperado de un golpe, llegaba otro nuevo. ¿Por qué no podía vivir tranquila?

Se detuvo de pronto. Algo —o más bien alguien— acababa de moverse justo a su lado.

Estuvo a punto de adoptar una postura defensiva, pero se retuvo al darse cuenta de que el movimiento no venía de una camilla, sino de una pequeña cuna. Un puñito diminuto asomaba por encima del borde.

No había querido ver a ese bebé, a pesar de que no comprendía por qué. ¿Lo culpaba de la muerte de Eve? No, quizá, simplemente, sabía que mirarlo la obligaría a recordar lo que había sucedido. Había tenido la mala suerte de nacer en el peor momento posible, y encima todos menos Tina lo ignoraban. Qué injusto podía llegar a ser el mundo y qué injusta estaba siendo ella.

Alice se acercó, dubitativa. Nunca había tenido que cuidar de un bebé. De hecho, nunca había visto uno en persona. Su carita redonda y regordeta le pareció graciosa.

El niño estaba abriendo y cerrando la boca. Hacía pompas de saliva y parecía estar pasándoselo en grande. Su cabecita redonda estaba coronada con una pequeña mata de pelo oscuro y tenía el mismo tono de piel dorado que su madre.

Dejó de moverse y clavó unos sorprendentes ojos azules en Alice. Le gustó que tuviera los mismos ojos que ella.

—Por fin nos conocemos, ¿eh? —murmuró.

Acercó una mano y el bebé se la atrapó torpemente para apretarle un dedo. Nada más hacerlo, sonrió de nuevo. Qué raro. ¿Por eso no había escuchado sus llantos? ¿Era así de alegre todo el tiempo? Alice tiró de su dedo y el niño sonrió todavía más. Incluso soltó un alegre sonidito agudo y entusiasmado.

De pronto, le entraron ganas de levantarlo y abrazarlo. Estiró las manos hacia él y el bebé parpadeó. Parecía curioso. Alice lo sujetó por debajo de los hombros y lo levantó con tanta suavidad como pudo. Era diminuto. Parecía tan frágil...

Se lo colocó contra el pecho, sujetándolo con un brazo. El niño estiró la mano y le agarró un mechón de pelo. Por un momento, Alice pensó que iba a darle un tirón, pero se limitó a llevárselo a la boca y babearlo. Ella esbozó una pequeña sonrisa y le ajustó la pequeña camiseta de algodón.

—¿Qué haces?

El susto casi hizo que diera un brinco, pero se contuvo por el bien del niño. Rhett acababa de despertarse y se había acercado para ver qué sucedía.

—Estaba despierto.

Rhett lo miró de reojo.

—Ah, claro.

—Es muy simpático. Me ha sonreído.

—¿Y cómo es que sabes sujetarlo?

—No hace falta ser muy listo. —Sonrió de medio lado—. ¿Quieres probar tú?

Rhett cambió su expresión adormilada por una de horror absoluto en cuestión de segundos.

—¿Eh? ¡No!

—Venga, que no es para tanto.

—Nunca he sujetado a un bebé, Alice.

—Bueno, para todo hay una primera vez. ¿O te da miedo?

—No digas chorradas. A mí nada me da miedo.

—Entonces ¿quieres intentarlo?

El bebé había soltado el mechón y parpadeaba lentamente, como si supiera que era el tema de conversación. Giró un poco la cabecita hacia Rhett, que cada vez se sentía más inclinado a aceptar.

—¿Y si se pone a llorar? —preguntó—. ¿Qué hago entonces?

—Puedes intentar darle el pecho.

—Qué graciosa eres.

—Yo te ayudaré, pesado. Pon los brazos como yo.

A regañadientes, hizo lo que le había pedido. Alice se lo entregó lentamente, colocándole la cabeza en el lugar apropiado. En cuanto lo tuvo bien asido, dio un paso atrás.

Rhett estaba tan tieso que cualquiera habría creído que era una estatua. Empezó a reírse disimuladamente y el bebé, en respuesta, se removió y sonrió también.

—¡Mierda, se está moviendo!

—Rhett, es un bebé, claro que se mueve. ¡Y no digas palabrotas delante de él!

—Si no me entiende. Míralo. Está..., no sé, como ido.

—Seguro que tú estabas peor cuando naciste.

—Probablemente, pero no lo recuerdo.

Alice vio que se había relajado un poquito. El niño lo notó y estiró las manos hacia él para alcanzarle la cara. La respuesta automática de Rhett fue echar la cabeza hacia atrás con una mueca de horror.

—¡Eh, quieto, bicho!

—¡No lo llames bicho!

—¿Y cómo quieres que lo llame? No tiene nombre. Vivimos en un mundo sin normas, en una ciudad sin ley y es un niño sin nombre. Nuestra vida es un espagueti wéstern.

—¿Qué es un...? Bueno, da igual. Tienes razón. Hay que buscarle un nombre.

—¿Tenemos que pensarlo nosotros?

—¿Prefieres que lo elija Jake?

—Madre mía, no. Pobre niño.

Alice sonrió mientras él lo meditaba, sujetando al bebé con más confianza.

—Podríamos ponerle Rhett —dijo entonces—. Es un nombre precioso.

—Sí, y es el tuyo. Qué casualidad.

—¿Qué culpa tengo yo de que sea un buen nombre? Tiene carácter. Es de ganadores —sugirió él, moviendo un dedo por encima de la cabeza del niño, que lo siguió con fascinación—. Sería Rhett junior. O Rhettito.

Alice arrugó la nariz.

—Es precioso. No pongas esa cara. —Miró al bebé—. ¿A que te gusta? ¿Ves? Ha movido la mano.

—¡Ya la estaba moviendo!

—Pero lo ha hecho con más intensidad cuando se lo he preguntado. ¿A que sí?

Estaba segura de que Rhett tenía mucho más instinto de cuidador del que admitiría. Entonces, se volvió a tumbar en la cama y se quedó dormida. Rhett seguía jugando y hablando en voz baja con el niño, que estaba encantado.

* * *

Fue una noche incómoda, llena de despertares por malestar, de viajes al cuarto de baño solo para estirar las piernas...

En cierto momento, Alice dejó de intentar dormirse. Se limitó a mirar el techo oscuro y tratar de alejar su mente de cualquier preocupación. Rhett se había ido a descansar a su habitación, tenía que estar en forma para las clases del día siguiente. Intentaba pensar en el bebé. Cuando creciera, podría hablarle de su madre. Le encantaría saber de ella. Si es que Alice seguía viva, claro. Pero eso provocó que se acordara de la pequeña Blaise, y la tristeza la embargó.

Entonces, escuchó la puerta. Bajó la mirada, confusa, y no pudo evitar apoyarse sobre los codos cuando vio que alguien se acercaba. Lo reconoció enseguida.

—Tienes un aspecto horrible —le aseguró Anuar sin muchos preámbulos.

Ella enarcó una ceja.

—¿Has bajado solo para decirme eso?

—No. Max me contó lo que te había sucedido y parecía preocupado. Quería ver cómo estabas.

Se sentó tranquilamente en la silla que Rhett había ocupado unas horas atrás.

—Ahora me encuentro mejor, pero Tina ha dicho que he sufrido un fallo del sistema. Me he desmayado y, por un momento, no sabía ni dónde estaba ni quién era. O eso dicen los demás, porque yo no recuerdo nada.

Anuar asintió en silencio. Alice no quiso revelarle la gravedad del asunto, pero parecía que él ya se la imaginaba.

—¿Por qué has venido a estas horas? —quiso saber ella.

—Ahora no hay nadie. Me ahorro tener que hablar con la gente.

Alice tuvo que sonreír, porque lo entendía perfectamente.

—Gracias por pasarte.

—No hay de qué.

—¿Cómo está la herida de tu espalda?

—Bien. No fue nada.

—Que no te oiga Tina. —Alice sonó divertida—. No te imaginas cómo se pone cuando no nos tomamos en serio nuestra seguridad.

—Sí, ya he experimentado ese enfado unas cuantas veces.

Transcurrieron unos segundos de silencio mientras Anuar paseaba la mirada por el hospital. Al final, fue ella quien habló primero.

—¿Cómo te va en las exploraciones? He oído que Max está muy contento contigo.

—Ah, sí. —No sonaba muy entusiasmado.

—¿Sucede algo?

—Bueno, está claro que solo me ha concedido esa misión porque se niega a encargársela a Rhett. Quien de verdad lo haría bien es él, no yo. Conoce las marcas, las rutas más seguras, los trucos para atravesar el bosque y las ciudades muertas... Yo tengo que guiarme por lo que me cuentan sus antiguos subordinados. Y todo por esa guerra absurda que tienen montada entre ellos.

A Alice la sorprendió que Anuar hubiera hablado tanto, pero el hecho de que fuera capaz de leer la situación la dejó admirada. Sabía que era observador, pero nunca habría creído que llegaría a calarlos hasta tal punto.

—Nunca me han dicho nada —aclaró al verle la cara—, pero es obvio. Y los exploradores son unos cotillas. Mucho tendría que esforzarme para no formarme teorías.

—Entonces ¿no te gusta tu puesto?

—Lo que no me gusta es ocupar el sitio de otra persona. Me gusta ser explorador, pero no ser líder. Estoy acostumbrado a ir a mi aire, no soporto que un grupo entero dependa de mí. Es agotador. Al menos, cuando estoy aquí puedo volver a vigilar la puerta de Max. Eso me gusta más.

Alice asintió lentamente.

—¿Por eso te marchaste de la otra ciudad? —preguntó—. ¿Porque te gusta ir a tu aire?

Estaba claro que había aprovechado para sacarle información y, aunque Anuar se dio cuenta, se limitó a encogerse de hombros.

—Entre otras cosas.

De pronto, Alice sintió la necesidad de escuchar un buen motivo, algo que le demostrara que había hecho bien en confiar en Anuar. Le había dado siempre tan poca información que estar segura era casi imposible. Solo quería que le dijera la verdad.

Y, para su más absoluto asombro, él confesó:

—Vine buscando a alguien.

Alice no se atrevió a indagar más. ¿Se moría de ganas? Claro que sí, pero no iba a forzar la situación. Quizá aquello fuera todo lo que sería capaz de decirle.

Pero no. Anuar siguió hablando.

—Tengo un hermano. Nunca he sabido qué fue de él, si está bien... y todos sabemos dónde acaban las personas que desaparecen.

—En la capital —murmuró Alice.

Él asintió.

—Me uní a ellos con la esperanza de que confiaran lo suficiente en mí como para dejarme verlo. Pero pasaron los años y sigo sin saber si terminaron convirtiéndolo o, simplemente, se deshicieron de él.

—¿Por eso viniste aquí?

—Sí... Estaba claro que erais el caballo ganador. Al menos, en este aspecto. Cuando escuché que querías liberar a prisioneros, supe que era mi oportunidad.

—Por eso saliste a recibir a los androides —murmuró ella en voz baja—. Pensaste que tu hermano podía ser uno de ellos.

—No obstante, no apareció. Trato de mantener la esperanza, pero cada vez es más complicado. ¿No debería saber algo a estas alturas?

—Mantienen a los androides muy aislados, Anuar. Es posible que no recuerde nada. Pero quizá, si te ve, se acuerde de ti.

Eso no era del todo cierto. A ella le había pasado con Jake, pero a Anya con Max no. Dependía del androide, pero no se atrevía a decirle que, después de tantos años, cabía la posibilidad de que su propio hermano se hubiera olvidado de él.

—¿Tienes una foto suya? —preguntó—. Quizá lo recuerde de cuando vivía aquí.

Anuar levantó la cabeza y se quedó mirándola durante unos instantes, como si se preguntara por qué no se le había ocurrido esa idea a él. Se apresuró a rebuscar en el bolsillo y, al poco, le entregó una pequeña imagen doblada.

—Es la única que tengo.

Alice la abrió como si fuera el mayor tesoro que había sostenido jamás. Se trataba de una pequeña fotografía antigua de dos personas. Una era una versión mucho más joven de Anuar. Esbozaba una gran sonrisa y tenía el pelo más largo. Parecía tan relajado que apenas lo reconoció. Uno de sus brazos estaba encima de los hombros de su hermano pequeño, que no estaba tan alegre. De hecho, por su cara, parecía que le apetecía alejarse del objetivo. Aun así, le pareció sumamente tierno.

Alice observó cuidadosamente la cara del pequeño. Nunca había visto a un androide como él, pero le resultaba familiar.

Entonces fue como si el recuerdo le diera una bofetada. Claro que le sonaba. Había pasado con él varios meses.

—¿Saud? —preguntó con un hilo de voz.

Anuar se tensó de golpe.

—¿Lo conoces? ¿Dónde está? ¿Está bien?

Ella levantó la mirada lentamente para conectarla con la suya. La última vez que lo había visto, yacía en el suelo con varios agujeros de bala y sujetaba la mano de Dean.

—Lo conocí... no como androide. Como humano.

El suspiro de alivio de Anuar solo consiguió empeorar la situación, porque Alice, de pronto, se sentía muy triste por él. ¿Cómo podía decirle la verdad después de ver lo ilusionado que estaba?

—No lo atraparon —dijo sonriendo. Nunca lo había visto así de alegre, de despreocupado. Estaba eufórico—. Menos mal... Es un pequeño escurridizo, ¿eh?

—Sí...

—¿Cómo lo conociste?

—Vivía conmigo en Ciudad Central. Era alumno.

—¿Principiante?

—No..., intermedio.

Anuar soltó una pequeña carcajada, entusiasmado.

—No me lo puedo creer. En cuanto lo vea, voy a...

—Anuar..., hay algo que deberías saber.

No podía mantenerlo en secreto. Bajarlo de la nube sería una crueldad, pero permitir que siguiera viviendo en una mentira o manteniendo la esperanza de reencontrarse era peor.

Su tono de voz debió de desvelar algo, porque la sonrisa de su amigo vaciló un poco.

—¿Qué? ¿Dónde está? Vuestra ciudad se destruyó, ¿no?

—Sí, pero él llevaba un tiempo sin estar en ella.

—¿Por qué? ¿Se había marchado?

—No...

Y, curiosamente, no necesitó decir nada más.

Anuar le sostuvo la mirada y su sonrisa, antes entusiasta, empezó a transformarse en una mueca de dolor. Fue curioso que lo entendiera tan rápido pero tardara tanto en ser capaz de asumirlo. Habían pasado varios segundos y seguía sin hablar.

—No, no... —dijo de forma atropellada—. No sé qué estás insinuando, pero no es verdad.

—Lo lamento muchísimo.

Anuar se puso de pie bruscamente, le dio la espalda y se quedó muy quieto. Lo que le pasaba por la cabeza hizo que su cuerpo se tensara. Alice quiso darle un abrazo de consuelo, pero él habló antes de que pudiera acercársele.

—¿Quién fue?

—Ciudad Capital.

Sin decir nada más, Anuar abandonó el hospital.

18
LAS PALABRAS DE UNA ILUSA

Su conversación con Anuar la atormentó durante el resto de la noche y también durante gran parte de la mañana.

Alice había intentado subir a desayunar con los demás, pero Tina la pilló enseguida y prácticamente la devolvió a la cama de una oreja. Ya no estaba tan cansada. Se había pasado casi veinte horas dormitando. Estaba aburrida, pero Tina no le dejaba hacer nada, ni siquiera ponerse de pie.

Alice obedeció la norma de no salir del hospital, pero no la de no levantarse en todo el día. ¿Quería que se volviera loca?

Tenía controlados sus descansos, el rato que pasaba con el bebé y sus horas de comer, así que, cuando Tina desaparecía, llegaba su momento de hacer estiramientos suaves.

Pensó que las cosas mejorarían muy deprisa, pero el destino no parecía estar de su parte.

La primera semana fue la más llevadera. Tina le dejaba cuidar del bebé y Alice había descubierto que sabía cómo provocarle una carcajada, consolarlo cuando lloraba, jugar con él... Le encantaba la forma en que abría y cerraba los puñitos, cómo intentaba imitarla de forma inconsciente... Adoraba al niño.

Aun así, se sentía muy sola. Tina no dejaba que sus amigos bajasen a verla, aunque ella no entendía por qué. Solo Rhett y Max se acercaban de vez en cuando, y prácticamente tenían que colarse a escondidas, lo que quería decir que tenían que marcharse enseguida.

Una mañana, mientras Max se asomaba para ver al bebé, Alice se atrevió a preguntarle:

—¿Qué tal está Anuar?

La pregunta pareció pillarlo por sorpresa, porque la miró con confusión.

—Bien, como siempre. ¿Por qué?

—Ah, no, por nada.

No se lo creyó, pero tampoco insistió.

Sus únicas conversaciones eran con Tina y con el bebé, y con los alumnos que se lesionaban en las clases o los pacientes que necesitaban algún tipo de medicamento. No eran las charlas más interesantes del mundo, pero eran mejor que estar en completo silencio.

Una noche, mientras ya dormitaba en su cama, le pareció que algo se movía cerca de ella. Casi gritó al ver que alguien empujaba la ventana desde fuera, pero entonces se dio cuenta de que era Kilian.

El chico salvaje había conseguido colarse por la ventana y en ese momento la sujetaba para que Jake, que lo acompañaba, pudiera hacer lo mismo. En cuanto ambos estuvieron dentro del hospital, se acercaron a hurtadillas a la cama de Alice, que los recibió con un gran abrazo.

—¡Cómo me alegro de veros!

—Chis, habla más bajito o Tina te oirá.

—Ay, sí, perdón.

Jake y Kilian se asomaron a ver al bebé y, mientras que el salvaje pareció quedarse tan fascinado con él que se olvidó de su amiga, Jake se acercó para sentarse junto a ella.

—¿Cómo estás? Rhett dice que bien, pero no me fío de él. Quería comprobarlo por mí mismo.

—¿Y qué te parece? ¿Me ves mal?

Jake dudó. Durante esos días, Alice había perdido mucho peso. Su cuerpo estaba tan acostumbrado a estar en constante movimiento que unos días de letargo la habían dejado blanda y delgada. Por no hablar de sus ojeras. Incluso su piel parecía haber perdido brillo.

—Nah, qué va. —Jake carraspeó, incómodo—. A ver, no es tu mejor momento, tampoco te voy a engañar.

Alice se echó a reír y tuvo que sujetarse el abdomen. Había empezado a dolerle todo el torso, desde las costillas hasta las caderas.

—Pero ¿por qué estás tan mal? ¿Qué te ha pasado?

—Ese es el problema, que parece que nadie lo sabe.

—Vamos, siempre hay una explicación. ¿No has hecho nada fuera de lo común?

Alice pensó enseguida en la máquina de la memoria. Era una posibilidad muy importante, pero, entonces, ¿por qué la primera vez que la había usado no le había pasado nada malo? No tenía ningún sentido.

—Intentaré acordarme —le aseguró.

—Lo importante es que te pongas bien. ¿Necesitas algo? ¿Quieres que te cuele comida?

Ella sonrió y negó con la cabeza.

—Tina se asegura de que coma lo que me corresponde. Es un puré insípido, pero me las apaño.

—Si cambias de opinión y quieres un postre, yo le robo el suyo a Trisha y listo.

—¿Es que quieres morir?

—Tienes razón, mejor se lo quito a Maya.

De nuevo, Alice tuvo que dejar de reírse porque le dolía todo el torso. Cerró los ojos y al abrirlos vio que Jake había tomado una de sus manos entre las suyas.

—En serio, si necesitas ayuda, sabes que solo tienes que pedírmela. Ni te lo pienses. Te considero la hermana mayor que siempre quise tener. Tenemos que cuidarnos el uno al otro, ¿verdad?

Jake no habría podido elegir mejor sus palabras. Alice se quedó muy quieta al pensar en Alicia, en el bebé al que Charlotte abandonó, en su madre, que le pidió que lo pusiera a salvo... No obstante, lo que le hizo ganar fuerza no fue nada de aquello, sino su última conversación con Anuar.

Él había perdido a su hermano pequeño para siempre. No podría recuperarlo. ¿Qué no daría por volver a estar con él? ¿Cuánto tiempo llevaba tratando de saber qué había sido de Saud?

Jake era como Anuar. Buscaba a su hermana, aunque no lo sabía, pero era consciente de que le faltaba algo y lo mínimo que se merecía era la verdad.

—Tuviste una hermana mayor, Jake.

Ya lo había dicho, y no había forma de retractarse. Había llegado el momento de contarle la verdad.

Él pareció un poco divertido, como si se lo hubiera tomado a broma.

—Ya, claro.

—No. Estoy hablando en serio. Tuviste una hermana mayor. Se llamaba Alicia y te quería más que a nadie en el mundo.

Se lo contó todo. Le habló del padre John, de sus recuerdos, de su experimento, de lo que había solicitado. Le habló incluso de cómo se creaban los androides. No se dejó ni un detalle.

Al terminar, pese a la cara de perplejidad absoluta de Jake, sintió que había hecho lo correcto.

Durante lo que parecieron horas, el chico analizó sus palabras en completo silencio y con la mirada perdida en algún rincón del hospital. Incluso Kilian, que solía mantenerse al margen de temas como aquellos, se acercó a ver qué sucedía.

Alice había empezado a ponerse nerviosa. ¿Y si se enfadaba con ella? ¿Y si dejaba de hablarle? ¿Cómo reaccionaría ella si le contaran lo que le acababa de revelar a Jake? ¿Traicionada? ¿Decepcionada?

Él, entonces, tragó saliva con dificultad.

—Ya veo. —Fue todo lo que dijo.

Ella esperó, impaciente.

—¿No quieres... decir algo? Lo que sea.

—Sí. ¿Por qué te lo habías callado hasta ahora?

No sonaba a reproche, sino a curiosidad.

—No lo sé, creo que me daba miedo.

—¿De qué?

—Jake, tu hermana tuvo que morir para que yo pudiera existir.

—Mi hermana eres tú.

La frase fue tan contundente, tan directa, que la dejó sin palabras.

—Desde el principio sentí que había algo que no encajaba, como si te hubiera conocido antes pero no pudiera ubicarte —murmuró él—. Pensé que todos los androides hacéis que los humanos nos sintamos así, pero después me di cuenta de que nadie más parecía experimentarlo. Había algo más. Y ahora sé qué es.

Alice apartó la mirada y la clavó en sus manos. Se había preparado para una discusión, no para una charla así de honesta.

—No recuerdo nada de ella —añadió entonces—. Max no

quiso contarme cómo me había encontrado. Dijo que se lo guardaría hasta que fuera mayor, y supongo que ahora prefería esperar a que fueras tú quien me lo revelase.

Hizo una pequeña pausa.

—Tú sabes cómo era, ¿verdad? —se interesó.

—Sí, pero no sé si te gustaría.

Le había contado algunos detalles de sus sueños, pero había intentado evitar el hecho de que su hermana nunca había sido, precisamente, un ser humano maravilloso. Estaba llena de defectos, como cualquier otra persona, pero consideró que Jake se lo tomaría muy a pecho.

—Prefiero saberlo —dijo él, y a Alice no le quedó otra que contárselo.

Cuando terminó, hacía casi media hora que estaban allí sentados. Jake la observaba con una mueca de confusión.

—¿Todo eso ha pasado sin que me diera cuenta?

—Lamento no habértelo contado antes. De verdad que lo siento, Jake.

—No importa —murmuró él, negando con la cabeza—. Entiendo por qué no lo hiciste. Aunque me habría gustado que confiaras un poquito más en mí.

—Hay cosas que uno está mejor sin saber. ¿O te enorgulleces de que nuestro padre sea el que es?

—Esperemos que la genética no sea muy fuerte.

Los dos sonrieron. Pareció que Alice iba a decir algo, pero se interrumpió a sí misma cuando vio que la luz se encendía en la habitación de Tina.

En cuestión de segundos, Kilian y Jake ya habían desaparecido, y ella se hacía la dormida mientras la mujer revisaba la sala con los ojos entrecerrados.

* * *

A la segunda semana, las cosas se empezaron a complicar.

Como cada mañana, quiso acercarse al bebé para pasar un rato con él, pero enseguida se dio cuenta de que no era capaz. Una de sus piernas no respondía. Se cayó al suelo con un golpe sordo. Bajó la mirada, extrañada, y consiguió mover la pierna otra vez. ¿Por qué no le había hecho caso a la primera? Se puso de pie de nuevo y siguió caminando, un poco más tensa.

Sin embargo, eso solo era el principio.

Durante ese día, volvió a caerse dos veces. Al menos, había conseguido evadir a Tina. Si se enteraba de que casi no podía andar, como mínimo la ataría a la cama.

Se miró las piernas, irritada. Parecían estar perfectamente bien. Al menos, hasta que se fijó en sus pies. La piel de los dedos era de un tono azulado. Alice se estiró y los tocó, confusa. Apenas podía sentirlos. Intentó moverlos, pero fue inútil. Apretó la zona afectada con la punta de un dedo y se volvió blanca por un momento antes de volver al tono anterior.

Y, justo en ese momento, Tina apareció y la encontró en el suelo.

—¡Alice! ¿Qué pasa, cielo? ¿No te encuentras bien?

No necesitó respuesta para empezar a tomar medidas. Lástima que ninguna funcionara.

Unos días más tarde, el azul había ascendido hasta su tobillo. Tina lo había notado y la obligaba a pasearse por el pequeño hospital con una muleta. Alice se sentía ridícula, pero al menos no la veía nadie. Literalmente, porque no había vuelto a recibir visitas. Ni siquiera de Rhett.

Preguntó a Tina en varias ocasiones sobre el tema y ella le confesó que no sabía exactamente qué estaba pasando, pero Rhett y Max habían discutido mucho últimamente. Alice le pidió que le preguntara a Rhett si tenía intención de volver a verla, pero no le trajo muy buenas noticias. Al parecer, estaban preparando unas pruebas y no tenía tiempo. Alice intentó que eso no la afectara, pero no pudo evitar sentirse un poco mal. ¿Es que no tenía ni cinco minutos para hablar con ella?

En los días siguientes, Alice no dejó de empeorar. El azul se había extendido por todo su cuerpo, le aparecieron manchas por todas partes. Parecían moretones. Los tenía en la cara interior de las rodillas, en los muslos, en los brazos y en la espalda. Pero lo peor eran los dedos, que le cosquilleaban y le dolían a partes iguales, y no podía hacer nada para impedirlo.

Tina ya no permitía que se paseara por la sala, así que se quedaba en la cama la mayor parte del tiempo, entreteniéndose en intentar mover los dedos, tarea que cada vez le resultaba más complicada.

Lo único bueno era que no había vuelto a perder la memoria.

A la tercera semana, su aburrimiento había alcanzado un punto insoportable. Ya no podía acercarse a ver al bebé. Ni siquiera los pacientes temporales le hacían demasiado caso. ¿Por qué nadie quería verla? ¿Había hecho algo malo y no se había dado cuenta?

Como si lo hubiera invocado, en ese mismo instante escuchó pasos acercándose a ella. Levantó la cabeza de golpe, ilusionada, pero toda emoción se esfumó en cuanto vio que se trataba de Charlotte.

No obstante, ver a alguien, aunque fuera ella, era un alivio. Se incorporó sobre los codos.

—Hola —murmuró la rubia, deteniéndose a los pies de su cama.

Llevaba puesto el mono negro de la ciudad, con el cinturón reglamentario. Estaba claro que ya la habían ascendido a guardia.

—Tina está en la sala del al lado —la informó Alice.

—Lo sé. Quería verte a ti. Me dijeron que no te encontrabas del todo bien.

—Estoy perfectamente.

—No lo parece.

—Pues lo estoy. Ya puedes marcharte por donde has venido.

Charlotte suspiró y se acercó a la puerta. Sin embargo, se detuvo antes de alcanzarla y se giró hacia ella. Parecía irritada.

—¿Cuánto tiempo vas a seguir tratándome mal por lo que pasó? —preguntó, acercándose otra vez.

—¿Estás de broma?

—No. Desde que llegué, no has hecho otra cosa que juzgarme. ¿Cuándo se te olvidará?

—Nunca —le aseguró Alice lentamente. Deseaba poder levantarse y decírselo a la cara, a su altura, pero le resultaba imposible—. Abandonaste a mi hermano pequeño a sabiendas de que podía morir.

—No fue así...

—Sabes que sí. Y no solo a él. Dejaste que la persona a la que se suponía que amabas se muriera sola. De no haber sido por Max, Jake habría terminado igual que Alicia. O peor.

—Lo sé, pero...

—¡Deja de buscar excusas! ¡Hace más de un mes que estás aquí y ni siquiera te has molestado en pedirme disculpas!

—Lo siento —dijo Charlotte, acercándose. Pareció que intentaba alcanzarle una mano, pero una mirada fue suficiente para saber que no sería una buena idea—. Perdóname, ¿vale? Me asusté y hui. Fui una cobarde, lo sé, pero luego me arrepentí y volví corriendo. Entonces... solo estaba ella, o tú, bueno, Alicia. No había rastro de Jake. Pensé que se lo habrían llevado y desistí.

—Yo no habría desistido nunca —le espetó Alice, apretando los labios.

—Pero ¡Jake sobrevivió! Y tú también, de alguna forma.

—No sé qué buscas aquí, pero no voy a ser tu amiga, Charlotte. Nunca podría volver a confiar en ti.

Hubo un momento de silencio. Alice volvió a tumbarse, dando por zanjada la conversación. Charlotte se quedó a su lado durante un rato más, en silencio y, antes de marcharse, murmuró:

—Tú y yo nunca fuimos amigas.

Alice la siguió con la mirada y apretó los dientes. Por si fuera poco, en ese momento apareció Tina. Había visto a Charlotte. Supo que se avecinaba una bronca incluso antes de que se girara hacia ella con mala cara.

—¿En qué habíamos quedado sobre el tema de las visitas? —le preguntó.

—¿Crees que incumpliría las normas por alguien como ella? ¡Se ha colado!

—¿Y le has pedido que se fuera?

—¡Sí!

Eso pareció dejarla más tranquila.

—Bien. Así me gusta.

Tina inició la rutina de cada día. Abrió las cortinas, despertó a los pocos pacientes que había en el hospital, repartió los desayunos y se aseguró de que todo el mundo comiera. Después, empezó a preparar las dosis diarias y a administrarlas cuidadosamente. Alice estaba tan acostumbrada a ello que dejó que lo hiciera sin protestar. Simplemente, prestó su brazo para que le pusiera la inyección.

Sin embargo, notó que Tina la miraba de reojo mientras retiraba la aguja. Parecía preocupada.

—¿Qué sucede?

—Que entiendo que no todo el mundo pueda venir a verme, pero pensé que Rhett sí lo haría. Comprendo que tenga sus obligaciones, pero ¿no puede sacar ni cinco minutos para visitarme? ¿No sería un detalle?

Tina no respondió, pero le dedicó una sonrisa un poco apenada.

—Te tiene muy presente.

—Ya, pues yo no estoy tan segura.

—Alice, ¿aceptarías un consejo? No seas muy dura con él. Todos hacemos lo que podemos, aunque no lo parezca.

La doctora le puso un vaso de un líquido rojizo delante y ella lo observó con cautela, como si no se lo hubiera tomado cada mañana desde que había llegado.

—¿Qué es esto?

Tina suspiró y se sentó a su lado con expresión de hastío.

—¿No vas a tomártelo?

—Es que no sé qué me estás dando.

—Un remedio para androides.

—Vale, ¿me puedes explicar cómo sabes hacer un remedio para androides? Y ¿por qué entiendes tanto de mi funcionamiento? ¿Es que eres uno de nosotros?

—Claro que no.

—¿Entonces?

Al ver que se quedaba callada, Alice pensó en desistir. Pero no le daba la gana.

—¿En qué trabajabas antes de llegar aquí? Y no digas que eras pe...

—Era pediatra.

Alice apretó los dientes y estuvo a punto de soltar algo poco decoroso, pero entonces Tina siguió hablando:

—El problema era que, en cuanto me encariñaba de ellos, se los llevaban.

Aquello sí que hizo saltar sus alarmas. Alice la miró, confusa, y vio que su rostro se había ensombrecido.

—¿Quién?

—Mis superiores. No podían permitir que me encariñara de futuros androides.

La frase fue un corte en medio de la conversación, porque hizo que ambas se quedaran en absoluto silencio durante un buen rato. Tras eso, Tina volvió a mirarla con una débil sonrisa.

—Me había sacado la carrera de Medicina a la primera, era de las mejores de mi clase, y barajaba varias opciones de trabajo, pero su oferta era tan buena que no podía quitármela de la cabeza y, al final, terminé aceptando. No te voy a engañar, el dinero influyó muchísimo. Pero lo que más me atrajo fue el misterio. Durante toda mi vida había estado tan centrada en hacer lo correcto que quería cambiar un poco, salir de mi zona de confort, y pensé que aquella era una buena forma de empezar.

—Y ¿qué tenías que hacer?

—Durante los primeros meses, trabajaba con gente de todo tipo en los laboratorios, pero pronto me reubicaron. Disponía de una casa y de una zona de pruebas, y me proporcionaban todo lo que necesitaba, desde comida hasta entretenimiento. Lo único que tenía que hacer a cambio era ocuparme de los niños que me traían.

Hizo una pausa, y Alice, pese a que había intentado contenerse, no pudo evitar juzgarla con la mirada.

—La mayoría eran huérfanos, y provenían de una gran variedad de nacionalidades. Lo único que tenía que hacer era cuidar de ellos y realizarles pruebas para ver si serían compatibles con el núcleo en el que estaban trabajando.

—El que yo llevo en el estómago, ¿no?

—Sí. La mayoría terminaban descartados. Se los llevaban, quiero pensar que de vuelta al orfanato, pero nunca lo supe con certeza.

—¿Y los otros?

—A ellos también se los llevaban, pero a otro destino.

Alice no quiso saber más. Enterarse de que Tina hubiera participado en algo así la ponía enferma.

No era la imagen que tenía de ella. En su cabeza, Tina siempre había sido una buena persona, la había ayudado en todo lo que había podido y había arriesgado su vida por ella. ¿Cómo podía haber permitido aquellas atrocidades? ¿Era una actriz maravillosa o realmente había cambiado?

—Nadie sabe nada de todo esto —añadió la mujer en voz baja—. Ni siquiera Max, ni Rhett. Y prefiero que siga así. Nunca me lo perdonarían.

—Ambos te perdonarían —dijo Alice sin pensar—. Te quieren demasiado como para no hacerlo.

Tina no respondió. De hecho, se quedó en silencio durante unos segundos hasta que se incorporó y fue directa a una de sus mesas. Alice no entendía nada, y menos cuando le entregó un sobre blanco.

Lo aceptó, dubitativa.

—¿Qué es esto?

—Es una carta de Eve. La escribió antes de que me marchara. Yo misma la ayudé.

Alice levantó la mirada hacia ella, perpleja, y Tina cerró los ojos con fuerza.

—Quería esperar a que te mejoraras antes de dártela, pero entre lo que sucedió y lo que te está pasando ahora, no tiene sentido seguir alargando la espera. Aquí la tienes. Y sí, es verdad que no hice nada para ayudarla. No quería traer a un bebé androide a este mundo. Tomé una mala decisión. Espero que esto, al menos, ayude un poco.

Y, entonces, se marchó de nuevo.

* * *

Los días pasaron y, aunque su estado de salud no fue a peor, tampoco mejoró en ningún aspecto. Alice permanecía en la cama, mirando el techo y entreteniéndose mientras se preguntaba si debía abrir el sobre de Eve o no. Sabía que terminaría haciéndolo, pero por algún motivo lo iba postergando. Jugueteaba con el envoltorio, lo miraba, intentaba imaginarse lo que había dentro y luego vuelta a empezar.

Hasta que una tarde escuchó pasos en la entrada del hospital, seguidos de risitas, cuchicheos y un golpe que hizo que una camilla se moviera. Alice se incorporó sobre los codos, confusa, y vio que un grupo de cuatro personas se acercaba a ella. Tardó unos instantes en reconocerlos, pero entonces lo consiguió. Eran Trisha, Charles, Kilian y Jake.

—¿Qué hacéis aquí? —preguntó Alice, intentando no entusiasmarse antes de tiempo.

Echó unas cuantas miradas por la sala para asegurarse de que Tina no anduviera cerca.

—¡Queríamos visitarte! —exclamó Jake alegremente.

—Pero... pensé que no os dejaban bajar.

—Por eso hemos venido a escondidas. —Trisha le dedicó una sonrisa de medio lado y se sentó en la camilla que había junto a la suya—. Bueno, ¿cómo estás? Porque desde fuera la cosa no tiene muy buena pinta.

—Qué maja eres —murmuró Charles divertido.

Alice no quería decirles que se había puesto mucho peor, así que se encogió de hombros.

—Podría estar mejor. ¿Dónde está Rhett?

—Ah, muchas gracias. —Su amiga enarcó una ceja—. Venimos todos a verte y lo primero que haces es preguntar por el idiota ausente.

—Estaba discutiendo con Max —aclaró Jake—. Así que hemos optado por no meternos. Seguro que habrían terminado gritándonos a nosotros.

—¿Por qué discutían?

—¿Desde cuándo necesitan motivos? —Trisha arrugó la nariz.

—Bueno. —Charles apoyó el codo en la cama, mirando a Alice—. La cosa es que no te mueres, ¿no? Para ir aclarándome.

—¡Si estabas aquí cuando Tina me lo explicó todo!

—Sí, pero cuando alguien se pone a hablar, y hablar, y hablar... desconecto y pienso en mis cosas. —Sonrió ampliamente—. Si necesitas una última juerga antes de irte al hoyo, puedes llamarme. Siempre tengo material de emergencia.

—Gracias por la oferta, pero creo que la rechazaré.

—Avísame si cambias de opinión.

Ella esbozó una sonrisa, pero se le borró cuando vio que Jake había clavado la mirada en sus dedos azulados.

—Así que es verdad. Te estás... muriendo.

—No es seguro —intervino Trisha al instante—. Tina siempre encuentra una solución, ¿verdad? Es su trabajo. Y se le da muy bien.

—Además, en el peor de los casos —Charles sonrió ampliamente—, podemos decir que va disfrazada de delfín.

—¿De verdad te crees que eres gracioso? —preguntó Trisha.

—Algunas veces.

—Oye —intervino Jake ansioso—, ¿podemos irnos de una vez?

—¿Ya os marcháis? —preguntó Alice apenada.

Charles, al instante, le dio un toquecito en la nariz.

—Y tú te vienes con nosotros.

—¿Eh?

—¡Hemos venido a buscarte!

—¿A mí?

—Tienes que correr un poco —insistió Trisha.

—¡Pero si no puedo!

Todos intercambiaron una mirada, pensando, hasta que al final llegaron a una decisión conjunta. Unos minutos más tarde, corrían todos por el pasillo con Alice subida encima de la espalda de Charles.

—Tina me va a matar —se lamentó esta, pero no se arrepentía de haberse marchado con ellos.

—Yo te protegeré —bromeó su transportista.

Al intentar salir por la puerta trasera, todos se detuvieron de golpe. Anuar acababa de llegar de una exploración con unos cuantos soldados. En cuanto hubieron pasado, Charles y su mochila fueron los primeros en cruzar el umbral y meterse en el aparcamiento.

—¿Nos vamos en coche? —preguntó Alice con voz chillona—. Quizá esto se nos está yendo un poco de las manos...

—¡Cállate y disfruta! —exclamó Trisha divertida.

Ella fue la primera en llegar a una de las furgonetas situadas cerca de la salida de la ciudad. Estaba completamente vacía a excepción del conductor, que esperaba impacientemente mientras repiqueteaba los dedos contra el volante. En cuanto Alice lo reconoció, no pudo evitar sonreír.

—¡Rhett!

—¡Chis! —Él puso mala cara al ver quién la traía a hombros—. Aparta, ya la ayudo yo.

—No te pongas celoso, Romeo.

—No son celos, es precaución. Ibas haciendo eses.

Charles se encogió de hombros como si le diera la razón. Rhett y Alice se acomodaron en los asientos delanteros, mientras que los demás se apiñaron como pudieron en los de atrás.

—¿No nos vamos a meter en un lío? —preguntó Alice cuando el coche empezó a moverse.

—Ya nos preocuparemos de eso después —murmuró Jake.

Rhett le dedicó una sonrisita fugaz y giró el volante. Estaban dirigiéndose a la salida trasera. Pese a que había algunos guardias, ninguno intentó detenerlos. Se limitaron a saludar al guardián con la mano y a seguir haciendo su trabajo.

Un rato más tarde, empezó a darse cuenta de cuál había sido la dirección desde el principio, más que nada porque ella misma había hecho ese recorrido una vez. Estaban dirigiéndose a Ciudad Central.

Alice miró a Rhett, sorprendida, pero él negó con la cabeza.

—Vamos un poco más al sur.

Y, efectivamente, el destino final fue la playa.

En cuanto los demás empezaron a bajar del coche y a correr sobre la arena, Alice hizo un esfuerzo para abrir su puerta y ponerse de pie, aunque enseguida tuvo a Rhett a su lado para rodearle la cintura con un brazo.

—¿Estás bien? —le preguntó.

—Sí, sí... Vayamos con ellos.

Los demás ya se habían asentado. Trisha se quitaba los zapatos a toda velocidad, Jake y Kilian corrían por la orilla con los pantalones remangados hasta las rodillas, Charles observaba el mar mientras se encendía un cigarrillo... y luego estaban ellos, que se quedaron a unos metros de distancia, contemplándolos.

—¿Alguna vez habías estado en la playa? —preguntó Alice.

—De pequeño, con mi familia. ¿Y tú?

—Una vez, pero... no estoy muy segura de que cuente.

No iba a explicarle lo de su sueño. Bastante tenía ya con lo que tenía como para que además Rhett pensase que estaba demente.

—¿Me has traído porque una vez comenté que quería visitarla? —preguntó entonces con una sonrisita.

—Pues claro. ¿Ves como sí que cuido los detalles?

—Tienes razón, cariño. Eres el mejor.

—¿Vas a torturarme con eso toda la vida? —suspiró, aunque no parecía muy molesto.

—Admite que lo dijiste y quizá lo deje estar.

—Muy bien, lo dije. ¿Contenta?

—Mucho —le aseguró alegremente.

Trisha se lanzó al agua, mojándose hasta las rodillas y salpicando de lleno a Jake, que soltó un chillido y fue a ocultarse detrás de Kilian.

—¿Quieres ir con ellos? —preguntó Rhett de repente, y se dio cuenta de que la llevaba observando un buen rato.

—No tengo más ropa, no puedo mojarme.

—¿Y qué?

Le gustaba mucho que Rhett se olvidara por un rato de qué era lo correcto y qué peligroso. Hacía que se sintiera mejor consigo misma, no como una enfermita a la que cuidar. Por eso, agradeció que, pese a ir a su lado y notara su dificultad, no intentara sujetarla al caminar.

Alice nunca había nadado. Se había bañado, sí, pero jamás en una extensión tan grande de agua. Ni siquiera podía ver el final, solo un eterno horizonte en el que no había ni barcos ni veleros, solo unas pocas gaviotas.

Metió los pies en el agua. No estaba muy fría. Los demás seguían jugando a unos metros de distancia y, por suerte, no insistieron en ayudarla. Con mucho cuidado y esfuerzo, Alice siguió avanzando hasta que le cubrió hasta la cintura y la bata azul empezó a flotar alrededor de sus caderas. Pasó las manos por la superficie, acariciándola, y cerró los ojos con fuerza. El calor del sol en su piel, la corriente acariciándola y el olor a mar estaban consiguiendo que se sintiera mucho mejor.

Supo que Alicia estaría ahí, a su lado, en cuanto abriera los ojos. Que le diría algo hiriente y conseguiría que su felicidad se evaporara. Pero, por suerte, Rhett consiguió espantarla. Se colocó a su lado y la miró de reojo.

—¿Sabes nadar?

—Ojalá.

—Pues quizá no deberías meterte mucho más.

—Vaya, y yo que creía que por fin te habías desatado...

—Sigue habiendo ciertos límites, y uno de ellos es que no te ahogues.

Alice empezó a reírse y, muy a su pesar, tuvo que colocarse una mano en el abdomen por el dolor. Por suerte, Rhett no se dio cuenta.

—Siempre podrías nadar conmigo —comentó.

No creyó que Rhett fuera a acceder, por eso la sorprendió tanto que, al final, asintiera y le hiciera un gesto para que lo siguiese.

Nadar era muy extraño. Hacía que se sintiera como si el agua la abrazara y la meciera de un lado a otro. Y lo más raro de todo no era que no se hundiera, sino que sus brazos flotaran sobre el agua mientras Rhett la sujetaba de la cintura, sonriendo y dándole indicaciones.

Poco a poco, incluso logró flotar por sí misma, pero entonces se despistó y se le hundió la cabeza en el agua. Rhett apareció al instante y volvió a sujetarla.

—Te dije que no te alejaras mucho —protestó.

—Estoy bien, tengo un buen socorrista.

—Muy graciosa.

Los demás también se habían animado a nadar. En ese momento, Trisha se reía a carcajadas y lanzaba una brazada de agua hacia Charles. Él protestó porque se le había apagado el segundo cigarrillo, y Jake y Kilian empezaron a reírse de él.

—Parece que se lo pasan en grande —murmuró Alice, que echó la cabeza hacia atrás para dejarla flotando.

De hecho, dejó que todo su cuerpo flotara por encima de la superficie. Extendió los brazos y las piernas y notó que Rhett la sujetaba con ambas manos por la espalda. Se quedó mirando el cielo, completamente relajada.

—¿Y tú no? —preguntó él.

—Creo que está siendo uno de los mejores días de mi vida.

La reacción de Rhett fue soltar un bufido burlón.

—Pues qué pocos días buenos has tenido.

—Ayúdame a tener más.

—No te preocupes, ya nos encargaremos de eso.

Alice sonrió y cerró los ojos.

—¿Cuál ha sido el mejor día de tu vida?

—Supongo que lo sabré cuando suceda.

Pasaron unos segundos y, pese a que Alice trató de mantener la calma, un molesto dolor en el cuerpo hizo que empezara a tensarse. Rhett lo notó enseguida.

—¿Quieres que volvamos a la orilla?

—Sí. Creo que será lo mejor.

El resto de la tarde se le pasó a toda velocidad. Alice se tumbó en la arena, tomó el sol, charló con sus amigos y disfrutó de un buen rato sin la necesidad de pensar o preocuparse de nada.

Para cuando el sol empezó a ponerse, se sentó en la arena con las piernas cruzadas, ligeramente alejada del grupo. Rhett no tardó en acercarse para acomodarse a su lado.

—¿Te ha gustado la excursión? —preguntó.

—Me ha encantado. Muchas gracias, Rhett. Ha sido un día maravilloso.

Pese a que intentó disimularlo, estaba claro que se enorgullecía de su plan.

—Me alegro.

—Eso sí, voy a reírme mucho cuando tenga que quitarme la arena del pelo.

—Seguro que se te ocurre algo. Eres una pequeña genio. —Alice enrojeció un poco, y Rhett siguió hablando—. Hablas no sé cuántos idiomas y los aprendes con una velocidad que, honestamente, da un poco de miedo. También conoces muchos datos inútiles.

—¡Oye, que no son inútiles!

—Muy bien, pues demuéstramelo.

—Sé todo lo relacionado con la época clásica. Literalmente todo. Podrías decirme un año cualquiera y te diría un hecho importante ocurrido en él.

—Venga ya.

—Si no te lo crees, puedes ponerme a prueba.

Rhett la analizó unos instantes y, finalmente, sonrió con curiosidad e interés.

—432 a. C.

—Batalla del istmo de Palene.

—243.

—Batalla de Resaena.

—¿Cuántas batallas hay?

—Muchas. En aquella época casi no hacían otra cosa.

—Eh... 114 a. C.

—Mira, en ese no hay batalla, pero se construyó el primer templo de Venus.

—Vale, ¿y cómo sé que todo eso es verdad?

—Leyéndote un libro de historia.

—Creo que optaré por quedarme con la duda.

Alice sonrió y le dio una palmadita en el hombro.

—¿No estudiabas historia en la escuela?

—Sí, pero no me acuerdo de nada.

—¿No te gustaba?

—No me gustaba ninguna asignatura —murmuró—. Bueno, sí. Educación Física me encantaba. Siempre era el más rápido de la clase.

Entonces, para dar el tema por zanjado, Rhett se puso a rebuscar en su bolsillo. Alice lo observó con curiosidad hasta que, de pronto, sacó un sobre blanco que conocía de sobra. Ella no pudo evitar mirarlo con cierta desconfianza.

—¿Me lo has quitado?

—Se te ha caído en el coche. ¿Qué es?

Ella lo recogió y lo observó, algo decaída.

—Es una carta de Eve. Le pidió a Tina que me la diera antes de...

Dejó la frase en el aire, y Rhett no hizo ningún comentario al respecto.

—¿No la vas a leer?

—No lo sé.

—En mi opinión, deberías.

—Sí, debería...

Hubo un momento de silencio. Tenía un nudo en la garganta.

—No me puedo creer que estén muertos —murmuró, tragando saliva—. Eve y Davy, y los demás... A Blaise le habría encantado esta playa. Habría adorado cada segundo que hemos pasado aquí.

»Max tenía razón. Esto no es como el año pasado. Antes, si te equivocabas, te castigaban. Ahora, si cometes un error... alguien muere.

Miró la carta de nuevo y respiró hondo. No quería derrumbarse.

Entonces, notó la mano de Rhett en su espalda.

—Cuando se murió mi madre, quise culpar a todo el mundo de lo que le había pasado —empezó lentamente—. A mi padre, a los que no la habían ayudado..., algunas veces, también a mí mismo. Pensé que las cosas podrían haber sido muy distintas si solo una persona hubiera tomado una decisión acertada. Solo una.

»Pero luego me di cuenta de que solo buscaba culpables porque, de haberme detenido a pensar, me habría dado cuenta de que ya nunca iba a volver. Y me torturaba continuamente con sus fotografías, sus cuadros, mis recuerdos...

Alice sintió que el nudo en su garganta aumentaba cuando él volvió a detenerse para buscar las palabras adecuadas. Le estaba resultando difícil hablar de eso. Alguna vez le había mencionado a su madre, pero nunca de esa forma tan honesta y directa. Le había prometido que un día le hablaría de su muerte, y parecía que el día había llegado.

Cuando Rhett volvió a hablar, tenía la mirada perdida en el horizonte.

—No cometas el mismo error que yo, Alice. Si lo necesitas, puedes enfadarte, o llorar, o incluso hablarme de ellos. Pero no te culpes. Ni a ti, ni a nadie. Habríamos podido ser cualquiera de nosotros. A todos nos llega nuestro momento de marcharnos, y las vidas de quienes se quedan no pueden detenerse por ello.

»Eve ya no está, pero su hijo sí. Davy murió, pero Kai va a hacerle una conmemoración para que todo el mundo sepa quién fue. Y Blaise nos ha dejado, pero lo hizo sabiendo que había gente que la quería, algo que no había tenido en mucho tiempo. Céntrate en eso. Sé que no es fácil, pero es lo mejor que puedes hacer.

Alice no supo qué decir durante unos instantes. Al final, se giró hacia él y se miraron.

—¿Puedo preguntarte algo? —dijo en voz baja.

—Sabes que sí.

—Cuando pensabas en tu madre, en todo lo que habíais pasado juntos, ¿no te ponías triste?

Rhett se tomó un momento para responder.

—Lo triste no es pensar en los recuerdos que tienes con esa persona, Alice, sino saber que nunca podrás crear ninguno nuevo.

Él cerró los ojos un momento.

—Ya no me pongo triste si pienso en ella. Me ha costado mucho, pero supongo que llega un momento en el que algo en tu cerebro asume la realidad. Y entonces consigues pasar página.

En ese momento, señaló la carta con un gesto de la cabeza. Alice la había abierto y, pese a que no la había mirado, la sostenía ante sí.

—¿Quieres que te deje sola para leerla?

Ella negó enseguida.

—No, por favor. Quédate conmigo.

—No vas a tener que pedírmelo dos veces.

Alice dudó un momento. Rhett, con un brazo apoyado tras ella, la leyó por encima de su hombro al mismo tiempo que ella.

Querida Tina:

¿Ves cómo las clases de escritura han tenido sus frutos? En cuanto me des el alta, no pienso salir de la biblioteca. Nunca pensé que diría esto, pero ha resultado ser uno de los mejores entretenimientos que he encontrado en mi vida.

Estoy pensando en escribir una carta al mes. Así, cuando el bebé crezca, podrá leerlas todas y entender cómo fue su crianza. ¿Crees que sería un detalle o una tontería? Todavía no me he decidido.

Mientras sigo pensándolo, continúo redactando un diario, como me recomendaste. Escribo mis inquietudes, mis deseos y mis miedos. Y funciona. Curiosamente, y aunque solo tú leas mis cartas, nunca me he sentido tan escuchada.

Solo llevo cuatro años en funcionamiento, que para un androide es una cantidad de tiempo desmesurada, y nunca, ni una sola vez, me he sentido humana. Después de todo, lo único que me mantiene con vida es el núcleo. Siempre me he preguntado cómo algo tan pequeño puede contener tantas cosas.

La cosa es, Tina, que durante estos meses he empezado a ver lo que no veía hasta ahora. Conocer a Alice, para mí, ha supuesto un antes y un después. Nunca pensé que un androide sería capaz de dirigir una ciudad, o de sujetar un arma. ¿Cómo puedo explicarte, sin que te sorprendas, que ni siquiera podía imaginarme un androide teniendo la capacidad de tomar una decisión propia?

Ella ha hecho que me diera cuenta de que yo, inconscientemente, también hacía esas cosas. Siempre he tenido voz propia y siempre he sido capaz de elegir. Lo único que me diferenciaba de los humanos era que, en lugar de decidir lo mejor para mí misma, escogía ayudar a otros a alcanzar sus objetivos.

Siempre pude elegir, pero me hicieron creer que no.

Una vez le dije a Alice que mis sentimientos por este bebé eran demasiado reales como para ser solo reflejos de sentimientos externos. Y sigo pensándolo.

Si algo le sucediera a este niño, no sabría qué hacer. No podría continuar con mi vida. Tengo la más absoluta certeza de ello. Por eso, Tina, quería pedirte que, si llegado el momento tienes que elegir, no me escojas a mí.

Puede que solo haya vivido cuatro años, pero mis recuerdos van mucho más allá. Y ese niño se merece una vida. Se merece una oportunidad. La misma que todos hemos tenido.

Solo quiero pedirte una cosa: no permitas que crezca sin saber lo que es una familia. No dejes que le suceda lo mismo que a mí. Quiero que sepa lo que es querer a alguien.

Ni siquiera le he escogido un nombre. Eso es lo peor. Te dejaré elegir a ti. O a quien quieras darle esa oportunidad. Confío en tu juicio.

Y, pese a que esto es solo una carta de práctica, aprovecho para hacerte una petición: si algo me ocurriera, háblale de su madre. No de los científicos ni del tiempo que pasé en esa caja de cristal, sino de que hice todo lo que pude y más para que tuviera la oportunidad de vivir una existencia mejor que la mía. Asegúrale que intenté cuidarlo hasta el final. También prefiero que le digas mi nombre, no mi número. Quiero que sepa quién he sido de verdad, no lo que me obligaron a ser.

Escribiendo estas palabras, no puedo dejar de pensar en Alice, en su afán de cambiar el mundo para que nos acepten tal como somos. Creo que algún día lo conseguirá. Nada me haría más feliz que mi hijo pudiese vivir en el futuro que ella construya.

Dicho esto, me despido. Sospecho que estás a punto de entrar en el hospital, y es muy tarde para que ande escribiendo cartas.

¿Qué te han parecido estas palabras de una androide ilusa? Espero que algún día cobren significado.

Como siempre, te deseo lo mejor.

Con mucho cariño.

Eve

19
LA ARENA EN EL CABELLO

—¿Alice? Vamos, despierta.

Tina le estaba sacudiendo los hombros con suavidad, pero su voz sonaba tensa. Alice abrió los ojos lentamente y la miró. Efectivamente, parecía preocupada.

La noche anterior, cuando había llegado con la bata hecha un gurruño y el pelo lleno de arena, no había parecido tan preocupada, sino más bien furiosa. Había regañado a todos y cada uno de los miembros de la pequeña excursión y tras eso los había echado con la amenaza de contárselo a Max.

Después, tocó la bronca de Alice, que por suerte estaba demasiado feliz como para prestarle atención. Se limitó a dejar que la ayudara a retirarse la arena del cuerpo y a cambiarse la bata.

Por eso la sorprendía tanto que, en cuestión de horas, se le hubiera pasado el enfado y pareciera preocupada.

—¿Sucede algo? —preguntó adormilada.

—Han venido a verte.

—¿Y tú lo has permitido?

Aquello sí que era difícil de creer.

Frotándose perezosamente los ojos, se incorporó poco a poco. Tina iba de un lado a otro, organizando los desayunos de los pacientes. El puré de cada día. Alice trató de no poner cara de asco, pero fue complicado.

Lo curioso fue que Tina, lejos de acercarle la bandeja con su plato, se llevó el carrito fuera del hospital. Solo entonces se dio cuenta de que era la única presente en la sala.

Menos dormida y mucho más alarmada, Alice permaneció a la expectativa durante unos segundos. Y entonces apareció alguien, que no era, precisamente, la persona que esperaba.

Rhett cruzó el umbral de la puerta con aspecto un poco tenso, pero forzó una sonrisa al verla.

—¿Cómo estás? —le preguntó en voz baja, revisándola con la mirada—. ¿Mejor?

—Sí... Oye, Rhett, tú no sabrás por qué estoy aquí sola, ¿verdad?

—Limítate a no moverte. Todo saldrá bien.

Alice lo siguió con la mirada, confusa, cuando volvió a acercarse a la puerta. Estaba nervioso.

Cuando volvió, Max iba pegado a él —también parecía bastante tenso— y, justo detrás, llevaba un grupo de guardias que vigilaban a alguien con sumo cuidado. Alice no fue capaz de reconocerlo hasta que el guardián supremo se apartó un paso.

El padre John.

Durante unos instantes, su cerebro no fue capaz de asimilar la posibilidad de que pudiera estar en la misma ciudad que ella sin llevar las manos encadenadas.

El recién llegado la revisó de arriba abajo y no pareció gustarle demasiado lo que vio. Llevaba un chaleco gris sobre una camisa blanca, unos pantalones rectos y unos zapatos sorprendentemente brillantes. Se le veía una marca de cuchillo en el cuello. Alguien lo había apuñalado. Y con ganas.

—¿Qué está haciendo él aquí? —preguntó ella entonces, saliendo del trance. Su mirada fue a parar directamente sobre Rhett.

—Siempre es un placer verte —murmuró el padre John. Ya se estaba quitando el chaleco y arremangándose la camisa.

—¿Rhett? —insistió ella, ignorándolo.

—Estamos en una tregua temporal y ha accedido a intentar ayudarte —respondió Max, aclarando sus dudas.

—No pienso aceptar algo así. ¿Cuándo habéis planeado todo esto? —Hizo una pausa y después miró a Rhett con los ojos muy abiertos—. ¿Ayer me sacaste de la ciudad solo para que no os viera prepararlo?

Su expresión lo dijo todo. Fue como un jarro de agua fría.

—Es por tu bien —dijo Rhett en voz baja, como si intentara convencerse a sí mismo—. Si te lo hubiéramos consultado, no habrías aceptado.

—¡Pues claro que no! ¡Aprovechará cualquier momento para traicionarnos! ¡Echadlo de aquí ahora mismo! ¡No pienso...!

—Alice. —La voz de Max la cortó en seco. Sonaba mucho menos diplomático que Rhett y la miraba fijamente—. Ha venido a ayudarte, y es lo que hará, ¿queda claro?

Ella frunció el ceño, pero no dijo nada más.

—Voy a necesitar trasladarla a esas camillas del fondo —dijo el padre John. Se estaba colocando unos guantes de goma—. ¿Tenemos sillas de ruedas o hay algún valeroso voluntario que quiera llevarla en brazos?

Rhett se acercó y, mientras la levantaba, Alice siguió intentando que viera la verdad.

—No va a salvarme, ¡solo quiere colarse en la ciudad!

—Te equivocas —replicó el padre John suavemente. Al parecer, lo escuchaba todo—. Por si se te había olvidado, sigo necesitándote con vida.

—En cuanto estés mejor, él se marchará y todo volverá a la normalidad. —Max asintió con la cabeza.

—¿Y si no me cura?

—Voy a tener que revisarte muy bien —murmuró su padre—. No recordaba que perdieras las esperanzas tan rápido.

Ella le clavó una mirada que podría haberlo atravesado, pero él ni siquiera se inmutó.

Rhett la transportó hasta las camillas del fondo antes de que pudiera añadir nada más. Junto a ellos estaban las máquinas cuyo funcionamiento Tina desconocía y por eso había apartado. El padre John fue directo a una de ellas y pasó el brazo desnudo por la pantalla para quitarle el polvo.

—Túmbala boca arriba —le ordenó a Rhett sin mirarlo.

Por la cara de este, Alice supo que tampoco le hacía mucha gracia tener que obedecerle. Sin embargo, la dejó tal como había indicado. Casi al momento, un foco bastante potente se encendió sobre su cabeza y la deslumbró.

—No creo que los guardias sean necesarios, Max —comentó su padre—. Después de todo, mi hija ya tiene dos guardaespaldas.

Por el sonido de los pasos alejándose, Alice supuso que los soldados esperarían en la sala contigua. No muy lejos como para estar desprotegidos, pero tampoco tan cerca como para espantar al huésped.

Alice giró un poco la cabeza tratando de alejarse del foco de luz. No tardó en ver que Tina se encontraba a su lado con los brazos cruzados y una pequeña arruga entre las cejas.

Por suerte, en ese momento el hombre le apartó el foco de la cara y lo bajó a la altura de sus caderas. Le tomó una mano sin preguntar, como hacía en su época de androide sumisa, y se puso a revisarla concienzudamente. Pasó un dedo enguantado por el dorso, y luego la giró para pellizcarle la zona azul de la palma. El color desapareció durante unos instantes. Tras eso, dejó la mano sobre la camilla otra vez y subió el foco a la vez que la mirada. El nuevo objeto de investigación era el cuello. Alice notó que pasaba el pulgar por el lunar de su garganta y volvía a soltar un gruñido de desaprobación.

—Abre la boca, 43.

Eso sí que no. Alice giró la cabeza hacia él, irritada.

—Alice —se corrigió con una sonrisa que no llegó a sus ojos—. Por favor, ¿podrías abrir la boca?

De esa forma, sí que le hizo caso. El padre John le sujetó la mandíbula con una mano y apuntó con el foco con la otra. Lo que vio, de nuevo, no lo dejó muy satisfecho. Permitió que volviera a cerrarla y bajó la mano a su abdomen.

—Voy a necesitar que colabores un poco más, Alice —indicó, centrado en presionar un punto exacto en su estómago—. ¿Te duele?

—No.

Presionó en otro sitio. Esa vez, rozaba su número.

—No —repitió ella.

Entonces, presionó con suma suavidad un lugar en su estómago y ella dio un respingo. Aquello sí que había dolido, y mucho. Fue una sensación casi abrasadora, como si Charles hubiera apagado un cigarrillo contra su piel.

El padre John ni siquiera parpadeó al ver su mueca.

—¿Duele mucho?

Ella asintió, incapaz de hablar.

—Ya te ha dicho que sí, suéltala —remarcó Rhett, y Max lo riñó en voz baja.

—¿Del uno al diez? —siguió el invitado, sin hacerle caso.

—Un... ocho.

Por fin la soltó.

—Siéntate.

Ella obedeció y se incorporó hasta quedarse sentada. El padre John tiró un poco de su hombro y le apartó la bata para verle la mitad de la espalda. Otro ruido de desaprobación.

—¿Vas a decir algo ya o solo has venido a refunfuñar? —lo interpeló Rhett.

Él se separó y dejó caer el pelo de Alice sobre su espalda.

—Un poco de paciencia, chico. Las cosas bien hechas llevan su tiempo.

»¿Cuánto hace que estás así? —preguntó entonces, levantándole un brazo para examinarle el codo—. ¿Una semana?

—Diez días —respondió Max por ella.

—¿Cuándo fue la última vez que perdiste la memoria? —Alice no pudo evitar sorprenderse—. No me mires así, te creé con mis propias manos, conozco de sobra cualquier fallo que podrías llegar a tener. Ahora dime, ¿cuándo fue?

Al ver que no respondía, Tina intervino.

—Sufrió una pérdida de memoria durante el primer día, pero le duró solo unos minutos. Después, fue como si no hubiera sucedido nada. Ella ni siquiera lo recuerda.

—¿Ha vuelto a ocurrir?

—No.

Él asintió y se deslizó sobre las ruedas del taburete para mirarla y tocarle las rodillas.

—¿Has tenido dolores de cabeza muy intensos? —preguntó a Alice.

—Sí.

—¿Sueños?

—No.

Se acercó al tobillo y lo examinó con los ojos.

—Mmm... —murmuró.

—¿Sabes algo o no? —insistió Rhett, enarcando una ceja.

—Tengo una teoría —murmuró el padre John—, pero la ciencia no funciona con hipótesis basadas en un primer vistazo. Voy a necesitar un poco más de tiempo.

—¿Sobrevivirá? —preguntó Rhett con un poco más de ansiedad de la que parecía pretender.

John observó la mano por unos segundos más antes de clavar los ojos en él.

—Si no hemos llegado tarde, tiene posibilidades.

Aquello no era lo que querían oír, fue más que evidente, pero al menos parecía que había sido sincero.

—Voy a necesitar un poco más de información —replicó el padre John de nuevo a su hija—. ¿Qué has estado haciendo para llegar a este estado?

—Usamos una máquina de memoria —respondió Max sin titubear.

El padre John enarcó lentamente una ceja.

—Debí suponerlo.

El hombre se tomó un momento para estirarse y apagar el foco. Mientras se quitaba los guantes, soltó lo que pareció un suspiro de hastío.

—Max, debería dejar que mis guardias te mataran. Has dañado mi mejor modelo.

—No es un modelo. —Rhett frunció el ceño—. Y te recuerdo que no estás en posición de amenazar a nadie. Dinos cómo curarla y vete.

John soltó un bufido a medio camino entre la risa y el desprecio.

—Chico, deberías pensar un poco más antes de hablar. Es un modelo avanzado, tecnología única en el mundo. ¿De verdad te crees que estoy dispuesto a dejar su arreglo en manos de alguien que no sea yo mismo?

—¿Eso quiere decir que puedes ayudarla? —preguntó Tina en tono conciliador, tratando de calmar las aguas.

—Es bastante más serio de lo que creía —admitió—. Primero deberé determinar si puedo arreglar el desastre que habéis hecho. Es lo que sucede cuando juegas con tecnología que no entiendes.

»Los androides necesitan que se les suministre un suplemento porque son incapaces de producir un tipo de sustancia cerebral que el cuerpo humano produce de forma natural. Alice contaba con una reserva que debería de haberle durado cinco años, pero habéis forzado su cerebro demasiado y se le ha agotado.

—¿Y eso en cristiano es...? —preguntó Rhett.

—Pretendíais acceder a sus recuerdos bloqueados, supongo. El cerebro de un androide es mucho más complicado que el de un humano. Si lo fuerzas, puedes desencadenar un fallo que termine desestabilizando todo el sistema. Básicamente, habéis estado a punto de matarla.

—¿Tiene cura? —preguntó Max.

—Tiene arreglo, sí. —El padre John señaló a Alice con la cabeza—. Pero no aquí. En mi ciudad. Bajo mis condiciones.

—No. —Rhett fue directo.

—Esta es una conversación de adultos, chico. Si no puedes estarte calladito, te recomiendo que te vayas.

Rhett se adelantó un paso hacia John, claramente enfadado.

—Esta ciudad ya no es tuya, sino nuestra. Si no fuera porque Alice te necesita, ahora mismo ni siquiera estarías vivo. Así que soy yo quien te recomienda que te quedes calladito a no ser que sepas cómo curarla aquí, porque si no te has metido en un buen lío, John.

Esa última palabra sonó como un insulto y acompañó a la

perfección la forma como escupió el resto del discurso. Para cuando terminó, todos se quedaron en silencio.

Al menos, hasta el que padre John se giró hacia Alice con media sonrisa burlona.

—¿Ahora te gustan los chicos malos?

—Estamos aquí para hablar de cómo ayudar a Alice —le recordó Max, sujetando a Rhett del brazo—. Y no va a salir de esta ciudad.

El padre John lo consideró un momento.

—Muy bien —accedió—. Podría intentar hacerlo aquí, pero bajo mis condiciones. Para poder solucionarlo bien, necesitaré tiempo.

—¿Cuánto?

—Variará en función de la respuesta del sujeto. Siendo muy positivos, podría tratarse de unos días.

Alice miró a su guardián supremo, que parecía estar ponderándolo. No le extrañaba que tuviera que pensarlo tanto. Era difícil acceder a meter al enemigo en casa. Y más si era solo por una androide. Tenía que pensar en el bien común. Pero, para su sorpresa, preguntó:

—¿Cuáles son tus condiciones?

—Quiero tener mi seguridad garantizada durante el tiempo en que tenga que cuidar de mi prototipo.

—Dalo por hecho —aceptó Max.

—Y quiero que mis hombres se vayan a casa.

La frase quedó suspendida en el aire por unos segundos. Alice miró a su padre con desconfianza. ¿Por qué iba a deshacerse de su escolta? Max también pareció algo confuso, pero no indagó.

—Muy bien.

—El día que termine con todo esto... —añadió, señalando a Alice—. Quiero que seáis vosotros tres quienes me llevéis a casa.

Había señalado a Alice, Rhett y Max. Cada uno parecía más desconfiado que el anterior.

—¿Y por qué no querrías que te acompañasen los tuyos? —preguntó Rhett, verbalizando lo que todos pensaban.

—Mi seguridad estará mucho menos comprometida si me acompaña vuestro guardián supremo.

Alice seguía sin confiar demasiado en él, especialmente porque se imaginaba que su tercera condición sería recuperar la memoria correspondiente a la creación de nuevos androides.

Y ahí surgiría un problema: que Alice no la tenía. Sin embargo, el padre John no exigió nada más. Se limitó a mirar a Max.

—¿Y bien? ¿Tenemos un trato?

Este tardó unos segundos, pero finalmente asintió con la cabeza y estiró la mano hacia él.

—Sí.

* * *

—Está claro que los padres no se eligen —comentó Rhett.

Alice sonrió con diversión. Por fin estaban solos.

Se dejó caer en la silla que había a su lado y apoyó los codos en la cama. Solo entonces ella se dio cuenta de que parecía cansado. Incluso agotado. Como si llevara mucho tiempo sin dormir bien.

—Tienes mal aspecto —le dijo sin preámbulos—. Deberías descansar un poco.

—Descansar está sobrevalorado.

Estaba claro que no quería seguir hablando del tema, así que Alice desvió la conversación.

—¿No viniste a verme hasta ayer porque estabas planeando todo esto?

—Pues claro. —Rhett sonrió de medio lado—. ¿Te creías que me había ido con otra o qué?

Ella, un poco más seria, retomó la conversación.

—¿Fue idea tuya traerlo?

—No exactamente. Habría ido a por cualquier otro científico loco si hubiera tenido la seguridad de que pudiera ayudarte, pero él es el experto, ¿no?

—No me gusta tener que pedirle ayuda...

—Ni a mí, pero prefiero tragarme el orgullo antes que verte así.

Alice trató de no sonreír, pero no lo consiguió.

—En el fondo eres un romántico, ¿eh?

—No digas tonterías.

—En serio. Cuando dejas de lado la vergüenza, me dices cosas muy bonitas. No entiendo por qué luego te arrepientes.

Él había puesto mala cara, pero también estaba rojo como un tomate. Alice se estiró para alcanzarle la mano.

—¿Por qué te resulta tan complicado admitir que eres adorable?

—Porque no lo soy. Si lo fuera, tendría más amigos.

—Tienes amigos.

—No muchos. La mayoría de la gente no me aprecia.

—No necesitas su amor, Rhett. Siempre tendrás el mío.

Tardó unos segundos en responder, y al final puso los ojos en blanco.

—Incluso tú tienes que admitir que eso ha sido una cursilada.

—Cállate un rato y túmbate conmigo, que arruinas el momento.

El guardián pareció dudar, pero se tumbó a su lado. Lo hizo con sumo cuidado y, sobre todo, quedándose al borde de la camilla para ni siquiera rozarla. Ella contuvo una risotada.

—Puedes acercarte un poco más. No soy de cristal.

—Prefiero no arriesgarme.

Alice le pasó un brazo por encima. Pese a que Rhett hizo una mueca de irritación, no se apartó.

—¿Sabes lo que me hará Tina si me encuentra aquí?

—No volverá hasta dentro de un buen rato —le aseguró Alice tras apoyar la cabeza en su pecho y cerrar los ojos.

Rhett suspiró. Estaba claro que era incapaz de relajarse, así que al final se apartó y se tumbó de lado. Tras unos segundos, le cogió la mano para observar sus dedos azulados.

—¿Cómo te encuentras? —preguntó en un tono más suave.

—Mejor de lo que creéis...Todo el mundo me trata como si fuera a romperme solo con rozarme.

—La gente está preocupada. Has causado un poco de revuelo entre los demás androides. Todos tienen miedo de ser los siguientes.

—¿Dónde va a dormir mi padre? —preguntó curiosa.

—Ni idea. Supongo que Max le dará un dormitorio individual.

—Sí, dudo que alguien quiera compartir habitación con él. Los humanos lo odian porque intentó atacarlos y los androides todavía más por..., bueno, por todo lo que les hizo.

—¿Tú también lo odias?

Lo consideró detenidamente. Era una buena pregunta. Había tenido la tentación de dispararle más veces que a nadie en el mundo, había abandonado a Alicia, a su madre, había tenido un hijo solo como plan alternativo, quería convertir a Jake...

Y, pese a todo, era incapaz de estar segura.

—No lo sé —admitió—. Quizá odiar no sea la palabra más acertada. ¿Sabe Jake que está aquí?

—Sí, pero Max se ha encargado de que no coincidan. John va a tener vigilancia las veinticuatro horas.

Eso la alivió inmensamente.

—En unos días se marchará otra vez y todo volverá a la normalidad —le aseguró Rhett en voz baja—. Bueno..., a toda la normalidad a la que podemos aspirar.

—Me gusta nuestra normalidad —admitió ella con media sonrisa.

Rhett la observó durante unos instantes.

—Una cosa, sobre lo que has dicho antes...

—¿La cursilada?

—Sí, eso.

Rhett apartó la mirada. Parecía nervioso.

Alice lo observó, esperando que continuara, y él lo hizo al cabo de unos segundos.

—Tú también tendrás siempre el mío.

* * *

Los siguientes días parecieron pasar mucho más rápido que los anteriores.

Alice tenía que soportar al padre John a todas horas, pero no era tan insostenible como había creído al principio, más que nada su trabajo era muy silencioso. Si decía algo, era una petición para que le enseñara las palmas de las manos, se girara o respirara hondo.

Además, siempre había guardias vigilándolo, y Alice, cuando él se apartaba un poco, podía preguntarles si había pasado algo interesante en la ciudad. Enterarse de todo otra vez era como un soplo de aire fresco.

Una de sus anécdotas favoritas fue que Charles había intentado meter alcohol en la barra de la cafetería para que la gente pudiera servirse. Max se había enterado al instante

—como de costumbre— y le había obligado a beberse todo el contenido de la botella. El pobre Charles se pasó casi diez horas durmiendo la mona en su caravana.

El padre John no parecía muy atento a los chismorreos. Era tan meticuloso como siempre. Casi se sentía como si volvieran a ser quienes habían sido unos dos años atrás. El lugar era el mismo, pero ellos no podían ser más diferentes.

Llevaban ya una semana juntos cuando pidió que usaran otra de las máquinas del fondo del hospital. Alice comprobó que le había colocado algo encima del estómago, justo donde tenía el núcleo, y tecleaba en una pantalla pequeña. Alice permaneció tumbada mirando el techo. Llevaban así cerca de una hora.

Y, por si todo aquello fuera poco, aquel día le había tocado a Charles vigilarlo. No dejaba de soltar resoplidos, aburrido, y el padre John estaba empezando a impacientarse.

Sus compañeros, en cambio —Yin entre ellos—, no dejaban de soltar risitas mal disimuladas.

—¿Falta mucho? —preguntó Charles balanceándose perezosamente en su silla.

—Falta lo que tenga que faltar.

—Vaya, muchas gracias por tan valiosa información.

El padre no despegó los ojos de la máquina. Sus dedos pulsaron dos teclas y siguió con su trabajo. Alice lo miró, también aburrida.

—¿Puedo preguntar qué estás haciendo ahora?

—Podría explicártelo, pero no tienes los conocimientos necesarios como para entenderlo y no me apetece malgastar aliento.

—Con qué elegancia te llaman tonto por aquí... —murmuró Charles.

—Si me lo explicas bien, seguro que podré entenderlo —replicó ella.

—Estoy comprobando que todos los componentes de tu núcleo realicen sus funciones.

—¿Y lo hacen?

El padre John dejó de mirar la pantalla un momento para apuntar en un papel.

—Sí.

—¿Eso quiere decir que estoy bien?

—No.

—No se te ve muy preocupado.

—No lo estoy.

Charles dejó de balancearse y enarcó las cejas.

—Alguien no se está ganando el premio de padre del año, ¿eh?

—Ya que estás tan activo, ¿por qué no vas a por mi libreta azul? Está en mi habitación.

—¿Y no puedes ir tú? —soltó Charles.

—¿Vas a encargarte tú de comprobar el núcleo de mi androide?

El guardia suspiró y se puso de pie. Cruzó el hospital silbando y, al poco, escucharon sus pasos por el pasillo. Alice negó con la cabeza. Menudo guardaespaldas estaba hecho.

—Todo el mundo quiere cuidarte —observó él, moviendo el foco de luz hacia su abdomen.

Ella no respondió. El padre John suspiró.

—No hace falta que te pongas tan a la defensiva. Solo era un comentario.

—No me interesan tus comentarios.

—En realidad sí —señaló la máquina con un dedo—. Gracias a ellos, te mantienes con vida.

—La charla no es necesaria para mantenerme con vida.

John la observó un momento antes de esbozar media sonrisa divertida.

—¿A qué viene tanta agresividad?

Alice estuvo a punto de echarse a reír.

—Para empezar, hasta hace poco tenías a toda la ciudad amenazada de muerte.

—Si hubiera querido matarte, ya estarías muerta. Igual que el resto de tu querida ciudad.

—¡El Sargento estuvo a punto de conseguirlo!

—Yo no di la orden, Alice.

—Pero lo trajiste aquí y le diste la idea. Directa o indirectamente, fue culpa tuya.

Él volvió a esbozar aquella media sonrisa, solo que en esa ocasión pareció más tensa que divertida.

—La verdad es que era un buen líder militar. Transmitía la seguridad suficiente como para que su gente lo siguiera sin dudarlo y que sus enemigos lo temieran sin conocerlo. Era valiente, pero impulsivo. Sabía que en algún momento iba a traerme problemas, pero no podía permitir que la Unión me diera la espalda, así que provoqué una discusión y vino directo a la ciudad a probarse a sí mismo que no me necesitaba para destruiros. Vosotros os encargasteis del trabajo sucio, Alice. Nada más. Ahora, él es un trágico héroe caído en batalla y yo dirijo la Unión. El final perfecto.

Alice fue incapaz de apartar la mirada de él. Acababa de confesarle que había permitido que un hombre fuera directo a su propia muerte sin siquiera parpadear. Era como si no pudiera sentir nada.

—No me mires así —replicó él—. No lo maté, Alice. Fuisteis vosotros.

No. Fue ella. La simple idea le provocó náuseas. Por suerte, pronto se convirtieron en ira.

—¿Es que para ti todo el mundo carece de valor? ¿Te crees que solo somos peones en tu jugada maestra? ¿No te importa que alguien muera a tus órdenes?

—Alice, en un mundo como este, para conseguir lo que quieres, debes tener la sangre un poco fría.

—¡Hay que tener humanidad!

—Y la tengo, con quien debo.

—¿Con quién, papá? ¿Contigo mismo?

—Con mis hijos. —Enarcó una ceja—. Por eso no os puse en riesgo atacando la ciudad. Y por eso estoy aquí.

—Solo estás aquí porque si me muero te sentirías como si perdieras un logro profesional. A nivel personal, no te importamos. No te importa nadie que no seas tú.

—¿De verdad te crees que me habría molestado en venir hasta aquí si no fuera porque eres mi hija?

—¡Hace meses me dijiste que no era tu hija, sino una máquina sin sentimientos!

—En unos meses uno puede aprender muchas cosas.

Alice apretó los labios. Por mucho que se excusara, seguía sin confiar en él.

El padre John dio la conversación por terminada y reanudó su trabajo como si no hubiera sucedido nada.

Sin embargo, al cabo de unos instantes, murmuró:

—Hacía mucho tiempo que no me llamabas papá.

Alice ni siquiera recordaba haberlo hecho, pero no importaba. Había sido sin pensar. No significaba nada. No cambiaba nada.

—Pues no te acostumbres.

—Te guste o no, soy tu padre.

—Te guste o no, nunca te has comportado como tal.

—¿Y quién lo ha hecho? ¿Max? Lo tienes demasiado idealizado para lo que es, Alice.

—Tú qué sabrás de lo que es...

—Sé bastante más de lo que crees. Conozco a los hombres como él. Puede tenerte cariño, pero nunca te querrá como si fueras su hija biológica. Nunca podrás sustituirla.

—No quiero susti...

—Por supuesto que lo quieres. Necesitas sentirte como si los que te cuidan aquí fueran tu nueva familia. Pues lo siento, Alice, pero tu familia somos tu hermano y yo. Tarde o temprano, vas a tener que entenderlo.

Alice decidió no responder. No serviría de nada. Ninguno de los dos tenía intención de cambiar de opinión. Al final, apartó la mirada y tragó saliva.

—¿Has pensado en qué harás cuando termine de arreglarte? —añadió él de pronto.

—¿Qué quieres decir?

El padre John repiqueteó los dedos en la máquina, pensativo.

—Podrías venir conmigo, volver a casa.

La frase quedó en el aire unos segundos. Alice entreabrió los labios. Ni siquiera estaba enfadada, solo estupefacta.

—Ya estoy en casa.

—En la capital tendrías todo lo que quisieras. Y no deberías preocuparte por tu salud. Yo cuidaría de ti.

Alice frunció el ceño.

—No voy a entregarte a mi hermano.

—No te lo he pedido. Si hago un esfuerzo, puedo vivir sabiendo que está a salvo con humanos. Pero tú eres un caso totalmente distinto. Eres una androide. Tarde o temprano, volverás a necesitar mi ayuda. Y querrás tenerme cerca.

—O no. Quizá no vuelva a tener ningún problema.

El padre John apartó el foco de su abdomen y se quedó mirando la máquina, pensativo.

—La vida da muchas vueltas —murmuró. Algo en la pantalla parpadeaba—. Por cierto, tengo buenas noticias.

—¿Cuáles?

Él suspiró y sacudió la cabeza como si no pudiera creérselo.

—Voy a poder salvarte la vida.

20
LAS VOCES TRAS LAS PAREDES

El padre John, dos días más tarde, había determinado que Alice ya estaba preparada para una prueba física.

El objetivo era comprobar si estaba lista para volver a llevar una vida normal. Quizá tardaría un poco más en reincorporarse a las clases, pero le permitirían salir del hospital, lo que era todo un alivio.

El tratamiento funcionaba. Las manchas azules habían empezado a desaparecer y los mareos se habían convertido en cosa del pasado. Alice se encontraba mucho mejor, con energía totalmente renovada que necesitaba gastar. Por eso estaba tan contenta mientras terminaba de atarse las botas.

Rhett entró justo en ese momento. Al verla tan preparada, no puedo evitar empezar a reírse.

—Así me gusta, con motivación.

—¿Los demás ya están en el gimnasio?

—Si te refieres a Max, a tu padre y al puñado de guardias que los vigilan, sí, ahí están.

Entonces Rhett se acercó al bebé y empezó a cuchichearle. Para cuando Alice se plantó a su lado, ya parecía más relajado.

—Tenemos que elegir un nombre —le recordó él.

—Ahora no. ¡Por fin voy a salir de aquí!

—Solo para las pruebas, Alice.

—¡Me parece más que suficiente!

No estaba segura de si estaba más emocionada por poder vestirse como siempre o por volver a entrenar. Nunca habría creído que poder correr fuera a hacerla tan sumamente feliz. Cruzó el hospital y el pasillo a toda velocidad y no sintió ni un poco de dolor. Rhett, por su parte, tuvo que trotar para seguirla.

—¿Puedes disminuir la velocidad? Me estoy cansando solo de verte.

—Me gustaría ver cómo estarías tú si te hubieran obligado a quedarte ahí abajo un mes entero. Estaba perdiendo la cabeza.

Rhett suspiró.

—¿Te acuerdas de esa lejana época de nuestras vidas en la que te decía que hicieras algo y tú, simplemente, lo hacías? La echo de menos.

Alice sonrió ampliamente y enganchó un brazo con el suyo.

—Qué va.

—En serio.

Ella empujó la puerta principal del edificio y se sorprendió al ver que casi no hacía frío. De hecho, el sol le dio directamente en la cara y le hizo entrecerrar los ojos. Puso una mueca y se hizo visera con la mano.

—Vaya... —dijo Rhett—. Qué asco da el sol. Prefiero la lluvia.

—Eres aburrido incluso con eso.

—¿Quieres dejar de llamarme aburrido, pesada?

Alice lo empujó por el hombro, divertida.

—¿Te molesta?

—No, pero mis alumnos van a dejar de tomarme en serio. —Él señaló con la cabeza un grupo de chicos que los miraba con curiosidad, sentados contra el muro de la ciudad—. ¿Cómo van a hacerme caso si ven que una androide debilucha me mangonea?

Se ganó un pequeño y débil codazo en las costillas que le hizo sonreír.

—Podrías intentar caerles bien, para variar. ¡Te tienen pavor!

—Pues como todo el mundo.

—Yo no.

—Exacto. Y mira lo pesada que eres.

Alice estaba demasiado contenta como para darle importancia a esa conversación, así que, sin pensarlo demasiado, le dio un toque en el hombro con un dedo.

—¡Carrera hasta el gimnasio!

—¿Eh?

—¡Vengaaa!

Y echó a correr a toda velocidad.

—¡Oye, eso es trampa! —escuchó gritar a su espalda.

Avanzaron sin detenerse hasta que empezaron a acercarse al gimnasio. Para entonces, Rhett ya se había puesto a su altura. Ella intentó acelerar con todas sus fuerzas, pero al final no consiguió adelantarlo y ambos chocaron con la puerta simultáneamente, abriéndola con tanta fuerza que rebotó contra la pared.

Varios guardias, Max, el padre John y Charles estaban observándolos. Todos habían dado un brinco.

—¿Se puede saber qué os pasa? —preguntó Max en voz baja, como si ya no pudiera aguantarlos más. Y eso que acababan de llegar.

—Nada. —Rhett estaba picado. Habló a Alice en voz más baja—. Eso ha sido trampa y lo sabes.

—Te habría ganado igual.

—No me has ganado.

—¿Podemos centrarnos? —sugirió el padre John con impaciencia.

Charles lo observaba todo con una gran sonrisa, lo que llamó la atención de Alice.

—¿Y tú qué haces aquí?

—Hasta hace un momento, sustituir a tu novio como profesor. Ahora, vigilar que todo vaya bien. —Sin un solo titubeo, lanzó su arma al aire y la recogió como si nada—. A la mínima que hagáis algo raro. ¡PUM! En la cabecita.

—Charles. —Max le bajó la pistola—. No hagas que me arrepienta de haber confiado en ti.

El padre John los miraba de reojo.

—Veo que la seguridad está en horas bajas.

—Bueno —Max volvió al tema—, ¿estás lista?

Alice asintió con la cabeza con entusiasmo. Llevaba mucho tiempo lista. Lo único que quería era pasar esas pruebas y volver a su vida normal.

—Pues vamos a ello —dijo el padre John, repasando su hoja—. Primera prueba... resistencia.

—Tiene que estirar —recordó Rhett.

—Ya he calentado cuando te he ganado la carrera. —Alice sonrió ampliamente y fue directa a la línea de salida.

Las pruebas en sí eran muy sencillas y estaban pensadas para que ella pudiera abandonar en cualquier momento, aunque no iba a hacerlo. Podía aguantar un poco más. De hecho, con tal de no volver al hospital, correría cuanto quisieran.

No obstante, solo necesitaban seis minutos, que era la mitad de una prueba normal. En cuanto Rhett le hizo un gesto para que se detuviera, Alice redujo la velocidad y se acercó a ellos. Aprovechó el momento para apoyar las manos en las rodillas.

—¿Qué tal? —preguntó Max—. ¿Puedes seguir?

Alice asintió, pero la última palabra la tenía el padre John. Se acercó a ella, le comprobó el pulso y le revisó los ojos antes de darle luz verde para seguir.

La siguiente prueba era la de lucha, aunque el objetivo no era tanto ganar sino demostrar que sus reflejos seguían funcionando. Alice se moría de ganas de meterse en el cuadrilátero con Rhett. Iba a intentar no darle en la cara. Le gustaba su cara.

Rhett se colocó delante de ella resignado, como si todo aquello le pareciera una tontería.

—¿Listos? —preguntó Max.

—Lista.

—Listo.

—¿Para besar el suelo? —Alice le sonrió ampliamente.

—O para hacer que lo beses tú.

—¡Adelante! —exclamó Charles divertido.

Alice hizo ademán de adelantarse, pero Rhett no se movió. Siempre se había preguntado cómo sabía cuándo iba a intentar atacarlo de verdad y cuándo iba de farol. O bien tenía un don, o la conocía mejor de lo que le gustaría.

Entonces, fue él quien se movió y ella se protegió las costillas. Resultó inútil, porque no se le había acercado. La había engañado. Lo supo en cuanto vio su sonrisita engreída.

—Te noto un poco desentrenada.

—No tanto como te gustaría.

Los dos caminaban en círculos sin dejar de mirarse, esperando que el otro se adelantara y cometiera un error, aunque no parecía que fuera a suceder.

Alice terminó perdiendo la paciencia y se adelantó para

intentar golpearlo en el estómago. Rhett la esquivó al instante y le atrapó la muñeca con el brazo. Ella intentó liberarse, pero de poco sirvió: ya le había enganchado una pierna con la suya para lanzarla de culo al suelo. Sin embargo, al caerse Alice no lo soltó y lo arrastró con ella. Luego intentó rodar sobre sí misma y sentarse encima de él, pero Rhett se adelantó y le apartó la pierna. Así, en cuestión de segundos, terminaron convirtiéndose en una extraña masa de gruñidos y tirones.

Alice no se había dado cuenta de que había dejado de fruncir el ceño, concentrada, y se había puesto a sonreír. Rhett también parecía divertirse.

—No lo estás dando todo —señaló ella.

Su instructor se limitó a levantar y bajar las cejas.

—Quien tiene que lucirse no soy yo.

—He visto combates más interesantes —comentó el padre John, todavía observándolos.

—Creo que podríamos dejarlo en tablas —asintió Charles.

Alice casi se había olvidado de su existencia. Dejó de forcejear con Rhett y quedaron los dos sentados, uno enfrente del otro. Se sentía llena de energía, y eso que era la única que jadeaba.

El padre John se acercó, la examinó y apuntó algo en su hoja, poco sorprendido.

—Podemos darlo por válido.

La última prueba era la de puntería. Alice se encaminó hacia el almacén con Rhett justo detrás. Por el camino, no podían dejar de picarse entre sí.

—No ha sido empate —susurró ella.

—Ya —dijo él en el mismo tono—. Está claro que he ganado yo.

—¡Iba a ganar yo!

—Que te lo has creído.

—¡No es que me lo crea, es que es verdad!

No obstante, la androide perdió un poco de credibilidad cuando, al llegar a la sala, tuvo que dar saltitos para llegar a la parte de arriba de la estantería. Allí estaba la pistola que Max le había dado.

Rhett, en cuanto se dio cuenta, soltó una carcajada.

—¿Necesitas ayuda?

—En absoluto.

—¿Estás segura? Podría alcanzártela.

—Que no.

—Vale, como quieras.

Siguió intentándolo durante unos instantes. Hubo un momento en que sus dedos lograron rozar la culata, pero fue incapaz de agarrarla del todo.

Con un suspiro y una expresión de resignación, se separó de la estantería y se cruzó de brazos. Rhett sonrió y se adelantó para coger el arma sin ningún tipo de dificultad. Alice se la quitó de la mano, algo crispada.

—Borra esa sonrisa o voy a usar esta pistolita para algo más que para la prueba.

—Qué miedo me das.

En las estructuras de disparos había cuatro muñecos distintos y cada uno estaba un poco más lejos que el anterior. Si quería pasar la prueba, solo tenía que tocarlos a todos, no necesitaba acertarles en medio de la frente ni en el corazón. Sin embargo, quería intentarlo. Le hacía ilusión.

—Ya sabes cómo va esto —le dijo Max—. Tienes cinco balas y cuatro muñecos.

Alice se colocó en la primera marca, preparada para apuntar. Disparó al primer muñeco y le dio directamente entre los ojos. Se colocó frente al siguiente objetivo y repitió la operación. Y con el tercero. El cuarto y último estaba dos metros más lejos. Se colocó, respiró hondo y apuntó. Casi podía oír la voz de Rhett en su cabeza indicándole cómo proceder. Soltó todo el aire y apretó el gatillo. Blanco perfecto.

Quizá en lucha y resistencia no pudiera lucirse demasiado, pero en tiro no permitía que se burlaran de ella. Se dio la vuelta hacia el padre John, que se limitó a apuntar algo en su papel sin hacer ni un solo comentario.

—¡A eso le llamo yo puntería! —la felicitó Charles.

—Fruto de un buen profesor —recalcó Rhett.

—Quien tuvo un buen profesor eres tú —bromeó Max—, lo que tiene ella es talento.

Rhett se giró hacia él, divertido.

—¿Un buen profesor? Creo que no recordamos las mismas clases.

—¿Esas en las que me pedías que no te pusiera con Derek porque era más rápido que tú?

—¡Eso no necesita saberlo nadie!

Alice estaba sonriendo, pero dejó de hacerlo para abrir desmesuradamente los ojos. Rhett y Max estaban bromeando. Estaba tan sorprendida que apenas reaccionó cuando el padre John se aclaró la garganta.

—Podemos dar las pruebas por superadas —anunció—. Aunque recomiendo precaución. Si no te fuerzas, no correrás riesgos.

De ese modo, Alice consiguió salir por fin del hospital.

* * *

Volver a su habitación fue un verdadero alivio. Recibió la ayuda de Jake y Kilian para instalarse. Pese a que su mayor aporte era picarse entre ellos y bromear, al menos le hacían compañía.

—A esta habitación le falta algo —opinó Jake mientras

hacía la cama. Estaba quedando tan arrugada que Alice tendría que volver a hacerla cuando se marcharan—. ¿Por qué no le pides a los exploradores que te traigan un dibujo o algo así?

—Me costaría una fortuna.

Kilian se detuvo un momento para gesticular.

—¿Qué quieres que les dé a cambio? —preguntó Alice, negando con la cabeza—. La única cosa útil que tenía eran los iPods, y los perdí hace mucho tiempo.

—¿Dónde?

—En Ciudad Central.

—¡Podrías pedirles que los buscaran!

Volver a hablar con Anuar no era, precisamente, lo que más le apetecía del mundo. Además, dudaba mucho que quisiera volver a verla.

—Lo intentaré —murmuró poco convencida.

Al cerrar el armario, vio que Kilian y Jake ya se habían sentado en su cama y la observaban de brazos cruzados. Su aportación había terminado.

—¿Cuándo se va a marchar? —preguntó Jake entonces.

—¿Quién?

—Nuestro..., tu..., eh... —Hizo una mueca—. El líder de la capital.

—Ah, ¿el padre John? Pues supongo que ya estará haciendo las maletas.

—Me alegro. No me gustaba tenerlo por ahí.

Kilian gesticuló un «A mí tampoco».

Entonces, Jake se asomó a la ventana y soltó un suspiro.

—No me puedo creer que vayas a librarte de las clases hoy —protestó—. ¿No puedo decir que te estoy ayudando y escaquearme yo también?

No pareció que esa excusa fuera a funcionar, así que el chico terminó levantándose y marchándose. Kilian se quedó un rato más. En cuanto estuvieron solos, cogió un trapo y empezó a ayudar a limpiar a Alice.

—Muchas gracias, Kilian.

Él se limitó a sonreír y a seguir frotando la estantería como si la vida le fuera en ello. Alice soltó unos cuantos estornudos mientras intentaba retirar el polvo acumulado. Quizá ya no fuera una androide obediente, pero seguía apreciando el orden y la limpieza.

—De verdad que puedes marcharte, Kilian —le aseguró—. No creo que esto me lleve mucho tiempo.

«Quiero quedarme», gesticuló él.

—Como qui...

No pudo terminar la frase, ya que, cuando fue a limpiar cerca de la pared, se encontró con que esta cedía bajo su peso.

Sorprendida, se echó hacia atrás enseguida y chocó con Kilian, que se había intentado asomar.

Había un agujero en la pared, y no acababa de hacerlo ella. Era una abertura secreta a un pasadizo de no más de un metro de ancho.

—¿Qué es eso? —Alice se asomó mejor—. Deberíamos avisar a Max. Sea lo que sea esto, está claro que es un secreto.

«Si se lo contamos a alguien, deja de ser secreto», gesticuló Kilian.

—Entonces ¿qué? ¿Lo investigamos por nuestra cuenta?

Él enarcó una ceja, bastante convencido. Lo cierto era que ella también lo estaba.

—Vale, pero voy yo primero.

Sin más dilación, se acercó a la apertura y apartó la mesa. Tal como había sospechado, se trataba de un pasaje oscuro más parecido a una tubería que a un pasillo. Nada más poner la mano en él, supo que estaba hecho de metal. Estaba muy frío.

No veía por dónde iba, pero siguió avanzando a gatas.

Podía ver un haz de luz no muy lejos. En cuanto empezó a acercarse, se dio cuenta de que no era una salida, sino una bifurcación. Se dio la vuelta para alertar a Kilian, pero él había optado por quedarse asomado a la entrada.

Sin pensarlo mucho, Alice giró a la derecha y siguió avanzando sobre el frío hierro. Se sentía como en una de las antiguas películas de espías que Rhett le había mostrado en la otra ciudad, y se imaginó que, si le revelaban lo del pasadizo, él lo tapiaría para que nadie se hiciera daño.

Justo en ese momento, Alice se detuvo al ver que su mano atravesaba dos pequeños chorros de luz provenientes de una rejilla. Estaba en el costado y daba directamente a una de las salas de la ciudad. De hecho, podía espiar perfectamente lo que hacían en otra de las habitaciones.

Alice abrió mucho los ojos. ¡Ese túnel servía para espiar a los demás!

Las dos guardias que charlaban en el cuarto ni siquiera se habían dado cuenta de su presencia cuando ella siguió avanzando, ya menos tranquila. ¿Desde cuándo estaba aquel pasillo allí? ¿Cuánta gente lo conocía? Y, lo más importante, ¿cuál era la intención de quien lo había instalado?

Entonces, como un rayo, un recuerdo le vino a la cabeza. Cada mañana, cuando vivía en esa zona, se encontraba la ropa de todas las ocupantes de la habitación sobre una mesa metálica. Nunca entendió cómo lo hacían sin que nadie se enterara. ¿Aquel era el truco? ¿Usaban las madres esos pasillos para moverse por el edificio? ¿Para espiarlos? No parecía una locura. De hecho, sonaba más que viable. Explicaría por qué todos parecían saber siempre más de lo que les contaban.

No debería estar en ese pasillo. No era correcto. Lo mejor sería que se marchara antes de que alguien la descubriera. Espiar a los demás no estaba bien.

Sin embargo, la voz que escuchó a su derecha hizo que se detuviera de golpe.

—... tontería —terminó de decir Charlotte.

Alice se asomó a la rendija sin pensar y la descubrió apoyada en la mesa de una de las habitaciones. Dos humanos que habían llegado con ella estaban sentados en la cama, mirándola, y otro más permanecía al lado de la ventana.

—A mí no me parece una tontería —comentó una chica de la cama—. Como nos pillen, estamos jodidos.

—No nos van a pillar —opinó su compañero.

—Claro que sí. Son menos estúpidos de lo que creéis.

Charlotte cruzó los brazos con desinterés.

—Pero más de lo que crees tú.

—Exacto —murmuró el chico de la ventana—. No olvidemos que hemos llegado hasta aquí sin que sospechasen nada.

—Y ¿cuándo lo haremos?

—Dentro de dos días. Hasta entonces, tenemos que pasar desapercibidos.

Todos parecieron estar de acuerdo y, sin más que añadir, se pusieron de pie y empezaron a abandonar la habitación. Alice, por su parte, salió tan rápido como pudo de su escondite y volvió con Kilian.

Tenía que contárselo a varias personas.

* * *

El primer objetivo fue el más accesible. Su querido Rhett.

Por suerte, sus alumnos estaban haciendo ejercicios en pareja, lo que quería decir que Rhett no tenía que estar pegado a ellos y podía escucharla.

Alice saludó con la mano a unos cuantos compañeros, Jake y 42 entre ellos, pero enseguida fue corriendo con su instructor, que pareció sorprendido al verla.

—¿Qué haces aquí? Hoy no tenías que venir a clase.

—Tengo que contarte una cosa.

Rhett empezó a pasearse alrededor de los alumnos, que seguían practicando. Ninguno se atrevía a mirarlos directamente, pero estaba claro que todos escuchaban cada palabra. O al menos lo intentaban, porque hablaban lo más bajito que podían.

—Ahora mismo estoy un poco ocupado, ¿no puede esperar?

—No. Es sobre los nuevos.

Él se detuvo, sorprendido, y la miró con curiosidad.

—¿Los androides?

—No. Los humanos. Los he escuchado planear algo, creo que malo, y tengo un muy mal presentimiento.

Una parte de ese planteamiento hizo que Rhett soltara un suspiro.

—Así que los humanos nuevos son malos...

—¿Por qué lo dices así?

—Esto no tendrá nada que ver con esa chica, ¿no?

Alice se sintió un poco más ofendida de lo que le habría gustado admitir.

—Pues sí, Charlotte está implicada. ¿Y qué?

—Que me pregunto si todo esto tendrá que ver con lo poco que te gusta.

—Pareces Max cuando me habla como si fuera tonta.

Rhett no dijo nada. Se limitó a observarla en silencio, y su expresión le dijo a Alice todo lo que necesitaba saber.

—No me crees —dedujo ofendida.

—Me creo que tienes un mal presentimiento.

—Pero no que sea importante.

Él lo consideró un momento.

—Has pasado unos meses muy jodidos y ahora estás muy susceptible.

—Pero he escuchado algo raro —insistió—. ¡Te lo prometo!

—Alice, están en inferioridad numérica —argumentó—. Si realmente quisieran hacer algo en nuestra contra, lo tendrían bastante complicado.

Alice quiso contestarle, pero en ese momento Rhett se giró hacia un alumno que había intentado tomarse un descanso. Mientras se disponía a gritarle, ella salió del gimnasio.

El segundo objetivo era un poco más fácil. Tina siempre había sido más comprensiva. Sin embargo, resultó que ese día no le apetecía colaborar.

—No sé, Alice —le dijo mientras le daba el biberón al bebé—. ¿Seguro que todo esto no es por tu relación con la chica rubia?

—¡Que no es por eso!

—¿Estás completamente segura de que planean algo malo?

—No al cien por cien, pero...

Tina apretó los labios cuando el bebé se apartó el biberón de la boca y empezó a gimotear.

—Vaya, alguien tiene ganas de protestar. Lo que me faltaba.

Alice se quedó allí plantada sin saber qué hacer hasta que Tina le hizo un gesto hacia la puerta.

—Habla con Max. Si es un asunto grave, seguro que lo soluciona.

No le pareció mala idea, así que se lanzó a por su tercer objetivo, que resultó ser el peor de los tres.

—No —le dijo Max, simplemente.

Estaban en su despacho, él sentado y ella de pie, y ni siquiera se había molestado en levantar la mirada de sus papeles.

—No, ¿qué?

—Que no voy a aceptar que intentes ponerme en contra a todo un grupo solo porque te llevas mal con uno de sus miembros.

—¡Y dale con Charlotte! —exclamó frustrada—. ¡No tiene nada que ver con ella!

—¿De verdad? ¿Habrías intentado convencerme con tanto ahínco si se tratara de cualquier otra persona?

No quería mentirle, así que se calló. La verdad no la favorecía en absoluto.

—Eso suponía. Ahora, si me disculpas...

De ese modo, terminó en la cafetería sin haber solucionado absolutamente nada.

No podía dejar de mirar al grupo de humanos que habían llegado de la Unión. Removió lentamente su comida y frunció el ceño cuando vio que se estaban riendo. ¿Qué era tan gracioso? Quizá no tuvieran tantas ganas de reírse cuando descubriera lo que fuera que estaban tramando. Charlotte la pilló mirándolos y tuvo la osadía de enarcarle una ceja con aire de superioridad.

—¿Ya has descubierto la actividad criminal? ¿Voy a por el rifle?

Alice dio un respingo. Rhett acababa de cazarla de lleno. De hecho, incluso se había sentado delante de ella para taparle las vistas.

—No los estaba mirando —mintió descaradamente.

—Claro, claro... ¿En serio sigues obsesionada con los nuevos? Pensaba que hablar con Max te haría recapacitar.

—No estoy obsesionada.

—No, claro. Solo los observas fijamente desde un rincón oscuro de la cafetería.

Alice hizo una mueca y apartó la bandeja de comida, se cruzó de brazos y apoyó la espalda en el respaldo de su silla. Justo en ese momento, vio que Charlotte se apartaba de sus compañeros e iba con una gran sonrisa hacia la barra. Sus miradas se cruzaron y, mientras que Alice mantenía la mueca, ella le sonrió con intención.

—Vale —murmuró Rhett, siguiéndola con la mirada—, eso sí que lo he visto.

—¿Ves cómo me provoca?

Charlotte, ya con su bebida en la mano, se les acercó. No había borrado la sonrisa e iba directa hacia Alice. Apoyó la mano en la mesa y se inclinó hacia ella.

—Has estado vigilándonos durante una buena temporada —comentó, y le dio un sorbito a su bebida—. ¿No tienes mejores cosas que hacer?

—No podrías preocuparme menos.

—Entonces, deja de mirarme.

Alice estuvo a punto de responder, pero Rhett se le adelantó.

—¿Cómo va a dejar de mirarte si no te apartas de en medio?

Charlotte mantuvo la vista sobre ella durante unos segundos antes de girarse con una ceja enarcada.

—Y tú eres...

—El guardián de la ciudad, es decir, el que controla, entre otras cosas, que tú tengas derecho a no ir a clase para hacer guardias con tus amiguitos. Pero no te preocupes, que a partir de ahora nos vamos a ver tantas veces que ya no te vas a olvidar de mí.

Charlotte se quedó parada durante unos instantes, sorprendida, antes de marcharse rápidamente de la cafetería con sus amigos. En cuanto lo hizo, Alice observó a Rhett con perplejidad. Él había vuelto a comer con aire irritado.

—Qué rechazo me producen los abusones —protestó en voz baja—. Ya entiendo por qué no la soportas. Pero no te preocupes, de esta me encargo yo.

El alivio fue tal que estuvo a punto de levantarse a darle un beso en la boca, pero se detuvo porque Jake y Kilian habían aparecido a su lado.

—... y por eso no tenía sentido —estaba diciendo Jake—. ¿Verdad, Rhett?

—Voy a necesitar un poco más de información, pero supongo que no será verdad.

Trisha apareció en ese momento y se dejó caer al final de la mesa, entre Rhett y Alice.

—Bueno, pringaos —los miró—, ¿de qué habláis?

—¿Dónde has dejado a Maya? —la provocó Jake con una sonrisita maliciosa.

—Que te den, enano.

—¡Ya casi soy más alto que tú!

—Y aun así sigues comportándote como un crío, qué curioso.

Era cierto que Trisha y Maya se habían vuelto inseparables. No en el buen sentido, porque se pasaban el día discutiendo, pero, para Alice, era una señal de que se llevaban bien.

No obstante, Trisha no parecía cómoda comentándolo, así que Alice intentó desviar el tema otra vez.

—¿De qué hablabas? —le preguntó a Jake.

—¿Qué? ¡Ah, sí! Estábamos hablando de lo que pasaría si los conejitos blancos nos invadieran. ¿Nunca lo habéis pensado?

Hubo un momento de silencio. Todos lo miraron con cierta incredulidad —incluso Alice, que normalmente era quien hacía esa clase de preguntas— y él suspiró.

—Me lo tomaré como un no.

—Come y calla. —Trisha puso los ojos en blanco.

Jake volvió a centrarse en su bandeja, cabizbajo.

—Volviendo a temas importantes —Trisha se inclinó

hacia delante—, he oído por ahí que Charles invita a tus alumnos a sus fiestas, Rhett. Por eso están tan cansados por las mañanas. Si quieres ir a pegarle, que no se te olvide llamarme.

—Vaya, otro misterio resuelto.

—Oye —Jake se asomó por encima del hombro de Alice—, ¿vas a comerte eso?

Ella negó con la cabeza y el chico se inclinó para tomarlo, pero Rhett lo detuvo al instante de un manotazo en el dorso.

—¡Eh!

—Quieto.

—¡Me ha dicho que no lo quiere!

—Tú tienes de sobra. —Rhett acercó la bandeja a su dueña y la miró con mala cara—. Y tú, come.

—Relájate. No eres mi padre.

—No. Soy tu instructor, que es peor. Come.

Alice se pasó el resto de la hora del almuerzo removiendo la comida y dándole mordisquitos diminutos. En cuanto Rhett se marchó a preparar la clase, le cedió todo lo restante a Jake, que lo aceptó felizmente.

21
EL BOLLITO DE LA PAZ

Lo malo de esa semana era que había tenido que volver a las clases.

Lo bueno era que Charlotte y sus amigos también.

Rhett no se metía demasiado con ellos, pero los hacía sudar como al que más. Alice y Jake intentaban no sonreír demasiado —porque Rhett los reñiría— y se limitaban a hacer sus ejercicios.

Hasta que llegó el día en que entró un poco tarde a clase y se encontró a todo el grupo alrededor de Rhett escuchándolo atentamente. Alice se detuvo junto a Jake y se puso de puntillas, en un intento de ver entre las cabezas de los demás, pero era imposible.

No supo lo que pasaba hasta que Trisha y Rhett empezaron a repartir unas pistolas rarísimas entre los alumnos. Alice cogió la suya con el ceño fruncido. Era más pesada que las habituales, tenía la mira larguísima y la empuñadura muy gruesa.

—Es una pistola de pintura —le explicó Trisha—. Las han traído de una exploración.

—Vamos a hacer dos equipos —dijo Rhett levantando los dos tipos de cartuchos que había repartido—. Unos tendrán pintura amarilla y otros, azul. Las balas no os matarán —añadió, entrecerrando los ojos—, pero si disparáis de cerca el moratón os durará unos días.

Los alumnos habían formado dos grupos. Los humanos nuevos estaban al otro lado de Rhett, hablando entre sí, y Jake, Alice y los androides se habían quedado apartados.

—¿Están los dos bandos formados? —preguntó Rhett revisándolos con la mirada—. Bien, pues ahora os toca elegir un capitán.

Los del equipo contrario no dudaron en empujar a Charlotte hacia delante, y ella pareció encantada con la idea. Alice estuvo a punto de poner los ojos en blanco. Solo se detuvo porque recordó el pequeño detalle de que su equipo también necesitaba un capitán.

Se dio la vuelta, dubitativa, y vio que los androides parecían incluso más perdidos que ella. Aquello no podía salir bien.

—¿Alguien se presenta voluntario? —preguntó Jake, forzando una sonrisa.

Hubo unos cuantos intercambios de miradas, pero ni una sola respuesta.

—Yo creo que nuestra capitana debería ser Alice —apuntó Anya entonces.

Esta, que había permanecido en silencio hasta entonces, dio un respingo. De pronto, todos la miraban.

—¿Yo?

—Sabes pensar bajo presión y eres, con mucha diferencia, la que mejor puntería tiene.

—P-pero...

—Sí, yo también voto por Alice —intervino Jake, levantando una mano.

Entonces, todos los androides asintieron y levantaron una mano. Unanimidad. Nadie quería el puesto, así que le tocaría a la única que había sido lo suficientemente despistada como para no rechazarlo.

Trisha les repartió unos trozos de tela negra para distinguirlos del equipo de Charlotte. Todos los miembros de su grupo se ataron los retales a la muñeca. Después, salieron del gimnasio. El equipo de Charlotte estaba detrás de las cajas de pintura azul, así que ellos se colocaron detrás de las amarillas.

Para cuando Rhett y Trisha se situaron entre ambos, Alice estaba un poco más nerviosa de lo que le hubiera gustado admitir.

—¿Ya habéis elegido a los capitanes? —preguntó él.

—Capitanas —corrigió Trisha—. Charlotte y Alice.

Rhett no pareció muy sorprendido. De hecho, dio la impresión de estar conteniendo una risotada. Despegó algo que llevaba en la mano y se acercó al equipo azul.

—Las reglas son sencillas —iba diciendo—. El juego se desarrollará en el patio delantero del edificio principal. El terreno ya está preparado. Una vez lleguemos, cada equipo tendrá cinco minutos para formar una estrategia de ataque.

»Me da igual si os empujáis, os tiráis arena a los ojos u os insultáis, pero el primero que lance un puñetazo recibirá una bala de pintura en la frente. Y ya podéis tomároslo en serio —añadió, deteniéndose y colocándole una pegatina en la frente a Charlotte—, porque os aseguro que duele más de lo que parece.

La chica enrojeció cuando todo el mundo empezó a reírse disimuladamente. Manteniendo la compostura, se arrancó la pegatina y se la puso a la altura del corazón. Era el color de su equipo.

—Nada de disparos por encima del cuello —continuó

Rhett, acercándose al equipo amarillo—. Quien se salte las normas, quedará descalificado y el primer equipo que se quede sin participantes pierde. Un participante quedará fuera del juego una vez reciba tres disparos.

—¿Qué gana el equipo vencedor? —preguntó Anya tímidamente.

—Elegir qué hacer en la clase de mañana.

Alice vio que a todo el mundo se le iluminaba la mirada al instante. Quería ganar. No, iba a ganar.

—El juego no es de fuerza bruta. —Se detuvo delante de Alice y le puso la pegatina encima del corazón, pasando el pulgar sobre ella distraídamente—. Hay que aplicar la inteligencia y la habilidad. No me decepcionéis.

Tras decir eso, se separó de los dos grupos. Todo el mundo lo siguió al patio delantero, que, efectivamente, estaba cubierto de cajas y troncos colocados de forma ideal para que pareciera un campo de batalla. Incluso habían decidido usar una de las caravanas de Charles.

De hecho, él, Yin y unos cuantos compañeros más estaban sentados encima del vehículo, vitoreando. Y todos bebían, claro.

Trisha negó con la cabeza.

—¿No podemos echarlos? —le preguntó a Rhett en voz baja.

—Si queremos la estúpida caravana, no. Ha sido su única condición.

Cada equipo tenía un lado asignado. A Alice le había tocado el de la entrada del edificio y a Charlotte, el de la salida de la ciudad.

La androide revisó el patio con la mirada, cada rincón, cada escondite posible, mientras Charles y los miembros de las caravanas los aplaudían. Cada uno tenía su equipo favorito y lo animaba vigorosamente. Charles había dejado claro el suyo desde el principio. Se había puesto de pie encima de la caravana y había colocado ambas manos alrededor de la boca para amplificar el sonido.

—¡YO ESTOY DE TU PARTE, QUERIDA! —le había gritado a Alice a pleno pulmón, y todo el mundo había dado un brinco del susto.

Rhett había puesto los ojos en blanco, pero Alice estaba demasiado ocupada analizando el terreno como para pensar en aquello. No tenía mucho tiempo, debían actuar rápido, así que se giró hacia su equipo.

—¿Quién de vosotros dispara mejor? —Varias manos se levantaron al instante—. Lo digo en serio. ¿Quién es capaz de acertarle a un objetivo en movimiento?

Algunas manos se bajaron, pero los androides se mantuvieron. Eran nueve. Alice se mordió el labio inferior, intentando aclararse.

—Vale, pues vosotros seréis algo así como los segundos al mando. Cada uno irá por un lado del campo con dos miembros del equipo.

—Con los inútiles —aclaró Jake.

—Nosotros tres —Alice señaló a Anya, Jake y a sí misma— tomaremos la delantera. Vosotros tres, id por la derecha y vosotros tres, por la izquierda.

—¿Y si ellos hacen lo mismo? —preguntó una chica.

—¿Tienen cara de estar organizando ataques? —preguntó Jake poco convencido.

Y es que los nuevos se reían a carcajadas y charlaban entre sí como si no fuera necesario pensar demasiado.

—El punto de encuentro será la caravana —continuó Alice—. Está en pleno centro del terreno, así que debería ser un sitio complicado. Si vamos avanzando poco a poco y los tres grupos conseguimos llegar, vosotros atacaréis por ambos flancos y nosotros por el medio. Solo tendremos que esperar a que se acerquen y, entonces, los acorralaremos.

—Suena bien —asintió un chico.

—¿Estáis listos, pequeños saltamontes? —preguntó Rhett, que estaba junto a la caravana.

Alice asintió y supuso que sus contrincantes también lo habían hecho, porque la caravana le impedía ver el otro lado del campo. Supuso que estaba colocada así a propósito.

Sin esperar un segundo más, Rhett se metió dos dedos en la boca y soltó un agudo silbido que hizo que todo el mundo empezara a moverse.

Mientras sus segundos al mando se dispersaban, Alice corrió hacia el tronco más cercano con Jake y Anya a su lado. Los tres se quedaron con la pistola cargada apuntando al suelo y les tocó esperar.

En cuanto vio aparecer al otro equipo —al completo, ya que no habían hecho estrategias—, Alice quitó el seguro a su pistola y se agachó justo a tiempo para que una bola de pintura azul pasara volando por encima de su cabeza.

—¿Estáis listos? —preguntó a sus dos compañeros.

—Esto es muy emocionante —opinó Anya, entusiasmada. Casi temblaba de la felicidad.

—Yo me conformo con que no me manchen el pelo —murmuró Jake.

—¡No se puede jugar si no salen de su escondite! —protestó un humano del otro equipo, abriendo fuego contra el tronco.

Alice se asomó un segundo, pero volvió a esconderse de golpe cuando una bola de pintura le rozó la cabeza. ¡Ya era la segunda vez que intentaban darle por encima del cuello!

El siguiente escondite era una caja grande que tenían a unos cuatro metros de distancia. Los dos grupos de tres ya habían alcanzado sus objetivos, así que les tocaba a ellos. Tenían que ir avanzando juntos y no podían hacerlos esperar. Tocaba moverse.

Lo pensó un momento y soltó la pistola para colgársela de la espalda. Anya y Jake la miraron pasmados.

—¡¿Qué haces?! —gritó él.

—Voy a correr hacia allí. Cuando lo haga, asomaos y disparad a todo el que veáis.

—P-pero... ¿cuándo?

—¡Ahora!

Alice apoyó una mano en el tronco y se impulsó hacia arriba para saltar al otro lado. Aterrizó con un duro golpe que hizo que sus todavía débiles piernas temblaran un poco, pero no dudó en comenzar a correr tanto como pudo. Las bolas azules volaron hacia ella.

Una impactó contra sus costillas, y cuando consiguió deslizarse por el suelo hasta quedarse oculta tras la caja, tocó la zona afectada con una mueca. Rhett tenía razón, cómo dolía... No tanto como un disparo, claro, pero frustraba muchísimo más.

Solo le quedaban dos oportunidades.

Estar en una zona un poco más avanzada le permitía ver el terreno del otro equipo, y enseguida se dio cuenta de que quizá no sería necesario llegar hasta la caravana. Habían planeado todo tan mal que ya los tenían rodeados.

Alice les hizo un gesto a sus compañeros, y ellos debían de estar preparados, porque las bolas de pintura amarilla empezaron a volar al instante. Escuchó alaridos de dolor y palabrotas, pero de poco les sirvió. Mientras los suyos disparaban, los otros intentaban buscar desesperadamente un escondite sin mucho éxito.

—¡Tres tiros, principiante! —gritó Rhett entonces—. ¡Eliminado!

Alice se asomó y vio que al equipo contrario ya solo le quedaban seis miembros. Una de ellas empujaba desesperadamente una caja hacia los demás, tratando de crear una zona segura. Chica lista.

La bola de Alice le dio en la rodilla, lanzándola al suelo, y casi al mismo instante otras dos le impactaron en el abdomen. Rhett la sacó del juego de un grito y fueron sus compañeros quienes tuvieron que terminar la tarea. Ya solo quedaban cinco.

Alice hizo un gesto de felicitación a los tres androides que habían ido por la derecha y ellos le sonrieron, pero dejaron de hacerlo cuando empezaron a recibir disparos. Dos de ellos quedaron eliminados.

—¡Le he dado a uno! —gritó Jake entonces, emocionado.

Alice se tensó cuando vio que Charlotte, bien oculta tras la caja, se giraba al escuchar su voz.

Comprobó su munición. Solo le quedaba una bola, y tardaría unos segundos en recargar. Otro miembro del equipo contrario cayó mientras ella intentaba calcular si eliminaría a Charlotte antes de que ella alcanzase a Jake, ya que esa parecía su intención.

Al final, solo se le ocurrió una tontería. La de correr hacia ella en cuanto empezó a avanzar hacia Jake y Anya.

Estaba claro que la chica no lo esperaba, porque cuando se lanzó —literalmente— sobre su cuerpo, cayeron ambas al suelo, levantando una capa de polvo delante de sus compañeros, que dejaron de disparar durante un instante, pasmados.

Charlotte, mientras tanto, tosió de mala gana y se apartó rodando por el suelo.

Alice vio que ambas pistolas habían salido volando. Se apresuró a arrastrarse hacia la suya y la alcanzó justo cuando un chico del otro equipo agarraba su tobillo. Se dio la vuelta y, sin pensarlo un segundo más, disparó...

... justo en medio de su bragueta.

Escuchó un «Uuuuuuh» del público cuando el pobre se congeló y soltó un chillido bastante agudo, llevándose las manos a la zona afectada.

—¡Lo siento! —exclamó Alice sin pensarlo—. ¡Lo siento muchísimo, no era mi intención...!

—¡Deja de disculparte, que es el enemigo! —exclamó Jake desde detrás del tronco. No le faltaba razón.

Al menos, la había soltado. El problema era que ahora todos los miembros del equipo contrario se habían girado hacia Alice, que abrió los ojos como platos cuando cuatro pistolas la apuntaron a la vez.

Gateó hacia el chico a toda velocidad y la pierna le dio una sacudida cuando una bola de pintura la alcanzó. Tuvo claro que había sido Charlotte. Aun así, siguió moviéndose hasta que consiguió empujar al chico de lado, quedando así oculta tras su espalda. Mientras recargaba a toda velocidad, escuchó disparos y protestas de su escudo humano.

—¡Dejad de disparar, inútiles, que soy de vuestro equipo!

—P-perdón... —murmuró un pobre chico, soltando la pistola.

Un androide aprovechó el descuido al instante y le disparó por la espalda. Anya le impactó en el pecho y Jake en el estómago. Él soltó un chillido; Charlotte, un gruñido.

—PERO ¡NO SUELTES LA PISTOLA, PEDAZO DE IDIOTA!

—¡Perdón!

Alice aprovechó el momento en el que el eliminado salía corriendo del campo para incorporarse y disparar al equipo contrario. No dejó de correr en ningún momento, y se las apañó para volver con Anya y Jake. La primera había recibido dos disparos, y el segundo, uno.

—¿Qué tal? —les preguntó.

—Hemos tenido mejores momentos, te lo aseguro.

Alice quiso sonreír, pero una nueva oleada de bolas hizo que se escondiera mejor. Solo se asomó cuando Anya soltó un chillido porque habían vuelto a alcanzarla y, por lo tanto, la habían eliminado. Al igual que a dos miembros más de su equipo. Ya solo quedaban ella, Jake, un androide a la derecha y dos a la izquierda.

No obstante, estaban mejor que Charlotte, que se había quedado sola.

Alice la revisó con la mirada para contar sus disparos, y se agachó antes de recibir uno. Charlotte tenía dos, uno en el muslo y otro en el hombro. Uno más y habría perdido.

Ella también debió de darse cuenta y, como era incapaz de aceptar la derrota, se puso de pie y lanzó la pistola al suelo.

—Supongo que la cosa ya está clara —replicó irritada.

Sin embargo, no había llegado a moverse cuando, de pronto, una bola amarilla estalló contra su otro hombro. Charlotte retrocedió, sorprendida e indignada a partes iguales, y todos se giraron hacia Jake.

—Ups, se ha disparado sola.

Ese fue el pistoletazo de salida de Charles, que empezó a aplaudir felizmente y Yin y sus compañeros lo siguieron. Tras unos cuantos vítores, bajó de la caravana de un salto y se acercó a ellos con una gran sonrisa.

—¡He estado de vuestra parte todo el rato! —les aseguró—. ¡Ven aquí, querida, muy bien hecho!

—¡Espera, te voy a llenar de pint...!

Tarde. Ya la estaba abrazando como un oso amoroso. Alice le dio una palmadita en la espalda, divertida, antes de que él la soltase. Su ropa se había quedado llena de manchas azules, pero no pareció importarle demasiado.

Rhett y Trisha también se habían acercado. El primero miraba a Charles con los ojos entrecerrados.

—¿Has terminado?

—Ajá.

—Bien. Enhorabuena, equipo amarillo. En cuanto sepáis lo que queréis hacer mañana, contádmelo.

Rhett se fue a recoger las pistolas y dejó que los alumnos se regodeasen en su victoria.

Lo cierto fue que no hubo grandes explosiones de euforia. El equipo contrario se marchó en medio de protestas y el vencedor estaba formado en su mayoría por androides, que eran demasiado reservados como para siquiera plantearse la posibilidad de ponerse a dar saltos de alegría. Se limitaron a sonreír tímidamente e ir a lavarse.

Alice, por su parte, se sacudió las manos de polvo y se acercó a Rhett.

—¿En qué momento se te ha ocurrido que esto sería buena idea?

—¿Vas a negar que ha sido divertido?

—No, pero...

—Menuda puntería con el pobre chico —intervino Trisha burlona.

Charles empezó a reírse al instante.

—¡La cascanueces!

Todos se echaron a reír, pero a Alice no le hacía gracia. ¡Había sido sin querer! Miró a Rhett en busca de apoyo, pero él se limitó a seguir riéndose en su cara. Entonces ella, sin pensarlo mucho, decidió vengarse.

Es decir, que levantó la pistola y le disparó justo en medio del abdomen.

Rhett dejó de reír al instante y al ver su camiseta manchada de amarillo, levantó la mirada hacia Alice, que ya no se sentía tan valiente.

—¡Mira cómo me has puesto! —protestó.

—¡Te estabas riendo de mí!

—¡No era el único!

—En eso tienes razón.

Charles seguía riendo. Alice se giró y le disparó en el pecho. Él comenzó a toser como un loco.

—¡Que me dejas sin respiración!

—¡Pues para de reírte de una vez!

—¡Guerra de pintura! —gritó Jake de repente.

Trisha se giró hacia él y, justo en ese momento, cayó de culo al suelo porque una bola de pintura azul le dio en la pierna. Abrió la boca, sorprendida.

—¡Serás...! ¡Ven aquí, maldito crío!

Agarró una pistola y la apoyó en el suelo con su único brazo. En un abrir y cerrar de ojos, Jake corría a toda velocidad intentando huir de sus bolas de pintura mientras Trisha le disparaba por la espalda. Entonces, todo el mundo empezó a imitarlos. Alice vio que Charles y Rhett habían agarrado sendas pistolas y se apresuró a esconderse, pero recibió varios impactos por la espalda. En cuanto estuvo a resguardo, ella también empezó a atacar a todo el mundo.

Para cuando consiguió darle a Rhett por quinta vez, le dolía el estómago, aunque no estaba muy segura de si era por los disparos o por las risas. Este le disparó de vuelta y le acertó de lleno en el hombro. Los dos estaban cubiertos de pintura azul y amarilla.

No obstante, cuando Alice se dio cuenta de que se había quedado sin munición, se le quitaron las ganas de hacerse la valiente.

—Ups.

Fue el turno de Rhett para empezar a reírse.

—¿Alguien se ha quedado seca?

Alice retrocedió dos pasos y él los avanzó. Soltó la pistola vacía e intentó echar a correr, aterrada y divertida a partes iguales, pero Rhett la enganchó del brazo y cayeron los dos al suelo. Los demás, mientras tanto, seguían luchando entre sí. De hecho, los de las caravanas se habían unido a la batalla. Había pintura por todas partes.

Una bola le dio a Rhett en el hombro, y Alice aprovechó la distracción para intentar quitarle la pistola. Terminaron forcejeando por hacerse con el arma, incluso rodaron por el suelo hasta que ella terminó de espaldas y él con una rodilla a cada lado de sus caderas.

—¡Suéltala! —gritó Alice, intentando empujarlo con las rodillas.

—¡Suéltala tú, es mía!

—¡Es de quien se la quede!

—¡Por eso voy a...!

Se detuvieron cuando la cápsula de pintura azul estalló por la presión, llenando las manos de Rhett y la cara de Alice de pintura.

Ella parpadeó, pasmada, cuando él empezó a reírse a carcajadas.

—¡No tiene gracia! —protestó, intentando que no le entrase en la boca.

Pero él seguía riéndose tanto que parecía que iba a caerse en cualquier momento.

Alice, resentida, se pasó la palma de la mano por la cara para llenársela de pintura y, acto seguido, se la estampó a Rhett en el rostro. Él dejó por fin de reírse e intentó apartarse, pero ya era tarde. Tenía la cara azul.

Empezaron a pintarse el uno al otro, compitiendo y luchando para que el otro terminara teniendo más pintura. No dejaban de reír. Al menos, hasta que escucharon un ruidoso carraspeo encima de sus cabezas.

Ambos se giraron de golpe hacia Max, que los había pillado en medio del forcejeo, y tardaron unos segundos en reaccionar y apartarse el uno del otro. Se pusieron de pie torpemente y Alice trató de sacudirse los pantalones, pero solo consiguió llenárselos de pintura —ahora verde— y empeorar la situación.

—¿Qué tal la clase? —preguntó Max, cruzándose de brazos—. ¿Divertida?

No se habían dado cuenta de que los demás se habían detenido. Y todos estaban verdes.

—La clase ya había terminado —intentó explicar Jake.

—Y habéis pensado que era mejor que no quedara pintura para otro día, ¿no?

Hubo un momento de silencio interrumpido cuando Alice suspiró ruidosamente. Max clavó los ojos en ella y los entrecerró peligrosamente.

—¿Algo que decir?

—No creo que las bolas de pintura sean tan valiosas. Solo lo estábamos pasando bien. ¡Podrías unirte! ¡Seguro que te diviertes!

—¿Podéis centraros? —se impacientó Max, y todos dieron un brinco—. ¿Creéis que podemos malgastar los recursos de los que disponemos en una pelea absurda?

—Venga ya, Max, no es para tanto —intervino Rhett—. Lo han hecho muy bien en la clase. Se lo han ganado.

Max se quedó pensativo, como decidiendo qué castigo era más apropiado para la situación, pero al final no debió de ocurrírsele nada, porque se limitó a negar con la cabeza.

—Recoged esto en los próximos cinco minutos y quizá os perdone —dijo finalmente, y los señaló uno a uno—. Más os vale que a la hora de cenar no vea a nadie cubierto de pintura en la cafetería.

Mientras se marchaba, todos soltaron un suspiro de alivio colectivo. Después, decidieron que lo mejor era no seguir tentando a la suerte y empezaron a meter todo el material en las cajas.

—Max tiene un don para chafar los momentos divertidos —murmuró Trisha.

—Pues como todos los adultos —dijo Charles.

Jake se quedó mirándolo con una mueca.

—Pero si tú eres un viejo.

Alice nunca había visto a Charles ofendido. De hecho, pocas veces lo había visto con una expresión que no fuera de felicidad despreocupada. Sin embargo, en ese momento se llevó una mano al corazón con dramatismo.

—¡¿Viejo?!

—¿Cuántos años tienes?

—¡Veintiséis! ¡Soy joven!

—Eres un carcamal —remarcó Trisha.

—Hasta los treinta no es ser viejo —intervino Rhett.

—Dijo el otro pureta. —La chica sonrió malévolamente.

—La edad es algo mental —recalcó Charles, dándose un golpecito en la cabeza con un dedo.

—Entonces, Rhett tiene setenta años, y tú, doce —replicó Jake con malicia.

Trisha y él empezaron a reírse a carcajadas, pero se detuvieron cuando se dieron cuenta de que ambos los estaban mirando con el ceño fruncido.

—¿Se os olvida que yo controlo el número de vueltas que dais corriendo al gimnasio, mocosos? —espetó Rhett.

Alice perdió la paciencia y se acercó ellos.

—¿Podéis dejaros de tonterías y poneros a recoger de una vez? —preguntó, señalando a su alrededor.

Como se habían quedado un poco parados, dio una palmada al aire y, automáticamente, todos empezaron a trabajar a la vez.

* * *

Nadie le había dicho que una pelea de pintura pudiera agotar tanto.

Mientras subía la escalera, Alice se sentía como si sus músculos fueran de gelatina. Intentó no apoyarse en la barandilla para no manchar nada y siguió arrastrándose hasta el segundo piso.

Justo cuando cruzaba el pasillo, vio que Anuar se dirigía a su habitación. Supo que la había visto, porque aceleró el paso. Ella intentó alcanzarlo para hablar con él, pero justo en ese momento alguien se interpuso entre ellos.

Charlotte había estado esperando junto a la puerta de Alice. Ya se había lavado la pintura y, pese a que seguía teniendo manchas en el pelo, nadie hubiera adivinado que había participado en una batalla de *paintball*. Alice lo tendría un poco más difícil. De lo único que tenía ganas era de ducharse.

—No me apetece hablar —le aseguró—. Y menos discutir.

—A mí tampoco.

Al menos, su tono era mucho menos altivo y burlón que el que había usado en el campo de batalla. Cualquiera habría dicho que se arrepentía, pero Alice lo dudaba. Ya tenía la mano en la puerta de su cuarto, pero se detuvo para mirarla con cierta resignación.

—¿Qué quieres, entonces?

Charlotte vaciló.

—Verás...

No llegó a terminar la frase. Se había quedado helada al mirar por encima del hombro de Alice. Ella siguió la dirección de sus ojos y se quedó un poco confusa al ver que el padre John pasaba junto a ellas estudiando unos papeles distraídamente. Ni siquiera las vio. Se limitó a meterse en su habitación en completo silencio.

Sin embargo, Charlotte agachó la cabeza.

—¿De qué se trata? —repitió Alice en cuanto estuvieron solas.

—Nada. No era tan importante.

Entonces, se marchó rápidamente en dirección a la escalera.

* * *

A la mañana siguiente, Alice se disponía a disfrutar de sus clases. Como habían tenido la oportunidad de elegir las actividades del día, habían decidido hacer estiramientos y prácticas de tiro, que era lo menos cansado.

Pero no pudo disfrutarlo porque, mientras bajaba la escalera con Trisha, empezó a notar que le dolía la cabeza. Le sucedía a menudo, pero esa vez ocurrió algo especial. Trisha, en medio de su explicación, se detuvo en seco y la miró, sorprendida.

—¿Eso es sangre?

Alice se tocó la nariz al instante. Efectivamente, un fino hilillo rojo resbalaba hasta sus labios.

—Ay, no... —murmuró.

Le tocaba ir a ver al padre John otra vez. Max había decidido que se quedara una semana más con ellos por si surgía algún problema. Como ese, por ejemplo.

—Si me lo limpio un poco... —intentó, pero no fue suficiente como para convencer a su compañera.

—De eso nada. Si no estás bien, tienes que ir a que te examine el doctor chalado.

Alice se echó a reír por esa última palabra, cosa que hizo que le saliera todavía más sangre.

—¿Quieres que te acompañe? —se ofreció Trisha.

—No, no... Tú dile a Rhett que iré cuando pueda o se enfadará.

—Tranquila, seguro que estará ocupado aterrorizando a alumnos inocentes.

El padre John seguía en el fondo del hospital, tomando notas de algo que Alice no quiso investigar muy a fondo. Al pasar junto al bebé le dirigió una sonrisa que hizo que el niño agitara felizmente los brazos.

Su padre, en cambio, no pareció tan contento de verla. Se limitó a echarle una ojeada y volver a centrarse en sus papeles.

—Siéntate —murmuró sin mirarla.

Alice obedeció, pero ante su silencio demasiado prolongado empezó a perder la paciencia.

—Sigo sangrando —le recordó, señalándose la nariz.

—Ya lo veo.

—¿Cómo vas a verlo si no levantas la cabeza?

—Me gustabas más cuando no respondías...

—Eso no era una respuesta, sino una pregunta —remarcó ella—. Ahora te estoy respondiendo.

Durante su estancia en el hospital, su mayor consuelo había sido intentar provocarlo hasta que perdiera la paciencia. Como no era una tarea fácil, la mantenía bastante ocupada. Acababa de comprobar que seguía entreteniéndola.

El padre John, ligeramente irritado, se incorporó y fue directo a su carrito particular, donde cogió una toalla y un pequeño frasco lleno de pastillas de color azul. Alice se echó hacia atrás enseguida, alarmada.

—¿Eso es...?

—No es un sedante tan potente como una inyección. Solo calmará el dolor. Me han llegado esta mañana.

Alice aceptó la toalla, pero no las pastillas. No se fiaba de ellas.

—Como quieras —masculló él—. No seré yo quien sufra.

—Exacto. Tú ofreces, pero yo elijo.

—A veces, Alice, me da la sensación de que eres la que menos se preocupa por tu salud.

Ella, en lugar de entrar en el juego, optó por señalar la marca de la puñalada que tenía en el cuello con un gesto de la cabeza.

—¿Quién te clavó ese cuchillo?

El padre John pareció un poco sorprendido.

—¿Cómo sabes...?

—He visto suficientes cicatrices como para haber aprendido a distinguirlas. ¿Quién fue? ¿Giulia?

—Ella jamás me traicionaría.

—¿Entonces?

Él negó con la cabeza y dejó la toalla manchada en el carrito.

—Alguien intentó matarme, pero no le salió bien.

Eso no la sorprendía en absoluto.

—¿Quién?

—No es de tu incumbencia.

—¿Cuándo fue? ¿La misma noche en que cayó el edificio principal de la capital?

Por la cara que puso, dedujo que había acertado de lleno.

—Veo que sí recuerdas algunas cosas...

Alice, que estaba sonriendo con malicia, se puso seria de golpe.

¿Cómo sabía que no guardaba recuerdos de aquella noche?

Era lógico pensar que su padre había tenido que ver con su amnesia puntual, pero nunca habría creído que se lo confirmaría directamente. ¿Él les había borrado la memoria? ¿Cómo era eso posible? Su cerebro era fácil de manipular, pero ¿y los de Rhett y Trisha? Entonces cayó en la cuenta. ¡Las heridas! Se debían de haber quedado inconscientes por la pérdida de sangre y los de la capital se habían aprovechado de ello para retenerlos en contra de su voluntad.

Volvió a la realidad cuando el padre John le hizo un gesto hacia la salida.

—Supongo que te esperarán en clase.

—Muy considerado.

No le respondió. De hecho, ni siquiera volvió a mirarla.

Alice se acercó a Tina, que sostenía al bebé.

—¿Estás lo suficientemente bien como para cogerlo? —preguntó.

Alice asintió, entusiasmada, y el niño quedó en sus brazos. Sujetarlo le provocaba sensaciones muy diversas, desde miedo hasta entusiasmo. Lo meció un poco y él, que estaba empezando a cerrar los ojos, no tardó en quedarse dormido.

—Se pasa el día durmiendo y la noche queriendo jugar —protestó Tina. Parecía cansada.

—Si necesitas ayuda...

—Cielo, es mi trabajo, y bastantes preocupaciones tenéis ya vosotros como para daros otra.

Alice asintió y bajó la mirada al bebé.

—¿Cómo estás, por cierto? —añadió la mujer—. He visto que te sangraba la nariz.

—No ha sido nada importante. Estoy bien.

—Me alegro.

—Los niños se te dan muy bien —observó Alice, desviando un poco el tema—. ¿Nunca quisiste tener hijos?

No sabía si era una pregunta demasiado personal. Después de todo, seguía sin entender ciertos límites respecto a la intimidad humana.

Sin embargo, Tina se lo tomó con cordialidad.

—Cuando era pequeña, mi sueño era adoptar a unos cuantos niños.

—¿Adoptar? ¿No tenerlos?

—Me gustaba la idea de darle un hogar a alguien que no

lo tuviera. —Tina negó con la cabeza como si fuera absurdo—. Ayudar a alguien que lo necesitara.

—Eso es admirable.

La sonrisa de la mujer se había vuelto algo triste.

—Todo eso cambió cuando empecé a trabajar para ellos. —Con un gesto de la cabeza, señaló al padre John, que seguía tomando notas, ajeno al resto del mundo—. Cuando vi lo que les hacían a esos niños, asumí que nunca iba a ser una buena madre.

Alice no supo qué decirle. Sentía que esa última frase le dolía mucho más de lo que quería transmitir.

—Gracias por no contarle nada a los demás —añadió Tina—. La verdad es que pensé que lo harías.

—No es mi secreto. No tengo ningún derecho a compartirlo.

Ella asintió ligeramente. Estaba claro que sabía lo que pensaba Alice, y que su forma de verla había cambiado mucho.

—Espero que algún día puedas perdonarme.

—No soy yo quien tiene que perdonarte.

Tras devolver el niño a la cuna con suavidad, Alice salió del hospital. Seguía un poco mareada y, aunque no le gustara admitirlo, no sería capaz de entrenar en esas condiciones. Lo mejor sería que subiera un rato a su habitación. Al menos, hasta que se le pasara.

Sin embargo, cuando divisó un movimiento con el rabillo del ojo, el plan se fue al garete. Los humanos nuevos, en lugar de estar en clase, se dirigían disimuladamente hacia la escalera. Hablaban en voz baja entre sí y parecía que se aseguraban de que nadie los siguiera.

Alice se apresuró a esconderse y, por fortuna, no la pillaron. Los siguió a hurtadillas, deteniéndose en puntos estratégicos. Incluso consiguió escuchar algunos fragmentos de conversación.

—... no podéis decírselo a nadie —susurró uno.

—Eso estaba claro —murmuró otro.

Más pasos. Más escondites. Cuando llegaron al primer piso, captó la conversación más nítidamente.

—¿Cuándo?

—Dentro de dos horas en la habitación número tres. Tenemos que estar todos allí o...

—¿Qué haces?

Alice dio tal salto que creyó que iba a salírsele el corazón por la boca cuando vio a Kai a su lado, comiéndose una chocolatina. Él también dio un respingo al ver que la había asustado.

—¡Kai! —exclamó alarmada—. ¡Casi me provocas un infarto!

—¡Y tú a mí también! ¿Se puede saber qué hacías?

—¿Eh? Nada... Oye, ¿tú no tienes trabajo? ¿No eres un guardián?

—También tengo derecho a disfrutar de la vida, ¿vale? Acabo de cambiarle esta chocolatina a uno de las caravanas por tres auriculares y creo que he salido perdiendo, porque sabe raro...

Ella estuvo a punto de responder, pero entonces se dio cuenta de que habían alzado demasiado la voz y, por lo tanto, eran el centro de atención de todo el grupo de humanos nuevos.

Cuando uno de ellos se tocó el bolsillo, Alice actuó por puro instinto. Empujó a Kai fuera del peligro y, automáticamente, apuntó al grupo con la pistola...

... solo para descubrir que el chico simplemente había sacado la llave de su habitación.

No parecieron muy contentos.

Cosa que se confirmó cuando Max, ya en su despacho, empezó a regañarla.

—¡Los estabas siguiendo! —exclamó irritado—. Lo que faltaba.

Los cuatro guardianes supremos estaban en la mesa con él, mirándola fijamente. Todos le daban la razón menos Ben, que estaba ocupado mirándose las uñas. Otra cosa en la que se parecía a Rhett.

—Es una vergüenza. —Gil metió cizaña.

—La primera vez que viniste con este cuento ya te advertí de que lo dejaras de inmediato —siguió Max.

Alice se sentía como una niña pequeña.

—Es que mi instinto...

—¡El instinto nos dice muchas cosas, pero no por ello tenemos que hacerle caso siempre!

Pocas veces había visto a Max tan enfadado. Se había acostumbrado tanto a que fuera simpático con ella que aquello le rompió el corazón.

—La chica ha cometido un error —intervino Ben entonces—. Todos podemos...

—No se merece que la defiendas, Ben —lo cortó Max en seco.

Esto sorprendió a los demás guardianes, que se quedaron en silencio.

—¿Tienes alguna prueba de que estén tramando algo? —inquirió el guardián supremo a Alice.

—No, pero... ¡lo harán esta noche!

—¿Esa es tu única defensa? ¿Que esta noche planean hacer algo?

Dicho así, le sonaba ridículo incluso a ella.

—¡Hay muchas cosas que no encajan! —insistió Alice desesperada—. ¿Por qué no se relacionan con casi nadie de la ciudad? ¿Por qué los androides no los conocen? ¿Por qué el padre John sigue aquí?

—Sabes las respuestas a todas esas preguntas, Alice. Por

primera vez en meses, hemos conseguido garantizar una mínima estabilidad a esta ciudad. No puedo dejar que la destruyas solo porque necesitas pagar tu frustración con alguien y los has elegido a ellos. Te dije que lo dejaras estar. Y Rhett también.

Alice levantó la cabeza, sorprendida.

—¿Has hablado con él?

—Llevo veinte minutos hablando con cada maldito miembro de esta ciudad porque nadie entiende por qué persigues a esos alumnos. Y, por supuesto, ha surgido la maravillosa pregunta de por qué te permito ir armada cuando ni siquiera eres guardiana.

Alice tardó unos segundos en entender lo que estaba diciendo. Cuando lo hizo, empezó a negar con la cabeza.

—No puedes quitármela —le suplicó.

—Entrégamela, Alice. De hecho, dame todo el cinturón.

Ella dudó, mirándose la cintura, donde su pistola permanecía en la funda. El cuchillo del Sargento también seguía ahí. Negó con la cabeza. No quería perderlo todo otra vez.

—No voy a repetirlo —advirtió Max.

Derrotada, se deshizo lentamente del cinturón y lo dejó en la mesa.

—Y, ahora, vete.

—Max..., no quería...

—¡Fuera!

Ese último grito hizo que todos los presentes dieran un brinco y ella, sorprendida, agachara la cabeza. La había regañado muchas veces, pero nunca lo había sentido como algo tan personal. Abochornada, se apartó lentamente de la mesa y salió del despacho de Max con la cabeza gacha.

Una vez fuera, escuchó que Anuar cerraba la puerta tras ella.

—¿Estás bien? —le preguntó con sorprendente suavidad.

Ella asintió. Estaba tan avergonzada que no quería ni mirarlo a la cara.

No sabía qué hacer. Sin el cinturón, se sentía desnuda. Y no se atrevía a ir a su cuarto porque sabía que Rhett estaría allí, furioso con ella. No quería más broncas. Solo le apetecía esconderse un rato y solo se le ocurrió un lugar donde hacerlo.

El círculo de las caravanas seguía en el patio trasero, y sus miembros habían hecho una hoguera, como cada día, para reunirse a su alrededor, charlar y beber durante sus ratos libres.

—¡Robotito! —exclamó Yin felizmente al verla. Estaba reunida con un pequeño grupo y comían bollos de chocolate—. ¿Vienes a merendar?

—No... La verdad es que no sabía dónde meterme.

Yin negó con la cabeza y le hizo un gesto para que se acercara. En cuestión de segundos, ya tenía una botella de alcohol en una mano y un bollo de chocolate en la otra.

—Te acogemos durante el resto del día —la animó la chica—. La última vez te lo pasaste bien, ¿no?

En eso tenía razón.

Alice, de todos modos, prefirió dejar el alcohol y comerse solo el bollo de chocolate. No quería arriesgarse a meterse nada raro en el cuerpo, especialmente teniendo en cuenta sus problemas de salud.

—¿Dónde está Charles? —preguntó.

—En su caravana, como siempre.

Le sentaría bien hablar un rato con él. Charles podía ser muchas cosas, pero no una mala persona. Si querías pasártelo bien, era la mejor opción.

Así que fue directa a la caravana multicolor y llamó con los nudillos. Pasaron unos segundos y, aunque escuchó pasos y voces, nadie acudió a la puerta. Llegó a pensar que quizá se hubiera imaginado los ruidos, pero entonces le abrieron.

Y no era Charles, sino una chica de las caravanas que se abrochaba los pantalones. Alice levantó las cejas cuando pasó por su lado con una risita divertida.

Entonces, apareció Charles. Se apoyó en el marco de la puerta con una amplia sonrisa. Iba descamisado y llevaba un cigarrillo a medio consumir entre los labios.

—¡Querida! —exclamó sorprendido—. Si hubiera sabido que te pasarías, habría limpiado mi humilde morada.

—No pretendía interrumpir...

—No te preocupes, siempre tengo tiempo para mi androide favorita. ¿Quieres entrar?

Alice dudó, echando una ojeada a la chica que acababa de salir.

—No para lo mismo que ella — advirtió.

La carcajada de Charles le pareció divertida.

—Eso ya me lo imaginaba —le aseguró—. No te preocupes.

Aquello la convenció y entró en la caravana.

La segunda sorpresa llegó cuando vio un movimiento en la cama. Se quedó congelada cuando vio que dos chicos se ponían de pie y los saludaban alegremente antes de abandonar la caravana. Alice los siguió con la mirada, perpleja, antes de girarse hacia Charles, que ya se había sentado tranquilamente en el sofá.

—¿Con cuánta gente...?

—No quieres saberlo.

Alice negó con la cabeza, quitándose la imagen de la mente, y se sentó al otro lado de la pequeña mesita.

—En fin —murmuró Charles, cruzándose de brazos—. ¿Has venido para algo en concreto o solo para pasar un ratito conmigo?

—La verdad es que no sabía adónde ir.

—Sí, ya he oído que eres la apestada de la ciudad. —Sonrió—. ¿Te ha reñido papi Max?

—No lo llames así.

—Uy, alguien está escocida. —Charles se estiró para alcanzar dos vasos pequeños y una botella con líquido que apestaba a alcohol—. ¿Le has pegado un tiro a uno de los nuevos?

—¡Claro que no! Solo les he apuntado con la pistola...

Charles se detuvo, sorprendido, y pareció que iba a echarse a reír. Se detuvo por piedad.

—¿Por eso no llevas cinturón?

—Sí...

—Joder, qué estricto es Max, ¿eh? Si yo tuviera que quitarle el arma a todos los que amenazan a los demás, no haría otra cosa. No es para tanto. Forma parte del ciclo de la vida.

Alice hizo una mueca cuando le ofreció un vaso de alcohol.

—No quiero beber, gracias.

—¿Tienes hambre?

—Ya me he comido un bollito de chocolate, estoy bien.

Para su sorpresa, Charles se congeló justo antes de verter alcohol en su vaso y la miró con los ojos muy abiertos. El cigarrillo casi se le escapó de los labios.

—¿Te has comido... un bollo de Yin?

—Sí, estaba muy rico.

Charles dejó la botella en la mesa, apagó el cigarrillo y se pasó ambas manos por la cara.

—¿Qué? —preguntó Alice, empezando a preocuparse.

—No te han dicho lo que llevaba, ¿no?

—Pues... chocolate, imagino.

—Sí, claro. Y las hierbas que usamos para colocarnos.

No supo qué cara había puesto, pero por la de Charles dedujo que debía de ser hilarante.

—¡¿Voy a morirme?! —gritó aterrada.

—¡Claro que no! Solo... alucinarás un poquito.

—¡No quiero! ¿Cómo se quita?

Por su expresión, cualquiera habría creído que acababan de condenarla a muerte. Charles la observaba a medio camino entre la preocupación y la carcajada.

—No será para tanto —le aseguró—. Solo te sube durante unos minutos y luego vuelve a bajarte. Por eso se pasan todo el día comiéndolos.

—Ay, no... —se lamentaba ella.

—Mira, querida, como te considero mi amor imposible, haré algo que no suelo hacer: te ayudaré. Puedes pasar el colocón aquí dentro, así no te verá nadie. Si quieres, puedo darte intimidad.

—¡No me dejes sola! —le suplicó al instante.

—Vale, vale. Me quedo.

Alice miró a su alrededor, presa del pánico. Ya habían pasado unos minutos desde que se había comido el bollito, pero no sentía nada.

—¿Seguro que esto funciona? ¿O estás engañándome?

—Te aseguro que funciona.

—Creo que estaba caducado, Charles —dijo un poco más segura—. Voy a volver a mi habitaci...

En cuanto se levantó, tuvo que sentarse de golpe. Parpadeó varias veces, como si le resultara difícil enfocar. No se había dado cuenta de que había apoyado una mano en la mesa. Miró a Charles con la respiración agitada. Él sonreía.

—Ahí está. —La señaló orgulloso, como si fuera su obra de arte—. Eso se llama subidón, querida.

Alice podía sentir la sangre fluyendo más rápidamente por sus venas, su cerebro funcionando a toda velocidad y su corazón aporreándole las costillas. Lo más parecido que encontró fue la primera vez que Rhett la había besado. Pero esto era... incontrolable. De pronto, solo quería moverse, saltar, correr, gritar... Miró a Charles, entusiasmada.

—¡C-creo..., creo que lo noto!

—Vale, pues túmbate y...

—¡De eso nada! ¡Soy un pajarito! ¡Tengo que salir a volar!

Pese a que lo escuchó gritar su nombre, Alice salió disparada de la caravana y correteó entre los allí presentes, que le sonreían con la misma expresión entusiasmada que mostraba ella.

Levantó la cabeza y miró fijamente el sol, pero se arrepintió al instante. ¡La luz dolía! Pero no era tarde, eso seguro. Tenía que hacer algo. Lo que fuera. ¡Quería hablar! Pero ¿con quién? Todos la detestaban. ¿Qué más daba? ¡Ni siquiera necesitaba que la escucharan, solo quería hablar!

Entró al edificio corriendo y lo primero que captó fue que los guardias de la puerta se quedaban callados al ver que los saludaba agitando la mano a toda velocidad.

Las paredes, los techos, los suelos..., todo brillaba. Tenían un color mucho más vivo de lo que recordaba y resplandecían. ¿Los habrían limpiado? ¡Ni siquiera se había enterado! ¡Seguro que podía lamer el suelo y no pasaría nada porque estaba impoluto!

Estaba a punto de agacharse cuando le pareció escuchar su nombre en algún lugar no muy lejano. Rhett se separó de un grupo de alumnos para acercarse a ella con el ceño fruncido.

—¿Estás bien? —preguntó preocupado—. He oído que Max...

—¡Estoy genial! —exclamó ella, con el pecho subiéndole y bajándole a toda velocidad.

Rhett enarcó una ceja y la analizó durante unos segundos bastante largos. Luego dio un brinco hacia atrás, sobresaltado, cuando a ella se le escapó una carcajada estridente.

Alice pensó que era el mejor momento posible para lanzarse sobre él. Y eso hizo. Literalmente. Rhett a duras penas mantuvo el equilibrio cuando tuvo que sujetarla por la cintura con los brazos.

—¡Alice!, ¿puedes bajarte? Todo el mundo nos está mirand...

—¿Tanto te molesta que te den cariñitos en público? ¿Te quitará tu reputación de gruñón?

—¡Vale! —Alice se bajó de un salto y lo enganchó de la mano—. ¡Ven, vamos!

Empezó a corretear por el pasillo, obligando a un muy confuso Rhett a seguirla.

—¡Ten cuidado, bruta, que me arrancas un brazo!

—Uy, qué flojito es el instructor...

—¿Se puede saber qué te pas...?

Rhett estuvo a punto de chocarse con ella cuando se detuvo de golpe y se giró en redondo hacia él. Pareció que iba a decir algo, pero Alice sintió el impulso de besarlo y eso hizo.

Lo sostuvo por las mejillas con ambas manos y lo atrajo hacia ella. Ni siquiera tuvo que hacerlo con mucho ahínco. Rhett estaba tan sorprendido que no se separó, pero Alice lo hizo por él y, cuando pareció que por fin iba a reaccionar, volvió a arrastrarlo por el pasillo.

—¿Qué...? —lo escuchó musitar a sus espaldas—. ¡No había terminado!

—¿Ya no te preocupa la gente o qué?

—¿Qué gente? Ni me acordaba de su existencia.

Alice estaba demasiado acelerada como para pensar con claridad. Se detuvo en la puerta de la biblioteca y la abrió de una patada. Todo el mundo la miró al instante. Rhett soltó un suspiro, cada vez más avergonzado.

—La discreción es tu mejor cualidad —murmuró tras ella.

Alice avanzó por los pasillos de la biblioteca hasta que encontró la mesa ocupada por Jake, Kilian y Trisha. Los dos chicos leían un libro de medicina mientras que la rubia se limitaba a comer y a mirarlos con desprecio, como de costumbre.

Los tres levantaron las cabezas de golpe cuando Alice apartó una silla de malas maneras y se sentó justo delante de Jake, que parecía pasmado.

—Menudo susto me has dad...

—¡Ya sé qué pasaría si nos invadieran los conejitos blancos!

Hubo un momento de silencio. Jake arrugó la nariz.

—En cuanto empezaran a hacerse con el poder, como siempre, habría dos ideologías extremas al respecto —le explicó Alice a tanta velocidad que apenas respiraba entre frase y frase—. Unos los aceptarían. Llamémoslos proconejitos. Los demás serían los anticonejitos. Pero lo que deberíamos preguntarnos en realidad no es lo que sucedería, sino cuál de los dos bandos tendría la razón, ¿no te parece?

—Eh...

—Para empezar, los anticonejitos no los aceptarían como sus superiores. Creo que todos sabemos lo difícil que es que la gente cambie su visión sobre el mundo, así que una invasión por parte de unos seres a los que consideran inferiores probablemente desataría delirios de grandeza y haría que se replantearan su orgullo y poder como seres humanos y capitanes de la escala evolutiva tal como la conocemos hoy en día.

»Por otra parte, los proconejitos podrían argumentar que deberían ser considerados como iguales porque, si han tenido la capacidad de invadirnos, ¡son inteligentes! ¿Y qué diferencia a los humanos de los animales? ¡La inteligencia! Entonces ¿cuál sería el argumento en contra de los conejitos? ¿Que los humanos tienen pulgares y ellos no? ¡Bueno, pues los conejitos tienen las orejas grandes y no van presumiendo por ahí!

»Pero ¿y si la inteligencia de los conejitos nos superara? Si realmente tuvieran la capacidad y los recursos suficientes como para invadirnos, ¿no les sería sencillo dominarnos? ¿Y si quisieran cobrarse venganza por todos los años que hemos pasado ignorándolos, tratándolos como seres inferiores o degradándolos? ¿Nos dejarían vivos para meternos en jaulas, tal como los obligábamos a vivir a ellos? ¿O nos perdonarían y aprenderían a pasar página pese a que todavía quedaran algunos conejitos que sintieran rechazo hacia nosotros y costara años de mensajes positivos para que por fin entendieran que todos somos iguales?

»Bueno, ¿tú qué crees? ¿Moriríamos o no?

Silencio.

Alice sentía su cuerpo agitándose a toda velocidad por la emoción, pero... ¿por qué nadie más parecía entusiasmado? ¿Por qué la miraban como si estuviera loca?

Por fin, Trisha habló. Pero no se dirigió a ella, sino a Rhett. Y en un susurro.

—¿Está fumada?

—No lo sé, pero empiezo a sospecharlo.

—¡Tengo que ir a atender otros asuntos! —Alice se puso de pie precipitadamente, señalando a Jake—. ¡Piensa en tu respuesta y luego me la dices!

Volvió a salir corriendo y escuchó a Rhett llamándola mientras la perseguía. Eso solo hizo que quisiera correr aún más. Ya casi estaba sudando cuando dobló una de las esquinas del pasillo y se dio de bruces contra el pecho de alguien. Cayó al suelo de culo y, al instante siguiente, Rhett estaba de pie a su lado.

—Ya era hora de que dejaras de correr —masculló él entre jadeos.

Sin embargo, ambos se callaron al ver a Max. Alice acababa de chocarse con él y, teniendo en cuenta su expresión y lo mal que habían ido las cosas la última vez que se habían visto, estaba claro que su enfado solo había aumentado.

Sin embargo, eso no impidió que Alice, entusiasmada y

cariñosa, hiciera una tontería: lanzarse a sus brazos y abrazarlo con fuerza.

Rhett, a su lado, abrió mucho los ojos y empezó a entrar en pánico.

—¡Alice! —susurró con voz chillona.

—¡Ay, Maxy, Maxy, Max! —exclamó ella ignorándolo—. Siempre con esa cara taaaaaan larga...

—No sé qué te pasa —replicó Max lentamente—, pero te doy cinco segundos para soltarme.

—¿Ahora dar un abrazo es un delito?

—Es que no se encuentra bien —se apresuró a decir Rhett, intentando separarlos desesperadamente pese a que Alice estaba pegada como una garrapata—. ¡Está un poco mareada!

Rhett por fin consiguió separarlos y Alice aprovechó para pasarle un brazo a ambos por los hombros y apretujarlos contra sí misma.

—¡Mis dos chicos favoritos! —exclamó, plantándole un beso a cada uno en la mejilla.

Después, levantó su cinturón, que acababa de robarle a Max, y salió corriendo entre risas.

22
LA MAÑANA DEL DÍA DESPUÉS

Alice abrió lentamente los ojos. Un rayo de luz le daba en la cara y la necesidad de cubrírsela le pareció más acuciante que la de seguir durmiendo. Rodó sobre sí misma, gruñendo, y terminó al borde de la cama. Pero esa cama... no era la suya.

Aquello sí que hizo que se despertara.

Miró a su alrededor, confusa, y no tardó en reconocer la habitación de Rhett. Con un suspiro aliviado, volvió a dejarse caer contra la almohada. Llevaba puesta una camiseta grande que supuso que sería suya y estaba cubierta con las sábanas hasta la barbilla. ¿Cuándo había llegado allí? Apenas recordaba nada.

Entonces, el dueño del dormitorio salió del cuarto de baño solo con unos pantalones puestos. El único complemento era la toalla con la que se estaba secando el pelo. Alice lo siguió con la mirada, confusa, cuando se puso a rebuscar en su armario como si ella no estuviera allí.

—Eh... ¿buenos días?

—Serán para ti.

No sonaba enfadado, pero tampoco contento. Alice hizo una mueca y se quedó sentada.

—¿Por qué siento que tengo que disculparme? —murmuró con voz arrastrada. Al pasarse una mano por el pelo, lo descubrió hecho una maraña.

—Así que no te acuerdas de nada...

Sí que recordaba ciertas cosas. Sabía que había ido a la caravana de Charles después de haberse comido ese bollito infernal. También que se había paseado por la ciudad, que Rhett la había perseguido y que le había robado el cinturón a Max. Después de eso, su mente se quedaba en blanco.

La prueba de ese penúltimo crimen estaba sobre la mesa de Rhett. Su cinturón, pistola y cuchillo incluidos, reposaba sobre la superficie junto con su ropa del día anterior.

—¿Hice mucho el ridículo? —preguntó abochornada.

—No mucho. Te detuve a tiempo. Cuando te fuiste a la cafetería con Charles y los colgados de sus amigos, te agarré y te alejé de ellos.

—¿Por eso estamos en tu habitación?

—No. Estamos aquí porque te negaste a ir a la tuya.

—¿Ah, sí? —preguntó sorprendida.

Rhett hizo una pausa para lanzar la toalla a un lado y ponerse una camiseta. El silencio se había prolongado tanto que, al darse la vuelta, no pudo ocultar su expresión divertida.

—Por lo que dijiste, aquí te lo pasas mejor que cuando duermes sola.

Y sabía perfectamente qué había querido decir con eso. Alice sintió que su cabeza entera se ponía roja mientras él se reía entre dientes.

—¿Y tú y yo...?

—Claro que no. Montármelo con chicas colocadas no es

mi estilo. Además, en cuanto tocaste la cama te quedaste frita.

Alice asintió, frotándose la cara. Estaba total y absolutamente avergonzada.

—¿Cuánta gente vio... todo eso?

—¿Lo de la cafetería? Era la hora de cenar, así que más de la que te gustaría. Lo de la habitación solo lo presencié yo, tranquila.

Pese a que lo decía con tono suave, su expresión delataba lo que pensaba de su aventura del día anterior.

—Lo siento —susurró, jugueteando con sus dedos.

Alice soltó un resoplido y se abrazó las rodillas. La cabeza le dolía demasiado.

—¿No tienes clase hoy? —masculló—. Los niños no se van a aterrorizar solos.

—Para empezar, yo no aterrorizo a nadie, y para seguir, hoy es domingo.

Ella arrugó la nariz.

—Es verdad, ya no me acordaba.

—A ver si te centras un poco.

—¿No puedes esperar a que me despierte del todo antes de seguir echándome la bronca? —espetó irritada, y volvió a tumbarse para darle la espalda.

¿Estaba siendo irracional? Probablemente. Pero le dolía la cabeza y había tenido una semana horrible. Rhett soltó un suspiro.

—¿Quieres que me vaya?

—Es tu habitación.

—Prácticamente es de ambos.

—Haz lo que quieras.

—Pues nada, ya nos veremos.

De pronto, Alice se incorporó y lo miró con toda la indignación que albergaba su cuerpo resacoso.

—¿En serio? —espetó sin poder creérselo.

Rhett se detuvo justo antes de tocar el pomo y la miró.

—¿Qué?

—¿Te ibas a marchar?

Durante un momento él dudó, echando ojeadas alternativas a la puerta y a ella.

—¿No me has pedido que me vaya?

—¡No!

—Pues es lo que he entendido.

—¡Te he dicho que hicieras lo que quisieras! Igual eres tú quien se quiere ir.

—¡Lo que quiero yo es saber qué quieres tú!

—¡No quiero que te quedes!

—Entonces, quieres que me vaya.

—¡Claro que no!

—Pero ¡¿se puede saber qué demonios quieres de mí?!

—¡Si está clarísimo! ¡Que te quedes un rato más!

Él ya se había llevado las manos a las sienes. Parecía que iba a darse de cabezazos contra la puerta en cualquier momento.

—¿Alguna vez has pensado en redactar un manual de instrucciones para entenderte? Algo así como el de una batidora.

Alice agarró una de las almohadas y se la lanzó. Sin embargo, cuando volvió a tumbarse para darle la espalda, escuchó que se estaba riendo y puso los ojos en blanco cuando Rhett se dejó caer a su lado sin mucho cuidado, prácticamente hundiendo la cama.

—Mi pequeña batidora —se burló.

—¡No me llames así!

—No te puedo llamar principiante, no te puedo llamar batidora... ¿qué te llamo, entonces?

—Cariño —replicó.

Él se limitó a sonreír un poco más. Tenía un codo apoyado junto a su cabeza y, pese a que Alice le daba la espalda, él estaba girado en su dirección.

—¿Estás enfadada? —la provocó, acariciándole la cabeza; ella lo apartó de un manotazo. Él sonrió todavía más—. Son más divertidas las noches que las mañanas, ¿eh?

—Ni que lo digas...

El enfado se le había pasado un poquito. O quizá no había llegado a estar enfadada del todo, igual que él. Se giró y se encontró cara a cara con Rhett. Apoyando su mejilla sobre las manos, se tumbó de costado para mirarlo. Los oscuros mechones le caían sobre la frente, y sus ojos verdes la escudriñaban con cierta diversión.

—¿Qué miras? —preguntó ella, acomodándose mejor.

—A ti. Es lo único que tengo delante.

—Vaya, y yo que te estaba dando la oportunidad perfecta para decirme algo romántico...

Él dudó un momento al escuchar el tono decepcionado, y Alice lo aprovechó para fruncirle el ceño.

—¿Siempre tienes que arruinar los momentos bonitos?

Cuando él abrió mucho los ojos, sorprendido, ella empezó a reírse y se acercó un poquito más, hasta que sus narices prácticamente se rozaron. Rhett, por su parte, soltó un resoplido.

—Esto me recuerda a cuando estábamos en Ciudad Central. Te ponías tan rojo cuando te decía estas cosas...

—Qué va.

Pero su cuerpo lo delató, porque solo de recordarlo ya había enrojecido. Alice le pellizcó la mejilla, divertida, y él puso mala cara.

—Eres una dulzura.

—¡No me llames... eso! Y tampoco me pellizques la mejilla.

—La primera vez que aparecí en bragas también te pusiste rojo. De hecho, no despegabas los ojos de ellas.

—¿Y qué querías que mirara si no dejabas de pasearte por la habitación?

—Hay mucho cuerpo encima y debajo, Rhett. No disimules. Mirabas lo que querías ver.

—Bueno, ¿y tú qué? ¿Te crees que no me daba cuenta de que me mirabas cada vez que me hacía el despistado?

Ella dejó de reírse, sorprendida.

—¿Yo? —se hizo la alarmada.

—Sí, tú, cariño.

—¡Serían imaginaciones tuyas!

—Los dos sabemos que no. Y no me malinterpretes, no me quejo. Algunas veces me quedaba colocando las estanterías superiores hasta tarde para ver si aparecías.

—¡Solo miraba por curiosidad! —se defendió —. Por... la cicatriz de la cintura.

—Así que también me mirabas la cintura... Y yo, inocente de mí, creyendo que solo me contemplabas la espalda...

Alice hizo ademán de apartarse, pero entonces sintió que él enredaba los dedos en el cabello de su nuca para tirar de ella. Sus bocas se encontraron de forma suave, y Alice cerró los ojos. La conversación ya se le había ido de la cabeza. Todavía con los labios unidos, llevó una mano a su mejilla y le acarició la cicatriz con el pulgar. Él no se apartó. Profundizó el beso, haciendo que abriera la boca y lo único que se escuchó en la habitación durante unos minutos fue el sonido de sus labios y sus respiraciones ligeramente agitadas.

Para cuando se separó, sus piernas estaban entrelazadas, sus pechos pegados y sus brazos alrededor del otro. Alice seguía sintiendo su mano enredada entre los mechones de su cabello, y ella mantenía la suya en su mejilla. Las cortinas de luz que entraban por la ventana le cubrían el rostro y uno de los ojos, desvelando destellos dorados cerca del iris. Alice recorrió cada detalle con la mirada, desde aquellos destellos, pasando por la cicatriz y la nariz, hasta llegar a sus labios. Le acarició el inferior con el pulgar. Estaba ligeramente hinchado por los besos.

El silencio se había alargado, pero a ninguno pareció importarle. Alice habría podido quedarse así toda su vida. Se sentía cálida, y segura, y calmada. Se sentía en casa.

—Admite que me mirabas —dijo él entonces.

Alice soltó una risita y asintió una vez.

—Pues claro que te miraba. ¿Contento?

—Contentísimo. Ya puedo admitir que yo también te miraba. Todo el tiempo.

Puso los ojos en blanco, divertida.

—No te burles de mí.

—¿Recuerdas el día que te ayudé con el recorrido?

Asintió al instante, ¿cómo olvidarlo?

—Entonces supe que estaba enamorado de ti.

Durante un momento, Alice se limitó a mirarlo fijamente, sorprendida. No estaba segura de haberlo entendido bien.

—¿No te quejaste el otro día de que no te había dicho que te quería? Pues mira, llevo queriéndote más de un año. Todo este tiempo he estado dos pasos por delante en esta relación. Supera eso.

Con una risa divertida y emocionada a partes iguales, Alice volvió a acercarse para besarlo.

* * *

Sabía que debía unas cuantas explicaciones, pero eso no hacía más fácil llamar a la puerta de Max. Especialmente porque Anuar estaba de pie justo al lado, observándola con una ceja enarcada.

—Ayer parecías más animada —observó.

—¿Es que todo el mundo me vio?

—Y no solo eso. Te lanzaste sobre mí, casi me asfixiaste con un abrazo y me dijiste que sentías mucho lo de mi hermano. Que, si fuera por ti, te entregarías solo para que pudiera recuperarlo.

Alice dio un brinco, alarmada, pero él parecía divertido.

—Fue la primera vez en mucho tiempo que sonreí al hablar de Saud —admitió en voz baja.

Aquello la animó. Estuvo tentada de darle otro abrazo, pero no creía que fuera a ser bien recibido.

—Me alegro —le aseguró de todo corazón.

Pero Anuar ya había terminado con su dosis de dulzura, porque volvió a ponerse serio y señaló la puerta con un gesto de la cabeza.

—Está solo. Buena suerte.

Iba a necesitarla.

Max estaba sentado a su escritorio revisando unos papeles. No parecía muy contento. Y menos cuando Alice avanzó unos pasitos y cerró la puerta a su espalda.

—Hola.

—¿Qué quieres? —preguntó de forma bastante seca.

—Pues... ¡saludar a mi guardián supremo favorito del mundo mundial!

—Si no vas a devolverme el cinturón, puedes irte por donde has venido.

No debería habérselo puesto. Le echó una ojeada culpable, pero no se lo quitó.

—Siento lo de ayer. Y lo de los humanos, también. Es que...

—De los humanos no quiero ni oír hablar, y del resto no necesito explicaciones. Charles me las dio de forma muy extensa —aseguró tras un suspiro—. Sé que no sabías lo que comiste.

—Creía que era chocolate...

—¿Quieres un consejo? No vuelvas a aceptar nada de las caravanas.

—¿Ni siquiera de Charles?

—Especialmente de Charles.

Aquello la hizo sonreír, y Max por fin levantó la mirada hacia ella. Al menos, su expresión parecía haberse suavizado.

—¿De verdad tengo que devolverte el cinturón? ¿No puedes castigarme de otra forma?

—¿Pretendes que module tu castigo según tus preferencias?

Con una mueca de tristeza, Alice se acercó, se deshizo del cinturón y lo dejó en la mesa. Max lo guardó en su escritorio sin decir nada y, tras eso, ella se sentó en el sitio libre. Desde allí podía ver sus papeles. Tenían muchos números, cosa que no le gustaba demasiado. Prefería las letras.

—¿Qué es eso?

—Cuentas.

—¿De qué?

—De los gastos de la ciudad.

—¿Me permitirías compensarte lo de ayer echándote una mano?

Él no parecía muy convencido. Dejó la hoja a un lado y sacó otra que parecía todavía más complicada.

—¿Por qué no te vas a molestar a Jake? —sugirió.

—Siempre nos vemos a la hora del almuerzo.

—¿Y con Rhett?

—Ya he dormido con él y...

—No necesito más detalles —le aseguró.

Contuvo una sonrisa cuando Max soltó la hoja y se centró en ella.

—No te marcharás hasta que te deje ayudarme, ¿verdad?

—Estoy intentando redimirme.

—Pues tu arco de redención empezará con Tina, porque tengo que hablar con ella. Y después con Charles.

No podía estar más encantada. Mientras recorría los pasillos y la escalera tras él, se aseguró de ser lo más silenciosa y lo menos molesta posible. Ni siquiera dijo una palabra en el hospital. Se limitó a sostener al bebé para que no los molestara y a echar miraditas desconfiadas al padre John, que seguía centrado en sus asuntos en el fondo de la sala.

Max debió de estar complacido, porque cuando empezaron a cruzar el patio trasero en dirección a las caravanas no se quejó.

Sin embargo, Alice ya se había hartado del silencio.

—¿Puedo hacerte una pregunta?

—No.

—¿Qué eras antes? Tina trabajaba con niños pequeños, Rhett estudiaba..., ¿tú qué hacías?

—Ah, mi profesión. A ver si lo adivinas.

—¿Guardián supremo?

Max contuvo una sonrisa divertida.

—No. Antes no había guardianes supremos.

—Entonces... ¿líder de otra ciudad?

—Tampoco.

—¿Científico?

—No.

—¿Líder de caravanas?

—No...

—Pues no me sé más profesiones.

De nuevo, él pareció divertido.

—Era policía.

Alice había escuchado ese término alguna vez, pero nunca le habían explicado su significado.

—Policía —meditó en voz alta—. Y ¿cuál era tu función?

—Me encargaba, junto con mis compañeros, de que la gente cumpliera la ley.

—¿Matabais a los que la quebrantaban?

—Por suerte, no. Teníamos prohibido herir zonas vitales a no ser que fuera absolutamente necesario

—Pero... ¿no eran malos? ¿Qué más da que se mueran?

—Me preocupa un poco esa violencia que has adquirido. Te recuerdo que cuando nos conocimos no sabías ni qué era golpear.

—He cambiado.

—A peor.

—Lo que tú digas, pero no deberías tener tanta piedad con los malos. Es un error.

—El error es creer que solo podemos ser buenos o malos, Alice. Entre el blanco y el negro hay toda una escala de grises.

»Nunca sabes cuál es la situación de la otra persona. Imagínate que un chico de diecisiete años roba comida porque sus padres no tienen dinero y sus hermanos pequeños pasan hambre. Está incumpliendo la ley, pero ¿tú le dispararías?

—No... Pero eso no quiere decir que no haya gente mala.

—Siempre ha habido gente mala y siempre la habrá. Eso es un hecho. Y no solo en un bando, sino en todos. —Hizo un gesto vago hacia las caravanas—. Mira Charles, por ejemplo; ¿no ha hecho cosas malas? Sin embargo, tú lo defiendes.

Alice reflexionó sobre ello mientras cruzaban el círculo de las caravanas. Por las mañanas no había ni la mitad de gente que por las noches. La mayoría dormía donde podía, unos encima de otros, algunos todavía con comida o bebida en las manos, otros roncando... Los pocos que estaban despiertos saludaron animosamente a Alice, recordándole la fiesta del día anterior, y ella enrojeció cuando Max le echó una ojeada de reproche.

Por suerte, se olvidó de ello en cuanto llegaron a la caravana de Charles. El guardián supremo se detuvo para llamar con los nudillos y apartarse un paso. Pasaron unos segundos, pero nadie respondió.

—Puede que no esté —murmuró Max.

—Claro que está. —Alice tomó aire y golpeó la puerta con más fuerza—. ¡CHARLES, ABRE!

Al instante, se escuchó el sonido de algo rompiéndose, una retahíla de palabrotas y unos pasos apresurados. La puerta se abrió y tres chicas se quedaron mirando a Max y Alice. Las tres —despeinadas, soñolientas y sonrientes— se apresuraron a salir del vehículo. Un chico las siguió, dedicándoles una sonrisa de oreja a oreja.

Charles, por su parte, sonrió directamente a Alice.

—¡Querida! ¿Has vuelto a por...? —En cuanto vio que Max se encontraba a su lado, su sonrisa se vio sustituida por un suspiro hastiado—. Ah, eres tú.

—Yo también me alegro de verte.

Solo llevaba puestos unos pantalones, y no le preocupó mucho que sus pies descalzos pisaran el suelo del patio trasero cuando se plantó junto a ellos.

—No te ofendas, Max, pero no eres la visita que esperaba.

—¿Y qué te esperabas, exactamente?

—Mejor no te lo digo. No quiero mancillar la imagen que tienes de tu hijita postiza.

Charles estaba sonriendo ampliamente, pero se detuvo cuando Max le dedicó una sonrisa irónica y le dio una palmadita en la espalda que casi lo mandó volando al otro lado de la ciudad.

—Pese a que tu sentido del humor siempre me saca una sonrisa, tenemos que hablar de temas más serios.

—Sí, eso ya lo suponía —murmuró Charles, todavía recuperándose del golpe—. ¿Queréis entrar?

—No va a hacer falta.

Empezaron a hablar de cuentas, armas y otras cosas que a Alice le importaban un bledo. Miró a su alrededor, pero todo estaba tan inactivo que se le hizo aburrido e intentó engancharse a la conversación otra vez. No sirvió de mucho.

Por suerte, la discusión no se extendió demasiado y enseguida volvieron al edificio principal.

—¿Cómo ha ido la charla? —le preguntó ella.

—Estabas a medio metro de distancia, deberías poder decírmelo tú misma.

—Cuando te pones a hablar de cosas serias, desconecto.

—Es un gran incentivo para que te haga líder en el futuro.

—Venga ya...

—Algún día tendré que retirarme.

Tras decir eso, se quedó pensativo. Alice lo aprovechó para echarle una ojeada curiosa, intentando analizar su expresión.

—¿Vas a dejarle el puesto a Rhett?

—¿Por qué preguntas eso?

—Es el que mejor se entera de todo lo relacionado con la ciudad. Además, lleva contigo desde que..., bueno, prácticamente desde el principio. Es un buen candidato, ¿no crees?

—Sí.

No obstante, había algo que no le estaba contando. Alice se detuvo y él hizo lo mismo.

—No creo que Rhett quiera ser líder, Alice —replicó pensativo—. No le gusta el exceso de responsabilidad.

—Es instructor, es un cargo importante.

—No es lo mismo que gestionar una ciudad entera. Además, los dos sabemos cuál es el puesto que Rhett siempre ha querido recuperar.

—El de jefe de exploradores —verbalizó Alice.

Max asintió y apartó la mirada. Ella se quedó reflexiva.

—¿En qué piensas? —preguntó Max.

—En nada importante. —Alice reemprendió la marcha y él se colocó a su lado—. En lo mucho que las cosas cambiarían si todos nos hubiéramos conocido antes de la guerra.

—No te ofendas, pero tú no existías.

—Vale, pues si yo fuera humana. Podríamos vivir todos en una misma casa. Tú, yo, Tina, Jake, Rhett, Kilian, Trisha, Maya, Anuar...

—No sé yo si ese es mi futuro ideal...

—Podría ir al cine con Rhett. Siempre habla de ese sitio.

—Más le valdría traerte a casa antes de las diez.

—¡O podríamos ir a un concierto! También lo mencionó. ¿Alguna vez has ido a uno?

—Sí, claro.

—¿En serio? ¿Cuando no eras un viejo?

—Cuando era más joven, sí. Me encantaba la música. Conocí a la madre de mi hija gracias a ella.

Alice no pudo evitar sorprenderse. Max nunca había mencionado a su antigua pareja.

—¿Cómo se llamaba? —se atrevió a preguntar.

Max se había quedado con los labios apretados, pero reaccionó enseguida.

—Eso ya no importa. Cuando cayeron las bombas, ya no estábamos juntos. Nos separamos mucho tiempo atrás.

—¿Y no puedes contarme algún detallito más?

Max suspiró y miró a su alrededor, asegurándose de que nadie los espiaba. La curiosidad de Alice aumentó.

—Esto no lo sabe nadie —preparó el terreno.

—¡No lo contaré! ¡Lo prometo!

—Más te vale. O no te devolveré el cinturón.

Ella se llevó una mano al corazón a modo de juramento.

Entonces, Max cogió la manga de su camiseta y la subió

hasta su hombro. Alice se acercó al instante. Sobre su piel pálida por la poca exposición al sol que recibía se veía el trazo de unas cuantas letras en mayúscula. Y todas debajo del dibujo de una calavera bastante realista.

—Es un tatuaje.

—¿En serio? ¡¿Como mi número?! —preguntó entusiasmada.

—Algo así, sí.

Ella se inclinó para leerlo. *Just another way to survive.*

—Es un verso —explicó Max, volviendo a taparse el tatuaje y adivinando su pregunta—. Mi exmujer y yo nos conocimos en un concierto de los Red Hot Chili Peppers, y sonaba esa canción. Fue todo muy precipitado. En cuestión de horas prácticamente planeábamos un futuro juntos. Una locura. Y tuvimos la idea de hacernos este tatuaje para acordarnos de ese día.

—¿Ella también tenía uno así?

—Sí. En la espalda. —Max suspiró—. El peor error de mi vida. Ojalá pudiera quitármelo.

—A mí me gusta. No está tan mal. —Entonces, se acordó de un pequeño detalle—. Espera, ¡los iPods que Rhett y yo usábamos eran tuyos! ¡Esa canción estaba en los dos! A él le gustaba mucho.

Max sonrió ligeramente y apartó la mirada.

—¿De verdad?

—¡Sí! Me los enseñó en una de nuestras clases. También había canciones que él odiaba pero que a mí me encantaban. De Oasis, de Guns N' Roses...

—... y de los Rolling Stones —terminó él.

—¡Sí, exacto!

—Y de Scorpions. Y de los Eagles. Tenías el iPod azul, ¿verdad?

Alice asintió, sorprendida.

—Ese era el de mi exmujer. Las canciones que tanto te

gustaban y Rhett odiaba... Eran las que le encantaban a ella y yo detestaba.

Consiguió arrebatarle una sonrisa y, sin poder evitarlo, se preguntó qué habría pasado con esos iPods. Lo más seguro era que siguieran en Ciudad Central, aunque, dado el estado de la ciudad, dudaba que funcionasen.

—¿Cuál era tu favorita?

—*Wind of Change*. La escuchaba continuamente.

A ella también le gustaba mucho esa canción. Mientras volvían a avanzar, se sorprendió al notar que Max, de forma muy relajada, le ponía una mano en el hombro.

—Si algún día encontramos un tocadiscos, te enseñaré mi colección de vinilos. No quise deshacerme de ellos. Sirven para escuchar música.

—Entonces ¡tengo que encontrar alguno!

—Sí, claro, como si crecieran bajo las piedras...

—Si no los buscamos, Maxy, nunca los encontraremos.

Él movió la mano de su hombro a su nuca y apretó un poco en señal de aviso. Alice sonrió ampliamente.

—Ten cuidado con lo de Maxy —le recomendó, aunque no parecía muy enfadado.

—Perdón.

Mientras él le dedicaba la primera sonrisa ancha y real, una de las ventanas que había a unos metros de ellos estalló en mil pedazos.

La fuerza del impacto los mandó a ambos al suelo, y Alice cerró los ojos con fuerza. Le pitaban los oídos. Se llevó las manos a las orejas, alarmada, al darse cuenta de que no escuchaba nada. A una velocidad vertiginosa, fue siendo consciente de cada parte de su cuerpo. Especialmente de su costado izquierdo, que le ardía.

Consiguió abrir los ojos. Lo primero que vio fue el humo ascendiendo hacia el cielo de forma violenta y, debajo de él, las llamas que consumían la puerta trasera del edificio. Todos los guardias que había a la vista intentaban apagar el incendio con desesperación.

Pese a que Alice no podía escuchar nada, vio que la gente corría de un lado a otro. Parecían asustados. ¿Qué sucedía?

Giró la cabeza hacia Max muy lentamente y lo encontró intentando incorporarse sobre sus manos. Un cristal roto le había rozado la frente y un hilo de sangre resbalaba hasta su cuello. Alice no sentía ningún tipo de dolor, pero apenas podía moverse.

De pronto, percibió un movimiento junto a ella. Alguien estaba disparando. Maya.

Estuvo a punto de sonreír con alivio, pero entonces se dio cuenta de que disparaba contra los suyos. Vio a un soldado caer al suelo y, de forma automática, se giró para agarrar a Max del brazo y tirar de él. Era demasiado pesado como para arrastrarlo muy lejos, pero al menos consiguió llegar a las columnas que daban inicio al jardín.

En cuanto se aseguró de que estaban a salvo, todavía sin poder oír nada, cerró los ojos.

* * *

Al abrirlos, habría jurado que no había pasado ni un segundo, pero no era así. Algo la estaba golpeando en la mejilla, y no tardó en darse cuenta de que se trataba de Max. Estaba intentando que reaccionara. El hilo de sangre de su herida ya se había secado.

—¿Me oyes? —insistía él, sacudiéndola por los hombros.

Alice por fin reaccionó y asintió con la cabeza. No quería preocuparlo. Sin embargo, seguía doliéndole la mitad del cuerpo. Bajó la mirada, confusa, y vio que su ropa estaba chamuscada. Pese a que ella no tenía quemaduras demasiado graves, seguía ardiéndole la piel.

—¿Cuánto tiempo...? —empezó.

—No lo sé. Acabo de recuperar la consciencia. Tenemos que irnos.

De nuevo, ella asintió y aceptó la ayuda que le estaba brindando para que se pusiera de pie. Pese a que le costó unos segundos, al final consiguió mantener el equilibrio y salir con él de su escondite.

—Espera —murmuró Max, y rebuscó en su cinturón hasta sacar una pistola que no solía usar—. Por si acaso.

Mientras Alice la aferraba, se dijo a sí misma que, de haber tenido su cinturón, no necesitaría que le prestara nada, pero no era el momento de reproches. Tenían que asegurarse de que todo estaba bien.

No obstante, descubrieron que no era así en cuanto vieron la ciudad.

Varios hilos de humo ascendían al cielo gris. Alice habría jurado que eran las entradas, y las explosiones habían destrozado todo a su paso, desde puertas y ventanas hasta personas.

Las caravanas estaban muy silenciosas, y Alice vio que una de ellas estaba volcada contra el suelo. Los objetos que usaban para cocinar estaban destrozados, y los troncos en los que se sentaban, quemados. Algunos se paseaban con heridas recién vendadas, otros arrastraban cadáveres fuera del perímetro con la cabeza gacha.

Alice, sin palabras, se quedó mirando uno de los cuerpos. Reconoció los ojos rasgados, la piel oscura y las puntas de los cortos mechones teñidas de color rosa. Yin.

Alguien le había acertado en el pecho y en el hombro. La sangre había dejado de brotar hacía mucho tiempo, y sus labios se habían quedado del mismo color de su piel. Estaba muerta.

Max, a su lado, también se había quedado sin palabras. La miró de reojo, seguramente preguntándose si necesitaba consuelo, pero Alice sabía que no era ella a quien le hacía más falta. Avanzó a trompicones entre la gente hasta que por fin encontró a Charles sentado en el suelo, junto a una de las caravanas. Tenía rasguños en varias partes del cuerpo, pero nada grave. Lo más preocupante era su ausencia de sonrisa y su mirada perdida. Y el hecho de que no estuviera bebiendo ni fumando.

Alice se olvidó por un momento de su propio dolor y se agachó delante de él para rodearlo con los brazos. Charles reaccionó automáticamente, aunque no le devolvió el abrazo con tanto ahínco. Simplemente escondió la cara en el hueco de su cuello.

—Lo siento mucho —le aseguró Alice en voz baja. Dejó pasar unos segundos y después se separó un poco para mirarlo—. ¿Tú estás bien? ¿Estás herido? ¿Necesitas ayuda?

—Estoy ileso.

Lo dijo como si fuera un chiste malo. De hecho, levantó la cabeza y esbozó media sonrisa irónica.

—Deberían haberte hecho caso, querida.

—¿Qué?

—Fueron los humanos nuevos. De los que tú sospechabas.

La revelación la dejó completamente muda, igual que a Max, que había permanecido a su lado y los observaba con expresión compungida.

—¿Qué ha pasado? —le preguntó a Charles con un tono mucho más suave del que solía utilizar con él.

—Volaron todas las entradas a la vez, y entonces entraron los de la capital. Los había por todos lados..., era imposible ganarles. Y nadie os encontraba. Pensábamos que habíais muerto.

—¿Los humanos trabajaban para la capital? —dedujo Alice.

—No, para la Unión. Al parecer, eran un equipo.

Entonces, Alice se acordó de su experiencia en la Unión. Ella había formado parte del Grupo Dos, y la habían convencido de que el primero había desaparecido. ¿Y si, simplemente, no les interesaba que supieran quiénes eran por si algún día sucedía algo así?

Los habían tenido delante todo ese tiempo y nadie había hecho nada. Recordaba que Charlotte había intentado decirle algo. ¿Era eso? ¿Había intentado avisarla?

—¿Dónde está el padre John? —preguntó Alice con un hilo de voz.

Max actuó de forma automática y los dos fueron directos a la entrada trasera. Pasaron por encima de los escombros del edificio y se encontraron con paredes derrumbadas, puertas tiradas al suelo, manchas de sangre por todas partes, gente con la mirada perdida... Era un espectáculo desolador, y Alice no conseguía identificar a nadie. ¿Dónde estaban sus amigos? ¿Estarían bien? Ya habían perdido a Blaise y Davy, no podían perder también a los demás.

Entonces llegaron al hospital. Las camillas estaban desperdigadas por todas partes, los carritos, volcados, y todos los frascos habían estallado contra el suelo. Alice se detuvo a los pies de la cuna, pero estaba vacía.

—¡Max! ¡Alice! ¡Gracias a Dios!

Esta se giró justo a tiempo para ver a Tina avanzando hacia ellos. Su coleta estaba despeinada y no llevaba puesta su bata habitual. De hecho, iba llena de manchas de sangre, pero no parecía herida de gravedad.

—¿Dónde habéis estado? —exigió saber. Su voz sonaba pastosa, como si hubiese llorado durante mucho tiempo. De hecho, cuando señaló el desastre que había a su alrededor, pareció sentir ganas de volver a hacerlo—. Se han llevado al bebé, Max. Dijeron que les pertenecía.

—¿Quién? —preguntó Alice con cierta desesperación—. Fue el padre John, ¿verdad?

—No... La mujer que siempre lo acompaña.

Giulia. Alice sintió ganas de vomitar. No se le ocurría un lugar menos seguro en el mundo. ¿Y si estaban investigándolo? ¿Y si lo habían...? No. Cerró los ojos con fuerza. No podía pensar en eso, tenía que mantener la cabeza centrada.

—¿Dónde está el padre John? —preguntó.

Tina agachó la cabeza y negó. Era toda la explicación que necesitaba. Había desaparecido con ellos. ¿Habría sido su plan desde que había mandado a esos infiltrados a la ciudad?

—Tengo que encontrar a los demás —murmuró Alice torpemente.

Supuso que Max la seguiría, y no se equivocó.

En algún momento, había bajado la pistola y se limitaba a mirar a su alrededor, devastada. Se sentía como si, de nuevo, hubiera presenciado la explosión de su ciudad, solo que aquella vez no había sido un lugar vacío, sino lleno de vida. Vida que les habían arrebatado.

Entonces vio a Anuar. Tenía una herida vendada en el brazo, pero no le impedía trasladar a los heridos hacia un lugar más seguro. Alice detectó un destello rubio a su lado. Trisha estaba sentada en el suelo y tenía los nudillos llenos de sangre. Cualquiera habría jurado que lloraba de rabia. Cuando vio a Alice y Max, parecía como si realmente no viera nada y hablara con un fantasma, con un reflejo.

—Confié en ella —se lamentaba con voz ahogada—, y nos ha traicionado.

Maya. Aquello que ellos habían intentado hacer con Kai un año atrás, ella lo había conseguido hacer con ellos.

—Dejadme sola, por favor —suplicó en voz baja, y volvió a girarse.

Alice retrocedió con Max a su lado y le concedieron algo de espacio.

Los supervivientes se habían reunido en la cafetería. Algunos discutían, otros permanecían en absoluto silencio y otros pocos intentaban distraerse como fuera. Alice los repasó con la mirada sin saber qué hacer y, justo cuando iba a salir, Max la detuvo. Había tensado la mandíbula.

—Mierda —murmuró.

Entonces Alice se dio cuenta de a quién estaba viendo. Rhett estaba sentado al final de una de las mesas y sostenía algo entre sus manos. El gorro militar de su padre. Por su expresión y las manchas de sangre, adivinó lo que había pasado.

La mayor sorpresa fue que Max se adelantara y fuera directo hacia él. Rhett levantó la cabeza al darse cuenta y, en cuanto Max lo rodeó con los brazos, se derrumbó y empezó a llorar contra su hombro.

Alice no podía escucharlos, pero vio que el guardián supremo le sujetaba la nuca con una mano y lo sostenía contra él, hablándole en voz baja. Rhett le respondió y Max asintió brevemente.

—Alice. Estás bien —dijo sorprendido.

La voz de Kai la sacó de sus ensoñaciones, y ella se las arregló para enfocarlo. Se le había acercado con expresión de espanto.

—Sí..., y tú también. Me alegro mucho, Kai.

—No, no lo digo por eso... ¿No sabes lo que ha pasado?

Un disparo de alarma se instaló en su cuerpo. Incluso antes de que lo dijera, ya supo lo que había sucedido. Tina ya se lo había advertido. Habían ido para recuperar todo lo que consideraban suyo.

—Se han llevado a Jake.

23
LAS REVELACIONES DE ÚLTIMA HORA

Alice tenía la cabeza entre las manos y los ojos cerrados con fuerza. Su rodilla no dejaba de moverse de arriba abajo de forma ansiosa.

Se había pasado toda la noche con Rhett, aunque él parecía más bien ausente, como si tuviera la cabeza en otro lugar. Había intentado consolarlo, pero de poco había servido, y tras horas de abrazarlo en la cama, había optado por pedirle ayuda a Tina. Una pastilla y, en cuestión de minutos, se quedó profundamente dormido. Alice había permanecido un rato más con él, pero al final había decidido que lo mejor era que descansara un poco.

Y ahí estaba, sentada en el despacho de Max. Eran los únicos presentes, y lo que acababa de decirle no le gustaba en absoluto.

—No quiero que me digas cómo te ha ido la reunión —le dijo lentamente—, sino saber cuándo iremos a por Jake y el bebé.

—Alice...

—Ni Alice, ni nada. ¿Cuándo?

Max se tomó un momento para responder.

—Los demás guardianes supremos no quieren arriesgarse, y más después de lo que pasó ayer. Sus ejércitos han quedado demasiado tocados y, seamos sinceros, el nuestro también. No saldríamos bien parados.

—Entonces ¿qué? ¿Nos quedamos de brazos cruzados? ¿Negociamos?

—Negociar con ellos sería una estupidez. Lo único que podrían querer es esa memoria que le robaste a tu padre, y ni siquiera la tienes de verdad.

—Si lo planificáramos bien, podríamos con ellos —dijo en voz baja.

—No.

—¿Cómo lo sabes? ¿Lo has intentado?

—No hace falta. Ayer lo demostraron. Son más fuertes que nosotros.

Alice, de nuevo, hundió la cara en las manos. Se sentía como si aquello fuera una pesadilla de la que no podía despertar. Todo lo que habían avanzado desde la primera invasión a la ciudad se había evaporado y era como volver atrás, a esos días en los que parecían perdidos y sin rumbo fijo.

—¿Y los demás? —Le concedió unos segundos, pero él no ofreció ninguna respuesta. Estaba empezando a ponerse nerviosa—. No solo se han llevado a Jake, sino también a todos los androides y al bebé. No queréis rescatarlos, ¿es eso?

—No son nuestra responsabilidad —sentenció él.

—¡Nos ayudaron en todo lo que pudieron, intentaron integrarse...!

—Alice, no es eso.

—¿Y qué es, entonces? ¿Que son androides?

La expresión de culpabilidad de Max le dijo todo lo que necesitaba saber. Había dado en el clavo.

—No forman parte de la ciudad —repitió sin mirarla a la cara.

—Lo eran cuando te ayudaron a defenderla, cuando murieron por protegernos. No te engañes, Max. El problema nunca han sido ellos, sino quienes os creéis con derecho a juzgarlos de forma distinta. Si fueran humanos, ya estaríamos formando un equipo de rescate.

—¡Los androides son suyos! —le espetó Max, e hizo una pequeña pausa—. Son de su propiedad y tienen derecho a reclamarlos. Siento tener que decírtelo así, Alice, pero sabes que es la verdad.

El silencio se prolongó entre ambos, y Alice casi pudo escuchar el chasquido de su corazón, como en las caricaturas que había visto en los cómics. Todavía recordaba la forma en que la había llamado cosa el día que casi se cae por la colina. Creía que había conseguido que cambiara de opinión, pero no. Tras casi dos años, cuando la miraba, seguía sin ver a un igual. Solo veía a una androide. Únicamente un número de serie.

Se echó hacia atrás en su silla y apretó los dedos en los reposabrazos. No sabía qué decir. De pronto, la había dejado desarmada.

—Entonces, yo también soy suya, ¿no?

Max, que aparentemente se había arrepentido de lo que había dicho, negó enseguida con la cabeza.

—Tu caso es distinto.

—No, Max. La única diferencia es que a mí me conoces y a ellos no. Piensas que no valemos para nada, igual que la mitad de la ciudad, ¿te crees que no lo sé? Por mucho que haga, que os ayude o que colabore, hay gente que nunca me quitará la etiqueta de encima. ¿Es que no te das cuenta de lo injusto que es?

—Yo no pienso eso de ti.

—De mí no, pero sí de los demás.

Su silencio sonó a afirmación, y Alice esbozó una sonrisa un poco amarga.

—Alice, recuperar a Jake ya supondría un riesgo, pero a tanta... —dudó— gente es imposible. No conseguiríamos salir con vida. Alice, ya está decidido —zanjó Max—. Solo te lo estoy diciendo antes que a los demás porque sé que es un tema que te afecta, no te estoy pidiendo tu opinión.

Entonces, Alice se puso de pie y se marchó del despacho con los puños apretados. Si no iba a tener ni voz ni voto, no malgastaría más tiempo en aquel asunto.

Terminó en la azotea, donde por suerte no había nadie. Necesitaba estar sola. Y sobre todo pensar. Se detuvo al borde del vacío y, cubriéndose la cabeza con las manos, soltó un suspiro largo y tenso.

—¿En serio no vas a hacer nada?

Ahí estaba la insoportable voz de Alicia. Volvía a balancearse al borde del tejado, aunque en esa ocasión llevaba unas zapatillas viejas, unas medias con rasgones, una minifalda y una chaqueta negra. Sus ojos castaños, que la observaban con malicia, estaban adornados con maquillaje oscuro.

—Déjame tranquila —suplicó Alice.

—Pues claro que no vas a hacer nada. Siempre esperas a que los demás actúen por ti porque no tienes valor para hacer las cosas por ti misma.

—¡Que me dejes en paz! —explotó, girándose hacia ella. Los labios de la otra se curvaron en una sonrisa—. ¡Ni siquiera eres real! ¡Solo eres un espectro formado por mi mente! ¡Estás muerta, Alicia! ¡Y yo estoy harta de verte y de aguantarte! ¡Sal de mi cabeza!

—Vaya..., parece que la mosquita muerta no es tan cobarde, ¿eh?

—¡No soy una cobarde! ¡Solo soy una chica asustada que

intenta hacer lo correcto! Pero ¿qué vas a saber tú? ¿Alguna vez te has preocupado de algo que no seas tú misma? ¡Ni siquiera te importa Jake! ¡Lo único que sabes hacer es protestar y quejarte!

Se separó de ella respirando con dificultad, como si acabara de correr una maratón, y por fin vio que Alicia la contemplaba sin palabras. Parecía dolida. No pudo importarle menos.

—Yo seré quien salve a Jake, no tú —aclaró Alice, señalándola—. Tú nunca has podido salvar a nadie. Ni siquiera a ti misma.

—¿De qué hablas?

Alice se giró, sorprendida, para encontrar a Rhett a unos metros de ella. La observaba con perplejidad y, pese a que estaba claramente adormilado, la había oído hablar sola.

—¿Con quién hablabas? —insistió él, dando un paso en su dirección.

No supo qué decirle. ¿Cómo explicar una situación como aquella? La verdad sonaría tan mal que no se atrevía ni siquiera a intentar decirla. Necesitaba una respuesta, porque las sospechas de Rhett iban alarmantemente en aumento.

—¿Qué haces aquí arriba? —preguntó ella entonces, intentando desviar el tema—. Deberías estar descansando.

—La que debería descansar eres tú. No has dormido.

—Estoy bien —le aseguró—. Venga, vamos abajo, necesitamos comer algo. Los dos.

Alice sabía que, si solo lo hubiera mencionado a él, no habría accedido jamás, pero el hecho de que ella también necesitara sustento activaba el instinto protector de Rhett y hacía que se centrara otra vez. Asintió con la cabeza y le hizo un gesto para que se acercara.

—¿Tienes hambre? —preguntó con un tono más suave.

—No mucha, pero... no hemos comido nada desde ayer.

Rhett asintió de nuevo y la rodeó con los brazos para atraerla hacia su cuerpo. No estaba muy claro si intentaba consolarla a ella o a sí mismo, pero las dos opciones le valían, así que se dejó hacer sin decir nada. De hecho, se pegó incluso más y hundió la nariz en su pecho. Olía a jabón. Se había dado una ducha. Era una muy buena señal.

—¿Has discutido con Max? —adivinó él en voz baja.

—Pues claro que sí. ¿Lo dudabas?

Rhett soltó algo parecido a una risa apagada.

—Nunca dudo de tus habilidades para hacer que cambie de opinión.

—Ojalá hubiera funcionado...

—Claro que ha funcionado. Lo único que él no lo sabe todavía.

Ella se rio y levantó la cabeza para mirarlo, apoyando el mentón en su pecho. Rhett, pese a las ojeras y el aspecto cansado, lucía media sonrisa. Era la más forzada que había puesto en su vida, pero Alice fingió que no se daba cuenta y se la devolvió.

—Cuando sonríes te pones guapísimo —le aseguró.

—¿Estás insinuando que el resto del tiempo no lo soy? A ver si ahora voy a tener que enfadarme yo...

Alice estuvo a punto de reírse, pero se detuvo a sí misma, sorprendida, cuando alguien se unió al abrazo y los estrechó felizmente. Ambos se giraron hacia Charles, que los estrujaba con una gran sonrisa.

—¡Abrazo grupaaal!

Rhett le dedicó una mirada que, de haber sido posible, lo habría desintegrado.

—Aparta.

Charles levantó las manos en señal de rendición y dio un paso atrás, concediéndoles espacio para separarse.

—Solo quería sentir un poco de amor. Estoy muy solito.

—Más lo estarás si te empujo hacia abajo —murmuró Rhett.

Charles empezó a reírse a carcajadas, y entonces Alice se dio cuenta de que no había subido solo. Trisha y Kilian lo acompañaban.

—¿Qué hacíais aquí solitos, tortolitos? —los provocó Trisha al pasar por su lado. Cargaba con dos botellas de vidrio.

—¿Y vosotros? —intervino Alice—. ¿Qué contienen esas botellas?

Un rato más tarde, estaban todos sentados cerca del borde del tejado, bebiendo y charlando. Era como si nadie quisiera acordarse de todo lo que había acontecido, como si intentaran fingir que no había sucedido nada. Alice disfrutó del poco rato que tenían de evasión, con un brazo alrededor de los hombros de Rhett, que estaba recostado junto a ella. Charles contaba historias y gesticulaba de forma exagerada, Trisha no dejaba de resaltar cada mentira que soltaba, Kilian se reía tímidamente... Fue un buen momento.

Pero el tema de Jake tenía que salir a colación. Todos eran conscientes, así que a nadie le extrañó que Trisha, tumbada con la cabeza apoyada en sus brazos, soltara un suspiro y murmurara:

—Espero que esté bien.

Era extraño escucharla decir algo tan sentimental en presencia de tanta gente, pero nadie la juzgó; más bien todo lo contrario.

—Yo también —admitió Charles.

—Y yo —murmuró Rhett.

Kilian asintió con la mirada perdida.

—No es justo que se lo llevaran —opinó Alice—. No se me ocurre una persona que se lo merezca menos. Siempre está ahí cuando alguien necesita ayuda y ahora nosotros no podemos ayudarlo a él.

—Ojalá me hubieran llevado a mí —intervino Trisha de

repente. Todos la miraron. Ella tenía los ojos clavados en su botella. La apretaba con un poco más de fuerza de la necesaria—. Desde que perdí el brazo, no sirvo para nada.

—No digas eso... —le pidió Alice.

—Es la verdad. No voy a poder volver a luchar en mi vida. No importa lo mucho que practique. Y lo mismo sucede con las armas. ¿Qué demonios puedo hacer?

Para sorpresa de todos, el primero que intervino fue Charles. Y lo hizo con una risotada divertida y amarga a partes iguales.

—Mira, rubita, yo habría podido ser el mejor androide de mi generación, pero lo eché todo por la borda por hacer demasiadas preguntas, y al final tuve que escapar de mi zona. Eso es lo que he hecho toda mi vida, huir. Lo único que me salvó fue encontrar una caravana y convencer a cuatro colgados de que me siguieran a cambio de emborracharse conmigo. Y, seamos sinceros, tres de ellos me dejarían en la estacada si supieran que no soy humano. Su afecto no es real. Tarde o temprano, encontrarían a alguien que ocupara mi lugar, así que me paso el día borracho o drogado para no tener que acordarme de ello. Además, no eres la única que tiene un brazo menos. —Por primera vez desde que Alice lo conocía, Charles se arremangó la gabardina para arrancarse la mano falsa. El muñón de su muñeca los dejó a todos sin palabras. Tras eso, volvió a colocársela—. Por no hablar de las demás cicatrices.

—¿Quieres que te hable de cicatrices? —preguntó Rhett con una ceja enarcada—. Porque soy un profesional en el tema.

Kilian se señaló la boca y Trisha asintió.

—Sí, eso de no tener lengua también tiene que ser jodido.

Charles abrió la segunda botella con una sonrisa.

—Conclusión: cualquiera de nosotros habría sido mejor víctima que el crío.

Mientras que los demás parecían estar de acuerdo, Alice no podía creerse lo que oía.

—Pero ¿qué es esto? —preguntó confusa—. ¿Una competición para ver quién se hunde más a sí mismo?

—No hemos dicho ninguna mentira —le recordó Trisha.

—Pero ¡solo habéis hablado de lo negativo! Trisha, puede que no seas capaz de luchar o disparar con la misma agilidad que antes, pero eres una de las mejores profesoras que he conocido en mi vida. ¿Cuántos de tus alumnos dominan llaves y posiciones que ni siquiera conocían? Eso no lo consigue cualquiera. Ni de lejos.

»Y tú puede que no sepas hablar, Kilian, pero llevas con nosotros casi un año y siempre nos has protegido, incluso cuando te tratábamos como si fueras un apestado. ¿Recuerdas el día que me hiciste la mezcla con barro y hierbas? Gracias a eso pude ayudar a Rhett. Sin ti, él probablemente habría perdido una pierna. Además, ¡defendiste a Jake hasta casi la muerte!

Kilian sonrió. Se había sonrojado.

No obstante, cuando iba a gesticular algún agradecimiento, Charles lo interrumpió.

—Oye, yo también quiero que me digas algo bonito.

Eso le sacó una sonrisa a Alice.

—Tú eres un pesado, Charles, pero siempre te portas bien con nosotros. No recuerdo una sola vez en la que te haya pedido ayuda y no me la hayas brindado, incluso aunque te haya puesto en una situación complicada. Además, eres de las pocas personas que he conocido que hacen lo que creen que es correcto sin importar las consecuencias. Puede que los científicos no apreciaran eso, pero es lo que hace a un gran líder. Por eso te quieren tanto tus compañeros. Además, no todo el mundo es capaz de emborracharse cada día y mantenerse tan sano.

—Eso es verdad. —Pareció muy orgulloso de esa parte.

El último era Rhett. Seguía con el cuerpo apoyado en su regazo y la observaba con los ojos entrecerrados. Estaba claro que esperaba su ración de amor.

—Y tú... —Se detuvo, avergonzada—. Ya sabes lo que pienso de ti.

—Sí, pero nunca viene mal que me lo recuerdes.

Alice se disponía a repetírselo, pero unos pasos pesados la interrumpieron. Su sonrisa se esfumó cuando vio que Max había subido a la azotea y los miraba fijamente. O más bien las botellas que sostenían.

Charles hizo ademán de esconder la suya, pero no fue lo suficientemente rápido.

—Dame eso.

—Venga, Max, solo estábamos...

—Que me lo des.

Charles suspiró dramáticamente y obedeció. Max, lejos de llevársela, la destapó para darle un largo trago que los dejó a todos con la boca abierta.

—¿Estás bien? —le preguntó Rhett.

—No.

Se quedó en silencio unos segundos más, con las manos en los bolsillos y la mirada clavada en el bosque. Les estaba dando la espalda, pero era obvio que tenía los hombros tensos. Alice se preguntó qué le estaría pasando por la cabeza.

—Mañana iremos a por Jake —anunció en voz baja.

Ella entreabrió los labios, sorprendida, cuando Max se dio la vuelta y la miró directamente.

—Y vamos a traernos a los androides y al bebé o no volveremos.

Max le dio otro trago a la botella y se la lanzó a Charles, que la recogió torpemente.

—Usaremos tu caravana, así que más te vale tenerla lista.

»El resto de los guardianes supremos no están de acuerdo, pero que les den. No creo que fueran a ser de mucha utilidad en el futuro.

Alice no estaba muy segura de si aplaudir o mantener la misma expresión de sorpresa que todos sus compañeros.

Max aprovechó el momento para señalarla.

—Y a ti más te vale no volver a reprocharme que no te escucho.

No dejó que le respondiera, pues fue directo a la puerta. Sin embargo, se detuvo, sosteniéndola, y volvió a mirarlos.

—Mañana a las seis en punto en la caravana de Charles. Quien quiera quedarse, que lo haga. Pero quien quiera venir espero que entienda las posibles consecuencias.

* * *

Alice respiró hondo, mirándose en el espejo.

Llevaba la ropa negra reglamentaria con sus respectivas botas pesadas. Su piel parecía todavía más pálida que de costumbre y ella, en general, se veía mucho más delgada y menuda. Se lamió los labios y suspiró. Después, se ató el pelo lentamente, como había hecho tantas veces en su antigua zona, y volvió a dejar caer los brazos a ambos lados de su cuerpo.

Tan solo faltaban cinco minutos para las seis. Un nudo de nervios no dejaba de retorcerle las tripas. Volvió a echarse una ojeada y, después, se dio la vuelta y salió de su habitación sin mirar atrás.

Rhett estaba en el pasillo, apoyado en la pared de enfrente con los brazos cruzados. Se miraron un momento sin que ninguno supiera qué decir.

—¿Estás nervioso? —preguntó ella al final.

—Si no lo estuviera, sería un imprudente.

—Yo también lo estoy.

Sin decir nada más, se encaminaron a la escalera. Rhett iba delante y Alice vio los mechones de pelo castaño chocando con el cuello de la camiseta negra. Por algún motivo, le pareció muy tierno. Tuvo la tentación de alargar la mano y colocárselos, pero Rhett eligió ese momento para frenar un poco y colocarse a su lado.

—Si cuando estemos allí... —empezó en tono grave.

—Ni se te ocurra terminar esa frase. No quiero ni oír hablar del tema.

Rhett esbozó una pequeña sonrisa y asintió.

—Vale.

La caravana de Charles estaba junto a la entrada de la ciudad, y su dueño y Max hablaban justo al lado. Alice tuvo la impresión de que esa mañana hacía más frío de lo habitual y, mientras se acercaban, se subió la cremallera hasta el cuello.

Tina, Trisha, Kilian, Kai y Anuar permanecían a un lado, cada uno a su aire, y, no muy lejos, estaban los tres guardianes supremos que no habían querido participar en la aventura. No parecían muy cómodos. De hecho, apenas les dirigieron la palabra. Su única función había sido prestarles armas, gasolina y recursos. Max les contó que habían accedido a ayudarlos porque, en caso de que la misión saliera bien, querían que sus nombres estuvieran ligados a la victoria.

De todos los presentes, el único que no parecía tenso era Charles. Tenía un brazo apoyado tranquilamente en la caravana y sonrió a los recién llegados.

—¡Buenos días, parejita! ¿Por qué habéis tardado tanto? ¿Qué hacíais?

—Dormir —le dijo Rhett secamente.

—Qué aburrido.

—¿Podemos centrarnos? —Max frunció el ceño, como de

costumbre, y miró a Tina. Parecía que habían mantenido una conversación bastante larga—. Hasta que vuelva, estás al mando. —Hizo una pausa al mirar a Kai y Trisha, que permanecían detrás de ella. No estaba muy claro cuál de ellos estaba más nervioso—. Solo seréis tres. Vais a tener mucho trabajo. Confío en vosotros.

—Se las arreglarán. —Charles sonrió ampliamente y se adelantó—. Aunque, ahora que lo pienso, yo también tengo que dejar mi puesto en manos de alguien.

Alice pudo ver el momento exacto en el que se acordaba de Yin. Estuvo a punto de perder la sonrisa, pero volvió a forzarla al girar sobre sí mismo. No se detuvo hasta su que su mano señaló la frente de Trisha.

Ella tardó un poco en asumir lo que le insinuaba.

—¿Yo?

—Eres la candidata perfecta, rubita.

—¿Q-qué...? Si yo no...

Alice nunca había visto a su amiga titubear. Estuvo a punto de sonreír.

—Tienes autoridad, mala leche y sabes dar órdenes, cualidades por las que yo suelo destacar. ¿Qué más podría exigirle a mi sustituta temporal? Además, el otro día te quejabas de que no podías disparar ni luchar, ¿no? No necesitas nada de eso para liderar las caravanas. Y, como habrás comprobado, la falta de un brazo tampoco presenta ningún problema. —Levantó la mano postiza con una gran sonrisa en los labios—. Bueno, ¿qué? ¿Te ves capaz de cuidar de mi entrañable rebaño en mi ausencia?

Trisha titubeó de nuevo, confusa, y miró a Max como en busca de ayuda. Él se limitó a encogerse de hombros. Estaba claro que le dejaba elegir. Al final, ella asintió con decisión.

—Pues claro que puedo hacerme cargo.

—Así me gusta, rubita.

—Si no dejas de llamarme así vas a llegar a la capital de una patada en el culo.

—¿Ves por qué te he elegido a ti? ¡Somos iguales! Quizá terminemos enamorándonos y todo. ¿Te imaginas?

—No.

Kai y Anuar apartaron la mirada, ocultando una sonrisita burlona. Sin embargo, Charles se limitó a llevarse una mano al corazón.

—Nadie ama al bueno de Charles...

Max, que ya se había cansado de la conversación, se cruzó de brazos y los miró uno a uno.

—¿Vais a seguir con la telenovela o ya podemos irnos?

—Ya hemos terminado.

—Bien. ¿Tenemos todo lo que necesitamos?

—Está todo en la caravana —lo informó Rhett con su voz de instructor—. Lo he comprobado.

—Buen trabajo.

Alice vio de reojo que esa clase de cumplidos seguían poniéndolo un poco nervioso, como si no terminara de acostumbrarse.

Llegó la hora de las despedidas, y Max se encargó de los guardianes supremos, que no tardaron en marcharse. Después, le dijo algo en voz muy bajita a Tina, que le sonrió. Su último objetivo fue Kai. El pobre chico dio un brinco para ponerse todavía más firme.

—Cuida de la ciudad —advirtió, apuntándole la nariz con un dedo desde muy cerca—. Solo seréis dos, porque Trisha estará ocupada con los de las caravanas. ¿Entiendes el grado de responsabilidad?

—S-sí, señor...

—Que no te tiemble la voz. Pierdes credibilidad.

—N-no, señor...

Max puso los ojos en blanco y le dedicó a Trisha un asentimiento de cabeza, que a ella le pareció más que suficiente.

En cuanto empezó a alejarse hacia la caravana, Tina apoyó una mano en el hombro de Anuar y otra en el de Alice.

—Tened mucho cuidado —les dijo, mirándolos a todos—. Ya hemos perdido a demasiada gente. Por favor, no os hagáis los héroes más de lo necesario. Volved de una pieza.

—Eso haremos —le aseguró Rhett.

Tina, al escuchar su voz, se acercó a él y le sostuvo la cara con las manos. Rhett intentó apartarse, avergonzado, pero ella no se lo permitió.

—¡A ti te lo digo especialmente! Más te vale volver sano y salvo.

Alice sonrió, divertida, y apartó la mirada. Se sentía como si les debiera un poco de intimidad. Fue entonces cuando se fijó en Kilian. El chico había permanecido un poco al margen de la situación y miraba el suelo con expresión triste.

—Lo recuperaremos —le aseguró.

Kilian no se movió, así que ella le apoyó una mano en el hombro. Por fin le hizo un vago gesto.

—Jake sabe que intentaste protegerlo —lo contradijo Alice al instante—. Y está bien. Tú solo tienes que esperarnos, ¿vale?

Su expresión le indicó que había algo que quería decirle pero no sabía cómo; al final se apresuró a apartar la mirada y a hacer un breve gesto: «Buena suerte».

Alice decidió dejarlo tranquilo y sonrió a Kai y Trisha, que se reían abiertamente de los arrumacos que Tina seguía dándole a un ya muy rojo Rhett.

Su amiga sonrió y se encontraron a medio camino. Su forma de rodearla con un brazo le pareció un poco brusca, como si no estuviera del todo acostumbrada a dar cariño de esa forma.

—Si ves a la traidora de Maya, dale recuerdos de mi parte —le dijo al oído.

Alice asintió y por fin se separaron.

—Y cuida de esos idiotas —añadió en voz baja—. Van a necesitar a alguien con un poco de lucidez que descarte sus ideas de mierda.

—Mis ideas no es que sean mucho mejores.

—Al menos no son peores. —Se rio, y entonces se aclaró la garganta—. Ten cuidado, ¿vale?

—Lo mismo te digo. Y a ti, Kai. Cuídate.

—Ojalá pudiera hacer algo más para ayudar —se lamentó él.

Alice le dio un apretón ligero en el hombro antes de volver con los demás, que estaban empezando a subir a la caravana. Tina la enganchó en un abrazo en cuanto pasó por su lado y Alice vio que Max, a unos metros, era el único que faltaba por subir. La esperó impacientemente mientras la mujer seguía apretujándola.

—Tina, tenemos que irnos —le recordó, pero fue categóricamente ignorado.

—Espero que todo salga bien —le dijo a Alice, separándose para sujetarla de los hombros—. Estoy segura de que sabrás lo que hay que hacer, como siempre. Max es consciente de ello. Por eso los dos confiamos tanto en ti.

No supo qué responderle. La había pillado un poco por sorpresa. Especialmente cuando le pasó una mano por la mejilla.

—Cuida de Rhett. Y deja que él te cuide a ti, ¿vale? No podría soportar perderos a ninguno de los dos.

—¿Y Max, Charles y Anuar? —Ella sonrió un poco.

—Esos ya son mayorcitos para cuidarse solos.

Alice no pudo evitar reírse.

—Adiós, Tina.

—Hasta muy pronto, cielo.

Alice miró a sus compañeros, observó el edificio durante unos segundos y, finalmente, se dio la vuelta para encaminarse hacia la caravana.

—Has tardado una eternidad.

—Tenía que despedirme, Maxy.

Él puso los ojos en blanco y se apartó para dejarla pasar.

—Venga, sube antes de que me arrepienta de haberte invitado.

Alice pasó por su lado y Max cerró la puerta tras de sí. Los miembros restantes del grupo se quedaron junto al edificio principal viendo cómo la caravana desaparecía tras el muro de la ciudad. Ninguno pudo librarse de la sensación de vacío que se apoderó de ellos.

* * *

Ya era de noche cuando la caravana se detuvo a un lado de la carretera, oculta de la mirada de todo aquel que cruzase el camino principal. Alice había ayudado a Charles a cubrir todas las zonas expuestas con ramitas mientras Max y Rhett seguían hablando en el interior. Anuar había ido a comprobar el estado de la ciudad. Podrían haber entrado ese mismo día, pero habían decidido revisar todas las posibles vías de escape para perfeccionar su plan. Además, Max se negaba a entrar de noche.

—¿Alguien me explica por qué nosotros hacemos el trabajo sucio mientras ellos están ahí sentados? —preguntó Anuar al volver de su expedición.

Era una buena pregunta, porque tanto Charles como Alice tuvieron que meditarla un rato.

—Porque les dejamos —fue la conclusión del primero.

—Pues yo tengo hambre, así que más les vale haber terminado.

—¿Cómo puedes tener hambre ahora? —preguntó Alice con una mueca—. Yo tengo el estómago cerrado...

—Mi estómago está abierto las veinticuatro horas del día.

Cuando entraron en la caravana, vieron que Max y Rhett habían dibujado un plano de Ciudad Capital sobre la mesa.

Detrás de Alice, Charles ahogó un grito dramáticamente.

—¡¿Se puede saber qué habéis hecho?! ¡Desgraciados!

—Relájate, solo es una mesa —le dijo Rhett sin mirarlo.

—Sí, claro, no hay problema. Mañana voy a comprar otra.

—Charles. —Max lo miró—. Cállate y haz la cena.

—Pero... ¿para qué me habéis traído? ¿Para que sea vuestro esclavo?

—En tal caso, habríamos escogido a alguien más callado —masculló Rhett.

—Yo te ayudo —le dijo Alice a Charles.

—Gracias, querida. Menos mal que hay alguien simpático aquí.

Un rato más tarde, los cinco estaban sentados alrededor de la mesa comiendo las provisiones que habían traído. El plano era bastante detallado, teniendo en cuenta que estaba hecho de memoria. Habían dibujado con rotulador rojo las entradas y las salidas. Una de ellas estaba marcada con mayor intensidad.

—Por ahí entraréis vosotros —les dijo Max a Alice y a Rhett—. No necesitaréis ser tan rápidos como nosotros, pero tened cuidado.

—Descuida.

—Charles, ¿estás seguro de que tienes la ropa de...?

—Aquí está —dijo él felizmente.

Sacó unas cuantas prendas blancas y se las lanzó a Alice, que hizo una mueca cuando reconoció el uniforme de androide. No le gustaba tener que volver a usarlo. Se sentía como si estuviera retrocediendo en el tiempo.

—Bien. Entonces, en cuanto lleguéis a la sala principal...

—Activamos la puerta, sí —dijo Rhett por enésima vez.

—Y tú y yo, Charles... —enarcó una ceja, esperando que él siguiera.

—... nos metemos en ese maravilloso edificio juntitos y felices, sí.

—Y yo vigilo la salida —concluyó Anuar, que seguía comiendo como si nada.

—¿No te da miedo ir solo? —le preguntó Alice.

Él estuvo a punto de reírse en su cara.

—Si me acompañaseis, probablemente me estorbaríais.

Max aprovechó ese momento para llamar la atención de Alice.

—Vas a tener que buscar la habitación donde tienen a Jake tú sola mientras Rhett te cubre. Céntrate. Nada de tonterías. Lo más seguro es que lo tengan con el resto, así que los liberaremos a todos. En cuanto los encontremos, nos reuniremos en la salida que cubre Anuar. Tendremos que ir por pasillos distintos. Si diez minutos más tarde alguien no aparece, nos marcharemos sin él.

Hubo un momento de silencio en el grupo. Ni siquiera Charles pareció tener ganas de sonreír o hacer bromas sobre el asunto. Sin embargo, fue él quien rompió el silencio con una ruidosa palmada.

—Todo esto es muy interesante, pero... ¿no creéis que es hora de ir a dormir? Mañana será un día muuuy largo.

—Sí, deberíamos descansar. —Max estuvo de acuerdo—. ¿Quién hará la primera guardia?

—No hace falta, querido Max. La caravana tiene sensores. En cuanto alguien se acerque a menos de veinte metros, lo sabremos. Podéis dormir como angelitos sin preocuparos por nada.

Hubo un poco de discusión sobre quién se quedaría con

la cama y, al final, se la adjudicó Charles. Ofreció a Alice un hueco a su lado, pero a Rhett no le hizo ni pizca de gracia. Ellos dos improvisaron una cama en el suelo con mantas mullidas y almohadas que resultó ser bastante agradable, Max se acomodó en el sofá y Anuar terminó apartando a Charles a un rincón de su cama para ocupar la mayoría de ella sin muchas contemplaciones.

Pese a la reducida dimensión del lugar, Rhett y ella estaban bastante apartados del resto del grupo. A Alice le gustó. Sospechaba que Max lo había hecho a propósito, no para darles intimidad, sino para no tener que ver algo inapropiado si se despertaba en plena madrugada.

En realidad ella no tenía ganas de hacer nada. Ni siquiera hablar. Estaba tan nerviosa que no dejaba de observar el techo y pensar en el día siguiente, en todo lo que podía ocurrir, en las posibilidades y riesgos. Deseaba que todos salieran con vida por esa tercera puerta, pero dudaba mucho que fuera así. Y pensar eso era horrible, porque no dejaba de echar miraditas a sus compañeros, tensa, reflexionando sobre si alguno de ellos no volvería a ver a los demás.

—¿Tampoco puedes dormirte?

El susurro de Rhett hizo que se girara. Tenía la cabeza apoyada en un brazo y la observaba distraídamente. Alice negó con la cabeza, y él se señaló las orejas. Los ronquidos de Charles eran la banda sonora.

—Pues el idiota se ha dormido en un momento. Qué suerte.

—Me parece que nunca lo he visto nervioso.

—Yo sí. El día que le diste un puñetazo. Creo que todos pensamos, por un momento, que le pegarías un tiro.

—No... No habría podido.

Pero sí que había hecho algunas cosas muy cuestionables. A Kenneth lo había entregado sin siquiera parpadear y había asfixiado al Sargento en su celda. Quizá no hubiera apretado el gatillo contra ninguno de los dos, pero sus muertes recaían sobre su conciencia. Los había matado y no se sentía culpable.

—¿En qué piensas? —murmuró Rhett, que con un dedo le trazaba líneas de lunar a lunar, creando un circuito curioso desde debajo de la oreja hasta el hombro.

—En la obsesión que tienes con mis lunares.

—¿Yo?

—Sí, tú. Siempre que me besas el cuello, te detienes mucho más en ellos que en cualquier otro sitio.

—Vaya, vaya, y yo que creía que mis dotes de seducción te distraían lo suficiente como para que no te dieras cuenta...

—Casi lo consiguen, pero les falta un poquito de práctica.

—Entonces, tendremos que practicar en cuanto volvamos a la ciudad. Largo y tendido.

Ella soltó una risita y se acercó un poco más.

—Después no te quejes si yo te acaricio las cicatrices, ¿eh?

—Eso fue lo primero que te gustó de mí, ¿eh? Me dan un toque muy sexi.

—Claro que no —bromeó—. Lo primero en lo que me fijé fue en los gritos que pegabas. Y en el miedo que me dabas.

—Venga ya...

—¿Qué fue lo primero que te llamó la atención de mí? —preguntó con cierta ilusión. Quería conocer su perspectiva.

Rhett lo consideró durante un momento.

—No sabría qué decirte. Obviamente, eres preciosa —lo dijo sin más, tratándolo como un hecho y no como un cumplido. Pese a que Alice se ruborizó, él siguió hablando como si nada hubiera pasado—. No obstante, hace falta algo más para engancharme de esta manera. Que Max me obligara a acercarme a ti ayudó bastante, la verdad.

A Alice se le borró la sonrisa.

—¿De qué estás hablando?

Rhett debió de darse cuenta de que el tono juguetón había desaparecido, porque su postura dejó de ser tan despreocupada. La miró fijamente durante unos instantes antes de, por fin, darle una respuesta:

—Me pidió que te vigilara de cerca. Eras una desconocida y venías de la zona de los androides. Teníamos que asegurarnos de que eras de fiar, ¿no?

Su tono también había cambiado. De hecho, parecía mucho más suave, como si temiera que, al cambiarlo, Alice fuera a enfadarse.

¿Y estaba enfadada? No podía asegurarlo. Su cabeza estaba en otro lugar. En concreto, en Ciudad Central. La cercanía de Rhett había sido uno de los principales motivos por los que Alice se había sentido deseada desde el principio. Lo había atribuido a que él sentía algo por ella, por lo que ella empezó a sentir algo por él, también.

¿Y ahora resultaba que todo había sido porque Max se lo había pedido?

Rhett se dio cuenta enseguida de que había hablado de más, porque soltó una palabrota en voz baja y alargó la mano hacia ella para sostenerle la mejilla, pero Alice se apartó, mirándolo con el ceño fruncido.

—¿Me vigilabas? —le recriminó.

—Alice, no te conocíamos. Tenía que asegurarme de que no hacías nada fuera de lugar.

¿No entendía que lo que la ofendía era que no le hubiera dicho nada hasta ese momento? ¿O que hubiera creído, durante casi dos años, que su relación se había forjado sobre los cimientos que ambos habían puesto, cuando en realidad solo habían sido de Alice? Volvió a apartarse cuando él hizo un nuevo intentó de tocarla.

—No te enfades por esto —pidió Rhett, incorporándose un poco—. ¿Qué más da? ¡Fue hace tiempo!

—Puede que a ti te dé igual, pero para mí fue importante. ¿O me vas a decir que al principio sentías algo por mí?

Rhett debió de entender que una mentira no lo beneficiaría porque, mirándola a los ojos, negó con la cabeza.

¿Cómo había estado tan ciega? O, mejor dicho, ¿cómo había actuado él tan bien? ¡Todo el mundo se lo había creído! ¡Incluso Jake había caído en la trampa! Seguro que en unos días Alice pensaría en ello y no le daría tanta importancia, pero en esos instantes lo único que le apetecía era darle con la almohada en la cara.

—Cuando vine a tu habitación la primera vez, entonces..., todavía no sentías nada.

Rhett apartó la mirada.

—No romántico —admitió en voz muy baja.

Entonces ¿qué? ¿Atracción sexual? Pues claro. ¡Cómo no! Era lo que sentían todos los humanos al verlos, ¿no? Pero, por algún motivo, siempre se había negado a creer que Rhett fuera como ellos. Lo consideraba tan especial, tan superior al resto, que la perspectiva de que pudiera asemejarse a aquella simpleza se le hacía imposible de creer.

Al menos, hasta ese momento. Se sentía muy estúpida. Y muy ridícula. Necesitaba alejarse de él. De hecho, necesitaba aire fresco.

En cuanto empezó a levantarse, Rhett hizo ademán de seguirla, pero lo detuvo de golpe.

—No. Ahora no.

En ese momento no le apetecía estar con él. Primero necesitaba tranquilizarse, pensar un poco y aclararse la cabeza porque lo único que le venía a la mente al mirarlo eran cosas malas.

Por suerte, Rhett entendía que necesitara espacio y no insistió, aunque ella notó que la miraba fijamente de camino a la puerta. Alice salió con un suspiro de alivio y se llevó las manos a la cara. Estaban en medio del bosque, así que no tenía ningún lugar al que ir. Por suerte, divisó una roca no muy lejos de ella y se acercó para sentarse. Era tan alta que sus pies enfundados en unos calcetines se quedaron colgando sobre el suelo y de esa guisa pasó lo que le pareció una eternidad.

De pronto, escuchó que la puerta de la caravana volvía a abrirse. Pero no era Rhett, sino Max.

—¿No deberías estar durmiendo?

No sonaba a reprimenda. De hecho, estiró los brazos y se acercó a ella para sentarse a su lado. A él sí que le llegaban los pies al suelo.

—No tengo mucho sueño.

—¿Nervios?

—Enfado.

Aquello hizo que enarcara una ceja con curiosidad.

—¿Qué ha hecho Rhett?

—¿Cómo sabes que no he sido yo?

—Porque tú eres la que ha salido para alejarse de él. ¿Qué ha pasado?

Alice decidió contárselo. En cuanto terminó su explicación, Max asintió en silencio. Pasaron unos segundos antes de que por fin le respondiera.

—Entiendo tu punto de vista, pero de eso hace ya casi dos años. ¿Estás segura de que vale la pena enfadarse a estas alturas?

—¡Lo que me molesta es que no me lo haya dicho hasta ahora!

—Quizá se le olvidara, Alice. A mí también se me había olvidado hasta que lo has comentado.

—Es que pensaba que... —Admitirlo en voz alta iba a ser

vergonzoso, ya se lo veía venir—. Creía que las cosas habían sido más... ¿mágicas?

No estaba segura de si se había explicado, pero supuso que sí, porque Max soltó una carcajada sonora y le acarició brevemente el pelo. Ella lo miró, perpleja.

—Las cosas nunca son tan mágicas como las recordamos —le aseguró, todavía con una sonrisa divertida.

—Todos los humanos sois iguales...

—En eso tengo que darte la razón.

—Qué poca fidelidad con tu especie —observó ella sorprendida.

—Lo dice la que se hizo pasar por humana durante meses. ¿Quién le tiene menos fidelidad a su especie?

—*Touché.*

Ambos permanecieron en silencio unos instantes, observando el bosque, hasta que Alice lo miró de reojo con media sonrisita en los labios.

—¿Cuántas vueltas crees que ha dado Tina por el hospital pensando en nosotros?

Max la observó con desconfianza.

—Me da la sensación de que solo sacas el tema para poder hacer un comentario maligno. Venga, suéltalo.

—Sigo con la esperanza de que ella y tú... Ya sabes.

—No sé nada.

—Hacéis buena parej...

—Vale, mejor cállate.

Fue el turno de Alice de reírse. Mientras él se apartaba, irritado, deslizó el culo por la piedra para acercarse y pincharle con los dedos.

—¿Y por qué no? ¿No te gusta?

—No tengo veinte años como tú y Rhett. Y Tina tampoco. A nuestra edad, las cosas no funcionan al mismo ritmo.

—¡Menuda tontería! Que seáis dos viejos no os excluye del panorama romántico.

—Gracias por llamarme viejo otra vez.

—¿Y qué quieres que te llame? ¿Jovencito?

Pudo ver que él contenía una sonrisa.

—Todavía recuerdo cuando al llegar a la ciudad agachabas la cabeza, roja de vergüenza, cada vez que alguien te hablaba. Eran buenos tiempos. Mejores que estos, desde luego.

Max aprovechó el silencio que se formó tras esa frase para rebuscar algo que, al parecer, había sacado de la caravana.

—Antes de que se me olvide... —murmuró el guardián supremo, tendiéndoselo con una mano—. Creo que mañana te ayudará.

En cuanto lo reconoció, se le iluminó la mirada.

—¡Mi cinturón!

Lo aceptó enseguida, muy ilusionada. Se lo abrochó solo para volver a sentirlo y sonrió ampliamente a Max.

—¿A que me queda bien?

—Pues no, pero es tuyo, así que tendrás que ponértelo.

—Qué simpático eres.

—Sigo sin entender por qué alguien consideró que era necesario enseñarte lo que es el sarcasmo.

—Pregúntale mañana a Jake, fue cosa suya.

Pensar en el chico eliminó cualquier rastro de diversión de la conversación. Y, por si fuera poco, también hizo que Alice se diera cuenta de un pequeño detalle en el que no había caído hasta ese momento.

—Tu hija estará ahí —murmuró.

Él apartó la mirada y negó secamente.

—Esa chica no es mi hija. Es una persona nueva, con su propia vida, sus propias inquietudes y sus propios sueños. Mi hija murió hace años. Igual que tú nunca has sido Alicia, ella nunca será Emma.

Aquello la dejó un poco tocada en el mejor de los sentidos. ¿Max la veía como una persona con vida propia y no como una copia de otra?

—Pero... ¿nunca has pensado que un día podría acordarse de su vida anterior? —Al ver que no respondía, Alice sacó la pistola para observarla—. Es que... no quiero que algún día recupere la memoria y se piense que ya no la quieres o algo así. Si quieres, puedo usar otra arma y devolverte esta. No me importa.

—Alice, te la di a ti porque sé que sabes utilizarla.

—Estoy hablando de su valor sentimental. Es de tu hija, Max.

—Por eso te la di a ti y no a otra persona.

El silencio se prolongó cuando ella, con la boca entreabierta, guardó la pistola de nuevo y apartó la mirada, pero no resultó incómodo. Más bien parecía que cada uno analizaba la última frase que habían intercambiado. Había sido muy corta, pero su significado era colosal y había conseguido hacer mella en el pecho de Alice, que se sentía como si acabara de darle un abrazo.

Aprovechando que él había sacado el tema, Alice decidió que ya era hora de que ella también se sincerase.

—¿Max?

—¿Sí? —murmuró sin mirarla.

Alice respiró hondo. ¿Cómo decirlo? Quizá para él no significaría lo mismo que para ella. No obstante, aunque él no entendiera lo que quería decirle, tenía que expresarlo.

—Lo que has dicho antes de Alicia, de que yo nunca he sido ella..., me ha hecho pensar en mi padre.

Max no respondió, pero Alice sabía que la estaba escuchando muy atentamente, de modo que siguió hablando.

—Conocer los recuerdos de Alicia hace que confunda mis sentimientos con los suyos. Me pasó con Jake la primera vez que nos vimos, con Charlotte, con el padre John...

»Uno de los primeros recuerdos que tengo como androide es la necesidad de encajar. O, más bien, de formar parte de algo. Deseaba poder sentirme en casa, pero tenía asumido que eso era imposible. Hasta que os encontré a vosotros. Jake es mi hermano. Y Tina, como una madre. Rhett..., bueno, ya sabes lo que es. Trisha, Kilian, Charles, Anuar, Kai, en mayor o menor medida, son fundamentales en mi vida. Creo que eso es una familia: el hecho de que no quieras imaginarte lo que sería vivir sin esas personas.

»Nunca he entendido muy bien lo que es tener un padre —añadió en voz baja. Se había puesto un poco nerviosa—. Es un concepto muy... ambiguo. El padre de Alicia nunca la valoró, y el mío siempre me trató como si fuera su creación, no su hija. Cuando Rhett me ponía películas, vi cómo debería comportarse un padre, pero yo nunca experimenté que un hombre me mirara con orgullo, que se alegrara de mis logros, que me echara una bronca, que se preocupara por mí, que me ayudara a mejorar..., hasta hace muy poco tiempo. Por eso, si pudiera elegir a quién desearía que me acompañase toda mi vida como figura paterna, no dudaría ni un segundo en elegirte a ti, Max.

No se atrevió a girarse para ver su reacción. No estaba muy segura de si se había expresado con claridad. Sin embargo, Max, sin decir nada, le pasó un brazo sobre los hombros, tiró de ella y la apretó. Alice dejó que aquella agradable sensación de paz la invadiera y, pasados unos segundos, apoyó la cabeza en él.

24
EL PLAN DE ATAQUE

Charles y Max los esperaban fuera. El dueño de la caravana fue el primero en verla y esbozar una sonrisa de oreja a oreja.

—Mírate, querida. Si incluso pareces buena.

Alice, con su atuendo de androide, se sentía cualquier cosa menos buena. Más bien, atrapada. Llevaba puesto un jersey de cuello alto sin mangas, una falda recta y unos botines, todo de color blanco. Un escalofrío le había recorrido la espalda al atarse el pelo en una coleta ante el pequeño espejo de la caravana. No estaba cómoda. No quería usar esa ropa. Pero por Jake haría un esfuerzo.

Rhett y ella no habían hablado demasiado en toda la mañana, y eso que habían compartido cama. Alice lo había pillado echándole unas cuantas ojeadas, pero no habían sido correspondidas. Prefería mantener las distancias. A partir de ese momento, estarían muy ocupados. Tenía que centrarse.

Charles y él se habían vestido de gris de pies a cabeza. Parecían verdaderos guardias de la capital. Y el primero lucía una gran sonrisa.

—¿A que esta ropa me sienta genial? Siempre supe que el papel de androide me quedaba demasiado pequeño.

—¿Se puede saber de dónde la has sacado? —preguntó Anuar.

—Un buen mago nunca desvela sus trucos. —Como nadie continuó indagando, Charles puso los brazos en jarras—. Pero podéis insistir un poquito, quizá os lo diga.

—Esta conversación es muy interesante —intervino Max—, pero os recuerdo que no estamos aquí para charlar. En marcha.

Tras terminar de recogerlo todo y cerrar la caravana, emprendieron el camino por el bosque. Alice echó una ojeada a sus compañeros. Todos iban armados salvo ella, que estaba totalmente indefensa. Su único consuelo era que Rhett iba a permanecer a su lado en todo momento.

La impresionante muralla de Ciudad Capital no apareció hasta pasados unos minutos, y Alice empezó a entender por qué todo el mundo parecía tan reacio a tratar de atacarlos. Un muro de dos metros y medio rodeaba la ciudad entera, y estaba protegido por guardias que no dejaban de patrullar por su superficie. Tras ellos, los edificios, mucho más modernos de lo que Alice jamás habría podido soñar, se alzaban hasta una altura vertiginosa. Todos tenían la fachada blanca y las ventanas grandes, y se preguntó cómo se sentiría al subir a lo más alto del edificio central y mirar a su alrededor. Estaba segura de que podría ver incluso Ciudad Central. Era impresionante.

Alice se esforzó mucho en que ninguna rama se le enganchara a la ropa o la despeinara. Los cuatro se detuvieron en el límite del bosque, algunos más nerviosos que otros, y observaron a los guardias desde un lugar seguro. La primera entrada no estaba muy lejos. Había siete en total, pero ellos solo usarían las tres más desprotegidas.

—Pues aquí estamos —murmuró Charles—. Listos para morir.

—Gracias por tu positividad —masculló Rhett.

—Recordad el plan —dijo Max—. Y no os desviéis en ningún momento.

Esa última parte la dijo mirando fijamente a Alice, cuyas mejillas se tiñeron de rojo.

—Deberíamos ponernos en marcha —indicó Anuar, señalando a los guardias—. Faltan dos minutos para el cambio de guardia y lo hacen muy deprisa.

Max revisó a Rhett y Alice con la mirada. Parecía estar intentando encontrar algún indicio de duda para echarse atrás, pero al final asintió brevemente con la cabeza. Tras eso, miró a Charles.

—Cuando quieras.

Él sonrió como un angelito y se marchó rumbó a la derecha, desapareciendo en la espesura. Los cuatro miembros restantes del grupo se quedaron esperando durante lo que pareció una eternidad. A Alice le sudaban las manos y Rhett parecía especialmente tenso. Si Anuar sentía algo, no dejó que los demás lo notaran, y Max repiqueteaba un dedo sobre su cinturón.

Entonces, escucharon un estruendo al otro lado del muro que hizo que los guardias que tenían delante empezaran a comunicarse por radio. Poco después, uno de ellos abandonó su posición para ir corriendo hacia el lugar de origen del sonido. El único que permanecía allí les daba la espalda. Era la oportunidad perfecta para entrar.

Alice hizo ademán de moverse, pero Max la detuvo casi al instante. Sorprendida, se giró para mirarlo. Él dudó.

—Buena suerte —dijo—. A los dos.

En ese momento, Rhett le colocó una mano en la parte baja de la espalda para guiarla y, pese a que Alice se giró hacia Max para dedicarle una última mirada, pronto lo perdió de vista.

Los guardias estaban ocupados con Charles —fuera lo que fuese que había hecho, había funcionado—, pero eso no quería decir que hubiese tiempo que perder. Corrieron con ganas, ocultándose varias veces con las espaldas pegadas al muro, hasta que por fin alcanzaron la entrada que habían marcado en el mapa. Era una valla del mismo tamaño que el muro, hecha de barrotes cortos y estrechos. Rhett asomó la cabeza antes de apoyar la espalda contra ellos y doblar un poco las rodillas. Colocó las manos para formar el escalón perfecto, gracias al cual Alice se impulsó con un pie y consiguió agarrarse al borde de la valla. Tener que hacer tantas acrobacias sin ensuciar siquiera la falda fue todo un reto, pero al final consiguió aterrizar al otro lado sin hacer mucho ruido. No pudo evitar acordarse del circuito de Ciudad Central. ¿Quién hubiera dicho que las clases de Deane al final servirían para algo bueno?

Dio un respingo cuando Rhett aterrizó a su lado sobre una rodilla y una mano, de forma mucho más elegante que ella. Tras asegurarse de que nadie los veía, la miró de arriba abajo.

—¿Estás bien?

Alice, tras dudarlo, asintió y se incorporó.

—¿Puedes dejar de ignorarme? —protestó él en voz baja.

—Rhett, no es el momento.

Tan silenciosos como pudieron, se ocultaron tras uno de los edificios, donde Alice aprovechó para quitarse las arrugas de la ropa. Para cuando empezaron a acercarse al edificio principal, el que parecía tocar el cielo, se habían encontrado con muchos más científicos que guardias.

En cuanto consiguieron llegar al último punto antes de entrar en el edificio, Alice tuvo que tomarse un momento para respirar hondo. Era posible que la reconocieran, pero debía mantener la calma.

—Espera aquí —murmuró Rhett entonces, y se marchó sin esperar respuesta.

Alice, sintiéndose algo inútil, vio que se había acercado a la parte trasera del edificio y estaba comprobando unos ventanucos no mucho más grandes que las ventanas de la caravana. Mientras ella se aseguraba de que nadie lo veía, él intentó forzarlos todos. Al final, solo consiguió empujar uno. En cuanto lo hubo abierto del todo, asomó la cabeza y le hizo un gesto afirmativo a Alice, que se acercó enseguida.

Como no podía hacer movimientos bruscos con ese atuendo, no le quedó más remedio que dejar que Rhett, de espaldas a la ventana, la levantase por la cintura. Sus miradas se conectaron durante un breve instante, pero ambos fingieron que no había pasado absolutamente nada. Alice, tras pasar ambas piernas al interior del edificio y entrar de un saltito, se apartó para que él pudiera hacer lo mismo.

En cuanto Rhett se hubo impulsado con ambos brazos para aterrizar con suma suavidad, Alice cerró la ventana. Estaban en un cuarto de baño femenino. Parecía vacío.

Mientras Rhett se aseguraba de que la pistola estaba bien cargada, Alice se miró en el espejo y se arregló por enésima vez en busca de cualquier imperfección.

Sin embargo, lo que encontró fue la mirada de Rhett, y pudo ver el momento exacto en el que su expresión se volvía apenada.

—Lo siento —le aseguró en voz baja—. Por favor, no sigas enfadada conmigo. Es insoportable.

—Rhett...

—Dime que en algún momento me dejarás explicarme. Solo te pido eso. Y te juro que no volveré a sacar el tema hasta que estemos a salvo.

Alice asintió, y pareció que eso lo tranquilizaba. Entonces la besó con una intensidad que la pilló completamente por sorpresa. Alice cerró los ojos, pero el beso no duró demasiado. Rhett se separó y, pese a que la miró durante unos instantes, al final no le quedó más remedio que soltarla y dar un paso atrás.

—Tenemos que seguir con el plan —le recordó.

Alice adoptó la postura habitual de los androides. Cabeza gacha, dedos entrelazados delante de su cuerpo... Una actitud completamente sumisa.

Rhett le había colocado una mano en la espalda para guiarla, pero apenas la tocaba con las yemas de los dedos, que era lo correcto. Alice se lo había explicado en la caravana y, pese a que no parecía muy convencido, terminó aprendiéndoselo a regañadientes.

Recordaba los pasillos del edificio principal de su estancia allí con Max. Blancos de arriba abajo, con pequeñas ventanas cerradas, científicos por todas partes... incluso los guardias parecían los mismos y, cada vez que uno la miraba, temía que fuera a descubrirla. Pero ninguno la reconoció. De hecho, vieron a varios guardias guiando a androides. No eran los únicos. Aquello la tranquilizó.

Poco después llegaron al ascensor de cristal del que Anuar les había hablado. Estaba situado en el vestíbulo del edificio, la zona con más tránsito, y tenía una capacidad masiva. Recorría el edificio continuamente, así que era uno de los elementos clave. Ellos tenían que llegar al segundo piso, tercer pasillo a la derecha.

En el ascensor había otros dos guardias con androides. Su lugar era el fondo, así dejaban espacio a los científicos. Rhett se colocó como ellos. Alice vio de reojo a una madre junto a los botones del ascensor.

—¿Piso? —le preguntó amablemente a Rhett.

—Segundo.

Esta le dedicó una sonrisa educada y pulsó el botón. Los demás iban al piso inferior, así que al menos estarían solos. Era todo un alivio.

El ascensor empezó a bajar y la luz del vestíbulo fue sustituida por la auxiliar. Alice no entendió muy bien de dónde salía porque, básicamente, el cubículo estaba enteramente hecho de cristal. Incluso el suelo. Menos mal que no tenía miedo a las alturas.

Mientras observaba el vacío bajo sus pies, tuvo la sensación de que alguien la estaba observando. Alarmada, giró la cabeza dispuesta a enfrentarse a un guardia, pero lo que encontró fueron un par de ojos avellana que la miraban con incredulidad.

Era Anya.

Su antigua compañera de habitación se había quedado tan petrificada al verla que no había sabido disimular y el guardia que la acompañaba le giró bruscamente la cabeza hacia delante. Pese a ello, Alice había visto la marca de un corte en su labio inferior. La habían golpeado.

No podía moverse. Sabía que tenía que apartar la mirada, justo como ella había hecho, pero era incapaz. Anya tenía los ojos llenos de lágrimas y, pese a que ningún músculo de su cuerpo se había movido, Alice sabía que deseaba desesperadamente pedirle ayuda.

En ese momento, justo cuando Alice estaba a punto de cometer una estupidez, las puertas del ascensor se abrieron y el guardia empujó a la chica hacia la salida. Alice la siguió con la mirada, derrotada, y pudo sentir su propio corazón deteniéndose cuando las puertas volvieron a cerrarse para subir al segundo piso.

Sintió que Rhett le sujetaba suavemente la nuca y volvía a colocarle la cabeza. Su mano permaneció sobre su piel durante unos segundos más de los necesarios y le pasó el pulgar por la línea de la columna vertebral. Trataba de darle ánimos y no había ninguna otra forma de hacerlo con una madre a tan poca distancia.

Finalmente, llegaron a su destino y, a pesar de que se quedaron solos, ninguno se atrevió a comportarse de forma natural. El riesgo era demasiado grande, así que mantuvieron sus papeles y avanzaron en silencio.

Tercer pasillo a la derecha. No podía ser tan complicado.

Sin embargo, cuando alcanzaron el segundo, dos científicos doblaron la esquina y empezaron a avanzar en su dirección. Iban hablando entre sí y, pese a que no se fijaron demasiado en su presencia, Alice sí que reparó en la suya, dado que conocía perfectamente al que sostenía la libreta.

El padre Tristan.

¿La reconocería? En tal caso, estaban perdidos. El temor fue tan repentino que sus piernas se detuvieron solas.

—Alice —la llamó Rhett en voz baja.

Él estaba pendiente de la puerta del final del pasillo, adonde se dirigían. El padre Tristan estaba en medio.

No podía detenerse después de todo lo que habían pasado, así que se obligó a seguir andando de forma automática. El corazón le latía a toda velocidad. Agachó la cabeza tanto como pudo sin que fuera evidente que no quería que le vieran la cara y suplicó en voz baja que el padre estuviera demasiado ocupado con su compañero como para fijarse en ella. Después de todo, no era más que una androide, uno más del montón, no tenía por qué...

—¿Dónde vas con esa androide?

Alice se detuvo de golpe y Rhett la imitó, todavía con una mano pegada a su espalda. Ella sintió que se le secaba la boca cuando vio los pies del padre Tristan a un metro de distancia de ella. Tuvo que apretar las manos con todas sus fuerzas para que los temblores no fueran demasiado evidentes.

—A la sala principal —respondió Rhett con su habitual tono despreocupado.

—¿Para qué?

—Sigo órdenes, no las cuestiono.

—Y ¿quién te ha dado esa orden? Porque yo soy quien se encarga de la sala principal y acabo de dejarla vacía.

Alice sintió que el pánico se apoderaba de ella. Menos mal que Rhett sabía gestionar mejor la tensión y ni siquiera le temblaba la voz.

—El padre George.

A Alice la sorprendió muy gratamente que recordara ese nombre. Lo había mencionado alguna vez muy por encima al hablarle de su vida en la zona de los androides, pero no había creído que la estuviera escuchando con tanta atención. Estuvo a punto de sonreír, pero no se atrevió.

El padre Tristan, por su parte, dudó visiblemente.

—¿Es peligrosa? —preguntó señalando a Alice.

—En absoluto.

—Entonces, supongo que puedes dejarla sola durante un rato. Necesito que alguien me eche una mano en el despacho. Ven un momento conmigo y que te espere aquí hasta que vuelvas.

Alice levantó la cabeza cuando la presión de la mano de Rhett desapareció y vio que los tres avanzaban por el pasillo. Él la miró por encima del hombro para indicarle que no se moviera, le dedicó media sonrisa y siguió al padre Tristan.

En cuanto estuvo sola, echó una ojeada a la puerta a la que se habían dirigido. ¿Era mejor esperar y arriesgarse a que la pillaran o seguir ella sola con el plan? Intentó imaginar qué diría Max, pero no estaba muy segura, así que optó por no moverse.

Cuando escuchó unos pasos acercándose a ella, seguía ponderándolo. Agachó la cabeza automáticamente, e hizo bien, porque era un guardia.

—¿Qué haces tú aquí solita?

Alice no respondió. No podía romper el protocolo.

—Puedes hablar —le dijo él entonces.

—Me han ordenado que espere, señor —murmuró con voz monótona.

Suplicó para sus adentros que aquello fuera suficiente para que el guardia se marchara, pero estaba muy equivocada. Tuvo que hacer un verdadero esfuerzo por no moverse cuando notó un dedo en el mentón. Le estaba girando la cara para poder verla mejor.

—Qué belleza —dijo él, en cambio—. Eres casi perfecta. ¿Quién te ha creado? ¿Eres un nuevo modelo?

—Sí, señor.

Su sonrisa se ensanchó cuando le bajó un dedo por el mentón y se detuvo en la mitad de su garganta pálida, justo en el inicio del jersey y en uno de sus lunares. Alice tuvo que hacer un esfuerzo sobrehumano para no cambiar de expresión.

—¿Y en qué estás especializada? —dijo con voz libidinosa.

Alice sintió el instinto primario —muy urgente— de levantar la rodilla y clavársela entre las piernas, pero consiguió mantener una expresión inocente.

—Soy una androide de mantenimiento, señor.

—¿Qué clase de mant...?

—Ya me encargo yo, gracias.

Charles estaba plantado a su lado con una mano encima del hombro del otro guardia; Alice no tenía ni idea de por dónde había entrado, pero nunca había agradecido tanto ver su cara. Casi se le escapó un suspiro de alivio.

—¿Eres tú quien la ha dejado sola? —le preguntó el guardia, apartándose de Alice.

—He hecho lo que me han ordenado.

—Y ¿dónde la llevas?

—A la sala principal.

Eso hizo que el guardia frunciera un poco el ceño, pero no dijo nada. Alice sintió que sus hombros se relajaban cuando Charles le colocó una mano en la espalda. Sin embargo, toda esa calma se esfumó en cuanto escuchó al guardia llamándolos.

—¡Espera! Os acompaño.

Charles se congeló por un momento, pero no pudo hacer nada porque el otro ya se había adelantado y les había abierto la puerta. Alice fue conducida al interior.

Era una sala pequeña, de techos y suelo de madera —la única con esas características de todo el edificio—, y en los rincones había varios ordenadores. El que le interesaba a ella era el de las cinco pantallas, que se encontraba a unos pocos metros, pero evitó mirarlo a toda costa cuando escuchó que la puerta se cerraba tras ellos.

El guardia se apoyó perezosamente en una de las mesas, cruzando los brazos sobre el pecho.

—¿Para qué la tenías que traer aquí?

—¿A mí qué me preguntas? —bufó Charles con una sonrisa despreocupada—. Como si alguna vez nos dijeran algo.

—Cómo son estos científicos de mierda, ¿eh? Siempre dando órdenes sin dar explicaciones. —Señaló a Alice con un gesto vago—. Me ha dicho que es de mantenimiento, seguramente tenga que arreglar alguno de estos trastos.

—Probablemente —le concedió Charles.

—¿A quién tienes que esperar?

—A un padre, imagino.

—Pues esperaré contigo.

Alice tragó saliva y trató de no maldecir con todas sus fuerzas.

Apenas llevaban unos segundos en silencio cuando

Charles se separó de ella, fingiendo naturalidad, y se apoyó en otra de las mesas. Alice se quedó de pie a un lado de la sala, totalmente sola y expuesta. La mirada del guardia la hacía sentir muy insegura, y aumentaba peligrosamente sus ganas de salirse del papel de androide sumisa. Especialmente cuando se separó de la mesa para dar una vuelta a su alrededor.

—¿La habías visto alguna vez? —preguntó a Charles con curiosidad.

Alice lo miró de reojo y vio que él fingía muy bien que le importaba un bledo.

—Solo una. Creo que es nueva.

—Pues ya podrían hacerlos a todos así. Estoy harto de llevar a rubias esqueléticas de un lado a otro. Me tienen harto. Mira esta. Si parece que incluso está en forma.

Alice apretó los labios con fuerza cuando sintió que le tocaba los brazos y soltaba un silbido de aprobación.

—¡Joder! ¿Crees que las entrenan cuando las llevamos a sus despachos?

—Es su constitución —le explicó Charles tranquilamente—. Igual que pasa con el pelo, que solo les crece hasta cierta longitud.

—Esos científicos son unos genios —replicó el otro, pero entonces enarcó una ceja—. Espera, ¿tú cómo sabes todo eso?

Charles dudó por un momento y Alice miró automáticamente su estómago, donde sabía que tenía el número. Por suerte, él recuperó la compostura muy pronto.

—Llevo ya unos años por aquí. Lo quieras o no, terminas aprendiendo ciertas cosas.

—¿En serio? Yo llevo solo dos meses y ya estoy harto.

Él se mantuvo en silencio unos momentos antes de que Alice sintiera que se acercaba un poco más. Pudo notar su aliento en la frente.

—Oye, ¿tú crees que sabe...?

No vio qué gesto había hecho, pero vio que a Charles no le hacía ninguna gracia. Su sonrisita perenne fue sustituida por un par de labios apretados.

—Siempre me lo he preguntado —añadió el guardia, riendo—. Supongo que sí, ¿no? Son imitaciones de humanos. Igual es eso lo que les hacen a los científicos. No me extrañaría. Explicaría por qué siempre están de tan buen humor.

Alice cerró los ojos cuando notó que le ponía una mano en la cadera. Su paciencia estaba empezando a agotarse.

—Yo que tú no haría eso —le advirtió Charles.

—¿Qué más da? No va a moverse. ¿A que no, preciosa?

El guardia le dio un toquecito provocativo en la nariz. Estaba a un segundo de reventarle la nariz de un codazo.

—No hagas eso —le espetó Charles, separándose de la mesa. Su tono ya empezaba a ser más agresivo que neutral.

—Cállate, pesado. Me toca a mí primero. Luego tú ya harás lo que quieras. ¿Crees que si le digo que se ponga de rodillas y abra la boca lo hará?

Justo en ese momento, Alice sintió que le colocaba la mano en sus costillas y, al mismo tiempo, su paciencia hacía las maletas y se iba de vacaciones a la playa.

Su brazo se movió antes de que pudiera contenerlo y enganchó el del hombre. Su pierna se metió entre las suyas y, en cuestión de segundos, había hecho que perdiera el equilibrio. Era una llave muy básica, y le sorprendió que funcionara. El pervertido terminó con un brazo doblado tras la espalda y con la cabeza pegada al suelo bajo el botín blanco de Alice.

—Pero ¿qué...?

—¿Quién está de rodillas ahora? —le preguntó ella furiosa.

—¡Oye! —El guardia buscó desesperadamente a Charles

con la mirada—. ¡No te quedes como un pasmarote! ¡Ayúdame!

Este se encogió de hombros y se metió las manos en los bolsillos.

—Te he advertido que no lo hicieras.

Alice le dirigió una mirada airada a Charles.

—Querida, ¡no habría dejado que te tocara! Eso solo lo podemos hacer Caracortada y yo. Estaba a punto de sacar la pistola, lo prometo.

—¿Quieres dejarte de tonterías y cerrar la puerta de una...?

Apenas lo había dicho cuando se abrió de par en par y un muy perplejo Rhett se quedó mirándolos.

Alice estuvo a punto de esbozar una sonrisa de alivio, pero las ganas desaparecieron en cuanto se dio cuenta de que no estaba solo. El padre Tristan acababa de acceder tranquilamente a la estancia y se detuvo en seco al ver el espectáculo.

Sin embargo, el verdadero silencio se formó cuando el hombre, atónito, levantó la mirada y encontró la de Alice. El brillo del reconocimiento la iluminó al instante.

—43 —murmuró anonadado.

Ella, sin darse cuenta, aflojó el agarre que tenía sobre el guardia. Aprovechando la circunstancia, él tiró de su brazo con fuerza para liberarse y, en el proceso, empujó a la muchacha hacia atrás, que cayó de culo al suelo con un ruido sordo. Mientras tanto, Rhett había cerrado la puerta con pestillo a toda velocidad.

El padre Tristan hizo ademán de marcharse, pero Rhett lo enganchó con un brazo por el cuello y le clavó la punta de la pistola en la sien. Casi a la vez, el guardia se puso de pie y apuntó a Rhett a la cabeza.

—¡Suéltalo! —le exigió.

—Pídemelo por favor y puede que lo haga.

—Voy a disparar si no te apartas.

—¡Ni se te ocurra, idiota, que estoy en medio! —advirtió el padre.

Charles suspiró dramáticamente y sacó su arma como quien coge un paraguas antes de salir de casa. Con toda la tranquilidad del mundo, apuntó al guardia, que se tensó de nuevo.

—Que conste que yo he intentado ser amable —dijo—. Pero, oye, si te empeñas en que nos matemos...

—¡Sois unos traidores! —les espetó el guardia. Le temblaba la voz y la mano de la pistola—. ¡En cuanto se enteren los demás, os colgarán del muro!

—Madre mía. —Rhett puso los ojos en blanco—. ¿Cómo puedes ser tan lento?

El hombre parecía completamente perdido. La mano le temblaba todavía más.

—Si nadie dice nada en los próximos diez segundos, pienso empezar a disparar. Y me dará igual a quién le doy.

No pudo completar su amenaza, porque cayó de bruces al suelo, inconsciente, y tras él apareció Alice con el arma que acababa de usar para darle un golpe: su botín.

—Estaba harta de esta conversación absurda —murmuró de mala gana.

—A eso llamo yo unos zapatos de muerte. —Charles empezó a reírse solo y miró a los demás, que lo juzgaban con los ojos—. Qué tensos estáis todos, de verdad.

Rhett empujó a Tristan hacia delante hasta dejarlo de rodillas en medio del pequeño grupo. Alice volvió a calzarse mientras él la miraba con desprecio.

—Supongo que eso significa que te acuerdas de mí —murmuró.

El hombre miró a Rhett en busca de ayuda. Luego hizo lo

mismo con Charles. Solo entonces pareció caer en la cuenta de que le resultaba vagamente familiar.

—¿Qué queréis? —preguntó finalmente.

Fue Rhett quien respondió:

—¿Tú qué crees? —Luego se dirigió a sus amigos androides—. ¿No se supone que los científicos estos son listos?

El padre Tristan, pese a mantener una expresión neutral, temblaba de pies a cabeza y había perdido el color en la piel. Estaba aterrorizado. Alice sabía que era cuestión de tiempo que se derrumbara, pero no esperaba que fuese tan pronto. Y es que, de repente, empezó a arrastrarse hacia ella con ojos suplicantes. Rhett, por impulso, se lanzó para detenerlo, pero Alice lo detuvo con una mirada.

El hombre se quedó de rodillas a sus pies. Pareció que iba a agarrarla de las piernas, pero al final se lo pensó mejor y juntó las manos para aumentar su gesto de súplica.

—Tú no me matarías, ¿verdad, 43? —empezó a hablar a toda velocidad—. Nos llevábamos bien cuando vivíamos en la otra zona, ¿te acuerdas? Siempre charlábamos y...

—Eso no eran conversaciones, sino interrogatorios. Y me llamo Alice, no 43.

El hombre se quedó en silencio y esbozó la sonrisa bondadosa que ella tanto había odiado cuando vivían en su zona.

—Siempre fuiste una buena androide. Si te portas bien y me dejas hablar con el padre John, si entregas a los dos rebeldes, hablaré bien de ti y él te perdonará. Tienes mi palabra.

—Tu palabra no vale nada —le dijo Alice sin inmutarse.

—Sé prudente, 43, digo, Alice. Si miras a tu alrededor te darás cuenta de que es la decisión acertada.

—Lo que yo veo a mi alrededor es mucha desventaja, padre. —Tristan apretó los labios cuando ella le ofreció la misma sonrisa falsa que él le había dedicado todos esos años—. No pienso entregar a nadie.

—¿Qué más te da si dos rebeldes cualesquiera se mueren? —le preguntó él bruscamente.

Rhett saltó al instante, ofendido.

—Da la casualidad de que uno de esos rebeldes cualesquiera es su novio.

—Da la casualidad de que los dos rebeldes son sus novios —corrigió Charles.

El padre Tristan contemplaba a Alice con incredulidad y dudó un momento, pero se encogió cuando Rhett se aburrió de la discusión y lo agarró del cuello de la bata para ponerlo de pie. Lo hicieron sentarse en la silla del ordenador principal y Alice le cogió la mano para pasarla por el panel y así encenderlo. La pantalla se iluminó al instante.

—Al final, el viejo va a resultarnos útil —comentó Charles alegremente.

Mientras tanto, Alice sacó los intercomunicadores del bolsillo de Rhett y los distribuyó. En cuanto se puso el suyo, un molesto pitido la alertó de que estaban en marcha.

—¿Hola? —preguntó, pulsando el botón del dispositivo—. ¿Alguno de los dos puede oírme?

Escuchó una risa suave al otro lado. Era Anuar.

—Seguís vivos. Ya empezaba a aburrirme de esperar.

—Sí, ya estamos en la sala. ¿Y tú?

—En posición. ¿Has hablado con Max?

—No. Acabo de ponerme el auricular.

—Espera, entonces.

Otro pitido molesto precedió a la voz de Max.

—¿Vais a aclararos antes de pulsar el botón de comunicar? —le espetó al pequeño dispositivo—. Estoy harto de escuchar pitidos.

—¡Max! ¡Menos mal! —Alice sonrió—. ¿Dónde estás? ¿Te ve alguien?

—No.

—Perfecto. Charles, Rhett y yo estamos en la sala principal con...

—¿Charles? —repitió Max, empezando a enfadarse—. ¿Se puede saber qué está haciendo allí?

—Oye, que puedo oírte —protestó el aludido.

—Pues mejor. ¿No te he dicho que te ciñeras al plan?

—¡Ha habido un acontecimiento dramático que requería mi presencia!

—¿Cuál?

—¡A Alice la estaba acosando un guardia! ¡Tenía que salvarla!

—¿Cómo? —intervino Rhett—. ¿Es eso verdad?

—¿Quién es mejor novio ahora, Romeo? —bromeó Charles.

—Yo misma me he salvado —aclaró Alice—. Le he dado un botazo en la cabeza.

—¿Qué...? —Max se había quedado en blanco.

—Por cierto, hemos secuestrado a un científico y nos está ayudado —comentó Charles.

—Y ya hemos localizado la zona donde tienen encerrados a todos los prisioneros —añadió Alice.

Max tardó unos segundos en responder mientras se escuchaba la risa divertida de Anuar. Alice supuso que el guardián supremo estaba reuniendo paciencia para no ponerse a gritarles. Al final, respiró hondo y les preguntó:

—¿Dónde están?

—En el sótano, como supusimos. Vas a tener que usar el ascensor de cristal o la escalera auxiliar. Por lo que veo, la principal no llega tan abajo.

—Bien. ¿Charles?

—Me he encargado de mi parte —le dijo él.

—Perfecto.

Tras unos segundos, Max volvió a hablar.

—Aquí siguen habiendo guardias, Charles.

—¿Estás seguro? —dijo este con cierto retintín.

De nuevo, el silencio se alargó un poco más de lo que los nervios de la pobre Alice podían soportar. Hasta que Max, por fin, intervino de nuevo:

—Bien hecho.

La sonrisa de Charles rebosaba orgullo, y Alice se preguntó a cuántas personas habría matado para dejar a Max sin palabras. Suponía que a unos cuantos.

—La señal se está cortando. Calculad cinco minutos y abrid la puerta. Después... ya sabéis qué hay que hacer. Nos encontraremos en la salida que acordamos.

No les dio opción a réplica, porque ya había cortado la conexión. Lo único que Alice pudo escuchar por el auricular fue el suspiro de Anuar.

—Hora de seguir con el plan.

Otro que colgaba sin despedirse. Alice estuvo a punto de soltar una palabrota, pero se contuvo a tiempo y dejó de pulsar el dispositivo de la oreja.

* * *

—¿Para qué sirve ese botón?

El padre Tristan cerró los ojos con fuerza, implorando paciencia, cuando Charles señaló el cuarto botón consecutivo.

—Se encarga de las luces.

—¿Y ese?

—La puerta trasera del garaje.

—¿Y esa palanca?

—Apaga los ordenadores de esta sala.

—¿Y ese pulsador?

—Abre todas las puertas en caso de emergencia.

—¿Y este?

—Abre la... —El padre Tristan resopló—. ¿Para qué quieres saberlo?

—Es solo curiosidad. ¿Y este?

—Es el mismo que me has enseñado antes. Abre todas las puertas en caso de emergencia.

—¿Y si le doy y nos escapamos?

—Pues todo el mundo sabrá que has sido tú, porque es el único sitio desde el que puedes activarlo.

Mientras Charles seguía tentando la paciencia del hombre, Alice y Rhett se mantenían al margen. Ella estaba calculando el tiempo que les había indicado Max. Todavía les quedaban dos minutos antes de tener que moverse. Los nervios estaban empezando a apoderarse de ella. Suspiró y vio que Rhett miraba con asco al guardia, que seguía echándose la siesta en el suelo.

—Deberías haberle apretado más el brazo. Por eso te ha derribado. Siempre cometes el mismo error.

—Algunos chicos se preocuparían si supieran que su novia ha tenido a un baboso cerca. Tú no. Tú, simplemente, corriges la llave que he usado para defenderme.

—Debería haber estado aquí...

—Me sé defender sola. —Enarcó una ceja.

—Pues claro, yo te enseñé. —Él imitó su gesto—. Lo que me jode es no haber podido ayudar antes.

—¡Eh, mirad esto! —Charles atrajo su atención.

Estaba señalando una de las pocas imágenes que había en la pantalla. En ella, cuatro guardias intentaban arreglar una bombilla que él encendía y apagaba con un botón. Empezó a reírse cuando uno de ellos estuvo a punto de electrocutarse. El padre Tristan, a su lado, negaba con la cabeza.

—¿Puedes dejar de hacer el tonto? —bufó Rhett—. ¿No ves que nos van a pillar?

—El viejo dice que siempre tienen problemas así. —Pinchó al padre Tristan con un dedo—. ¿A que sí?

—¿Por qué no me habéis matado? —murmuró este en voz baja.

Lo necesitaban para controlar el panel, ese era el motivo. Entonces, Alice empezó a cuestionarse cómo se desharían de él una vez hubiera terminado el trabajo. Estaba claro que tendrían que dejarlo incapacitado el tiempo suficiente como para que no los descubriera. ¿O sería mejor acabar con él? Le sorprendió esa idea. Aunque no le cayese bien, lo conocía desde hacía años. ¿En serio estaba dispuesta a librarse de él de esa forma?

Al final dio igual, porque la decisión, de forma indirecta, terminó tomándola él mismo.

En un arranque de desesperación, el padre Tristan se puso de pie e intentó lanzarse sobre Rhett para quitarle el arma. Alice ni siquiera lo pensó. Extendió la mano, alcanzó la pistola que Charles guardaba en su cinturón y apretó el gatillo.

El golpe del hombre contra el suelo, seguido del charco de sangre que se formó alrededor de su cabeza, le indicó que le había acertado.

Durante unos instantes nadie se movió. Entonces ella soltó la pistola. Acababa de darse cuenta de lo que había hecho. No solo lo había matado, sino que también los había delatado.

Lo mismo debieron de pensar Charles y Rhett, porque ambos perdieron el color de la cara.

—Mierda —murmuró el primero.

En cuanto escucharon pasos acelerados por el pasillo, Charles recuperó su pistola. Alice, por su parte, entró en pánico. Todavía le temblaba la mano y, por si eso fuera poco, estaba desarmada. Tuvo el impulso de retroceder nada más ver la cabeza de un guardia asomándose, pero Rhett ya había apretado el gatillo. Para cuando Charles la sujetó de la mano y empezó a arrastrarla hacia la salida, seguía sin haber reaccionado del todo, pero se las arregló para pulsar el pequeño botón negro que había en el panel. La alarma de emergencia comenzó a sonar.

Se oían gritos y órdenes por todos lados. Alice siguió a Rhett con vehemencia, suplicando que nadie los viera, pero se cruzaron con tres guardias que iban corriendo hacia ellos. Rhett reaccionó a tiempo y, antes de que pudieran dispararles, empujó la puerta de la escalera y empezaron a bajarla a toda velocidad. Sin embargo, se detuvieron en seco cuando la puerta del piso inferior se abrió con fuerza y un grupo de soldados salió de ella. Rhett volvió a empujarla hacia arriba y Charles lideró la marcha mientras escapaban a toda velocidad.

Correr con esas botas y esa falda era complicado. Alice estaba hiperventilando cuando, tras librarse de los tres guardias, llegaron al siguiente piso y Charles se metió en el único pasillo que parecía despejado. Aumentaron el ritmo pese a que los tres estaban jadeando. Alice sintió varias balas silbando a su lado y tuvo que asegurarse de que ninguno de sus acompañantes estuviese herido. Ni siquiera pensó en si ella lo estaba.

Cuando por fin consiguieron llegar a la escalera secundaria, sus esperanzas cayeron en picado por los escalones. Varios guardias se les habían adelantado y las subían tan rápido como les era posible. Alice chocó con Charles cuando él se detuvo y la resguardó tras su espalda para disparar junto a Rhett. Consiguieron esconderse tras la esquina del pasillo, pero no tardaron en darse cuenta de que eran demasiados. No podrían contra ellos.

Tuvieron que optar por la única opción que les quedaba: el pasillo que no sabían si tenía salida.

Alice intentó abrir varias puertas, desesperada, pero resultó inútil: todas estaban cerradas. Estaba a punto de desistir cuando Charles volvió a detenerse en seco. Esa vez fue Rhett quien la agarró bruscamente y se la puso en la espalda. Nunca lo había notado tan tenso y eso la crispó también a ella.

Habían llegado al final del pasillo, y Alice no entendía por qué se habían parado. Al final, no pudo resistirse y se asomó entre ambos.

Entonces vio a Charlotte, que los apuntaba con su rifle.

Era obvio que en cuestión de segundos volverían a encontrarlos, pero, si ella disparaba, la detonación los delataría.

Alice la miró y se sorprendió al no sentir odio ni desprecio. Solo miedo.

Sin pensar en lo que hacía, se apartó de la espalda de Rhett; vio que él la miraba, aterrado, pero no la detenía. Charlotte la apuntó directamente a ella. Alice no se molestó en levantar las manos en señal de rendición, solo la miró fijamente, acercándose con pequeños y cautelosos pasos.

No tardó en darse cuenta de que la antigua compañera de Alicia estaba tan aterrada como ella. Una gotita de sudor le resbalaba por el cuello, y sus manos, pese a que se aferraban al rifle con fuerza, no dejaban de temblar. Por un momento, se preguntó si habría llegado a matar alguna vez.

—Charlotte... —empezó Alice lentamente.

—¡No te acerques más!

Ella la ignoró. De alguna forma, se sentía calmada, como si tuviera el control de la situación.

—No quieres hacernos daño —le dijo en voz baja—. No eres así.

La chica no dijo nada, pero bajó el rifle hacia su estómago. Si apretaba el gatillo, Alice estaría muerta. Ambas lo sabían.

Y Rhett también, porque trató de acercarse a ellas, presa

del pánico, pero Charles lo detuvo bruscamente. Observaba la situación con sumo cuidado.

—Sé que no quieres hacernos daño. Sé que no eres mala persona —continuó Alice en voz baja, calmada, sin detenerse—. Puede que no sea Alicia, pero parte de sus recuerdos me pertenecen, y te conozco tan bien como ella.

—¡Si me conocieras, sabrías que nunca me porté bien con ella! —espetó Charlotte, todavía apuntando a su estómago—. ¿O es que no viste cómo era en el instituto?

—Lo sé.

—¿Y todavía te atreves a decir que soy buena persona?

—También vi cómo eras después de encontrar a Jake.

Charlotte no dijo nada, pero tampoco se movió.

—Ella te quería —insistió con voz suave—. Y sabía que la correspondías.

Charlotte echó una ojeada enfadada a Charles y Rhett antes de volver a centrarse en Alice. Esta, pese a que se moría de ganas de darse prisa, sabía que no debía presionarla. Tenía que mantener la calma.

—¿Qué sabrás tú? —le preguntó la rubia en muy voz baja y temblorosa.

—Sentí lo que sentía Alicia. —Alice se llevó una mano al corazón—. Y sé lo que sentía por ti.

—¡Ni siquiera ella lo sabía!

—Lo sabía perfectamente. Y tú también, Charlotte. Pese a todo, sé que la querías.

Alice se detuvo justo delante de su rifle, que le rozó el estómago. Buscó cuidadosamente sus siguientes palabras, respirando hondo e ignorando el ruido de los guardias.

—No importa lo que pasara al final. Ella lo sabía.

—¿También cuando abandoné a su hermano? —preguntó con resentimiento.

—Cometiste un error...

—¡No! ¡La traicioné! La mataron por mi culpa. —Hizo una pausa para intentar calmarse, pero no sirvió de nada—. Y Jake también habría muerto de no haber sido por esos hombres.

A Charlotte se le llenaron los ojos de lágrimas.

—Todos cometemos errores, y todos tenemos derecho a intentar arreglarlos.

Al ver que no se movía, Alice dio un paso más y la punta del fusil le apretó la tela del jersey justo por encima de su número. Aun así, mantuvo su tono de voz suave.

—Yo acabo de cometer el error de proteger a Rhett y hacer que todo el mundo escuchara el disparo. Por eso estamos en esta situación y podríamos morir los tres. Todo por mi culpa. —Al ver que tenía su atención, puso una mano en el rifle—. Tú cometiste un error y Alicia murió, pero a ella nunca le importó su vida, lo que quería era salvar a su hermano. —Todavía más lentamente, bajó el rifle hasta que apuntó al suelo. Charlotte la observaba con los ojos llenos de lágrimas—. He venido a por Jake. Sabes que lo tienen aquí, ¿verdad? Quieren hacerle lo mismo que le hicieron a Alicia. Solo pretendo salvarlo —insistió Alice en voz baja—. Y para eso necesito tu ayuda, Charlotte.

Ella seguía dudando. Alice tragó saliva y le colocó una mano en la mejilla. A Charlotte le temblaba el labio inferior, pero se estaba esforzando por que no se notara.

—Ayuda a Jake —susurró—. Es lo que ella habría querido y lo único que puede enmendar tu error.

Durante unos segundos, se miraron en completo silencio. Alice oyó que los pasos de los agentes del pasillo iban acercándose cada vez más. Charlotte agachó la cabeza. Por un momento, Alice estuvo segura de que los delataría, pero entonces Charlotte se giró y abrió la puerta que tenía a su izquierda.

—Saltad al tejado y entrad por la cuarta ventana a la derecha —dijo sin mirarlos—. Después, bajad la escalera y encontraréis la única puerta que se queda abierta en caso de emergencia.

Alice se quedó helada de la impresión, pero Charles y Rhett se apresuraron a meterse en la pequeña estancia vacía.

Ella, antes de seguirlos, miró una vez más a Charlotte. Parecía estar a punto de echarse a llorar. Deseó poder decirle algo a modo de agradecimiento, pero los guardias estaban a punto de doblar la esquina. Asintió una vez con la cabeza. La otra también. No hizo falta nada más.

Alice se metió en la sala justo cuando empezaron los disparos. El golpe de un cuerpo contra la puerta y, después, contra el suelo, le indicó que le habían dado a Charlotte.

Cerró los ojos con fuerza y, tras tomar una bocanada de aire, miró a su alrededor. Necesitaban salir de ese despacho vacío.

—¡Vamos, Alice! —le gritó Rhett.

Ella fue directa a la pequeña ventana que tenía delante. Intentó abrirla y sintió que el mundo se detenía cuando se vio incapaz de forzarla. Gruñó del esfuerzo cuando volvió a intentarlo con tanta fuerza que sus pies se resbalaron por el suelo.

Miró a su alrededor en busca de cualquier cosa que pudiera servir para romper el cristal. No había nada. Intentó pensar a toda velocidad, presionada por los gritos de los guardias y los gruñidos de esfuerzo de Charles y Rhett.

—¡Es un buen momento para hacer algo, querida! —gritó el primero, bastante más tenso de que costumbre.

—¡Ven aquí! —se impacientó Rhett.

Ella corrió y ocupó su lugar en la puerta, clavando los talones en el suelo para mantenerla. Podía sentir los golpes de los guardias en su espalda.

Rhett fue directo a la ventana y, sin titubear, se quitó la

chaqueta y se la enrolló en el codo. Reventó el cristal de un solo golpe. Decenas de fragmentos volaron por los aires mientras Alice y Charles seguían esforzándose por contener a los guardias.

—¡Ya está! —gritó Rhett desde el tejado, y extendió una mano hacia ellos para ayudarlos.

Entonces se dieron cuenta de un pequeño detalle.

Para que dos pudieran escapar, uno tendría que sujetar la puerta.

Pareció que los tres lo pensaban a la vez, porque sus expresiones cambiaron a la par. El silencio fue tan tenso que incluso pareció que los guardias suavizaban los golpes.

De pronto, escuchó una risa a su lado. Se giró, medio paralizada, y vio que provenía de los labios de Charles.

—Bueno... —suspiró—. Parece que aquí se acaba la diversión para mí, ¿no?

Alice lo miró como si no lo entendiera, y él dejó de reír, aunque su sonrisa no se borró en absoluto. La miró e hizo un gesto con la cabeza hacia Rhett.

—Vete de aquí, querida.

Ella siguió sin moverse. No podía. Charles ni siquiera parecía triste, solo resignado.

—N-no... —Negó con la cabeza—. Tiene que haber...

—No me mires así. Si me pasa algo, la rubita manca tomará el mando de las caravanas, pero ¿quién sustituirá a tu otro novio? Eso es más difícil. Y tú..., ya sabes que eres insustituible.

Dijo eso último como si fuera un comentario divertido para ligar con ella, pero a Alice no le hizo ninguna gracia. De hecho, pese a que nunca en su vida había soltado una lágrima, se le nubló la mirada.

Charles se limitó a encogerse de hombros.

—Sé que os aburriréis sin mí, pero no hace falta que pongas esa cara. Nunca creí que alguien lloraría mi muerte. Me imaginaba que la festejarían con alcohol, drogas y demás. Prométeme que, al menos, te tomarás una cerveza en mi honor, ¿eh? Aunque las odies. Por mí.

Alice no quería que Charles muriera. No podía permitirlo. Volvió a mirar a su alrededor y vio que Rhett tenía la cabeza agachada. Él ya lo estaba asumiendo.

—Vete con él, querida —insistió Charles suavemente.

—Alice —la voz de Rhett sonó más firme—, tenemos que irnos.

Ella siguió mirando a Charles con lágrimas en los ojos.

—Lo siento mucho —murmuró.

—No lo sientas. —Él sonrió como si no pasara nada—. Que la tuya sea la última cara que vea antes de morir es un verdadero honor.

Alice cerró los ojos un momento y trató de tragarse sus propias lágrimas. ¿Ni en un momento así podía hablar en serio?

—Solo dime una cosa —le pidió entonces—. Soy más guapo que Caracortada, ¿a que sí?

Alice rompió a reír.

—Eres el chico más apuesto que he conocido en mi vida —le aseguró.

—Lo sabía. —Sonrió ampliamente—. Anda, vete de una vez.

Alice se giró hacia delante. Tenía que marcharse. La puerta cada vez cedía más y Rhett seguía esperándola.

Antes de alejarse definitivamente de él, se acercó a Charles para darle un beso corto en los labios.

—Adiós, Charles.

—Adiós, querida —le dijo en voz baja, con media sonrisa en la boca—. Ten la vida larga y feliz que te mereces.

Al final, no le quedó más remedio que echar a correr hacia Rhett. Poco después, la puerta se abrió con un estruendo. El sonido de disparos hizo que se encogiera, aterrada, y cerrara los ojos con fuerza.

Si hubiera estado ella sola, se habría quedado llorando, pero Rhett ni siquiera consideró esa posibilidad. La tomó de la mano y tiró de ella por el tejado hasta que llegaron a la cuarta ventana. Él pasó primero y aterrizó en un pasillo impoluto. La sujetó para que no se hiciera daño. Le cayó otra lágrima por la mejilla y no se molestó en enjugársela.

—Siento no poder consolarte, Alice, pero tenemos que irnos.

Ella asintió y dejó que la guiara hacia la escalera. Apenas era consciente de lo que sucedía. Especialmente cuando Rhett se detuvo justo al lado del pasillo que llevaba a la puerta de salida. Efectivamente, estaba abierta. Sin embargo, un guardia paseaba por la zona con un fusil en la mano. Él esperó a que se marchara y entonces comenzaron a avanzar.

No obstante, Alice lo detuvo cuando notó el frío cañón de una pistola clavándose en su nuca.

Rhett se dio la vuelta, confuso, y se quedó muy quieto.

—No os creeríais que esto iba a ser tan fácil, ¿no? —preguntó Giulia.

La mujer giró a Alice de un tirón en el hombro sin dejar de apuntarla, de forma que la pistola se le quedó pegada a la frente. No se le pasó el detalle de que era de color verde. La misma que habían usado para disparar a Trisha un año antes y que le había costado un brazo.

—Ay, 43... —Giulia sonrió—. ¿De verdad te creías que podrías escapar de nosotros? —Hizo un gesto a uno de los guardias que la acompañaban—. Avisa al líder, ya tenemos a su cachorrito perdido. Y tú —añadió, mirando a Rhett—, si le tienes algún aprecio a su vida, te recomiendo que te quedes quietecito.

Apenas un minuto más tarde, el guardia reapareció. Alice respiró hondo y, al levantar la mirada, vio que el padre John se detenía al lado de Giulia.

—Alice —la saludó fríamente.

—Solo queremos marcharnos —le dijo en voz baja. Estaba bloqueada.

—Y yo quería recuperar a mi androide y a mi hijo. Sin embargo, no recuerdo que me pusieras las cosas fáciles para conseguirlo, ¿por qué debería tener yo esa deferencia contigo?

Alice sentía que su corazón iba rompiéndose a cada segundo que pasaba, porque sabía que a ella la necesitaban viva, pero a Rhett no. El mero pensamiento hacía que le temblara cada nervio del cuerpo.

—Deja que nos marchemos —le suplicó en voz baja.

—Me temo que no puedo hacer eso.

—P-por favor...

—Me encanta cuando suplican. —Giulia sonrió mientras jugueteaba con su pistola.

—¿Cuántos humanos ves, Giulia? —preguntó él suavemente.

—Solo uno.

—¿Y cuántos necesitamos?

—Ninguno.

No borró su sonrisa al desviar la pistola para apuntar a Rhett. Alice se puso en medio al instante, sin pensarlo. Cuando él intentó apartarla, se clavó todavía más en su lugar.

—Podría dispararte solo para apartarte —le dijo Giulia, y ladeó el arma—. ¿Ves esto verde? ¿Sabes lo que significa?

Alice dio un paso atrás y su espalda chocó con el pecho de Rhett. Él le puso las manos en los hombros.

—Si me mata, ¿Alice viviría? —le preguntó Rhett al padre John.

Ella sintió que su mundo se detenía. Miró al padre John, que parecía haberse quedado pensativo.

—Sí —afirmó finalmente—. Viviría.

—¡No! —Alice miró a Rhett, y se apartó de él para dirigirse al padre John, muy alterada—. Si lo matas, me dispararé en el estómago y tu investigación desaparecerá conmigo. ¡Lo juro!

El padre John la contempló en silencio. Giulia seguía apuntando a Rhett con una sonrisita, esperando órdenes. Era la única que parecía pasarlo bien, porque incluso el resto de los guardias permanecían totalmente serios.

—No necesito más prisioneros —replicó su padre—. Y, si tu amenaza es real, lo único que tendría que hacer es no permitir que volvieras a tocar una pistola. ¿De verdad crees que me vas a asustar con eso?

—Alice, está bien —le dijo Rhett en voz baja.

Entonces supo que no solo se refería a él, sino a que Max había sido capaz de abrir las puertas. Tal vez hubieran rescatado a los demás.

Pero ¡no podía dejar morir a Rhett! Iban a salir juntos. De una forma u otra, pero lo conseguirían.

—¡No, no está bien!

—Alice. —Esa vez su voz sonó más firme, incluso cortante.

No obstante, al ver que Giulia apuntaba a Rhett a la cabeza, perdió el control y sintió que las rodillas se le doblaban. Irónicamente, se arrastró hacia su padre de una forma muy parecida a la que había usado Tristan no mucho antes. Estaba a punto de echarse a llorar otra vez. Agarró la bata del científico con un puño, mirando a su padre, y vio que él enarcaba las cejas por la sorpresa.

—Por favor, no lo mates. Haz lo que sea conmigo, pero perdónale la vida. —Los ojos volvieron a llenársele de lágrimas, pero no se detuvo—. Me quedaré aquí para siempre. ¡No me importa! Puedes usarme para todos los experimentos que necesites. ¡Me portaré bien! ¡No te decepcionaré! Seré una buena hija, y obediente. Seré mejor que hasta ahora. Pero, por favor, no lo mates. Te lo suplico.

Para cuando terminó, su padre seguía observándola con asombro, y no supo muy bien si era por las súplicas o porque era la primera vez que la veía llorar. Sin embargo, no la apartó. Ya no era cuestión de dignidad ni de orgullo, la cuestión era que no podría seguir con su vida si Rhett moría. Y estaba tan segura de ello que daba miedo.

Vio que el padre John apartaba la mirada. ¿Sentía incomodidad? ¿Asco? ¿Lástima? Permaneció en silencio durante lo que pareció una eternidad. De hecho, estuvo considerándolo tanto tiempo que incluso Giulia borró su sonrisa.

—¿Líder? —preguntó.

El padre John la ignoró durante unos instantes más. Alice vio que su ceño se fruncía profundamente al revisar la situación con la mirada. Y entonces por fin levantó la cabeza.

Muy lentamente, estiró el brazo y bajó la pistola de Giulia hasta que apuntó al suelo.

Alice sintió tal alivio que agradeció no estar de pie, porque se habría caído. Se llevó una mano al corazón, como si pudiera volver a respirar, y vio que a Giulia se le contraía la expresión por la rabia.

—¿Qué...?

Él la calló con un gesto y miró a Alice.

—Ponte de pie.

Tardó unos momentos, pero finalmente lo hizo. Rhett estaba perplejo.

Entonces, al mirarla, los ojos del padre John pasaron de la impasibilidad a la más absoluta incredulidad.

—¿Estás dispuesta a sacrificar tu vida solo para salvar la suya?

Alice ni siquiera dudó antes de asentir.

—Solo es un humano, Alice.

—No —susurró ella—. En absoluto.

—¿Estás segura? —preguntó el padre John.

—Totalmente.

Pareció que él lo consideraba unos instantes. Después, Alice vio algo que no había visto nunca en sus ojos. Ni siquiera supo identificarlo antes de que él hablara.

—Vete con él.

Las palabras flotaron durante unos segundos entre ellos. Alice miró a Rhett y vio que él parecía tan perdido como ella.

—Marchaos —repitió el padre John—. Y no vuelvas. Si lo haces, no mostraré tanta clemencia.

El corazón de Alice volvió a latir.

Apenas podía pensar. Se acercó a Rhett a toda velocidad y lo sujetó de la mano para guiarlo hacia la salida lo antes posible. Sin embargo, no habían dado dos pasos cuando escuchó hablar a Giulia.

—¡No pienso permitir que se vayan! —Alice la miró y descubrió que había vuelto a apuntarlos con la pistola—. Si no te dejaras llevar por las súplicas de una androide, te acordarías de que la necesitas.

—Giulia, no voy a repetirlo. Baja el arma.

Ella apretó los labios y mantuvo el dedo en el gatillo.

—No.

El padre John hizo un gesto y tres de los cinco guardias apuntaron a Giulia. Los otros dos lo encañonaron a él. Hubo un momento de silencio.

—No me obligues a hacer esto —le advirtió el hombre en voz baja.

—¡Estoy harta de que tus sentimientos hacia esa androide te nublen el juicio!

—Eso no es asunto tuyo. Baja la pistola.

Ella negó lentamente con la cabeza.

—No, líder. Esta vez no se me van a escapar.

Y, casi al instante, el sonido de un disparo inundó la estancia.

Alice se encogió por impulso, pero no sintió nada. Ni dolor, ni adrenalina: nada. Solo se quedó muy quieta. Sus ojos bajaron a su estómago. Estaba intacto.

Entonces, notó que el brazo de Rhett se tensaba bajo su mano.

Se dio la vuelta inconscientemente y, al ver la mancha de sangre en su abdomen, sintió que el mundo entero dejaba de girar y se congelaba el tiempo. No fue capaz de moverse, ni de oír, ni de pensar. Solo de ver. Rhett dio un paso atrás y se cubrió la herida con la mano. Se apartó de Alice y se tuvo que apoyar en la pared para no caerse.

—No... —susurró ella.

Miró a su alrededor y vio que los guardias, Giulia y el padre John estaban enzarzados en una pelea. Giulia se dio la vuelta y pulsó un botón. Alice oyó un ruido en la única puerta abierta, acompañado por una sirena. La salida estaba empezando a cerrarse. No sabía qué hacer.

—Tenemos que irnos —su voz sonó sorprendentemente segura cuando se acercó a Rhett. Había que aprovechar el momento—. ¡Ahora!

No obtuvo respuesta alguna, pero por lo menos su compañero dejó que le pasara el brazo por encima de los hombros. Tenía que ayudarlo a caminar, y rápido. La adrenalina se apoderó de su cuerpo. La puerta seguía cerrándose. Intentó acelerar el paso, desesperada, pero no fue capaz. Rhett perdió las fuerzas y cayó al suelo, arrastrándola con él.

—¡Vamos! —insistió.

—Alice...

—¡Tienes que ponerte de pie!

Él negó con la cabeza. Intentó agarrarlo de nuevo, pero la apartó de un manotazo y se encogió sobre sí mismo. Estaba pálido, Alice no quería ni imaginarse el grado de dolor que estaría alcanzando.

—Márchate —le espetó.

Ella negó rápidamente con la cabeza.

—¡Eso intento! ¡Tienes que...!

—Alice, vete sin mí. ¿No ves que no voy a sobrevivir?

—Por favor —suplicó, cada vez más desesperada—, no digas tonterías y ponte de pie.

—Es veneno.

—¡Trisha sobrevivió! ¡Por favor, levántate!

Rhett no le respondió. Se estaba quedando sin fuerzas.

—No me iré sin ti —sentenció.

Él echó una ojeada por encima de su hombro y, para su sorpresa, pareció aliviado.

—No te quedará más remedio.

Justo entonces, dos brazos la agarraron con fuerza desde atrás y la levantaron por los aires. Intentó clavar codazos y patadas, pero fue inútil. Reconoció esas manos. Y esa ropa. Era Anuar.

—¡Suéltame! —exigió histérica, con una voz que ni siquiera parecía suya.

Anuar estaba transportándola hacia la salida a tanta velocidad como podía, pero ella no dejaba de gritar que la soltara. Rhett cada vez estaba más lejos y, aunque hasta ese momento la había mirado, al final se acomodó mejor contra la pared, echó la cabeza hacia atrás y cerró los ojos con una mano reposando sobre su herida.

Entonces, Alice notó el calor en sus hombros y piernas. El sol. Estaban saliendo del edificio. La puerta ya casi cerrada les rozó los brazos a ambos, pero ella apenas lo sintió. Estaba muy ocupada pateando el aire con desesperación.

De pronto, las puertas terminaron de cerrarse y perdió de vista a Rhett por completo.

Cuando Anuar la dejó en el suelo solo fue capaz de mirar fijamente la puerta.

—Alice, tenemos que irnos.

Ella no lo escuchó. Estaba paralizada. Si le hubieran dicho que ella misma había muerto, se lo habría creído. No se veía capaz de respirar.

Al no obtener respuesta, Anuar tiró de ella hacia la salida.

Ni siquiera ver a Max con Jake y el bebé fue capaz de hacerla reaccionar.

25

LA VERDAD QUE NO QUERÍA ENFRENTAR

—¿Nada?

Jake negó, cabizbajo.

—Nada.

—¿Hoy tampoco ha salido de la habitación?

—No se ha levantado de la cama de Rhett.

Max se apartó de la ventana en la que estaba apoyado y Jake vio cómo se metía las manos en los bolsillos, algo inquieto. Era raro verlo así, pero esos días todo el mundo había estado alterado. Las ausencias de Rhett y Charles eran horribles y las sentían en todo momento. En las clases, en la cafetería, en el tiempo libre, incluso a la hora de irse a dormir era extraño no cruzarse con el androide, rumbo al tejado con una botella y una gran sonrisa, o encontrarse a Rhett en el pasillo gritándole a algún pobre alumno que se fuera a la cama, que al día siguiente tenía clase.

Era difícil para todos, pero quien más lo había sentido había sido Alice. Habían intentado animarla de todas las formas posibles, pero había sido completamente inútil. Jake y Kilian la habían visitado casi cada día, Tina había ido a verla con el bebé, Max se había sentado junto a ella para tratar de consolarla, pero nada funcionaba. Incluso Anuar había ido a Ciudad Central en una exploración —no aprobada, por cierto— y había encontrado los iPods en el edificio medio destruido de los instructores; eso fue lo único que hizo reaccionar a Alice, pero solo los apretó en un puño. Tras eso, volvió a tumbarse en silencio.

—Tiene que comer algo —concluyó Max mirando a Jake con ojos suplicantes—. Ya lleva así tres días.

—Es inútil, Max. Está como... ausente. —El chico hizo una pausa para envalentonarse—. ¿No puedes ir tú? Creo que le gustará estar contigo.

A Max no le apetecía ir a hablar con ella porque, egoístamente, una parte de él no quería verla triste. O, más bien, no podía afrontar ser incapaz de consolarla.

—Si no te escucha a ti, a mí tampoco —replicó.

—Sí que te escuchará. —Jake esbozó una pequeña sonrisa triste—. Más que a nadie.

Él apartó la mirada, incómodo. Jake eligió ese momento para marcharse. El crío tenía razón. No podía dejarla sola en un momento así.

Tuvo que admitir que una parte de él seguía esperando que, de pronto, las puertas se abrieran y ambos aparecieran intactos. Pero sabía, tras tantos años viviendo en un mundo así, que eso no iba a suceder.

Todavía recordaba el momento en el que la había visto aparecer. Anuar prácticamente tuvo que arrastrarla porque estaba paralizada del horror. Ni siquiera lloró. Estaba sumida en un silencioso trance del que solo ella podía salir. Tuvo que zarandearla varias veces para que se moviera, pero seguía sin demostrar ningún sentimiento. Ni siquiera dolor. Se mantuvo en blanco todo el camino y Max no tardó en deducir lo que había pasado. Incluso pensó en volver a entrar para intentar ayudar a Rhett o a Charles, pero no podía abandonar a todo el grupo, así que esperó una hora. Cuando vio que la sirena de alarma se detenía y parecía que la ciudad volvía a la normalidad, supo que los había perdido a ambos.

Por lo tanto, solo le quedaba marcharse de ahí y salvar al resto.

Y Alice no reaccionó, ni siquiera cuando llegaron a casa y sus amigos salieron corriendo a recibirlos, ni cuando Tina rompió a llorar. Solo pasó por su lado y se encerró en la habitación de Rhett.

Max subió la escalera lentamente, pensando en algo que decir, pero había poco que pudiera consolarla. ¿Qué le habría gustado que le dijeran a él después de la muerte de Emma? No se le ocurría absolutamente nada. Quizá, simplemente, no había consuelo posible.

En menos tiempo del que le habría gustado, se encontró frente a la puerta de la habitación de Rhett. Tras aclararse la garganta, se atrevió por fin a llamar con los nudillos.

—Soy yo —dijo simplemente.

Esperó unos segundos, pero no escuchó respuesta. Volvió a llamar. Obtuvo el mismo resultado. En otra ocasión habría desistido, pero en esa no. Tras respirar hondo, entró.

La habitación, para su sorpresa, estaba impoluta. Cuando él se había enterado de la muerte de Emma, había destrozado todo lo que había encontrado a su paso. Ella no.

Max cerró tras de sí. Alice permanecía tumbada de espaldas a él, mirando a la pared. Max hizo una mueca cuando vio que ni siquiera se había cambiado de ropa: seguía llevando el uniforme de androide. Incluso vio unas cuantas manchas de sangre y de tierra, pero intentó ignorarlas. Aquello era lo de menos.

Cuando Max se acercó al borde de la cama, Alice no se movió.

—¿Puedo sentarme? —le preguntó en voz baja.

No dio señales de haberlo oído, pero sí que apartó un poco las piernas para dejarle espacio. La bandeja de comida que Jake le había llevado permanecía sobre la mesilla, intacta.

—Alice, necesitas comer. Y beber. No puedes seguir así.

Ella ni siquiera parpadeó. Solo acomodó la mejilla en la almohada.

—Mira... —intentó tomar otro rumbo—, no sirve de consuelo, pero sé perfectamente por lo que estás pasando. Y te aseguro que si hubiera algo que pudiera decirte para que te sintieras mejor, lo haría. Pero no lo hay. Sé que ahora mismo parece insoportable —siguió en voz baja—. Parece que no va a mejorar. Pero te aseguro que lo hará. Con el tiempo. Así funciona la vida. El tiempo lo cura todo, incluso un corazón roto.

Vio que ella cerraba los ojos un momento antes de volver a abrirlos, pero seguía sin cambiar de expresión. Max se impacientó, no sabía cómo ayudarla.

—¿No vas a hablar? —preguntó—. Yo no soy Jake. Hacerme el vacío no te va a servir de nada. No vas a conseguir que me marche. —De nuevo, silencio. Apretó los labios.

Ni siquiera dio señales de haberlo oído.

—¿Cuál es el plan? ¿Dejar que esto te consuma? ¿Ni siquiera lo vas a inten...?

—Están muertos.

Le había salido un hilo de voz apenas audible, pero Max se detuvo al instante. Sintió un peso frío en el estómago cuando vio que a ella le temblaba el labio inferior y se le llenaban los ojos de lágrimas.

—No van a volver —susurró—. No importa lo mucho que llore, que grite o... No importa nada, nunca van a volver.

—Alice...

—Murieron por mi culpa.

—No fue por tu culpa.

—Se sacrificaron para que yo pudiera salvarme.

—Entonces, no dejes que su muerte sea en vano. ¿Crees que les gustaría verte aquí, tumbada y llorando por ellos? ¿O preferirían que no te rindieses?

Ella no se molestó en limpiarse la lágrima que le cayó, cruzando su nariz y chocando con la almohada.

—Han pasado tres días y solo has venido una vez.

Él apartó la mirada, avergonzado.

—¿Estás enfadado conmigo?

Aquella pregunta lo dejó descolocado.

—Claro que no, no digas tonterías.

Ella por fin se sentó y agachó la mirada. Max vio que se pasaba los dedos por debajo de los ojos y sus hombros empezaban a sacudirse ligeramente. De forma un poco torpe, estiró el brazo y le rodeó los hombros, atrayéndola hacia sí. Alice no correspondió al abrazo, pero hundió la cara en su hombro y empezó a llorar.

Pasaron unos minutos en los que no pudo hacer otra cosa que acariciarle la espalda, intentando calmarla. No supo si había conseguido alguna mejora, pero al menos no estaba sola. Y también había hablado.

Entonces, ella se separó un poco y negó con la cabeza. Lloraba con tanta fuerza que su pecho se sacudía. Ni siquiera se atrevió a mirarlo.

—N-no... no volveré a ver a Rhett... nunca más...

Max apretó los labios y volvió a abrazarla. Esa vez, la muchacha le rodeó el pecho con los brazos.

En los siguientes veinte minutos, el llanto que llenaba la habitación pasó de ser desesperado a casi desaparecer. Cuando dejó de llorar, Alice se mantuvo un rato más con la cara escondida antes de separarse. Max la miró de reojo.

—Necesito que comas algo, Alice —le dijo en voz baja.

Ella echó una breve mirada a la bandeja.

—No tengo hambre.

—Ya lo sé, pero tienes que intentarlo. Por favor.

Max se puso de pie y cogió la bandeja con ambas manos. La depositó en su regazo y le acercó él mismo el vaso de agua. Al fin, Alice levantó el brazo para sujetarlo ella sola. Le dio un sorbo y se relamió los labios.

Poco después, empezó a comer en silencio. No se terminó la ración, pero al menos ya no tenía el estómago vacío. Era un avance, después de todo. Max dejó la bandeja de nuevo en la mesita antes de echarle una ojeada.

—Creo que deberías darte una ducha y cambiarte de ropa.

Ella se miró como si acabara de darse cuenta de lo que llevaba puesto. Asintió lentamente con la cabeza.

—Te dejaré sola —se ofreció Max—. Si necesitas hablar conmigo, estaré en...

—¡No!

Le sorprendió el tono de voz. La urgencia que albergaba. Ella lo miró con los ojos muy abiertos.

—¿Puedes quedarte aquí un rato más? Por favor.

Max la observó antes de apresurarse a asentir. Volvió a sentarse a su lado y, cuando la chica apoyó la cabeza en su pecho, le besó el pelo y le volvió a pasar un brazo por encima de los hombros.

* * *

Alice sintió que sus pasos eran lentos y pesados cuando, tras la ducha y el cambio de ropa, se obligó a salir de la habitación. Parecía que tenía el peso del mundo entero sobre los hombros. Bajar la escalera no tenía sentido. Nada lo tenía.

Apenas llevaba unos pocos peldaños cuando escuchó que alguien se detenía de golpe al verla. Kai había abierto mucho los ojos.

—¡Alice! —exclamó, y tardó unos segundos en poder seguir hablando—. Vaya, ¿cómo estás? —Al instante, negó con la cabeza—. Sé que es una pregunta tonta, pero... ¿puedo hacer algo por ti?

Su esfuerzo le causó ternura, y Alice se obligó a negar. Kai se miró las manos.

—Me gustaría mucho estar contigo un rato más, pero Max me ha pedido que suba a su despacho y me da un poco de miedo hacerle esperar.

Ella esbozó lo que pareció una sombra de sonrisa.

—Te entiendo.

Kai asintió con la cabeza, nervioso, y siguió su camino. Alice lo observó unos segundos antes de hacer lo propio.

Quizá se hubiera dado cuenta de las miradas de reojo y los comentarios en voz baja que recibió una vez llegó a la planta baja si no hubiera sido porque su cabeza seguía estando en otra parte muy muy lejana. Mantuvo los ojos clavados al frente y no se detuvo hasta llegar donde sus pies la habían llevado, que resultó ser el patio trasero. Alice se preguntó por qué habrían elegido ese lugar de entre tantos, pero no se detuvo hasta llegar a la muralla que rodeaba la ciudad. Las marcas de balas seguían allí, y un pequeño *flashback* de la noche en la que vio a su padre en el suelo le vino a la cabeza. Sin embargo, no sintió nada. Pasó los dedos por encima de las marcas y se preguntó por qué había rehuido ese lugar durante tanto tiempo.

Tras recorrer todo el muro con las yemas de los dedos, Alice avanzó hasta cruzar el umbral de la entrada a los jardines que solía recorrer con su padre. Miró las flores, todavía cuidadas, y el olor le gustó mucho. Siguió avanzando lentamente hasta detenerse junto al banco, y allí se quedó sentada durante lo que pudieron ser minutos u horas. Llegó a cerrar los ojos sin darse cuenta, pero volvió a abrirlos al escuchar un ruido sobre su cabeza. Un pajarito paseaba por encima del arco de mármol. Lo reconoció al instante. Un gorrión, como el que había visto un tiempo atrás con el padre John.

No tardó en darse cuenta de que no estaba solo. Otros tres gorriones piaban tras él, y no pudo evitar acordarse de que su padre le había dicho que estaban en época de apareamiento y que, probablemente, algún día verían más pajaritos por allí. Alice le había asegurado que aquello le encantaría. Ese día había llegado.

De pronto, los animalitos giraron la cabeza y empezaron a volar para dar la vuelta al edificio. Alguien los había asustado. Y ese alguien no era Alice, sino las tres personas que se habían aproximado a ella.

Ni siquiera se había dado cuenta de que Jake, Kilian y Trisha se habían acercado, pero allí estaban. Y los tres la miraban con precaución.

Al final, Jake fue el primero en hablar:

—¿Podemos sentarnos un rato contigo?

Alice asintió con la cabeza. Kilian enseguida optó por el suelo, como de costumbre, así que Trisha y Jake ocuparon el resto del banco. Pasaron un rato en silencio, cada uno más incómodo que el anterior, hasta que la rubia carraspeó ruidosamente y forzó media sonrisa.

—Tienes una pinta horrible —le espetó

Al menos era sincera. Los demás no se habían atrevido a decírselo, pero Alice, pese a llevar varios días sin mirarse a un espejo, sabía que tenía razón.

—Lo mismo te digo. El liderazgo te ha pasado factura.

—Que te den. Estoy mejor que nunca.

Se le escapó una pequeña sonrisa y aquello pareció calmar el ambiente, así que Alice se obligó a volver a hablar.

—¿Nadie me va a contar lo que ha pasado durante mi ausencia?

Mientras le detallaban los chismorreos de esos días, trató de concentrarse en ellos. Era muy difícil, porque su mente no dejaba de desconectar, pero al menos no parecieron darse cuenta. Pese a que no llegó a escuchar mucho, sonrió un poco para que no se detuvieran.

Oír a alguien hablando era un verdadero alivio. Estaba harta del silencio. Resultaba sofocante.

Al final, pareció que sus amigos se habían quedado sin nada más que decir, así que ella volvió a asumir el mando de la situación. Alice sonrió brevemente a Kilian.

—Supongo que te alegraste de ver que Jake había vuelto. —Cuando él asintió tímidamente con la cabeza, ella siguió hablando—. No todo el mundo se interpondría entre una bala y su amigo.

Jugó distraídamente con un hilo suelto de los pantalones, que le quedaban grandes, pero se detuvo al darse cuenta de que los demás intercambiaban miraditas incómodas. De hecho, a Jake incluso se le enrojecieron las mejillas.

—¿Qué pasa? —preguntó confusa.

—Verás... —Jake miró a Kilian y a Trisha en busca de una ayuda que, desde luego, no encontró—. No sé si es el mejor momento para decirte esto, pero ya que estamos... Kilian y yo..., eeeh..., no somos exactamente amigos.

No se esperaba algo así.

—¿Y qué sois, entonces?

Trisha esbozó media sonrisa divertida.

—¿Tú qué crees, genio?

—No lo sé, por eso pregunto.

La rubia puso los ojos en blanco y juntó las manos, simulando un beso con las puntas de sus dedos. Kilian había enrojecido de la cabeza a los pies, de modo que llegar a una conclusión no le resultó demasiado complicado a Alice.

—¿Sois...? —empezó, pero no supo cómo continuar. Al final, tuvo que carraspear antes de seguir hablando—. Pero ¿a ti no te gustaba una chica, Jake?

—Charles me explicó que no es necesario escoger, que pueden gustarte ambos.

Alice sintió que su corazón se encogía un poco al oír ese nombre, pero, curiosamente, ese no fue el detalle que hizo que frunciera el ceño.

—¿Hablaste con él en vez de conmigo? —preguntó ofendida.

—Es que no estaba seguro, y quería hablarlo con alguien que entendiera del tema. Trisha no puso de su parte, así que se lo pregunté a Charles y..., bueno, la verdad es que fue bastante más comprensivo de lo que esperaba. Me dijo que lo único que importaba era que estuviera con alguien que me hiciera feliz.

Alice agachó la cabeza y asintió. No la sorprendía en absoluto. Charles, pese a su aparente indecencia, podía llegar a ser un trocito de algodón. Sonrió un poco al imaginárselo calmando a un muy nervioso Jake y no pudo evitar que una oleada de ternura la invadiera.

Tras esa breve pausa, la conversación se reanudó sin que ella participara demasiado, pero le sirvió para sentirse menos sola.

Al final, pasó con ellos el resto del día. Incluso le dedicó una pequeña sonrisa a Max cuando se cruzaron en la cafetería y él se acercó para asegurarse de que estaba bien. Tina estuvo a punto de llorar cuando vio que había salido de la cama, y el guardián supremo, por suerte, la arrastró hacia su mesa antes de que montara una escena.

La conversación de la cena había sido tan agradable, tan amena, que Alice llegó a olvidarse, por unos instantes, del dolor que la aprisionaba. Mientras subía la escalera con Jake, por primera vez en lo que parecía una eternidad, se sentía tranquila. Le gustaba estar a solas con él. A su lado, los silencios no eran incómodos, sino perfectos.

Sin embargo, Jake decidió romperlo justo cuando llegaron a la puerta de la habitación de Rhett. Ella se negaba a dormir en cualquier otro lugar. Ya tenía la mano en torno al pomo cuando escuchó que su hermano se aclaraba la garganta

Se detuvo y lo miró por encima del hombro.

—¿Qué sucede?

—Lo siento mucho, Alice —dijo de pronto, sin mirarla—. Charles podía ser un pesado, pero era genial. Nunca se portó mal conmigo. Y a Rhett... lo quería como a un hermano mayor. Y sé que te adoraba. Mucho. Muchísimo. Ojalá... —Se cortó. Ella seguía en silencio, mirándolo. Se le había formado un nudo en la garganta—. Cuando escapasteis de la capital y no supimos de vosotros durante meses, creí que habíais muerto los tres. No sabía qué hacer. Todos estábamos desesperados. Intentamos buscaros por todas partes, pero llegados a un punto, perdimos la esperanza. La única persona que me ayudó de verdad fue Max. Me dijo que lo que lo había salvado después de la muerte de su hija había sido tener la ciudad, algo que hacer. Un propósito. —Finalmente, levantó la cabeza para mirarla—. Solo tienes que encontrar tu propósito, Alice. No borrará el dolor, pero al menos lo volverá más soportable.

Jake la observó en silencio, esperando una respuesta que no llegó. Le dio la sensación de que se había apagado algo en los ojos de Alice.

—Eres un buen chico, Jake —le aseguró entonces.

Fue más que evidente que el muchacho ya no sabía qué más decir. Intentó murmurar algo en agradecimiento, pero ella lo interrumpió.

—Que descanses.

En ese momento, Alice se metió en la habitación de Rhett y cerró la puerta a su espalda sin mirar atrás. De pronto, necesitaba estar sola otra vez.

Esa noche volvió a llorar. Hecha un ovillo contra las almohadas, sollozó hasta que le dolió la garganta y se le hincharon los ojos. Y, de alguna forma, se sintió mejor. Durante esos pocos días se había sentido embotellada, como si todas sus emociones estuvieran congeladas y no pudiera soltarlas de una vez por todas. Quizá lo había hecho a propósito. Llorar por ellos solo confirmaría aquello que había intentado negar durante tanto tiempo: que no volverían.

¿Qué sentido tenía seguir conteniéndose? ¿Quién la juzgaría?

No supo cuánto tiempo había pasado sobre esa cama, pero pronto empezó a tener frío. Y no quería sábanas, sino algo que oliera a él. Se acercó al armario y encontró una chaqueta negra que solía usar muy a menudo. Tragó saliva con fuerza al acariciar la tela. ¿Cuántas veces lo había cogido de las solapas para acercarlo a su boca? ¿Cuántas veces le había bajado la cremallera con una sonrisita malvada que había sido correspondida al momento? ¿Cuántas veces le había dado clase con ella puesta?

Muy lentamente, pasó los brazos por las mangas y subió la cremallera hasta su cuello. El olor, familiar y doloroso a partes iguales, hizo que los ojos se le volvieran a llenar de lágrimas. Lo echaba tanto de menos que le dolía físicamente. Y solo habían pasado tres días. ¿Cómo iba a soportar una vida sin él?

Volvió a tumbarse en la cama para abrazarse a sí misma

con las enormes mangas de la chaqueta. No era lo mismo que cuando la abrazaba él, pero ya nada volvería a ser lo mismo, así que un sustituto era más que bienvenido. Con los ojos cerrados con fuerza, jugueteó con la cremallera, con los hilos sueltos, con los bolsillos...

Entonces, su mano chocó con algo.

Alice abrió los ojos, extrañada, y sacó el objeto. En cuanto lo vio, su cuerpo entero se retorció. Lo contempló fijamente durante lo que pudo ser perfectamente una eternidad antes de bajarlo hasta su corazón y levantar la mirada al techo.

Jake tenía razón. Necesitaba un propósito. Y sabía cuál era.

* * *

No se había cambiado de ropa ni se había peinado antes de salir de su habitación. Estaba amaneciendo. Se había pasado la noche entera llorando. Bajó hasta llegar al primer piso y lo recorrió hasta el final, donde Anuar vigilaba tranquilamente la puerta del despacho de Max.

En cuanto la vio aparecer, enarcó las cejas, sorprendido, y esbozó una pequeña sonrisa.

—Me alegro de volver a verte por aquí.

Alice asintió brevemente con la cabeza y le devolvió la sonrisa.

—Necesitaba un tiempo.

—Tómate todo el que necesites.

—Lo que necesito es que me hagas un favor.

Aquello lo sorprendió y lo intrigó a partes iguales.

—¿Cuál?

Alice miró por encima de su hombro y vio a algunos guardias, así que le hizo un gesto para que se le acercara y, cuando estuvo lo suficientemente próximo, se cubrió la boca con una mano y se puso de puntillas para hablarle en voz muy bajita.

Anuar escuchó atentamente. Cuando se separó, parecía extrañado.

—¿Estás segura?

Alice asintió.

—¿Y si no funciona?

No quiso decirle que le daba igual a pesar de que fuera cierto, así que optó por tirar por otro camino.

—Todo plan tiene sus riesgos.

Anuar sonrió un poco. Lo había convencido. Entonces, se apartó de la puerta para que Alice, rápidamente, pudiera colarse sin que nadie la viera. Salió en tiempo récord y le dio lo acordado a Anuar, que se lo guardó en el bolsillo trasero de los pantalones.

Para cuando llegó a las caravanas, Trisha seguía durmiendo. Tuvo que entrar en su caravana sin llamar, porque su sueño era tan profundo que solo conseguiría despertarla sacudiéndole los hombros. Eso hizo, y la rubia se despertó perezosamente.

—¿Qué haces? Estaba durm...

—Necesito que me hagas un favor.

Trisha se incorporó. Tenía el pelo revuelto y la nariz arrugada.

—¿Qué clase de favor?

Le sorprendió la facilidad con la que aceptó.

En realidad, Alice tampoco tenía el plan muy claro. Nada en su vida parecía muy de fiar, pero tenía que arriesgarse. No podía permanecer de brazos cruzados, llorando día y noche, y paseándose por los pasillos como un alma en pena. Su última parada fue el hospital, y le sorprendió gratamente ver que Tina estaba ocupada con un paciente y no la había visto. Sin hacer un solo ruido, se escabulló detrás de una de las cortinas, donde el bebé la estaba esperando con una sonrisita entusiasmada.

—Hola —susurró Alice, y le devolvió la sonrisa al tiempo que lo sujetaba entre sus brazos—. ¿Cómo estás, pequeñín? Mejor en casa, ¿verdad?

El bebé soltó algo parecido a un gorjeo y estiró los brazos. En cuanto le tocó las mejillas, empezó a estrujarlas entre sus manitas.

—Yo también te he echado de menos —le aseguró Alice en voz baja—. Algún día, cuando seas mayor, alguien te contará todas las molestias que nos tomamos para salvarte. Y te hablarán de tu madre... ya verás. Te va a encantar. Estarás orgulloso de ella.

El bebé seguía apretujándole las mejillas sin comprender nada. Su carita redonda, su sonrisita gingival, su pelo castaño claro y sus ojitos azules le causaron tanta ternura que al final no pudo resistirse y le pasó una mano por la barriguita, haciéndole reír otra vez.

—Vas a hacerme un favor, ¿vale, chiquitín? —murmuró, dejando cuidadosamente un objeto bajo su almohadita diminuta—. Custodia esto hasta que Tina vuelva. ¿Crees que podrás hacerlo? Pues claro que sí. Eres un valiente.

Lo observó un poquito más antes de darle un último abrazo y volver a dejarlo en su cuna. Después, se marchó.

* * *

Max estaba un poco molesto cuando, a la mañana siguiente, Jake lo informó de que Alice había vuelto a encerrarse en su habitación. ¿Le habrían dicho algo que le bajara los ánimos? ¿Habrían metido la pata? Si era eso, iba a tener una charla con ellos. Una que no les gustaría en absoluto.

Se detuvo delante de la habitación de Rhett y llamó con

los nudillos. No hubo respuesta. Lo mismo que el día anterior. Le dio otra oportunidad para que abriera, pero al obtener el mismo resultado optó por hacerlo él mismo.

—¿Ya estás otra vez...?

Se detuvo en seco.

No había nadie.

Entonces, algo captó su mirada. Su almohada. O lo que se escondía debajo de ella.

La apartó con el ceño fruncido, y lo frunció todavía más cuando vio que ocultaba un pequeño iPod y una fotografía doblada. Al desdoblarla, se encontró con la cara sonrojada y tímida de Alice, que tenía a un muy sonriente Rhett pasándole un brazo por encima del hombro. Enseguida reconoció la cafetería de Ciudad Central. Era la fotografía de la cena de Navidad.

Max apretó los dientes e hizo ademán de marcharse, pero se detuvo cuando captó algo más. El escritorio estaba apartado de la pared, y tras él podía verse una pequeña abertura.

Intrigado, separó la mesa del todo para asomarse. Se trataba de un pasillo oscuro con una bifurcación que enseguida adivinó que conduciría al resto de los lugares del edificio principal. Entre ellos, la salida.

Justo a la entrada, lo esperaba una nota escrita a mano a toda velocidad. La agarró con el ceño fruncido para leerla. Era una sola frase, que hizo que quisiera arrugar el papel en un puño y lanzarlo a la basura.

No intentes encontrarme.

Apenas había terminado de leerla cuando, tras él, escuchó el estrépito de los pasos de Kai, que se acercaba a toda velocidad por el pasillo.

—¡Max! —exclamó alarmado—. ¡Tenemos un problema!

—Ya lo creo.

—¡Me han robado el captador de la máquina de memoria! ¡No lo encuentro por ningún lado!

El guardián supremo no pudo hacer otra cosa que soltar un suspiro.

Mientras tanto, lejos de la ciudad y oculta entre los árboles del bosque, Alice permanecía sentada en la roca donde, unas noches atrás, había mantenido una charla con Max. Con las piernas todavía balanceándose en el aire, le dio otro trago a la botella de cerveza. El sabor seguía pareciéndole horrible, pero ya se la estaba terminando. Puso una mueca de asco y tragó.

Un poco más tarde, dejó la botella vacía justo donde había estado la caravana de Charles unos días antes, la observó unos segundos y se abrochó la chaqueta de Rhett. Entonces, se internó en la espesura.

No llevaba mucho tiempo andando cuando divisó los edificios blancos y la muralla de piedra que rodeaba la ciudad. Siguió avanzando sin dudar hacia la entrada más cercana. No se detuvo cuando vio que dos de los tres guardias intercambiaban una mirada, la apuntaban con sus armas y el tercero iba directo al interior de la ciudad.

Alice llegó a la valla y levantó las manos en señal de rendición. Ella no cambió su expresión, simplemente mantuvo la mirada clavada en el edificio. Esperó unos segundos, ignorando sus preguntas, y por fin vio que el otro hombre salía de nuevo del edificio acompañado por el padre John.

Se detuvo tras la valla, dejándola como medida de seguridad entre ambos, y la miró de arriba abajo. Pasaron varios segundos sin que ninguno de los dos rompiese el silencio.

—Te dije que no volvieras —le recordó.

Aun así, hizo un gesto a uno de los guardias, que dio la orden por radio al instante. La valla se empezó a abrir, desapareciendo dentro del muro, y Alice bajó las manos pese a que las armas seguían apuntándola.

—¿Qué haces aquí? —le preguntó su padre.

—No soportaba estar allí y no sabía adónde ir —admitió en voz tan baja que apenas pudo oírla.

El padre John ladeó la cabeza hacia ella, observándola con atención. Alice no se atrevió a devolverle la mirada. Volvía a tener un nudo en la garganta y no quería echarse a llorar.

Por suerte, él no tardó en volver a intervenir.

—¿Cómo sé que puedo fiarme de ti?

Alice metió la mano en el bolsillo de su chaqueta y, sin dudarlo un segundo, le entregó el captador de la máquina de memoria. Los guardias se tensaron un poco, pero el padre John lo recogió. Estaba claro que lo había sorprendido.

—Nunca llegué a quitarte la información —confesó—. Era un farol. Y, ahora que han conseguido arreglar la máquina, pensé que no debía concederles esa posibilidad.

—Has hecho bien, Alice. Bajad las armas.

Ella levantó la mirada cuando vio que le hacía un gesto para que se acercara. Con un nudo de nervios en el estómago, pasó por delante de los guardias. Su padre, con una pequeña sonrisa, se guardó el dispositivo en el bolsillo de la bata y la guio con una mano en la espalda.

—Bienvenida a casa, hija.

26
LA CIUDAD BLANCA

Su habitación era blanca e impoluta. Una de las paredes estaba hecha enteramente de cristal y le proporcionaba la vista privilegiada del edificio más alto de Ciudad Capital. Alice se levantó de su cama, gris, como todos los demás muebles, y se acercó lentamente para observar el bosque que se extendía ante ella.

No mucho tiempo atrás se había preguntado qué se sentiría al ver el mundo desde un lugar tan alto y, pese a que ya tenía su respuesta, no podía dejar de pensar que carecía de importancia.

Su padre le había cedido una de las mejores habitaciones de toda la ciudad y le había asegurado que se le proporcionaría cualquier cosa que necesitara, pero también le había quitado el cinturón con las armas y se había asegurado de que no hubiera nada punzante a su alcance. Además, había dos guardias fuera de su habitación. Seguía sin confiar en ella, y era normal. Ni siquiera Alice confiaba demasiado en sí misma.

No pudo evitar preguntarse qué pensaría Max al verla en

esa ciudad blanca, con esa ropa gris y el pelo recogido. Estaría decepcionado.

Había pasado una noche un poco difícil. No dejaba de preguntarse si estaba haciendo lo correcto, si debía marcharse otra vez y abandonarlo todo... No estaba segura de nada. Lo único que parecía claro era que sería incapaz de recuperarse hasta dentro de mucho tiempo. La cuestión era dónde quería lamerse las heridas.

Con un suspiro, se alejó de la ventana para acercarse a la puerta. Cuando los guardias la vieron aparecer le dedicaron una breve inclinación de cabeza.

—¿Aviso al líder?

Alice asintió y, mientras uno se alejaba en dirección al ascensor de cristal, ella echó una ojeada al pasillo que le habían asignado. La habitación del padre John era la última, la de las dos puertas de hierro. Tenía curiosidad por ver cómo sería por dentro. Al cabo de unos minutos, el hombre apareció junto al guardia. Llevaba puesta su bata habitual y parecía recién afeitado.

—¿Has descansado? —le preguntó, y Alice tuvo que mentirle y asentir con la cabeza—. Bien, entonces puedes acompañarme. Tengo muchas cosas que enseñarte.

Ya dentro del ascensor de cristal, Alice mantenía las manos en los bolsillos y la mirada clavada bajo sus pies.

—¿De dónde has sacado la pistola que llevabas en el cinturón? —preguntó el padre John con curiosidad—. No he visto muchas de ese tipo.

—Fue un regalo.

Él enarcó una ceja.

—Alguien debe de quererte mucho.

Poco importaba a esas alturas. Ni siquiera reaccionó, y su padre pareció un poco decepcionado. No obstante, retomó pronto la conversación.

—¿Cómo estás?

La pregunta la pilló desprevenida. Clavó la mirada en la ciudad, todavía iluminada por algunas farolas y luces de viviendas. Estaba amaneciendo.

—No creo que vaya a estar bien en mucho tiempo.

—Si lo intentamos, quizá podamos conseguir eliminar todo nuestro repertorio de emociones. ¿No te gustaría? Te aseguro que yo me lo aplicaría. Nos ahorraríamos muchos problemas, ¿no crees?

Alice no respondió, pero no estaba de acuerdo.

El dolor era difícil, sí. En algunas ocasiones, le parecía insoportable. Sentía que iba a colapsar y a estallar en mil pedazos..., pero el mundo seguía su curso. La única que se había detenido era ella.

Aun así, sabía que tenía que pasar por eso. Era consciente de que tenía que sufrir y llorar, e incluso gritar si hacía falta. Negárselo sería una cobardía y ella no era ninguna cobarde.

—Me alegra que hayas decidido cambiar de opinión y hayas vuelto —añadió el padre John, que la había estado observando en silencio.

—Lo único que quería era salir de aquel lugar.

—Te entiendo mejor de lo que crees, Alice, y me alegro de que eligieras la capital para sobreponerte al dolor. Quizá algún día llegues a considerarla tu hogar y puedas ser feliz aquí.

Alice asintió pese a saber que jamás encontraría un lugar en el que sentirse en casa. Y mucho menos ser feliz.

—Siento lo que le pasó a tu amigo —añadió él.

Alice no lo miró.

—¿A cuál?

—A ambos. Pero especialmente al que disparó Giulia. No debería haberlo hecho. Está encerrada —le aseguró, repentinamente serio—. No tolero la traición, y menos en tiempos difíciles.

—¿Y los soldados?

—Ellos pudieron elegir. Algunos escogieron bien y siguen por aquí. Los otros eligieron mal. —Hizo una pausa y, tras forzar una sonrisa, señaló las puertas ya abiertas del ascensor—. ¿No crees que va siendo hora de que te enseñe la ciudad?

Las calles de Ciudad Capital eran tan bonitas como inhumanas. El césped recién cortado, los caminos de piedra perfectamente pulida, los edificios blancos e impolutos... Era todo tan perfecto, tan sumamente extraordinario, que daba la impresión de que nunca había sido usado. No había un solo rincón en esa ciudad que indicara que alguien vivía allí. Si le hubieran dicho que era una ciudad fantasma, se lo habría creído.

El padre John recibió un saludo de los ciudadanos que se cruzaron con él. Todos eran científicos o guardias. También vieron a unos pocos androides, pero Alice prefirió no devolverles la mirada.

Visitaron varios edificios, cada cual con su función. El más cercano a la entrada era el de seguridad. El que tenía la mayor congregación de científicos era el pabellón de dormitorios. El del fondo, junto a una pequeña plaza, era la zona de ocio. Aunque no tenía cartas ni juegos, solo libros de texto pesados de esos que Trisha seguramente usaría para calzar una mesa.

También visitaron el de servicios, donde se cocinaba, se lavaba la ropa y se guardaba todo el material de limpieza de la ciudad. Al final, el padre John señaló el pequeño edificio cercano al principal. Era el menos frecuentado.

—Este es el lugar donde creamos y almacenamos a los androides —anunció con una sonrisa—. Aquí naciste tú, Alice.

Pensó en Alicia, en que ella había nacido del vientre de su

madre. Pero Alice sí que había nacido allí, ya iba siendo hora de que lo asumiera.

—¿No podemos entrar? —preguntó.

—Quizá otro día, hoy quiero enseñarte una sala y temo que se haga muy tarde. Sígueme.

Ya dentro del ascensor de cristal —y todavía con los dos guardias tras ellos—, el padre John sonrió a su hija.

—No quiero abrumarte demasiado el primer día. Si necesitas descansar, solo tienes que decirlo.

—Estoy bien. Abrumarme es complicado.

—Ya lo creo. No quiero ni imaginarme las cosas que habrás tenido que ver viviendo con esos salvajes...

No quiso responder, de modo que optó por cambiar de tema.

—No me has dado ropa de androide —comentó, señalando su atuendo gris, muy parecido al que solía llevar Giulia.

—Porque no eres una androide ordinaria. Nunca lo has sido. Eres mi hija y puedes vestirte como quieras.

Tras eso, entró en el segundo piso y no se detuvo hasta llegar a la última puerta. Alice ya había estado allí. Era la sala principal, la que controlaba las cámaras y los comandos de todas las zonas de la ciudad.

—Aquí os descubrieron el día que viniste con tus amigos —indicó el padre John observando las pantallas—, tras haber activado el sistema de defensa para abrir todas las celdas de la ciudad.

—Fue idea mía —admitió.

Lejos de enfadarse, el padre John le dio una palmadita orgullosa en la espalda.

—No lo he dudado ni un segundo.

Alice se adelantó un poco pese a las miradas desconfiadas de los pocos empleados que la rodeaban. Quería ver las imágenes de las cámaras de seguridad, y no tardó en reconocer algunas de ellas. Incluso había una en el pasillo que acababan de recorrer. Sus dos guardias charlaban junto a la puerta.

—¿Por qué me has traído aquí? —preguntó ella.

—Quiero que me expliques cuál era vuestro objetivo. Y también pedirte consejo.

Alice le dedicó una ojeada desconfiada.

—No veo en qué podría ayudarte —le dijo muy francamente.

—Alice, confío plenamente en ti. Eres mi hija y, si algún día me sucediera algo, me gustaría pensar que he dejado alguna cosa de la que enorgullecerme. Antes pensaba que eran los androides, pero ya no lo considero suficiente. —Hizo una pausa para señalar las pantallas—. Muchos de los científicos creen que estoy completamente loco por confiar en ti y necesito que cambien de opinión. —Con un gesto, señaló el panel que tenía delante—. Si nos ayudas a mejorar el sistema de seguridad, quizá comprendan de qué bando estás. Así que, dime, ¿qué harías tú para evitar lo que sucedió hace unos días?

Apoyó lentamente las manos en el panel y lo observó. Tenía unas cuantas ideas y muchas miradas sobre ella. Debía decir algo, eso estaba claro.

—El hecho de que las celdas se abran con el botón de seguridad es una tontería —dijo al final.

—El sistema está pensado para momentos de emergencia extrema, Alice —replicó el padre John—. Si hubiera un incendio en el edificio, ¿no crees que los prisioneros deberían poder salir?

—No.

Su rotundidad inundó la habitación de silencio.

—Son prisioneros —continuó—. Si les das la más mínima oportunidad de escapar, la van a aprovechar. Debería haber guardias patrullando esa zona las veinticuatro horas del día. Uno por cada tres reclusos, al menos. Y el botón debería mandarte una señal directa a ti o a alguien de confianza antes de poder ser activado. De esa manera, en medio de un conflicto, podrías saber si te lo está pidiendo un científico o un invasor.

No supo si se había pasado de la raya hasta que el padre John se llevó una mano al mentón y la observó con mucho más interés del que había mostrado hasta ese momento.

—¿Y cómo podemos reforzar la seguridad de las entradas?

—Nunca tengas turnos fijos para tus guardias. Lo más adecuado es que varíen cada día, y que solo conozcan el horario los soldados, nadie más. Ni siquiera los científicos. —Carraspeó al echar una ojeada a las caras de indignación de su alrededor—. Es la forma más segura de proceder.

—¿Y qué hay de la salida?

—Cuando activas el botón de emergencia, una de las puertas queda abierta a no ser que se cierre de manera manual. Entonces, hay que protegerla de la misma forma que la verja de entrada. Si no me equivoco, el sistema de emergencia también se activa en caso de que haya un problema de electricidad. El poste gigante de ahí fuera es donde se sitúa el panel. Es un lugar muy expuesto. ¿Y si le cayera un rayo? Se abrirían las celdas y la puerta. Es peligroso. ¿No has pensado en cambiarlo de sitio?

—Imposible —comentó uno de los científicos. Pareció un poco cortado cuando todo el mundo se giró hacia él—. Es el único lugar donde la electricidad se puede distribuir a todos los edificios.

—Entonces, deberíamos reforzar la estructura.

—Con todas estas modificaciones tenemos trabajo para una semana como mínimo —murmuró el padre John.

Entonces el padre John la envió de vuelta a su habitación. Alice pasó gran parte del día observando la ventana, tumbada en la cama; también durmió unas poquitas horas, lavó la ropa con la que había llegado —de la cual se negaba a separarse—, intentó arreglarse el pelo frente al espejo, se dio una ducha...

Su padre no volvió a llamarla hasta que hubo anochecido. Uno de los guardias apareció en su puerta para escoltarla hasta la habitación del final del pasillo.

Sin embargo, aquello no era un simple dormitorio. Parecía una casa entera.

Los aposentos del padre John estaban divididos en varios niveles. Nada más entrar, Alice se encontró con un lujoso salón de tres sofás, varias estanterías con libros y mullidas alfombras de colores suaves que conjuntaban con los muebles. Lo remataban unos ventanales inmensos y unas lámparas enormes.

Miró a su alrededor, pasmada, hasta que el guardia la dejó en la zona contigua, una plataforma un poco más elevada en la que había algunas esculturas y una larga mesa de roble con sus respectivas sillas. Los platos y cubiertos estaban preparados para que dos personas cenaran una al lado de la otra. El padre John estaba en la cabecera de la mesa, ya comiendo, y le hizo un gesto con el tenedor plateado para que se acercara.

—He pensado que hoy podríamos cenar juntos —comentó mientras Alice se sentaba a su lado y una de las madres se apresuraba a destapar su plato. En él había un filete generoso, puré de patatas, verduras a la plancha y una salsa muy apetecible para acompañarlo todo—. Espero que te guste el menú.

Alice no se había dado cuenta de lo hambrienta que estaba y, pese a que lo que le apetecía era hundir la cabeza en el plato, hizo el esfuerzo de comer poco a poco. El padre John sonrió e hizo lo propio. Mientras tanto, las madres se apresuraron a marcharse y los guardias se quedaron a unos metros de distancia, solo por si acaso.

—¿Está bueno? —preguntó el padre John.

—Buenísimo —tuvo que admitir.

—Si te apetece otra cosa, avísame y pediré que te lo preparen para mañana.

Ella lo consideró unos instantes y, tras beber un buen trago de agua fría, se le ocurrió.

—Me gustan las manzanas.

Estaba claro que no era lo que se esperaba el padre John, porque arrugó un poco la nariz.

—Bueno, como desees. Haré que te traigan una manzana.

La comida estaba deliciosa. Tanto que Alice llegó a olvidarse, durante un rato, de dónde estaba y de que se suponía que tenía que permanecer alerta. Pero ¡era tan fácil despistarse con ese aroma tan delicioso!

El padre John sonrió y la observó distraídamente mientras comía.

—Creo que podemos hacer grandes cosas juntos, Alice —le dijo—. Más allá de la ciudad y de los androides. Tienes un intelecto exquisito y, lo que es más importante, sabes cómo usarlo. Y yo dispongo de los recursos para darle forma a esas ideas tan brillantes.

No estaba muy segura de qué respuesta esperaba, así que Alice se encogió de hombros.

—Está claro que tienes recursos. La última vez que estuve en este edificio, se caía a pedazos y ahora está impoluto.

—Tú nunca estuviste en este edificio, sino en el de androides. Y, ya que te interesa saberlo, las reformas duraron más de cuatro meses. —Aquello pareció divertirle—. Cuando tus amiguitos vinieron a rescatarte, volaron la puerta principal. Irónicamente, ese es el método que solemos usar nosotros para entrar a las ciudades. Fue un milagro que sobrevivierais.

—Apenas lo recuerdo.

—Pues claro que no. Yo mismo te borré la memoria.

Lo había dicho con una calma preocupante. Alice lo miró de reojo, pero no dejó de comer.

—No te enfades, fue por el bien común —le aseguró—. ¿Recuerdas el proyecto del que te hablé? ¿La nueva generación de androides? Pues me ayudaste sin saberlo, porque me diste la oportunidad perfecta para empezarlo.

Aquello sí que captó su atención. Mientras Alice se metía unas cuantas verduras en la boca, le frunció el ceño.

—¿Soy de la nueva generación?

—¿Tú? No, claro que no. Pero tu amiga manca sí.

—¿Trisha?

—¿Ese es su nombre? Bueno, aquí nos referimos a ella como 50. Fue nuestro primer prototipo. Después de que la bala le infectase la sangre, la única alternativa era convertirla o dejarla morir. Y pensé que un humano muerto no me era de ninguna utilidad, pero un androide vivo sí, especialmente cuando se trata de ayudar a la mejora de los que vendrán después. —Hizo una pausa para beber vino—. El objetivo de la nueva generación es que pueda infiltrarse entre los humanos con tanta naturalidad que sea imposible diferenciarlos. Así que le dejamos sus recuerdos y su apariencia intactos, pero le instalamos un chip de seguimiento, por ejemplo.

Por eso los habían encontrado tan deprisa... Charles estaba en lo cierto, él no la había traicionado. Había sido, sin querer, la propia Trisha.

—Ella no lo sabe y preferimos que siga así —añadió el

padre John—. Para no crear un conflicto con sus recuerdos, le cortamos el brazo.

—¿Qué hay de Rhett? —preguntó, y su voz tembló un poco al pronunciar ese nombre.

El padre John fingió que no lo había notado.

—Estaba malherido —admitió—. Podríamos haberlo convertido también, pero con uno teníamos suficiente por el momento. Le indujimos un coma durante unas cuantas semanas. Había perdido mucha sangre y se había golpeado la cabeza. Luchó bastante antes de perder la consciencia. Para protegerte. Incluso me llevé esto de recuerdo cuando intenté apresarte. —Señaló la marca de su cuello, la del cuchillo—. Eligió tu vida por encima de la suya, y eso fue lo que me hizo tener clemencia. Si quería que el plan llegara a buen fin, necesitarías su ayuda.

—¿Qué plan?

—Que me llevaras hasta Jake y, a la vez, monitorizar los avances de 50. Te alegrará saber que ha ido todo de maravilla. Estamos listos para el siguiente androide y, gracias a lo que me has dado —se dio un toquecito el pecho, donde guardaba el dispositivo—, lo fabricaremos dentro de muy poco. Solo nos falta encontrar un sujeto de pruebas, pero, seamos sinceros, los hay a puñados. Con cualquier humano me vale.

Alice no dijo nada. Había dejado de comer y solo removía el puré con distracción.

—Así que, cuando despertamos en esa ciudad... era para ver si lográbamos escapar —murmuró.

—Siento decírtelo así, pero... sí. Fue idea de Giulia, y pensé que no estaría mal. Una parte importante del desarrollo de Trisha era ver su capacidad de permanecer en un grupo, y también ver cómo reaccionaba ante estímulos intensos, pero nunca corristeis peligro real. Si hubierais tardado demasiado, Giulia habría entrado a rescataros.

—Rhett no despertó —le recordó ella tras una pausa.

—Como te he dicho, es quien menos me interesaba. Si hubiera muerto, no habría supuesto un gran cambio para la investigación.

—Pero para mí sí.

—Lo sé. —El padre John la observó con atención. Se había quedado pensativo—. Llegué a considerar que dejarlo vivo había sido un error. Especialmente cuando me di cuenta del tipo de relación que había entre vosotros. Nunca pensé que tendría que ver un romance entre un humano y una androide... y mucho menos que tendría que provocarle un aborto a una androide por culpa de este.

La última frase hizo que Alice dejara de remover la comida inmediatamente. Su cuerpo entero se había quedado paralizado, y su cerebro se había sumido en una extraña y confusa neblina, como si estuviera buscando la definición de «aborto» entre sus cientos de estanterías de almacenaje mental.

—Ah, claro..., no lo sabías. —El padre John suavizó el tono—. De todos modos, supongo que lo imaginabas. Una reacción así no se ve todos los días. Tuve que inventarme una excusa para Max, pero supuse que tú entenderías lo que había sucedido y por qué elegí salvarte a ti. La Unión hizo muchas pruebas respecto a la reproducción de androides con humanos y los resultados son muy pesimistas. Solo suele sobrevivir uno de los dos y, pese a que el bebé siempre es humano, es una pena perder a un androide. Especialmente uno tan bueno como tú. Admito que la idea de ser abuelo, por un momento, me fascinó —añadió con media sonrisa—, pero no podía dejar que esa cosa te quitara la vida, Alice. Fue la decisión correcta. Por suerte, nunca más tendrás que preocuparte por ello. Quité la posibilidad de engendrar de tu sistema, y he decidido hacer lo propio con los próximos androides que creemos. Es un riesgo tan innecesario como peligroso. Además...

El padre John se interrumpió cuando un científico entró en la sala y, con una mirada nerviosa, inclinó la cabeza hacia él.

—Líder —saludó—. Lo que nos encargó ya está listo.

—Muy bien —murmuró él, y dejó los cubiertos dentro de su plato. Después, le colocó a Alice una mano en el hombro—. Lo lamento, pero debo atender unos cuantos asuntos. Quédate cuanto te plazca y, si tienes más hambre, no dudes en pedir lo que te apetezca. Nos vemos mañana, Alice.

Mientras se marchaban, ella se limitó a seguir comiendo en silencio.

* * *

Al día siguiente, Alice permanecía sentada en el alféizar de una ventana del segundo piso. Había pasado allí prácticamente toda la mañana y parte de la tarde, observando a la gente que pasaba por debajo de ella, por las calles y los callejones de la capital.

Tras darle otro mordisco a la manzana que le habían dado, Alice se asomó un poco más para observar el cielo. Estaba nublado y gris. Iba a ponerse a llover en cualquier momento.

—No debería asomarse tanto —comentó uno de los dos guardias que no la dejaban tranquila—. Podría caerse.

—Estoy bien —murmuró ella con la boca llena.

Un trueno reverberó entre las montañas, formando un eco que lo hizo parecer más intenso de lo que había sido.

—Debería ir a ver a mi padre —comentó entonces.

—El líder ha pedido que no se le moleste.

Alice, no obstante, se puso de pie y lanzó el corazón de la manzana a la papelera mientras pasaba por su lado.

—Sé que está en el edificio de seguridad —replicó—. Si no queréis acompañarme, iré yo sola.

—¡No podemos dejar que vaya!

—¿Y qué haréis? ¿Matarme?

Los había puesto en un aprieto y, aunque sabía que eran perfectamente capaces de ponerle unas esposas y subirla a su habitación, se mantuvo firme y empezó a descender por la escalera. Por suerte, los dos guardias decidieron ir tras ella.

Cuando cruzaron la ciudad ya había empezado a caer una débil llovizna y, aunque Alice sintió que su pelo empezaba a humedecerse, no se molestó en ponerse la capucha, ya que el edificio al que se dirigían no estaba muy lejos del que acababan de abandonar.

Intentaron detenerla tanto en la entrada del edificio como en el último piso, donde estaba su padre. Varias veces había pedido que lo avisaran de su llegada, pero nadie parecía muy dispuesto a hacerle caso. De hecho, le daba la sensación de que la rehuían, cosa que tampoco le sorprendió demasiado.

—Tengo órdenes de no dejar pasar a nadie —dijo el guardia, que se negaba a apartarse de su camino.

—¿Ni siquiera a la hija de tu jefe?

—A nadie.

—¿Ha ido a visitar a sus androides?

—Los androides están en las celdas de abajo.

—¿Y entonces...?

—Deberías volver a tu habitación.

—¿Qué sucede?

Alice se giró al escuchar la voz de su padre, que acababa de abandonar una de las múltiples salas de aquel pasillo. Lo que más le llamó la atención fue que todas las puertas estuvieran reforzadas.

—No me dejan entrar —señaló Alice de brazos cruzados.

—Por supuesto que no. Están siguiendo mis órdenes.

—¿No dijiste que confiabas en mí?

El padre John dudó.

—Hay temas que no tienen que ver con la confianza —le aseguró al final.

Sin embargo, en cuanto vio que se daba la vuelta, ella insistió.

—Si tan importante es, deja que yo lo solucione y te demuestre de una vez por todas de qué bando estoy.

Aquellas parecieron ser las palabras mágicas, porque el padre John se detuvo y, tras cavilar unos segundos, hizo un gesto a los guardias para que la dejaran pasar junto a los dos que la habían acompañado.

Para cuando llegó a la altura de su padre, ya estaba empezando a tensarse. Él estaba muy serio.

—Sígueme y no hagas preguntas.

El padre John apoyó una tarjeta en un panel de la pared, lo que hizo que la puerta reforzada cediera y se abriera ante ellos. Tras eso, se la guardó en el bolsillo. En cuanto la puerta se cerró, dejó de escuchar la tormenta. Estaban totalmente aislados.

La sala en cuestión se trataba de una celda muy parecida a la que había ocupado ella.

Solo que en ella no estaban ni Alice, ni Max.

Sino Charles.

Durante unos instantes, Alice lo miró fijamente, sin parpadear, como si su cerebro estuviera debatiendo si lo que veía era real o solo parte de su imaginación, como las visiones de Alicia. Tras aquel rato de silencio, con cierto temor, buscó sus ojos. ¿Lo habían reiniciado?

No. Pudo leer el reconocimiento en su mirada.

—¡Alice! —exclamó—. ¿Qué haces aquí? ¡Y con esa ropa! ¿Qué está pasando?

No parecía herido. De hecho, solo llevaba una venda en el brazo. ¿Y los disparos que Alice había escuchado desde la ventana? ¿Cómo era posible que ninguno le hubiera acertado?

Uno de los guardias se adelantó y empujó a Charles por el hombro para que volviera a sentarse en la cama. El otro permanecía entre ambas parejas con una mano en el arma. Estaba claro que no confiaban en él. Ni en Alice.

—Cuando nos dimos cuenta de que era un androide, pensamos que tendría más sentido guardarlo que destruirlo —comentó el padre John a su lado—. Después de todo, es mejor un androide reiniciado que nada en absoluto.

No obtuvo respuesta, pero no parecía estar esperándola. Hizo un gesto al guardia del centro, que sacó el arma para ponérsela en la mano a Alice; ella ni siquiera la levantó: estaba muy ocupada mirando fijamente a Charles.

—Decías que querías que confiáramos en ti —añadió su padre—. No vas a tener una oportunidad más idónea para demostrarlo. Lo único que tienes que hacer es ayudarnos a reiniciarlo. —Hizo una pausa para señalar a Charles—. Un disparo en el núcleo será más que suficiente.

Alice apretó los dedos. El silencio de la estancia se había prolongado tanto que empezaba a ser pesado. La pistola estaba fría.

Por un momento, se preguntó si estaba cargada. No dudó en comprobarlo. Así era. Su padre hablaba en serio.

—Querid... Alice —se corrigió Charles al ver que revisaba las balas—, no tienes por qué hacer esto. Si me han tenido aquí encerrado tanto tiempo, es que les soy útil par...

El guardia lo hizo callar de un golpe en el pecho. Dolorido, Charles se encogió un poco. No volvió a hablar, pero levantó la cabeza para mirar fijamente a Alice. Estaba asustado.

Y no le faltaban motivos.

Alice, sin siquiera dudar, levantó la pistola con una mano y se acercó a él para apuntarle al abdomen desde una distancia desde la que sabía que muy difícilmente podría fallar. Estaba mirando a Charles a los ojos, pero cada vez le resultaba más difícil, así que bajó la mirada a su objetivo.

—¡Alice...!

El intento de grito de Charles se vio ahogado por el sonido del disparo, que cruzó la habitación e hizo saltar una salpicadura de sangre por el suelo.

Charles dio un respingo, aterrado, cuando parte de esa sangre le salpicó en la mejilla. Y, acto seguido, el otro guardia recibió un disparo en el mismo sitio que su compañero: en medio de la frente.

Su cuerpo apenas había tocado el suelo cuando Alice se giró en redondo para apuntar a su padre, que había hecho ademán de dirigirse hacia la puerta, pero no le quedó más remedio que detenerse en seco.

—Charles —dijo sin mirarlo—, coge la otra pistola.

—S-sigo ¿sigo vivo o...?

—La pistola, Charles.

—¿Eh? Ah, sí..., vale.

Escuchó que daba saltitos entre los guardias para no pisar la sangre y alcanzar el arma.

Alice intentó no poner los ojos en blanco cuando volvió a su lado con las manos manchadas de sangre y una gran sonrisa. Parecía encantado.

El padre John, por su parte, no lo estaba tanto. Se había pegado a la pared que había junto a la salida, pero no se atrevía a intentar escapar con una pistola tan cerca de él.

—Estás cometiendo un error —le aseguró a Alice en voz baja.

Pero Charles no le hizo ni caso. De hecho, empezó a hablar como si no hubiera escuchado nada.

—Admito que no me esperaba esto, querida. Tú sí que sabes hacer que nuestras citas sean memorables.

El padre John frunció el ceño.

—¡Os estoy...!

—Aunque podrías haberme avisado, ¿sabes? —continuó—. Por la tensión de no saber si ibas a volarme el estómago o no, más que nada. Habría sido un detalle.

—¿Me estáis escuch...?

—Pero, minucias aparte, ¡has venido a salvarme! —exclamó Charles—. Sabía que aún me querías.

—Charles, céntrate.

Los dos se giraron de nuevo hacia el padre John. Tenía las mejillas encendidas y la mirada nublada por el enfado.

—¿Qué hacemos con este? —preguntó Charles—. Porque me imagino que tienes un plan.

Alice sopesó la pistola sin apartar la vista de su padre. Por supuesto que tenía un plan, y no pensaba abandonarlo.

—Necesito que no sea capaz de escapar —murmuró.

El sonido de un disparó inundó la estancia y una bala se incrustó en una de las piernas del padre John, que cayó al suelo mientras emitía un alarido de dolor y sorpresa muy impropio de él.

Alice, que ni siquiera había parpadeado, se acercó a él y metió una mano en el bolsillo de su bata. El dispositivo seguía allí, y lo usó para provocar un parpadeo ante sus ojos que le provocó un respingo.

—Gracias por la información sobre cómo crear androides, papá.

—Pequeña desagradecida —siseó este. Estaba furioso—. He confiado en ti y así me lo pagas... Eres una traidora. No tienes ni la menor idea de lo que has hecho.

—He matado a dos de tus guardias, me desharé de todos los que no estén dispuestos a rendirse, haré lo mismo con tus queridos científicos, rescataré a todos los androides que tengas encerrados y luego quemaré tu ciudad, justo como tú hiciste con la mía hace unos meses. Yo diría que tengo bastante claro lo que hago, *papá*.

Mientras hablaba, se había agachado ante él para que sus rostros quedaran a la misma altura. Uno era inexpresivo, mientras que el otro estaba empañado por la rabia.

—Tú no eres mi hija —replicó finalmente, furioso—. Una hija nunca me haría algo así. Vete con Max, que está más a tu altura.

—Eso haré. ¿Sabes por qué? Porque me conoce mucho mejor que tú. Y habría sabido al instante, solo con mirarme, que una sabandija como tú no es digna de mi lealtad.

Le echó una ojeada y le lanzó el dispositivo a Charles, que lo atrapó con la mano libre.

—No te preocupes, la cuidaremos —le aseguró irónico.

Alice levantó un poco la barbilla y lo observó.

—No es demasiado tarde, padre John. Te concederé una última oportunidad solamente porque tú lo hiciste con Rhett y conmigo. —Tuvo que hacer una pausa—. ¿Estás dispuesto a ayudarnos?

—Mis guardias se encargarán de vosotros —espetó él en voz baja—. No saldréis de aquí con vida.

—Por suerte, tú no tendrás que verlo.

En el fondo, Alice había mantenido la esperanza de no tener que apretar el gatillo. Había pensado que, en el último momento, su padre haría todo lo posible por salvar su vida, pero no fue así. Por la forma como la miraba, supo que no iba a cambiar de opinión.

Cuando escuchó que quitaba el seguro, el padre John levantó todavía más la barbilla para mirarla a los ojos.

—Soy la única familia que te queda. Si me matas, te quedarás sola para siempre.

—Te equivocas. Todo esto, precisamente, lo hago por mi familia. Por Jake, por su madre y, especialmente, por Alicia. —Cuando vio que cerraba los ojos, soltó todo el aire de los pulmones—. Adiós, John.

Y, sin vacilar, apretó el gatillo.

27
LA ÚLTIMA CELDA DEL PASILLO

Bajó la mano. La cabeza le zumbaba de un pensamiento a otro de forma tan frenética que ninguno terminaba de formarse antes de que el siguiente apareciera. Cerró los ojos con fuerza, incapaz de ver lo que acababa de hacer. Su padre estaba muerto. Y la propia Alice había sido quien había apretado el gatillo.

—Querida...

La voz de Charles la devolvió a la realidad, aunque cuando intentó ponerle una mano en el hombro, Alice se apartó de un respingo.

—No me toques —espetó, sin estar muy segura de si era una súplica o una orden.

Él se apartó al instante.

Necesitaba centrarse. No era el momento de bloquearse, como ya le había pasado en otras ocasiones. Había disparado cuatro veces. La puerta estaba cerrada, pero dudaba mucho que nadie lo hubiera oído. Podía haber varios guardias esperando. Sin decir una palabra, se hizo con la tarjeta que el cuerpo de su padre todavía guardaba en el bolsillo.

—Sé que es un momento complicado —comentó Charles entonces—, pero si tienes algún plan para salir de aquí, no estaría mal compartirlo. Especialmente después de haber disparado varias veces. No creo que a los de ahí fuera les haga mucha gracia, ¿sabes?

Alice se pasó una mano por la cara, tratando de pensar.

—¿Qué hora es?

Su compañero dudó antes de empezar a revisar a los guardias caídos en busca de un reloj. Alice, mientras tanto, limpió la sangre del dispositivo de memoria contra su pantalón y se aseguró de que todas las armas estuvieran cargadas. Se metió la munición extra en los bolsillos.

—No tengo ni idea —concluyó Charles—, pero no creo que eso sea una gran priorid...

—Tenemos que encontrar una ventana.

Charles tuvo que reaccionar en tiempo récord para no quedarse pasmado cuando Alice abrió la celda. No había guardias al otro lado de la puerta, pero ella sabía que los encontrarían de un momento a otro. Era hora de avanzar. Charles, a su lado, no dejaba de echarle ojeadas dubitativas. Se estaba poniendo el chaleco antibalas de uno de los guardias.

—Siento que hayas tenido que...

—Era un mal necesario.

—¿Tu novio estaría de acuerdo?

—Mi novio murió el mismo día que te dispararon, Charles.

Alice empujó la siguiente puerta y, para su sorpresa, se encontró con que allí tampoco había ningún guardia. Subió la escalera con Charles poniéndose cada vez más nervioso a su lado.

—¿Cuál es el plan? —inquirió con voz aguda—. ¿Salir de la ciudad como si nada? ¡Nos descubrirán enseguida!

Alice le dirigió una mirada de soslayo.

—No vamos a escaparnos.

—¿Perdona? ¿He oído bien? Porque me ha parecido entender una tontería como una casa.

—Has oído perfectamente.

Ambos se detuvieron junto a una nueva puerta y la empujaron. Estaba claro que los esperaban fuera, aunque Alice no entendía muy bien por qué.

—¿Puedo preguntar, al menos, dónde vamos? —insistió Charles, incapaz de disimular sus nervios.

—Un piso más arriba.

—¿Por qué?

—Porque lo digo yo.

—Qué mal te está sentando la viudedad.

Alice se detuvo de golpe y Charles, por primera vez en su vida, enrojeció de pies a cabeza.

—¿Es demasiado pronto para bromear sobre el tema?

—Siempre lo será.

Cuando estaban a punto de llegar a la puerta de la sala principal Alice se detuvo. Su mano había estado a punto de cerrarse en torno a la manija, pero escuchó algo al otro lado. El sonido inconfundible de alguien quitándole el seguro a un arma.

Ya sabía dónde tenían preparada la emboscada.

Antes de que Charles pudiera abrirla, tiró de su brazo hacia atrás. Por suerte, encontraron la escalera auxiliar y empezaron a subirla a toda velocidad. No tenía muy controlada la hora, pero su intuición le decía que tenían que darse prisa.

Cuando por fin encontraron una ventana en el primer piso, Alice se asomó con mucho cuidado. En las calles de la ciudad los guardias corrían de un lado a otro, todos armados, y la mayoría apuntando al edificio donde se escondían. Asomarse era un suicidio, pero al menos pudo ver el cielo y, gracias a los conocimientos que había ido adquiriendo, supo hacerse una idea de la hora que era.

Solo les quedaban unos minutos.

—¿Por qué no nos persigue nadie? —preguntó Charles en voz baja—. Todo este silencio da más miedo que encontrar a diez guardias apuntándote.

—Estarán en el vestíbulo y fuera del edificio, saben que tarde o temprano vamos a tener que salir. Y ni siquiera saben si John sigue vivo o no.

—Pues qué alegría. Como ratitas en una trampa.

—Necesitamos buscar otra ventana —murmuró, ignorándolo—. Y que ni se te ocurra acercarte mucho al cristal.

—Tranqui, no entraba en mis planes.

Alice corrió por el pasillo, tratando de calcular el lugar más adecuado, y al final se quedó de pie junto a la única ventana que podía servirle. El problema era que estaba cerrada y que más de diez armas la apuntaban desde el exterior.

—¿Qué pasa? —preguntó Charles, intercambiando una mirada entre ambos.

—Necesito romper esa ventana.

—¿Y si hacemos que la rompan ellos?

Alice lo miró, confusa, y sintió que el corazón se le subía a la garganta cuando Charles corrió por delante del cristal. Los tiros empezaron al instante, y fragmentos de cristal estallaron por los aires, obligándolos a cubrirse las cabezas con los brazos.

Charles se lanzó al suelo para protegerse, mientras que Alice se agachó junto a la pared. Ninguno de los dos se atrevió a asomarse hasta pasados unos segundos. Se seguían escuchando gritos procedentes de la calle, pero estaban a salvo. Al menos, de momento.

—¡Podrían haberte matado! —le espetó a Charles, furiosa.

—Pero no lo han hecho. Solo quería aportar mi granito de arena.

Alice decidió guardarse el enfado para más adelante y se apartó unos metros de la ventana, de modo que pudiera ver el exterior desde una distancia prudente. Muy concentrada, sacó la pistola y empezó a apuntar, pero la voz de Charles la interrumpió.

—Espero que sepas lo que haces, porque si disparas van a entrar corriendo.

—Lo sé.

Charles hizo una mueca confusa.

—Mira, entiendo que tu concepto de diversión sea un poco extremo, pero el mío es estar sentado en un sofá con una cerveza en la mano. ¿No podemos escaparnos directamente?

—No. Tápate los oídos.

—¿Por qué?

Alice apretó el gatillo en dirección al poste de electricidad, pero, tal como había sospechado, la bala apenas lo rozó. Era una distancia demasiado grande.

Si eso no funcionaba..., el plan se vendría abajo.

Frustrada y tratando de no entrar en pánico, Alice volvió a apretar el gatillo. De nuevo, no obtuvo resultado. Los guardias habían empezado a disparar de nuevo. De hecho, escuchaba golpes en la puerta de abajo. ¡Se estaban quedando sin tiempo!

Presa de la desesperación, volvió a apretar el gatillo, pero su único resultado fue un clic desesperante. Se había quedado sin balas.

Los pasos acercándose hicieron que le temblaran las manos y, por consiguiente, la munición se le resbalara entre los dedos. Charles la observó con pánico en la mirada y, justo en ese momento, una explosión reventó el poste de electricidad y la ciudad entera se quedó sin luz.

La detonación fue tan brutal que hizo temblar el edificio. Alice levantó la cabeza, sobresaltada, y vio a alguien a lo lejos, en las murallas de la ciudad. Anuar había levantado el fusil con media sonrisa y parecía estar saludándola. En cuanto se dio cuenta de que había captado su atención, volvió a apoyar el arma en su hombro y bajó de la muralla de un salto.

De pronto, los disparos se reanudaron, solo que en esa ocasión ya no eran para ellos.

Alice solo se atrevió a asomarse cuando vio que los guardias habían desviado su atención hacia la única valla que permanecía abierta pese al corte de suministro eléctrico. Una oleada de personas de pelo enmarañado, ropa vieja y piel sucia entraba a trompicones, lanzándose sobre los soldados como si no estuvieran abriendo fuego contra ellos. Varios perecieron, pero por cada uno que caía, otros dos seguían corriendo sin dudarlo. Entre gritos de batalla y armas hechas a mano, los guardias que rodeaban el edificio de Alice empezaron a disminuir lentamente.

Alice vio que Anuar, de nuevo sobre el muro con tres guardianes supremos al lado, ofrecía una mano a uno de los muchos soldados con monos de distintos colores que estaban saltando las vallas de la ciudad para ayudar a los salvajes.

Mientras tanto, Charles había entreabierto la boca y era incapaz de cerrarla.

—¿Por eso necesitabas disparar al poste de electricidad?

—Era la única forma de que solo hubiera una salida.

Él se llevó una mano al corazón y casi pareció que respiraba de nuevo.

—¿No podías habérmelo dicho? ¡Empezaba a pensar que se te había ido la olla!

—Se me fue hace mucho. Charles, es hora de que decidas. Puedes acompañarme a resolver unos cuantos asuntos pendientes o ponerte a salvo. Hagas lo que hagas, no te voy a juzgar.

—Si te crees que voy a dejarte sola ahora que la cosa se ha puesto interesante, es que no me conoces.

Alice esbozó una sonrisa sincera y le hizo un gesto para que la siguiese.

El edificio, a diferencia de la primera vez que lo habían cruzado, estaba sumido en el más absoluto caos. Alice tuvo que abrirse paso a una velocidad desesperante para protegerse, sumida en el sonido de los gritos y los disparos, hasta que, por fin, consiguieron llegar a la sala principal. En varias ocasiones intentaron detenerlos, un soldado incluso llegó a intentar atizar a Charles con una barra de hierro que consiguió quitarle, pero al final se las arreglaron para llegar al pasillo que los conducía al ala opuesta del edificio, donde retenían a los androides. Tras esquivar otra bala, Alice consiguió meterse, junto con Charles, en el siguiente pasillo.

Tal como esperaba, estaba lleno de celdas. Eran espeluznantemente similares a las que había visto en la Unión, y supuso que su padre les había copiado la idea poco después de aliarse con ellos. Aunque no parecían ni la mitad de resistentes, era obvio que eran un añadido reciente.

En cuanto encontró el panel, pasó la tarjeta por encima. Tardó unos instantes en darse cuenta de por qué no funcionaba.

—No hay electricidad —dijo en voz baja.

Charles se asomó enseguida, alarmado.

—Tienes un plan B, ¿verdad? Dime que lo tienes.

Alice paseó la mirada a su alrededor. No lo tenía. ¿Por qué no lo tenía? ¿Cómo podía haber planificado todo sin pensar en...?

Un súbito ruido hizo que se girara hacia la primera celda. Charles todavía sujetaba la barra con la que acababa de forzarla. Con un resoplido, se pasó una mano por la frente.

—No es el método más rápido del mundo, pero tendrá que valer.

Además, no se atrevían a pedir ayuda. El resto de sus compañeros estaban muy ocupados peleando por toda la ciudad.

Así que, mientras Alice iba abriendo las celdas cada vez con más esfuerzo, Charles aseguraba a los androides que estaban a salvo y solo tenían que esconderse en una de las celdas hasta que todo pasara. Algunos lo creían, otros tenían que ser arrastrados, pero poco a poco fueron reuniéndolos a todos.

Alice reconoció a muchos compañeros, aunque había algunos a quienes no había visto desde que vivía en la zona de androides. Se preguntó qué habría sido de ellos durante esos años, si seguían sin saber lo que era la libertad, y si estarían dispuestos a luchar por conseguirla. Después de todo, ella conocía la angustia de verse libre después de tanto tiempo retenida.

En cuanto vio que habían llegado a los números 40-49, contuvo la respiración y empezó a abrir las puertas con más ganas todavía.

Entonces, por fin vio una cara muy conocida: la de su amiga Anya.

—¡Alice! —exclamó ella, levantándose de un salto.

El primer instinto de Anya fue lanzarse a sus brazos y abrazarla con fuerza. Alice no se esperaba esta reacción de una androide que había pasado tan poco tiempo entre humanos, por eso se quedó paralizada de pies a cabeza. La pilló desprevenida el contacto. De todos modos, no se atrevió a apartarla. Unos segundos después, su amiga la miró con una gran sonrisa esperanzada.

—¡Sabía que nos rescatarías! Lo supe en cuanto te vi en el ascensor. Imagino que esos disparos que se oyen son de los soldados de tu ciudad, ¿no?

—De varias ciudades unidas —aclaró Charles—. Tu colega ha conseguido movilizar a medio mundo.

Anya se unió a ellos para ayudarlos a convencer a los androides de que se metieran en la sala principal. Tenía una forma de hablar con sus compañeros tan suave y decidida que todos se fiaban de ella. Al final, prácticamente lo hacía sola. Cuando llegaron a la celda 43, los tres se quedaron en silencio.

—Estará vacía —supuso Anya dubitativa.

—Solo lo sabremos de una forma —comentó Charles, y se adelantó para abrirla.

Estaba ocupada, de hecho, por dos personas. El problema era que Alice las reconoció al instante. Un chico grueso como el tronco de un árbol, de pelo rubio, y una mujer un poco más alta, fibrosa, con el cabello oscuro y corto y la mirada afilada. Sí, los conocía perfectamente. Lo que no sabía era que Deane y Kenneth hubieran sido convertidos en androides.

Los miró fijamente en busca de cualquier signo de reconocimiento, pero enseguida supo que no lo encontraría. Al igual que la mayoría de los androides, habían perdido los recuerdos de su vida anterior y eran personas completamente distintas. Deane no se mostraba tan altiva y Kenneth no parecía tan pesado. De hecho, ambos estaban aterrados.

—¿Qué hacemos? —preguntó Charles.

Alice se había quedado congelada. Había vaticinado muchos finales para ellos, pero nunca había creído que tendría que enfrentarse a algo así. Así que, en lugar de urdir un plan, actuó por impulso.

—Llevadlos con los demás. Ya los han castigado bastante.

Anya se adelantó para hablar con ellos y, al final, consiguió que se metieran, aterrados, en la sala principal. Alice los siguió con la mirada, pero no les habló.

Siguieron abriendo celdas y, para cuando llegaron a las últimas, los disparos ya habían remitido. Alice no había perdido la esperanza de encontrarse con otra cara muy conocida en esas celdas. Por eso el golpe fue tan duro cuando se topó de frente con Giulia.

Estaba sentada en la cama, con la espalda apoyada en la pared. No pareció muy sorprendida de verla. De hecho, se limitó a soltar una risa entre dientes y a negar con la cabeza.

—En cuanto he escuchado disparos, he supuesto que pronto me tocaría a mí.

Alice no la apuntó con la pistola, pero tampoco la guardó.

—Eso depende de ti.

Alice había querido que sonara a amenaza. Le hervía la sangre solo de verla. Lo único que podía pensar era que ella había apretado el gatillo que había matado a Rhett. Todo aquel infierno había empezado por su culpa.

Vio venir el golpe. Giulia intentó darle una patada y pasar por su lado, pero Alice fue más rápida. Le sujetó el tobillo y le barrió el pie que tenía en el suelo. Giulia cayó con un golpe sordo y Alice clavó la suela del zapato en su cuello, inmovilizándola.

Tenía tantas ganas de apretar el gatillo y acabar con todo que casi se le olvidó que tenía otras cosas que hacer antes. Giulia soltó una risa entre dientes cuando intentó zafarse y fue incapaz de hacerlo.

—La pequeña androide tiene habilidad... murmuró como pudo.

—Más que tú, pequeña humana.

Giulia suspiró y dejó de luchar.

—Cuando el líder se entere de lo que has hecho, te arrepentirás del día en que te crearon.

—Está muerto.

Por primera vez desde que la conocía, Giulia dejó de lado su expresión altiva y dejó entrever lo que de verdad sentía. Y no fue lástima, ni tristeza, ni rabia, sino pánico por lo que podía pasarle a ella.

—¿Quién ha sido?

—Yo —replicó Alice sin inmutarse.

—Debería haberte disparado a ti en lugar de a tu novio —le espetó. Alice sintió que sus dedos se apretaban en torno a su arma. El corazón empezó a latirle con fuerza. Y con rabia. Giulia seguía sonriendo—. Le aconsejé al líder que no te creara. Sabía que era un error. Pero no me escuchó. Estaba tan obsesionado con la fantasía de tener a su querida familia para siempre...

—Los androides no son inmortales.

—No, pero se mantienen siempre jóvenes. Podría mantener la fantasía durante toda su vida. Si te consuela, no eres la única a la que ha engañado. Es lo que ha hecho conmigo desde que nos conocimos. Estamos en el mismo barco.

—No. —Alice rompió su silencio al instante. Eso sí que no iba a tolerarlo—. No permito que me compares contigo después de todo lo que has hecho, coaccionada o no.

Giulia, lejos de echarse atrás, soltó un resoplido despectivo.

—¿Te crees mejor que yo?

—No es que lo crea, es que lo soy.

—Sí, claro... Por eso prefieres vengarte antes que ir a por tu novio.

Alice, que ya estaba preparada para soltar otra respuesta mordaz, se detuvo al escuchar esa última palabra.

—No la escuches —le recomendó Charles—. Hará lo que pueda y más con tal de salir de aquí con vida.

Giulia suspiró.

—No voy a negarlo, pero esta vez estoy diciendo la verdad.

—¿De qué estás hablando? —intervino Alice, cada vez más tensa.

La mujer intentó girar sobre sí misma, pero la bota de Alice se lo impedía, así que al final solo consiguió mirarla con el rabillo del ojo. Tras unos instantes de análisis, pareció llegar a una conclusión:

—No te lo ha contado.

—¡Estoy empezando a perder la paciencia!

La amenaza, sumada a la pistola apuntándole a la cabeza, hizo que Giulia reorganizara sus pensamientos muy rápidamente.

—Lo tiene en conservación. Es lo que hacemos con todos los posibles cuerpos de androides. Quería esperar para convertirlo y poder negociar contigo, pero en cuanto llegaste y le diste ese aparato, también le proporcionaste lo único que necesitaba para decidirse.

—¿Y tú cómo sabes todo eso si estás aquí encerrada? —intervino Anya.

—¿Por qué te crees que estoy aquí, genio? ¿Por disparar a su novio? Por favor... El líder tuvo un momento de debilidad, pero cuando lo pensó en frío supo que había hecho bien. Lo que le importaba era que no te contara nada, porque le habría arruinado el plan.

Alice apretó el puño en torno al arma, más ansiosa con cada segundo que transcurría. Su cabeza operaba en tantos campos y temas distintos al mismo tiempo que estaba empezando a marearse.

Giulia, mientras tanto, siguió sin mostrar ningún tipo de lástima por la muerte del padre John. Si lo había apreciado alguna vez, lo disimulaba de maravilla.

—Pero supongo que ya no hay plan. Y tu novio está tras

la última puerta. Os he ayudado —añadió enseguida, quizá de una forma demasiado desesperada—. Os he demostrado que podéis confiar en mí, ¿no? No tenéis por qué matarme.

Alice, que seguía apuntándola, bajó lentamente la pistola. En cuanto apartó la bota de la cabeza de Giulia, la escuchó soltar un suspiro de alivio.

—Menos mal... —musitó para sí misma.

No obstante, no pudo ponerse de pie. Cuando lo intentó, la mano de Alice se cerró entorno a su melena y la sostuvo en su lugar. Se había agachado para hablarle justo al lado de la oreja.

—No me has demostrado que pueda fiarme de ti, sino que eres capaz de vender a cualquiera con tal de sobrevivir. ¿Sabes lo que eres? Una cobarde. ¿Necesitamos cobardes, Charles?

—En absoluto, querida.

—Ya me parecía.

—¡No me mates! —gritó Giulia, y por un momento pareció mucho más joven de lo que era. Incluso más inocente—. Podemos llegar a un acuerdo y...

—¿Quién ha hablado de matarte?

Sus súplicas se detuvieron de forma un poco abrupta y fueron sustituidas por una mueca de confusión.

—¿No? Entonces...

—No voy a mancharme las manos con tu sangre. Al menos, por ahora. —Alice se incorporó de nuevo y salió de la celda junto con Charles y Anya, que observaban todo sin abrir la boca—. No te mereces un final tan rápido. De hecho, lo que te mereces es que te hagan lo mismo que llevas haciendo tú muchos años, pero dado que no conozco a nadie tan mezquino, creo que lo más justo es dejarte en manos de aquellos a los que has hecho sufrir.

Le echó una mirada a Anya, que levantó un poco la barbilla. Mientras tanto, Giulia intentó gritar, protestar y atacarlos, pero la puerta se cerró mucho antes de que lo consiguiera.

Ya solo les quedaba una celda por revisar.

Charles y Anya no se atrevieron a seguir a Alice, sino que la observaron desde una distancia prudente. Y es que ella, pálida y temblorosa, no habría tolerado que nadie se le acercara.

Cuando agarró la barra ya medio destrozada, su corazón empezó a latir con fuerza. En su cabeza no cabía la posibilidad de que Rhett estuviera ahí dentro. Seguía creyendo que era una estrategia de Giulia para despistarla y salir de esa con vida.

Pero... ¿y si no lo era?

Mientras la puerta se abría lentamente, Alice contuvo la respiración.

Entonces, una horrible posibilidad cruzó su mente.

¿Y si no la recordaba? ¿Y si, al convertirlo en androide, habían borrado todos sus recuerdos? ¿Todas sus emociones, sentimientos...? ¿Y si Rhett había desaparecido para siempre?

Ese fue su último pensamiento antes de que la puerta se abriera del todo.

Un chico se puso de pie nada más verla. Iba vestido de blanco, como el resto de los androides, y llevaba el pelo y la barba más cortos de lo que recordaba. Alice subió lentamente la mirada por sus piernas, su abdomen, su torso, sus hombros, su cuello... La cicatriz fue lo que la hizo reaccionar y mirarlo a la cara, paralizada.

Rhett la observaba. Parecía la misma persona. Los mismos ojos verdes, el mismo pelo castaño, el mismo ceño ligeramente fruncido, la misma postura tensa... Era él.

Pero, entonces..., ¿por qué no reaccionaba?

Se miraron en completo silencio. Unas pupilas aterradas fijas en otras inmóviles. Alice ya no estaba muy segura de cuáles eran las suyas. Lo único que sabía con certeza era que no podía pensar.

Y, justo cuando por fin iba a decir algo, Rhett la interrumpió con un suave:

—Cuando escuché todos esos disparos, supe que estabas liándola.

Aquella honestidad la pilló por sorpresa, y Alice tuvo que parpadear varias veces antes de ser capaz de reaccionar.

—¿Sabes quién soy? —preguntó.

Necesitaba asegurarse. No se podía permitir generar falsas esperanzas.

Rhett asintió con la cabeza, pero no se movió.

—¿Sabes... lo que han hecho contigo?

Volvió a asentir, aunque esa vez de forma mucho más lúgubre.

Alice dudó. Había pasado tanto tiempo creyendo que nunca más volvería a verlo que no se había detenido a pensar qué haría si se encontraban de nuevo.

—Siento haber tardado tanto —dijo por fin con un hilo de voz.

Rhett, sin embargo, negó con la cabeza.

—Siempre llegas justo a tiempo, Alice.

Ya no pudo aguantarse más. De forma bastante torpe, Alice soltó la pistola y se lanzó sobre él para rodearle el cuello con los brazos. Quería pegarse a él y no volver a soltarlo jamás, pero se chocó con tanta fuerza contra su cuerpo que el pobre Rhett, desprevenido, dio un traspié y chocó de espaldas contra la pared.

El golpe en la cabeza sonó bastante fuerte, y Alice se alejó de un brinco por el susto.

—¡Ay! —protestó.

—¡Lo siento! No pretendía hacerte daño. ¿Estás sangrando? ¿Te mareas? Déjame ver...

Alice calló cuando notó que un muy divertido Rhett la sujetaba de la nuca para atraerla hacia su cuerpo.

—Cierra el pico un rato, anda.

Y entonces la besó en los labios.

28
EL RASTRO DEL FUEGO

Alice solamente podía pensar en el hecho de que Rhett seguía vivo. Y no solo eso, sino que volvía a tenerlo entre sus brazos. Nunca había estado tan eufórica y emocionada. Acababan de devolverle una parte de su vida que no creía que volvería a experimentar.

—Ejem... —carraspeó alguien tras ellos.

Pero Alice aferró la camiseta blanca de su chico con los puños y lo atrajo más cerca todavía. Necesitaba tener el máximo contacto posible con su cuerpo. Él se lo permitió sin una sola protesta.

—¡CHICOS!

Ambos se separaron de golpe y miraron a Charles, que tenía los brazos cruzados y el ceño fruncido.

—Siento cortaros el rollo, pero ¡¡¡estamos en medio de una batalla!!! ¿No os parece que ya habrá tiempo para reencuentros tórridos en otro momento?

Anya se había ruborizado. Era obvio que seguía sin acostumbrarse a ver muestras de afecto.

—Sí, deberíamos seguir —dijo tímidamente.

—Exacto, porque eso de comer delante de los que tienen hambre es de muy mala educación.

Alice puso los ojos en blanco y se separó de su novio para recoger la pistola. Mientras guiaba al grupo otra vez —y trataba de recomponer sus emociones desbocadas—, escuchó que Rhett le daba una palmadita en el hombro a Charles.

—Diría que he echado de menos tu sentido del humor, pero estaría mintiendo.

—Oye, ahora formas parte de nuestro selecto grupo de androides, tienes que darme la razón en todo.

—Ya te gustaría.

Alice tenía el corazón acelerado, la respiración agitada y las manos temblorosas. Una parte de ella todavía estaba segura de que se despertaría de un momento a otro y vería que Rhett no era nada más que un sueño.

Llegar a la sala de control y dejar a Anya a cargo de los androides fue un alivio. Gracias a las clases que había recibido en su ciudad, Alice pudo dejarle una pistola para que fuese capaz de protegerse.

—¿Seguro que no te importa quedarte sola? —insistió.

—No, tranquila. No te ofendas, pero vosotros probablemente los pondríais más nerviosos de lo que ya están —dijo indicando a los demás androides con un gesto de la cabeza.

—Buena suerte —le deseó Alice en voz baja.

—Tú la necesitas más que yo —bromeó Anya, guiñándole un ojo—. Venga, vete a salvar el mundo.

Para cuando llegaron al vestíbulo del edificio, la batalla ya no era tan sangrienta. Seguía habiendo algunos disparos, gritos y peleas, pero Alice y sus dos compañeros fueron capaces de abrirse paso hasta la puerta principal.

Los guardias ya no patrullaban las calles, sino que permanecían de rodillas en el suelo con las manos detrás de la nuca. Algunos estaban serios, otros parecían asustados, otros enfadados, pero ninguno se movía. Alice no tardó en deducir que se trataba de los que habían decidido rendirse.

Gil, Magnus y Lev permanecían a una distancia prudente, paseando entre sus soldados y vociferando órdenes. Por suerte, no se dieron cuenta de que quien realmente dirigía a sus ejércitos era Anuar.

Él daba instrucciones bastante claras y escuetas. Una palabra era suficiente para que supieran exactamente qué quería que hicieran. Anuar tenía un don para saber quiénes intentarían escaparse y quiénes realmente se habían rendido. Y no le temblaba el pulso a la hora de deshacerse de los primeros.

Cuando llegaron a su altura, Alice estaba recargando su pistola. No dejaba de mirar por encima del hombro en busca de peligros, pero pronto se dio cuenta de que los conflictos principales tenían lugar dentro de los edificios.

—Así que sigues vivo, ¿eh? No hay quien se libre de ti.

—Lo mismo digo.

—¡Oye! —Charles agitó la mano con indignación—. Por si no te has dado cuenta, ¡yo también sigo vivo!

Pero, antes de que Anuar pudiera decirle nada, Rhett se dio la vuelta para mirarlo.

—¡Es verdad! —exclamó sorprendido.

—Gracias por darte cuenta de ese detalle diez minutos después de haberme visto...

—Perdona si después de volver de entre los muertos tengo algunas lagunas mentales.

Alice, que no tenía tiempo para descansos, fue directa al grano.

—¿Y Max?

—Planificando el mejor castigo de tu vida, seguramente —sonrió Anuar.

—No estoy de humor para chistes, dime dónde está.

Pareció que iba a responder, pero al final se limitó a señalar tras ella. Los tres se dieron la vuelta. Max se acercaba a grandes zancadas con varios soldados a cada lado. Estaba claro que los había visto y, por su expresión, no necesitaron preguntar nada más.

Estaba furioso.

La valentía se les evaporó casi en el mismo instante en el que el guardián supremo se plantó ante ellos. Alice trató de esconderse detrás de los dos chicos, pero enseguida se dio cuenta de que habían retrocedido para dejarla sola ante el peligro.

Tragando saliva con dificultad, levantó la cabeza para mirarlo. Los ojos oscuros y furiosos de Max estaban clavados sobre ella.

—E-eh... —empezó con un hilo de voz—, verás...

—Tienes suerte de que no tengamos tiempo para reprimendas.

Entonces, se giró para mirar a sus dos compañeros. Anuar ya se había alejado para seguir con su trabajo, pero Charles y Rhett seguían clavados en su lugar, aguardando su turno.

No obstante, la expresión de Max había cambiado. No les sonrió, eso habría sido demasiado, pero sí que vieron un asomo de alegría en su cara. Especialmente cuando les puso una mano en el hombro a cada uno.

—Me alegra ver que estáis bien —les dijo en tono cálido.

Sin más dilación, echó a andar. Los tres se apresuraron a seguirlo.

—Tenemos mucho trabajo por delante —informó.

El resto del día transcurrió como en un torbellino. No obstante, Alice jamás olvidaría el momento en el que entraron en el edificio principal. Rhett y Charles estaban a su lado, y Max y los demás guardianes supremos daban instrucciones a diestro y siniestro. Tina, Jake, Kilian y todo el equipo de médicos se ocupaban de los heridos a una velocidad impresionante, y Trisha conducía a los androides hacia un lugar seguro. Kai repartía intercomunicadores, Anuar los informaba de la situación de los demás edificios. Después de eso, sus recuerdos se volvían menos nítidos. Se acordaba de las balas y de los gritos, de las pisadas y de los golpes, del olor a pólvora, de las lágrimas en el rostro de quienes se rendían, del miedo en las caras de quienes decidían que ese era el final de su camino, de las batas blancas manchadas con salpicaduras de sangre, de las armas de los guardias amontonándose junto a las puertas de la ciudad, de los saltos de los salvajes, de los gritos de los soldados...

Alice sabía que en las guerras nunca hay ganadores ni perdedores. Las lágrimas no fueron solo de un bando, sino de los dos, al igual que la sangre y las bajas. Llegó a preguntarse si habría sido un error invadir la ciudad.

Pero cuando todos se detuvieron delante del edificio principal, supo que no había tenido otra opción.

—Estamos aquí gracias a ti —le dijo él, mirándola fijamente y entregándole un pulsador—. Tú eres quien decide.

A continuación, se colocó junto al resto de los guardianes.

Alice se encontró sola ante el imponente edificio principal de la capital. Si presionaba el botón, tendrían una hora para marcharse antes de que estallara la pólvora que había en todos los sótanos de la ciudad.

Tal como habían hecho ellos con su antiguo hogar.

Alice paseó la mirada por los edificios, las calles y los árboles. Era una ciudad triste, gris y lo más opuesto que había conocido a un hogar. No había fotografías, ni dibujos. No había nada que no fuera estrictamente necesario para el trabajo de los científicos.

Bajó la mirada hacia el pulsador rojo y un desagradable recuerdo le vino a la mente: el de su ciudad minutos después de haber estallado. Las ruinas de los edificios, las calles destrozadas, los árboles caídos, el pavimento levantado, la nieve blanca colándose entre la devastación...

Observó a los soldados que habían decidido rendirse. Seguían con la mirada clavada en el suelo. Estaban aterrados. Alice conocía esa sensación: había estado en ese lado de la cuerda durante mucho tiempo.

Saber que tenía el poder de volar la ciudad por los aires, que nadie iba a impedírselo y que, por primera vez, era capaz de tomar una decisión importante hizo que bajara la mano y decidiera no pulsar el botón.

Ya había visto suficientes ciudades de fuego, quizá fuera el momento de empezar a construir hogares.

No todo el mundo estuvo de acuerdo con su decisión, pero nadie protestó. De hecho, cuando devolvió el pulsador, Max le dio una breve palmada en la espalda y dejó que volviera con los demás.

* * *

Los momentos después de una batalla son extraños. Al principio, se respira una tranquilidad inusual, como si todavía tuvieras la mosca detrás de la oreja indicándote que podrían aparecer refuerzos en cualquier momento. Después, consigues relajarte y empiezas a darte cuenta de que se acabó, de que todo lo malo se ha pausado, aunque sea durante unas horas. Y finalmente te detienes para volver a respirar.

Eso fue, precisamente, lo que hizo Alice.

Apoyada en la valla que cercaba el recinto del edificio principal, paseaba la mirada por el bosque, las montañas y, mucho más allá, la silueta lejana de una ciudad y una zona de androides. Habían pasado tantas horas que el sol poniente coloreaba todo de un relajante naranja cada vez más oscuro.

Le gustaba el atardecer. Era la hora en la que las cosas se volvían tranquilas y podías empezar a bajar la guardia. Respiró hondo y, pese a que le habría gustado seguir disfrutando de su soledad durante un rato, ladeó la cabeza al escuchar varias voces acercándose.

—¡Tenemos que hablar! —exclamó Magnus—. ¿De dónde has sacado este mapa?

Lo preguntó señalando la hoja que Alice había pedido a Anuar que repartiera entre todas las personas que había mencionado. Una había sido Zira, la líder de los salvajes. El resto, junto con las cartas con el plan de ataque, habían sido entregadas a los guardianes supremos. Max incluido.

No obstante, ese último se estaba manteniendo al margen y se limitaba a mirarlos con una expresión que no entendería hasta años más tarde, cuando ella misma empezara a ponerla.

—¿Lo has dibujado tú? —preguntó Lev, mucho más conciliador—. Es un buen mapa.

—¡Pues claro que lo ha hecho ella! ¿O te crees que esto se vende en algún lado? —Gil hizo una pausa para mirarla con desconfianza—. No lo habrás robado, ¿verdad?

—Llevo muy poco tiempo cartografiando, pero no se me da mal —admitió Alice muy tranquila—. Empecé con zonas del bosque y seguí con lugares más grandes, como las ciudades. El que tenéis es el más completo que he hecho hasta el momento.

Y le había costado una noche entera en vela. La silueta, las montañas, las zonas de separación de las ciudades, los símbolos de sus actividades... Todo lo había hecho ella sola, así que era probable que su precisión no fuera la mejor del mundo, pero lo había creado a partir de la información que había acumulado durante esos años.

Y su fuerte era, desde luego, la información.

—Esto es muy valioso —replicó Lev, devolviéndola a la realidad. Había doblado su mapa y lo sostenía entre dos dedos con mucha precaución—. ¿Entiendes lo que significa para nosotros?

—Mejor comunicación entre ciudades —dijo Magnus con solemnidad.

—Podríamos construir caminos y reflejarlos aquí —añadió Lev—. Ya no habría ciudades aisladas.

Siguieron hablando entre ellos mucho después de alejarse de Alice, que permaneció apoyada en la valla en silencio hasta que notó que alguien se apoyaba a su lado. No necesitó mirar a Alicia para saber que era ella. Vestía unos pantalones rotos y una sudadera negra, aunque su expresión parecía mucho más relajada que de costumbre.

—Se acabó —comentó con cierto humor—. ¿Me creerás si te digo que no pensé que este día fuera a llegar de verdad?

—Sí, porque yo pensaba lo mismo.

Alicia soltó una carcajada. Tras unos segundos de silencio, asintió brevemente con la cabeza.

—Supongo que ya no me necesitas a tu lado.

—No te ofendas, Alicia, pero nunca te he necesitado. De hecho, has sido un dolor de cabeza.

De nuevo, su compañera se echó a reír. Esa vez de una forma mucho más natural y menos forzada.

—En mi defensa diré que el único motivo por el que te acompañaba era porque tú me lo permitías.

—Me sentía culpable por lo de tu padre, pero ahora...

—... ya se ha ido —concluyó Alicia—. Ha llegado la hora de que vivas tu vida a tu manera y te olvides de mí.

Alice negó.

—Dudo que pueda olvidarte, pero estaría bien intentar forjarme mi propia vida. Olvidarme de que este cuerpo alguna vez no fue mío.

—Siempre ha sido más tuyo que mío, Alice —replicó en voz baja. Había esbozado una triste sonrisa—. Y, desde luego, siempre te lo has merecido mucho más que yo. —Alicia se quedó pensativa unos instantes—. Cuida de Jake, ¿vale?, y de todo lo que has construido. Es muy bonito.

Alice sonrió.

—Me habría gustado que tú tuvieras la oportunidad de hacer lo mismo.

—Hacemos lo que podemos con las opciones que se nos dan, ¿no? —bromeó en voz baja, y después dio un paso atrás—. Adiós, Alice. Buena suerte en la vida.

Quiso responderle, pero notó que Max se estaba acercando a ella. Tras echarle una última mirada a Alicia, se giró para encararlo y supo que nunca más volvería a verla. Sin embargo, no sintió tristeza. De hecho, tuvo la sensación de que, de alguna forma, las dos por fin eran libres.

Max había resultado herido en la refriega, pero era tan testarudo que no había permitido que Tina lo curase hasta pasado un buen rato. Alice podía ver una pequeña franja de las vendas que le cubrían el antebrazo.

Ella decidió romper el silencio.

—Bueno, pues ya está. La ciudad es nuestra.

—Y has decidido no destruirla.

Alice esbozó una pequeña sonrisa nerviosa.

—¿No deberías alegrarte de que todo haya salido bien?

—¿Te parezco contento?

Lo observó unos instantes, pero la conclusión estaba muy clara.

—No mucho.

—Y ¿por qué será?

—Vaaale, lo admito, me precipité un poco al venir y...

—¿Un poco? —repitió Max, entrecerrando los ojos—. ¿Eres consciente de la cantidad de cosas que podrían haber salido mal? ¡Has tenido mucha suerte, Alice! No puedes hacer lo que te venga en gana sin pensar en las consecuencias. Todo esto ha sido una estupidez —añadió con gravedad.

Ella, mirándolo a los ojos, no fue capaz de mentirle.

—Consideré los riesgos muchas veces —admitió en voz baja—. Y me dio igual.

La mirada de Max, cargada de furia, pasó a ser la mejor representación de perplejidad que Alice había visto. Después, varias emociones le empañaron la cara: ira, miedo, incertidumbre y, finalmente, tristeza.

—¿Cómo puedes decir eso? —preguntó al final. No sonaba enfadado, sino decepcionado—. ¿Ibas a dejar que te mataran? Solo viniste aquí para cobrarte una venganza absurda. En busca de algo que no sabías si ibas a encontrar. Claro que te daba igual hacer daño a los demás. ¿Has pensado en Jake, por lo menos?

Ella abrió un poco más los ojos, sorprendida.

—No —admitió con un hilo de voz.

—¿Cómo crees que se habría sentido si te hubiera pasado algo, Alice? —Se detuvo un momento antes de seguir—. ¿Cómo crees que me habría sentido yo? Creías que Rhett había muerto, y entiendo que te sintieras como si lo hubieras perdido todo, pero no era así. Nunca será así. A veces, la vida da una segunda oportunidad a quienes somos lo bastante fuertes como para esperarlas. No puedes marcharte de este mundo sin que, por lo menos, te la hayan ofrecido. ¿Me entiendes?

—¿Por qué me dices eso ahora, Max? —preguntó en voz baja.

Él bajó sus defensas y, con un suspiro, levantó un poco el mapa que le había entregado.

—Cuando construyas tu propia ciudad, no quiero tener que preocuparme por tu seguridad.

Alice se había planteado decenas de formas de proponerle esa posibilidad. Al final, curiosamente, había sido él mismo quien la había sacado a colación.

—No será fácil reconstruir Ciudad Central —añadió él en voz baja.

—Lo sé, pero es lo que quiero.

Aquella conversación tenía un sabor amargo, a despedida. Alice notaba las lágrimas en los ojos, pero se negaba a echarse a llorar.

Max, que debía de sentirse exactamente como ella, desvió la mirada hacia la puesta de sol.

—Te ayudaré —decretó—. Iré contigo y...

—No. —Alice, con suavidad, le colocó una mano en el brazo sano—. Tú tienes gente a la que cuidar.

—Tú formas parte de ellos.

—No, Max. Siento ser yo quien te lo diga, pero ya no.

Había esperado una sonrisa burlona, o quizá una sombra de ella, pero no la recibió. De hecho, le sorprendió ver que Max ni siquiera se molestaba en ocultar su tristeza.

—Rhett estará contigo. Eso me deja más tranquilo. Cuidaréis el uno del otro. Imagino que Jake y Kilian también os acompañarán. E incluso Charles.

—Y el bebé —sentenció Alice sin titubeos.

—Bien. —Max no se opuso. De hecho, le dio la sensación de que se alegraba—. Entonces, solo nos queda una cuestión.

—¿Cuál?

—Qué haremos con esta ciudad.

Por suerte, Alice lo tenía muy claro. Sacó el dispositivo de su bolsillo y lo sostuvo entre sus dedos, pensativa.

—Se la daremos a quienes la merecen de verdad —replicó—. A quienes han vivido en ella todo este tiempo.

—A los androides —dedujo Max.

Ella asintió y le enseñó el aparato donde guardaba la información que le había sustraído a su padre.

—¿Quién sabrá mejor que ellos lo que es correcto y lo que no?

Ambos se giraron hacia los prisioneros liberados. Anya los estaba organizado, y no lo hacía nada mal. Se encargaba de guiarlos con firmeza, pero con dulzura. El equilibrio era perfecto.

—Se lo daré a ella —replicó Alice, observándola—. Es quien más se lo merece.

—Será una buena líder.

—Sí. —Alice lo miró de nuevo, sonriendo—. Me pregunto de quién lo habrá sacado.

Esa vez el hombre le devolvió la sonrisa.

Durante unos pocos segundos, se quedaron en silencio. Ninguno sabía qué decir y, a la vez, ambos tenían muchas cosas que expresar antes de que sus caminos se separasen.

—¿Cuándo te irás? —preguntó él finalmente.

—Mañana por la mañana.

—Y ¿cuándo volveré a verte?

—En unos meses. Tal vez.

A pesar de que la conversación seguía impregnada de ese tinte nostálgico, a Alice le pareció percibir algo en su mirada que muy pocas veces había visto: orgullo.

Estaba orgulloso de ella.

Max suspiró y se acercó a ella para pasarle un brazo por encima de los hombros y empezar a guiarla hacia la multitud.

—Creo que empiezo a entender lo del síndrome del nido vacío.

—¿Qué es eso?

Max empezó a reírse. Un hecho insólito que hizo que ella sonriera.

—Venga —comentó el guardián supremo—, unámonos a la fiesta. Charles ha abierto una botella de alcohol y se cree que no me he dado cuenta. Quieren celebrar que la ciudad por fin es libre.

Alice dejó que la guiara felizmente. Levantó la cabeza para mirarlo.

—¿Eso significa que me he librado del castigo?

—De eso nada. Voy a asegurarme de que lo cumplas, aunque sea en otra ciudad.

—¿Y qué será?

—Limpiar pistolas.

Alice soltó un resoplido.

—¡Odio limpiar pistolas!

—Lo sé.

—¿Y cómo te asegurarás de que cumplo el castigo?

Max le dedicó una sonrisa de medio lado.

—Me temo que tendré que ir a verte. Muy a menudo.

EPÍLOGO

EL COMETA QUE VOLVIÓ A CASA

Dos años y medio más tarde

En completo silencio, Alice se recogió el pelo en una coleta y, tras asegurarse de que estaba bien sujeto, se sentó en su silla.

Ante ella se encontraba el mapa más grande que había hecho hasta el momento. Le había costado casi un mes de trabajo, pero había valido la pena. Después de todo, era el más completo que había visto en su vida. Las ciudades no solo aparecían con sus colores correspondientes, sino también con el nombre de sus líderes y sus guardianes, el número aproximado de habitantes, su actividad, la frecuencia de intercambios, las mejores rutas...

Alice estiró la mano para alcanzar el color blanco, que contrastaba a la perfección con el tono amarillento del pergamino. Se puso a trabajar otra vez, en esa ocasión en la zona superior derecha, donde podía leerse: Ciudad Androide.

Todavía recordaba la liberación de la ciudad, la expresión de sorpresa y emoción que embargó las facciones de su buena amiga Anya al aceptar el dispositivo que guardaba la información sobre creación de androides. Le había asegurado que no se arrepentiría de concederle ese poder.

Y había resultado ser cierto. Los androides, pese a que seguían sin ser bienvenidos en algunos lugares, ya eran aceptados en muchos otros. Las ciudades del norte, las que más cerca estaban de ellos, accedían a comerciar con ellos. Parecía un paso pequeño, pero Alice jamás lo habría creído posible.

Parte de esa aceptación había llegado gracias a que Anya era capaz de salvar a algunos humanos de una muerte segura. No podía devolverles la vida, pero sí podía darles una segunda oportunidad como androides.

La vida siguió también en otras ciudades. Lev, Gil y Magnus volvieron a sus hogares, pero Alice no perdió el contacto con ellos. Tan solo con el tercero, que falleció un año más tarde. Su hija ocupó su lugar, y a Alice le sorprendió gratamente ver que su relación no se rompía. De hecho, se volvió incluso más fuerte: la unión entre las dos líderes más jóvenes del mundo era inevitable.

Alice se había convertido en la mediadora de todos los guardianes supremos. Siempre acudían a ella para que zanjase los conflictos, las disputas o las discusiones entre ciudades.

A las ciudades que no habían acudido a la batalla les resultó más difícil aceptarla como nueva líder, pero con el tiempo, muy poco a poco, terminaron cediendo.

El día de la batalla no solo había supuesto un nuevo comienzo para ella, sino también para Charles. Cuando sus compañeros le preguntaron cuándo se marcharían y reemprenderían su camino, Alice vio que su mirada se perdía en algún lugar muy lejano.

—No —dijo en voz baja, sin mirar a nadie en concreto—. He tenido suficientes aventuras para lo que me queda de vida.

Aquellas palabras dejaron a los miembros de las caravanas en un silencio casi pesaroso, como si acabara de romperles el corazón. No obstante, Charles le había dado muchas vueltas y sabía perfectamente cómo consolarlos.

—Creo que la rubita ha hecho un buen trabajo hasta ahora, ¿no? —sonrió, señalando a Trisha con la cabeza.

La aludida dio un respingo y miró a los demás.

—¿Yo? —preguntó con voz aguda.

—Eres firme, sabes cuándo enfadarte, conoces el negocio y te falta una extremidad. —Charles levantó su mano postiza con una gran sonrisa—. Ya sabes que no podía haber encontrado una mejor sustituta.

Tenían otro rasgo en común, pensó Alice: ambos eran androides, pero eso Trisha no lo sabría hasta un año más tarde, cuando pasó, como tantas otras veces, por Ciudad Central para comerciar con sus amigos. Había cambiado mucho desde que había aceptado su cargo como líder de las caravanas. La nube gris de inseguridades que la había perseguido desde que había perdido el brazo había desaparecido. Después de todo, para dar órdenes y negociar no necesitaba dos manos, solo una buena cabeza, y eso lo había tenido siempre.

Como de costumbre, Alice la invitó a una de las pocas zonas reformadas de la ciudad para charlar con ella y se lo dijo. Sin suavidad, sin medias tintas. Simplemente, le contó lo que era y cómo había ocurrido.

Trisha encajó la información sin cambiar la expresión. Cuando Alice terminó de explicarse, permaneció unos segundos en silencio y después sonrió débilmente.

—Supongo que eso explica muchas cosas.

—¿No te importa?

—¿Por qué iba a importarme? No va a cambiar quién soy. —La rubia le sonrió—. Además, yo también tengo una cosa que confesar.

Alice suspiró y se preparó mentalmente. Esa sonrisa solo podía traer problemas.

—¿Qué has hecho?

—¿Recuerdas que, tras lo que pasó en Ciudad Androide,

me pediste que olvidase a Maya y no la persiguiera en busca de venganza?

—Sí...

—Pues la encontré al cabo de dos días y me ocupé de ella. Estamos en paz.

Y así dio por finalizada la discusión. En algunos aspectos, como ese, le recordaba a Charles.

Él, por cierto, se había instalado en la ciudad con Rhett y Alice. Seguía bromeando con despreocupación, molestando a la gente y haciendo lo que le venía en gana, pero cuando trabajaba era sumamente responsable. Incluso Alice se sorprendió de su capacidad y eficiencia. Tanto, que terminó nombrándolo guardián.

Siempre que se reunía con sus guardianes, se acordaba de Max. Poco después de la batalla, él y Tina se habían instalado con su gente en Ciudad Gris. La zona militar había terminado adquiriendo un cariz mucho menos estricto y empezó a aceptar tanto a personas mayores como a niños. Decidieron ponerse a cultivar comida, a pescar y a construir casas de colores alegres. Poco después era la zona más segura del mundo conocido.

Max y Alice se comunicaban a menudo. Desde la caída de Ciudad Capital, y gracias a los mapas, habían construido caminos y puentes de unión entre sus ciudades y habían decidido crear un nuevo puesto de trabajo: el de mensajero. Esos siempre llevaban una chaqueta con el color de su ciudad que les garantizaba la inmunidad.

Al principio, se había temido un ataque de los salvajes, pero Alice había hablado con Zira el día de la batalla. Le había ofrecido la antigua zona de los androides o la Unión para que se asentaran y empezasen una nueva vida. No obstante, la respuesta había sido una risotada burlona que se había extendido entre todos los salvajes.

—La chica cree que necesitar ayuda —replicó en tono despectivo, lo que consiguió ofenderla. Eso pareció divertirla todavía más—. Nosotros escoger estilo de vida, androide. Nosotros vivir así. No necesitar muros para sentir seguros. Nosotros fuertes. Tú y yo en paz.

Alice asintió lentamente. Tenía razón. Después de todo, su relación había sido única y exclusivamente profesional. No tenía sentido seguir alargando esa conversación. Al final, había prevalecido el respeto mutuo.

La otra persona a la que había querido nombrar guardián era Anuar. A él también lo había visto por última vez aquel día, aunque su caso fue distinto.

Mientras paseaban entre los edificios, él con un vaso de alcohol de Charles, Alice lo miró de reojo.

—¿Quieres? —le ofreció al darse cuenta de que lo observaba.

—Ni en broma. Sigo sin soportar el sabor.

—Tú te lo pierdes.

Mientras él echaba un trago, Alice exhaló un suspiro.

—Apenas puedo creerme que todo haya terminado. ¿No te da la sensación de que ha sido muy rápido?

—¿No ha cumplido tus expectativas?

Era una forma muy simple de resumirlo.

—La verdad es que me lo había imaginado todo mucho más... espectacular.

—Las cosas nunca son como nos las imaginamos —aseguró Anuar divertido, y se detuvo para mirarla de frente—. ¿Qué es lo que quieres decirme?

No le extrañó que hubiera adivinado sus intenciones. Después de todo, él era muy observador y ella era muy poco disimulada.

—He hablado con Max —replicó—. Me iré de la ciudad. Rhett y Charles vienen conmigo, y estoy casi segura de que

Jake y Kilian también. Si quieres acompañarnos, sabes de sobra que eres bienvenido.

Supo que algo iba mal en cuanto vio su expresión.

—Prefiero no ir.

No pudo evitar sentirse un poco apenada, pero se esforzó en disimular. No quería influir en su decisión.

—Seguro que Max estará encantado de tenerte —murmuró.

—No, Alice... No iré a ninguna de las dos ciudades.

Aquello la pilló desprevenida. Anuar había apartado la mirada, algo incómodo, hasta que volvió a hablar.

—Empecé a viajar entre ciudades para buscar a mi hermano, pero Saud ya no está. —Negó lentamente—. No tiene sentido seguir aquí. Este mundo no es el mío.

—Pero ¡podría serlo! —No quería dejarlo ir—. Si lo intentamos, podríamos...

—Alice —la cortó él con suavidad—, no he nacido para estar en el mismo sitio durante mucho tiempo. Vivir en la ciudad terminaría consumiéndome. No podría ser feliz. Y, después de todo esto, creo que lo único que queremos todos es ser felices.

Tenía razón y a ella no le quedaba más remedio que asumirlo. Alice asintió y agachó la mirada. Sabía que Anuar se merecía una despedida en condiciones, pero no fue capaz de brindársela.

—¿Qué harás, entonces? —preguntó en voz baja.

—¿Quién sabe? Ir de un lado a otro, recalar en alguna ciudad y marcharme cuando me aburra, ver qué hay más allá de la frontera que dibujaste en tu mapita. —Sonrió al decir eso último—. Quizá algún día pueda ayudarte a completarlo.

—Sí, eso estaría bien.

Pese a que Alice no había vuelto a verlo, sí que recibía

algunas cartas suyas. No eran muy extensas y el propósito era darle indicaciones para sus mapas, pero Alice lo entendía. Después de todo, Anuar siempre había sido así.

Mientras seguía coloreando de blanco Ciudad Androide, alguien abrió la puerta. De no haber estado tan concentrada, se habría dado cuenta de que una figura se acercaba por detrás y habría detectado antes el movimiento que hizo para darle un pinchacito en el costado.

—¡Ay! —chilló asustada, y dio un respingo.

Su primer impulso fue empuñar el lápiz como si fuera un cuchillo, pero luego escuchó una risita muy conocida a su lado.

—¡Oye! —reprendió al niño pequeño que la observaba con dos grandes ojos azules—. ¿Qué te tengo dicho de los sustos?

Pero él no estaba por la labor de arrepentirse y salió dando saltitos hacia la puerta. Rhett, que entraba en ese momento, tuvo que apartarse para dejarlo pasar.

—¡Vaya! —exclamó divertido—. ¿Dónde vas con tanta prisa?

—¡Alice está enfadada! —Fue toda su explicación antes de seguir corriendo.

Rhett lo siguió con la mirada y después se centró en Alice, que borraba la línea blanca que había dibujado sin querer. No se detuvo cuando escuchó que él apartaba lentamente una silla para sentarse a su lado, pero sí que lo miró de reojo cuando notó que le sonreía.

—No es gracioso —protestó entre dientes.

—Es su forma de decirte que dejes de trabajar y descanses un poco. ¿No debería ser nuestro día libre?

Tenía razón. Era domingo y, además, estaba anocheciendo. Se había impuesto un horario para no sobrecargarse, cosa que le ocurría muy a menudo.

Rhett llevaba una camiseta negra y unos pantalones repletos de bolsillos, tal como le gustaban. Alice no pudo evitar fijarse en que no se había quitado el cinturón con el arma y el cuchillo.

—Lo mismo te digo —señaló.

—Muy bien. Yo dejo el cinturón y tú dejas el mapa.

—Trato hecho.

—Un placer hacer negocios contigo —bromeó Rhett—. Venga, vamos. Creo que ya llegan tus invitados.

Aquello hizo que Alice se motivara y empezara a moverse.

Su nuevo hogar era un pequeño edificio de tres pisos con terraza y una puerta roja. Alice bajó la escalera a toda velocidad y se encaminó por la calzada de la ciudad. Rhett la seguía de cerca.

A su alrededor, algunas casas seguían estando en ruinas. Habían centrado sus esfuerzos en los edificios comunes, como la cafetería, la sala de actos, el hospital...

Alice fue directa a la entrada de la ciudad, donde vio que los guardias, vestidos de negro, se hacían señas. Nada más verla llegar se pusieron firmes y empezaron a abrir la puerta.

Unos pocos coches entraron en la ciudad y trazaron un círculo para poder aparcar y dejar espacio a los demás. Alice aguardó con impaciencia a que alguien bajara, hasta que, al fin, vio a Tina y Max. Parecía que estaban discutiendo, pero cuando la vieron su expresión cambió radicalmente.

Alice, entusiasmada, echó a correr hacia Tina para lanzarse a sus brazos. Esta correspondió al abrazo con la misma euforia.

—¡Mi niña! —exclamó—. Cuánto me alegro de verte.

—¿Esta actitud te parece propia de un buen líder?

Max la observaba con una ceja enarcada, pero no se libró de un buen abrazo, a pesar de que no lo recibió con tanto entusiasmo como Tina. De hecho, se quedó más tieso que un palo.

—¡Te he echado de menos! —exclamó Alice.

—Sí, sí... Yo también. —Max la empujó ligeramente de los hombros para apartarla.

Para aquel entonces, Tina ya estaba estrujando a Rhett, que tenía la misma cara de incomodidad que su antiguo jefe.

Esa noche era especial. Según los cálculos de Saud y Dean, volverían a ver un cometa atravesar el cielo. La primera y única vez que habían podido presenciarlo había sido cinco años atrás, en la casa abandonada.

¿Quién le habría dicho, en aquel entonces, todo lo que estaba por venir?

Al ver que Max observaba la parte reformada de la ciudad con fascinación, Alice no pudo evitar hinchar el pecho con orgullo.

—Ha quedado bien, ¿eh?

—Me gustaba más antes.

Alice torció el gesto y él esbozó media sonrisa.

—Pero no está mal para una principiante. —Escucharon desde atrás.

Rhett se había acercado, pero obviamente no se lanzó a los brazos de Max. Se limitó a quedarse de pie con las manos metidas en los bolsillos.

—¿Qué tal? —le preguntó el guardián supremo con la misma postura.

El otro asintió con la cabeza a modo de respuesta.

—¡Venga ya, hace mucho que no os veis! —protestó Alice—. ¿No tenéis nada que deciros?

—Le he preguntado qué tal estaba —se defendió Max.

Tina rodeó a cada uno con un brazo, atrayéndolos para achucharlos a la vez. Alice soltó una carcajada al ver sus caras apretujadas.

—¡Por fin todos juntos de nuevo! —canturreó la mujer felizmente.

Jake y Kilian no tardaron en aparecer para darles la bienvenida. Alice sonrió al ver que se los llevaban a la cafetería para enseñarles mejor la reforma. Ellos también estaban muy orgullosos de su trabajo.

Quiso seguirlos, pero todavía faltaba un invitado.

—¿Le faltará mucho? —Rhett suspiró—. Tengo hambre.

Al final, no le faltó mucho. Unos diez minutos más tarde, se escuchó el característico ruido de unas caravanas acercándose. Rhett y ella se apartaron para dejarlas pasar al aparcamiento. La primera, con nuevos dibujos pintados en negro sobre la multitud de colores chillones, se detuvo ante ellos.

Trisha había pasado más de siete meses sin pisar la ciudad, así que era lógico que mirara a su alrededor con sorpresa. Su atuendo consistía en unos pantalones con tantos bolsillos como los de Rhett y una camiseta roja sin mangas. Alice se sorprendió al verla enseñar el muñón con orgullo. Era bonito saber que había superado la vergüenza.

—Joder, menuda reforma. Se ve que lo único que necesitaba esta ciudad era una chica al cargo —bromeó, guiñándoles un ojo—. ¿Qué tal, tortolitos?

—No tan bien como tú —le contestó Rhett.

Alice decidió intervenir.

—Admito que me esperaba, al menos, un abrazo.

—No te pongas ñoña, que no quiero que tu novio se ponga celoso.

Rhett soltó una risotada irónica mientras empezaban a dirigirse a la cafetería.

Jake, Charles, Kai y Kilian habían tenido carta blanca para decorar la ciudad, y Alice se sorprendió al ver lo mucho que se habían esforzado. No había una sola mesa que no tuviera manteles, dibujos, objetos o incluso velitas. De algún lugar emergía música alegre, y algunos se dedicaban a bailar, mientras que otros preferían ocupar las sillas a la espera de la cena.

La alegría era contagiosa, y Alice sonrió mientras avanzaba hacia la mesa principal, donde Trisha se dejó caer inmediatamente junto a Charles.

—Hola, rubita. ¿Qué tal se te da liderar mis caravanas?

—¿Las mías, dices? Muy bien.

Mientras seguían hablando, Alice se giró hacia el otro lado de la mesa. Jake acababa de transportar una bandeja con panecillos y Kilian ya estaba comiéndose uno felizmente.

A pesar de que lo veía cada día, seguía sorprendiéndose cada vez que contemplaba al que había sido su hermanito. No se había dado cuenta de en qué momento había sucedido, pero de pronto dejó de ser un adolescente delgaducho con una manada de rizos salvajes para convertirse en un joven fibroso con una melena encantadora y un aspecto bastante atractivo. No obstante, él no parecía darse cuenta: solo tenía ojos para la comida y para Kilian, que devoraba panecillos a su lado.

Su otro costado estaba ocupado por Max y Tina, que observaban todo con fascinación. Ya solo quedaba la cabecera, donde vio a Rhett, pero le faltaba alguien más.

Tras buscar un poco con la mirada, encontró al niño de ojos azules en un rincón de la cafetería. Se miraba los zapatos.

—¿Qué pasa, cariño? —le preguntó Alice, agachándose delante de él.

El pequeño se encogió de hombros, todavía sin mirarla. Como pasaba mucho tiempo con él y lo conocía muy bien, no tardó en deducir lo que sucedía.

—¿Te da vergüenza que haya tanta gente que no conoces?

El niño asintió.

—No tienes de qué preocuparte, son todos muy simpáticos. Ya verás como nos lo pasaremos en grande. —Al ver que seguía sin parecer muy convencido, siguió—: ¿Quieres sentarte un rato conmigo, hasta que te sientas mejor?

Aquello sí que lo alivió. El pequeño se sentó en su regazo y jugueteó con la cuchara. Le gustaba mucho sentarse con Alice, porque se sentía como si fuera el líder.

En cuanto lo vio, Tina ahogó un grito de emoción.

—¿Es...?

—El hijo de Eve, sí.

—Hacía tanto que no lo veía... —comentó Tina—. Me alegra que esté tan feliz aquí.

Alice sonrió con malicia.

—Es que papi Rhett es muy bueno con él.

Este enrojeció al instante, como siempre que alguien recalcaba su buena mano con los niños. Aquello provocó una carcajada general.

—Qué va —se defendió como si hubiera sido insultado—. Es un crío muy pesado.

Alice soltó un resoplido. Desde que había llegado a la ciudad, Rhett y ella no se habían apartado de su lado. Alice le ayudaba con las cosas más cotidianas para las que Rhett no tenía paciencia, mientras que él colaboraba en las cosas divertidas para las que Alice no tenía tiempo.

A Alice le gustaba ver al pequeñín y a Rhett juntos. Le mostraba un lado de su compañero que no había visto nunca, y que le causaba mucha ternura.

—No llegaste a decirme qué nombre habías elegido —intervino Max, mirándola con curiosidad.

—Ah, verás... —Alice se acomodó mejor con el niño encima—. Hubo un tiempo en que pensamos ponerle un nombre cualquiera, solo para quitarnos el problema de encima, pero al final decidimos elegir uno especial para ambos —concluyó.

—¿Cuál? —quiso saber Tina.

Alice sonrió.

—Max.

Durante unos instantes el único que se movió fue el niño, que levantó la cabeza al oír su nombre. Alice intentaba no reírse al ver la cara que se le había quedado al pobre Max. Nunca lo había visto estupefacto.

Tina, por su parte, esbozó una enorme sonrisa.

—¡Es perfecto! —exclamó emocionada—. ¡Y un detalle precioso! ¿Verdad, Max?

Él seguía medio paralizado cuando se aclaró la garganta ruidosamente.

—Sí..., eh... No me lo esperaba.

—No derrames toda tu alegría de golpe, que se nos contagia —bromeó Charles.

Todos empezaron a reírse y la cena continuó sin incidentes. Alice observó a los demás integrantes de la mesa mientras rememoraba el camino recorrido hasta llegar a ese momento. Cuando llegaron a la ciudad, los únicos habitantes eran Rhett, Charles, Kai, Jake, Kilian y ella misma. Retirar los escombros les llevó tanto tiempo que casi se arrepintieron de haberlo empezado. Sin embargo, cuando los rumores de una ciudad en ciernes se extendieron, empezaron a llegar personas en busca de un hogar. Y no solo humanos, sino también algunos androides que preferían ese estilo de vida. Entre todos, habían conseguido reconstruir Ciudad Central, a pesar de que todavía les quedaba un largo trecho por delante. No obstante, como le gustaba decir a Jake, eso ya sería coser y cantar. ¿O cantar y coser? No estaba muy segura.

Una vez la ciudad empezó a estar consolidada, Alice se encontró de frente con un nuevo conflicto: elegir a sus guardianes. Su primera intención fue nombrar a Rhett jefe de los exploradores, pero él rechazó el puesto. Lo que le motivaba no era salir al mundo y volver con los brazos llenos, sino enseñar a jóvenes a ser capaces de hacerlo por sí mismos. Así que, al final, Rhett se quedó con las clases de lucha y el puesto de jefe de exploradores recayó en Charles, que no pudo estar más contento.

Su nuevo guardián de tecnología, Kai, con sus más y sus menos, se había ganado con creces la confianza de toda la ciudad. Pese a que su fortaleza no era el trabajo físico, se había dejado la piel ayudándolos con la reconstrucción, había tratado de hacerlo lo mejor que había podido y, sobre todo, no había protestado ni una sola vez. Así que Alice no dudó en darle tanto ese puesto como el de profesor de los avanzados de tecnología.

Jake ocupó el puesto que Tina había ocupado durante tantos años: el de encargado del hospital y de los alumnos que no encajaban en ninguna otra categoría. Tanto él como Kilian habían demostrado merecérselo de sobra.

Ya solo quedaba un puesto, que fue el que ella ocupó con gran entusiasmo: el de instructora de los avanzados de armas.

Aquel cargo, junto al de guardiana suprema, le daba trabajo suficiente como para pasarse la mayor parte del día ocupada. Por eso, cuando caía el sol y volvía a la antigua casa abandonada, solo le apetecía sentarse con Rhett y el pequeño Max y olvidarse de todo.

Un día, Alice decidió, por fin, contarle los detalles de su estancia en la capital a su compañero, ya que hasta entonces nunca le había dicho que, durante un breve periodo, habían tenido la posibilidad de ser padres. Intentó revelárselo de forma suave, pero en el fondo no sabía cómo hacerlo. Por eso, no la sorprendió que Rhett la contemplara durante unos segundos y que, a continuación, se marchara bastante enfadado. Cuando regresó, no fue capaz de mirarla a los ojos.

—No pasa nada —dijo más para sí mismo que para ella—. Sucedió hace tiempo, así que seguir lamentándose no tiene sentido.

Sin embargo, ella sabía que no era sincero, así que le apoyó una mano en el hombro, obligándolo a mirarla.

—No tienes que hacerte el duro todos los días del año, ¿sabes? De vez en cuando, está bien asumir que tienes sentimientos.

Antes de decir nada, Rhett agachó y negó con la cabeza.

—Me habría gustado tener esa posibilidad.

Alice asintió lentamente.

—A mí también me sentó mal cuando me enteré. Aunque, por otro lado, nunca he entendido muy bien esa necesidad humana de reproducirse.

—Claro que la entiendes —replicó él, enarcando una ceja—. Tú no necesitas a Max para sobrevivir, pero tampoco podrías vivir sin él. Siempre he pensado que tener hijos era eso.

En conclusión, Ciudad Central volvía a ser su hogar. O eso quería pensar, claro. Mirando a su alrededor, podía llegar a creer que había tomado una buena decisión al reformarla junto a sus amigos.

Interrumpió el hilo de sus pensamientos cuando, mucho después de que la cena hubiera terminado y cada invitado se hubiese ido a casa, Alice notó que alguien se acercaba a ella. Estaba sentada en su terraza, así que solo había dos posibilidades: Max o Rhett. Resultó ser la primera.

Pese a que durante el día hacía mucho calor, las noches eran bastante frías. Cuando el niño la observó frotándose un ojito con aire soñoliento, Alice se apresuró a sentarlo en su regazo. Acto seguido, lo tapó con la misma manta con la que se había cubierto ella.

—Vas a coger un resfriado —lo riñó, aunque su tono no era muy severo y el pequeño incluso le sonrió.

—Tú también —rebatió—. ¿Qué haces? —preguntó Max acomodándose.

—Estoy esperando un cometa. ¿Sabes lo que es?

El niño negó. Por una vez en su vida, Alice, en lugar de dar la información científica que guardaba en su cabeza, optó por interpretar su enciclopedia mental y hacerla más simple.

—Es como una estrella, pero que se mueve y solo puede verse una vez cada mucho tiempo. Yo misma lo vi aquí hace años con Jake y otros amigos. Y hoy voy a verlo contigo.

—¿Y los demás?

Se suponía que la cena era para verlo todos juntos, pero Alice no había contado con el hecho de que a la mitad no les interesaba y a la otra era imposible organizarla. Por no hablar de los que preferían dormir que divisar cometas. Así que habían concluido que cada uno lo viera donde quisiera, si es que quería verlo. Ella lo haría desde el mismo lugar que la primera vez, eso lo tenía claro.

Por lo menos, sabía que los de las caravanas se habían reunido para verlo y que Jake había preferido hacerlo a solas con Kilian. Le gustaba saber que no querrían perdérselo.

—Este es el observatorio vip —concluyó en tono de broma—. Aquí solo podemos estar los que mandamos.

El niño sonrió y apoyó la cabeza en el pecho de Alice. Estaba claro que se moría de ganas de ver el cometa, pero el sueño estaba ganando la batalla.

—¿Cuento? —pidió.

Si alguna ventaja tenía ser un androide de información era la capacidad de almacenar relatos en su memoria. Mientras le contaba una historia, Max se quedó profundamente dormido, pero Alice no lo llevó a la cama. De hecho, lo abrazó más fuerte y observó el cielo con expectación. Si sus cálculos no estaban mal, el cometa pasaría en un intervalo de cinco minutos.

Rhett, al cabo de unos segundos, subió a la terraza y tomó asiento a su lado. Alice lo observó con detenimiento; desde la raíz de su pelo castaño hasta su barba de pocos días; desde sus ojos de un misterioso verde oscuro hasta sus labios curvados en media sonrisa; desde su mandíbula marcada hasta la cicatriz que le recorría la cara; desde los hombros fibrosos hasta las manos desprovistas de sus mitones.

—¿Cuánto falta para que aparezca el cometa? —preguntó, ajeno al escrutinio al que estaba siendo sometido.

—Unos minutos. No creo que muchos.

—Bien. He traído una cosa.

Rhett desenrolló los auriculares del iPod azul.

—¿Te apetece escuchar música?

—Sí. Siempre y cuando pueda elegir yo la canción.

Pese a que protestó, Rhett puso la lista de canciones que ella solía escuchar.

Con un auricular cada uno, Alice acomodó mejor a Max sobre su pecho y apoyó la mejilla en el hombro de Rhett, que permanecía con la mirada en el cielo y una mano alrededor del iPod.

Y, al fin, un brillante cometa surcó el cielo, iluminando las estrellas a su paso.

AGRADECIMIENTOS

¿Es un buen momento para confesar que jamás he escrito unos agradecimientos?

Me prometí no redactar nada parecido hasta que terminase una saga y aquí estamos. ¡Espero estar a la altura!

No quiero extenderme más de lo necesario. Sé que acabas de leerte una trilogía entera y lo que te apetece es ir al meollo del asunto, así que ahí va: los primeros a quienes quiero agradecer su apoyo, por supuesto, son los miembros de mi familia. De una forma u otra siempre han estado ahí. Mis padres, mi hermana y mi cuñado, mis tías y tíos, mis primos... Vosotros sabéis quiénes sois y, aunque no os lo recuerdo lo suficiente, sin vuestra ayuda no estaría escribiendo estos agradecimientos. Solo puedo daros las gracias por estar a mi lado.

No puedo olvidar a mis amigos o, mejor dicho, la segunda familia gracias a la cual he perfeccionado las personalidades de algunos de mis personajes. Alex, Mireia, Blanca, Tati, Irene, Hugo, Xavi, Carlos y todos los demás. Gracias. De verdad. En un mundo donde siempre me he sentido como una androide entre humanos, vosotros me habéis enseñado que ser diferente no tiene nada de malo.

Y también a mis colegas escritores, que derrochan tanto talento que estoy segura de que algún día escribirán sus propios agradecimientos. Inés, Anny, Mireya, Charlie, Icíar, Nicole... y muy especialmente a Teguise. Gracias por prestarle tu nombre a un personaje tan sumamente relevante para la trama y, sobre todo, por haber estado ahí desde que este libro vio la luz por primera vez. No solo eres una escritora increíble, también eres la lectora que todos deseamos tener.

Gracias a todo el equipo de Planeta por haber confiado no solo en mí, sino también en este proyecto que siempre me ha parecido tan especial. Gracias, Irene, por tus consejos, por ayudarme a crecer como escritora y por todo lo que he aprendido contigo. Y a ti también, Miriam, por tu increíble trato tanto profesional como personal. Sois increíbles.

Y, para terminar, la mención más importante...

¿Deberíamos añadir un redoble de tambores?

Gracias a ti, que estás leyendo estas líneas, que has llegado hasta aquí y has acompañado a Alice en su aventura no solo de autodescubrimiento, sino también de crecimiento. No eres solamente un lector, sino el combustible que mantiene viva esta historia, lo que le da significado a esta aventura que es la escritura. Solo puedo desear que te lo hayas pasado, por lo menos, la mitad de bien que yo escribiendo estos tres libros.

Sin nada más que decir, solo me queda despedirme, aunque, pensándolo bien, creo que optaré por no hacerlo. ¿Quién sabe? Puede que volvamos a vernos dentro de poco.

Así que dime, lector, cuando coincidamos de nuevo..., ¿habrás encendido la primera llama de tu libertad?